ハーンの人と周辺

講座 小泉八雲 I

平川祐弘・牧野陽子 編

LAFCADIO HEARN

新曜社

序

『講座　小泉八雲』全二巻を新曜社から刊行するにあたり、なぜこのような企画を立案したか、その意図するところを述べさせていただく。

小泉八雲の名で日本に知られるラフカディオ・ハーン Lafcadio Hearn は、まことに例外的な生涯を送った人で、フランス語で近年「エグゾット」exote と定義される異色の作家であった。まず履歴からいうなら、ハーンは一八五〇年にイオニア海のレフカス島で英国駐留軍の軍医とギリシャの島の娘の間に生まれ、国家主義の盛んだった十九世紀後半から二十世紀初頭にかけてペンの人として様々な土地で生き、教育勅語発布の明治二十三年にあたる一八九〇年に来日、松江で小泉節子と結ばれ、熊本でも教師生活を続け、神戸で英字新聞記者として暮した後、日本に帰化、東京帝国大学の英文学講師（ただし給与は西洋人教師待遇）となって六年半教えた。そして、十四年間の滞在中に日本を題材とした十二冊の英語の書物を著わして、一九〇四年に東京で死んだ。日露戦争の最中である。

母が一方的に父のもとを追われたのも畢竟《ひっきょう》当時のギリシャが弱小国だったからであってみれば、ハーンがギリシャの独立運動にも明治日本のナショナリズムにも共感的な深い理解を示したことは頷《うなず》けよう。しかし本人は狭義の一国ナショナリストではない。英語を母語とする作家であったが、父親の国籍である英国とも、また二十代・三十代の二十年間を過ごした米国とも必ずしも同一化せず、妻子のためとはいえ日本に帰化した。異国趣味と訳される英語の exoticism エグゾティシズムやフランス語の exotisme エグゾティスムとは、西洋などの主流文化の眼で異国を眺める際に生れる態度である。自分が境界を越えて向こう側の世界に入り込んでしまうことはしない。ところがその一線をあえて越えたために「ハーンは土人となった」Hearn went native と生前も東京・横浜・神戸などの西洋人租界では陰口をきかれ、西洋優越主義者の軽侮を浴びた。いや今でもなお米英などではハーンはその種の偏見の目で見られているのが実相ではあるまいか。愚かしくも日本などに惚れてしまい日本を美化して描いた男という見方である。そんなハーンに対する米英の日本学界の評価は決して高くない。今日の東京でめぼしい月例の知的な発表を英語で行なっている団体は外国特派員協会など三つあるが、その一つである The Asiatic Society of Japan ではいまなおバジル・ホール・チェンバレンに代表されるような西洋中心主義の人たちの価値判断が重きをなしている。ところがそのような境界線をあえて越えたがゆえに、フランスの一部の文学史家によってハーンは「異国に入り込んだ人」「異国の価値観で事物を見たり感じたりすることのできる人」すなわち exote として近年逆に再評価されるにいたったのである。このような例外的な少数者は、西洋中心文化の覇権的な一元的な見方が支配的になろうとしているこのグローバル・ソサイアティーにおいて、逆にいよいよ貴重な存在となるのではあるまいか。産業化の帰結としてのグローバル化は非可逆的に進行しているが、その負の部分にも敏感であったハーンのクレオール化への注目は、冒頭の拙論でも詳述するが、真に今日的意味を持つものと考える。

それでは日本におけるハーン評価はどうか。ハーンから直接英語英文学を習った学生たちが日本の英文学界で重きをなしていた間は、ハーンの英米文学講義は尊重された。教師としてのハーンは東洋の学生の文化的背景も考慮して講義したから、その一連の講義録は近代中国でも近年の韓国でも尊重されている。しかし日本の英米文学界における作家評価はおおむね主体性に欠け、哀れなほど、英米本国における評価の動向に左右されてきた。それだから、英米本国においてハーンの評価が下がるに従い、研究する人も少なくなった。いまカリブ海に渡った作家としてのハーンが再評価されるのも、ポスト・コロニアリズムを口にすることが学界の流行となったからではあるまいか。

しかしハーンの文学作品は日本ではすでに明治大正年間から英語でもかなり広く読まれてきた。夏目漱石、志賀直哉、芥川龍之介をはじめ日本の作家で、ハーンの作品を評価する人が多かった。永井荷風のようにフランス語訳で読んだ人もいた。また昭和になり日本語訳が出るに及んで読者はにわかにふえた。日本人は小泉八雲の『怪談』や『知られぬ日本の面影』などを愛読して今日に及んでいる。ハーン来日百年を機会に刊行された講談社学術文庫の小泉八雲名作選集は既訳の中でもっとも信頼のおける六冊本と信ずるが、話題が来日以前の作品を集めた『クレオール物語』を除けば、それぞれ二万部から四万部に近い売行きを示している。この日本人の八雲に対する愛好には、明治の日本を美しく描いた作者に対する我が国人のナルシシズムの情も混じっていることは間違いない。来日以前のハーン作品に対する関心の低さはその逆証明でもあろう。しかし人間、自己愛だけで読書が長続きするものではない。読者はハーンが日本人の霊の世界にはいりこんでそれを捉えていることにも心動かされるのである。日本人の霊の世界は怪談・奇談の類の ghost stories にも示されるが、先祖崇拝などにも示される神道の世界の観察、いわゆる「霊の日本」ghostly Japan の観察にも示される。(人が死んで神として祀られる日本のことをハーンは自分の最終作『日本――一つの解明』の英文原稿表紙に漢字で「神国」と書いたのである。日本が死者によっておさめられている国と観じた所以でもあろう)。またあの世への関心や瞼の母を慕う甘えの気持もハーンを日本の読者に結びつけているのではあるまいか。キリスト教文明至上主義者が見落としがちな日本の底辺の民俗の貴重ななにかを捉え得たハーンは稀有な外国人であった。近年、柳田國男との関係においてもハーンがしばしば話題とされる所以である。

『講座　小泉八雲』はこうしていまよみがえるラフカディオ・ハーンを新しく見直そうとする企画である。文明混淆の時代である二十一世紀にハーンの人と作品が新たに持ち始めた先駆的な意味にもふれ、国際文化関係論の中でも小泉八雲ことハーンを捉えなおしたい。英語本位、西洋本位のグロバリゼーション globalization が進行する地球世界は、裏面ではクレオリゼーション creolization が進行する過程でもある。西洋による植民地化・キリスト教化・文明開化の裏側にひそむその種の問題を鋭く捉えたところに意外にも時代に先んじたこの人の特性があった。ハーンは多くの西洋人からは反動的・反近代的・反西洋的と過去においてみなされ、現在もややもすれば軽視されている。しかし神道などを重んじた、その反時代的・反進歩主義的な観察が逆に一部では尊重される時代ともなりつつあるのである。

ハーンは日本人を愛しもし、憎みもした。もしハーンの手紙が未削除のままその本来の姿で全面的に世に出ることがあるならば[1]、彼の心の振子がいかに激しく揺れたか、さらにはっきりと示されるであろう。そんなハーンは西洋と日本との間の愛憎関係 love-hate relationship を象徴する人物としても見直すことができるにちがいない。従来のローカルなハーン研究の中には、手前勝手に造り上げた親日家小泉八雲の像に囚われ、ややもすればマイナーな細部に拘泥し、世界の文学研究や比較文化史研究とは無縁の小道にはいりがちであった。細部はもとより大切である。好事家《こうずか》の穿鑿《せんさく》もそれなりに貴重である。ファン倶楽部も感想文も結構である。観光資源や学芸資源として小泉八雲を利用する向きが地方の都市で出るのも避けがたい。しかしハーンを頭から親日家とみなして礼賛する八雲ファンには時に困り者もいるのではあるまいか。本講座の中でも弱点があるとすれば二、三のセンチメンタリズムが先行した論文であろう。学問がその種の無批判な讃仰となることは必ずしも好ましいことではないであろう。

『講座　小泉八雲』寄稿者各位には先行研究として、不完全ではあるが『小泉八雲事典』(恒文社、二〇〇〇年)その他を参照することをお願いし、学問的規律に欠けるところのないよう、論拠や出典や外国語表記を明記するようお願いした。若干の原稿は採用せず、少数の原稿は手直しを編集者の側からお願いした。その際、複数の眼で見る方が良いと考え、私は牧野陽子教授にも協力していただき全原稿の通読をお願いしチェックしていただいた。なおこの講座には新たに書き下ろしていただいた原稿のほか、明治時代以来の小泉八雲についての内外人の貴重な発言も収録した。その資料の複製と説明については關田かをる氏をわずらわした。

学術論文が同時に芸術文章であることが、ハーンに限らず私どもの狙うべき理想であると信じるが、本『講座　小泉八雲』の出来映えはいかがであろうか。ハーン一人を取り上げることで、かくも豊かな多様な面が見えて来ようとは、編者の予想を越える喜ばしい驚きであった。その成否についての御判断は読者諸賢におまかせすることとしたい。

二〇〇九年六月二十七日

平川祐弘

注

（1）　*Poetica*, 65, Tokyo : Yushodo Press, 2006 はハーン特輯号であるが、pp. 31-41 掲載の斎藤兆史論文は第一書房版『小泉八雲全集』に掲載された稲垣巌が手を入れたハーンの日本語の手紙に依拠しているために、論が信用の置けないものとなっている。雄松堂が新田満夫氏がかねて広言された公約通り、ハーン書翰を出来るだけ多く原形のまま収録した *Collected Letters of Lafcadio Hearn* をきちんと世に出されることをこの機会にあらためて切望する次第である。

講座　小泉八雲Ｉ　ハーンの人と周辺――目次

装幀──虎尾　隆

「II　ハーンの文学世界」の内容

ハーンにおけるクレオールの意味
――ルイジアナ、マルティニーク、日本

平川祐弘

So thoroughly was his conception of Japan shaped by his sojourn in Louisiana and the Carebbean that it is no exaggeration to speak of Lafcadio Hearn's "Creole Japan." —Frederick Starr, editor of Hearn's writings entitled *Inventing New Orleans*

クレオールとは何か。なぜラフカディオ・ハーンがクレオール理解の先駆者となり得たのか。そのこととハーンの日本という混交文化の国の解釈とはどのように関係するのか。その三点について語りたい。

一　クレオールとは何か

クレオール語とクレオール

『広辞苑』の「クレオール語」という項目には「旧植民地で、植民者の言語が先住民の言語と混ざって独自の言語となり、その土地の母語となったもの。フランス語系・英語系・スペイン語系・ポルトガル語系・オランダ語系のものがある」と出ている。いずれの場合も、クレオール語とはかつて植民地大国だった国の言語文化と先住民の言語文化が混淆現象を起した結果生まれた言語であることが知られる。それだから世界には共通する一つの特定のクレオール語が存在するわけではなく、同じくフランス語系のクレオール語にもカリブ海のマルティニークのクレオール語、インド洋のレユニオン島のクレオール語など各地に異なるクレオール語が存在するので、その両者の間では話は必ずしも通じないのである。クレオール語はマルティニーク周辺のクレオール語を指す狭い意味での場合には固有名詞の感じが強いが、広い意味では混淆語という意味で、その共通の特色は文化的宗主国の言語が先住民の言語と混ざって変化し、その土地の母語となったということであり、ある文化史的状況から生じた言語文化現象である。『広辞苑』には「クレオール語」の参考として「ピジン語」があげられており「(pidgin は英語の business の中国訛りという) 植民地などで先住民との交易に使われた混成語。特に中国・東南アジア・メラネシアなどイギリス旧植民地での混成英語をピジン・イングリッシュという。母語とする話者を持たず、文法が単純化、語彙数が限定される傾向がある」と出ている。母語と化したか否かがクレオール語とピジン語を分かつ目安となっている。この定義はこれでよい。

しかし『広辞苑』の「クレオール créole（フランス）」という項目には「本国ではなく、中南米やカリブ海の植民地生れのヨーロッパ人、特にスペイン人の称。クリオーリョ」と出ている。この定義はかつてはこれでよかったが、今ではこれだけでは足りなくなった。右にあげたクレオール語を話す人を、人種の別、支配者・被支配者の別なくクレオール人と呼ぶ言い方が、近年は黒人の側からのいわば所有権回復の自己主張として行なわれるようになってそれが定着しつつあるからである。

クレオール化が生じた歴史的背景

かつての局地的・歴史的なクレオール化とはどのような現象であったか。

フランス領西インド諸島のマルティニーク島では、一六三五年以来、フランス人によってキリスト教化と植民地化が推進された。日本が島原の乱に引き続き国を鎖したのは一六三九年だが、英仏の世界大の進出はちょうどそのころ始まった。スペイン人やオランダ人が東南アジアに現われた時期である。フランス領西インド諸島では、植民地化の過程で黒人奴隷が西アフリカ各地から連れて来られた。奴隷の反乱を予防する目的で、意図的に異なる出身地から黒人が集められた。そのために奴隷たちは共通の言葉を持ち合わせない。彼らは白人支配者が話す言葉を耳から学ぶことで共通語とした。こうして黒人奴隷たちによって用いられるようになった被支配者階級の言葉がクレオール語である。そのクレオール語はその植民地で生まれ育った白人少数派によってもまた用いられるようになった。
このようにして主としてアフリカ渡来の人々の発音体系にフランス語文法体系が単純化され接木されて各地で生れたクレオール語は、フランス本国の人々から見ればいずれも腐ったフランス語corrupt Frenchであり、そのような言葉も、それに伴って生じた文化の雑種化——これを狭義のクリオリゼーション、クレオール化という——も、長い間本土や内地の人々の注意を特に引かず、記録もされなかった。それを最初に記録した一人がラフカディオ・ハーンである。

クレオール方言

一八八五年一月、ハーンは『ハーパーズ・ウィークリー』にルイジアナ州の港町ニューオーリーンズの『クレオール方言』について一文を書いた。本人は「雑記帳的な小文」と卑下しているが、どうして実に見事な記述である。『ラフカディオ・ハーン著作集』第一巻に収められたThe Creole Patoisの牧野陽子訳の冒頭を引用する。

クレオールの子供達がVié faubou旧市街と呼ぶニューオーリーンズの古びた一画から純粋に[1]クレオール的な諸要素は消滅しつつあるとはいえ、そこでは依然としてクレオール語が日常生活に用いられている。そしてこの一画に実際に住んでみなければ、この方言の純然たる語り口を聞き、その抑揚や構造の特徴を研究することはできない。方言で話すここの人々の多くは、川からも、アメリカ人地域との境界線である幅広いカナル・ストリートからも遠く隔たった方形の土地の中に住み、よほどのことがない限り境界を越え出ようとはしない。画趣あふれる彼らの存在の陰には人種の複雑さが秘められているが、その容貌もまた劣らぬ位、複雑怪奇の様を呈している。訪れる旅行者は、『若き暗黒島王の物語』の中に描かれた幻想的な民族そのままに様々な肌の色をした存在に取り囲まれる。アフリカの黒檀色の肌は極めて稀だが、赤銅色、甘蕉《バナナ》色、黄金の蜜柑色などに至っては無数の微妙な色の変種があり、ほのかな檸檬《レモン》やくすんだ銀白色までもみられる。肌色が白に近い者ほど、ラテン系の特徴が強くあらわれ、ほっそりした頬に目におおいかぶさるような太い眉の卵形の顔立が目立つ。黄色系の中には時折、スフィンクスの謎めいた面影を漂わせ、我々にとってはエジプトと同様、遠い夢をみるような非現実的な存在のものもいる。また時には、プリウの荒々しく優雅な野生の『牧神女』を思い起こさせるほど、この上なくしなやかで動物的な表情に出会うこともある。真の色彩画家ならば、明るい泊夫藍《サフラン》色の肌に漆黒の髪、潤んだ黒玉の瞳のこの対照に、マラヤの詩『ビダサリ』の中の「黄金の彫像の如き女たち」の描写と同様、新鮮な魅力を感ずるはずである。このような類の人々が、れっきとした一つの人種、それもたとえば太古に滅びた島の純粋な生き残りではない、などとどうして容易に納得できよう。あるいは彼らの方言の豊かな母音の響きが、そういった愉しい幻想を果てしなくふくらませるのかもしれない。

しかしながら、クレオール方言のみがこれらの人々の用いる言語だと考えてはならない。フランス語や英語は流暢に話せない者の方がむしろ少なく、加えて歯擦音の多いメキシコ・スペイン語を理解できる者も多い。とはいえやはりクレオール語こそ、母なる言語である。赤ん坊はその言葉ではじめて自分の感情を表現することを覚える。それは家族の、家庭の言葉なのである。白人のクレオールの子供はそれを肌の浅黒い子守女の唇から学びとり、大人になっても召使いや自分の子供達にはやはりクレオール語で話しかける。ある年齢に達すると、白人の少年少女は、フランス語を話すようにしつけられる。そしてこの簡単ではないが、より上品な表現手段の使用を強要するために、大人は子供達を適度になだめすかし、あるいは軽くお仕置したりもする。だがルイジアナに住み続ける若いクレオール人がこの優しい方言を忘れ去ることは滅多にない。それは養い育ててくれた乳母の言葉であり、愛撫のように耳に心地よく響く、家庭の言葉なのである。

現在のCarré（カレ＝町の中央の方形の区画）に住む有色人は、彼等のかつての主人達の習わし通りに、クレオール語の使用範囲を限定している。主人達の由緒ある昔からのしきたりこそ、彼らの礼儀作法の規準なのである。今ためしに、あなたが旧市街の今にも朽ち落ちそうな異様な家々の一軒に住んでいたとしよう。ある晩あなたはヴェランダで揺り椅子に腰かけ、パイプの火をくゆらせながら思いにふけっている。近隣の子供たちがあなたの周囲に集まってきて、何羽もの黄色い小鳩のようにクレオール語でぴーちくぱーちく囀りあう。するとそこで必ずや、あなたは母親の厳しい叱咤の言葉を聞くことになろう。「さ、あっちへお行き、マリー、ユジェーヌ、旦那様の前でクレオール語を使ってはなりません。フランス語でお話しなさい。」〝ムッシュー〟の前ではクレオール語は禁ぜられていた。彼に話しかけるにはきちんとしたフランス語で、つまり南国化されてこの上なく和らげられた植民地ルイジアナのフランス語でなければならないのだった。

この文章は千八百八十年代のニューオーリーンズのクレオール語を話す人たちの肌の色や話す状況をよく伝えている。黒人の乳母に育てられるため子供は白人であろうとまずクレオール語を習う(その関係を主軸に展開されるのが小説『ユーマ』で、その舞台はマルティニーク島である)。しかしニューオーリーンズではフランスという文化の中心につながるフランス語の権威がクレオール語に代わって次第に支配的になりつつあった。ただしかつてはニューオーリーンズの一画に存在したそのフランス語の支配的な地位も、二十世紀には英語によって完全に取って代わられてしまうのであるが。

それに対してフランス領西インド諸島の島であるマルティニークでは、有色人の割合が多く、白人も何代も土地に住みついた家系が多かったこととも関係して、クレオール語は二十世紀の半ば過ぎまで広く話されていた。しかしそこでもフランス語公教育の普及によりクレオール語の話者はいまは減少しつつある。

クレオール語詩の一例

ここで初めにフランス語系のクレオール語の実例を、ハーンが採集した言葉を私が日本語に移した訳があるので、原《もと》のクレオール語とそのフランス語訳とともに紹介し実態にふれたい。ちなみにルイジアナのクレオール語とマルティニークのクレオール語は近いとはいえ同じではない。

天気がいいぞ、
海いいぞ、
魚が海から跳び出すぞ。
女は肩掛け羽織るがよい、
わたしと散歩に出るがよい。

なかなか威勢がよくて気風《きっぷ》のいい男前の黒人の若者を髣髴《ほうふつ》させるではないか。後に小泉八雲の名前で知られるラフカディオ・ハーン（Lafcadio Hearn, 1850-1904）は来日する前にアメリカ南部のルイジアナ州の農場で働く黒人労働者とフランス領西インド諸島のマルティニークで島の住民からクレオール語を採集した。引用はマルティニークの文句の一つである。歌の歌詞でもあろうか、土地の言葉、すなわちクレオール語ではこう言われた。

Li temps bel, bel, bel,
Lamé beau- Tout ti
pouesson ka fé lakilibite, Marie femme mette châle ou et a nou pouéméмé.

一八八七年から八九年にかけてハーンはマルティニークに滞在したが、当時その島の黒人や混血人の住民の間ではこんな言葉が話されていた。しかし、島の住民がみなこのような言葉を話すので、島に代々住み着いた白人植民者層の子弟も日常はこのような言葉を用いていたのである。もとより良家ではそのクレオール語に価値を認めず、書きとどめようとした人はいなかった。白人の名家の子弟はボルドーやパリへ留学することになっていたからである。そのような言語にまつわる価値観は日本でも同じことで、明治維新以後、地方の子弟は大都会へ出て勉学に励んだ。そのころ地方の方言を書きとめてくれた人はけっして多くはいなかったはずである。

いま掲げたクレオール語の引用は、ハーンというきわめて奇特な外来人がマルティニーク島の黒人の言語文化に関心を寄せ、民衆に立ち混じり、面白い言いまわしを集め、ノートに書きとめておいてくれたからこそ、今日まで伝わったのである。それだけではない。ハーンがクレオール語を採取したサン・ピエールという当時のマルティニーク島の首都は一九〇二年五月八日、プレー火山の大爆発に伴う火砕流にまき込まれ、牢屋にいて大火傷を負ったけれども生き延びたたった一人を除いて、全滅してしまった。そのためハーンのノートは「ポンペイの遺蹟から原稿が出てきた」と同じくらいの価値があるという言い方もされている。ただしここに引用されたクレオール語の綴りは、採取者ハーンが自分で工夫して書いた綴りであるから、今日のクレオール語の表記法と同じでない。またフランス語が達者であったとはいえ英語を母語とするハーンの表記がどこまで正確なトランスクリプションといえるか保証もない。なおこのノート類を数冊ハーンは日本にまで持参した。しかしハーンの生前活字発表の機会はなかった。ノート第一冊はハーンの死後、一九三九年パリで出版された。ほかに孫の稲垣家に保存されているノートがあり、その一冊の鑑定を私が頼まれたのがきっかけで、第二冊は一九九八年『比較文学研究』第七十二号に復刻され、平川が解説と一部日本語翻訳を付し、マルティニーク出身のLouis Solo Martinelがフランス語訳をつけた。それはついで二〇〇一年Lafcadio Hearn, *Contes Créoles* (II) としてParis: Ibis Rouge Editionsから出版されている。その編者マルティネルの手になる前の歌のフランス語訳を引用する。

Quel beau temps! La mer est belle, les poissons font la culbute,
Marie, femme, mets ton châle et allons nous promener.

culbuteは「とんぼ返り」と仏和辞書に出ている。フランス語知識のある人なら日本人でも、このフランス語訳を読んでからあらためてクレオール語を読むと、かなり中身の見当がつくだろう。（クレオール語の三行目のchâle ouについて説明すると、ouはvousの最初の子音が落ちた形で、二人称単数と二人称複数の区別はない。敬語を示す「あなた」という表現と親密を示す「おまえ」という表現、いわゆるvouvoyerとtutoyerの区別はない。主格と所有格の区別もはっきりしない。châle ouは「おまえの肩掛け」の意味であろう）。

クレオール créoleという言葉は、日本人にはいまだに耳馴れてないが、それでも近年耳にすることが次第に多くなった。これは一つにはカリブ海のクレオール文化が西洋本国でも注目を浴びるようになった関係で、日本でも話題となったからである。二つにはいま引用したクレオール語の歌からもわかるように、ハーンとの関係においてである。そしてさらに三つには日本が置かれている文化史的な位置との関係においてである。日本は良かれ悪しかれCreole Japanと呼びうる文化史的位置にいる国なのである。ここでは第一の学問世界の流行の問題はさておいて、第二と第三の点を特に詳しく話題としたい。

二 クレオールの発見者ラフカディオ・ハーン

それではなぜハーンがクレオール語やクレオール文化に関心を寄せるに至ったか。それについては拙稿『捨子は何に救われたか』（本講座作品編収録）の中の「捨てられた合いの子」の節でハーンの家庭的背景と略歴にふれたが、それが説明の一助となるだろう。ハーンは不幸な生れの人で、いま煩《はん》をいとわず家庭の背景の要点を繰返すとこうである。

十九世紀中葉のギリシャは広い意味でのオリエントの低開発国であった。トルコの軛《くびき》を脱して独立国とはなったものの、イオニア海の島にはイギリス占領軍が駐留していた。一八四八年四月キシラ（英語名はセリーゴ）島に着任した陸軍軍医チャールズ・ブッシュ・ハーンはダブリンの上層プロテスタントの家の出だが、失恋していたこととも関係するに相違ないが、島の娘ローザ・カシマティとの間に男女の関係ができてしまった。たとえてみればアメリカ占領軍の士官が沖縄の島の娘とできたような状況である。チャールズ・ブッシュ・ハーンは一八四九年六月レフカダ島に転属となり、七月にそこで長男が誕生、十一月二十五日ギリシャ教会で結婚式を挙げた。英国軍の上官はこの結婚に反対で、チャールズも英国陸軍省への結婚報告を二年間提出せずに留保していた。なお英国軍は一八五〇年二月二十七日チャールズを本国に召還、その年の秋にはさらに大西洋の英領西インド諸島へ転属させた。レフカダ島に残されたローザは六月二十七日に二番目の子供パトリック・ラフカディオ・ハーンを産んだ。一番目の子供は八月十七日に亡くなり、父親も不在で周囲からも白眼視されたローザは多く悩んだに相違ない。二年後の一八五二年夏、ローザはハーンを連れてリヴァプール経由で、夫不在のダブリンの夫の実家に到着する。ローザはギリシャの島の比較的名家の出であったが、当時のギリシャの女の常として読み書きが出来ず、英語も上達しない。婚家になじめず辛い生活を送った。翌一八五三年十月夫が帰国したが、周囲から孤立しているローザを見て夫は結婚の失敗を直感したらしい。詳しいことは「捨てられた合いの子」の節に記してある。結局チャールズはローザを捨てて連れ子が二人あるアリシア・ゴスリン・クリフォードと結婚し、任地のインドに向けて旅立った。ハーンはダブリンに残された。ハーンはこうして四歳のときに瞼の母と生き別れ、七歳のときに父にも捨てられた。ハーンは母ローザに辛く当った父を憎み、母親を生涯懐かしんだ。パトリック・ラフカディオ・ハーンという名前のうちアイルランドの守護聖人にちなんだパトリックを後に用いなくなったのは父に対する反感ゆえである。父と父に代表される英国産業文明に対しても反感を抱くにいたった。裕福な大叔母に育てられたが、本人は「合いの子」としてまた母のない子として辛い幼年時代を過ごした。しかし母の愛情を幼年期の四年間に受けたお蔭で人間に対する根本的な信頼 basic trust があり、生涯ニヒリスティックになることはなかった。それでも不幸は重なり、ハーンは一八六六年、校庭で遊戯中ロープが左目に当り左目を失明した。子供のいない大叔母の遺産をハーンが一人占めにすることを警戒した親戚の入れ知恵で大叔母から遠ざけるべくダラムの寄宿学校やフランスへやられたとも言われるが、その親戚の者が投機に失敗し、出資した大叔母も破産、ハーンは十七歳で退校を余儀なくされ、一文無しとなって社会に抛り出された。

合いの子

そのような背景で育ったためかハーンは社会的弱者への同情の強い人であった。そのマイノリティーへの共感的理解の能力、マージナルなものへの関心がハーンを世にも珍しいルポルタージュ記者に仕立てたのである。アメリカへ一八六九年に移民して本人はどん底から這い上がって社会的上昇を夢み、一応成功してルポルタージュ記者となったが、白人だけでなく黒人にも関心を寄せた。それは当時としては非常に稀なことで、ハーンは南北戦争後、オハイオ川流域の黒人の生活を最初に記録した作家ともいわれる。ハーンはあまつさえシンシナーティで異人種との結婚を禁じたオハイオ州の法律にそむいて混血女性と結婚し、村八分に遭っている。これはハーン自身が体格的にも背が低く、肌の色も濃くて、容貌の点からも白人女性とは結婚できないという過度の劣等感にとりつかれていた反動であったかもしれない。北米では最初十年はシンシナーティ、ついでラテン色の濃いニューオーリーンズへ移り住み一八八七年から八九年にかけてマルティニークに滞在した。そこで作家としても名を成したハーンは、カナダ太平洋鉄道がアメリカの東部から西部へ通じた機会に、アメリカを起点とする西まわり世界一周旅行の最初の寄港地としての日本を宣伝するべくハーパー社から派遣されてヴァンクーヴァーから横浜に渡った。来日した一八九〇年は明治二十三年に当るが西洋主流の世界ではマイナーな日本という国であり、文明の周辺に位置する小国であった。

来日最初期にまとめた作品は『地蔵』だが、その中で心を打つのは来日直後、横浜で西洋人に捨てられ銭を乞うている日本の女と混血の少女を見かけて、ハーンが思わず感情を洩らす場面である。「身に纏っているのは、ぼろぼろの日本の着物である。だが、その眼差しと、おかっぱの明るい色の髪の毛はニッポンのものだけではない。別の――おそらく私と同じ――人種の亡霊がその青い花のような瞳を通して、私を見つめている」

こんなところにこんな西洋の女の子がいるのは変ではないかとハーンは思ったが、少女はハーンを見て異人さんだと思う。少女にとって奇妙なのはハーンという外人さんだけである。その脇で少女のために銭を乞う、西洋の男に捨てられた弱々しい母を見て、ハーンは思わず叫ぶ。

Half-caste, and poor, and pretty, in this foreign port! Better thou wert with the dead about thee, child! better than the splendor of this soft blue light the unknown darkness for thee. There the gentle Jizō would care for thee, and hide thee in his great sleeves.

合いの子で、貧しくて、美しいおまえ！　こんな外国の港で！　おまえはこのお墓の中にいる人たちと一緒の方が仕合せではないのか。そこへ行けば心優しいお地蔵さまがおまえの面倒をみてくださる。おまえを大きな袂《たもと》の中にかくまってくださる。――「死んだ方がまし」とハーンは思わず口走った。自分もかつて混血児としてダブリンで捨てられたという切実な思いが、その合いの子を見た時によみがえったことが察せられる。そして自分という子供に辛く当った西洋社会との対比に

おいてハーンはお地蔵様信仰に象徴される子供を大切にする日本社会への好意的関心を深めて行くのである。(2)

混血児こそ主流文明という大潮流に巻きこまれた小文明の宿命である混淆現象の落し子、いい換えるとクレオール化の落し子、その象徴である。そして世間はまだ誰も指摘しないが、そのハーンが西洋人として来日し土地の女節子と交わりつつ作り上げた「ヘルンさん言葉」こそが日本語系クレオール語だったのである。ハーンはもともと混血児として生まれ、気がついてみたら日本でも混交語を話し、自分自身が混血児の父となっていた。だが父チャールズの真似はしたくないと思ったハーンは、妻子のために、自分が英国国籍を捨て日本の市民権を取った。そしてそのために日本在留の西洋人から「ハーンは土人になった」Hearn went native と陰口をいわれたのである。そしてそのネガティヴな評価はハーンの文学作品そのものに対しても下される傾向にもあるのである。そしてそのような口調の中にこそクレオール化への中心文化人の軽蔑が見てとれるのである。

判官贔屓

学問的には高等教育は受けておらず、独学の人ハーンだったが、向上心はたいへん強かった。ハーンは十九世紀のフランス文学に傾倒し、モーパッサン、ロティなどの翻訳に打ち込んだ。ハーンの翻訳は評判が高く、彼のフロベール、ゴーティエなどの英訳は二十一世紀初頭の今日でもリプリントが出ているほどである。ハーンはギリシャ語は習わなかったから、母の故郷でもあるギリシャに惹かれてはいたが、ギリシャ・ラテンの西洋文学の本道と目された方向へは向かわず、当時の大学出身者が向かいそうもない非西洋の文学への関心をいちはやく示した。しかしこれは単に西洋の主流に背を向けたというより、当時の一部西洋人が西洋文明に自足できず、非西洋に目を向け始めた時代の潮流にのったものでもあった。ハーンの西洋文学講義録が日本だけでなく中国でも評判が高かったし、いまは韓国でも高いのは、西洋本位の英文学、英国の国文学としての英国文学研究でなく非西洋の大学生という聴衆を念頭においているからである。そしてなによりも創作家としての自己の執筆体験に即して教授しているからである。民俗学や文化人類学が発足した時期であり、ハーンはそうした学問にもいちはやく関心を示し、その応用に成功した。ハーンの来日第一作『知られぬ日本の面影』*Glimpses of Unfamiliar Japan* は民俗学的研究としても貴重であり、そのために単なる紀行文と異なって索引もつけられている。日本の民俗学の父柳田國男はそのようなハーンから多くの示唆を受けた人である。

カトリックの大叔母に育てられたが、本人にはキリスト教信仰はなく、マルティニーク島時代に宣教師のキリスト教化の事業の暗黒面にいちはやく気づいた。それはマルティニークの開拓者として知られるラバ神父を取りあげた『亡霊』という作品によく出ている。西洋キリスト文明の優越は自覚していたが、非西洋の文化への関心があったからこそマルティニークでも先住民の文化に興味を示したのである（平川『ラフカディオ・ハーン――植民地化・キリスト教化・文明開化』ミネルヴァ書房、二〇〇四年、参照）。そして日本では神道文化に強い関心を示しその中に入り込んでいったのである。

ルイジアナ、マルティニーク、そして日本体験

オハイオ州のシンシナーティで河岸で働く黒人男女の生活に関心を寄せてルポルタージュを書いて成功したハーンが、南下してルイジアナ州でフランス系白人が経営するプランテーションで働く黒人男女の生活に関心を寄せて、今度はクレオール語に興味を示したのは自然な成行きであった。その体験のさらなる反復としてのマルティニーク体験ということも容易に理解出来るであろう。

ところで世界に日本の生活を知らせたハーンの日本体験がマルティニーク体験の反復であるという理解は、日本人はもとより外国人も長い間思いもつかなかった。ただし、ニューオーリーンズの朝の物売りを記述したハーンだからこそ松江の朝の物売りの声も記述したのだ、という紀行文作者としての目のつけどころの並行関係の指摘はすでに行なわれていた(3)。その研究主題の並行関係についても共通性がジョン・アシュミードによって指摘されていた(4)。すなわちハーンの『仏領西インド諸島の二年間』(一八九〇)と『知られぬ日本の面影』(一八九四)とでは山の風景、樹木、印象主義的描写法、女の名前への関心、女たちの働きぶり、病気の流行と死のテーマ、ポー風な扱い、昆虫、蛇、百足《むかで》、民謡、などアプローチがそっくりで、章の構成も共通性が認められる、a kind of montage of chapters も似ている、と指摘されている。

マルティニーク島でハーンがもっとも嫌った存在は一六九三年から一七〇五年までこの島に住み、マルティニーク島を植民地として建設する基盤を築いたドミニコ会士のラバ神父(一六六三―一七三八)であったが、そのハーンは来日後もイエズス会士を激しく嫌悪した。強圧的なキリスト教宣教は土地の土俗の宗教文化を破壊するという認識があったからである。そうした宣教師批判を広言

するハーンを西洋側の多くの人は信仰のない無宗教の人間と目したが、ハーンはキリスト教信者ではないが素質的には宗教的な人であり、母恋しさも手伝ってあの世に心を惹かれていた。キリスト教以外のいろいろな宗教にも関心を寄せ、英語・仏語で出た仏教関係書も実によく読んでいた。そんなハーンは ghostly Japan、いいかえると日本の神道的雰囲気を見事に捉えた最初の西洋人である。日本人が小泉八雲の山陰の盆踊りの記述に心動かされ、『怪談』を愛読し、『日本――一つの解明』の祖先崇拝の論を肯《うべな》うところがあるのは、そこにある真実を感じるからであろう。

ところでマルティニークに対するアプローチと日本に対するアプローチが似ているのは、『仏領西インド諸島の二年間』の記述に成功し、名を成したハーンが同じ手法を日本に対しても応用したからで、その手法のことは来日以前、ハーンがハーパー書店の美術部長パットンへ宛てた一八八九年十一月二十八日付けの手紙に詳しく出ている。すなわち取扱いたい点として次の項目をあげた。

第一印象、気候と風景、日本の自然に関する詩歌
外国人にとっての都市生活
日常生活における芸術、芸術作品への外国の影響
新しい文明
娯楽
芸者と彼女らの職業
新教育制度――子供の生活――子供の遊び、等

家庭生活と大衆の家庭の宗教
公衆の礼拝儀式――寺院の儀式と信者の義務
伝説や迷信の珍奇なるもの
日本の女性の生活
大衆の間の古楽曲や歌
日本の古い巨匠たち――芸術品における彼らの現状または残像、この国の生活と自然の反映者としての彼らの力量または価値
大衆の話し方の珍しい諸点、日常生活の用語法の特異点
社会組織――政治的、軍事的状況
居留地としての日本、外国的要素の在り方、等

そして自分の狙いは「『日本で暮らしている』『日本で生きている』という生き生きした実感を西洋人読者の脳裡に創り出すことです。――すなわち、ただ単に外からの外人観察者として見るのではなく、日本の庶民の日常生活に私自身も加わって、日本の庶民の心を心として、書いてみたい……」と述べた。そして驚くべきことに、三十九歳になったハーンが書いたこの計画書の十余の項目は、ただ単に来日第一作の『知られぬ日本の面影』においてのみか、それから十余年にわたって書かれる十余の書物においても多かれ少なかれ繰返されるのである。それはハーンが用いた民俗学的アプローチの有効性と健全性を裏づけるものでもあったろう。そしてさらに一歩進めて言うなら

ば、マルティニークのクレオール的文化状況と似た文化混淆の状況が、規模や質こそ違え、日本にも存在した。それゆえにハーンのアプローチが見事に機能したのではあるまいか。

三　地球社会における周辺文化の運命

グローバル化とクレオール化

クレオール化 creolization ということがいまや世界史的な意味において話題となるのは、広義のクレオール化がグローバル化 globalization と対《つい》になる現象だからである。グローバル化が光の当る部分だとすれば、クレオール化はその影の部分だからである。前者がクローズ・アップされる割に後者が口にのぼらないのは、陽光の部分は光り輝くが陰影の部分は陰に隠れるからであろう。ただしこのような両面的な見方をするためにはクレオール化の概念を局地的・歴史的なものから拡大してあらためて再定義せねばならない。

文化的圧力が加えられ、クレオール語を生み出すような文化変動を「クレオール化」と呼ぶ。狭くは「言語を混交させること」だが広くは「文化を混交させること」の意味にも応用可能である。今日の日本では「混交」の「交」は交わるの「交」を用いる。これは以前は広く用いられた「混淆」の漢字が複雑であるところから行なわれた単純化に相違ないが、「混淆」と「混交」ではニュアンスに違いのあることにまず注目したい。諸橋の『大漢和辞典』には「混淆」には「入りまじつてはつきりしなくなる。ごつたまぜ。雑亂。渾殽」と出ている。ちなみに『大漢和辞典』には「混交」はない。「淆」の字は「みだす。みだれる。いりまじる。淆、亂也、雑也」また「にごす。淆、水濁也」などと説明されている。「淆」と「交」には違いがある。前者にはネガティヴなニュアンスが明確に出ていることである。ちょうど英語にも promiscuous と mixed には区別があり、前者が mingled indiscriminately と定義され、例として promiscuous sexual union があげられているようなものであろうか。

それでは異文化を積極的・能動的に受容するべきなのか。それとも異文化の影響に消極的・受動的に心身をさらすだけでそれで良いのか。文化の摂取は精神的な食物に似て、好きだから選んで摂取する、という場合もあれば、好き嫌いを問わず、外から押し付けられ、止むを得ず受容する、という場合もある。このように異文化受容の形態は、内面的・自発的な場合もあれば、外面的・他発的な場合もある。植民地支配下や軍事占領支配下で文化の接触や受容や同化が行なわれた場合などはその後者に属する。その強制の度合を示す目安は、文化受容を強制された人々が母語を喪失するか否かであろう[5]。しかし実はそのような強制された受容の場合ですらも、知識人は能動的・主体的に受容に立ち向うことによって事態を好転させ得るものなのである。植民地出身者に本国と植民地の双方の文化を身につけた知的巨人が出現したのはその例証であろう[6]。

グロバリゼーションは私たちが好むと好まざるとにかかわらず進行している。実はこれもまた外から強制された文化受容と呼べないことはない。グロバリゼーションの過程には大文明の側からする、一元的でユニラテラルな価値の押し付けが伴うからである。そうした場合にも、これに対し拒絶反応を呈して背を向けるのでない限り、そして新形式の文化が私たちをめざして受容を迫ってくる以上、私たちは好むと好まざるとにかかわらず、新しい文化を受け付け、さらには探し求めることとなる。(7)毛筆を捨ててパソコンのキーを叩くことに抵抗感を覚える人も、新時代の要求に応じないわけにはいかないのである。人間は一体どこまでその外部からの圧力に同調し得るのか。その限界点はどこにあるのか。

東アジアにおける世界化と中心の移動

東洋の中心として中華文明を誇った大陸中国は、かつては自分たちの政治意志を周辺世界に押し付けるのを習いとしてきた。それは東洋という世界におけるグロバリゼーションだったのである。(以前の地球には複数の世界があり、その中でそれなりの「世界化」というグロバリゼーションが行なわれていた)。中国周辺の国々の知識人はひとしく漢学を学んだ。漢文が共通語であった。だがその大陸中国には、大唐帝国、大明帝国、大清帝国の再現の夢を追う人はいるであろうが、もはややそれを現実化することはできない。たしかに大陸の中国人の間には中国中心的 Sino-centric な考え方の惰性は強く残っている。チベットの民族的・宗教的アイデンティティーの維持を難しくするほど漢民族を送りこみ、中国化を押し進めるのはその政策の露骨な名残りである。だが東風が西風を圧するなどという毛沢東流の考えは、中国人の耳には心地よく響くレトリックであろうけれども、鎖国体制を維持した閉鎖空間内でのみ可能だった誇大妄想であり、それはもはや時代錯誤であろう。改革開放以後は、大陸中国とても一本の足で中国を、他の一本の足で外部世界を踏まえて立つ人材が求められている。四千年の長きにわたる中国の歴史で現在ほど中国人のエリートが外国語の学習に熱心になった時期はほかにないのである。中国の存在感は今後増大するであろうが、しかしだからといって地球社会のリンガ・フランカが英語から中国語へ移行することは予測し難い。

十九世紀の後半まで東アジアの国々は農業を基盤とする社会で、それぞれ貧しいなりに自給自足していた。それが英国を起源とする産業化が進み、貿易が行なわれるようになるや、各国の鎖国体制は次々と破られ、西洋を中心とする植民地体制が形成された。その際、日本は中国を中心とする華夷秩序からいちはやく脱却して西洋文化の受容に向かった。その変化を示すものが日本人の第一外国語の変化で、日本人は漢籍を読むより英書を読むようになった。「脱漢入英」である。日本が中国よりも先に近代国家を建設し得たについてはいろいろ説明も可能であろうが、中国中心的な世界でかつては「和魂漢才」という中心文化摂取の公式を自覚していたことが、十九世紀後半以後の西洋中心的な近代世界で「和魂洋才」という中心文化摂取の公式への転進を容易にしたのであろう。しかしそのような日本は、いずれの場合においても、周辺的な地位に留まらざるを得ない。

第二次大戦後、先進国による植民地支配の体制は崩壊し、社会主義の実験も失敗に終った。日本はその過程で通商立国で経済の再建に成功した。今日東アジアで島国の日本も台湾も、経済的には繁栄している。しかし地理的にも、政治的にも、そして文化的にも、この地球世界では相対的に小さい島国である。グローバル化が進行する中で地球社会における傍流としての居心地の悪さも感じている。それは日本が主流となり得ないからでもある。交通通信手段の発達で地球規模での資本主義体制が進行し、金融面をはじめとしてグローバル化が進行する。その際、この地球世界の主流は、政治的にも、文化的にも、経済的にも、英語国を中心とする西洋である。アメリカの力は相対的には衰えつつあるとは言え、グロバリゼーションは仮装されたアメリカニゼーションではないか、と疑う声も強い。

私たち東アジア人は英語を学ばなければならないが、西洋人は必ずしも日本語や中国語を学ばずとも済んでいる。そのような非対称的な関係が現実である以上、日本や台湾は国際社会において、けっして末流ではないが、あくまで傍流である。自分たちの意見を自国語で述べてその見方を外部世界に押し付けることはできない。せいぜい自分たちの意見をまわりの国々に聞いてもらえるよう英語などの外国語で発信できるように努力しなければならない。そのような状況は、大きい小さいの差はあるが、実はかつてマルティニーク島の黒人が主人の言語であるフランス語を学び、クレオール語という下手なフランス語で会話せざるを得なくなった状況と相似している。そのことを直視しなければならない。

クレオール性の再評価

第二次世界大戦以後旧植民地は次々と独立を獲得した。その際声高に弾劾されたのは植民地支配の旧悪であった。旧支配者は非難された。旧支配者と協力した人々は糾弾された。かつての被支配者たちは自分たちの文化の復権を試みた。新大陸のアメリカから自分たちのルーツを求めにアフリカへ行く者も現われた。しかし民族ナショナリズムを高唱するだけでは、正確な文化史的実態の把握は行なえない、という自覚もやがてカリブ海地域では生まれつつある。それというのは、あるいは西アジア地域の旧英国植民地出身の作家が、かつての宗主国の言語である英語で自己表現をためらわないのみか、それでもって世界的な文学賞を取ったりする。本人のいちばん得手な言葉も英語であるらしい。あるいはカリブ海地域出身の黒人作家がフランス語や英語で作品を書いて世界文壇の注目を浴びる。かつては負の遺産として非難された支配者の言語でもって書くことが、このように公然と認知され、肯定されるように変わってきた。旧支配者の言語で書くのだから、その言葉と文化に含まれた価値観も当然部分的には継承することとなる。植民地支配を絶対悪として非難し否定しつつ、しかも植民地化に含まれていた文明開化の遺産継承を善とみなすこのような態度には矛盾はないのか。なぜそのような現実主義的な見方が、世界的に勢を得てきたのか。その動きを要約する言葉が éloge de la créolité「クレオール性礼賛」であり、同名の著書はジャン・ベルナベ (Jean Bernabé)、パトリック・シャモワゾー (Patrick Chamoiseau)、ラファエル・コンフィアン (Raphaël Confiant) の三人の手で一九八九年にガリマール社から出版された。この本は後に対訳本で刊行された。ただし対訳本といってもフランス語とクレオール語でなく、仏英対訳で一九九三年に同社から出た。英訳のタイトルは *In Praise of Creoleness* という。そしてマルティニークにおけるクレオール性の肯定に背後で大きな役割を果たしたのがラフカディオ・ハーンなのである。

コンフィアンのハーン評価

マルティニークにおけるハーン評価の変遷は日本におけるハーン評価の変遷を髣髴とさせるものがある。(8)

明治の地方の生活をハーンほど見事に書いた人はない。それもあって日本人は八雲の『知られぬ日本の面影』を愛読する。それと同じで両大戦間にハーンの著書『仏領西インド諸島の二年間』の仏訳が出るや、マルティニークの白人は自分たちの過去を正確に書き留めてくれたハーンを愛読した。ハーンが住んだサン・ピエールは一九〇二年、プレー山噴火の際、全滅した。そんな昔の首都の日常の声を伝えるハーンの文章はそれだけ一層懐かしい。黒人たちも、頭に荷物を載せて運ぶ女たち、語り部、乳母など自分たちの先祖を愛着をこめて書いたハーンを愛した。彼の民俗学的証言が貴重なことは明らかだった。ところが第二次大戦後、黒人の間から独立運動が起こると、ハーンは混血の女を偏愛したエロチックな志向の強い異国趣味の白人作家だと非難された。ジャック・コルザニ（Jacques Corzani）ボルドー大学教授が反植民地主義の立場からハーンを激しく論難した当時は、ハーンを表立って弁護する人はいなかった。

とくに問題とされたのはマルティニークに取材したハーンの小説『ユーマ』の同名の女主人公の態度である。ユーマはフランス人名家の乳母である。この混血の奴隷はマイヨットという白人の娘を育てている。その母は亡くなる時、当家の一人娘の養育をユーマに託したのだ。マイヨットの母とユーマとは子供の時から一緒に育てられた仲で、そんな乳母だけに外働きの黒人奴隷からも特別の目で見られていた。やがて奴隷解放の暴動が起り、白人の家が焼かれる。ユーマには黒人の男友達がいる。彼が「白人の子は家に置いて、お前だけ窓から飛び降りて逃げろ」と叫ぶが、乳母は肯んじない。ユーマは女の子マイヨットを抱いて白人一家とともに火の中で滅ぶ。——これは革命や黒人種の連帯を主張する側から見れば、人種的裏切りである。しかしユーマは白人の主家に忠実という以上に人間としての信念を貫いた。それが尊いのであって、そのことは黒人にもよくわかっていた。日本の旧植民地でも敗戦後襲われた日本人家族は少なくなかった。その際、日本人の幼児を庇った阿媽《アマ》もいたであろう。だが今の東アジアでは民族主義を強調する擬似左翼が強過ぎて、そうした現地女性の「親日的」な話はいまだに口に出すことができない。だがマルティニークで嬉しいことは、そうした人種を超えた愛の行為を良しとする黒人の声が今やはっきり聞かれるようになったことである。これは私の個人的体験だが、知合いの黒人夫婦が娘にユーマと名づけたと聞いた時、マルティニークにおけるハーン評価も落着くべきところに落着いたと、嬉しかった。

二十世紀中葉以後、マルティニークという旧植民地で、黒人作家によるかつての支配者批判に代わって、クレオール性の礼賛という植民地体験の肯定とはいわずとも植民地遺産の肯定が行なわれ、文化史的座標軸の転換が行なわれたのは千九百九十年代にはいってからのことだが、ハーン再評価はそれよりやや遅れた。黒人作家たちは『ユーマ』について直接言及する前に、ハーンの民俗学的な業績や紀行文をまず再評価し始めたのである。

ラファエル・コンフィアンの「素晴らしき旅人、ラフカディオ・ハーン」という一文は Hearn, *Two Years in the French West Indies*（Oxford, Signal Books）という新版に寄せられた「まえがき」で二〇〇一年に発表された。私はその年の二月マルティニークで開かれたハーン学会でコンフィアンが英語で読み上げるのを聞いた。この文章は拙著『ラフカディオ・ハーン――植民地化・キリスト教化・文明開化』（ミネルヴァ書房、二〇〇四年）「あとがき」に全文日本語に訳してある。ここではその要点のみをかいつまんで紹介したい。

コンフィアンはハーンが熱帯の夕暮を描く自然描写の正確さにまず驚き、ついでハーンがマルティニークの霊能者の秘密の世界にはいりこんだことに驚き、ヨーロッパの画家が「冷たい色」として分類する灰、青、茶、菫《すみれ》、緑が熱帯の風景の中では悲哀や憂鬱を表現するものでないことに気がついていることにさらに驚く。そしてそのようなハーンの感受性の由来をハーンの混血児という背景に求める。ハーンがなぜ世界の「多様性」に興味を示し、多種多様の言葉を習い、なぜクレオールの文化に飛びついたかを考える。そしてハーンの言葉を引用する、「町の叫びは、甲高い、遠くまで通る、朗々たる調子のクレオール語だが、聞いていてなんとも心地よいさまざまなハーモニーをまざりあって作り出す」。そんなハーンの生活をコンフィアンは四部に分ける。第一部がギリシャのレフカス島やダブリンやロンドンでの幼少年時代、第二部がシンシナーティにおける新聞記者時代、第四部は日本での最後の十四年間。そして話題の中心の第三部はニューオーリーンズやマルティニークのクレオール体験の時代、そこではハーンが黒人や混血の人とすぐ仲間になるという抑え難い傾向、特にそうした女たちの性的魅力に惹かれる傾向、そして混血女の讃歌なども出ている。もちろんハーンは彼の時代の人種的偏見から完全に自由ではありえなかったが、しかしハーンの相手に対する愛情にみちた記述の仕方にコンフィアンも感じるところがあったのだろう。それでこのハーンその人のアイデンティティーは一体何か、という質問を発し、こんな見方を提示した。

ハーンは今日英米文学で無視されているが、私見では十九世紀後半の最も近代的な作家の一人である。それだけではない。ハーンは個人的なアイデンティティーの問題について幻想家的なヴィジョンを示した。彼は……普通でない混じりあった両親という背景を頼りにし得たばかりか、どこへ行こうがどこで仮住まいをしようが、新しい生活様式を採用し、自然と神について独自な見方をするようになった。ハーンは私たちが今日呼ぶところの「多重的なアイデンティティー」multiple identity ないしは「クレオール性」creoleness を創り出した人なのである。この「クレオール性」とは人間が日常生活で、いたって平凡な行為行動の中で、種々さまざまの文化的・人種的・言語的・宗教的構成要素を自分の中に取り入れていることを指している。

マルティニーク島は大文明の周辺にあり、文化的・言語的にも混淆状態にある。ハーン自身ももともとクレオール性を有する育ちだったから、クレオール文化のよき理解者となった。Ghostly Martinique という土地の霊性の把握を試みた。そして考えてみると、日本列島も大文明の周辺にあり、別の意味でのクレオール性がある。ハーンは文化の混淆に際しての先住者の宗教的心性である ghostly Japan に関心を寄せ、「霊の日本」の把握をやはり試みた。ハーンの怪談 ghost stories が日本人に愛読されるのはハーンが日本人の霊の世界の中にはいりこむことに成功したなによりの証左だろう。

Creole Japan という混淆文化の宿命

周辺地域の自己主張には、十八世紀の島国日本の本居宣長の漢学批判の場合にも、二十世紀後半のマルティニークの知識人の場合にも、そして今日の一方的なグロバリゼーションに対する日本人の反撥にも、文化の宗主国中心の一方的な見方に対する苛立ちがその背景にある。二十世紀後半には新興独立国の側からするナショナリスティックな植民地支配の旧悪非難もあれば、左翼の側からする帝国主義支配弾劾もあった。しかし新興独立国が排他的ナショナリズムでもって自国文化を狭く捉えようとすると、議論は不毛におちいる。それは実態から遊離したスローガンと化してしまう。戦後六十年にわたって似たり寄ったりの非難が過去の宗主国の文化的支配に対し繰返し唱えられると、人々はむしろ空しさを覚えるようになる。過去のさまざまな体験を全否定するよりも、文化的植民地体験をも踏まえて、文化的混淆をも肯定する方がどうやら健全なようだと考えるようになる。異文化受容ということは、主体的に行なう場合でも異質のものを同化する努力である以上、その過程で異物を取り入れる主体もまた自ずと変容を迫られるのである。

私は歴史上の過去に理想の時代を描いて復古を夢みる人ではないので、現在の雑種文化としての日本、いいかえると広い意味でクレオール化している島国日本の歴史的実態をありのままに肯定して、その中にプラスの要因を求めている自分に気がつく。この場合、広義のクレオール化とは中心文化と周辺文化の習合の謂いで、日本列島では宗教、思想、表現、風俗などに混淆現象が多く見られるのである。神仏習合とか本地垂迹説とか漢字仮名混じり文、音と訓を混ぜる読み方、和食洋食、和服洋服、和洋折衷など混淆現象は枚挙にいとまがない。

日本はかつて中国文化の恩恵を受け、その後は西洋文化の恩恵を受けた。「恩恵を受けた」とは上品な言いまわしだが、文化的には隷属した、と置き換えて言えないこともない。それを隷属と感じないのは、島国日本が政治的に中華帝国の版図に押し込められたことがないからであろう。日本は物を取り入れた割には人を取り入れることをしなかった。外来文化を自主的に摂取したという感覚があるから、文化的に征服されたという気持が極めて薄い。日本で義務教育で教える漢字の数を制限したが、それは過度の（実は大したことはないのだが）教育負担にたいする配慮から出た措置であって、すくなくとも文化的ナショナリズムとは無関係であった。ところが朝鮮半島では北も南も漢字ハングル混じり文から漢字を排除した。それだけナショナリズムが異常に激しいからであろう。しかし私は順列組合せの可能性が大きく、視覚的にも聴覚的にも訴える漢字仮名混じり文の良さを感じ、石井勲式の漢字教育法の利点を感じる者だけに、隣国から漢字ハングル混じり文が消滅したことが惜しまれてならない。

和魂漢才という折衷主義の行き方にもそれなりの道理はあったし、和魂洋才という日本近代化の標語にしてもそれなりの苦心はあったと私は思っている。そんな私は、鷗外にならって、東西両洋に二本足をおろすことを良しとする者なのである。今日の日本で漢字や漢語を排して純粋のやまとことばへ返れ、と主張する極端な人はいないであろう。そのような外来の大文明の影響を受けて変容した日本、いいかえるとクレオール化した日本を良しとしている私である。私の日本人としてのアイデンティティーの中にも種々様々な構成要素は取り込まれている。

さてそのような文化の雑種性や混淆性、英語で言えば creoleness を認めると、文化的植民地体験を否定しないポスト・コロニアリズムの有力な立場が確立される。かつての日の人文科学は文化的宗主国――英国、フランス、中国など――を中心とした文学史や文化史を学び教えることが主流であった。アメリカ合衆国ですらもかつて文学史といえば英文学史であった。それは文化的宗主国の人にとってはもちろんのこと、文化的周辺国の人にとっても必須の教養だった。それだから日本人は漢学を学んだのだし、漢文化が近代世界の要件を満たさぬことを知ると、それに代わって西洋文化を学んだのである。私たちが二十世紀の中葉まで学んだ外国文学は英文学やフランス文学、また学問をより広くとらえればドイツの人文社会の学問であり、二十世紀の後半はアメリカの学問であった。それがいまや中心の大文化のみか周辺の文化をもありしがままに学ぼうとする機運が世界的に拡がりつつある。先進国の文化を学ぶからといって規定値として対象国の価値観に従うだけが能ではないのである。

変動するアイデンティティー

最後に変動するアイデンティティーという問題についても考えたい。

漢字や片仮名の語彙がふえても日本語の文法構造そのものはさして変わらないように、日本語人としての私の中に変わらない日本人としての骨格というか構造があることは認める。私は一九三一年に生れた。軍国主義の時代といわれるが、子供の頃から楠山正雄訳『家なき子』をはじめたくさんの外国の児童文学作品を読むことで育った。その意味では小さいながら外来文化を受容していたわけだが、しかし日本語訳を通して読んでいた、という意味では日本語人だった。それと同様、大人となった私は、外国語でも多くの文章を書いてきたけれども、大半の著述は日本語でした。そのような意味では本質的に日本語人であるから、日本人としてのアイデンティティーを私は危機なしに維持し続けているのであろう。(9)

人間のアイデンティティーは「三つ子の魂百まで」といわれるような基本部分はあるだろうが、

しかし固定的なものではない。他を取り入れることで変貌するものである。日本人は過去において大陸から漢文化を取り入れた。そのような過去の日本について「漢文明によって汚染された」と声高に非難する気が私にはないと同様、今日の日本について「西洋文明を排除せよ」と主張する気もない。ただし「チャイナ・スクール」と呼ばれるような中国本位の見方で日本を判断する日本人、本居宣長のいわゆる漢意《からごころ》に染まった日本人については困った人だと思い、日本を西洋製の価値のフィルターを通してしか見ない、根無し草の人々についても、やはり同様に困った人だとは思っている。モスクワ産の歴史観で自国の歴史を判断する人々も情けない者に思っている。[10] 自国のテクスト、その古典の文章を読むことで先人の心を知ることの大切さは宣長のいう通りだが、相手も知り己も知るという複眼的なアプローチが大切なのである。

　私たちのアイデンティティーは絶えず変化する。それは人間が生きている限り続く。それを無理に固定することは、私たちがアイデンティティーという擬制の囚人となることを意味する。偏向した情報空間の中では人民のアイデンティティーを特定の方向に操作する者もいる。それは精神的にアイデンティティーの制服を人民に着用させることである。また大文化と大文化の狭間《はざま》や大文化の周辺に生きる人は、自己の文化的所属を変えることを余儀なくされることもある。いや、たとい土地は移動せずとも言語的・精神的に移民する者も出て来る。人間はたとい同じ土地に暮らし続けていても、異文化体験を強いられることも、また異文化を自発的に取り入れることもあるのである。その際、その文化変動に呑み込まれて溺れてしまわぬことが大切なのであろう。自己の同一性を守るためには、二本足を複数の文化におろして安定を図るより仕方がない。しかしその安定性を維持しえなくなるようなスピードでグロバリゼーションが進行する時は、国内から必ずや反動が生じるに相違ない。私はその反動が世界各地で暴発することをおそれている。

注

（1）Vié faubon と Lafcadio Hearn, *Miscellanies*（London, William Heinemann, 1924）vol.II, p.144 に印刷されているが、Vié faubou のミスプリントと考え、そちらに訂正した。faubourg の終わりの r の発音が落ちたものと考えられるからである。

（2）お地蔵様は慈悲に縋る子供や母親の気持を体現している点で聖母に縋るギリシャ正教のマドンナ崇拝と同様、「甘え」の文化のあらわれであろう。ギリシャ正教の中の母子関係はプロテスタンティズムの中の母子関係と異なるが、ハーンは母の喪失を埋めるものを日本のお地蔵様に象徴される子供を慈しむ文化の中に感じたのではあるまいか。

（3）平川祐弘『小泉八雲――西洋脱出の夢』第一章と第六章を参照（新潮社、一九八一年、第一章の初出は『新潮』一八七六年五月号）。

（4）John Ashmead, "*Two Years in the French West Indies* and *Glimpses of Unfamiliar Japan*," Kenji Zenimoto ed.,*Centennial Essays on Lafcadio Hearn*（Matsue: The Hearn Society, 1996）pp.146-161. 平川祐弘『ラフカディオ・ハーン――植民地化・キリスト教化・文明開化』（ミネルヴァ書房、二〇〇四年）五二―五四頁。

（5）この場合も同一の母語を話す集団の数によって母語の保存の可能性は変わる。また母語が支配言語と同一言語系に属すると支配言語の習得が容易なため、吸収同化されやすい。ヨーロッパでハンガリー語の集団やバスク語の集団が独自の集団を形成して存続するのは文法体系のあまりの相違が同化を妨げたのだという説（徳永元）もある。

（6）李登輝博士であるとか辜振甫氏であるとかは、インドのネルーやタゴールなどと同様、植民地出身者ゆえの偉大さを身につけた人ではあるまいか。

（7）その間の他文化を受付けざるを得ない、強制された立場に置かれた者の心理を、男を肉体的に受付けざるを得ない立場に置かれた女にたとえる心理学者（岸田秀）もいる。「日本は一八五三年アメリカのペリー艦隊によって「強姦」された」という歴史把握がそれだが、しかし開国を善とみなす日本人もいた以上、ある一面のみを強調する歴史把握は「あらゆる結婚は男性による女性のレイプである」とする極端なフェミニストの主張を連想させる。

（8）詳しくは本書所収のルイ＝ソロ・マルティネルの論文『マルティニークにおけるハーン評価の変遷』を参照。

（9）あるいはそれだけ私が外国に受入れられていないから、それで日本人のアイデンティティーが維持されているのだろうか。私が英語で we と書く時 we Japanese の意味で書く傾向が続く限り、私の帰属は日本であり続けるわけである。

（10）二十一世紀の今日でも日本の歴史学界には一九三二年のコミンテルンのテーゼに基づくモスクワ産の日本史解釈をかたくなに信奉する勢力がある。ちなみに中国大陸で読まれている日本史は井上清などその路線に近い歴史家の著作が大半である。

西インド諸島で出会ったラフカディオ・ハーン[1]
――ハーン、ゴーガン、セガレン

恒川邦夫

一　ゴーガン美術館

カリブ海の《真珠》とうたわれたマルチニック島の首都フォール・ド・フランスから、海沿いに、北西に車を小半時間ほど走らせるとル・カルベという町に着く。カルベとはコロンブスがこの島に上陸したとき（一五〇二年六月一五日）、先住民のカリブ族が住んでいた建物（「小屋」）を指す言葉であったという[2]。本格的な入植が始まるのは、さらに一世紀以上たってからだが、一六三六年にデスナンビュックによって総督に任じられたデュ・パルケが初めて石造りの館を建てたのもそこであるというから、規模は小さくとも、かつてはマルチニックの「都邑」に擬せられる集落であったといえよう。今日ではそうした歴史を売り物に、古い建築様式を再生し、観光客を誘致する再開発に力を注いでいる。ほどなく町を抜けると左手はアンス・テュランの茶色の砂浜に穏やかな波が寄せるカリブ海、右手は樹木が鬱蒼と生い茂って山襞がせまった場所にでる。そのままかまわず直進すれば、海辺の崖を穿った短いトンネルに入る。トンネルを過ぎると、一九〇二年に火山の大噴火で壊滅した旧都サン＝ピエールの町が目前である。しかしそう先を急がず、路傍の標識に目をやりながら進めば、トンネルの手前山側に、奥まった平らな土地があり、パピヨナリヨム（蝶園）という看板が目に入るだろう。熱帯蝶が飼育されている大きな温室があって、二階には世界の蝶の標本展示室がある。その蝶園の門前からさらに山の手に枝分かれした急坂をのぼっていくと、赤いトタン屋根に白壁の建物がいくつか寄り合って出来た複合体に遭遇する。壁面に窓がないので、一見して、穀物倉《こくもつくら》然としている。「ポール・ゴーガン美術館」（Musée Paul Gauguin）である。

「ポール・ゴーガン美術館」は一種の《偽物《にせもの》》美術館である。そこに展示されているものはすべて「複製」である。恐らくキャンバスの原寸大まで引き伸ばされたと思われるカラー写真の「画」がいくつかの展示室に所狭しと飾られている。「画」はゴーガンがマルチニック滞在中にものした「池の畔で」「マンゴーの収穫」「沼沢」などといった作品から、後年のタヒチものにまでおよぶ。十分な照明をあてて撮影されたそれらの「画」は、すみずみまで鮮明で、色鮮やかである。しかし、美術館に行けば「本物」に出会うことができるという習慣を身につけた訪問者には、画集から切り抜いた「画」を額縁に収めたようなそれらの展示物は見るにたえない思いがするに相違ない。なるほど、よく考えてみれば、世界の片田舎の高温多湿の山中の穀物倉のようなところに、時価数十億はするゴーガンの本物が、一点でも収蔵されていると考える方がおかしいのかもしれない。しかしそれなら、何ゆえにこのような美術館を作るのであろうか。単純には観光には何か「目玉」が必要であり、風景や自然の恵みといったものに加えて、《文化》のしるしが大いなる味付けになるという思惑があるからだろう。《文化》とは、畢竟、「歴史」に刻印された人の足跡である。その意味では、モノではなく、ココロの問題なのだから、さまざまな「思い」や心象・情動を喚起する《刺激》がそこから得られるのであれば、モノにこだわる必要はないのかもしれない。

そう思いなおして、美術館のとっつきの部屋の展示物（「画」ではない）を眺めてみる。壁面やパネルの中に展示されているものもすべてコピーである。ゴーガン関連のものとして目を引くのは妻メット宛の手紙[4]である。フランスのサン＝ナゼール港から、蒸気船「カナダ号」でパナマへ出航する日（一八八七年四月十日）の少し前にパリから投函された手紙から数行が抜粋され、原文（仏語）と英訳がタイプに打たれている。「（…）僕は四月一〇日にサン＝ナゼールから出航する（…）所持金は旅費ぎりぎりだから、アメリカに着いたときは文無しだろう（…）僕が何よりものぞんでいるのは、パリから逃げること、パリは貧乏人にとって砂漠だ。（…）。僕はパナマに行って《未開人》のように暮らす（…）絵具と絵筆をたずさえて、人との交際は一切断って、自分を鍛え直すつもりだ」（省略箇所も含めて展示のタイプ打ちのママ）。もう一つは「手紙はサン＝ピエール市ヴィクトール・ユゴー通り三〇番地、ヴィクトール・ドミニック氏気付で」という手紙の末尾の但し書きのコピーである。これはタイプ打ちではなく、元の手紙のフォトコピーだ。訪問者はそこに少なくともゴーガンの筆跡を認めることができる。判読には困らない綺麗な筆跡である。すぐ下に額に入ったサン＝ピエールの街中の写真とおぼしきものがある。「ヴィクトール・ユゴー通り[5]」を撮ったものらしい。この手紙は末尾の但し書きから推して、妻宛てに出した一八八七年六月二〇日付のものと知れる。「今僕らは黒ん坊小屋に住んでいる。パナマに比べれば天国だ。下の方はココヤシの木々に縁取られた海、上の方にはあらゆる種類の果樹が生い茂っている。町まで二十五分だ」。文中「僕ら」とあるのはゴーガンと同じ船に乗り、それまで行動をともにしてきた若い画家シャルル・ラヴァル（一八六二—一八九四）である。もともとゴーガンが姉マリーの夫を頼って、運河の開削工事で湧くパナマへ渡り、いくばくかの仕事の手伝いをして生活費を稼いだら、太平洋上の沖合いに浮かぶ島タガボに渡って俗世間から孤絶した芸術家（《未開人》）の生活を送ることを目的にした旅であった。しかし思惑通りにはいかず、一ヶ月あまりの滞在で、逃げるようにマルチニックへ戻ってきた（サン＝ナゼール港を出た船が大西洋を渡ってまず投錨した地がサン＝ピエールだから、「戻ってきた」という表現はあたらずとも遠からずであろう）。「黒ん坊小屋」（case à nègres）というのは農園で働く黒人が住むごく粗末な掘っ立て小屋である。小屋は借りたのではなく、無人のまま放置されていたところに勝手に住みついたのではないかと思われる。同じ頃に友人に宛てた別の手紙では「町から二キロばかりの広大な農地の一角に黒人が住んでいた小屋を見つけた」とある。そして「ゴーガン美術館」が今日に伝える唯一の「有形の真実」はその立地である。ゴーガンがかつて住んだ「黒ん坊小屋」があったと推定される場所に建てられているからだ。「広大な農地」とは十八世紀から十九世紀末まで続いた大農園《アビタシオン》アンス・ラトゥシュのことを指すのではないかと思われる。そこからサン＝ピエールの町まではモータリゼーションが進んだ今日では、車で五分とかからない距離だが、トンネルも穿たれていなかった十九世紀末ならば、歩いて小半時間の道のりであったろう。

　再び展示物に戻ると、「僕が何よりものぞんでいるのは、パリから逃げること、パリは貧乏人にとって砂漠だ」と書いてあるタイプ打ちの手紙が飾られているところから、ほど遠からぬところに、読む者を不意打ちにし、強烈な衝撃《ショック》を与える青い台紙の上に白地で書かれた四行詩二連（英訳付き）が掲げてある。

Fuir ! là-bas fuir !
Je sens que les oiseaux sont ivres
D'être parmi l'écume inconnue et
Les cieux.
Je partirai
Steamer balançant ta mâture
Lève l'ancre pour une exotique
Nature..

引用はパネルに記されたママだから、原詩とは行分けや句読点に異同があるが、これはまぎれもなくマラルメの「海風」（*Brise marine*）の一節である。英訳の下に「ゴーガンの引用による」とあるので、手帖か何かに書きとめられていたものであろうか。大意は「逃げる！　遠くへ逃げる！／未知の白波と空のはざまで／鳥たちが酔い痴れているのが／僕には感じられる。／僕は出発するのだ／蒸気船がお前のマストを揺すり／異国の自然へ向けて／錨をあげる」といったところである。

詩の厳密な読解とは別に、訪問者の脳裏にはゴーガンの「パリを逃れる」とマラルメの「逃げる！遠くへ逃げる」が響き合って、不意に強い感動が起こる。商品としてはおよそ無価値な展示物の粗雑なコピーの背後から、突如として言葉が生気を帯びて立ち上がってくる。ここが熱帯の島の山間の、ゴーガンが実際に（マラルメが想像裡に）逃げてきた（逃走を夢みた）「遠い場所」だからだろうか。たしかに視点の移動は、パリ・ローマ街の自宅で開いていた「火曜会」の饒舌なホスト、あるいはマルヌ川のほとりヴァルヴァンの質素な別荘に隠棲したマラルメとは別のマラルメを垣間見させる。「西洋脱出」とはおよそなじまない定住民のイメージが強いこの象徴派詩人にこれほど強烈なノマド願望があったのか（！）、と。マラルメとゴーガンは六つ違いだが、一見「水」と「火」のように見える。しかし二人の間には、生涯にわたる「敬意」と「情愛」の交流があったようである。後年タヒチに旅立つことを決意したゴーガンの、資金集めの展覧会をバックアップするために、マラルメが『フィガロ』紙の美術評論家オクターヴ・ミルボー宛に書いた紹介状には次のような言葉が記されている。「パリで辛酸をなめつくした感のあるこの稀代の芸術家（＝ゴーガン）は、今や世間を離れ、未開地《ソヴァージュリー》で自己集中する必要を感じています。彼はタヒチに出発し、そこに小屋を建て、手元に残ったもので生活し、新たに一から始め、自分を取り戻そうとしているのです」、と。因みに「海風」の（ここでは省略されている）冒頭の一句は「肉体は悲しい、ああ！　わたしはすべての書物を読んでしまった」である。

この「ゴーガン美術館」に混入した異物のようなパネルがある。ラフカディオ・ハーンを紹介した壁掛け型のショーケースである。真ん中に額縁に納められた、顔の右半分を見せた横顔のスケッチ（写真ではないように思われるが、一八八八年八月二四日マルチニック滞在中に撮影されたという写真によく似ている）が掛けられている。その下に仏訳の『熱帯夏紀行』（*Un voyage d'été aux Tropiques*）の二種類の版本、『熱帯物語』（*Contes des tropiques*）などが置かれている。ケースの右上段には「作家のラフカディオ・ハーンはゴーガンと同じ時代にマルチニックにやってきて、島の生活を見聞した」と書かれている。今日ハーンとゴーガンのどちらが世界的著名人かといえば、ゴーガンだろうが、マルチニックとの関係の深さではハーンに軍配が上がるにちがいない。島を紹介するガイドブックの中には、ハーンが書き残した十九世紀末のサン＝ピエールの町や島民の生活についての記述を仏訳し、掲載しているものもある[6]。時代に先駆けて、クレオール語コントの貴重な採取がなされたことも、今日では、よく知られている。二人が「同じ時代」にこの島にやってきたということから、果たして、二人はどこかで出会うチャンスはあっただろうかと考えてみる。ゴーガンがやってきたのは、一八八七年の六月上旬と推定される。島を去るのは同年十一月の上旬である。最大限に見積もって、およそ五ヶ月あまりの滞在である。一方、ハーンがニューヨークから出航してカリブ海の島めぐりに出たのは同年の七月三日である。『熱帯夏紀行』の記述から出航後約十日でサン＝ピエールに到着したと考えられるので、たしかに七月の下旬なら二人が、互いにあい知らぬ間に、近い距離にいたということはあり得るだろう。しかしハーンは往路で立ち寄ったあと、船旅を続けて、バルバドス島から南米大陸の英領ガイアナまで行き、帰路にトリニダード島、グレナダ島、セント・ルシア島（マルチニック島のすぐ南隣の島で、晴れた日には島影が望める距離にある）を巡って、サン＝ピエールに戻って来たようである。その船旅には少なくとも十日間から二週間くらいは要したであろう。「帰路にサン＝ピエールで下船して九月上旬まで滞在した」ということだとすると、ハーンがサン＝ピエールに落ち着いたのは八月になってからかもしれない。しかしゴーガンは八月になると、マラリヤと肝炎にかかり、下痢に苦しめられ、衰弱している。日付のない妻宛ての手紙でも訴えているが、友人シュフネッケル宛ての手紙（八月二五日付け）では「一週間前からは食事を取るために辛うじて起き上がるだけで、ガリガリに痩せてしまった」とある。体調が悪くなったのはいつからか定かではないが、ゴーガンにとって八月は病の月であったかもしれない。ハーンが再度マルチニックにやってきたのは、十月半ばで、年譜によれば、[7]「十月一二日サン＝ピエールのボワ・モラン通り六番地に部屋を借りた」とある。二人がすれ違った可能性がある今ひとつの時期はこの十月の後半かもしれない。もっとも火山の噴火で壊滅する以前のサン＝ピエールはカリブ海屈指の商業・文化の中心地で、北米やヨーロッパからの船の寄港地であったから、立ち寄る欧米人の数も多く、ジャングルの中で突然顔を合わせて、言葉を交わすような「邂逅」の可能性を詮索しても無益なことかもしれない。

ハーン（一八五〇―一九〇四）とゴーガン（一八四八―一九〇三）は生没年がほとんど重なる同時代人である。ハーンはアイルランド人とギリシア人の混血、ゴーガンはフランス人とペルー人の血を引く女性との混血、前者は幼少時代をダブリンで、後者はリマ（ペルー）で過ごす。ハーンは四歳で母に去られ、七歳で父に捨てられた。ゴーガンは一歳半でペルーへ向かう船旅の途中で父親を心臓麻痺で失い、七歳までリマの母親の親族の屋敷で過ごした。ハーンは十九歳でリヴァプールから移民船に乗ってアメリカに渡り、苦労しながら、ジャーナリストの道を歩む。ゴーガンは十七歳で見習い水夫となり、ル・アーヴルから貨物船に乗ってブラジルへ行き、以後、六年間にわたって船員生活を送る。パリの富裕な銀行家ギュスターヴ・アローザの庇護を受けるようになった母アリーナは一八六七年に世を去っているから、ゴーガンも十九歳で孤児になったことになる。この二人が似ていると言いたいのではない。十九世紀の半ば以降、西欧列強による新たな植民地開拓の動きや旧植民地における独立解放の運動の動き、それらが産業や科学技術の発達とも相俟って、かつてない多様な人的交流や文化接触を生み出し、その結果として、ハーンやゴーガンのような「境遇」が数多く出現したのではないかということを示唆したいのである。そうした時代の産物を人生の苛酷な「負荷」として背負うことになる二人のような場合も、異境・辺境をふくむ拡大された世界を、海軍士官や外交官の資格で、より自由な異文化の彩《いろどり》として享受するような場合もあったろう。いずれにしてもそれは時代の大きな潮流《うねり》であり、ハーンやゴーガンという特定の個人に限られた問題を超えていたように思われる。このことについては、この後、セガレンの《エグゾティスム》を検討する際に再びふれることにする。筆者にとってハーンとの出会いの場となったマルチニック島の「ゴーガン美術館」を紹介するしめくくりとして、二人の芸術家がそれぞれの立場からマルチニックについて記した奇妙に似通った文章を引用しておきたい。

グランド・アンスからやってくる娘たちは、その明るい黄色あるいは褐色の肌としなやかで軽やかな身ごなし、そして独特な着こなしの優美さで際立っていた。彼女たちが着ている短いドレスはいつも鮮やかな、目を楽しませてくれる色で、むき出しの手足や顔の熟した果物のような色と絶妙なコントラストをなしていた。杏色の縞目の入った白い布や青と紫のタータンチェック、あるいは、ピンクや薄紫の柄模様がことのほかお気に入りのようだった。荷を乗せた大きな盆を頭上に、両掌を後頭部に添えて、女像柱《カリアティード》さながら腕を張り出して歩く姿はとても優美だった。こういう姿をスケッチする機会にめぐまれたら、画家は狂喜したにちがいない。(ハーン「ラ・グランド・アーンス」より(8))

毎日たえまなく黒人女が行き来する。金銀まざりの布をまとって、無限といっていいほど多様な優美な身振りをする。今僕は何枚も何枚もスケッチするのに熱中している。そのうち彼女たちに画のモデルになってもらうつもりだ。頭上に重い荷をのせても、彼女たちはおしゃべりをやめない。その身振りは独特なものだ。両手を巧みに動かして、腰の揺れと微妙なバランスをとっている。(ゴーガン、シュフネッケル宛ての手紙から(9))

二　ゴーガンと《出会った》セガレン

ヴィクトール・セガレンは一八七八年にフランスはブルターニュの最西端の町ブレストに生まれた。世紀半ばに生まれたハーンやゴーガンとは親子ほども年が違う。今日、「エグゾティスム試論」の著者として知られるが、生前まとまった著作を出版する機会に恵まれず、死後もおよそ半世紀間近く埋もれていた作家である。中国に長く滞在し、奥地の山岳地帯へ考古学的調査を試み、数多くの未定稿を遺して、一九一九年、四十一歳四ヶ月余りで没した。早過ぎる死であり、夭折した作家と言えるであろう。そのセガレンが、二等船医に任官され配属された最初の航海で、タヒチに着いたのが、一九〇三年の年初であった。[10] その後、サイクロンの被害を受けた原住民の救援活動などに従事しているときに、マルキーズ諸島のヒヴァ・オアでゴーガンが死んだことを知らされた。ゴーガンの命日は五月八日、セガレンがニューカレドニアから戻ったのが五月末、ニュースを知ったのは六月上旬だったという。パペーテ（タヒチ）からマルキーズ諸島の中心ヌク・ヒヴァまでは千五百キロあり、セガレンの乗船する軍艦が到着したのは八月になってからだ。行政官の好意で遺品を収納した箱を見せてもらい、中にあった遺稿（『ノア・ノア』〔*Noa, Noa*〕、『あと・さき』〔*Avant et après*〕など）を夢中になって読んだらしい。ヒヴァ・オア島にも渡って、ゴーガンの死に立ち会ったプロテスタントの牧師や友人たちからも話を聞いた。九月にパペーテで遺品の競売があったときには、油絵、木彫、デッサンやノート類を落札したという。そして最初の長編『太古の人々』（*Les Immémoriaux*）を書き始める。これは「（書かれた）記録を持たない」タヒチのマオリ族の歴史を、ゴーガンのやり方にならって、島の長老たちからの聞き取り（伝説や神話）をもとに《直接》語ろうとする試みであったという。原稿が書き上げられ、（自費）出版されるまでにはなお四年の歳月を要するが、作家セガレンの出発がゴーガンとの《出会い》によって方向付けを示唆されたことは疑いようがないように思われる。

この《出会い》を書いた「終の棲家《デルニエ・デコール》におけるゴーガン」（*Gauguin dans son dernier décor*）は一九〇四年六月の『メルキュール・ド・フランス』誌に掲載される。フランスに戻る復路の航海中、ジャワの沖合いで「エグゾティスム試論」の着想を得、船がジブチに停泊したときには、詩人ランボーの足跡をたずね歩いて「二重のランボー」(*Le double Rimbaud*)というランボー論を構想した。同論は一九〇六年四月の『メルキュール・ド・フランス』誌に発表される。「エグゾティスム試論」は、結局、完成されず、メモの集積にとどまるが、相次いで雑誌に発表された二つの論文と地つづきであることは明瞭である。もちろんメモは死の前年(一九一八年)まで書き継がれるので、タヒチ以後、三十一歳(一九〇九年)で初めて赴いた、通算すると五年半にもおよぶ、中国滞在の影も色濃く落ちているし、最晩年の心境の変化の影響も見落とすことができない要素となっている。セガレンの「エグゾティスム」とはどのような概念なのか、またその概念を体現した「エグゾット」(exote)とはいかなる者を指すのかについては、この後、詳しく見てみることにするが、それに先立って、「ゴーガン論」と「ランボー論」の要点を紹介しておこう。

「ゴーガン論」に書かれていることで、セガレンの「エグゾティスム試論」に深く関わっている要点は三つある。一つは「ゴーガンは怪物だった」(Gauguin fut monstre)という書き出しで始まる段落で、普通の人々が安心・納得できるようなあらゆる枠組みにおさまらない人物であることを縷々述べたあと、「彼は多様であり、あらゆることにおいて、過剰であった」(Il fut divers, et, dans tout, excessif)と締め括っているところである。この「多様である」(divers)という形容詞が「エグゾティスム試論」では中核的な概念に成長し、セガレンを引き合いにだす現代の評論家によって頻繁に引用されことになる。日本語に移しかえた場合、はたして「多様である」という一つの訳語ですむのかという問題も含めて、後で詳しく検討するが、ここでは二十五歳の青年が書いた最初期の論文の中にすでにこの言葉が重要な役割を担わされていることを指摘するにとどめる。もう一つは、ゴーガンが死んだとき、終の棲家の画架にかけてあったとされる一枚の絵についての記述である。

そして、最後に、おかしいのは、この光が横溢する土地で、死に瀕した画家が最後の絵筆を加えていた作品は、ブルターニュの凍りついた冬景色――枯れた木々が枝を突き立てた低い空の下で、わら屋根につもった雪が溶けて光っている――だったことだ[11]。

これについては、考証家からは異論もあるようで、「ブルターニュの冬景色」に最晩年に加筆した形跡はないという調査結果もあるらしい。ブルターニュのポン・タヴェンがゴーガンの重要な仕事場の一つであったことは周知の事実である。死期がせまったゴーガンの内面にヨーロッパへのノスタルジア、特にブルターニュへの回帰を仮想するのはドラマチックであり、若きセガレンの修辞として、読者の耳目をそばだたせる効果がある。ここではそのことの真偽を論ずることはできないが、セガレン自身がブルトン人であり、後年、中国での長い滞在に一区切りをつけて、ブレストに戻ってきたとき、「ブルターニュの太古の人々」(*Les immémoriaux Bretons*) というケルト民族の年代記を構想したことなどを考え合わせると、むしろセガレン自身のこだわりを(そして彼の人生の行く末を)予告しているようで興味深い。「エグゾティスム試論」を検討する上でも重要な一点である。

第三の要点は、論考の終わり近くで、マルキーズ諸島の原住民の未来を予測した一節である。

彼ら（＝原住民）は麻薬で体を細らせ、恐るべき醗酵酒の魔力のとりことなった。結核菌が胸部を侵食し、梅毒が子孫を作れなくする。しかしそうした害毒も、《文明人》との接触がもたらす数々の災厄に比べれば何ほどのこともない。二十年後には、彼らは《未開人》ではなくなるだろう。そして《未開人》でなくなるのと同時に、永遠に姿を消してしまうだろう。[12]

ゴーガンの有名な絵の一つに「我々はどこから来たのか、我々は何者か、我々はどこへ行くのか」(*D'où venons-nous? Que sommes-nous? Où allons-nous?*)という大作がある。《文明》への呪詛と《未開》への憧れ、これもまたセガレンが唱える「エグゾティスム」の核心に触れる問題意識である。「ランボー論」の要点は、この恐るべき早熟な詩人の前半生と後半生の断絶、《詩人》(le poète)と《冒険家》(l'aventurier)の「二重性（矛盾）」をどのように考えるべきかという問題である。セガレンが東アフリカのジブチで生前のランボーを知っていた人々（リガース兄弟）に会って話を聞いたのは一九〇五年（一月）だから、ランボーがマルセイユの病院で死んで（一八九一年）からすでに一四年の歳月を閲している。セガレンは「ランボーが砂漠の商人として成功していたのかどうか、彼にはいわゆる商才があったのかどうか、少なくともお金に対する執着があったのかどうか、土地の人たちとのつきあいはどうだったのか」などといった問いをぶつけて、後半生のランボーの「実像」にせまろうとする。ランボーが本当に自らの境遇に納得していたのかどうか、《冒険家》の背後に《詩人》の魂をのこしていなかったかどうかを、最果ての地で「友人」であった人々の証言からうかがい知ろうとしたのである。結論的にはそのような証言は得られなかった。ジブチでの聞き取りのあと、フランスに戻ってから、ランボーの姉イザベルとその夫パテルヌ・ベリションにも会いに行って、話を聞いている。その時のメモに「ランボーは自分の作った詩については価値を認めていなかった。他人の書いた詩でも、読み聞かされることを嫌った。それは不思議なほど強い拒絶反応でした、とイザベル・ランボーは言った。《亡くなる前、病床で、私は本を読んであげていました。たまたま詩が出てくると、たったの一行でも、そこはとばしてくれと言いました。彼には詩がおぞましかったのでしょう》[13]」と記している。同じ姉の証言で、終末が近い頃、外の光を遮断して、ランプと蠟燭の光だけにした薄暗い病室で、痛み止めの薬が効いて束の間の安らぎが訪れたとき、昔のことを振り返りながら、弟は「フランスの文壇で自分のことが評判になっていることは、ハラールで、すでに聞いていたが、あのまま書き続けてなくてよかったと思った。あれはよくなかったから（C'était mal）[14]」と言ったという。そうした証言をもとに、セガレンはランボーが自らの「若書きの作品」を否定していたことは疑えないと結論づける。

しかし、後代の人間にとって、ランボーの価値は、否定されたその「若書きの作品」がすべてであるという矛盾がのこる。その矛盾を説明するためにもちだされるのが、ジュール・ド・ゴーチエの《ボヴァリスム》理論である。ゴーチエの定義によれば、《ボヴァリスム》とは、「自分を本来の自分とは違う者と信じこむ力能（pouvoir）」である。その名称からして、フロベールの小説『ボヴァリー夫人』のヒロイン（Emma Bovary）のパリ願望――田舎の薬剤師夫人の「都会文化」への憧憬――がもたらす病的な心理を一般化した理論であることは言うまでもないが、ゴーチエは《ボヴァリスム》を二つの類型に分類して、「（能力の）過剰による」《天才》のそれと、「（能力の）欠如による」《スノッブ（俗物根性）》のそれとを区別する。後者はまさにエンマ・ボヴァリーに象徴されるが、前者の例として引き合いに出されるのは画家アングルである。アングルは十九世紀新古典派の傑出した技量の画家だが、生前ヴァイオリンを特技として、画家よりもヴァイオリニストとしての「技量」を誇っていたという。今日の辞書にも「アングルのヴァイオリン」（violon d'Ingres）という表現が「余技・特技」を意味する言葉として記載されているほどだから、事実、アングルのヴァイオリン奏者としての腕前は相当のものだったらしい。しかし、アングルの第一の（そして第一級の）天分は明らかに画家としてのそれであり、器楽奏者のそれではない。セガレンはゴーチエの《ボヴァリスム》から次の言葉を引用している。

しかしここで想起すべきは、ボヴァリスムは単に自分に備わっている資質よりも、自分にない資質を選好するということに存するだけではないということだ。既に述べたように、自分の中にある諸々の精神的エネルギーの優先順位（ordre hiérarchique）が心理的に逆転し、自己評価に狂いが生じて、エネルギーの強度の強いものから、低いものへと気持が傾斜すると、たちまち、ボヴァリスムが起こるのである。こうした判断ミスが起こり、偏向が起こると、自分の中の比較的凡庸な能力（faculté）に注意力や精神力のすべてが傾注されて、本来的な能力はなおざりにされることになる。その結果、ある種の非効率、ロスが生ずる。それは、最も肥沃かつ豊饒な土地を放擲して、不毛な未開墾の土地にむきになって種を蒔く地主のごときものである。(15)

この理論に照らしてみれば、ランボーは《詩人》と《冒険家》の二つの資質を持っていたが、明らかに前者が本来の資質であり、後者は二次的な（劣性な）資質であったのに、自己評価がどこかで狂ってしまって、後者に全エネルギーを傾注したことにより、寿命を縮め、本意ならぬ人生を歩んでしまったということになる。

こうした《ボヴァリスム》理論は、今日の知見からすると、あまり説得的ではないように思われる。たしかに、人間は自分には何が向いているのか、何ができるのかという判断に迷うことがあり、結果的に——後から、「他者」の眼差しで見たとき——ああすればよかった、自分の本当にすすむべきはあの道であった、あれをやっていたら成功したろうと思うようなことが多々あるとしても、「無駄のない」人生とか、「一貫した」人生というものはそもそもないのであって、人は日々格闘しながら生きていて、最後は「疲れ」や「老い」や「病い」で倒れるのである。倒れた人の経歴をたどりなおして、後付けの理論をあてはめてもいたしかたないのではないか。ランボーの人生の「二重性」とは、ランボーが解決すべき「矛盾」であったのではなく、ランボーの遺した「作品」に独特の光輝を与える何かであろう。一個の人生は、損得とは別の、あるがままのトータルな形でみるほかないものではなかろうか。十代の《天才》詩人が、「詩」と「詩人」に見切りをつけて、抑えがたい漂泊の衝動にかられて靴底が擦り切れるまで歩き回り、遠隔の地に流れつき、そこで活路を見出そうと格闘したあげく、はかばかしい成果もあげられず、人生を呪詛しつつ（「いつかこの世で何年かほんとにゆっくり休めるときが来ればありがたいね。幸いなことに、こんな人生は、一回だけだということ。だって、はっきりしているよ、これ以上ひどい人生なんて想像することができないからね」、と二十四歳の五月にハラールから、母親と家族宛に書いた手紙の末尾にある)[16]、ついには病に倒れ、不遇な《冒険家》として終わったとしても、それはそれで一つの人生である。そう見る限り、ゴーチエの《ボヴァリスム》理論の援用はランボー論の中で最も古びた部分であろう。しかしセガレンにとってランボー問題はいわば生涯つきまとった問題であり、雑誌論文の範囲を越えて、繰り返し主題化され、断章が書き継がれ、彼自身の「エグゾティスム」論の進展とともに変貌している。そうした中で今日なおアクチュアリティの高い問題提起としては、ランボーの世に名高い「酔いどれ船」(*Le bateau ivre*)が「未だ海を見たことのない」青年によって書かれたということについての「驚き」の表明がある。航海の経験はおろか、海を見たことのないアルデンヌの平野に生まれた大地の子がどうして、細部にいたるまで、少しも不自然なところのない、海と航海のあざやかな詩を書くことができたのか。

みんなが知っていて、自分だけが知らない事象について、彼は詩を書く。書かれた詩を介してみんなにその事象が送り返されてくると、びっくりする。事象について無知であった者たちにとっては、当然、知るよしもなかったことが知らされて驚愕するわけだが、事象について知識をもっている者たちにとっては、知っていても、自分たちが感じていたことをどう表現したらよいのか分からなかったことがそこに表現されていることに驚くのだ[17]。

こう言うことによって、セガレンは「詩的直観」（intution poétique）という神秘的な力の存在を肯定し、ランボーに「見者」（Voyant）「幻視者」（visionnaire）という資質があることを認めている。ということは、後で見るように、「現実界」（le réel）と「想像界」（l'imaginaire）のせめぎあいというダイナミズムを基本構造とする彼の「エグゾティスム」にもう一つ「神秘性」（le mystérieux）の次元が加わることを意味するだろう。ランボーにはたしかに「漂泊の衝動」のようなものがあり、それが若き日の彼を何かに憑かれたかのように、ヨーロッパから紅海の出口まで（文字通り）歩かせたのだったが、彼の「詩作品」はその彷徨の結果生まれたものではなかった。さらに、セガレンがそうあればよいと願ったように、その彷徨が昔の「詩」の価値を自らに認めさせ、「詩」への回帰をうながしたわけでもなかった。サン＝ポール＝ルーはセガレンに「ランボーの彷徨（exploration）はそれ自体が一篇の動く詩（poème en action）である」と書き送り[18]、セガレンの《二重のランボー》に統一を与えようとしたが、セガレンはなおも「おまえは詩人であることを自己否定した！　そして己の筋骨のたくましさを誇った。自らが軽蔑した内なる詩人は、しかし、おまえを先導《リード》し続け、軽蔑されたことに対する復讐として、おまえを破滅に導いたのだ[19]」と内なる《ランボー》に呼びかけ、自らはやがて中国へ旅立っていった。

三　「エグゾティスム試論」読解

「《多様なるもの》（le divers）の美学」という副題をもつこの「試論」は一九〇四年十月から一九

一八年十月まで、断続的に書かれたメモ（断片）の集積である。最初のメモはタヒチからフランスへ戻る航海の途中、船上からジャワ島をのぞんで湧いた書物の構想を記したものである。セガレンは二十六歳の若者だった。最後のメモは没する半年あまり前、セガレン四十歳の秋に、故郷ブレストで記された。そうして見れば、「試論」の執筆時期は初めての異境への旅から、数次・数年におよぶ中国《遠征》の旅の終了まで、セガレンの旺盛な活動期全体に及んでいることが分かる。まとまった形で出版されたのは、没後三六年経った、一九五五年である。著者自身がメモを整理して、一巻の書物に編んだわけではないから、当然のことながら、重複・矛盾を含んだ思想の変化・遍歴のあとがそのまま残されていて、解釈は必ずしも一点に収斂しきれないかもしれないが、以下に一つの読解を試みよう。

そもそも人はなぜ旅をするのか、異境をめざすのか。それは今ある自分に満足がいかないからである。理由は色々だろう。何らかの外的要因で押し出されるような場合もあるだろうし、内的要因・素因が働いている場合もあるだろう。ハーンが十九歳でアメリカに渡ったのは、親に見捨てられ、養家が破産して、生活に窮したからだと推測されている。ゴーガンにも生活苦がなかったわけではないが、根本的には、フランスにおける芸術家生活《ボヘミアン》から、心機一転、抜け出したかったからに違いない。ランボーには「放浪癖」（manie ambulatoire）があったと言われるが、一箇所にじっとしている生活が性にあわず、世界の果てまで歩き回りたいというやみくもな情念にかられて、紅海の出口まで流れていったようにみえる。セガレンにも、自分が「地の果て《フィニステール》」に生まれたという意識と厳格で口やかましい母親の桎梏から解き放たれたいという願望があって、それが海外への憧れを生み、「船医」への道を選ばせたのではないかと思わせるふしがある。もちろん、すべての旅が「放逐」や「脱出」ではない。海軍士官ピエール・ロチの旅は、少なくともその小説世界に表現されている限りでは、「気散じ、気晴らしする」(se divertir) ための旅のようにみえる。いずれにせよ、セガレンが「エグゾティスム」論を構想したときに、思いつくままにノートに記した名前だけでも、「ベルナルダン・ド・サン＝ピエール、シャトーブリアン、マルコ・ポーロ、ロチ、フロマンタン、ゴーガン、クローデル、キプリング」などと多数にのぼり、各論に及んで旅とは何かと問えば、それだけで数巻の書物を編まねばならないだろう。しかし今日読者に残されている「エグゾティスム試論」のメモは、そうした各論ではなく、いわば「総論」の構想を記したメモである。手始めに、思索の出発点を画するものとして、最初期のメモの一つを読んでみよう。

ロチでもなく、サン＝ポール＝ルーでもなく、クローデルでもないもの。別のもの！　彼らがやったこととは別のものでなければならない！（…）ごく単純に、いっそのこと、自分が真似すまいとする連中の正反対をやったらどうか、カウンタープルーフを取ってみたらどうか？　彼らは自分が敢えて接触を求めに行った先の予想外の事物や人々を前にして、自分が見たり、感じたりしたことを語った。彼らは果たしてそうした事物や人々の側に立って、相手が内面で、自分自身についてどう考えたかを明らかにしたことがあっただろうか？　恐らく、旅人と旅人が見たものとの間には、見られたものが見た者へ送り返してくる反動がある。なぜなら見られたものは、見られたことに反応して震動するからだ。（…）環境が旅人に及ぼす作用ではなく、旅人が生きた環境に及ぼす作用を、私はマオリ族について表現しようと試みた。（…）芸術家の芸としては、自分の見たものをそのままの形で述べるのではなく、一瞬一瞬の転写によって、自分の存在の反響《エコー》を語るほうが一段上ではないだろうか？　ただし、形而上学的には、絶対的主観主義（subjectisme absolu）しかないことに議論の余地はない。外見上の変化は選択された様式……すなわち、芸術の存在理由である人工的で奇跡的な要素としての「形式」にしか関わらない。したがって、それは美学的な要請に完全に合致したものだ。[20]

みんながやってきたことは、異境で目にするものから受ける印象を記すことだ。自分はそういうことはやるまい。むしろ、みんなの逆をやってみよう。旅人が異境に来れば、旅人の影が異境の事物や人々に落ちるはずだから、その「影」の行方を追ってみたらどうか。「カウンタープルーフ（転写刷り、対照実験、検証）」「（転写による）自分の存在の反響《エコー》」というのはそのことだろう。科学の分野でも、心理学の分野でも、「観察者」と「被観察者」との間に相互的影響関係があることは、今日、周知の事実である。ただ当時としては、医学の勉強をし、シャルコーやジャネ、あるいはフロイトの噂も耳にしていたセガレンならではの発想だったかもしれない。もちろん、これだけでは、異境において、それが具体的にどのような形でなされるのかという点については必ずしも明確ではない。ただそう記したあとに、「形而上的には絶対主観主義」であり、「転写」は「形式」、すなわち、美学的要請にしか関わらないとしているのはどういう意味であろうか。「民族や習俗にどっぷりと身を浸したあとで、断固としてそこから身をはなす。そうすることによって、民族や習俗がきちんと客観的な味わいの中に残される[21]」と別のメモに書いているから、重要なのは、対象との「距離感」と「確固たる自我」(individualité forte)[22]の維持だということを言いたいのであろう。「エグゾティスム」の接頭辞の「エグゾ」(exo)とは、そもそも、「…の外」の意味だが、それは一種の「距離感」「距離の意識」の表明と考えることができる。そして、それはあらゆる領域に広がり得る意識としてとらえられる。時間、空間、性、人間(人種)、動植物、宇宙等々、セガレンが「偏在的エグゾティスム」(exotisme universel)と名付ける領域は広大である。「エグゾット(exote)」とは、生まれながらにして、いたるところに《多様なるもの《ル・ディヴェール》》を見出して、それを追求する性向をもった者のことである。しかし《多様なるもの《ル・ディヴェール》》を味わうためには、対象にのみこまれない強い個性(自我)が維持されていなければならない。

「差異」(différence)を感得できるのは強固な「個性」をもつ者だけだ。

考える主体はすべて何らかの考える対象を想定しているという法則にしたがえば、「差異」の概念には始めから一つの個的な出発点が含意されていると考えなければならない。

自分が何であり、何でないかが感じられる者だけが、〔差異の〕すばらしい感覚を十全に味わうことができるだろう。

エグゾティスムとは、したがって、観光客や凡庸な見物人の眼前に繰りひろげられる万華鏡のような状態をいうのではなく、強固な個性とその個性が一定の距離をもって知覚し、味わう対象とが衝突するとき、それに対して生じる生気に満ちた、興味深い反応のことをいうのである。

（エグゾティスムの感覚と個人主義の感覚は相互補完的である）。

エグゾティスムとは、したがって、一つの適応（adaptation）ではない。自分の内部に抱きかかえた自分の外にあるものを完全に理解（包摂）（compréhension）することではなく、永遠に理解（包摂）不能なものを鋭利かつ直接的に知覚することである。

したがって出発点はこの不可解性（impénétrabilité）である。風習、民族、国家、他者を同化できるなどとうぬぼれてはいけない。逆に、同化することなどけしてできないことを喜ぼう。そうすることによって、「異《こと》（他）なるもの」（le Divers）を感じる喜びの永続性がわれわれに確保されるのだ。(23)

ここでいま少しセガレンのいう《多様なるもの《ル・ディヴェール》》という概念についてみておこう。そもそもフランス語の形容詞 divers には「多様（様々）なもの、色々なもの、雑多なもの」という基本的な意味があり、そこから派生する動詞には diverger「（道）が別れる、（意見）が分かれる（異なる）」あるいは divertir「気をそらす、晴らす、気晴らし（気散じ）をさせる」などがある。また派生する名詞としては diversité「多様性」、divergence「（意見の）相違、対立」、divertissement「気晴らし、娯楽」などがある。Le Divers というセガレンの用法は形容詞の名詞的用法で「多様なるもの、雑多なるもの、異なるもの、〔自に対する〕他なるもの」といった意味領域を横断的に表現しているように思われる。セガレンにとって、エグゾティスムの感覚とは差異の感覚、《多様なるもの《ル・ディヴェール》》の知覚に他ならない。これは自分ではない、違ったものだと知ること。エグゾティスムの力とは、他（autre）を知る力（le pouvoir de concevoir autre）である。(24)

末尾の concevoir autre という表現は「試論」にたびたび出てくるが、メモ特有の省略的な書き方なので、「(自分の外の)他（なるもの）を知る」（concevoir（l')autre）意味なのか、「自分を他なる（これまでとは別の）者と考える」（(se) concevoir autre（qu'il n'est））(25)意味なのか判然としないところがある。たしかに、二つの解釈は「他なるもの」の介入（出現）というところではつながっている。別のメモでは「(理屈はともかく）事実はこうだ。他なるものを知る、するとたちまち眼前の光景が味わい深くなってくる。それがエグゾティスムのすべてだ(26)」と書かれている。繰り返しになるが、この「他なるものを知ろうとする（異境へ向かう）」情念《パトス》は個人の感受性（資質）の問題である。

しかし私にとって、これは自分の感受性の適性の問題である。《多様なるもの《ル・ディヴェール》》を感じる適性を私は自分の世界認識の美的原理に仕立て上げたのだ。それがどこから来たものか私は知っている。私自身からきたのだ。それが他の諸々の原理と比べてより一層真実だとも、より劣っているとも、思わない。ただそれを明るみに出すのは私の義務だと思い、そうすることで、自分の役割が果たせると思っているのだ。「世界を見て、自分が見たことを語る」。私は世界をその多様性において見た。その多様性の味わいを、今度は、みんなにも味わってほしいと思ったのだ(27)。

《多様なるもの《ル・ディヴェール》》に強く魅かれ、それを追い求める者（「エグゾット」）にとって、恐れなくてはならないのは、《多様なるもの《ル・ディヴェール》》の衰退（「減衰」）である。それはいかなる形で起こるのか。まず排除されるべきものとして、「（本国からの）入植者」（Colon）と「（植民地の）行政官」（Fonctionnaire colonial）がある。前者は「儲け仕事以外に目が向かず」「金儲けの手段として《多様なるもの《ル・ディヴェール》》を利用するばかり」である。後者は「中央（本国）の法律を適用することだけに腐心し、土地固有の《不調和》（《多様なるもの《ル・ディヴェール》》の調和）に耳を傾けない」からだ。さらに排除される者のリストに加えられるのが「似非《えせ》エグゾット」（pseudo-Exote）たち、「旅の印象をもてあそぶ」ツーリスト、そして、ロチのような安手の異国情緒を売る作家たちである。「私は彼らを《多様なるもの《ル・ディヴェール》》の売春を斡旋する者たち（proxénètes）と呼ぶ」と、セガレンは手厳しい。シュレ、ペラダンのような神知論者（théosophe「神の知に通じていると称する者」）やオカルター（occultiste「宇宙の秘術に通じていると称する者」）たちも、ご都合主義の「綜合」（synthèse）によって、《多様なるもの《ル・ディヴェール》》を無化してしまう者たちである。そして、中国でセガレンが出会った宣教師たちも、カトリックの価値観のうむを言わせぬ押し付けによって、この範疇に入れられるであろう。ここで批判されているのは、煎じつめれば、「同化」（assimilation）と「気晴らし」（divertissement）による《多様なるもの《ル・ディヴェール》》の減衰ということである。

しかし、ここにもう一つ、より深刻な事態として、エントロピーによる世界の画一化、差異の平準化、《多様なるもの《ル・ディヴェール》》の必然的な減衰ということが指摘される。エントロピーとは、ドイツの物理学者クラウジウスが十九世紀の半ばに考えた熱力学の概念（第二法則）であるが、孤立した系の平衡度の尺度（「無秩序さ」の度合い）を示す。エントロピーが最大になると、その系は平衡に達し、もはや「変化」しなくなる。このことを世界の表象に応用して、世界が一つの文明（西欧起源の「科学技術文明」）によって「秩序」（平準化、平衡）へ向かって進んでいくと、エントロピーが増大し、やがて「無秩序さ」（「多様性」）が失われた、「変化」のない世界になるというイメージである。こうした比喩は擬似科学的で、そのまま科学的真実として受け取るわけにはいかないが、十九世紀から二十世紀初頭にかけて、知識人の間に広く流布した考え方であったようだ。しかし、エントロピーという概念をとくにもちださなくても、セガレンの危惧した事態は、今日のグローバリゼーションによる世界の画一化の問題と相似形である。求むべき《多様なるもの《ル・ディヴェール》》が急速に減衰していくという危機感を前にしたとき、セガレンが考えた対抗策は、「偏在するエグゾティスム」の中で、空間的にはより「遠いところ」へ、時間的にはより「古いところ」へと遡行することであった。一九〇九年から一九一四年にわたる中国滞在中になされた数度の考古学的「遠征」、最晩年に執筆される長編詩「チベット」、あるいは、三十八歳で故郷ブレストの町に戻って「ブルターニュの太古の人々」というケルト民族の年代記を構想したことなどはその証左であろう。セガレンは同時に「エグゾットの特性の一つは、自分が描いたり、感じたりする対象から自由であること、少なくとも、対象から身を引いた最終段階においては(28)」と書く。一度は深く対象の中に入り、対象の側から自分を眺めるような視点をもたなければならない。しかし、その段階が終わったら、対象から自由にならなくてはいけない。いつまでも対象に酔っていてはならない。

中国に熱い思いを抱いたことはあっても、中国人になりたいと思ったことは一度もない。ヴェーダの黎明期に感激したことはあっても、自分が三千年前に生まれ、家畜の群れを引き連れる者でなかったことを悔やんだことは一度もない。今、ここにいる自分という確かな現実からの出発。祖国。時代。(29)

《多様なるもの《ル・ディヴェール》》に魅かれたとき、対象の所属する世界はまだ異境にある。対象は「想像界」の産物、《想像のもの》としてある。やがて異境に身をおくと、「現実界」が姿を現わし、《現実のもの（R）》と《想像のもの（I）》とが衝突する。セガレンの「エグゾティスム」感覚とはその衝突によってもたらされる緊張感（意識の活性化）である。RとIはけして重ならず、RがIを逸脱し、裏切りつづける限りにおいて、《多様なるもの《ル・ディヴェール》》は存続しつづけ、衝突の「火花」（étincelle）(30)が散り、エグゾティスムの「美」、《多様なるもの《ル・ディヴェール》》の美学が保証されるのである。セガレン自身の中国奥地への考古学的調査を素材に書かれた『遠出』（*L'Equipée*）(31)の末尾には以下のような記述がある。

　字が判読できないので、いつの時代のものとも知れない貨幣《コイン》のようなものを中にして、二匹の獣が鼻面をつきあわせて対峙している。左側は身を震わせた竜、頽唐期の彫刻に見られるような螺旋状に身を巻いた姿ではなく、短い翼がついて、爪先まで鱗で覆われた潑剌とした姿の竜だ。

抑制の利いた「想像界」(Imaginaire)の形象である。――右側は体をしなやかに反らせた、迫力満点の長躯の虎、ふんばった四肢が逞しい雄々しさをみせつけている。つねに自信満々な「現実界」(Réel)の形象である。(…)。さあ、竜でも虎でも、どちらでも、好きな方に与《くみ》すればいい。ここには人間は不在である。一切の人間的感傷もない。神? そんなものは誰も久しく度外視している。残るは二匹の獣がねらっているモノだ。丸い輪の中に……矩形が嵌め込まれている。円積問題か? 指輪か、蛇の象徴か、幾何学模様か、輪廻の表象か? 万物の表象か、「不可能」あるいは「絶対」の表象か? あらゆることが考えられるが、私としては単純に貨幣、中国の円形方孔銭を象ったものではないかと思う…… しかしそれは粗雑な歴史解釈にすぎない… 二匹の獣がねらっているモノ、――端的に言えば、その正体は――誇り高く明かされずにいるのだ。(32)

「現実界」と「想像界」が対峙して、その間に何かがあり、それがねらわれている、しかしその正体は「誇り高く明かされずにいる」というのだが、はたしてそれは何か、我々の関心は、否応なく、その第三のモノへ引き付けられる。「エグゾティスム」は「現実界」と「想像界」の矛盾対立が生み出す感覚であり、刺激であるということは分かるが、そもそも何のためにそうした感覚が求められたのであったか。そう問えば、それが表現者としてのセガレンにとって一つの美学の構築のためであり、新しい「詩」あるいは「散文」を生み出すためのものであったことが思い起こされるはずだ。すべては自分にもどってくる、すべては自分の精神の内部に生起するのである。若き日にタヒチのマオリ族の風俗や歴史に興味をもったことも、後半生の大部分を中国の風俗・歴史の調査に費やしたことも、セガレンにとっては、表現者（作家・詩人）としての摸索の道程なのであって、他民族・他文化の代弁者となったり、そのよき理解者（研究者）になったりすることではなかった。そうしてみると、セガレンを突き動かすエグゾティスムの衝動が、究極的には、自分の外の異境にではなく、自らの内部に《多様なるもの《ル・ディヴェール》》を求める運動へと転換されていくのが会得されるだろう。《多様なるもの《ル・ディヴェール》》を追求する者――「エグゾット」――は「自分を認識する際にも、つねに今ある自分とは違う自分を認識し、自らの多様性の内に浸って喜ぶ者である」[33]。そしてセガレンの内的世界にもう一つの次元が開けてくるのはこの時である。「現実界」と「想像界」のいわば上位に開かれる第三の次元とは、「神秘界」（《神秘的なもの（le mystérieux）》が住まう世界）である。一九〇九年六月一三日（北京到着の翌日）付妻宛ての手紙にセガレンは書いている。

僕の内部にはつねに誇り高き「神秘家」が眠っている。オーギュスト〔・ジルベール・ヴォワザン〕と僕の間の溝を――たっぷり時間をかけて――深めていくことは大いなる喜びだろう。彼はカトリック、神秘家ではない（その道を自らに禁じている）――僕は純粋な反カトリック、ただし、心底では、魂たちの住まう城、光へ導く秘密の暗い回廊に愛着がある[34]…。

ある意味で《求道》というにふさわしいセガレンの生涯において、「中国」は目的地ではなく、いわば「他」なるものを自分の中に深くとりこむ過程（「苦行」）の一段階、迂回路（détour）であった。セガレンは初めて中国の土を踏むと、間をおかず、天津のクローデルを訪ねている。クローデルはまもなく一四年間におよぶ中国滞在を終わろうとしていた。中国を素材にした詩的散文集『東方の認識』(*Connaissance de l'Est*)第二版が二年前に刊行されている。ランボーへの関心も両者に共通するが、詩が対象認識のための特権的手段となることについても、クローデルは偉大な先達としてモデルたりえた。カトリックの中国通、力強い息吹の詩句《ヴェルセ》の創始者、この十歳年長の外交官詩人が、セガレンにとって、驚嘆すべき「敵」、踏破すべき「高峰」であったことは疑いない。そうして作り出された『碑』(*Stèles*)(クローデルに捧げられた)、『絵画』(*Peintures*)、『遠出』(*Equipée*)はその闘いの戦利品、あるいは証しである。クローデルの「共－生」(co-naissance)に対して「透－視」(clair-voyance)を、カトリックのコスモロジーに基づく「神の信仰」に対して「美の讃仰」をセガレンは対置する。クローデルに対するセガレンのアンビヴァレンツは一九一三年四月一日の日付をもつイチュルビド宛ての手紙によく反映されている。「クローデルの後で中国について書くのは、君がかつて上海で語ったように、〔ドビュッシーの〕『ペレアス〔とメリザンド〕』のあとで作曲するのが難しいというのと同様に、困難ではないか」という友人の問いに対して、セガレンは答える。

しかし、クローデルと中国の間のどこに必然的で決定的な関係があるというのだろう? たしかに、彼は長く滞在した、一二、三年も。上海、福州、天津。巨大なオレンジの沿岸部の一皮、それで中国だといえるだろうか。領事時代には、彼は商業裁判所のようなものをこしらえた。今でもそれはよく機能している。でも北京はあまり知らないようだし、広大な深奥部については何も知らない。君は領事としてのクローデルのことを言っているわけではないよね。――文学的に、クローデルの作品に表われた中国はどういうものかというのであれば、その限界を指摘するのは極めて容易だ。（…）。クローデルが中国、ある種の中国に、どんな中国かは後で言おう、彼自身の刻印を残したとしても、その中国が彼に爪痕を残したとは思えない。ある種の中国とは、一言でいえば、広東モノさ。失敬な言葉使いだが、そういうオモチャで巨大な像を彫る偉大なる幻視者〔＝クローデル〕へあてつけで言うのではない。（…）。クローデルはたしかにそういうものから素晴らしい糧を作り出した。（…）。クローデルは中国の美術あるいは建築のいくつかを力強くペンで掘り起こしている。（…）。しかし中国文学に関しては、いかなる形式も彼には無関係だ。きっと意図的に無視したのだと思う。その無視する気持ちには軽蔑がいくらか混じっていたにちがいない。中文に夢中になり、中文の硬質で深淵な美、その様式の堅固さに魅せられたシナ学者クローデルという伝説ができかけたことがある。（…）。クローデルは僕に臆面なく言ったよ、中国語は一切無視する方針だったと。（…）。問題はフランス語で中国っぽいことを言うとか、中国語をしゃべるとかいう問題ではない。もし中国の影響を云々するのであれば、そのもっとも奥深い表現にまでさかのぼって問題にすべきだということだ。クローデルは中国へすべて持ち込んだ。タキトゥスもランボーも。彼ははっきり言ったよ。ピンダロスが呼吸とリズムを教えてくれたって。彼が彼の作品に投影させたのは、まずはこの途轍もないもの、すなわちクローデル自身だ。僕が献辞で敬意を表わそうと思ったのは、彼に対してで、彼の中の中国に対してではない。(35)

セガレン自身が中国研究者《シノローグ》として、これまで、どのような位置付けを与えられているのかは、寡聞にして、筆者には分からない。また、セガレンが生きた二十世紀初頭と二十一世紀初頭の今日とでは、同列に論じることはできないであろう。しかし残された遺稿類に目を通す限り、セガレンは対象に取り組む際、周到な資料調査をする人である。しかし、いわゆるアカデミックな博覧強記・目配りのよさを何よりも重んじる人というのではない。中国語の習得や資料の解読、「遠征」（現地調査）等々は、あくまで「過程」であり、目指すはその先である。セガレンが「エグゾティスム試論」の最初期のメモに記した「絶対主観主義」が立ち戻ってくる。《多様なるもの》の奥底に、何を見たかは、徹底した個我の問題である。そこまでたどりついたときに、「神秘界」が立ち上がってくるのは当然ではないだろうか。体系化され、制度化されたいわゆる「宗教」とは別に、人間は誰しも己の内に「精神界」（spiritualité）をもって生きている。《魂》の問題を抱えていない人はいない、といってもいいだろう。そして、教理・教権の問題を一度離れてしまえば、カトリックの神を信じる人も、自分だけの《カミ》に帰依する人も、変わるところはない。表現者にとっては、見せられるものが、美しい幻、高い境地の「美」の幻であれば、賛嘆することにやぶさかではないということだ。ランボーとクローデルがセガレンの（短い）生涯を貫いて、「見者」あるいは「預言者」として、熱い思いの対象であり続けたゆえんである。(36)

四　ハーンは《エグゾット》か？

ハーンは、セガレンが「エグゾティスム試論」に書きとめたメモの内容に照らし合わせて、《エグゾット》か否か。こういう問いは、意味があるようで、ナンセンスだといえなくもない。なぜなら、ハーンもセガレンも表現者として生きた人たちだからである。ともに「強い自我」をもち、それぞれの分野で独自の表現の達成を摸索した。したがって、近寄って、具《つぶ》さに見れば、明らかに違うのであって、セガレンの「物差し」をあてて、長すぎるとか、短かすぎるとか言ったところで詮無いことであろう。しかし異文化摂取・異文化交流という側面からみて、ハーンはセガレンから見て、どのように見えたかという問いならば、いくらか意味があるかもしれない。いずれにしても、ハーンは一九〇四年の九月末に没しているから、セガレンとは相知り合う機会はなかった。ハーンが死去した当時、セガレンはポリネシア（タヒチ）からフランスへ向かう船上にいたのである。

「エグゾティスム試論」にはハーンへの言及が二箇所ある。最初の言及は一九〇九年三月七日の日付けのあるメモの末尾に出てくる。

ラフカディオ・ハーンの非論理性。蟻の例を引いて、人間も性行為を抑制すれば、長命な中性タイプが生まれるだろうなどと言っている。しかし彼はクリスチャンだ。最強の力は、言うまでもなく、無私から迸り出る力である。

これはハーンの『怪談』の第二部「虫の研究」の中の一篇「蟻」の読書メモと思われる。文末の引用は「蟻」の末尾にある文章（仏訳）だが、ハーンを非論理的だと決めつけたあとに記されているコメントはセガレンのものである。ハーンの「蟻」は昆虫学の知識をもとに蟻の知られざる社会生活を紹介して、その徹底したプラグマティズムが、様々な「我欲」にとらわれ、多くの不道徳な行為に耽って暮らしている人類に示唆するところがあるのではないかという「教訓」をもって終わる一篇である。あまりできのよい作品とは思われないが、セガレンの要約もハーンの短篇のテーマとはいささかずれているような気がする。ハーンの作品のどこをとらえて、「非論理的」と言っているのかもはっきりしない。単純に「蟻」と「人間」を比べてもはじまらないということなのだろうか。また引用箇所をもって、ハーンをクリスチャンだときめつけているのだとすれば、原作ではすぐ後に、「この世には神は存在しないかもしれない」と書かれているので、いま一つ、腑に落ちない(37)。いずれにしてもこの時点でのセガレンのハーン評価はごく部分的であり、かつ、あまり好意的ではない。これとは別に、「エグゾティスム試論」の草稿に挾まれていた一枚の紙片がある。それには『メルキュール・ド・フランス』誌一九〇九年十二月一日号に掲載されたマルク・ロジェの論文を読んだ際の感想と覚え書きが記されている。「ラフカディオ・ハーン。僕が推測していたよりずっとましなエグゾットだ。アイルランド人（インドの医者）とギリシア女性との間に生まれた息子。ニューヨーク。（貧困）。ニューオーリンズ。マルチニック、フィラデルフィア、日本」。この覚え書きにある「エグゾット」は「祖国を離れて外国暮らしを続け、その経験・体験から物を書く人間」といった程度の意味であろう。それでも、最初の言及に比べるといくらか見直したようなところがうかがわれる。ハーンは「エグゾット」だと認知しているようにもみえる。

「エグゾティスム試論」におけるハーンへの二度目の言及は、およそ三年後の、一九一三年一月五日の日付をもったメモである。このメモでは前段で、他の作家からの引用はなるべくしないことにしよう、理論の書に「引用」を多用すると本論の勢いをそいで、読者の注意を引用した作家の方へ向けてしまい、逆効果になりかねないというようなことが書かれている。そして後段で、ジュール・ゴーティエの「フロベール論[38]」の一節を引用し、文中の「錯誤」(erreur)という言葉を「多様なるもの」(divers)と置き換えれば、そのまま自分の《多様なるもの》をコアにした「エグゾティスム論」になると書いている。ハーンへの言及はその後である。

まずは日本を旅した物書き、ラフカディオ・ハーンの作品から始めよう。死者を鞭打つようで申し訳ないが、彼が書くような文芸批評的エッセーは対象——この場合は日本ということになる——を完璧に知らなくても書けるということを明確に言わなくてはならない。ここで問題にするのは、文学的な一つの態度に対する評価であって、——それ以上のことではない[39]——。

この時点でセガレンの中国滞在はすでに三年半に及んでいる。一九一〇年の二月には日本も訪れている。「旅した物書き」と訳した原文は touriste lettré だから、直訳すれば「文人観光客」である。つづけて「こうした」(「こうした」とは、文脈をたどれば、「彼(=ハーン)が書いたような」となる)文芸批評的エッセー」(ces essais de Critiques Littéraires)は「対象」をとことん知らなくても書けると言っていることから、ハーンが日本について深い理解をもっていたとは思わないというふうである。そうなるとセガレンがハーンの何を読んでいたかということが問題になるが、仏語で読んでいたとすれば、レオン・レナル訳の『知られざる日本』(*Le Japon inconnu* 一九〇四)や『心』(*Kokoro*)の諸篇であろうか。マルク・ロジェ訳『怪談』(*Kwaidan, ou Histoires et études de choses étranges*)もメルキュール・ド・フランス社から一九一〇年に刊行されているので、読んでいたかもしれない。いずれにしても、セガレンの口振りでは、卓抜な語り口をもったストーリーテラーのハーンや「再話作家」としてのハーンには目がいかず(セガレンの関心の範疇には入らない)、もっぱら異文化接触において「他者」とどのように切り結んだか、その濃度や密度だけを問題にしているようにみえる。とするとハーンの「日本」はまだ表層にとどまっていて、「印象批評」にとどまっているということであろう。しかし「まずはラフカディオ・ハーンの作品から始める」という言い方からは、ハーンの作品が反駁を加えるべき事例として、それなりにセガレンの中で重きをなしていたというふうに考えることもできる。

生前のセガレンがハーンについて言及し、評価を下したことについては、以上に述べた通りである。しかしセガレンの没後、セガレン自身に対する再評価・再読の気運が起こり、新たに読み起こされた「エグゾティスム」「エグゾット」「ディヴェール」などが、さまざまな作家や思想家を評価する新たな尺度として利用される時代がやってきた。一般的に言えば、それは「作品」の受容の問題であり、時代性のバイアスが強くかかったものである。「作品」というのは一度社会に生み出されてしまえば、そこに何を読み、どのようなメリハリをつけて再表象するかは受け手の自由である。死後の「作品」の使用・効用(usage)としてのセガレンは、グローバリゼーションとポストコロニアルがメイン・テーマとなった時代において、何よりも「世界の多様性」と「他(異)なるものの尊重」を擁護する対抗《カウンター》ディスコースとして引き合いにだされるようになった。たしかに、グローバリゼーションというのはアメリカ型自由主義経済の世界化であり、ポストコロニアルは西欧型文明（文化）思想の普遍化に対する異議申し立てである。その意味で、言語・文化・歴史を異にする他者の「他者性」が魅力であると同時に、容易に同化し得るようなものではないことを説いた西欧人セガレンは、西欧中心主義の影になって歯痒い思いをしてきた「周辺部」（旧植民地）の人々にとって、これまでにない新しいタイプの思想家に見えただろう。世界が一つのモデルには到底収斂させることのできない本質的な「多様性」のうちにあるという認識は、周辺部に生まれ育った人々の自信を回復させ、周辺部の言葉や文化の存在理由を確認させるものであったかもしれない。しかし、セガレンの「エグゾティスム」はそうした多分に政治的な、文化戦略的な側面を強調して終わるものではない。最後には、それなしには成立しないことが強調されていた、「強固な個」に戻るのである。中国という「他」を対象にして、それを徹底的に極めようと多大な時間とエネルギーを注いだとしても、それは中国人になるためでもなく、中国文化の中に包摂されたいがためでもなく、己の中に「多様なるもの」を真に住まわせるためである。別の言い方をすれば、セガレンの「中国」は——セガレンの「エグゾティスム」はと言い換えても同じことだが——単なる「西欧脱出」の願望ではなく、「他」を迂回路として、より「多様な」自分——「西欧人」としての自分——へ戻ってくる、あるいは《目覚める》ための方便なのである。(40)

セガレンの復権は、死後三十五年以上も経った、一九五五年頃からとされる。マルニチック島出身の詩人エドゥアール・グリッサンは、その年に、短いながら密度の高いセガレン論を書いた。(41)その中でセガレンのそうした「自《メーム》」と「他《オートル》」の弁証法とでもいうべき運動をみごとにとらえている。

この道には、シャトーブリアンの抑制された高揚感から、〔サン＝ジョン・〕ペルスの超然、〔ミシェル・〕レリスの明晰にいたるまで（そして彼らはすべて、遠隔の地で、自分の未来の姿の投影を見出だすべく運命づけられている）、さまざまなタイプが姿をみせるのだが、セガレンは、自らの体を張って、ごまかしのない根こぎの地点、徹底的な否認の地点を画してみせた。そうすることによって、彼は自分の精神を燃え尽くし、肉体を消耗し尽くして（彼はそれが原因で死ぬ）、そうした体験を通して、自分が北京の人間ではなく、ブレストの人間であること、古い帝国の中国人ではなく、二十世紀初頭のフランス人であることを認識するのだ。（…）彼は（…）さすらいの孤独者たちにつきまとう誘惑に負けなかった。なぜなら彼は「自《メーム》」の重圧で「他《オートル》」を窒息させようとしなかったし、その逆もしなかったからだ。彼は「自」の中に完全に「他」を実現しようとした（そこが独創的なところだ(42)）。

ここにはグリッサンという詩人の鋭い直観が働いている。カリブ海出身の黒人イデオローグの眼差しが作用していることも、無視できないだろう。《祖国》「（黒人）アフリカ」への帰属を唱えた《ネグリチュード》運動のエメ・セゼールの後にやってきたグリッサンは、遠い《他者》であるアフリカにも、近い《他者》であるフランスにも帰属しない、自らが自らであることを最も自然な形で保証する「カリブ海性」（antillanité）を打ち出した思想家である。旧植民地人にとっては、「他《オートル》」

へ寄り添うことよりも、「自《メーム》」の確立が急務ではないのかという問いかけである。西洋の「エグゾティスム」の対象であった地から逆照した「エグゾティスム」という側面もあるだろう。カリブ海人について、「脱出願望」を語るとすれば、それは宗主国への憧れ、西洋への根強い「憧憬」である。グリッサンはその「憧憬」から、祖国「カリブ海」への回帰、本来の根への根下ろし（「再生」）を説く思想家である。「他」なるもの、《多様なるもの》へ向かい、《多様なるもの》の美学を提唱するセガレンの行き着く先が「自《メーム》」であることを直観したグリッサンの読解は、詩人の炯眼によるばかりでなく、グリッサンが生きてきたカリブ海の歴史認識の問題にもつながる。それに対して、日本のセガレン受容がともすれば異文化の尊重、文化の独自性の認定、《多様なるもの》の称揚といった面に限定され、「個」や「自」への回帰のモーメントがすっぽり脱け落ちているのはどうしてであろうか。「西洋中心主義」に「文化相対主義」（世界の文化は多様であり、文化はそれぞれに尊重されるべきであるとする考え方）をぶつけても、問題は解決されるわけではない。あらゆる問題の核心には「個」が、各人固有の精神（魂）の淵が潜んでいるのである。

　ハーンは《エグゾット》か？　このような問いがなおも有意味かどうか分からないが、グリッサンがセガレンに読んだ「自」と「他」の弁証法に照らしあわせてみれば、ハーンが最晩年に「日本離れ」あるいは「英語圏への復帰」の情をつのらせたところに、「他」から「自」へのゆりもどしの徴候を見ることができるかもしれない。しかしそれとてもセガレンが故郷ブレストへもどったのとは同列には論じられないだろう。セガレンはまさに志半ばにして没した人だが、ハーンは異色な紀行文作家、「奇談・霊異談」作家、「再話」作家として、存分に書いて発表することができた人である。またハーンと日本理解、セガレンと中国理解の深浅、真贋を問うことも一筋縄ではいかない難事であろう。それよりも作家没後の作品の受容という観点から見た場合、ハーンの場合に際立つのは日本の研究者・翻訳者たちが果たした役割のように思われる。一言で言えば、ハーンの日本時代の著作(「日本物」)が今日我々の読むような、過不足のない、資料考証の行き届いた日本語に移し変えられていなかったら、「小泉八雲」は存在していなかったであろう。私はこれをハーンの再話の「再話」ととらえている。セツ夫人の語りに全神経を集中させて聞き入り、それを手だれの文章家のハーンが見事な英文で怪談の一篇に仕立てあげるのが再話の第一段階だとすれば、その英文をまるでもともと日本語で書かれたかのように、見事な日本文にリライトするのが再話の第二段階、すなわち再話の「再話」プロセスである。ハーンが八雲に変身する瞬間である。そのこと自体の功罪を論じることもできようが(43)、読み継がれる作家とは、「愛読者」によって支えられる作家であり、後代によって様々に変容される宿命にある。文化大革命後の中国でセガレンが読まれ、研究されていると仄聞するが、果たして、中国のセガレンは日本のハーンになることができるのかどうか(44)、筆者にとっては、その方が、ハーンは《エグゾット》か否か(45)という問題よりよほど興味深く思われる。

注

(1) 本稿の表題に含まれている「出会い」というモチーフは、そのいくぶんかを文化人類学者の西江雅之氏が学燈社の雑誌『国文学』の「没後百年ラフカディオ・ハーン」特集に寄せられた論文「ハーンと〝クレオール〟」の書き出しに負っている。氏は「ハーンとの出会いは、カリブ海域の島〝マルチニーク〟に滞在中の小さな出来事である」と書かれているが、本稿もまた一つの「出会い」から始まるのである。一九九七年の夏に初めてカリブ海の仏海外県の島（マルチニックとグアドループ）を訪れ、翌年から五年間にわたって、アンティル＝ギアナ大学に集中講義に招かれるようになって、色々興味深い経験をした。ある年の春、復活祭の休暇の直前に、ラ・トリニテという町にあるフランツ・ファノン高等中学校に招かれ、三十名ほどのクラスの学生たちの前でハーンの短編「雪女」を読んで聞かせたことがある。授業で乙武洋匡著『五体不満足』（仏訳名「誰も完全ではない」*Personne n'est parfait*）を読んだというので、日本語の原題にある「五体」とは何かを説明したり、日本について一般的なことを話したあと、色を添える意味で、ハーンの短編を読んだ。マルク・ロジェの翻訳を使ったが、途中で授業時間の終わりを告げるベルが鳴った。学生たちは身じろぎせずに、目を光らせて、聞いている。猛烈な吹雪のシーンが濃密に語られる「雪女」を、熱帯の島で、汗だくになりながら読み上げた経験は忘れがたい思い出として心に残っている。

（2）エドゥアール・グリッサンが主宰するカリブ海の仏語表現文学を対象とした文学賞「カリブ海カルベ賞」の「カルベ」の由来もそこに連なる。

（3）プレ山（標高一九二九メートル）。一九〇二年の噴火以来、火山活動は休止状態にあるが、フォン・サン＝ドゥニという山中に火山測候所がある。

（4）以下ゴーガンの手紙の詳細は Gauguin, *Lettres à sa femme et à ses amis*, Les Cahiers Rouges, Grasset, 1992 に依拠する。翻訳は筆者。

（5）この通りは現在も存在するサン＝ピエール市を南北に貫通する目抜き通りである。

（6）それらは Lafcadio Hearn, *Two years in the French West Indies*（邦題『仏領西インド諸島の二年間』）所収の文章に基づいている。

（7）ハーンの「年譜」および伝記的考証に関しては、平川祐弘監修『小泉八雲事典』（恒文社）に多くを負っている。

（8）注6の『仏領西インド諸島の二年間』の中の一篇。

（9）丹治恆次郎著『最後のゴーガン』（みすず書房）の一六二頁に引用されている手紙の一部。省略した引用の冒頭は「数週間来われわれはクレオールのカミガミの国マルチニックへ来ている」となっていて、「カミガミの国」という形容が意味深長である。なおこの手紙はゴーガンの書簡集 *Correspondance de Paul Gauguin 1873-1888*, Fondation Singer-Polignac, 1984, édition établie par Victor Merlhès, p. 156-157 所収の一二九番の手紙である。同書によると、書かれたのは一八八七年の七月初めで、サン＝ピエール市から投函されている。ゴーガンとマルチニックに関しては、以下の書物がある。Roger Cucchi, *Gauguin à la Martinique*, Calivran Anstalt, Vaduz Lichtenstein, 1979.

（10）セガレンについては以下の文献に依拠する。Victor Segalen, *Œuvres complètes*, Bouquins, Robert Laffont, Tome I & Tome II, édition établie et présentée par Henry Bouillier（日本語で指示するときは『全集』第一巻、第二巻）。ヴィクトール・セガレン『〈エグゾティスム〉に関する試論　羈旅』（木下誠訳、現代企画室）。

（11）Victor Segalen, *Œuvres complètes*, Bouquins, Robert Laffont, Tome I, p.290.

（12）同、p.291.

（13）同、p.506.

（14）同、p.502.

（15）同、p.500.

（16）Arthur Rimbaud, *Œuvres complètes*, Bibliothèque de la Pléiade, Gallimard, p.330.

（17）Victor Segalen, *Œuvres complètes*, Bouquins, Robert Laffont, Tome I, p.508-509.

（18）同、p.483 に編者 Henry Bouillier が引用している一九〇五年四月二九日付けのサン＝ポール＝ルーのセガレン宛ての手紙の文言。サン＝ポール＝ルー（Saint-Paul-Roux 一八六一―一九四〇）はマルセイユ生まれの象徴派詩人。パリ生活を送ったのちに、ブルターニュの片田舎に移り住んだ。セガレンは若い頃にその寓居を訪れて知己を得、世代の違いを越えた親交を結んだ。一九〇九年二月六日に催された詩人を囲む晩餐会の席で「サン＝ポール＝ルー頌」（同、p.521-523）を読み上げている。

(19) 同、p.507.
(20) 同、p.746-747
(21) 同、p.756.
(22) 同、p.750.
(23) 同、p.750-751.
(24) 同、p.749.
(25) 同、p.750.
(26) 同、p.750.
(27) 同、p.754.
(28) 同、p.758.
(29) 同、p.766-767.
(30) Victor Segalen, *Œuvres complètes*, Bouquins, Robert Laffont, Tome II, p.319.
(31) 『遠《とお》出《で》』(*L'équipée*) と訳したが、注10に掲げた木下訳では『羈旅』となっている。木下氏が「訳者解説」で述べているところを読むと、「羈旅」という訳語がなかなかの工夫であることが分かる。しかし、後にセガレンの後を追うように中国の高地を訪れて書かれたサン＝ジョン・ペルスの『遠征』(*Anabase*)(「羈旅」はむしろこちらのタイトルにふさわしいようにも思われる)などとの比較において、いま少し軽い言葉がのぞましいように思われてあえて「遠出」とした。
(32) Victor Segalen, *Œuvres complètes*, Bouquins, Robert Laffont, Tome II, p.319-320.
(33) Victor Segalen, *Œuvres complètes*, Bouquins, Robert Laffont, Tome I, p.781.
(34) 同、p.485. なお「魂たちの住まう城」(châteaux dans les âmes) とあるのは、アヴィラの聖女テレジア(sainte Thérèse d'Avila) の言葉「魂の城」(château de l'âme) に由来することが、『全集』の編纂者アンリ・ブイイェの解説で指摘されている。

(35) Victor Segalen, *Œuvres complètes*, Bouquins, Robert Laffont, Tome II, p.709-711. セガレンとクローデルの関係を詳細に論じるためには、別の論文を書かなければならないだろう。ここでは本稿に関わる範囲でいくつかの点を補っておきたい。

まずクローデルの中国語理解については、門田眞知子著『クローデルと中国詩の世界』（多賀出版）に詳しいが、クローデルの中国詩の翻訳は曾仲鳴（一九〇一―一九三九）がフランス留学中にものした仏訳やジュディット・ゴーティエ（一八四五―一九一七、テオフィール・ゴーティエの娘）が出版した翻訳詩集『白玉詩書』（*Le Livre de Jade*）を下敷きにした改訳であったということである。クローデルにおける極東の文化（中国と日本）の影響には深いものがあるが、それはあくまで西欧人の表現者（詩人・劇作家）としての奥行きを広げるための養分としてであり、ある意味で、注40に記すフランスの哲学者フランソワ・ジュリアンの「迂回路」としての異文化というのと軌を一つにしたものであると考えられる。

次いで、セガレンの訃報に接したクローデルの日記の一節を翻訳して記しておこう。

「イヴォンヌ・ヴィクトール・セガレン夫人からの衝撃的な手紙で海軍医官ヴィクトール・セガレン医師の訃報がもたらされた。彼は私の『東方所観』（*Connaissance de l'Est*）の中国版の制作者だった。私は彼と一九一四年ボルドーで、次いで一九一六年の十二月パリのミラボー・ホテルで、宗教について長い会話を交わした覚えがある。パリでの会見は、彼が中国へ、私がブラジルへ旅立つ直前だった。私は彼が回心するのではないかと思っていた。パリに戻ると、彼が病気で、重篤な神経衰弱にかかり、アルジェで療養しているということが伝わってきた。同時に、彼から痛ましい手紙が届いた。それは〔前年〕十月リオの私宛てに絶望的な訴えを綴った手紙で、あちこち転送されてやっと私のところに配達されたものだ。彼が滞在しているブレストまで会いに行こうかと書き送ったところ、元気が出てきたから、近いうちに自分のほうからパリに出てくるという返事だった。それから一ヶ月して、夫人からブレストの近郊の森の木の根元で遺体で発見されたという知らせがきた。岩場で足を切ったということだ（実際は自殺）」（一九一九年七月二日、Paul Claudel, *Journal I (1904-1932)*, Pléiade, Gallimard, p.446-447）。

「セガレン夫人と交わした会話。彼女は夫の最後の日々について語った。何ヶ月も前から（彼が悲痛な訴えを綴った手紙を私に送ってきたのは十月だ）、彼は精神上の問題で苦悩していた。彼は悩める魂だった。私が返事を書いたので、彼は私に会いに来ようとしたが、ルマンまで来て、引き返してしまった。彼が死んだ日、最初は狩猟用のブーツを履いて出たが、そのあとホテルに戻って短靴に履き替えた。短靴で覆われた部分のすぐ上に、鋭い岩角があたって、動脈が切れ、死に至ったらしい。夫人がかけつけたとき、彼は横たわっていた。その場所はセガレンが好きで、夫人と一緒にしばしば訪れたところだった。夫婦は、十四年間、琴瑟相和して暮らした。いまや彼女は三人の子どもを抱えて、収入もなく、一人取り残されてしまった」（一九一九年七月二十八日、同、p.447-448）。

（36）セガレンの「二重のランボー」付録の草稿の一つに「予言者と見者」（*Le Prophète et le Voyant*）と題された文章がある（『全集』第一巻、p.507-510.）。クローデルとランボーを論じたものである。
　一九一七年上海にいたセガレンが妻に書き送った手紙の一節に「中国は、ぼくにとっては終わった、しゃぶり尽くした（sucée）。次第に、自分の戦利品（磁器や漆器とは別のものもある）を大切に抱えて、離れていくこと、退却すること、出て行くことを考え始めている。（…）。世界には他の国もあるからね」（Michael Taylor, *Vent des royaumes ou les voyages de Victor Segalen*, traduit de l'anglais par Annie Saumont, Seghers, 1983, p.242-243. なおこの一節は注45に文献を掲げた Muriel Détrie も論文で引用している）。

（37）セガレンは「蟻」を仏訳で読んでいたと思われるが、マルク・ロジェの仏訳はメルキュール・ド・フランス社から一九〇九年に出版されている（英語版初版は一九〇四年四月）。

（38）この論文は『メルキュール・ド・フランス』誌一九一二年十一月十六日号に掲載されたジュール・ド・ゴーティエ（Jules de Gaultier）の「フロベールの天才」（*Le génie de Flaubert*）である。「エグゾティスム試論」には同誌の p255 にある文章が引用されている。

（39）Victor Segalen, *Œuvres complètes*, Bouquins, Robert Laffont, Tome I, p.770.

（40）近年フランスの哲学者で中国哲学の研究者でもあるフランソワ・ジュリアンの著作が我が国にもいくつか翻

訳され、紹介されているが、この哲学者の基本的な姿勢も、西欧哲学を活性化する「迂回路」(détour)としての「中国」である。ヘーゲル、フッサール、メルロー＝ポンティ、フーコーなどの言説を通して、ギリシアに淵源する西欧哲学の《有効性》が次第に衰退してきて、二十一世紀初頭の現在に至って「哲学の危機」に陥ったという認識から、西欧の外部(le Dehors)——特に「中国思想」——を本格的に探求することで、自らの活性化を図ろうとする試みである。対話形式の評論François Julien, Thierry Marchaisse, *Penser d'un dehors*(la Chine), *entretiens d'extrême-Occident*, Editions du Seuil, 2000で詳しく論じられている。なおフランソワ・ジュリアンの著作の邦訳として次のものがある。『無味礼賛』(興膳宏・小関武史訳、平凡社)、『道徳を基礎づける——孟子vs.ルソー、カント、ニーチェ』(中島隆博・志野好伸訳、講談社現代新書)、『勢 効力の歴史——中国文化横断』(中島隆博訳、知泉書館)。

(41) Edouard Glissant, «Segalen, Segalen», in *Les Lettres nouvelles*, vol.III, n°32, nov. 19559. なお同論文はEdouard Glissant, *L'Intention poétique*, Editions du Seuil, 1969, p.95-103に一部修正されて再録されている。

(42) Edouard Glissant, *L'Intention poétique*, Editions du Seuil, 1969, p.95-96.

(43) 一例をあげれば、ハーンの日本文化論として名高い「ある微笑」(*The Japanese Smile*)の中に引用されている鳥尾小弥太子爵の「時事談」からの引用は、原文をそのまま貼り付けた格好になっているが、ハーンが英語で書いた文章の流れからやや浮き上がった感が否めない。もちろん原文が明治時代の文章語であることも一因であろうが、例えば同論を英語の原文や仏訳で読むのとはかなりおもむきがちがう。邦訳だからこその醍醐味と評価もできるだろうし、ある種のやり過ぎ・逸脱として、とがめることもできるだろう。いずれにしても、日本におけるハーンの受容は言語文化的にも特別の位相にあると言えないだろうか。

(44) 次注にある一九九四年にブレストで開かれたセガレン・シンポジウムの論文集には、南京大学から出席した銭林森(Qian Linsen)の「中国におけるヴィクトール・セガレン研究の現状」という報告が収録されているが、それによるとまだ緒についたばかりであることがうかがわれる。平川祐弘先生からいただいた情報では、二〇〇一年四月に北京で比較文学国際学術検討会がEsthétique du Divers(「多元之美」)というテーマで開催されたということなので、その後研究が進んでいるのかもしれないが、目下のところ、筆者は不案内である。

（45）本稿執筆の出発点は平川祐弘先生からのご要望とご示唆に負っている。なかでも、近年ハーン研究のフランス派とでもいう流れができてきて、その際に参照軸として引き合いに出されるのがセガレンの《エグゾティスム》論のようで、めぼしい文献として挙げられるのが以下の二点の論文・論考である。

Bernadette Lemoine, *Exotisme spirituel et esthétique dans la vie et l'œuvre de Lafcadio Hearn*, Paris Didier Erudition, 1988.

Muriel Détrie, *Victor Segalen et Lafcadio Hearn, deux exotes en Extrême-Orient*, in Victor Segalen Actes du Colloque de Brest 26-28 octobre 1994, p.105-116.

前者の博士論文は筆者は未見であるが、一九八五年の『比較文学研究』四七号に掲載された牧野陽子氏の詳細な書評を通しておおよその内容を知ることができた。平川先生からは、筆者の問い合わせに対して辛口の批評が寄せられたが、いずれも、日本語を解さず、したがって、日本の研究者の幾多の業績も活用されることなく、書誌にも出てこないということで、ハーン研究としては、大きな欠落があることがうかがわれる。後者の論文は平川先生からコピーをいただいたのち、同論文が収録されているブレスト・シンポジウムの論文集も入手した。読んでみると、安易には比較できないものを並べて異・同を論じる机上の議論が多すぎるように思われる。ハーンの『仏領西インド諸島の二年間』の中の一篇「荷運びの女」（*Les Porteuses*）とセガレンの『遠出』の中の一章「荷担ぎ夫」（*L'Homme de bât*）の描写が、一方は温かく、他方はあくまで冷徹であるなどと断ずるところが一例だが、そもそも「極東における二人の《エグゾット》、ヴィクトール・セガレンとラフカディオ・ハーン」というテーマ設定そのものが胡散臭いように思われる。本稿はそうした安直なかまえに対する批判的応答の試みである。

マルティニークにおけるハーン評価の変遷

ルイ＝ソロ・マルティネル
（森田直子・抄訳）

序に代えて

モントシエル通り（la rue Monte-au-Ciel「天に登る路」の意）は、見上げるような七十四段の石の階段である。この階段を登ると神学校に至ることからサン・ピエールの住民たちがこう名づけた。神学校の建物は、要塞とロクスラーヌの渓谷のあいだの高台の上からあたりを見下ろしている。隣の山から吹いてくる新鮮で香ばしい風が生徒の健康をもたらしてくれる。

モントシエル通りは勾配がきつく、幅はやっと三メートルしかない。「通り」というよりは「路地」と呼んだ方がよく、くねくねと曲がるその道は宗教教育の砦の堂々たる正門にまで登って行く。モントシエル「天に登る」、この神々しい名を確固たるものにしているのは、当時この道がたいへん怪しげな落とし穴にみちていたことと関係がある。町の中心からこの道に至るには、意味ありげな名前をもつ他の路地を通ってくることを余儀なくされた。たとえば、売春宿・カジノその他の歓楽の拠点のひしめく「地獄通り」。放蕩者や娼婦たちが中心街の狭い小道をあふれ出て、袋小路になったモントシエル通りや、ときには神学校の階段にまで進出する。シュザンヌ・ドラシウスの短編集『モントシエル通り』や某FGH（上流社会の一紳士のイニシャルであろう）の手になる『サン・ピエールの狂宴の夜』などが証拠である。私もモントシエル通りを何度も登った。といっても私がいま紹介したことは、一九〇二年、プレー山の噴火で悲劇的な壊滅をとげる以前の十九世紀末年の歓楽と洗練と財力をくりひろげていたころのサン・ピエールの街のことである。

神はサン・ピエールの悲劇からモントシエル通りを救った。高い擁壁のふもとにあって、くねくねとしたこの石の道はそれだから今も健在である。一方、地獄落ちの隣人たちは焼け死んで建物は石灰の塊と化した。運命とは不思議なものである。

ラフカディオ・ハーンを再読していた私は、彼の足跡をたどって七十四段の階段をのぼり神学校の校庭に着いたとき、ハーンの作品のアンティーユ諸島における受容がちょうどこの道と同じように落とし穴でいっぱいであり、幻想と矛盾の寄せ集めではなかったかと考えた。すなわち、われわれの文学史と心情のなかでハーンに彼に相応の地位を与え、ほかの大作家たちの位置にまで引き上げ、彼に現代性を見出すことができるようになる以前は、彼を路地へ迷い込ませたり論争の種にしたりしながら引きずり回そうとする者も大勢いたということである。

フランスの大学で研究テーマにハーンを取り上げようと決めたとき、私はまずハーンに対する辛辣な批判から距離をおいた。私の予感では、このような軽蔑は混同、無理解、曖昧さに基づいているように思えた。しかもそれ以上に悪質な問題があった。

それはまず、時代錯誤におちいる傾向であり、また芸術全般とりわけ文学を常に（政治的）関与や告発の中におき、一定の距離をおいて見くだそうとする強迫観念のごとき傾向である。

エドゥアール・グリッサンが言うような、エクリチュールをその歴史的機能よりもさらに後の時代まで延期させようとする意思がある。作者が公平性を求めるところで、ひとは作者に（政治的）関与を求める。作者が絶対の相のもとに書こうとするところで、ひとは作者に断固とした良心を求める。作者がかけがえのない、まばゆいばかりの人物を描こうとするところで、ひとは作者に厚塗りのペテンを見ようとする。作者が現実との（それが耐え難い現実であろうとも）たゆまぬ連帯をのぞむとき、ひとは距離をもって眺めることを要求する。作者が築かれつつある関係性と、全体としての世界の姿を明らかにしようとするとき、ひとは作者に閉じられた世界の中で思考するように要求する。

だが、エッセイ『フォークナー、ミシシッピー』のなかでグリッサンは、自分自身偏見にとらわれていたにちがいないと確信しつつ、読者をこの南部作家の作品の再読へといざなう。それというのもフォークナーの場合には（ハーンの場合もそうだと言ってよいと私は思うが）作品は本源的な問題の影の中に存在しているからである。たとえそれが耐え難い現実であろうとも、その問題をはらんだ現実とのゆるぎのない連帯の中にこそ作品はあるのだ。ハーンの場合の例を引こう。有名なハーンの小説『ユーマ』の女主人公がそれだ。白人の子供のための乳母であるユーマはある種の批評家の目には人間疎外の極端な場合に見えた。しかしそれこそが彼女の現実なのだ。ハーンはそれを誤魔化そうとはしなかった。距離も置かず、問題を引き延ばしもしなかった。多分ハーンは自分は多少は理想化したといったかもしれないが。

「ラフカディオ・ハーン、モントシエル通り」と題するこの私の発表は、もとよりグリッサンには野心も才能もおよばぬ私ではあるが、彼のそのエッセイに発想を得ている。ここで私はハーンの作品を再読しつつそれに対する批判を見ていきたいと思う。というのも、われわれカリブの島の出身者自身がいまだに誤解に満ちた偏見にとらわれているかもしれないからである。

ハーン作品のマルティニークにおける受容は「古代人」対「近代人」、曖昧さと疑惑、偏見と幻想とのあいだの論争にとりまかれているというべきかもしれない。これにより世界文学の一巨匠、クレオール性の問題をいちはやく取り上げたハーン、そして最初のエグゾット（exote セガレンの用語。従来のエグゾティシズムが西洋側の主流文化の眼で異国を眺める際に生れる態度であるのに対し、エグゾットとは自分が境界を越えて向こう側の世界に入り、その向こう側の立場からも眺めることの出来る人をさす）としてわれわれが評価するハーンは、現代世界において彼にふさわしい地位をいまなお拒まれているのである。

こうしたマルティニークにおけるハーンの受容の歴史を概観し、ハーンの文章のなかに、批判を招いたもの、批評家が考慮にいれたもの、読み飛ばしたものを検討してみよう。なお断わっておきたいことは、ハーンが全面的に非難の対象となるものではないとはいえ、全面的に非難をまぬがれるわけでもないという点である。火のないところに煙は立たず、ハーンもまた時代の人種差別的偏見をまぬがれていなかった。またそれだけにさまざまな議論が行なわれたのである。

一　ハーン作品の受容とは何であったのか？

白人クレオールによる再評価から話をはじめる。次に、同胞に敬意を表したネグリチュードによる再評価を見る。そのあとで、クレオール性の論者たちに目を向けることにする。

白人クレオールによるハーン再評価とハーンへの感謝

白人クレオールの作家にとって、ハーンの最大の長所はアンティーユ諸島の「小パリ」、サン・ピエールの最後の姿を記録することで町の面影を地獄の火から救ったことだった。最大の詩人の一人、ダニエル・タリー（Daniel Thaly）は頌詩「ラフカディオ・ハーンの旅」（『島々の詩』*Le poème des îles* に収録）の中でこの偉大な同胞をこう祝福する。

サン・ピエールにはもう十五年しか余命が残されていなかった、
君はいいときに来てくれた、
君の本に残っているもの以外にはもう何もない、
君が神から送られてきたと信じないではいられない、
ああ、ラフカディオ、ラフカディオ
黒い忘恩ではないだろうか、

幸福なこの土地の椰子の樹の下に君の大理石像はついに立たなかった……

白人クレオール作家は、ハーンが当時の白人系島民の苦悩に対し（必ずしも連帯的ではなかったにせよ）理解を示していたことに感謝している。カーストは崩壊しつつあった。共和制の到来による新制度や普通選挙が大家族を危機に陥れた、それはまた（白人と黒人の）混血階級という増大する脅威であった。ハーンはこれらの苦悩の代弁者となった。拡大する廃墟、増大する国外移出者について語った。「この植民地にかつての日の繁栄を取り戻すのはもう遅すぎる」。ハーンは毎日「マルティニークは破滅した」という致命的なことばを聞いた。たしかに植民地としてのマルティニークは過去のものとなったのである。

ハーンはまた（ハーンに限らないが）混血階級、黒人は脅威となりつつあると書いた。「奴隷、解放奴隷、有色人種の娘たちは、立法府の当局者たちの予期していなかった影響を行使しはじめていた」。多くのエッセイのなかでハーンは横柄で野心にみちた混血階級、影響力の強い混血女を分析し、「黒禍」という勇ましい言葉を放ちさえした。これを書く前にハーンはさまざまな文書を研究し、「フランスやアンティーユ諸島の作家の大部分は有色人種に対して厳しい見方をしている」と指摘する。ハーンが引用するのは十八世紀のラバ神父（Labat）、歴史家のボルド（Borde）などであった。

白人クレオールはしかし、ハーンがクレオールのフォークロア、音楽、民話に関する著作の中でヨーロッパ文明の寄与を十分強調しなかった点を見逃さなかった。しかしこの批判は逆から見れば、ハーンが黒人文化に対してより強い共感を持っていたことを意味している。ここから一直線に、もうひとつのハーン是認の形であるネグリチュードにつながる。

ネグリチュードによるハーン再評価

一九三五年、雑誌『黒人学生』の創刊号で、レオナール・サンヴィル（Léonard Sainville）とその仲間たちはラフカディオ・ハーンをアンティーユ作家の模範となした。一九四二年、エメ・セゼール（Aimé Césaire）とルネ・メニル（René Ménil）はハーンが採集し再話した民話の一つを選び「マルティニークのフォークロアへの序説」とした。

今日では陳腐に思えるが、当時としてはアンティーユ諸島のフォークロア、民話、習俗、クレオールの言語をとりあげる雑誌など一つもなかった。あったのはハーンの著作だけだったのである。ハーンの民話を選ぶことで、雑誌の黒人作家や執筆者たちはハーンへのオマージュと感謝を隠さなかった。セゼール自身、一九五五年にはハーンに「ラフカディオ・ハーンの像」（Statue de Lafcadio Hearn）という詩を捧げている　これは一九六〇年の詩集（*Ferrements*）に収められている。（詩の訳は難しいので翻訳は省略させていただくが）セゼールはこの詩の中で、ハーンに壺を差し出し、文学者としての像を返還することを通してオマージュを捧げている。ハーンが誠実に描いたマルティニークの人物たちの肖像、サン・ピエールのつましい人々の姿（頭に荷物を載せて運ぶ女たち、洗濯女、乳母、語り部、さいころ打ち、カーニヴァルの参加者）に敬意を表して。セゼールは、ハーンのテキストの中にネグリチュードの前兆を見ていたのではないかとも思われる。しかしジャック・コルザニ（Jack Corzani）のような辛辣な批評家には、こうして構築された文学者ハーンの像はネグリチュードの曖昧さの一例とみなされた。

著書『色の違反』（*La transgression des couleurs*）のなかで、ロジェ・トゥムソン（Roger Toumson）は人種による肌の色の相違とそこから生じた差別、その人種にまつわる禁色《きんじき》ともいうべきものに違反した場合を論じたが、ラフカディオ・ハーンをアンティーユ文学の鍵となる人物であるとしている。

フランス文学またアンティーユ諸島の文学において、三人の主要な作家がアンティーユ諸島の文学的表象に深いところで関与する変遷を体現している。その三人はラフカディオ・ハーン、サン＝ジョン・ペルス、ルネ・マラン（René Maran）である。

マルティニーク大学の比較文学教授であるトゥムソンは、ハーンの民俗学的証言の文学的な質の高さを強調し、アンティーユ諸島の文化遺産として認める。「ラフカディオ・ハーンの著作は、観察者、分析家、語り手としての比類のない才能を示している。（中略）ペンをカメラのように用いる作家＝リポーターとして、かれはアンティーユ諸島をありのままに示すことができた。彼の散文物語は、通俗的な冒険旅行文学や下品なエキゾチスムのクリシェの低質性を暴露した」。

トゥムソンによれば、ハーンはゾンビやスクヤン（羽根のある怪物）にみちた恐ろしい神話を、故郷喪失と奴隷制度とに苦悩してきた人々の幻想の反映として理解していた。ハーンの民俗学的調査は、彼自身がサン・ピエールの苦悶と歴史上・社会上の大異変に居合わせていただけに重要である。トゥムソンは結論として、ハーンがアンティーユ諸島について語る方法のなかに先駆的なものがあると主張する。

つぎに、ハーンの著作に価値を認めることを躊躇《ちゅうちょ》する一世代がくる。

クレオール性をめぐるハーン評価における逡巡

その世代の論者たちの逡巡は、まずハーンとクレオール語との関係に由来していた。彼らはハーンに全く信頼をおいていなかった。聞こえた音の通りに記録するだけ、しかも英国人、つまりはクレオールの地での外人なのだ。民話集『グワドループのマリー・ギャランテ』(*Marie galantais de la Guadeloupe*)の編著者は、ハーンが「クレオールを私生児化した」、すなわちクレオールに手を入れ、再構成したとして非難している。要するに、ハーンはわれわれの文化遺産を保存するのに協力した人とはみなされていないのである。

逡巡は続く。『クレオールの手紙』(*Lettres Créoles*)の中でコンフィアンとシャモワゾーはハーンに対して保留の態度をとった。その書物の中でハーンについての文章はわずか十行ほどしか見当たらない。ハーンの曾孫にあたる小泉凡は、わたしがハーンのノートを基に編纂した著書『クレオール民話Ⅱ』(*Contes Créoles II*, Ibis Rouge Editions, 2001)に収録した氏の文章でこれについての本質的なこと、「彼は多重的なアイデンティティーの持主であり、ハーンは多様性についての直観を持っていた」と述べられを表明している。とはいえ『クレオールの手紙』の中でハーンについての驚きれていることを忘れてはならない。

二〇〇二年には、ハーンをクレオール性の草分けとみなしたことで私は非難された。しかしハーンこそクレオールの言葉で生活し、語り部たちの話に耳を傾けた人なのである。ハーンは書く前にその言葉を読んだ人なのだ。

ハーンの『仏領インドでの二年間』の新装再版に序文をよせたのはラファエル・コンフィアンだが、彼がハーンを見落としてきたことの非を認めた文章を読んだ時の私の驚きは大きかった。この序文は平川祐弘『ラフカディオ・ハーン――植民地化・キリスト教化・文明開化』(ミネルヴァ書房、二〇〇四年、三二八―三三四頁)の中に全訳されているが、その印象的な告白を平川訳により引かせていただく。


熱帯の日没の実体を本当に理解した人――というか、正しくは、実体を言葉に書きとめた人――はハーンが最初だ、と突然さとった日のことを私は忘れはしないだろう。……それまで私はハーンに別に注意を払わなかった。どうせ異国的な風物の魅力を求めて旅した西洋人のダンディの一人くらいに思っていたからである。だがとんでもない思い違いだった。……ハーンは、私見では十九世紀後半の最も近代的な作家の一人である。……ハーンは個人的なアイデンティティーの問題につい幻想家的なヴィジョンを示した。ハーンは私たちが今日呼ぶところの「多重的なアイデンティティー」ないしは「クレオール性」を創り出した人なのである。

以上から、ラフカディオ・ハーンのアンティーユ諸島における受容を三つの段階・傾向に分類することができる。まず第一に一九二〇・三〇年代の白人クレオール作家による是認。第二に四〇・五〇年代のネグリチュード作家たちのオマージュ。そして第三に（これは厳密にいえば前後で二つの傾向に分れるが、同一の人物たちによる）軽視と重視である。すなわち六〇・八〇年代の軽視、逡巡、そして九〇年代以降のクレオール性の論者たちによる再読と再評価である。

これによってわかるのは、ハーンの著作をひとびとがいかに誤読してきたか、ほとんど、または全く読まずにきたか、ということである。

二　辛辣な批判

非難

多くのアンティーユ諸島に住む人にとって、大部な『アンティーユ諸島（カリブ）文学事典』を著したボルドー大学教授ジャック・コルザニの批評は信頼するに足るものとされてきた。だがコルザニはアンティーユ諸島における文学批評にあまりに大きな影響を与えすぎているように思われる。その彼は植民地の美学の裏面、ハーンの恍惚の裏面に微妙な人種主義をかぎつける。

ラフカディオ・ハーンの著作において、死の影、退廃、腐敗がたえず脅威となっている。ハーンは邪眼の持ち主だったようだ（ハーンは片目を失っている）。

この言い方はあまりに悪趣味である。コルザニは、イデオロギー的観点からハーンがアンティーユ諸島とその住民をいかに認識していたかを見ようとする。アンティーユ諸島に対するハーンの率直な賛嘆は、熱狂的すぎて疑わしさが否めないという。コルザニはまた、かつてのアンティーユ諸島の代表的な人物類型のリアリスティックなスケッチや肖像画（街や山を渡り歩く行商の女、ロクスラーヌ川の岸辺の洗濯女、小船の船頭、荷揚げ人夫など）を非難する。それらはすべてサン・ピエールの経済活動を映し出しているのだが、コルザニによれば、彩り豊かな肖像画はサン・ピエールの庶民の貧困を隠蔽しすぎているというのである。

混血の「美しい褐色がかった黄色の肌の男」に対する真率な熱狂も批判の対象である。コルザニの性急な論理では、ハーンの混血賛美は黒人軽視と背中合わせであり、またハーンの黄色の肌に関する表現はのちの日本女性への心酔を予見させるという。コルザニはまた、ハーンのクレオール言語と口承性への熱狂を非難し、また詩人ダニエル・タリ、哲学者ルネ・メニル、エメ・セゼールらがハーンに文学的地位を与えようとしたことについても、辛辣な批判を浴びせるのである。

コルザニは、ハーンの書いた問題のある文章をすべて集め、自分自身の色めがねを通して読者に見せようとする。彼によれば、ハーンは悪質な人種差別主義者、エロチックな志向の強いエキゾチスム愛好家である。ハーンが肌の色を強調し、黒人の造形美や黒人女性の体の丸み、筋肉、体型に接近することを好み、混血の女を偏愛したのはたしかであるが……。

なるほどハーンの書いた文章には、いくら集団的ファンタスムにみちた世紀末の時代の空気があったとはいえ、許容しがたいものが含まれているのは事実である。辛辣な批評家たちにとってのラフカディオ・ハーンの肖像は、だから以下のように分類することができる。通過儀礼としての苦難にみちた行程をこなし、神の国サン・ピエールに至る旅行者ハーン。黒人より混血を好む人種差別主義者ハーン。賛美のかげに偏見を隠したエキゾチスム愛好家ハーン。混血女の美に陶酔する性差別主義者ハーン。白人クレオール作家の混血女性賛美に追随するナイーヴな人ハーン。ゴーギャンを思わせるプリミティヴィストのハーン。庶民に同情しやすい感傷家ハーン。植民地主義的美学を追求するハーン。直情径行すぎて危険なハーン。死の影に苦悶するハーン。旅に疲れた神経質なハーン。

わたしは反論を試みようとするうち、批評家たちがこれまでに見た以外のハーンのことばをあえて引用していないことに気づいた。

辛辣な批評家たちがわざと見落としたもの

「くっきりした黒い肌（無知でもなく、偏見によって曇らされてもいない目にあまりに美しくうつる）、端正な顔立ち、スフィンクスの顔立ちのように荘重で快い、行商の娘が私のまえに現われた、金色の光のなかに立ち、アフリカを象徴する彫像のように。」

「彫刻家でも、これ以上に美しい男は想像できまい」。

だれの文章だろう？　サンゴールでもセゼールでもない。混血を称賛し黒人を軽蔑したといわれるハーンの文章である。千八百八十年代の後半、ニューヨークで書かれたこの文章にすでに見られるとおり、ハーンは黒人の造形美に惹かれていた。

時代の空気に影響された文章を綴りつつ、ハーンは『熱帯への夏の旅』のなかでも品格をもって黒人の肖像を描いている。

「青い水のなかで、かれらのしなやかで黒い肉体はほとんど真っ赤に見えた。ほとんど白く見える足のうら以外は。」

例はいくらでも見つかるが、次に水浴する人たちの描写を見てみよう。「黒い溶岩のうえに青く輝く空にくっきりと、朝の太陽に照らされてしなやかな金色のシルエットがひとつひとつ彫像のように光り輝き、ことばでは形容しがたい様子をしている」。このようなイメージは、セゼールの詩のなかにも見られる。かれの故郷バス・ポワントの大荒れの海の高波と泡のなかに消えては突然現われる水浴するひとたちの黒い頭を描いたくだりである。黒人の造形美は、繰り返し現われるイメージである。ハーンは多くの人物像、レアリスティックな肖像を残すことになる。

ハーンのそのほかの文章についてもいえることは、赤みがかった色、鉱物的な黄色、褐色などの色調や色合いを強調するのは人種差別的な分類のためでなく、色彩、美学、水彩画的表現への途方もない渇望を満たすためだということである。

そのため彼は描写のための語彙の貧困さに不満をもち「ある種の形、ある種の色彩を描写するには新しい語を作らなくてはならない」と考える。しかし、新語使用は時代にそぐわず、彼はエキゾチスムの使い古された語彙を踏襲することになる。植民地エキゾチスム文学の伝統にしたがって、ひとびとの肌の色や声の音色を果物、花、植物にみたてる。たとえば、有色の女性を表現するのに「サポディラ（熱帯の果物）色」「バナナ色」「カフェオレ色」「タバコ色」「鳩が優しくクークー鳴くような話し方」など。われわれ自身もこうした言葉づかいをすることが時にはあるのではなかろうか。

クレオール性を標榜する批評家は、過去にハーンをクレオール性の草分けとしたようないくつかの文章に言及することを怠ってきた。ハーンのクレオール時代だけ考慮に入れるのでなく、日本時代の著作、より一般的な考察をおさめた著作にも注目すべきだろう。

『仏の畑の落穂』のなかで、ハーンは宇宙と人類の変容についてスペンサーに学んだ次のような考えを記している。「失われるもの、創り出されるものは何もなく、すべては変容するだけだ。すべては涅槃のなかに一体化するのだ」。

これを読めば、多様性の共鳴、諸民族の歴史と文化の織りなすものとしてのクレオール性がハーンをひきつけていたことが理解できる。世界と人類の将来についての考察は、こうした混血性の思想に彼を近づけた。それは複数の起源をもつ彼の出生事情にもよるだろうが、この多様性が肯定的にはたらいた地域を彼が観察したことにも由来している。彼は英国でおしつけられた宗教教育の厳格さを逃れたものの渡った先のアメリカは排斥主義、人種差別、非寛容の地であった。ハーンは社会から排除された者たちとつきあいながら、彼自身除け者であることを感じ、寛容の精神と他者の尊重にもとづくよりよい社会をもたらす未来について考察を重ねたにちがいない。

多様性の美学者ハーンは、現在のクレオール性にパイオニアとしてたどりつくための素質と直感をもっていたのではないだろうか。パイオニアといえるのは、クレオール世界の多様性と混血性を寛容な社会をつくるものとして理解していたからである。ハーンについて博士論文を著したベルナデット・ルモワーヌは、ハーンの第一の素質を次のように指摘している。「ハーン自身が、興味深いカクテルをなしていた。混血のギリシャ系ケルト人として、母方にはマルタ人、ムーア人、フェニキア人、スペイン人、イタリア人、ノルマン人などの血さえ想定できる」。

ハーンの二つ目の素質は哲学的冒険であった。オーギュスト・コント、テーヌ、スペンサーなどを読んだ。宇宙や個人についてすべて理解したいという欲望のもと、人種や混血について考察を重ね、今日のわれわれが無関心ではいられないような結論にいたる。すなわち、人間の性格というものが、くりかえし分散しては再構成される動きと多様性との出会いの産物であるという考えである。「現在のわたしをつくっている無数の人々が何度も何度も分散し、ほかの散乱物とまじりあっていく」(『仏の畑の落穂』)。

私はこのハーンの文章を好んで引用する。それはこの文章がエドゥアール・グリッサンのテーマでもあるクレオール化、関係性、つねに構築されつつある世界という考えを要約しているからである。

こうしてハーンは、ときに十九世紀がかった賛嘆のことばを使ってであれ、われわれのクレオール主義を先取りしていた。ハーンを再読し、過去に属するものと現代に通用するものとを区別しなくてはならない。

三　ラフカディオ・ハーン再読と先行批評の整理

ラフカディオ・ハーン再読のためには、十九世紀的偏見に足元をすくわれず、ハーンの参照した著作を確かめ、誰に宛てて書かれたかを考慮にいれなくてはならない。ハーンは新聞社のルポルタージュ記者であり、エキゾチスムを渇望する読者を魅了しなくてはならなかった。

エキゾチスムそのものを再考する必要もある。彼が「戦慄」と名づけるエキゾチスムの感興をさまざまな用語をつかって表現するとき、それは先に説明したエグゾット（exote）のエキゾチスムと呼ぶことができよう。この場合「エキゾチスム」と「エグゾット」は、希望のニュアンスをこめてヴィクトル・セガレンが用いた言葉であり、セガレンは「エキゾチスム」を「多様なるものの美学」、「エグゾット」を「多様性の耽美者」という意味で使っている。観光産業のなかで育まれた安物のエキゾチスムを遠ざけ、元来の純粋さをとりもどした肯定的なエキゾチスムをとりあげたい。

ハーンは「多様なるものを味わう」エグゾットとして、ありきたりの観光化された行程を離れ、誠実に自分の体験と向き合おうとする旅行作家であった。放浪者として、ユリシーズやプロテウスのように他所者であることを味わった。「あらゆる彷徨者はユリシーズであると同時にプロテウスである、彼は発見し、エキゾチックなものをまえに喜びを感じ、隠された真実を暴く」（マルグリット・ユルスナール）。「詩人はみずから見者とならなくてはならない」（アルチュール・ランボー）。詩人には孤独が必要であるが、エグゾットとしての詩人は物の交換、対決、出会いのなかに他者との接触を求める。ハーンが採用した方法は独創的なものである。それは民俗学者・人類学者としての風変わりな調査方法であり、「エキゾチスムの意識の現象学」（フランシス・アフェルガン）というべきものである。

エキゾチスム再考の文脈においてなすべきことは多い。従来の旅行記や民俗学・文化人類学的言辞のなかで犠牲にされてきた他者性に目を開くこと。多様性を味わい、他者、他所にふれることは自己との風変わりな再会を果たすことになる。「わたし自身と他者とはここで出会った、旅の途上のもっとも辺鄙な場所で」（ヴィクトル・セガレン）。

ハーンの文体においてさらに注目したいのは、自然（山、海、風景）、建築物（家、庭、教会、十字架）、人間的造形（人物、生活、諸活動、衣服、食事）のあいだで語りの様式にまったく差をつけていない点である。ハーンはペンをカメラのように用いている。ハーンの著作は映画作家、画家、建築家、民俗学者、音楽家、料理人さえも魅了するだろう。

プレー山の情景を絵画に描くことでハーンの文学的挑戦を引き立てたマルティニークの画家ジョゼ・クラヴォが述べたように、ハーンの色彩美学には「多様なニュアンスによって構成された色彩の百花繚乱がある」。

ハーンが最初に出会うのは、燃え上がるような紺碧の海だった。その色をことばで表わすことは不可能で、その色を出そうとする画家は狂人ととられてもしかたないとハーンは言う。彼は楽しみつつ刻々と変わる青のニュアンスを書き留める。次に出会うのは、黒光りする胴体と緑の頭、エメラルドの眼をした蝿だ。つづいて島の形とその変化。それから植物、街、家などを発見していく。

最後に彼はさまざまな肌の色をした『千夜一夜』の世界の中のような人々に会いにいくのである。

私にとってのハーンは、グリッサンにとってのフォークナーである。フォークナーと同じようにハーンは国中をめぐり、いたるところで質問し、語り部の話に耳をかたむけ、注意深く調べ、想像し、見たままを再構成し、方法をふまえることもあったが直感によっても洞察した。

ハーンの作品にはさしたる深遠さはない。彼はルポルタージュ記者だったのであって小説家ではない。彼は筆記者として島の人々のことば、昔の物語を記録したのである。

以上、本稿はアンティーユ諸島におけるラフカディオ・ハーン作品の受容をめぐる数々の障害をとりのぞき、クレオール性、関係性の詩学のパイオニア、現代のとばぐちにあって最初のエグゾットとして位置づけられるハーンの再読を試みたものである。

編者注　本稿は二〇〇四年九月二十五日東大駒場キャンパスで開かれた「小泉八雲（Lafcadio Hearn）没後百年記念国際シンポジウム　世界の中のラフカディオ・ハーン」で発表された。原フランス文と森田直子抄訳は東京大学比較文学比較文化研究室が前もって用意したタイプ印刷の『発表論文集』に収められている。原題は Louis Solo Martinel, "Lafcadio Hearn, Rue Monte-au-Ciel"（『ラフカディオ・ハーン、モントシエル通り』）という。マルティニーク出身で現在東大でも非常勤でフランス語を教えているルイ・ソロ・マルティネル氏について詳しくは平川『ラフカディオ・ハーン——植民地化・キリスト教化・文明開化』一二七頁前後を見られたい。なおこの訳文は森田訳に平川が手を加え表記の統一と意味の明確化をはかった。本論文は、マルティニーク島が位置するアンティーユ諸島（フランス領西インド諸島）におけるハーン評価の変遷を叙してまことに興味深い。それは米英や日本におけるハーン評価の変遷を考える上でもきわめて示唆に富む指摘を数々含んでいる。なお、校正の最終段階でマルティィネル氏が訂正原稿を送ってきた。それによって多少補足したり削除したりした部分もあることをお断わりしておく。

小泉八雲と池田敏雄――妻に描かれた人間像

陳　艷紅

一九四七年五月、三十一歳の池田敏雄は十九歳の新妻鳳姿を連れて、大勢の日本人引き上げ者と共に、かつての日本の植民地、台湾を離れた。彼の目的地は故郷の松江であった。松江は、文豪ラフカディオ・ハーン（Lafcadio Hearn）こと小泉八雲が、新興文明国家日本の美を西洋に紹介した、最も重要な舞台となった場所である。三年後、現地『島根新聞』の文化部長となった池田は、小泉の生誕百周年記念に因んで、民芸雑誌『風土』第一冊『小泉八雲記念号』を編集・発行した。製作中、彼が青春時代（八―三十一歳）を過ごした台湾のことが、常に脳裏に浮かんでいただろうか。最愛の弟子を妻にしたことは、「台湾」そのものを自分の側においたのも同様だ、とも考えただろうか。そして、小泉八雲を特集した雑誌の編集・発行の過程において、池田は自分を小泉八雲と、比較してみただろうか。

西暦一八九〇年十二月、島根県尋常中学校の教頭、西田千太郎の媒酌で、小泉八雲は、士族の娘である節子と結婚し、以来十四年間、歿年にいたるまで、妻の節子を通して、東洋日本の風土習俗を西洋社会に紹介した。また、一九四七年一月二十二日、池田敏雄は台湾の文学少女黄鳳姿と結ばれ、台北萬華あたりの民俗採集を行ない、最も輝いた一時期を築いた。作家、文筆家としての小泉、及び名編集者としての池田を語る際、彼らの「国際結婚」の要素を忘れてはならない。なぜなら、輝かしい業績の裏には、語りつくせない異文化間の衝撃や、その理解、融和の物語が隠されているはずだからである。

本稿では、資料分析、及び人物の分析を主とし、小泉八雲と池田敏雄の、別の新たな側面を究明したい。と同時に、新興明治日本と敗戦昭和日本との社会の変容を明らかにしたい。これは、いうなれば、アジアから見た日本、また日本から見たアジアの、多元的文化の受容ともいうべきものではないだろうか。

一　夫婦と師弟

1　八雲にとっての節

一八九〇（明治二三）年四月四日、ハーンはハーパー社の記者として、横浜に到着した。しかし、ハーパー社との契約上の齟齬があり、問題を引き起こす。しかし何よりも「夢の国」日本に心から魅せられたため、彼は一方的に雇い主との関係を絶ち、元帝国大学教授バジル・ホール・チェンバレン（Basil Hall Chamberlain, 1850-1935）に、教職の斡旋を依頼した。八月、チェンバレンの推薦で島根県尋常中学の英語教師として迎えられた。しかし冬になると、山陰地方の寒さに耐ええず、翌年の一月には、風邪をこじらせて半月ほど寝込んだ。そのとき、ハーンの身の回りを世話したのが、元松江藩士小泉湊の娘、節であった。松江の中学校に赴任して以来、教育上の相談や、私生活上の世話、取材に関する斡旋、そして資料の英訳などを通じて細やかな配慮してくれた学校側の西田千太郎教頭の肝煎りで、ハーンは節と結ばれ、日本滞在を実りあるものにしたのである。ハーンと節との出会いがどのようなものであったかは、西田宛の以下の書簡から読み取れる。

JAN. 21. 91. I think the servant of Gov. Koteda came to the house with a kind enquiry, and a letter which I cannot read, but which I would like to answer.
JAN. 23. 91. I had no fever last night, and perspired a little; but my voice has not yet come back, and as weak as a cat... I would like to write a pretty letter of thanks to Miss K. to-day.(1)

ここにMiss K. とあるのは、小泉（KOIZUMI）節の頭文字であると判断してよかろう。一八九一年一月末に、病人と看護人の関係であった二人が、二月には、夫婦として新生活をむかえるようになる。この二人を、その後、外的、内的カルチャーショックが待ち受けていただろうことは間違いない。普通の夫婦でさえ、異なる環境で生まれ育った以上、生活様式や、思考方式などが食い違うことは日常茶飯事であるはずだ。四十一歳でようやく夢の国の娘を妻にしたハーンは、漂泊の前半生の穴埋めをするべく、再出発を考えていただろう。一方、明治維新と時を同じくして生まれた、零落した士族の娘である節は、思いもよらない縁談を得て、中年のガイジン夫と、どのような家庭を築くべきか相当悩んだすえ、覚悟を決めたのだろう。

こうして将来を十分に見据えた二人は、どのような家庭生活を送ったか、節の思い出から考えてみる。ハーンはよく休暇を利用して節と同伴で旅行した。年譜に出てくる地名によれば、松江、伯耆、熊本、江ノ島、博多、山陰地方（美保関）、隠岐、神戸、東京、焼津、横浜などが挙げられる。これらの地方おける風土の紹介や民話の収集について、節は道案内や通訳などでハーンの大きな支えとなった。「思い出の記」に、民話、怪談、昔話の口述について次のように書かれている。

（ヘルンは）怪談は大好きでありまして、「怪談の書物は私の宝です。」といっていました。私は古本屋をそれからそれへと大分探しました。淋しそうな夜、ランプの心を下げて怪談をいたしました……そのころは私の家は化物屋敷のようでした……私が昔話をヘルンにいたします時には、いつも始めにその話の筋を大体申します。面白いとなると、その筋を書いて置きます。それから委しく話せと申します。それから何度となく話させます。私が本を見ながら話しますと、「本を見る、いけません、ただあなたの話、あなたの言葉、あなたの考えでなければいけません」と申します故、自分の物にしてしまっていなければなりませんから、夢にまで見るようになって参りました。(2)

ハーンは生まれつき神経質な体質であった。自伝風の文章『私の守護天使』に、昼夜を問わず、お化けや鬼をいつも見ていると語っている。ギリシャへ帰って再婚した彼の母親は、後に精神を患い精神病院に収容され、そこで長い年月を過ごした挙句、亡くなった。(3) 遺伝学的観点、つまり母方からの遺伝とハーン自身の記述を、民俗的観点から判断すると、ハーンはいわゆる霊的体質で、俗に言う、陰陽眼《いんようがん》であるといってよかろう。このような体質の持ち主は、霊的な感性が強く、お化けや鬼に出会う頻度も高いと、霊学者は指摘している。

ハーンは既成の書物を利用せず、節の語りを通じて日本の怪談の神髄を知りたかったのであろう。西洋や西インド諸島のものと、どのような異同があったか。怪談の中の人物の感情は、節が語ると……が語るときの喜怒哀楽の感情と繋がる、と確信したのだろう。ハーンは米国でも日本でも、古い伝説や怪談の中の人物の感情は、節を物語ってくれる女性と同棲し、またそうすることによって、民族・人種を異にする語り手の感情の起伏を、我が物とすることができた。それがハーンの再話文学の成功の秘訣の一つであったと平川祐弘氏は指摘している。また、氏は、西インドのマティーも、日本の節も、民俗学でいう、informantとして同じ役割を果たしたという(4)。

こうして節は、ハーンの日本における良き伴侶であるだけでなく、四六時中、伝説、昔話などの素材の湧き出す泉のような存在となっていた。こうしたオリジナル資料をもとに、ハーンは次から次へと『日本瞥見記』『東の国から』『心』『仏の畑の落穂』『怪談』などを西洋に紹介することができたのである。外国の出版社による書物の出版についての、小泉夫婦間の信頼関係を考えてみる。「思い出の記」にこのような一節が見られる。

外国の書肆などと交渉いたします時、何分遠方のことですからいろいろ行き違いになることもございますし、その上こんなことにつけては万事が凝り性ですから、挿絵のことやら表題のことやらで向こうでは一々ヘルンに案内なしにきめてしまうようなこともありますのでこんな時にヘルンはよく怒りました。向こうからの手紙を読んでから怒って烈しい返事を書きます。すぐに郵便に出せと申します。そんな時の様子がすぐに分かりますから「はい」と申してその手紙を出さないで置きます。二、三日いたしますと怒りが静まってその手紙は烈しかったと悔やむようです。「ママさん、あの手紙出しましたか」と聞きますから、わざと「はい」と申しますと本当に悔やんでいるようですから、ヒョイと出してやりますと、大層喜んで「だから、ママさんに限る」などと申して、やや穏やかな文句に書き改めて出したりしたようでございます。[5]

ここでは、ハーン夫妻の日常生活は、物語のように演出されている。まず、物語の背景は、ハーンの外国の書肆とのやり取りである。それから、小泉家の応接間は「出来事」発生の現場とされ、物語的な展開が見られる。そして最後に、夫婦間の一心同体による「円満」で幕を閉じる。

前にもふれたが、みじめな青少年時代を味わった四十代の西洋人と、家族の没落を目の当たりにした二十代の東洋女性との結婚であるので、各自の心理的年齢は、実年齢より成熟していると考えられる。そのうえ、ハーン側の西洋人の妻に対する親切な態度、父に捨てられた母への思いやりが、また一方では、節側の日本人女性の淑やかさと宿命観も、大いに影響したと思われる。二人は十八の年齢差があるので、ハーンは家族に出す手紙に節のことを「小さな妻」と書いている。[6] よく知られている、長男の一雄を真ん中に、夫婦が両側に立つ、親子三人の記念写真（一八九五年）を見ると、西洋人夫と東洋人妻との体型の差はあまり感じられない。したがって、「小さな妻」というのは、夫婦の体格差を言い表わしたというより、二人の年齢差、及び夫として妻の節への愛をこめた表現であるだろう。「思い出の記」にあった「すぐに郵便に出せ」は、妻への信頼感が堅く築かれているからこそ、簡単に口から出たものであろう。ここに、夫としての権威があらわれている。ところが、手紙を郵便に出さない妻に「だから、ママさんに限る」というのは、妻への甘え、つまり一種の子供の母親への反射行為があらわれたと見てよかろう。以上のように、ハーンにとっての節はどのような存在であったかを敢えていうならば、節はハーンの旅の道連れであり、日本文化受容の媒介者であり、優しい母、よき妻、そしてかわいい娘の三位一体の存在であった、といいたい。

2　池田にとっての鳳姿

池田と鳳姿は、小学校の教師と生徒という関係であった。台北第一師範学校を卒業した池田は、一九三五（昭和一〇）年から五年間、龍山公学校に勤務した。一九三七年四月に運命的な出会いがあった。後の池田夫人、黄鳳姿は、池田が担任した三年のクラスにいたのである。彼は生徒の読書を熱心に勧め、自費で図書を購入していた。教室には常に小学生向けの読み物が置いてあり、生徒に読みたい放題にさせていたと、鳳姿の妹、秀煌は学校時代のことを述懐している(7)。母方の祖父の影響で、書物好きの池田は積極的に生徒に本を読み、また一方で身の周りのことを文章にするようにと勧めた。鳳姿の作文「おだんご」を読んで、あたかも、宝物を見つけたように喜んでいたそうである。その後、一九四〇年の『七娘媽生』『七爺八爺』、及び一九四三年『台湾の少女』の上梓は、師池田の尽力がなければ成り立たないものであったといいえよう。

一九三七年の台湾は、日本の植民地としてすでに四十余年を経過していた。同化主義の植民政策のもとで、日本的生活様式が文明的で、台湾従来の生活様式は非文明的であるという、対比的価値観は、絶えず台湾の一般大衆の脳裏に叩き込まれていた。この年に勃発した盧溝橋事変によって、台湾人はいっそう「日本人」として「日本皇国」のため尽力しなければならない事態となった。こうした外的環境のなか、漢民族であった公学校生徒の黄鳳姿は、池田の師としての権威性と、漢民族としての劣等感の間で、如何にバランスをとって執筆し始めたかを、次のように語っている。

大きくなるにつれ、環境の変化とともに、旧来の年中行事もどんどん色あせていった。一般に言われるアジア的停滞や混沌を、じくじくと成熟しきった文化の疲弊感を日常の暮らしにひしと感じ取った。中華意識で時代の進歩に学ぶことが出来ず、日本の明治の人間が成したような言文一致の工夫一つをするのでもなく、内発的な改革や近代化ができない文化に失望していた。池田に『民俗臺灣』に原稿を書くように言われたが、私は何か一つ心の高ぶりやあふれ出すものがないと文章が進まず、彼に在来の文化への抵抗感を語った。しかし彼は「どんな文化でも独特の存在価値がある。」と言い、「愛すればこそその苦言だってあるのだから書きたい様に書けばいい。」と一蹴された。私は思い出の残り香をたぐりよせ、いつの間にか伝統の中の華の部分ばかりを書いていた。あれこれ言っても私は結局台湾の人々、母や祖母の暮らしの哀歓をいとおしんでいたのである。(8)

師に日常生活のことを綴りなさいと勧められたが、鳳姿は植民地従来の暮らしぶりに大いに劣等感を抱き、自分の苦悶を我が師に打ち明けた。幸い、師の励ましで、自文化の特色を理解したうえ、生活に密着している有形無形なものを文字にしたわけであった。ここで鳳姿にとって池田は、物の見方を提示してくれた師であり、また自分の存在の尊さを教えてくれた師でもあったと考えてよかろう。それ以来、池田と鳳姿は、当時の新聞社や雑誌社に民俗に関する文章を投稿したが、すべてこのことが原動力になっていたのであろう。

一方、鳳姿が池田と共に、台北市内の萬華地域で『民俗臺灣』のスタッフを案内した場面を次のように語っている。

よくスタッフの皆さんを案内して龍山寺界隈、燭店、香店などの工房が立ち並ぶ古い職人の町を徘徊するのだが、私も加わって一緒に歩いたことがあった。いえの人々も立石さんや松山さんに近所の漬物の甕が並んだところなどに案内したり、通訳したり、お二人に資料を提供したいという池田の要望で、民俗採集の延長線で自然にそのお手伝いに加わった。繍花様（刺繍の模様）、纏足の布飾り、餅の鋳型、陶枕、皿や茶碗など、金関先生が民芸解説のためにいえに見に来られることもあり、私たちは日常見慣れている品々を改めて新鮮なまなざしで見直したりして、何かと勉強になったのである。(9)

一九四〇年に出版した『七娘媽生』『七爺八爺』に続き、一九四一年七月に創刊した『民俗臺灣』

は、当時台北帝国大学解剖学教授であった金関丈夫《かなせきたけお》が主宰し、画家立石鉄臣の版画と挿絵、写真家の松江虔三《けんぞう》の写真を加え、池田敏雄が編集実務を担当し、台日文化人と一般庶民の寄稿からなる、総合的な民俗雑誌である。少女鳳姿の目に映った『民俗臺灣』のスタッフは、それまでに出会った日本人と違って、この台湾人の古い街―萬華を見直してくれる親切な日本人であった。そして彼らを案内するうちに、日常見慣れている生活用品から、お爺さんやお婆さんの昔話、廟における民間信仰の儀式などがすべて、民俗学的な観点より、注目されるようになった。街全体の人、事、物は『民俗臺灣』のための informant になった。こうした背景には、池田らの「一視同仁」の態度が大きな要因となっていたからであろう。

一九四〇年の春、鳳姿は修学旅行で日本本土を訪れ、旅上見聞を台湾にいる家族や教師たちに出した。四月十八日付の西川満宛の書簡には次のように書かれている。

内地の人は、台湾に住んでゐる内地人よりずつと親切だと思ひました。ある時、大へんこんざつしてゐる電車に乗りました。私達が立つてゐるのを見て、そばに坐つていた小父さん、小母さん達が三四人立つて、私共に席をゆづて下さいました(10)。

鳳姿は台湾を離れて、ようやく日本内地にいる日本人と、台湾にいる日本人の「台湾観」が違うことに気づいた。内地にいる日本人の親切さに対して、台湾にいる日本人が不親切だというのは、少女の率直な感想であった。

一九四四（昭和一九）年当時の台北の人口比率は、総人口四十万千四百九十七人のうち、漢人は二十七万八千七百八十一人で、日本人は十二万二千六百八十一人であった[11]。鳳姿の目に映った不親切な日本人は、この十二万余りのなかに限られる。「台湾在留の多くの日本人家庭は台湾の文化や人々の暮らしに対する特別な関心や知識をもつことなく、郷里に居た時のままの生活様式を続けていた。台湾人の人手は豊富だったので、お手伝いに頼んだり、勤め先で接触したりというつきあい方で、池田の家も例外ではなかった[12]」と鳳姿は回顧している。

彼女と関わりのあった日本人は、池田の文芸界の知り合い、学校の先生や、クラスメート、警察、道端で出会った人々などである。『民俗臺灣』のスタッフはよく黄家に出入りしていたので、彼らは親切であると鳳姿は見ていた。しかし、他の日本人は、自分たちは統治者であるということを意識して、植民地民に対する優越感が自然に働いた。少女の目に映った不親切さはそこから生まれたものだろう。

戦後、夫とともに松江に引き揚げた鳳姿は、日本人社会の一員として半世紀以上の歳月を送った。台湾は国民政府の支配下になっていて、日本で暮らしている池田夫婦にとっては、政治的要因などにより、近くて遠い隣国となった。戦時中のような台湾民俗文化の煙滅の緊迫感がなくなり、鳳姿の著作は夫の死とも絡んで『民俗臺灣』の時代をめぐるものに限られた。私は修学旅行で出会った「親切な日本人」というイメージが、現在になって変わったかどうか知りたかったが、聞くのを遠慮した[13]。

以上のように考えた結果、池田にとっての鳳姿の役割は、『民俗臺灣』をはじめ、台湾文化に関する業績の共同作業の相手であり、人生の良き伴侶であったと判断される。

二　異言語の使用能力

1　八雲の日本語

日本語の分からないハーンと、英語の分からない節は、いったいどのようにコミュニケーションを行なっていたか、興味深いものである。夫婦間の対話はコトバに限らず、目の表情、ジェスチャーなどでも互いに通ずるものであろう。しかし、身体語彙に関する表現は身振り手振りで充分意思疎通ができるかもしれないが、感情語彙に関するものは、そう簡単に表現できないと思われる。節の「思い出の記」は節の口述で、いとこの三成敬重が記したものである。そのうち、括弧でくくられているハーンの会話は、外国人らしく、流暢なものではなかった。これはハーンの話し振りを節が再現したものと思われる。ハーンは西田千太郎のことを次のように語っている。

「利口と、親切と、よく事を知る、少しも卑怯者の心ありません。私の悪いこと皆いうてくれます。本当の男の心、お世辞ありません。と可愛らしいの男です」。「ただあの病気、如何に神様悪いですね—私立腹」「あのような善い人です。あのような病気参ります、ですから世界むごいです。なぜ悪き人に悪き病気参りません(14)」。

これはハーンの話し言葉であって、耳だけで覚えた片言である。彼の著作の英文のように何度も推敲を重ね、校正した末に世に送った「日本」と違って、実際に「日本」そのものに溶け合っているハーンの姿を見出せる。というのも、不完全な文法表現ではあるが、一所懸命に自己の意思を表現しようとする「ハーン的」日本語が、日本人読者の共感を呼んだだろうからである。

ハーンは一八九七（明治三〇）年の夏、静岡県焼津に初めて滞在して以来、一九〇四（明治三七）年までほとんど毎夏（明治三一年と三六年を除く）魚屋山口乙吉の二階を借りて海水浴に出かけた。焼津に滞在中、ハーンが妻の節宛に出した仮名の書簡、いわゆる「ヘルン言葉」を検討してみる。

やいづ　八月十九日　小・ママ・サマ　アナタ・ノ・タクサン・カワイイ・テガミ・アリマス・ダ
イク・ヤ・ト・カベヤ・ワ・アリマス・ト・キク・カラ・タクサン・ヨロコブ・コンニチ・アサ
ウエ・カ・ソノ・ヨナ・アライ・オヨク・スカシ・ムツカシ・デスカラ・ワダ・ニ・マイル・オ
トキチ・サン・デ・ト・オモウ・アナタ・オボエリマスカ・チサイ・ムスメ・カ・アリマシタ・
やいづニ・ビッコ・ビッコ・ノ・ムスメ・カワイソナ・デシタ子・イマ・オキナ・ムスメ・ト・
ナリマシタ・トナリ・チサイ・ムスコ・ハ・ケン・ト・ヨブ・イマ・オキ・イワオノヨナト。ガ
ッコ・ニ・マイル・ト・ジャウズ・デス。ニ・トシ・ノ・アイダニ・ナンボ・ハヤイ・ワカイ・
ジン・オキク・ト・ナル・イワオ・モ・スコシ・トキ・ハジメテ・ノ・エイゴ・ノ・ホン・ヲ・
ヨロシマシャウ・イマ・ワ・タダ・モ・四・五ページ・ノコリマス・　かづを・ニ・タダ・スコ
シ・ベンキヤウ・ワタシ・デ・シマス・シカシ・イイ・シマス・フルイ・モノ・ハカリ・アタラ

シ・モノ・ヲ・カエル・ノ・トキ・ヤリマス・……サヨナラ・ママ・ノ・カワイ・カオ・ノチホト・ミル・ト・ノゾミ　小泉八雲⒂

この「ヘルンさん言葉」を文法的に解釈すれば、それは中黒点を有効に働かせた単純な語の綴りの手紙文である。初級外国語を学習するテキストと同様に、学習者に単語を判断しやすいように、合理的に空間を設けている。この手紙の日付は一九〇〇年以後、ハーンの日本滞在が十年以上経ったころと推定される（一八九六年生まれの次男巌が英語の勉強を始めている）。平川祐弘氏によれば、「ハーンはニューオーリンズや西インド諸島では原住民の不思議なフランス語を覚えたり、その歌を書き写したりしたように、外国語の学習に手馴れたところがあった。それだから日常の日本語の単語も言い廻しもずいぶんよく覚えた。しかし、文章の仕事に追われ忙しかったので系統的に学習したことはなかった。それで「ヘルンさん言葉」という夫妻の間だけで通ずるテニヲハを欠いた面白い日本語が出来上がったのである⒃」ということだ。

このヘルンさん言葉に興味を引かれて「小泉八雲」に注目するようになったのは、私一人ではないと思う。「思い出の記」にヘルンさん言葉は合計百二十九あるが、「面白いです」「おもしろい」「好きです」「好き」の類似表現は計十三回見られる。ヘルンさん言葉だけでは語意不明なところを、節の文を要約しつつ次のように掲げる。

「しかし、この綺麗な水と蒼黒何万尺あるか知れないような深そうなところ、大層面白い」。「駄目の警察です、日本の古い、面白い習慣をこわします。皆耶蘇のためです。日本の物こわして西洋の物真似するばかりです」。妻と取材旅行中、珍客として取り扱われ、または、日本人の見物騒ぎにずいぶん迷惑を感じて「こんな面白いことはない」。箱根あたりの、何から何まで行き届いた西洋人に向く宿屋より、伯耆から備後の山中で泊ったひどい宿のほうが「面白いもう一晩泊りたい」。東京で借家を求める際、庭が広く大きな蓮池のあるお寺のような家だが、薄気味悪い、変な家が気に入って「面白い家です」という。結局それがお化け屋敷であるため、やめてしまったのだが、「ああ、ですから何故、あの家のすみませんでしたかあの面白いの家と私思いました」と答える。家の隣にあった淋しくて静かなお寺を「面白いのお寺」と呼ぶ。我が家を構える計画に「面白い隠岐の島で建てましょう」と提案する。竹藪で鶯が囀る大久保の家は「如何に面白いと楽しいですね」。静かに、妻が買ってきたお土産の法螺貝を吹いて「面白い音です」。新聞で読んだ、ある華族のご隠居で、昔風が好きで西洋風が大嫌いという話を「如何に、面白い、しかし、私大層好きです。そのような人、私の一番の友達、私見る好きです。私西洋くさくないです」という。妻に「歌舞伎座に團十郎、大層面白いと新聞申します。あなたぜひ参る、と、話のおみやげ」「しかし、あなたの帰り十時、十一時となります。あなたの留守、この家私の家ではありません。如何につまらんです。しかし仕方がない。面白い話で我慢しましょう」、以上の十三カ所は節が描いたハーンの好悪観である。

「好きこそものの上手なれ」は日本の諺である。ハーンの日本近代文学・文化における業績に言及するとき、「好きだから」および「面白いから」という人間感情の表わし方は無視できないものであると思う。要するに、ハーンは子供のような無邪気な性格の持ち主であるので、ものに対する好悪が白黒はっきり分かれていて、灰色の中間地帯はなかった。夢の国が面白いから好きです—好きだから何かしてあげたい—文筆家だから夢の国の良さを西洋に伝えたい。ハーンのすべての文化業績はその論理から始まったのではないだろうか。一方、西洋化しつつある日本のことを気にかけて、それを阻止しようとし、また、その速度を緩めようとしていた。その際、ヘルン言葉に出る西洋のものは、すべて悪者扱いされている。結局、面白いものが好きで悪者が嫌いだという率直な考えと、妻の節に語った上述のようなハーン式日本語がわれわれの共感を呼ぶのであろう。

2　池田の台湾語

戦後、池田は三度台湾を再訪した。特に一九七九年一月十五日、三度目の訪台の際、彼は著作の執筆のため、その取材や資料収集に時間を費やした。そのとき、当時産業界の大物であり、かつて『民俗臺灣』にもたびたび寄稿した呉尊賢氏の主宰で、池田を主賓として宴会を開いた。その席上、池田は「柳田国男と台湾」という題目で講演を行なった。講演はまず中国語であいさつをし、それから、前日に洪氏の子供から特訓された中国語のスピーチをしたそうである。[17]また、知人や友人への電話の中、身元を名乗る言葉は台湾語の「gua si didien...」(私は池田です)であったと、民俗研究者、黄天横氏はいう。[18]台湾語の会話能力は別として、かつて日本の植民地であった台湾を訪れ、そして日本語の分かる友人に真っ先に台湾の社会言語で善意を表わすことは、池田のこの土地への愛情、及びその人々への尊重を示すものではなかろうか。

戦時中、台湾における公的言語は日本語であった。一九三七年より漢文欄が廃止された後、雑誌や新聞の使用言語は「全面的」に日本文そのものになった。黄鳳姿は家の年中行事や街頭風景を、日本文で描写している。彼女の第三作『臺灣の少女』は一九四三（昭和一八）年に、東京にある、東都書籍より出版された。この台湾の少女による植民地台湾風俗の記録の上梓は、何を意味するのか興味深いものである。注目したいのは、戦時下の厳しい出版統制の難関を乗り越えただけでなく、文部省の推薦に加え、作家佐藤春夫の序を得た、という点である。率直に言えば、日本政府は植民地における「国語教育」つまり日本語教育の成功及び、植民地民のアイデンティティ把握に関する自信を公表したかったのではないだろうか。

こうした時流のなか、池田は萬華の爺さん、婆さん達から台湾語で台湾の風土習俗を採集していた。鳳姿はそのようすを語っている。

お爺さん、お婆さん達は盛んに身振り手振りを加えて、一所懸命に答えていた。素朴で人懐こい人達だった。池田の台湾語も片言だが、かなり通じるようになっていて、愛嬌ある発音とユーモアでみんなを喜ばした。通じなくなると、日本語の分かる人が頼まれなくても加わってきて、通訳を務めた。(19)

植民地時代の台湾において、公的言語は日本語であったが、『民俗臺灣』を編纂するため、萬華の爺さん、婆さんとの会話に、池田は台湾語を使用した。戦後、彼が再度訪台したとき、国民政府の公的言語である中国語で講演を行なったが、文芸界の仲間との交流は日本語、台湾語、中国語まじりの三語併用だったようである。

池田は平凡社を定年退職後、二度目の台湾訪問を果たした。一九七六年十二月一日から二十八日まで、のんびりと、青春時代を過ごした土地で、取材や旧友を訪問するなどしてひと時を楽しんだ。その間の記録は彼の「亡友記——呉新栄兄追憶録」と「張文環兄とその周辺のこと」に見られる。日月潭湖畔のホテルで、文芸仲間と集まったときのことであった。女流詩人、陳秀喜氏に中国語を正されたことについて次のように語っている

（陳秀喜氏に）「池」と「吉」の発音の矯正も受けました。こんどもまた、席上まず「還算」のダメおしがありました。また頭を下げてきました。私の巻き舌や無気音は、この前に比べると「還算好」だということでした。
　ところで英良夫人〔筆者註—呉新栄氏の未亡人〕の短歌ですが、もちろん「還算」をはさむ必要はなく、「作得不錯」でした。[20]

これは、池田が自分の名字の「池田」を中国語で発音するときの悩ましさを示していると同時に、中日の二ヶ国語で表現するときの、言葉の面白味を表わしている。日本人には、中国語の巻舌音と無気音の区別は困難であるとよく聞く。だから、「池田」（tsuutien）と言うつもりのところを、しばしば「吉田」（chitien）と聞き違えられたのだろう。言葉にうるさい陳秀喜氏に「前より良くなった」と誉められた池田は、その二年後、三度目の訪台の際に、中国語で講演を行なう勇気と自信

をつけられたのかもしれない。

三　異人種に共感する心

1　八雲の日本服とキセル

松江の小泉八雲記念館にあるたくさんのキセルは、多くの見学者の目を奪うものである。平川祐弘氏著『小泉八雲　西洋脱出の夢』の表紙に、四本のキセルで構成された絵画がみられる。キセルといえば、ＧＨＱ連合軍総司令官マッカーサーがパイプをくわえている写真が連想される。西洋のパイプと日本のキセルは、いずれも喫煙道具であるが、キセルの方はカンボジア語 Khsier 管から生じた語である。その定義を辞書で調べると、「刻みタバコを詰めて火をつけ、吸口からその煙を吸う道具。両端が金属、途中が竹でできているものが多い。タバコをつめる口を火皿、火皿のついた湾曲している部分全体を雁首（がんくび）、雁首と吸口の中間の管を羅宇（らお）と呼ぶ[21]」となっている。

一八九一年八月、ハーンは日本に到着して一年経った時点で、すでにキセルを百本以上集めていた。喫煙習慣のあるハーンは、日本のキセルについて詳細に観察し、約二千五百字にまとめ、書簡としてチェンバレンへ送った。そこには、キセルのあり方、すなわち、その構成、芸術性、上手な喫煙方法や愛煙家としての礼儀作法、そして外国人のキセル使用などが述べられている。最後に、日本人はこれを非悪質な「折檻用具」として使うのだと、話のオチとして締めくくる。文の一部で、殊に外国人のキセル使用の不慣れを次のように語っている。

どうもキセルは日本の家庭生活器具の自然の進化を語るように、私は思われます。日本の小さなキセルは、日本人の職業・仕事の邪魔にならないように、うまく適応して作られたものなのです……一本三銭のキセルから、上は一本三十円もするものまで、キセルの工芸的意匠と仕上げには、ちょうど掛物の表具と同じように、えらい格差がついています……外国人が日本のキセルを用いると、まず手はじめに、あの一見かんたんな用具で、自分の座右のもの、タタミ、ザブトン、とりわけ着ているユカタやキモノに、やたらにまるい小さな焼け焦がしの穴をこしらえます。キセルに詰めた、火のついた小さな火玉が、二、三どスパスパふかすとまっかな火の玉になり、雁首の中で暖かくなって、ほんのひと息でキセルから飛び出すばかりになります。ころげ落ちれば、まっかに熱した弾丸のように、どこへでも穴をあけます。ところが、日本の熟練した喫煙家は、そこらじゅうに焼け焦がしの穴をこしらえるようなことは、めったにしません。せいぜい三度もふかすと、すぐに灰吹へフッと吹いて、雁首をからにしてしまいます。[22]

チェンバレンの後の民俗誌『日本事物誌』の「キセル」の項は、ハーンの知識に全面的に依拠していると、平川祐弘氏の研究で明らかになっている。[23] 喫煙習慣のある人にとって、朝起きてからの一服は最高の楽しみだそうである。ハーンはチェンバレンへ、一日の暮らしぶりを報告する書簡に、朝起きてから一服する様子を描いている。

午前六時―小さい目覚ましが鳴る。妻が先に起きて私を起す―昔の侍時代のきちんとした挨拶で。私は起きて坐る。蒲団のわきへ火種の消えたことのない火鉢をひきよせて煙草を一服吸いはじめる。下男たちが入って来、平伏して旦那さまにお早うございますと言い、それから雨戸を開けはじめる。そのうちにほかの部屋では、小さいお燈明がご先祖様の御位牌と仏壇の前にともされて、お勤めが始まり……そのころ老人たちはもう庭へ出て、お日様を拝んで、柏手を打って出雲のお祈りの言葉を小声で唱える。私は煙草をやめて、縁側へ出て顔を洗う。午前七時……(24)

小泉家では、火鉢が年中点《とも》っていて、寒がりやのハーンに快適な空間を保っており、いつでも喫煙できる状態にしている。そのうえ、家中の人達の日常を伺いながら、自分の部屋で煙草を楽しんでいたようだ。さて、ハーンの喫煙は、キセルを使うにつれて、上手になったのだろうか。ハーンは外国人のように、いたるところに穴を開けただろうか、それとも日本人のように、器用に三度もふかすと、灰吹へフッと吹いて、雁首を空にすることができただろうか。筆者は興味が尽きない。

ハーンが亡くなる日（一九〇四年九月二十六日）のこと、朝の挨拶をするとき、ハーンは煙草をふかしていた、と節は回顧している。人は、失った家族のことを回顧するとき、当人の哀歓がよく表われるものである。ハーンのキセル嗜好について、節は次のように語っている。

あの長い煙管が好きでありまして、百本ほどもあります。一番古いのが日本に参りました年ので、それから積り積ったのです。一々彫刻があります。浦島、秋の夜のきぬた、茄子、鬼の念仏、枯枝に烏、拂子、茶道具、去年今夜の詩、などは中でも好きであったようです。これでふかすのが好きだったようです。外出のときは、かますの煙草入に鉈豆のキセルを用いましたが、うちでは箱のようなものに、この長い煙管をつかねて入れ、多くの中から、手にふれた一本を抜き出して、必ず始めにちょっと吸口と雁首とを見て、火をつけます。座布団の上に行儀よく坐って、楽しそうに体を前後にゆるくゆりながらふかしているのでございます。(25)

ここで節は、ハーンのキセル嗜好を生き生きと描いている。節の描写を前述チェンバレン宛の書簡と対比してみると、ハーンのキセル嗜好が一層浮かび上がってくる。一般的に、メロドラマでは、金満家の旦那のイメージとして、高級な身なりと装飾、そして口にキセルという場面がよく目に付く。劇に用いられているキセルが、主人公の経済能力や社会的地位を示す道具となっているのに対し、ハーンのキセル嗜好は、まさに生活そのものであった。亡くなる日の夕方、狭心症発作をおこす直前、ハーンは庭で食後の煙草を楽しんでいたと、節は二十五回忌の回顧で述べている。(26)日本のキセルを使って、存分に煙草の甘みを満喫するハーンの姿は、単に日本国籍を得ていたというだけでなく、その空気中に漂っている「日本の匂い」までをも、体に染み込ませていたといえるだろう。

「写真で見るハーンの生涯」に、一雄をモデルとして、八雲の姿が映った写真が見られる。写真はハーンの和服姿を中心とし、周りには色々なキセルや煙草入れ、節からもらったほら貝、火鉢、そして机と著書、執筆中の原稿などがあり、それらは意図的に組み込まれている。簡単ながら、ハーンの一生を語るものであるといえよう。ハーンは日本に到着してから、すぐにこの国の生活様式に魅せられ、日本服を着用するようになった。節は当時の様子を語っている。

私の参りました頃には、一脚のテーブルと一個の椅子と、少しの書物と、一着の洋服と、一かさねの日本服くらいの物しかございませんでした。学校から帰るとすぐに日本服に着替え、座布団に坐って煙草を吸いました。食事は日本料理で日本人のように箸で喰べていました。何事も日本風を好みまして、万事日本風に日本風と近づいて参りました。西洋風は嫌いでした。西洋風となるとさも賤しんだように「日本に、こんなに美しい心あります、なぜ、西洋の真似をしますか」という調子でした。これは面白い、美しいとなると、もう夢中になるのでございます。松江では宴会の席にも度々出ましたし、自宅にも折々学校の先生を三、四名も招きましてご馳走をして、いろいろ昔話や、流行歌を聞いて興じていました。日本服を好きまして、羽織袴で年始の礼に回り、知事の宅で昔風の式で礼を受けて喜んだこともございました。(27)

ハーンは伝統的な日本が好きで、日本の卑俗な西欧化を心から嘆いていた。日本服の着用をはじめ、暮らしのすべてを日本人と同様に行なう以上、外観は西洋人に見えても、ココロは日本人であると認めてもらいたかった。だから、知事に昔風な礼で応対してもらったことを、たいへん喜んでいた。

一八九六（明治二九）年二月、ハーンは小泉八雲の名で日本人として新しい人生を迎えるようになった。同年六月二十六日、西田千太郎宛の手紙に、初めて「Lafcadio Hearn」と「小泉八雲」を併記した署名が見られる。(28) 七月十九日、出雲大社へのお礼参りは日本の正装で行なわれたはずである。すなわち、これより身も心も「日本人」であろうと、覚悟を決めたはずである。

2　池田の台湾服と塩草籃

池田の台湾人への共感を、彼の台湾服（長衫《ツンサア》）と塩草籃（茭薦《カアツウ》）の嗜好から検討してみる。戦後、西洋文明の洗礼を受けた台湾人は、旧時代の生活用品が、どのようなものであったか忘れつつあった。そのとき、台湾を再訪した池田は、戦時下の生活を再体験しようと考えたのだろうか、昔風の恰好を試みた。台湾服の着用はしなかったが、彼にとってこの上なく便利な「カアツウ」は旅行中欠かせない所持品となった。一時、池田の台湾旅行に同伴した知人の許文彬氏は、池田に頼まれて「カアツウ」を持たせられたことがあった。そのとき、許文彬氏は「何ともいえない気持ちだった」という。「塩草籃」の象徴する意味から、許氏の、この「何ともいえない気持ち」が、筆者にはよくわかる。従来、台湾では、藺草《いぐさ》で編んだ「塩草籃」は、身分の卑しい人たちの用品とみなされている。藺草は強靭で、水に強く、柔軟で、行商や乞食はそれを商売道具にしていた。

『文藝臺灣』第五巻一号（一九四二年十一月）に浜田隼雄の「風刺小説」が掲載されている。作品中に登場する「道田」なる「台湾民俗研究家」についての描写は、台湾服と塩草籃の嗜好が主となっている。

「やつていますね」と台湾服にヘルメットをかぶり、眼鏡の奥でにやにや立つてゐるのは大稲埕《だいとうてい》の鬼といはれる内地人の台湾民俗研究家道田氏だつた。わざわざ大稲埕の本島人家屋の二階をかりて住んでゐる氏は、この頃市場通ひの奥さん連中がもつてゐるやうな籠に長い紐をつけて肩からぶらさげてゐたが、「愉快ですなあ、甘井さんもかういふ所にくるんですが」といひながら、甘井君の隣りの車夫がたべをはつてたつのといれちがひに長い椅子にこしかけた。

馴れた台湾語でそばを注文すると道田氏は肩にかけた籠をひょいとはづして、

「どうして、これい、でせう」と甘井君の目の前にをいた。

「何ですこれは」ときくと、まつてましたとばかりに、

「カア　ツウ。こないだ鹿港へ採取にゆきましてね。便利で具合よくできてるからかつてきたんですよ。大稲埕では卑しい人のもつ物だときらふさうですけど、ひなびてゐて美しいでせう。かういふ田舎の物で新しく使えるのを台湾の人は知らんのですからね。一緒にいつた画伯などはすつかりよろこんで、これに油絵具で模様をいれましたよ(29)」

小説に出ている「甘井」は作者の浜田で「道田」は池田、「画伯」は立石鉄臣であることは、当時の文化人であれば周知のことである。道田がぶら下げている「籠」は藺草で編んだ「塩草籃」、すなわち「カアツウ」で、卑しい人たちの生活道具である。台湾人なら、身分の高い者がそれを所持しているだけで、身分を貶めることになりかねない。しかし、日本人である道田はそのことを恐

れず、興味津々に台湾服を着て、「カアツウ」で台湾人の町、大稲埕を散策している。
日本的生活様式が文明的であると見做されている皇民化時期に、日本人である池田は時局に逆らって、卑しいと思われる台湾服を着て、「カアツウ」を身につけていた。それは若者の反抗心の表われであると同時に、時局に迎合しているほかの日本人に、ある種の刺激にもなったと思われる。小説にあった、道田の、甘井に対する台湾風の恰好の説明は、違和感がなく、むしろ、さりげない自慢を見出せる。しかし、初めて台湾服を着て人前に出ることは、やはり相当の勇気が必要のようだった。池田はその様子を語っている。

昭和十六年十二月七日……黄君を誘つて山水亭へ出かけた。僕はこの夜はじめて長衫を着て外出することにした。出かける前に黄家で披露したら、好看（よく似合ふ）だと云つてみなに褒められたのですつかりいい気になつてゐた。しかし、中落の太々には看命先（八卦師）と間違われさうだと云つてひやかされた。黄君はいや読書人に見えると云つて勇気をつけてくれた。[30]

台湾服姿でカアツウをもつ池田敏雄
（『台湾地方行政』1942年8月号，画・立石鉄臣）

こうして池田の変わった恰好は

文芸仲間に知られるようになったが、社会秩序を維持する警察は、このような変わり者を取り締まらなくてはならなかった。一度、台湾服姿の池田は、文官服姿の浜田と灯火管制中の町を歩いているとき、私服の特高につかまり、派出所に連行されたことがあった。幸い、文官服を着ている浜田の証明で無事に終わった、というエピソードが伝えられている。(31)「文藝家協会」の発会式のとき、池田は台湾服姿で台北にあった公会堂に出かけ、仲間と一緒に記念写真を撮った。当時会長を務めていた矢野峰人は、この「変な日本人」に対して苦笑しかできなかったそうである。(32)その記念写真は、台湾の誰かがもっていると池田は言う。

四　終わりに

一八九〇年より西欧化しつつあった日本の文化を、英語で西洋人に紹介したハーンと、一九四〇年より日本化されつつあった台湾の文化を、日本語で日本人（皇民化されている台湾人を含む）に紹介した池田敏雄の二人には、実現しなかった夢があった。ハーンの夢は、鄙びた田舎の、庭の広い、樹木のたくさんある、小さい屋敷を手に入れることであり、池田敏雄の夢は、台湾の田舎の農家に住むことであった。二人のように、異人種の神髄に精魂を傾ける人間は、ともに誠実で表裏のない、好き嫌いのはっきりとした、繊細な個性の持ち主であった。彼らは異人種の妻という協力者を得たため、一生涯の業績を築くことができた。しかし、二人が成し遂げた業績は非常に対照的であると思われる。

ひとりは新興強国の日本を、もうひとりは強弩の末の日本を、歴史的に検証した。一八九五年、明治日本は清国を破り、強国としての実力を現わし、世界舞台の主役の一員として躍り出た。一九四五年、昭和日本は戦争の失敗を認め、植民地を放棄し、世界の主要舞台から下りた。ハーンはその開始、池田はその終焉を検証したのだと理解してよかろう。

ハーンは非西洋的自己をもち、美を求め、死ぬまで夢の国から覚めなかった。一方、池田は非日本的自己を持ち、真を求め、青春時代の夢を再現したかった。英語で書いた「日本」は、西洋人が読むよりも、その日本語訳書を日本人が読んでいる。日本語で書いた「台湾」は、日本人よりも、日本語を解する台湾人が読んでいる。ハーンの芸術的（再話文学的）英語で書いた日本文学は、日本人に自己の文化の美を再確認させた。池田の写実的（口承文化的）日本語で書いた台湾文化は、台湾人に自己の存在を意識させた。

彼らの作品は、異人種が異言語で綴ったものであるので、適度の距離感があって、異国趣味を増加させる。それが彼らの作品の魅力であるのだろう。キセルをくわえた日本服姿のハーンにせよ、塩草籃を肩にかけた台湾服姿の池田敏雄にせよ、彼らの妻によって描かれたこの二人は、いずれも旧時代を尊び、人種の差別なく人を愛し、その土地の人間の生活と知恵を尊重した人物たちであったのである。

注

（1）*Some New Letters and Writings of Lafcadio Hearn*, collected and edited by Sanki ICHIKAWA（市河三喜），

Tokyo, Kenkyusha, 1925, pp.3-4.

(2) 「思い出の記」『明治文学全集四八　小泉八雲集』(第三刷) 筑摩書房、一九八三年、三七二頁。

(3) 平川祐弘『小泉八雲　西洋脱出の夢』新潮社、一九八一頁。

(4) 同書、二一三頁。

(5) 「思い出の記」三七八―三七九頁。

(6) 一八九三年一月十日付、妹ミニ・アトキンスン宛書簡。『無限大』第八八号（特集ハーン百年後の解釈）一九九一年、一六〇頁より引用。

(7) 一九九四年三月四日、筆者の、洪茂榕の黄秀煌夫妻の訪問の際の直話。

(8) 「『民俗臺灣』の時代」『民俗臺灣』第五巻、一九四一―一九四五年初版（一九九八年第二刷）、五六頁。

(9) 池田鳳姿の一九九八年二月の座談会における講演内容。

(10) 黄鳳姿『七爺八爺』東都書籍、台北、一九四〇年、一二七頁。

(11) 台北市文献会『台北市発展史』一九八二年六月、三三三頁。

(12) 「池田と台湾と私」『台湾近現代史研究』第四号、緑陰書房、一九八二年、四七頁。

(13) 一九九四年四月、東京都柳田の池田邸にて。

(14) 「思い出の記」三六五頁。

(15) 「写真で見るハーンの生涯」前掲『無限大』。

(16) 平川前掲書、二二一頁。

(17) 『台湾近現代史研究』第四号、四一頁。また、洪茂榕、黄秀煌夫妻の口述による。

(18) 一九九四年四月の黄天横の口述による。

(19) 『台湾近現代史研究』第四号、四九頁。

(20) 「亡友記――呉新栄兄追憶録」(張良澤編『震瀛追思録』台南佳里、消琅山房、一九七七年三月)、一一頁。

(21)『小学館国語大辞典』六二七頁。

(22) 一八九一年八月、チェンバレン宛書簡。「書簡集」『小泉八雲集』三四〇頁。

(23) 平川前掲書、三〇三—三〇四頁。

(24) 一八九三年十月十一日付、チェンバレン宛書簡、前掲『無限大』一八〇—一八一頁。

(25)「思い出の記」三八二頁。

(26)「明治大正」『朝日新聞の記事に見る恋愛と結婚』朝日新聞社、一九九七年、一一七頁。

(27)「思い出の記」三六六頁。

(28) Ed.by ICHIKAWA, *op. cit.*, p.164.

(29)『文藝臺灣』第五巻一号、一九四二年一一月。

(30)「戦争と艋舺」『臺灣の地方行政』第八巻二号、一九四二年二月、二六—二七頁。

(31) 洪茂榕『臺灣風物』第三一巻二期、一九八一年六月、一一頁。

(32)「張文環兄とその周辺」(張良澤・張孝宗編『張文環先生追思録』彰化秀山閣、一九七八年七月)一二頁。

シンシナティ時代のラフカディオ・ハーン

田中欣二

1　ニューヨーク経由、シンシナティ到着

一八六九年八月十四日にロンドンを出港、フランスのル・アーヴルに寄港した汽船セラ号[1]は、両港で計五百十人の船客を乗せてニューヨークに向かった。乗客のほとんどが米国への移民であったが、そのなかに十九歳のパトリック・ハーン（以下、ハーンと略）の孤独な姿があった[2]。

ハーンは、幼少時にイギリスとアイルランドでカトリックの厳格な教育を受け、フランスにも二年ほど留学したが、父母の離婚と大叔母サラ・ブレナン夫人の破産により学費が途絶え、大叔母の財産管理人であったヘンリー・モリヌーのはからいで、その妹フランシスが夫のトマス・カリナンと住んでいる、米国オハイオ州のシンシナティに行く途中であった。

セラ号は、アイルランドのウォーターフォード州で一八六二年に建造された二〇五八トンの移民船で、巡航速度は九・八ノット、ロンドン&ニューヨーク汽船ラインの定期便の一隻として就航。ハーンが幼少時を過ごしたことのあるトラモアに近いネプチューン造船所で作られた。乗客は、二百人以上がイギリス人で、フランス、バーデン、アイルランドからの移民がそれぞれ約五十人、そ

の他の欧州各国や豪州と米国からの人たちも乗っていた。ニューヨーク港で上陸の際に、船長名で宣誓提出する乗船者名簿には、パトリック・ハーンの祖国は、ギリシャと記されている(3)。実際は、イギリス人であった彼は、一八八七年九月十三日と一八八九年五月九日に、西インド諸島から貨客船バラクータ号でニューヨーク港に戻った際には、国籍はイギリスと正しく答えているのであるが、ギリシャ人の母をこよなく愛した十九歳のハーンが、「最も密接な関係の国は」の問いにギリシャと答えた心情も理解できよう。ハーンを乗せたこの船がニューヨークに着いたのは、一八六九年九月二日木曜日であった。

ハーンがどれだけの期間ニューヨークに滞在したのかは、今のところ定かでない。それは、無一文になって苦しい生活を余儀なくされた彼が、この大都市をきらって当時のことを語りたがらなかったからであり、滞在期間は数日から二年程の諸説がある。いずれにしても、食うや食わずやの惨めな生活の後、やっと移民列車に乗り、当時の急行で三十二時間の行程を、五日程かかってシンシナティに辿りついた。車中向かいに坐ったノルウェー人の美しい娘がチーズを挾んだ褐色のパンをすすめてくれた時、空腹の余り礼を言うゆとりもなくむさぼり食べて恥ずかしい思いをしたことは、義妹ミンニー宛の手紙に詳しい。その移民列車が走った経路は明らかではないが、生涯忘れ得ぬこの娘が、ミネソタのレッドウイングに向かうために途中下車したようなので、多分クリーブランドの南とコロンバス周辺を経由した鉄道線路の一つであり、シンシナティに着いたのはプラム通りの停車場か、シンシナティ・ハミルトン・デイトン線の終着駅であろう。

2　当時のシンシナティの概況とワトキンとの会遇

一八六九年四月に、米国の第十八代大統領として就任したのはユリシーズ・S・グラントで、オハイオ州シンシナティ郊外のポイント・プレザント出身の南北戦争で活躍した将軍である。以降の十一人の大統領中七人までがオハイオ州の生まれで、オハイオ州は大統領の産地といわれるほどであった。シンシナティは水運の要所として発展した米国第八位の大都市で、ドイツ系の移民が多く、ライン川に似た景観を有するオハイオ川のほとりに葡萄園が作られ（当時ぶどう酒の生産では全米一）、養豚も盛んでポークポリス（豚の都）の別名があり、豚肉でソーセージを作り、残った脂肪から蠟燭や石鹸の製造を始めた企業家プロクターとギャンブルが、後に合併してプロクター・アンド・ギャンブル（現在のP&G）を設立、世界最大の洗剤会社となる基礎を築きつつあった。また、米国の人口が東から西に移行する過程で、丁度その頃シンシナティの近くに人口重心があり、食料（ビールを含む）、衣服、家具、皮革などの生活必需品の製造業の中心地となっていた。また、ニューオーリンズからミシシッピー川を遡って外輪船が往来するので、船舶の製造や修理をする機械、さらにそれを作る工作機械が必要となり、工作機械のメッカといわれる工業都市に変貌しつつあった。一方、教育、美術、音楽などの文化活動も盛んで、英語とドイツ語の新聞が十紙ほども発行され[4]、印刷、出版業の中心地でもあり、この年に全米に先駆けて市が作った職業野球のチーム、シンシナティ・レッドストッキングズ（現在のシンシナティ・レッズ）は、不敗を誇っていた。このように戦後の再建で活況に沸く都市の人口は、既に二十万を超え、ロンドンやニューヨークよりも人口密度が高く、一間の借家に何人も雑居している移住者たちが一万五千人以上もダウンタウンに住んでいた。さらに、南から自由を求めてオハイオ川を渡って来た黒人労働者も増加しつつあり、公衆衛生や環境汚染、犯罪増加などの問題も起こり始めたので、生活基盤の一応出来た先住者たちは閑静な郊外の住宅地に移動する傾向にあった。そのような時に、北方約五マイル（八キロ）の分譲地に、庭付き二階建ての独立家屋を整然と建てる計画をもった組織「ハミルトン郡土地住宅協同組合第一号」[5]が設立され、創設者の一人にヘンリー・ワトキンがいたのである。

頼りにしていたカリナン夫妻は、一八六九年の住所録によると、三番街の西四七九に居住しており、前記の駅から徒歩で十分前後の距離なので、そう困難なく見つかったはずである。しかし、一八七〇年の国勢調査資料によれば、夫妻は四歳、三歳、一歳の子供三人を抱え、他の三世帯と同居していたので、ハーンを歓迎できる状態でなかったことは明らかである。カリナン一家は一八六六年頃にアイルランドから移民して来たばかりで、夫トマスは四番街の西一〇一で養豚業者の事務員をしており、生活は楽ではなく住居も転々としていた。そういう状況であったから、ハーンが週五ドルほどを何回か与えられた後、自活するようにと追い出されてしまったのは、むしろ当然の成り行きではなかろうか。そこでハーンは、ロンドンとニューヨークで味わったあのどん底生活をここでも余儀なくさせられた。鏡売りや電報配達、事務所の会計、下宿屋の下男などをしたが永続きはせず、下宿代が払えずに路上や馬小屋で寝たこともあった。

たまたま知り合ったスコットランド系の印刷工J・M・マクダモッドから紹介された、ヘンリー・ワトキンは、ロンドンで印刷工をし、一八四五年に米国に移住、『シンシナティ・デイリー・ガゼット』の印刷職工長を務めた後、自立して印刷所をダウンタウンの中心部で始めていた。同郷のイギリスから来たというだけではなく、二人とも子供の頃の事故で片目の視覚を失うという負い目を担っていたせいか、初見から互いに心の通じ合うものがあり、その後親子のような関係に発展するのであった(6)。

3　新聞記者になるまでの職歴と著作

一八七〇年頃、ワトキン・H・カンパニーの雑役

ワトキンの記憶によると、ハーンを紹介されたのは、彼がシンシナティに着いて二、三日しか経っていない頃で、まだカトリックの学生服を纏っていたという。多分その時は、困ったら訪ねて来るようにとでも話しておいたのではなかろうか。前記のような苦労をし、下宿に払う金もなくなり、路上を彷徨《さまよ》った後、痩せ衰えて友人に支えられ転げ込んで来たのであろう。当時ワトキンは、J・マドックと共同で、ワトキン印刷所をダウンタウンの中心街のウォルナット通り二三〇に持っており、北方約三十分のカーセイジ地区に妻と娘と共に住んでそこから通勤し、仕事の忙しい時には店で寝泊りしていた。そこで交わした会話は、ワトキンの『鴉からの手紙』に詳しいが、「書くのは後回しにして、まず食べるための仕事を身につけるように」との忠告に従い、ハーンは印刷の仕事を習い始めたのであった。そして、暇な時にはワトキンの蔵書を自由に読ませて貰い、シンシナティ・ハミルトン郡公立図書館（以下、公立図書館と略記）にも通って読書に励み、夜は店の一室に裁断された紙くずで作られたベッドで、やっと安らかに眠ることができるようになったのである。

トマス・ヴィカーズの私設秘書

その頃ユニテリアン教会の牧師であったトマス・ヴィカーズが、公立図書館でハーンにわずかな謝金を支払って仏文の翻訳を依頼したとの説もあるが、十ヶ国語も学びフランス語の堪能であったといわれる彼がハーンに仏文の翻訳をさせたとは考え難いので、恐らくフランス文学に関する調査の仕事でも手伝わせたのではなかろうか。ヴィカーズは後に、公立図書館長（一八七四―七九）やシンシナティ大学の学長（一八七七―八四）も勤めた碩学であったが、公立図書館では前任者や後任者と意見が合わず、その間のほとんど全ての館員とも口論したといわれる個性の強い人物であったようである。(7) しかし仕事を与えてもらったハーンはヴィカーズを大層尊敬し、秘儀神官のような聖人（hierophantic sage）と讃えた散文詩とスケッチが米国議会図書館に所蔵されている。

一八七一年、西四番街一一五の出版社の書記（Amanuensis）

一八七一年のシンシナティ市住所氏名録（Williams' Cincinnati Directory）に、米国では初めてラフカディオ・ハーンの名前と職名が出てくるが、六番街一一〇番地に住み、職業は西四番街一一五の書記と記されている。同番地には、当時ウイリアムソン・アンド・カントウェル出版社が存在し、二人の牧師J・S・カントウェルとI・D・ウイリアムソンの編集した *The Star in the West* が出版されており、ジョージ・W・ヘイル編集の *The Western World* や *Journal of Commerce* も同番地から出版されていたので、ワトキンの店で印刷に関する知識を一応習得していたハーンは、ここで印刷業務に携わったのであろう。しかし、活字を組んだりする仕事は面白くなく、眼の負担が大きくて自分には適しないと判断し、転職を希望した。

一八七二年、『シンシナティ・トレイド・リスト』の編集助手

ハーンがそれまでに寄稿していたと推定される『マーチャンツ・アンド・マニュファクチャーラーズ・ブレティン』（表1A）の編集者レオナード・バーニー大尉（以下、バーニーと略記）が『シンシナティ・トレイド・リスト』を創刊するにあたり、その編集助手や広告とりの職に就くが、社主と喧嘩して短期間で止めてしまう。

バーニーは、ユーモアに富んだA・マイナー・グリスウォルドと『シンシナティ・サタデイ・ナイト』（旧名 *Fat Contributor's Saturday Night*）をその頃発行しており、ハーンも投稿した可能性をフロストは指摘していたが、同紙は逸散し、ハーンの寄稿したものはまだ確認されていない。

一八七三年、ロバート・クラーク・カンパニーの植字工兼校正係

ワトキンの紹介か、バーニーの親戚の伝手《つて》でロバート・クラーク[8]の経営する著名な書籍出版社（西四番街六五）の仕事を得る。ここでは、イギリス式の句読点を多用するので「オールド・セミコロン」の綽名が付けられた。ハーンは、『シンシナティ・エンクワイアラー』に記者として採用される迄ここで働き、新聞記者になった後、「新刊書」の欄にロバート・クラーク社から出版された本の書評も書いている。

表1　ハーンが新聞記者となる前に投稿したと推定（A）または鑑定（B）された作品

A）*The Merchants' and Manufacturers' Bulletin.*

見出し	年-月-日（頁：欄）
Origin of Pew System.	1870-02-17（1:1）
Cheap Foods.	1870-02-17（1:2-3）
A CELESTIAL IN OUR MIDST./Letters From Whang-ti.	1870-02-17（1:4）
"Style."	1870-02-24（1:4-5）
The Book of Job.	1870-04-28（1:3）

出典："*Dorothea McClelland Papers*" at Iowa State University Library, Special Collections Department

B）*The Boston Investigators.*

見出し	年-月-日（頁：欄）
A Few Words on the "New Jerusalem" Church.	1870-09-14（1:2-3）
Science Versus Superstition	1870-09-21（1:1-2）
Science Versus Superstition. (conclusion)	1870-09-24（1:1-2）
The Legends of Genesis Compared with Heathen Mythology. No.1	1870-10-05（1:1-2）
The Legends of Genesis Compared with Heathen Mythology. No.2	1870-10-12（1:1-2）
The Legends of Genesis Compared with Heathen Mythology. No.3	1870-10-19（1:1-2）
The Legends of Genesis Compared with Heathen Mythology. No.4	1870-10-26（1:1-2）
The Legends of Genesis Compared with Heathen Mythology. No.5	1870-11-02（1:1-2）
The Legends of Genesis Compared with Heathen Mythology. No.6	1870-11-09
Mind and Matter.	1871-01-04（1:2-4）
Thoughts on Nature and Man. Is There a God?	1871-03-08（1:1-2）
Thoughts on Nature and Man. Is There a God? (conclusion)	1871-03-15（1:1-2）

出典："*A Discovery of Early Hearn Essays*" by Albert Mordell, TODAY'S JAPAN, January, 1959, Page 41-54 and Letter from Henry F. Scannell, Curator of Microtext and Newspapers, Boston Public Library to Tanaka, March, 07, 2006

その頃の著作

前記のような仕事の傍ら、公立図書館やヤングメンズ・マーカンティール・ライブラリーで読書に励み、暇をみては週刊誌に投稿した。表1に、当時出版されたハーンの寄稿と推定（A）あるいは鑑定（B）された作品を纏めた（詳細は『へるん』二〇〇六年、第四三号九九頁参照）。

なお、一八七〇年の人口調査によると、シンシナティの人口は約二十一万人で、ドイツ系が最も多く、次がアイルランド系で三番目がイギリス系であった。しかし、シンシナティに到着して新聞記者になるまでの期間、ハーンが頼りにした上記の人たちは、ほとんど全てがイギリスから来た先住移民であったことは興味が深い。この頃から、イギリス人としての自覚を持つようになったのであろう。

4　シンシナティの新聞社とコッカリルとの出会い

当時の新聞社は政治的な報道を重視し、シンシナティでは最大の発行部数を有する『シンシナティ・コマーシャル』が中立だが奴隷廃止を主張する共和党寄り、二位の『シンシナティ・ガゼット』が共和党系、三位の『シンシナティ・エンクワイアラー』は、奴隷制度を受容して南部との和解を主張する民主党系であり、戦時中は『コマーシャル』などから、その弱腰をたたかれており、戦後も発行部数がなかなか伸びなかった。一八六七年、そのエンクワイアラー社の経営者がワシントン・マクレーンとなり、息子ジョン・R・マクレーンは十九歳でハーバードを中退してシンシナティに戻り、父の会社で働きながら、流行し始めたアマチュア野球の捕手として活躍。そのレッド・ストッキングスが一八六九年に職業野球団となり全勝して市を沸かした。一八七二年に、二十四歳で新聞社を父から引き継ぐや、前市長のJ・J・ファーランを編集長の座から追い出し、南北戦争で鍛え上げられた二十七歳のジョン・コッカリルを探訪記者から編集長に抜擢して若返りを図った。そして二人でセンセーショナリズムを標榜、競争相手のコマーシャル社の財源をたたくために、広告欄の一部を読者に無料で提供して販売部数を伸ばすなどの攻勢に出たのである。その頃、ハーンは、多分クラーク社がロンドンから輸入したばかりの新書、テニスンの『王の牧歌』(*Idyls of the King*, 1872)の一部の書評を書いて、コッカリルを事務所に訪ね原稿を買ってもらえないかと恐る恐る尋ねたのであった。

その頃のエンクワイアラー社は、公立図書館の南側、ヴァイン通り二四七番地にあった。一八七二年のある日、ハーンがそこに現われた時の様子は沢山の伝記作家により紹介されているが、ここでは当事者のコッカリルに語ってもらおう(以下、Col. John A. Cockerill, *Lafcadio Hearn: the Author of "Kokoro,"* the New York Herald, June, 1896 よりの抄訳)。

「ある日、私の事務所にひどく度の強いメガネをかけた、皮膚の薄黒い風変わりな小男が訪ねて来た。いかにも幸運とは縁がなさそうな印象であったが、柔らかな震えた声で、外部からの寄稿を買ってくれますかと尋ねた。私が、経費は制限されているが何を提供してくれるかによって考えてみようと答えると、彼はコートの下から引き出した原稿を震える手でテーブルの上に置くと、ゆがんだ小妖精のように何とも表現のできない奇妙な感じを残して、こっそりと出て行ってしまった」

「その日の遅くに、ハーンの残して行った原稿を読んで吃驚したのは、それが最も洗練された品格のある英語を用いて、賢明で説得力のある考察が魅力的に書かれているのを発見したからである。その記事を印刷にまわした翌日、彼を呼びにやらせ、私自身の予算から支払ったが、このような身なりの人が、素晴らしい筆力と教養を身につけているのを不思議に思い、それからも次々と書いてもらい、わずかではあるが支払いを続けた」

とコッカリルは述べている。

このようにして、ハーンは長年夢見ていた記者として働くチャンスにやっと恵まれたのである。

5 初期の寄稿記事とエンクワイアラー社の記者時代

記者になる前の作品（表1）や、常勤記者になるまでのハーンの寄稿記事には、聖書に関するものや、神や科学についての見解、文学的な評論など、まじめなものが多かった。コッカリルに認められたハーンの文学的な才能は、『エンクワイアラー』に不足していた分野を満たすには適していたが、同紙が標榜しだしたセンセーショナリズムの方針に合致させるには、もっと一般の読者が興味を示す対象も選ばなければならないのは当然であった。そこで、コッカリルはハーンにインタビューなどをさせようとしたが、内気な彼には適さず能力が発揮できないことが判った。欧州から来たばかりのハーンには、米国の政治、殊に地方政治家の葛藤や腐敗などが分かるはずもなく、興味も持てなかった。また、『エンクワイアラー』は『コマーシャル』の寄稿者であるヴィカーズを公立図書館長の職を巡って繰り返し攻撃していたが、ハーンは世話になりその見解にも傾倒していた牧師の非難に加担する気にはなれなかった。しかし、ハーンには当時の白人記者の持っていない強みがあった。それは極度の貧困をそれまでに経験してきたので、ダウンタウンの底辺の生活を熟知していたのと、黒人に対する差別感情を持っていなかったので、平気で彼らの中に入って取材することができたことだ。そのような地区の探訪に、彼はたちまち才能を発揮。一八七二年には「ブルース」「馬の末路」「煉瓦の上に寝て」、一八七三年には「凍死」「流行病のきざし」「暴動寸前」、一八七四年には「忍び寄る飢餓」「ウィリアム・ムドル」「屑拾い」、一八七五年には「ピケット親父」「阿片とモルヒネ」などを書き上げた。

ハーンは黒人の生活の実態や彼らの歌う歌詞を紹介した最初の一人であった。また、心霊術にも関心があったので、インタビューや暴露記事なども書いた。[9]

探訪記者の任務が与えられた時は、張り切って明け方近くまで働き続けた。警察回りの記者仲間には、ガゼット社のテューニソン（Joseph Salathiel Tunison）やクレイビール（Henry Edward Krehbiel）、フォルクスブラット社のチャーリー・ジョンソン（Charley Johnson）などがいて、事件のない時には議論に花を咲かせた。テューニソンは学生時代にラテン語でフラタニティ（男子学生同好会）の会歌を作詞したほど語学に長け、クレイビールは音楽の見識が深く、ジョンソンは極めて好人物であった。このような仲間との交友が、ハーンの記者としての成長と人間形成に大きく役立ったことは間違いない。後に、ジョンソンはニューオーリンズでハーンが無一文の苦境に陥った時に送金して助け、クレイビールはニューヨークでハーンが『チータ』を書き上げる際に部屋を提供し、テューニソンとは来日後も文通が続いて、彼がまだ独身で望ましい職に就いていなければ、日本に来てラテン語を教えないかと勧めたほどの親しい仲であった。
記者仲間だけではなく、ワトキンに紹介されたり、取材を通じて知りあった若い画家たちとも親しくなった。その一人はデュベネック（Frank Dubeneck）で、彼のアトリエに招いてもらい、デザインの学生に混じって、評判の美女の裸体をこっそり鑑賞し、「薄絹を脱ぎし美女」という素晴らしいルポルタージュを書いた。もう一人はファーニー（Frank Farney）というフランスから来た画家で、意気投合して『イ・ギグランプス』（大めがね）という奇妙な名前の週刊雑誌を出すことになった。美術・文学・風刺専門と喧伝し、ファーニーが画を、ハーンが記事を担当し、二人の共同編集という計画で、ハーンは新聞社を退社までして専念した。ところが、いざ始めてみると、二人の編集方針がなかなか合わず、ハーンの原稿が勝手に訂正されるに及び、共同編集者の責任を友人に譲り、エンクワイアラー社に詫びをいれて復職させてもらった。『イ・ギグランプス』は、その後失敗が重なりたった九号で廃刊になった。しかし、ファーニーとの友人関係が絶たれた訳でなかったことは、次の事件からも確かである。

「皮革なめし工場の殺人事件」

ハーンの担当していた地区で起こった蠟燭工場の大火が、放火かどうかを調べていた日曜の朝、その近くの皮革なめし工場で焼死体が発見されたと聞き、現場に駆けつけたハーンは素早く状況を把握するや、事務所に戻って原稿を書きまくり、日曜で編集長が来てないのを幸い、友人のファーニーとデュビネックを招集、急いで三人の容疑者の似顔絵、現場の外観と見取り図などを分担して描いてもらい、ハーンもその一つを描いた。木版工も休んでいたので、何とか自分たちでやってのけた。ファーニーは、文芸週刊誌『クラッデラダッチ』と『イ・ジギグランプス』の挿絵やサーカスの広告で経験を積んでいたので、視覚に訴える表現が得意であり、ハーンにアドバイスをしたものと想像される。かくして出来上がった一八七四年十一月九日（月曜日）の『エンクワイアラー』の朝刊は、第一面に「凶暴な火葬」に始まる九段の大見出しと挿絵を付けた、殺人犯罪事件のセンセーショナルな記事で全面が埋め尽くされ、シンシナティで起こった最凶悪事件の詳細が生々しく報道されていたので、たちまち売り切れ、夕方まで増刷を重ねた。従来の編集方法とは全く違っていたので、編集長の承諾なしに断行したこの画期的な試みがもし失敗していたら、ハーンが即刻くびになっていたことは確かであろう。しかし、読者を獲得するのに大成功したお蔭で、ハーンは一躍センセーショナルな新聞記者として全米に名を馳せ、彼の給料は週十ドルから二十五ドルに跳ね上がり、それからはテーマも自由に選択できるようになった。

　この事件記事の詳細はシンシナティ大学ジョン・C・ヒューズ教授により *THE TANYARD MURDER: On the Case With Lafcadio Hearn*（University Press of America, Inc. 1982）に纏められ、それをもとにしたラジオ・ドラマ"*DISMAL MAN*"（Cincinnati Poetry Press, 1990）も製作されている。日本では、『エンクワイアラー』の元記者、キャメロン・マクワーターとオウエン・フィンセン共編、高橋径訳『「怪談」以前の怪談』が同時代社から二〇〇四年に出版されているので省略するが、この事件を一週間にわたり生々しく報道したハーンは、事件記者としてのイメージが余りに強くなり過ぎて、他の分野でした素晴らしい仕事が見過ごされ勝ちだった。しかし、最近ロージャー・S・ウイリアムソンやアラン・ローゼンなど(10)により、当時のハーンの仕事に対する新しい視点からの評価がされ始めたのは望ましいことである。

当時のハーンの私生活

私生活については、最初の二年ほどはワトキンの店で起居し、新刊書や『アトランティック・マンスリー』などを読んでは、彼と種々様々な話題の議論をした。ハーンが会った頃、ワトキンは、「ハミルトン郡土地住宅共同組合第一号」の創設者の一人として、郊外に二階建ての家を建てていた。また、自宅の菜園ではジャガイモを丸ごと、あるいはいくつかに切って植え、どちらがよりよい収穫をもたらすかといった実験もしていた。ワトキンは独学であったが、一種のフーリエ主義者で、不可知論的な空想的社会主義に共鳴、ハーンを相手に何時間も語り合ったという。ハーンは欧州のカトリックの学校で型に嵌った厳格な教育を受けてきたので、このような自由奔放な考え方に眼を開かれる思いがしたであろう。仕事のあと、オハイオ川を渡って対岸のカヴィントンで開かれた信仰復興論者の集まりや心霊主義者の会合にワトキンと参加したこともあった。そのうちに、心を開いて話し合える親子のような感情が芽生え、写真屋の出窓に理想的な女性の写真を見つけると、ワトキンにその素性を調べてもらうような親しい間柄となっていた。ただ、ワトキンの妻ローラは著名な家具彫刻師の娘で、自身も工芸や洋裁の職を持ち郊外に住んでいたが、娘のエフィーが年頃であったので、主人がみすぼらしい風来坊と親しくなり過ぎて、自宅に戻って来ないのを快く思っていなかったことは想像に難くない。そのうちにハーンは印刷関係の定職が得られたので、職工たちが下宿する六番街西一一〇の安宿に移った。翌年、『トレイド・リスト』の編集助手時代には、プラム通り二一五のハスレム夫人が経営する下宿に住んだが、多分そこで出会ったアリシヤ・フォーリー（通称マティー）というハーフの女性とねんごろになったのであろう。彼女は奴隷の子で、ケンタッキー州のメイズヴィルで生まれ、ドーバーという寒村に育ち、アイルランド系の農場主アンダーソンとの間に男の子ウイリアム(11)を生み、奴隷解放令が出された後、そこから西北約百キロのシンシナティに出稼ぎに来て、下宿の炊事婦をしていたのであろう。仕事に疲れて帰って来たハーンに、暖かい食事を用意し、雨の日には濡れた服を暖炉で乾かし、話相手になった。ハーンが大病に罹った時には、一生懸命に看病もしてくれた。やがて、ハーンはこの美貌のメイドと同棲、半ば義侠心から、半ば愛欲に流されて、結婚を決意したのであろう。当時、オハイオ州では白人と黒人の結婚は禁じられていたので、ほとんどの友人が反対したが、やっと引き受けてくれた黒人牧師の司式で結婚式を挙げたのは一八七四年六月十四日であった。暫くは、連れ子のウイリアムに読み書きを教えたりして、ハネムーンの生活を楽しんだが、教養や性格の違いは如何ともし難く、食事がまずいとかアイロンのかけ方が悪いとか、些細なことで口論するようになり、間もなく破綻がやってきた。シンシナティの住所氏名録の一八七三年と一八七四年にはハーンの名前が出ていないので、恐らくその頃がマティーと同棲、結婚した期間で、社会には知られたくなかったのであろう。一方、ハーンの仕事の名声があがると、それを妬む記者たちもあり、紙上でハーンに容赦なく批判されたり攻撃された連中は、新聞社に苦情を持ちこみ、マクリーンに解雇を迫った。注意を受けたハーンは一八七五年四月二十五日の「新聞記者とは」と題する記事で、自らの立場を弁明している。しかし、州法に違反する結婚の醜聞が表沙汰になるに及び、エンクワイアラー社は、遂に抗議団の圧力に屈し、ハーンの上司コッカリルに解雇を命じた。ハーンの能力と功績を知っているだけに、編集長も辛い立場にあったが、止むを得ず八月の或る日、「嘆かわしい道徳上の行為」を理由に、専属記者と論説員の職を解くと言い渡した。ハーンは驚きと失望の余り新聞社を飛び出すと、五ブロック北にある運河まで一気に走り、飛び込もうとしたのを友達が止めたという噂がある。但し、この運河は浅くて狭くハーンは泳ぎが上手かったから自殺を図ったとは到底考えられないのであるが、ハーンの驚きと失望がそれほど大きかったということであろう。エンクワイアラー社も、本当に永久解雇するつもりだったのかは疑問で、ハーンに私生活の反省を強く求めたのかも知れない。というのは、数週間後に同社の論説員ジェームス・スペアーが、権限を与えられてハーンに復帰を求めており、辞められて損をするのは新聞社の方であることが明白だったからである。

6　シンシナティ・コマーシャル社の探訪記者時代

ハーンがエンクワイアラー社を解雇されたと聞いたコマーシャル社の記者ジェリー・コクランは、ハーンの友人で彼の力量を尊敬していたので、上司の社会部長エドウィン・ヘンダーソンにハーンをスタッフに加えることが出来ないだろうかと相談した。ヘンダーソンは、前に紙上でハーンから冷やかされたことがあったが、公正な人でハーンの記事のほとんどを読んで感心していたので、二度ほど面接した後、社主のムラート・ホルステッドに探訪記者として正式に採用することを提案して承諾を得た。但し、給料は『エンクワイアラー』より一割少ない週二十二ドル五十セントであっ

表2　シンシナティで出版されたハーンの寄稿記事数（1872–1878）

新聞／週刊誌	Perkins*			Frost/Hughes**			合計	檜山/Hughes***	
			内容			内容		追加	
								確認	(可能性あり)
シンシナティ・		45	独自			45			
エンクワイアラー	135	90	重複	90	249	90	294	+11	(+14)
1872–1875			独自	159		159			
イ・ギグランプス									
1874 (6/21–8/16)					44		44		
シンシナティ・		97	独自			97			
コマーシャル	197	100	重複	100	146	100	243	+6	(+12)
1875–1878			独自	46		46			
合計							**581**	**+17**	**(+26)**

出典：

*Lafcadio Hearn: A Bibliography of His Writings By P.D. and Ione Perkins, with an Introduction by Sanki Ichikawa

**Lafcadio Hearn's Cincinnati Writings: A Bibliography Originally Compiled by O.W. Frost with an Update by Jon Christopher Hughes (published in Period of the Gruesome page 290-323)

***田中欣二「ハーンの寄稿と鑑定されたシンシナティの新聞記事（追加）」『へるん』第43巻（2006）

上記，*と**の一覧表は八雲会会長当時の銭本健二先生から，***の資料は檜山茂氏から頂いたものである。

た。かくして、失業後一ヶ月ほどで競争相手の『コマーシャル』に職を与えられたのであった。それからのハーンは、今まで以上猛烈に働いたが、暴露記事には慎重になり、センセーショナルな描写も度を越さないように配慮、むしろ文芸的な記事を多く書くようになった。冬の間は、「ウッズ劇場」など、幾つもある劇場での公演を毎日のように観て廻り評論を書いた。表現も文学的で、内容も遥かに充実してきた。二〇〇一年夏のシンシナティでの講演会で、八雲会の故銭本健二会長が、どうしてこんなに記事の内容が急に良くなったのかは不思議なほどであると言っておられたが、駆け出しの事件記者時代から、苦労を重ねて脱皮し、円熟した文芸記者になろうと努力していたのである。例をあげると、

(1)「磁器の絵付け」一八七五年八月二十九日⑿
(2)「堤防の生活」一八七六年三月十七日⒀
(3)「シンシナティの考古学者たち」一八七六年四月二十四日⒁
(4)「蝶の幻想」一八七六年五月九日⒂
(5)「尖塔に登って」一八七六年五月二十六日⒃
(6)「ドリー波止場の牧歌」一八七六年八月二十七日⒄
(7)「霜の幻想」一八七六年十二月十日⒅
(8)「貧しい暮らしのスケッチ」一八七七年一月七日⒆
(9)「恐水病」一八七七年一月二八日⒇
(10)「苦闘と勝利」一八七七年五月二十七日(21)

などがある。紙面に限りがあるので、詳細は書けないが、ハーンがシンシナティ時代に寄稿した記事の数は表2に記したように六百を越すことは確実であり、そのなかには本に未収録の記事もまだ沢山ある。

ニューオーリンズへの旅立ち

ハーンは、八年間のシンシナティでの生活に疲れきっていた。無一文で移民列車を降りた時に比べると、新聞記者という本職も得、ワトキンをはじめとする多くの友人もでき、生活も一応安定してきた。しかし、マティーとの結婚は破綻、好みもしない年上の女性には追い回されるし、名声をやっかむ記者もおり、毎日十数時間働いてもうだつがあがらず、その上、工場や密集した住宅街から吐き出される煤煙で目が痛み、寒さが身にこたえる冬も迫っていた。そのような侘しい秋のある日、多分夜中の二時か三時頃、編集長に原稿を渡すと、雨が降っていたので一人暮らしの肌寒い下宿に帰る気にもなれず、薄暗い電灯の下で『クレオパトラの一夜』の翻訳をし始めた。テーブルを囲んでくつろいでいた記者たちの一人が、何て憂鬱な天候なのだろうとぼやいた。すると、ヘンダーソンが同意しながら語り始めた。

「僕がニューオーリンズでの取材を終えて、汽車でシンシナティに戻る時だった。その汽車がアラバマの小さな町で故障になり、翌朝汽車が出るまで近くのホテルに一泊を余儀なくさせられた。その明け方、快い音色の音楽で眼が覚めたので、二階の出窓を開いてベランダの外を見るとそこは芳香の漂うマグノリアの林で、さっきの素晴らしいメロディは、モッキング・バード（マネシツグミ）の喉が奏でたものだったんだよ」。その時、手を休めて聞いていたハーンの片目が、キラッと光ったのに気がついたが、それ以上気にとめなかった。暫く経ったある昼下がりに、友人の医者が狂犬病で死にかかっている子供のことを知らせてくれたので、ハーンに取材を頼んだ。このような断末魔の描写などは、彼が手腕を発揮する絶好のチャンスだったからである。ところが、その晩の締切りの時間になっても原稿を持って来ないので、彼はどうしたと部下に尋ねたら、一人が、ハーンはマーカンティール・ライブラリーで何か仏文の本を読んでいましたよと答えたので、慌てて自分で何とか記事を纏めて印刷に回した。翌日ハーンが出社したので、何故、あの狂犬病患者の取材をしなかったのか、と穏やかに尋ねたら、ハーンは「もう、この新聞社で一生懸命働く気がしなくなってしまいました。マグノリアの芳香漂う花園でモッキング・バードの奏でるメロディを楽しまれたという、あのアラバマでの話を聞いて以来、この寒くて憂鬱な気候のシンシナティで働くのが耐えられなくなってしまい、できたら南国へ向かいたいと考えているところなのです」と答えた。僕は、ハーンを十分に理解し、彼に同情していたので、「君が行きたければ南国に行きなよ。そして居たいだけそこに留まればいい。だけど、割り当てられた仕事だけは、もう二度とおろそかにはしないようにね」と言い聞かせた。

これがヘンダーソンの後日談なのである。(22)

前年の大統領選挙で、オハイオ州出身の共和党候補ラザフォード・ヘイズが民主党候補サミュエル・ティルデンと大接戦を演じ、ティルデンが総投票数の約五十一%を得たが、選挙人得票数ではヘイズが百八十五対百八十四で辛勝。その間、無効票の問題も生じ、十五人のコミッションにより八対七でヘイズの当選が一八七七年の二月に確定、三月に就任したばかりであった。この選挙ではルイジアナ州の帰趨が焦点の一つであり、大統領の南部に対する幾つかの公約もあったので、ヘンダーソンは社長に相談してハーンをニューオーリンズに派遣し、特報記事を書かせようとしたのではなかろうか。しかし、もともと政治嫌いなハーンに期待できる役割ではなかったので、有能な部下を助けるために、社長を説得する口実に使ったのかも知れない。それから数日経って、ヘンダーソンが切符を購入し、ハーンに四十ドルほどの出張費を与えて、ホルステッドやワトキン老とともに、オハイオ・アンド・ミシシッピー鉄道の始発駅までハーンを見送った。汽車は吊橋を右に見ながら鉄橋を渡り、ケンタッキーのルイビルを経由してメンフィスに向かい、ハーンはそこから外輪船に乗ってニューオーリンズへと旅立ったのであった。

なお、一八八七年にハーンは、ニューオーリンズからニューヨークに向かう途中、突然ワトキンを訪ね、半日間旧交を温めたが、それが最後のシンシナティ訪問となった。

7　むすびにかえて

一九四五年の春、大連一中を卒業し旅順高校に在学中に終戦を迎えた私は、一九四七年に引揚げ船で帰国、翌年旧制最後の三高に転入、一九四九年に新制の京大に入学し理学部の化学科を卒業。大学院工学研究科の博士課程では工業化学を専攻したのち、博士留学生として一年四ヶ月間、米国で研究に従事したのがシンシナティの聖トマス研究所であった。その後、日本で一旦教職に就いたが、同研究所の招きで再渡米したのが一九六六年秋で、以来四十年以上もシンシナティまたはその近郊に居住している。このように、理科系の教育と研究に従事してきたので、文学は全くの素人であり、小泉八雲の著作もほとんど読んでいなかった。たまたま、シンシナティ商工会議所の日本関係特別顧問もしていた関係で、一九八九年の春、小泉時ご夫妻と凡氏を迎え、新聞社や図書館へ案内したのが縁で、ハーンに関心を持ち始め、来日百年祭のことを承ったので、米国ハーン協会を発足させ、十名ほどの会員と松江、熊本を訪問した。その頃から続々とハーンの研究者や愛好者が来訪、八雲会の故銭本健二会長の依頼でハーンの新聞寄稿記事の調査も手伝わせて頂いた。そのうちに、かなりの資料が蓄積され、二〇〇四年の没後百年祭にも招かれたので、その一部を紹介させて頂いた。[23]今回、『講座　小泉八雲』に寄稿を勧められ、専門外のことなので躊躇したが、最近、記憶力や視力の衰えを感じ始めたので、元気なうちに当地のハーン関係資料を出来るだけ紹介しておきたいと考え、就筆した次第である。

シンシナティでのハーンに関しては、何人もの伝記作家や研究者が書いておられるが、O・W・フロスト著の *YOUNG HEARN* (The Hokuseido Press, Tokyo, 1958) が最も詳しいようで、その日本語版の『若き日のラフカディオ・ハーン』(西村六郎訳) も二〇〇三年にみすず書房から出版されているので、一読をお勧めしたい。もう五十年も前の研究成果であり、当然見落としや誤解も少しはあるが、大層良心的に調査して記述しておられるので信頼性は極めて高く、ここでも引用させて頂いた。しかし、詳細に関してはなるべく重複を避けるように努力した。

書いていて感じたのは、無一文でシンシナティに着いた十九歳のハーンが、それから約八年の苦しい生活の中で、六百以上もの新聞記事を寄稿した凄い能力と努力である。天与の才能に依るのは勿論だが、幼少時の優れた語学教育の賜《たまもの》であろう。彼が学んだ施設や学校を嫌っていたのは周知であるが、英語とフランス語の卓越した教育には感謝せざるを得なかったであろう。ハーンがフランスの何処で学んだのかは、未だに不明のようであるが、イギリスで学んだカトリックの学校は、アショー・カレッジで、英語の成績が抜群であった記録は残されている。(24) 第二に、ハーンがヘンリー・ワトキンに会えた僥倖である。行き倒れになっていたかもしれないハーンに、住まいと食事を与えただけではなく、印刷の基礎技術を教えて就職の世話までし、事ある度に精神的な支えとなったワトキンの功績は大きい。著名なロバート・クラークの出版社に職を得たり、碩学ヴィカーズに近づけたのもワトキンのお蔭ではなかろうか。ハーンとワトキンの関係に就いては、今後もっと研究されるべきであろう。第三に、良い友達に恵まれたことを挙げたい。ここで記した三人の記者仲間および二人の画家との切磋琢磨のお蔭で、一人前の職業記者になれ、人間的にも成長したに違いない。この五人も、それぞれの分野で立派な業績を残していることからも理解できる。[25] さらに、ハーンの才能を一片の作品で見抜いた『エンクワイアラー』のコッカリルの眼識も大したものだし、『コマーシャル』時代の上司ヘンダーソンの理解と温情も立派である。シンシナティでは苦労が多かったが、このような人達に恵まれたのは真に幸いであった。

シンシナティは、ハーンの住んでいた頃は水運で栄えた商業都市であったが、その後、主な交通は鉄道に変わり、さらに自動車やバスに推移、最近は航空機の時代となった。かって世界一の工作機械の都といわれたこの地には、米国の工作機械メーカーが十社以上もあったが、今ではシンシナティ・ミリング・マシーン系の一社が残るのみで、それも倒産の危機に直面し、マザックやマキノなどの日本勢に取って代わられた。近郊にあったＧＭの組立工場は二十数年前に閉鎖、二〇〇八年六月末にはフォードのエンジン工場も閉鎖すると発表された。オハイオのホンダ工場や、ケンタッキーのトヨタ工場で生産された日本車が溢れており、凄まじい変化である。もっと著しい変化は、昨二〇〇七年末で『シンシナティ・ポスト』が廃刊になって、かつては十紙ほどもあった地元の新聞が、『エンクワイアラー』を残すのみとなり、全勝を誇ったレッズが、二〇〇八年はディヴィジョンの最下位かその上くらいを低迷していることかも知れない。

ハーンが当市で活躍した頃、中国人はいたが、日本人の住んでいた記録は見当たらない。一八八六年の産業博覧会に合わせて、約百人の日本人が美術工芸の実演に訪れ、その中の一人、白山谷《しらやまだに》喜太郎[26]が、翌年当地のルックウッド製陶会社に招かれ、最初の日本人定住者になったといわれている。六月に着任した丁度その頃、ハーンがニューヨークへの途次、立ち寄ってワトキンに再会したのであった。一八七五年、ハーンが『コマーシャル』に「陶器の絵付け」を書いて啓蒙したおかげで製陶産業が当地に興ったという見方もできるが、ルックウッド製陶会社の設立者はマリア・ロングウォース・ニコールスで、財閥ニコラス・ロングウォースの孫娘であった。その結婚時に、新居の家具調達を任されたのが、著名な彫刻師フライ親子、つまりワトキンの妻ローラの、父ヘンリーと兄ウイリアムなのである。[27]『コマーシャル』の社主ハルステッドとも親しかったようなので、ハーンが『コマーシャル』に転職できた背景には、ニコールス夫妻の影響力があったのかも知れない。ルックウッド製陶会社に採用された最初の芸術家が、ファーニーであり、デュベネックもニコールス夫人に勧められて美術館で絵を教えたのであった。[28]

私たちがシンシナティに日本語補習校を設立したのは一九七五年で、三十三名の生徒を保護者が教えるという寺子屋式であったが、二〇〇八年の児童生徒の総数は四百三十人ほどで、専任の校長と三十数名の教職員が土曜日に北部ケンタッキー大学の教室を借りて教えるまでに成長している。時折、招かれて生徒の演劇などを楽しませて頂くのであるが、『シンシナティのハーン』とでも題して、例えば、ワトキンとの初対面と親子のような関係、コッカリルに最初の原稿を渡す場面や、ヘンダーソンに切符をもらって汽車で南に向かう風景などを含めた演劇を、子供たちが熱演してくれる日の来るのを期待して脱稿する。

シンシナティ郊外のメイソンにて。

注

(1) 拙稿「ハーンが乗船渡米したS.S. CELLA」『へるん』第四五巻、二〇〇八年、八〇頁。

(2) 一八六九年九月二日ニューヨーク着の汽船セラ号の船客リストに載っていた、一八五〇年生まれのギリシャ系船客パトリック・ハーンが、ラフカディオ・ハーンと推定された。詳細は拙稿「ハーンの渡米年月日と船名」『へるん』第四五巻、二〇〇八年、七六頁参照。

(3) ニューヨーク着船客リストのマイクロフィルムM237の1020。

(4) 拙稿「新聞記者になる前のハーンの寄稿記事」『へるん』第四三巻、二〇〇六年、九九頁。

(5) Aharon N. Varady, *Bond Hill: Origin and Transformation of a* 19th *Century Cincinnati Railroad Suburb* (2005), p. 36.

(6) 拙稿「ハーンのオールド・ダッド、ヘンリー・ワトキン」『へるん』第四二巻、二〇〇五年、一〇五頁。

(7) John Fleischman, *FREE & PUBLIC, One Hundred and Fifty Years at the Public Library of Cincinnati and Hamilton County,1853-2003*, Orange Frazer Press, Cincinnati, Ohio (2003), p. 28.

(8) クラークは、スコットランドのダムフリー州アンナンで一八二九年五月一日に生まれ、両親に伴われて一八四〇年にシンシナティに着き、当地の公立学校とウッドワード・カレッジで教育を受けたのち古本屋を開き、次いでアメリカに関する良書の出版を始め、R・D・バーニー、ジョン・W・ダレイ、ハワード・バーニーやアレキサンダー・ヒルなどをパートナーにして、この分野では全米一の出版社を築き上げ、他社に先駆けロンドンやパリーから書籍の直輸入も始めた。生涯独身で過ごして読書三昧の人生を送った立派な人物で、その蔵書数は七千冊と云われ、後にウイリアム・A・プロクターが購入してシンシナティ大学に寄贈。一部は、クラークが図書館兼文化センターとして、郊外のグレンデールに創設したライシウム（Lyceum）にも保存されている（ROBERT CLARKE, "*Ohio History*" Vol. 8, p. 488 参照）。

(9) John Clubbe, "Lafcadio Hearn in Cincinnati," *Lafcadio Hearn in International Perspectives*, University of

Tokyo, Komaba : September 25, 2004. 千葉洋子「ラフカディオ・ハーンとオカルティズム」『国文学』二〇〇四年、十月号、三五頁など。

(10) Rodger Steele Williamson, *Lafcadio Hearn's Development and Realization of Fundamental Points of View during his Cincinnati Period* Eihosha, Tokyo (2007). アラン・ローゼン「ラフカディオ・ハーンの科学論説Ⅰ 自然科学、Ⅱ生命化学」藤原まみ訳（西川盛雄『ハーン曼荼羅』二〇〇八年）一頁、二九頁。

(11) 拙稿「米国でのハーンの教え子 William L. Anderson」『へるん』第三九巻、二〇〇二年、六三頁。

(12) "Porcelain Painting. Where and How It Is Done, and Who Does It. Cincinnati Takes the Lead for Fine Work"（BBの二〇一頁に採録）。

(13) "Levee Life. Haunts and Pastimes of the Roustabouts. Their Original Songs and Peculiar Dances"（AMの一四七頁に採録）。

(14) "Cincinnati Archaeologists. Their Contributions to the Centennial. Some Theoretical Gossip Concerning the Mound-Builders. Sun Worship and Serpent-Symbolism"（OG一二六頁に採録）と、同年五月四日八頁の〝Cincinnati Archaeologists. Mound-Builders. Relics for the Centennial〟にオハイオ州とその周辺に点在する古墳群について書かれたフィラデルフィア万博への協賛記事。シンシナティ郊外の古墳群には、昨今も研究者や観光客たちが訪れている。

(15) "Butterfly Fantasies. Visit to an Entomological Museum"（AMの一九〇頁に採録）。エレン・フリーマン夫人の勧めで、令息が蒐集した蝶類の見学記事。これが日本での名著『虫の文学』へと発展。

(16) "Steeple Climbers. A Commercial Reporter Has an Experience With Them. How They Work and the Dangers They Incur. Cincinnati as Seen from the Top of the Cross of the Cathedral Spire. A Decidedly Startling Sensation"（AMの一九六頁に採録）、工事の職人たちとともに、セント・ピーター・イン・チェインズ聖堂の尖塔の頂上に登って展望した体験記で、数ヶ国語に訳された。

（17）"Dolly. An Idyl of the Levee."（AM の一七一頁に採録）。波止場の町に住む純情な黒人娘の悲恋物語。
（18）"Frost Fancies"（AM の一九四頁に採録）。
（19）"Some Pictures of Poverty. Impressions of a Round with an Overseer of the Poor"（AM の二一四頁に採録）。
（20）"HYDROPHOBIA. A Remarkable and Terrible Case in This City. Young Wetmore's Sad Fate, Resulting From Dog Bites." 何度か犬に噛まれた二十六歳の頑強な職工が、狂犬病の典型的な症状を呈するまでの経緯と断末魔の状態を描写した記事。このような取材で示されたハーンの卓越した能力を高く評価していたヘンダーソンは、狂犬病患者の取材を後日頼んだのであるが、ハーンが応じなかったのはもっと文学的な課題を望んでいたからであろう。
（21）"Struggles and Triumphs. How Some of Our Local Artists Have Won Their Way. Interesting Bits of Biography..."（BB の二一一頁に採録）。友人ヘンリー・ファーニーを含むシンシナティの画家数人を紹介した名文記事。
（22）"Vivid Word Picture of Magnolias and Mocking Birds Stirred Soul of Hearn and He Left Cincinnati for South and Later Fame," by Rudolph Benson, *The Cincinnati Times-Star*, Feb. 23, 1912.
（23）拙稿「シンシナティの新聞記者としての仕事」『へるん』二〇〇四年特別号、三八頁。
（24）Sean G. Ronan, ed., *IRISH WRITING ON LAFCADIO HEARN AND JAPAN*, (1997), p. 338.
（25）記者仲間では、チャーリー・ジョンソンは『フォルクスブラット』の共同所有者となった後、駐独米国領事になり、クレービルは音楽批評家として国際的に認められ、テューニソンは古典や中世期の研究者として数冊の名著を残し、『ニューヨーク・トリビューン』、『オハイオ・ステート・ジャーナル』や『デイトン・ジャーナル』で健筆を揮った。画家のデュベネックはシンシナティの美術館や美術大学の教授として多くの画家を育成、ファーニーはアメリカン・インディアンの生活を描写した画家として大成。この二人の画家の作品は、シンシナティ美術館に現在も多数展示されている。

(26) 拙稿「故郷に忘れられた陶芸の巨匠白山谷喜太郎」『へるん』第四一巻、二〇〇四年、一〇六頁。
(27) 拙稿「ハーンのオールド・ダッド、ヘンリー・ワトキン」『へるん』第四二巻、二〇〇五年、一〇五頁。
(28) 拙稿「ハーンとその相棒フランク・ファーニー」『へるん』第四〇巻、二〇〇三年、九三頁。

追記

ハーンの寄稿記事の邦訳名は、主に坂東浩司『詳述年表　ラフカディオ・ハーン伝』に拠った。『コマーシャル』の記事に関しては、注に原文のタイトルを記し、括弧内に収録された本を左記の略で示した。

AM : *An American Miscellany, Articles and Stories Now First Collected*, Vol. 1, Albert Mordell, ed., New York, Dodd, Mead and Co., Inc., 1924.

OG : *Occidental Gleanings: Sketches and Essays Now First Collected*, Vol.1, Albert Mordell, ed., New York, Dodd, Mead and Co., Inc., 1925.

BB : *Barbarous Barbers and Other Stories*, Ichiro Nishizaki, ed., Tokyo, Hokuseido Press, 1939.

ラフカディオ・ハーンの“To a Lady”書簡について

關田かをる

天理図書館のＰ・Ｄ・パーキンス旧蔵「ラフカディオ・ハーン文庫」は、かねてから気になっていた。ハーン書簡が十一通所蔵され、そのうち一通は宛名が「墨」で消されている。書簡の冒頭が“Dear Lady”と書かれているので、それは“To a Lady”書簡と称され、宛名未詳の謎の女性宛書簡として扱われていたからである。

二〇〇七年四月二日、わたくしはこの書簡をみる機会を得た。そして、この宛名未詳の“To a Lady”書簡は、従来「何人たるか詳らかにし得な」かったが[1]、このたび本書簡の宛名〔削除A〕を特定することができた。それとともに、書簡文の中で消されていた文字〔削除B〕も判明したので、報告したい。

まず、本書簡を翻刻して、それを和訳する。つぎに、当時のハーンがどのような境遇のもとでこの書簡を書き、どのような人物に書き送ったものであったかを検討して、最後に、なぜ書簡の宛名が墨で消されてしまい、“To a Lady”という謎の女性宛書簡とされてしまったのかについて、私見を述べることにする。

To a Lady（Apr.24 1876）書簡

この書簡は、当時、ハーンが勤務していた新聞社シンシナティ・コマーシャル（The Cincinnati Commercial）と、社主の名前（M. Halstead）、住所（N.E. Corner Fourth and Race Streets）のレターヘッドが印刷された社用の便箋（縦二二センチメートル、横一四センチメートル）一枚に、表裏両面にわたって書かれている。[2]

Cincinnati, Monday, April 24. 1876

〔削除A〕

Dear Lady,— I cannot adequately thank you for the delicate and graceful compliment which you have kindly paid me, nor could you have complimented me in any other way that would have given me greater pleasure. I regret that today the duties of the office render it difficult for me to call, and thank you verbally.

In regard to your little note of Saturday, I would observe that the archaeological article was already in type when I received it; and as I intend[ed] to make a briefer and more matter-of-fact history of the Philadelphia packages and their contents this week, I thought it better to defer mention of other things until that time. Dr. Hill has promised me a complete list of the contributions today or tomorrow, if possible, I will endeavor to call before publishing any further matter, if it will suit your convenience; when I may obtain further information in regard to the lamps.

Concerning my address, I had better let it be the Commercial Office (as if I am never at home during the day), — in case 〔削除B〕 should wish to see me. Again thanking you sincerely for your fragrant and beautiful compliment,

I remain respectfully,
Lafcadio Hearn.

以下、訳文を記しておこう。

シンシナティ、月曜日、四月二十四日、一八七六年

〔削除A〕

拝啓

貴女様がご親切にも私にお示めし下された優しく上品な賛辞にたいして、私は十分に感謝の意を申し上げることができません。また、他にどのような賛辞をいただいたとしても、これ以上の喜びはないでしょう。今日はオフィスの仕事で忙しく、訪問することができませんので、書面にて御礼を申し上げます。

土曜日の貴女様の手紙に関しては、私がそれを受け取りましたとき、考古学の記事はすでに印

刷中でした。今週はフィラデルフィア・パッケージ(3)の歴史とその内容について簡潔に、かつ実証的に書くつもりだったので、そのときまでは他の事を論じるのは延期したほうがよいと思っていました。ヒル博士(4)は、できれば今日か明日に、寄稿文の完全なリストをくださると約束してくださいました。ランプについてさらなる情報を得られたときには、記事にする前に、貴女様のご都合に差し支えなければ、貴女様を訪問したいと思います。

〔削除B〕が私に会いたい場合には、私の住所はコマーシャル社がよろしいかと存じます。日中はまったく自宅に居ないことにしておりますので。貴女様の楽しく美しい賛辞の言葉に重ねて心から御礼申し上げます。

敬具

ラフカディオ・ハーン

本書簡を書くにいたるまで

まず、この書簡の発信日に注目したい。一八七六年という年はハーンにとってどのような年であったのか。それが本書簡を解明する鍵となろう。それゆえ、一八六九年に渡米してからこの書簡が書かれた一八七六年までの、シンシナティにおける若きハーンの生活を簡単にたどることにしよう。一八六九年の初夏、十九歳のハーンはロンドンからアメリカに渡り、ニューヨークから移民列車でオハイオ州シンシナティにやって来た。そこにはさきに移民した遠戚の家があり(5)、アイルランドの大叔母サラ・ブレナン夫人からハーンに送金されるはずになっていたからである。

しかし、ここで厄介者扱いされたハーンは自立の道をもとめ、浮浪者同然、飢えをしのぎながら日々を送る。まもなく印刷屋のヘンリー・ワトキンと出会い、彼に印刷の仕事を教えられながらささやかな安住の場所を得て二年間をすごした。

その間、ハーンは記事を書いては投稿し、日刊新聞の『シンシナティ・エンクワイアラー』の有力な寄稿者となり、一八七四年には同社の正式社員となった。その年の十一月に皮革製造所を舞台とする「タンヤード事件」が起きた。これを取材し、凄惨な殺人現場を詳細に描いた彼の記事はセンセーションを巻き起こし、その後事件記者として名を上げていった。

一八七五年、生活が安定してきたハーンは、下宿先の料理を賄っていたアリシア・フォリー（通称、マティ）という子持ちの混血女性と親しくなり、六月十四日に彼女と結婚した。ワトキンをはじめ、記者仲間のヘンリー・E・クレビールやジョセフ・S・テュニソら友人たちの反対を押しきっての結婚であった。ハーンの無謀ともいえる行為は有力新聞の記者となった自信の表われとみてよいだろう。

しかし、南北戦争後奴隷制が廃止され、黒人は解放されたが、当時オハイオでは州法でまだ白人と黒人との結婚を禁じていたのである。七月末、この違法な結婚というスキャンダルが原因で、ハーンはシンシナティ・エンクワイアラー社を解雇された。ハーンは『シンシナティ・エンクワイアラー』より格下の新聞『シンシナティ・コマーシャル』に記事を寄稿して生活費を稼がざるをえなかったが、翌一八七六年三月に、やっと正式な社員になることができた。この新聞の City Editor であったエドウィン・ヘンダスンが、社主のM・ハルステッドにハーンを雇い入れることを助言してくれたからである。しかし、給料は二十五ドルから二十二ドルに下がった。マティとの結婚は、すでに破綻していた。このとき彼はワトキン宛の手紙（日付不明）に、マティを「救ってやるつもりが、かえって以前よりも堕落させただけだった。結婚さえしなければ、たとえ地獄に落ちるにせよ、彼女の苦しみはずっと少なかっただろう」と後悔の言葉を書いている。

さて、この一八七六年はアメリカ独立百周年記念の年にあたる。そのため、四月にシンシナティでは記念博覧会が開催された。ハーンは博覧会の展示を取材して、『シンシナティ・コマーシャル』に後述の"Cincinnati Archaeologists"（「シンシナティの考古学者」）という記事を書いている。

Ladyといわれた女性

私の調査によれば、一八七六年四月二十二日にEllen Freemanという女性がハーンに手紙を送っている。その二日後の四月二十四日付のハーン書簡が、天理図書館の*Lafcadio Hearn LETTERS I*(6)に収録されている。しかし影印版のため、不明な部分があったので、はじめに述べたように、わたくしはオリジナル書簡を点検することにした。だが、宛名が消された〔削除A〕は、机の上では判読できなかった。そこで、もっとよく見ようとオリジナル書簡を光の差し込む窓の方にかざしてみた。すると消されている宛名が透けて見える。"Mrs. Ellen Freeman"と読みとれた。ようやく謎の"Lady"が判明したのである。したがって、本書簡はさきのEllen Freeman書簡にたいするハーンの返書と断定してよいだろう。

そして、ハーンがフリーマン夫人の書簡を受け取った日に印刷中であった「考古学の記事」は、四月二十四日の『シンシナティ・コマーシャル』に掲載された“Cincinnati Archaeologists”という記事で、つぎのような一節がある。

He has one of the rarest collections of American Antiquities owned by any private collector in the state, and must feel considerable satisfaction in the knowledge that he discovered nearly all of them himself -- many in Clermont County. ...Mr. Freeman's collection must be seen to be appreciated. We may remark that several English authors and collections have deemed it worth while to procure correct drawings of his choice pieces.(7)

“He”というのは、Mr. Freemanのことで、ハーンがアメリカ考古学に関するフリーマン氏の私的なコレクションを高く評価している記事である。したがって、ハーンに賛辞の手紙を送った人物こそ、墨で消されていたMrs. Ellen Freemanにちがいない。彼女はこの記事に書かれたMr. Freemanの母親だったからである。そして、書簡のなかのもう一つの〔削除B〕が、“Mr. Leon. Freeman”であることも明らかになった。(8)

フリーマン夫人は当時、シンシナティでは著名な外科医の妻で、四十一歳であった。ハーンは、彼女の家で開かれた、アメリカ独立百周年記念博覧会の考古学展示を祝うパーティで知り合った。それゆえ、シンシナティの名士の奥方で教養のある夫人にたいして、二十六歳のハーンは、Dear Madamではなく、“Dear Lady”と挨拶したのである。まして、混血女性との違法な結婚がスキャンダルとなっていたハーンは、脛に傷を持つ身であるから、ことさらに鄭重な文章で、かつ慎重に返書をしたためたのであろう。しかも、上記の記事が新聞に掲載された四月二十四日に、この返書を送っている。つまり、本書簡はハーンがフリーマン夫人に書き送った第一信であった。

他の"To a Lady"書簡について

ところで、"Dear Lady"という挨拶の言葉で書かれた"To a Lady"書簡は他にも存在する。それは、一九〇七年に出版された『大鴉からの手紙』(*Letters from the Raven*)に収録された、"To a Lady"書簡十六通である。これらは、ハーンの恩人であったヘンリー・ワトキンが所蔵していたもので、ハーン没後の一九〇六年に刊行された、エリザベス・ビスランド編纂の『ハーンの生涯と書簡』(*The Life and Letters of Lafcadio Hearn*, 2 vols.)に収録されなかった書簡であった。そのため、『ケッタキー・ポスト』の記者ミルトン・ブロンナーが老いたワトキンを説得して、親密な交流を明らかにするハーンのワトキン宛書簡を中心に、ワトキンの手元に残されていたフリーマン夫人宛のハーン書簡も含めて編纂して出版したのである。(9)

『大鴉からの手紙』に収録された"To a Lady"書簡十六通のなかのひとつに、《I should like nothing better, feeling towards you like Prosper Merimée to his "*inconnue*". I wish I could make my letters equally interesting.》(一八七六年六月末頃)という一文がある。ハーンは、「プロスペル・メリメが"inconnue"(ある女性)を想っていたように、わたくしは貴女様を想っております。わたくしもメリメのように、おもしろく手紙を書きたいものです」と言っている。それゆえ、一八七四年に出版されたプロスペル・メリメの『ある女への手紙』（*Lettres à une inconnue*）と同じように、ハーンが親交を結んでいた「ある女性」に与えた手紙と従来みなされてきたのである。だが、このなかに天理図書館所蔵の本書簡は収録されていない。

本書簡は誰が墨で消したのか

では、『大鴉からの手紙』に収録されなかった本書簡を、パーキンスはどのようにして手に入れたのだろうか。その事情は詳らかでないが、彼と「ワトキン嬢との交信記録[10]」が天理図書館に所蔵されていることから判断して、ワトキンの娘エフィ・モード・ワトキン（Effie Maud Watkin）から入手したのであろうと推断しうる。

してみると推測の域をでないが、パーキンスが自らのコレクション「ラフカディオ・ハーン文庫」を天理図書館に譲渡するために来日したとき、『大鴉からの手紙』の先例に倣って“To a Lady”書簡とするため、彼は日本の「墨」と「筆」を使って、自分自身の手で本書簡の宛名を消したのではないかと思う。書簡中の個人名では Dr. Hill は消されていないが、フリーマン夫人の息子 Mr. Leon. Freeman の名前も消されているのは、本書簡の宛名を推定される可能性が高いと判断したからであろう[11]。

おわりに

一九二四年に刊行されたE・L・ティンカー著『ラフカディオ・ハーンのアメリカ時代』

(*Lafcadio Hearn's American Days*) にはフリーマン夫人についての記述がない。一九五三年刊行のO・W・フロスト著『若き日のラフカディオ・ハーン』(*Young Hearn*) にもフリーマン夫人に関する記述はきわめて少ない。それは、フリーマン夫人の名前が秘されたばかりでなく、彼女のハーン宛書簡はまったく公表されてこなかったからであろう。そのなかにあって、一九六四年に刊行されたアルバート・モーデル著 *Discoveries: essays on Lafcadio Hearn* の第九章「The "Lady's" Unrequinted Love for Hearn」(pp.109-128) には、ハーンとフリーマン夫人との交際がはじめてやや詳しく書かれている。しかしながら、それも、『大鴉からの手紙』に収録された書簡よりも一通多い十七通[12]のハーン書簡のみによる記述であって、本稿の書簡は含まれていない。また、フリーマン夫人がハーンに書き送った書簡はまったく紹介されることがなかった。

ところが、わたくしの調査では、フリーマン夫人のハーン宛書簡は一八七六年四月二十二日の第一信から同年十一月末までの期間で五十二通にものぼる。ハーンがフリーマン夫人に書き送った十八通の書簡の約三倍の数である[13]。

その意味でも、ハーンの全体像を知るうえで、ハーンとフリーマン夫人の知られざる交友関係を往復書簡にもとづいて明らかにすることは不可欠である。それによって、従来のハーンの伝記はかなり書き換えられることになるだろう。ともあれ、封印されてきた書簡や隠されていた事実を可能なかぎり実証的に明らかにすることは今後の課題として残されているが、オリジナル書簡を直接に手にとって見ることの重要性を強く認識した次第である。

注

(1) 天理図書館善本叢書、洋書之部、解説6『CLASSICA JAPONICA　第六次　小泉八雲――草稿と書簡　解説』三一頁。

(2) 天理図書館貴重資料〈請求番号083／イ2／4(1〜1)〉。

(3) 昭和女子大学近代文学研究室編『近代文学研究叢書』第七巻によれば、ハーンは一八七六年四月二十三日の『シンシナティ・コマーシャル』に、"Emery Hotel and Arcade" という記事を書いている(三三四頁)。これは、フィラデルフィア旅行に関する記事である。したがって、「フィラデルフィア・パッケージ」とはフィラデルフィア旅行の行程がすべて設定された、費用一切込みの旅行をさしているのであろう。

(4) Alexander Hill (1844-1919)、シンシナティ生まれで、イギリス(スコットランド)の血をひく。本屋を五十年にわたってやっており、書籍全般に関する知識が豊かなところから、シンシナティでは最古の文学会の会長として活躍した。

(5) ハーンは、渡航費を渡され、ニューヨーク行きの移民船に乗せられたとき、シンシナティに住むトマス・カリナン(ヘンリー・モリヌーの妹フランシス・アンの夫)に転送してある金を受け取るよう指示されていた。

(6) "*Classica Japonica*", Facsimile series in The Tenri Central Library, Section 6: Lafcadio Hearn -- MSS. & Letters. 2. 1974.

(7) "*Discoveries: essays on Lafcadio Hearn*", by Albert Mordell, Tokyo, Orient/West, 1964 の p.110 に記載されている記事を引用した。

(8) "*Who was who in America*" Vol.1. (Chicago, 1942), p.425 によると、Leonard FREEMAN は、父 Zoeth と母 Ellen (Ricker) の息子で、一八六〇年十二月十六日、シンシナティに生まれた。一八八二年シンシナティ大学を卒業後、オハイオ医学学校で医学を修め、ゲッチンゲン大学、ベルリン大学、ウィーン大学に留学した外科医である。本書簡が書かれた当時、十六歳のレナード・フリーマンは、アカデミー(私立)の学生であった。

（9）ブロンナー編『大鴉からの手紙』には、編集の過程で、公開されなかった書簡や一部分削除されている書簡がある。それは、一九九〇年ニューヨークのサザビーでおこなわれたオークションで、桑原春三氏（当時、新宿区の区会議員）が購入したオリジナル書簡で明らかになった。私は、それらを翻刻・和訳し、影印を添えるとともに、解説を付して出版した。關田かをる編著『知られざるハーン絵入書簡』（雄松堂、一九九一年）。

（10）『CLASSICA JAPONICA 第六次 小泉八雲――草稿と書簡 解説』の「編集について」で、富永牧太がパーキンスの「ラフカディオ・ハーン文庫」について述べているなかに、「氏の個人的思い出から言って、また資料として、案外貴重なものは、宛名をインキでつぶしてある"To a Lady"の一書簡、八雲の横顔写真、自分とワトキンズ嬢との交信記録、……」とある。わたくしはこの交信記録を未読であるが、パーキンスが彼女との交信記録を残していることから、本書簡は彼女から入手したと推定した。

（11）前記のなかに「宛名をインキでつぶしてある"To a Lady"の一書簡」と書かれている。しかし、このたびの調査で、パーキンスは筆を使って「墨」で宛名を消していることが明らかになった。一九五二年（昭和二七）、「ラフカディオ・ハーン文庫」を天理図書館に譲渡するため来日したとき、パーキンスが日本の筆と墨を使ったものと思われる。

（12）アルバート・モーデルは、『大鴉からの手紙』に収録されたハーン書簡の掲載順序の誤りを指摘し、その配列を訂正している。そして、ハーンが十月に書いたとされる最後の書簡を十七通目にあげている。しかし、モーデルのリストにも本稿の書簡はふくまれていない。

（13）私は、新しくハーン書簡集を編纂するため、ハーンおよびその往復書簡のすべてを網羅した時系列リストを作成したが、その過程でフリーマン夫人のハーン宛書簡が現存していることが判明した。

ハーンとともに来日した画家、C・D・ウェルドンについて

瀧井直子

旅姿の男を後ろから描いた一枚のスケッチがある。男は皺のよった上着とズボンに、縁の折れ曲がった帽子をかぶり、左手にL・H・のイニシャルが入ったトランクを、右手にボストン・バックを下げている。エドワード・ティンカー著『ラフカディオ・ハーンのアメリカ時代』を飾るこの挿絵には、「C・D・ウェルドンが、日本に向けてニューヨークを出発するハーンの姿を回想しながら描いたスケッチ」という説明が付されている。[1] ハーン研究者がこれまで幾度も取り上げてきた有名なイメージである。[2] ハーンは、ニューヨークのハーパーズ社の特派員として一八九〇年に来日した。このとき挿絵画家として同行したのが、チャールズ・デイター・ウエルドンであった。ところが、ハーンは来日から一か月たらずでハーパーズ社との契約を破棄し、ウェルドンとの関係もおのず

図1　ウェルドン「日本に向けてニューヨークを出発するハーン」

と絶たれてしまった。

そうした事情もあってか、日米の研究者の間でウェルドンについて知られていることは少ない。小論ではウェルドンの経歴や画業(3)、日本滞在時の活動を紹介し、来日前後のハーンとウェルドンとの交流の実像を可能な限り明らかにするとともに、二人の来日の背景を検討する。

一　来日まで

ウェルドンは一九二六年にアメリカ人画家ドウィット・マクレラン・ロックマンが行なったインタビューに対して、自分の生い立ちを次のように語っている(4)。彼は一八四四年四月十四日、オハイオ州マンスフィールドで父ジェイムズ・ウェルドンと母エリザベスの間に生まれた。クリーヴランドの陸軍士官学校を中退後、兄ウィリアムが勤めていたフィラデルフィアの銀行、ペインター・アンド・カンパニーに就職した。この頃から美術に関心を持つようになったが、商人だった父親の勧めに従い、アイオワ州のアイオワ・シティで帽子と毛皮を扱う店を開いた。商売は順調だったが、一年ほどで店を売りに出し、シカゴの石版印刷所に弟子入りした。ここで主に商品ラベルのデザインの仕事に携わったという。

やがて、友人のつてで、ウェルドンはニューヨークの絵入り新聞『デイリー・グラフィック』(一八七三年三月創刊)の挿絵画家となった。ハーンが『シンシナティ・インクワイアラー』紙のルポルタージュ記者から出発したのと歩調を合わせるかのように、ウェルドンもジャーナリズム畑に足を踏み入れたのだった。ウェルドンの最初の仕事は、マンハッタン島の南端、バッテリーにあるキャッスル・クリントンに到着した移民の取材であった。

その後、素描とデザインの勉強をするためにロンドンのレイズ・アカデミーに入学した。一八七四年七月にパスポートを申請した記録が残っているので、この頃渡英したのだろう。[5] しかし、資金不足のため程なくして帰国を余儀なくされ、再び『デイリー・グラフィック』紙の挿絵画家として働いた。

一八七九年の秋、ウェルドンはニューヨークの美術学校、アート・ステューデンツ・リーグに短期間在籍したが、[6] その年の十二月までにはパリに移り、ハンガリー人画家ミハーイ・ムンカーチのアトリエに入門した。[7] 今日ムンカーチのことはあまり知られていないが、サロンで金賞を受賞するなど、当時は評価の高い画家であった。[8]

約二年間のパリ留学を終えてニューヨークに戻ったウェルドンは、東十四丁目にアトリエを構え、本格的な油彩画の制作に着手した。一八八三年にはナショナル・アカデミーへの入選も果たす。その出品作《夢の国》の現在の所在は分からないが、スティーヴン・フェリスが模写した銅版画が残っている。これによると、西洋人形を抱いてソファーで微睡《まどろ》む少女のもとに、八体の日本人形が近づいてくる絵である。この作品は『ニューヨーク・タイムズ』紙で好意的に取り上げられ、値千ドルで美術コレクターのトマス・B・クラークに買い上げられた。[9]

こうして実力を認められたウェルドンは一八八九年にナショナル・アカデミーの准会員、一八九七年には正会員に選出された。[10]

図2　ウェルドン画, S. J. フェリスのエッチング《夢の国》

また、水彩画家としても活躍し、アメリカ水彩画協会のカタログ委員、展示委員、選考委員などを務めた[11]。来日前の一八八四年にアメリカ水彩画協会の展覧会に出品された《求愛》と《駆落ち》は特に注目すべき作品である。これらの作品は、ウェルドンが東洋的な主題に少なからぬ関心を寄せていたことを示している[12]。二作とも所在不明であるが、図版が現存する。それによると《求愛》では、背の高い飾り台に腰掛けた日本人形が、ハンモックに寝かされた西洋人形を覗き込んでいる。《駆落ち》では、日本人形が片手に唐傘と提灯を持ち、他方の手に西洋人形を抱いて、風船とともに月夜に飛んでいく場面が描かれている。

挿絵の仕事も続けられた。ウェルドンは、ニューヨークの社交界を風刺した戯曲『バントリング・ボール』に挿絵を寄せたほか[13]、一八八〇年代、ハーパーズ社が刊行する『ハーパーズ・ニュー・マンスリー・マガジン』、『ハーパーズ・ウィークリー・マガジン』、『ハーパーズ・ヤング・ピープル』各誌の挿絵を担当した。そこでは、スポーツのイベント[14]や労働者のストライキ[15]、ニューヨークの商品取引所の様子[16]、少年少女向けの物語の挿絵[17]など、多岐にわたる画題をこなしていた。

二　来日の背景

画家の遺族のもとには、ウェルドン筆とされる未刊の草稿が伝えられている。それは『鎌倉の画家の家』と題され、タイプされた原稿三十枚からなり、一部に手書きの補筆が認められる[18]。執筆時期は明記されていないが、ハーン没後であることは確かだ[19]。ハーンとウェルドンの来日前後の動静を伝える注目すべき資料である。草稿は次のようにはじまる。

日本へ行ったのはまったくの偶然だ。一八九〇年のある春の日の午後、ハーパーズ社アート・ディレクターのパットン氏が私のアトリエを訪れ、ラフカディオ・ハーンを日本に派遣するという計画を内々に知らせてくれるまで、あの遠い国に行くことになろうとは思いもよらなかった。話がまとまれば、挿絵を担当するためにハーンに同行して欲しいと頼まれた。パットン氏の考えでは期間は六か月、あるいは一年ということであった。

ウェルドンは、この計画にすっかり心を奪われ、日本に行く他はないと思ったと記している。そして、一週間後に再び訪ねてきたパットンにその決意を伝えた。

直ちに計画の詳細が話された。何よりも、エドウィン・アーノルド卿とロバート・ブルームを起用して、似たような企画を立てているニューヨークの別の雑誌社よりも早く、我々は最初の記事を出版する必要があった。

ハーン研究者ポール・マレイの推測によれば、ハーンを日本へ派遣し、ウェルドンに挿絵を担当させるという計画は、パットンの発案とされているが、[20]『鎌倉の画家の家』のこの記述によって、そのことがウェルドン側の資料からも補強されたことになる。同じ記述の中で、ウェルドンは二人の来日の背景に出版界の競争があったことも示唆している。しかし、これについては不正確な点が二つあるので、以下に整理する。

第一に、パットンの訪問を一八九〇年春としたのはウェルドンの記憶違いと思われる。ティンカーによれば、パットンは一八八九年十一月二十八日付のハーンからの手紙（そこには、日本旅行を引き受けた場合に自分が扱う主題の概要や論述の全体的な計画が記されていた）に基づいて、ウェルドンに日本行きを打診したとされる。[21]その後、同年十二月二十一日付の手紙でハーパーズ社の編集者ヘンリー・オールデンがパットンに対して、ハーンとウェルドンの日本旅行の企画への賛意を伝えている。[22]そうであればパットンがウェルドンに話を持ちかけたのは一八八九年十二月頃と考えるのが自然だろう。

第二に、ウェルドンがパットンから日本行きを伝えられた一週間後に、「別の雑誌社」がアーノルド卿とブルームを起用した類似の企画を進行させている、という話を聞いたことはあり得ないということである。アーノルド卿とはイギリスの詩人、ジャーナリストで、『アジアの光』などの著作で知られる。一方、ブルームは当時のアメリカを代表する画家の一人で、日本に取材した《飴屋》などの作品がある。そして「別の雑誌社」とはスクリブナーズ社である。事実は、同社は一八九〇年四月になって初めて、急遽ブルームの日本派遣を決め、五月一日付の電報で、既に日本に滞在していたアーノルド卿に企画を打診したのである。スクリブナーズ社の慌てぶりは電報からも伝わってくる。それは、「ロバート・ブルーム氏の極めて芸術的な挿絵を是非とも本誌のために確保するべく」早急に受託してほしいとアーノルド卿に求めている。さらに、「貴殿との手紙のやりとりに時間を費やしていたら、この特別な画家の確保はおぼつきません」とも記されている。[23] アーノルド卿とブルームの共作記事「ジャポニカ」は一八九〇年十二月から四回に渡って『スクリブナーズ・マガジン』誌に掲載された。[24] 同誌には、その後一八九三年、ブルームの記事「ある滞日画家」も掲載されている。[25] 以上のことからむしろ事を急いでいたのはスクリブナーズ社の方なのであって、『鎌倉の画家の家』でウェルドンが語るように、ハーパーズ社が別の出版社を意識して急遽ハーンらを派遣したのではない。[26]

これを裏付けるかのように、ウェルドンがパットンに宛てた一八九〇年五月九日付の手紙には、画家が日本到着後、ハーンからアーノルド卿の件を聞かされたと記されている。この手紙にはハーパーズ社のオファーを断わったアーノルド卿が、日本紹介記事の報酬としてスクリブナーズ社から受け取る金額は二千ドルであり、このことを知ったハーンが憤慨しているとも記されている。[27]

一八八〇年代末には、アメリカを代表する三大絵入り月刊誌『ハーパーズ・マガジン』、『センチュリー・マガジン』、そして『スクリブナーズ・マガジン』が競うように日本に関する記事を挿絵つきで次々に掲載していた。

例えば、『ハーパーズ・マガジン』誌は、ウィリアム・エリオット・グリフィスの「日本の象牙の彫物」や、エドワード・シルベスター・モースの「古薩摩」を掲載した[28]。一方、『センチュリー・マガジン』誌では来日アメリカ人画家セオドア・ウォレスの体験記「日本のあるアメリカ人画家」や、同じくジョン・ラファージの「日本からの画家の手紙」などが誌面を飾った[29]。さらに、『スクリブナーズ・マガジン』誌は、グリフィスの「日本の美術、美術家、職人」などを掲載した[30]。

このようなライバル他社の動向については、ウェルドンの耳にも届いていた。ウェルドンがパットンに宛てた五月九日付の手紙から分かることであるが、パットンはウェルドン宛四月四日付の手紙とともに先述のラファージの記事「日本からの画家の手紙」を送っている。ラファージの記事は、一八九〇年二月号から『センチュリー・マガジン』誌で連載が開始されたばかりだった。パットンの手紙には、ウェルドンの挿絵の水準がラファージより劣ることをハーパーズ社が心配していると記されていたようである[31]。ハーンとウェルドンの日本旅行の背景には、このようなアメリカ出版界における日本ブームがあったことは確かである。

三　日本におけるハーンとウェルドン

『鎌倉の画家の家』によると、ハーンとウェルドンを乗せたアビシニア号は一八九〇年四月四日横浜港に近づいた。ウェルドンがハーンに声をかけられデッキに上がると、陽光が朝靄を貫いていた。この時のハーンの言葉をウェルドンは次のように回想している。

感極まったハーンは言葉少なにただ次のように言った。「私はこの国で死にたい[32]」。

この時、ウェルドンはハーンに対して「私は生きたい」と答えたことが先述のロックマンによるインタビューで語られている[33]。同じやりとりがティンカーの『アメリカ時代のラフカディオ・ハーン』にも認められるが、それはティンカーが執筆にあたり、ウェルドンに取材したことを裏付けているといえよう[34]。

『鎌倉の画家の家』には、同船した客の多くがひとまずクラブ・ホテルに宿をとったこと、その晩ハーンとウェルドンが彼らとともに芸者の踊りを見に行ったこと、ウェルドンたちが引き上げた後もハーンは一人残ったことなどが記されている。このエピソードはティンカーの本にも登場する[35]。

ウェルドンによると、ハーンは数日のうちに居留地の知人の家に身を寄せ、ウェルドンはグランド・ホテルへ移った。その後、ハーンとウェルドンは何度か会い、日本で見聞したことについて語りあった。そして、ハーンが先に文章を書き、ウェルドンが後から挿絵を描くという計画が立てられた。ウェルドンはこの頃ハーンから贈られた革製ポーチつきのパイプを後年まで大切にしていた。こんな調子なので、ウェルドンはすべて順調に進んでいると感じていた[36]。

しかし、訣別は突然やってきた。五月七日の朝[37]、ウェルドンが居留地を歩いていると、ハーンに偶然出会った。「おはよう」とウェルドンが声をかけると、満面の笑みを浮かべながらハーンが

「やってしまったよ！」と言った。「何をやったんだい？」とウェルドンが聞くと、ハーンは、「ハーパーズ社へ手紙を書いたのさ、死んじまえ、ってね」と答えた(38)。

四　ウェルドンと日本

この事件があった同じ日に、ウェルドンは今後の身の振り方について相談する手紙をパットンに書いている。

ここにいる以上、どこよりも絵になるこの国の人々の生活の様子や風景を描くまで離れるつもりはありません。ここには『ウィークリー』や『ヤング・ピープル』にふさわしい主題はいくらでもあり、私のスケッチが認められるのでしたら、そうやって〔筆者補　挿絵を描いて〕生活費の一部を稼ぐ所存です(39)。

『鎌倉の画家の家』によると、ウェルドンは日本滞在中、鎌倉に住んでいた。そこで古い民家を数件まとめて購入し、その内の一軒はアトリエに改造した。茅葺き屋根に天窓を作り、横浜から取り寄せたガラス板をはめた。住民の中で「ヨーロッパ人」は自分一人であり、近所の老人や若者と親交を深めることができたと記されている。ウェルドンは日本語も話せたという(40)。遺族が所蔵するウェルドンの水彩画のスケッチには、画家と日本人の親しい間柄を感じさせる作品もある。

ハーンの文章に挿絵を添えるという計画は白紙に戻ったものの、日本滞在中、ウェルドンは水彩画や油彩画を制作し、ナショナル・アカデミーや、アメリカ水彩画協会の展覧会に送っていた。[41] その一方で、ハーパーズ社向けの挿絵の仕事もしていた。

メイ・セント＝ジョン・ブラムホールの著作『日本のおちびさんたち』（一八九四年刊）に寄せた十五点の挿絵は、ウェルドンの滞日中の代表的な仕事である。[42]『日本のおちびさんたち』は、日本の子供の身体的特徴、服装、遊戯、教育、年中行事などを五章に分けて紹介したものである。作者のブラムホールは夫とともに来日して、少なくも二年間を横浜の居留地で暮らした。滞在中は、長谷川武次郎の店から、ちりめん本『日本の詩』（一八九一年）も出版している。

雨森信成が『ハーパーズ・ウィークリー』誌に寄せた二つの記事、「日本の菊」と「山車」の挿絵もウェルドンが描いた。[43] 雨森はグリフィスに学び、欧米への留学経験があった。帰国後は外国人向けの観光ガイドや英語の論文を執筆、アメリカ合衆国海軍主計監のミッチェル・マクドナルドやハーンとも交流があった。後に横浜のグランド・ホテルの社長となり、ハーンの親友となったマクドナルドは、『鎌倉の画家の家』によると、ハーンとウェルドンによるハーパーズ社での企画に強い関心を示した。ウェルドンに雨森を紹介したのもマクドナルドであった可能性がある。ハーンがウェルドンに宛てた一八九〇年四月八日（推定）の手紙には、マクドナルド主催のディナーに招待されていること、その席上で日本の学者を紹介するのでウェルドンを連れてくるように頼まれていることが記されているからである。[44] ここに登場する「日本の学者」が雨森である可能性は高い。[45]

雨森の記事「日本の菊」は東京の団子坂の菊人形を紹介している。ウェルドンの挿絵は、通りの

図3　ウェルドン画，雨森信成の「山車」のための挿絵

様子、会場に入る順番を待つ人々、菊人形などの六点の図から構成されている。もう一方の記事「山車」は、見開きの挿絵である。山車を画面の中心に据え、周囲に見物客たちが描かれる。和服につば付き帽子をかぶる男性や、蝙蝠傘をさす者も登場する。来日アメリカ人画家としては珍しく、ウェルドンは西洋近代文明との接触によって変貌していく日本の姿から目を反らしていない。ウェルドン来日前の日本人形をモチーフとした作品群に見られた幻想的な日本イメージとは対照的なリアルな日本のイメージである。

『ハーパーズ・ウィークリー』誌向けの仕事として、ウェルドンはこの他にユスタス・B・ロジャーズの記事「塩冶《えんや》判官の切腹」や、帰国後ではあるが、カスパー・ホイットニーの記事「運動競技に開眼する日本人」の挿絵を描いた[46]。前者は、歌舞伎『仮名手本忠臣蔵』の四段目、塩冶判官切腹の場面を取り上げている。画面は花道を歩く一人の侍を中心に構成され、固唾をのんで場面に見入る観客など、劇場内の雰囲気が巧みにとらえられている。後者では、野球をする日本の少年たちを描いている。

ところで、ウェルドンは日本滞在中の一八九四年秋、ハーパーズ社が派遣したジャーナリスト、ジュリアン・ラルフとともに同社の特派員として中国を旅した。ラルフは九月十日、エンプレス・オブ・ジャパン号で横浜に到着。二人はそこで合流し、上海に向かった[47]。ウェルドンとラルフは江蘇省、浙江省などを訪問。大運河の紀行文や中国の物語などが、ウェルドンの挿絵入りで『ハーパーズ・マンスリー』誌に連載された[48]。二か月後、二人は日本に戻ったが、ラルフは直ちにアメリカへ帰国し、ウェルドンは日本に残った[49]。ウェルドンが最終的に日本を離れたのは、一八九六年一月五日のことであった[50]。

アメリカに戻った後のウェルドンは、センチュリー社で日本関連の挿絵の仕事をいくつか引き受けている。『センチュリー・マガジン』誌に掲載されたエライザ・ルーアマー・シッドモアの記事「死のない島」や、「日本の見事な朝顔」、「有名な京都の庭園」の挿絵も描いた[51]。『日本人力車紀行』の著者シッドモアは、こうした紀行文の作家であるとともに写真家としても知られる。

また、ウェルドンは人気女流作家アリス・カドウェル・ヒーガン・ライスの児童文学『キャプテン・ジューン』（一九〇七年刊）に九点の挿絵を寄せた[52]。フィリピンに駐屯する父親に会いにいく途中、日本人子守「セキさん」とともに日本に立ち寄った少年ジューンが、そこでの冒険を通して成長する話である。

さらに、『センチュリー・マガジン』誌に掲載されたジョン・ルーサー・ロングの短編「マダム・バタフライ」に、一ページ大の蝶々夫人の挿絵を描いたのもウェルドンである[53]。「マダム・バタフライ」は一九〇〇年、アメリカ人演出家デヴィット・ベラスコのプロデュースで、ブロードウェイで舞台化された[54]。その時、小道具などに助言を与えたのが当時アメリカに滞在していた日本人画家エト・ゲンジロウ（片岡源次郎）である。ゲンジロウは、ハーンの『骨董』（一九〇二年刊）や、野口米次郎の『日本におけるラフカディオ・ハーン』（一九一一年刊）に挿絵を寄せた画家でもある。

挿絵の仕事を続けながら、ウェルドンは帰国後も日本を主題とした油彩画、水彩画をナショナル・アカデミーや、アメリカ水彩画協会、センチュリー・クラブの展覧会に発表し続けた。[55] 一九〇七年、センチュリー・クラブの展覧会に出品された日本を描いた作品について『ニューヨーク・ヘラルド』紙の記事は、ウェルドンが茶屋や芸者、藤、菊というそれまでの日本イメージの枠を超えて、素朴な家並や人々の暮らしを積極的に取りいれたことを高く評価している。[56]

画家としての活動の他に、ウェルドンは浮世絵のコレクターとしても知られていた。帰国後は、日曜の午後にアトリエで浮世絵のコレクションを公開していた。[57] 北斎、歌麿、広重を含むウェルドンのコレクションは、アメリカで最も重要な日本の掛物や版画のコレクションであると賞賛されたこともあった。[58]

一八九九年一月から春にかけて、ウェルドンは再びハーパーズ社の特派員としてラルフとともにインドを旅する。[59] その成果は『ハーパーズ・マガジン』誌に発表された。[60]

一九一〇年代以降、ウェルドンの展覧会記録や挿絵の仕事は極端に少なくなる。そして、一九三五年八月十一日、ニュージャージー州で九十一歳の生涯を閉じる。ウェルドンは妻とともに郷里、マンスフィールドの地に眠っている。

五　ウェルドンの評価

世紀転換期のアメリカを代表する美術批評家のひとりサダキチ・ハルトマンは、次のような一文を記している。

西洋の目に日本はどのように映るのだろうか。ウェルドンが最もリアリスチックで、ブルームは最も分かりやすく、そしてパーソンズが最もピクチャレスクな仕事をしている。ラファージは、日本の情景の忠実な再現者というには個性が強すぎる。(61)

十九世紀末のアメリカに日本のイメージを伝えた代表的な画家たちの筆頭として、ハルトマンがウェルドンを挙げていることの意義は大きい。先に紹介した、ハーパーズ社がウェルドンの技量に対して抱いていた懸念とは裏腹に、ハルトマンはむしろ対抗馬ラファージの手になる日本イメージの信憑性を疑問視していたのである。思えば、来日した日の船上でのハーンとウェルドンの会話に、二人の運命は予告されていたのであろう。日本を終《つい》の住処《すみか》としたハーンが、日本の精神的、霊的世界に惹かれていったのとは対照的に、「日本で生きたい」と語ったウェルドンは現実の生きた日本の姿に目を向け、それをアメリカに伝えた。その姿勢は帰国した後も変わらなかったのである。

注

（1）Edward Larocque Tinker, *Lafcadio Hearn's American Days* (New York: Dodd, Mead and Company, 1924), p.340（エドワード・ティンカー『ラフカディオ・ハーンのアメリカ時代』木村勝造訳、ミネルヴァ書房、二〇〇四年、三〇六頁）。この説明書きと序文 p.xi（原著）の記述から、このスケッチはティンカーのためにウェルドンが新たに描いたものと推測される。

（2）例えば、中田賢次「ウェルドン」平川祐弘監修『小泉八雲事典』恒文社、二〇〇〇年、七三頁。

（3）ウェルドン没後の主な記述としては例えば次のものがある。Zenobia B. Ness and Louise Orwig, *Iowa Artists of the First Hundred Years* (n. p. :Wallace-Homestead Company, 1939), p.218; *American Impressionism and Other Movements* (Philadelphia: Frank S. Schwarz & Son, 1989), n.p.; William H. Gerdts, "American Artists in Japan," in *American Artists in Japan, 1859-1925* (New York: Hollis Taggart Galleries, 1996), p.8; Peter Hastings Falk, ed., *Who was Who in American Art, 1564-1975* (Madison, CT: Sound View Press, 1999), vol.3, p.3509; John Davis, "Charles Dater Weldon," in *Paintings and Sculpture in the Collection of the National Academy of Design*, ed. David B. Dearinger (New York and Manchester: Hudson Hills Press, 2004), pp.577-578. 拙稿「チャールズ・デイター・ウェルドンと日本」『鹿島美術研究』年報第二十一号別冊、二〇〇四年、一〇九―一一七頁。

（4）DeWitt McClellan Lockman, "Interviews of Artists and Architects Associated with the National Academy of Design, 1926-1927," Archives of American Art, microfilm roll 504. ［以下 "Lockman interview"］特に明記しない限り、ウェルドンの経歴は本資料を参照した。

（5）Ancestry.com. U.S. Passport Applications, 1795-1925 (Provo, UT, USA: The Generations Network, Inc., 2007), http://www.ancestry.com. Original data: Passport Applications, 1795-1905 (National Archives Microfilm Publication M1372).

（6） *Art Students League Records, 1875-1955*, Archives of American Art, microfilm reels NY59/20, NY59/23.

（7） "Art and Artists," *Boston Daily Evening Transcript*, Dec. 17, 1879.

（8） András Székely, *Mihály Munkácsy* (St. Paul, Minnesota: Control Data Arts, 1981).

（9） "The Academy of Design: Features of the Fifty-Eighth Annual Exhibition," *New York Times*, Apr. 15, 1883; "Notes on Art and Artists," *New York Times*, Apr. 15, 1883; "Philadelphia Notes," *The Studio* 2 (Nov. 10, 1883), p.214.

（10） National Academy of Design Archives.

（11） *American Watercolor Society, Annual Exhibition*, microfiche in New York Public Library,［以下 *AWS, Annual*］1884, 1887-89, 1897-98, 1901.

（12） *AWS, Annual*, 1884; "The Watercolor Exhibition in New York," *Boston Daily Evening Transcript*, Feb.14, 1884; *The Art Review* 2, nos.1-3 (1887), n.p.

（13） *The Buntling Ball* (New York and London: Funk & Wagnalls, 1885).

（14） "The National Lawn Tennis Tournament," *Harper's Weekly Magazine*, Sep.16, 1882, p.585.

（15） "The Pittsburgh Demonstration," *Harper's Weekly Magazine*, Jul.1, 1882, p.409.

（16） Richard Wheatly, "The New York Produce Exchange," *Harper's New Monthly Magazine* 73 (Jul 1886), pp. 205, 209.

（17） William O. Stoddard, "Chrsitmas on the North Fork," *Harper's Young People* 7 (1886) supplement, pp.81, 84.

（18） Charles Dater Weldon, "A Painter's Home in Kamakura," undated typescript. 本資料はエリザベス・S・ウェルドン氏から筆者に御提供いただいた。ウェルドン氏の御厚意に謝意を表したい。

（19） 原稿中にハーン没後、アリシア・フォーリーが印税の権利を主張したと書かれている。

(20) ポール・マレイ『ファンタスティック・ジャーニー』村井文夫訳、恒文社、二〇〇〇年、二四四頁。[Paul Murray, *A Fantastic Journey: The Life and Literature of Lafcadio Hearn* (Sandgate, Folkstone, Kent: Japan Library, 1993)].

(21) Tinker, *Lafcadio Hearn's American Days*, pp.330, 332.

(22) ポール・マレイ『ファンタスティック・ジャーニー』二四三—二四四頁。

(23) Bruce Weber, "Robert Frederick Blum (1857-1903) and his Milieu" (Ph.D. diss., City University of New York, 1985), pp.334, 367 note 4.

(24) Edwin Arnold, "Japonica," *Scribner's Magazine* 8 (Dec. 1890), pp.663-682; 9 (Jan. 1891), pp.17-30; 9 (Feb. 1891), pp.165-176; 9 (Mar. 1891), pp.321-340.

(25) Robert Blum, "An Artist in Japan," *Scribner's Magazine* 13 (Apr. 1893), pp.399-414; 13 (May 1893), pp.624-636; 13 (Jun. 1893), pp.729-749.

(26) 拙稿「チャールズ・デイター・ウェルドンと日本」(前掲注3)では、ハーパーズ社がスクリブナーズ社の先手を打つべくハーンとウェルドンの日本レポートを企画したと記したが、これを訂正させていただく。

(27) Charles Dater Weldon to William Patten, May 9, 1890, Harry Ransom Humanities Research Center, The University of Texas, Austin, Texas. [以下 Harry Ransom MSS]

(28) William Elliot Griffis, "Japanese Ivory Carvings," *Harper's New Monthly Magazine* 76 (Apr. 1888), pp.709-714; Edward Sylvester Morse, "Old Satsuma," *Harper's New Monthly Magazine* 77 (Sep. 1888), pp.512-529.

(29) Theodore Wores, "An American Artist in Japan," *Century Magazine* 38 (Sep. 1889), pp.670-686; John LaFarge, "An Artist's Letters from Japan," *Century Magazine* 39 (Feb. 1890), pp.483-491; 39 (Mar. 1890), pp.712-720; 39 (Apr. 1890), pp.859-869; 40 (Jun. 1890), pp.195-203; 40 (Aug. 1890), pp.566-574; 40 (Sep. 1890), pp.751-759; 40 (Oct. 1890), pp.866-877; 42 (Jul. 1891), pp.442-448; 46 (Jul. 1893), pp.419-429; 46 (Oct. 1893),

pp.571-576.

（30）William Elliot Griffis, "Japanese Art, Artists, Artisans," *Scribner's Magazine* 3（Jan. 1888）, pp.108-121.

（31）Weldon to Patten, May 9, 1890, Harry Ransom MSS.

（32）Weldon, "A Painter's Home in Kamakura," n.p.

（33）"Lockman interview," frame 1076.

（34）Tinker, *Lafcadio Hearn's American Days*, pp.xi, 345.

（35）Ibid., p.345.

（36）Weldon, "A Painter's Home in Kamakura," n.p.

（37）Charles Dater Weldon to William Patten, May 7, 1890, Harry Ransom MSS.

（38）Weldon, "A Painter's Home in Kamakura," n.p.

（39）Weldon to Patten, May 7, 1890, Harry Ransom MSS.

（40）"Lockman interview," frame 1076; Weldon, "A Painter's Home in Kamakura," n. p.

（41）滞在中、ウェルドンは水彩画協会に二点、ナショナル・アカデミーの展覧会に一点の日本作品を送った。*AWS Annual*, 1892-93; Maria Naylor ed., *The National Academy of Design Exhibition Record 1861-1900*（New York: Kennedy Galleries, 1973）, vol. 2, p.1008.

（42）Mae St. John Bramhall, *The Wee Ones of Japan*（New York: Harper & Brothers, 1894）. 同書については、拙稿「日本の子供たちをめぐる眼差し――『日本のおちびさんたち』をめぐって」（『早稲田大学大学院文学研究科紀要』第四十九輯第三分冊、二〇〇四年）、一七一―一八二頁を参照。

（43）N. Amenomori, "Chrysanthemums in Japan," *Harper's Weekly Magazine*, Jan. 24, 1891, pp.60, 63; "Dashi," Jun. 27, 1891, p.482, supplement（n.p.）.

（44）一八九〇年四月八日付（推定）、ハーンからウェルドンに宛てた書簡、松江市立古代文化センター所蔵、關田かをる翻刻。同資料は闢田かをる氏から御提供いただいた。闢田氏の御厚意に謝意を表したい。

（45）この点は闢田かをる氏からご教示いただいた。

（46）Eustace B. Rogers, "The Hara-Kiri of Yenya Hanguwan," *Harper's Weekly Magazine*, Aug. 18, 1894, pp.777-778; Casper Whitney, "Athletic Awakening of the Japanese," *Harper's Weekly Magazine*, Feb. 12, 1898, pp.165-166.

（47）Paul Lancaster, *Gentleman of the Press: The Life and Times of an Early Reporter, Julian Ralph of the Sun* (Syracuse: Syracuse University Press, 1992), p.237; "Lockman interview," frame 1075.

（48）Julian Ralph, "House-Boating in China," *Harper's New Monthly Magazine* 91 (Jun. 1895), pp.3-17; "In the Garden of China," 91 (Jul. 1895), pp.188-201; "Every-Day Scenes in China," 91 (Aug. 1895), pp.358-375; "Alone in China," 91 (Oct. 1895), pp.685-698; "Plumblossom Beebe's Adventures," 91 (Nov. 1895), pp.943-955; "The Story of Miss Pi.," 92 (Jan. 1896), pp.189-200; "The 'Boss' of Ling-Foo," 92 (Mar. 1896), pp.620-631; "Little Fairy's Constancy," 92 (May 1896), pp.856-867; "The Love-Letters of Superfine Gold," 93 (Jul. 1896), pp.276-285.

（49）"Latest Shipping," *The Japan Weekly Mail*, Nov. 10, 1894, pp.550-551.

（50）"Latest Shipping," *The Japan Weekly Mail*, Jan. 11, 1896, pp.50-51.

（51）Eliza Ruhamah-Scidmore, "An Island Without Death," *Century Magazine* 52 (Aug. 1896), pp.483-494; "The Wonderful Morning-Glories of Japan," 55 (Dec. 1897), pp.281-289; "The Famous Gardens of Kioto," 61 (Apr. 1912), pp.803-815.

（52）Alice Hegan Rice, *Captain June* (New York: The Century Co., 1907).

（53）John Luther Long, "Madame Butterfly," *Century Magazine* 55 (Jan. 1898), pp.374-392.

（54）そのロンドン公演をみたプッチーニが感銘を受け、一九〇四年オペラ化された。

(55) 一八九六－一九三〇年のナショナル・アカデミー出品作十三点中、題名から判断して少なくとも六点、一八九七－一九一一年の水彩画協会出品作十八点中、題名から判断して少なくとも六点が日本主題の作品である。*AWS Annual*, 1897-98, 1904, 1910-11; Naylor ed., *The National Academy of Design Exhibition Record*, vol.2, p.1008; Peter Hastings Falk, *The Annual Exhibition Record of the National Academy of Design 1901-1950* (Madison, CT: Sound View Press, 1990), p.534. また、一八九八－一九一三年のセンチュリー・クラブの展覧会に出品した二十四作中、題名から判断して大半は日本作品である。ウェルドンが同クラブの展覧会に出品した作品リストはジョナサン・P・ハーディング氏よりご提供いただいた。ここに記して謝意を表したい。

(56) "Work Seen in the New York Studios," *New York Herald*, Jan. 27, 1907.

(57) "The Old Tramp," *Art News* 1 (May, 1897), p.1.

(58) Sadakichi Hartman, "The Japanese Idea in American Art," *The Criterion* 16 (Jan 1, 1898), p.16.

(59) Lancaster, *Gentleman of the Press*, p.252; "Lockman interview," frame 1078.

(60) Julian Ralph, "Tenting on Two Seas," *Harper's New Monthly Magazine* 99 (Oct. 1899), pp.747-759; "India's Threshold," 99 (Nov. 1899), pp.905-917; "Under the Vultures' (sic.) Wings," 100 (Dec. 1899), pp.125-135; "An Indian Jewel," 100 (Jan. 1900), pp.272-283; "The True Flavor of the Orient," 100 (Feb. 1900), pp.425-435; "The Sacred City of the Hindoos," 100 (Mar. 1900), pp.607-620.

(61) Hartman, "The Japanese Idea in American Art," p.16.

ヘルンとセツの結婚

池橋達雄

はじめに

ヘルン（ラフカディオ・ハーン、小泉八雲）は、一八五〇年（嘉永三）六月二七日ギリシアのリュカディアに生れ、一九〇四年（明治三七）九月二六日東京で没した。ヘルン没後七〇年が経過した。ヘルンを讃えるため、愛知県犬山市の博物館明治村では、本年（一九七四年）の明治顕彰展覧会として小泉八雲展を開いた。本年五月の『明治村通信』は小泉八雲記念号とされ、二一氏の文章と別に年譜も掲げている。

ところが、ヘルンとセツの結婚の日付について違いが目について読者をまごつかせる。巻頭の「御挨拶」のなかで、谷川徹三氏は、「一八九〇年（明治二十三年）日本に来るや、その年八月松江中学校の英語教師となって間もなく、十二月には松江の旧藩士小泉湊の娘節子と結婚」と述べられている。速川和男氏編の「年譜」には、「一八九一年（明治二十四年）二月、小泉セツと結婚」と記載され、ほかに、結婚時期について、長谷川泉氏は明治二四年、佐藤孝巳氏は明治二四年一二月、大村喜吉氏も明治二四年一二月とされている。佐藤氏と大村氏は、別に新説を主張されるのでなく、不注意によって、明治二三年を二四年ととりちがえられているように思われる。

ヘルンとセツの結婚については、その日付だけをとってみても、右にみるように今日なお混乱がある。

ヘルンとセツの結婚の事情を明らかにすることは、伝記的に重要なことであり、ヘルンとヘルン文学の理解についても必要なことであると思われるので、以下若干の新資料を提示しつつ、私の見解を述べてみたい。

一　ヘルンとセツの結婚についてのこれまでの所説

最初に、これまでのヘルン関係伝記について、それらが二人の結婚についてどのように述べているかをみたい。

(一)　ビスランドとケンナードの説

ヘルンのアメリカ時代からの友人であったエリザベス・ビスランド女史（のちウェットモア夫人）に、ヘルン没後二年目の一九〇六年（明治三九）に出版された『ラフカディオ・ハーンの生涯と書簡』（Elizabeth Bisland, *The Life and Letters of Lafcadio Hearn*）全三巻がある。この書物は、ヘルンの伝記として世界的に古典の評価が与えられ、以降の海外のヘルン研究者に大きな影響を与えている。[1]

ビスランドは、この書物で、

ラフカディオが高級士族出身の女性である小泉節子と結婚したのは、一八九一年一月で、大橋のたもとに住んでいたときであった。

とし、ヘルンの友人で松江中学の教師であった西田千太郎のことを紹介したあと、

この結婚が調《ととの》ったのは、かれのなかだち（mediation）による。

と述べている（一一〇頁）。

次にイギリス人のニーナ・H・ケンナード女史が、一九一一年（明治四四）『ラフカディオ・ハーン』（Nina H. Kennard, *Lafcadio Hearn*）を著わしている。[2] この書物は、ヘルンの長男小泉一雄氏が、『父小泉八雲』（昭和二五年）で、「杜撰の書」、「ヒステリーの書」と非難しているように（七六頁および七八頁）、確かに信頼性の乏しい書物であるが、「結婚」という一章をわざわざ設け、ここで、

ヘルンの結婚は、未亡人がわれわれに語っているように、一八九一年、すなわち明治二三年の

早い頃に（early）行なわれた。

とし（二〇六頁）、ヘルンが大病を患ったのちの心細さ、セツの家庭の零落の状況等についてふれ、西田について紹介したあと、

西田千太郎は、かれら（小泉一族）の悲惨な境遇を知り、もしヘルンが日本にとどまる気でいるならかれに落着いた家庭をもつようすゝめるのがよいとし、セツとこの松江中学の英語教師を結び合わせたらという考えをもつようになった。

と述べている（二〇九頁）。

ビスランドとケンナードのこのような叙述の資料は、どのようにして得られたのであろうか。ビスランドは、アメリカ時代からヘルンと親交があり、研究者のなかにはかの女がヘルンの恋人であったとみなすひともあるほどである。前掲書のなかで、ヘルンがかの女にあてた書簡は一六通収められているが、二通はヘルンの来日直後（明治二三年）のものであり、他は明治三三年以降のもので、松江時代のものはない。ビスランドは、まえがきで、入手した書簡に相当取捨を行なったことを強く断わっている。松江時代の書簡のなかには、ヘルンが自分の結婚のことを含めてかの女に送った少なからぬものがあったであろうことは想像できるが、ビスランドは公表していない。しかし、その存在が想像される未知の書簡に、結婚の日付や媒酌者としての西田のことまでは書かれ

ていなかったかもしれない。それらのことは、かの女がまえがきで謝意を表している大谷正信からか、大谷を通じて未亡人のセツから、得た知識であったかもしれない。ビスランドは都合四回来日しているが、第一回はヘルン来日前のことであり、第二回以降は前掲書の刊行以後のことである。ケンナードは、生前ヘルンとは関係のないひとである。ヘルンの伝記執筆のために、一九〇九年（明治四二）来日、未亡人セツにあって取材している。そのことは、前掲書にふれられているが、一八九一年を明治二三年とまちがえているのは「杜撰の書」の一例である。

しかし、いずれにせよ、ビスランドとケンナードによってヘルンとセツの結婚が、一八九一年（明治二四）の「一月」ないし「早い頃に」、西田の媒酌によって行なわれたとされていることに注意したい。

他にヘルンの伝記には、グールド、ヨセフ・ド・スメー、エドワード・トマス、エドワード・ティンカーのものがあるということであるが[3]、少なくとも主題のヘルンとセツの結婚について、前掲二著より資料的に正確なものに基いているとは考えられないので、私は調べていない。

(二)　田部隆次氏の説

わが国ではじめてヘルンの伝記を著したひとは田部隆次氏であって、大正三年の「小泉八雲」第一版がそれである[4]。田部氏は、同年に出た前記ティンカーの著書によって、主としてアメリカ時代を補筆し、昭和二年一二月に第二版を出した。この第二版は、その月完成したわが国での最初の飜訳全集である「小泉八雲全集」（第一書房）全一八冊の第一八巻別冊として収められている。田部氏のこの書物は、わが国のヘルン伝記の古典となっている。

田部氏は、参考書として前掲のビスランドやケンナードの書物を用いたとしつつ、主題のヘルンとセツの結婚については、次のように述べておられる。文中の「同年」は明治二三年である。

同年十二月、西田の媒によって松江の藩士小泉湊の女節子と結婚した。小泉家は維新前御番頭を勤めて五百石を食んだ家柄であった。（中略）維新後、出雲には奮発家と云ふ新熟語が永く流行した。発奮して事業を起す人の事であった。夫人の父も奮発家の一人となって織物の工場を起したが、士族の商法が多く陥るべき運命に陥って失敗した。名家の零落は悲惨である。夫人も学問芸能一通り修めたあとで思はぬ不幸に際してゐた時、西田に勧められてヘルンに嫁する事になった。ヘルンの人となりはその頃松江市中に知れ渡ってゐたので、夫人も不安のうちに安心して嫁したのであった。この結婚は幸福であった。（全集別冊二三五頁）

田部氏の書物では、西田媒酌説はビスランドやケンナードの説と同じだが、結婚の年月は一八九〇年（明治二三）一二月となっている。その後でた根岸盤井氏の『出雲における小泉八雲』（昭和五年）も、小泉一雄氏の『父「八雲」を憶ふ』（昭和六年）もこの説を踏襲している。

一九五〇年（昭和二五）は、ヘルンの生誕一〇〇年にあたった。この年、ヘルンの伝記的研究が種々発表されたが、田部氏も、『小泉八雲』第三版を「第二版以後の新事実」が記してあるとして、同年六月北星堂書店から発行された。さきに引用した部分は、そのままであるが、第二版になかっ

た余録が追加され、「その一、ヘルンと女性、小泉節子夫人」のなかで、

夫人は明治元年二月四日生れ、六十四歳でなくなられた。出雲国松江市に於て明治二十三年十二月二十三日八雲先生と結婚された。八雲先生はその時は四十歳であった。（中略）世話をした人は松江の有力者で同時に中学校の教頭の西田千太郎氏であった。

と述べ（四二七頁以下）、結婚の日付を一二月二三日と明記されている。巻末の年譜にも同様に一二月二三日と明記されている。

田部氏は、ヘルンとセツの結婚に関する資料をどこから得られたであろうか。第三版の自序で、氏は、第一版の資料蒐集のことにふれられているが、「然し私にとって最も貴重なる資料は小泉夫人から得たのであった」とされており、第二版までの結婚に関する叙述は、セツのほかに言及できるひとがいるはずもないから、セツ自身からの聴取によってなされたものにちがいあるまいと思われる。では、第三版の「二三日」という日付は、どうして得られたのであろうか。セツは一九三二年（昭和七）二月に没している。その後セツのメモでも発見されたのであろうか、あるいは生前セツが田部氏にそのように語っていたのであろうか、田部氏自身が世にないいま、不明である。はじめにかかげた谷川氏の文も、この田部氏の古典的書物によられたものであろう。田部氏の書物はそれほど大きな影響力をもっている。

なお、田部氏の『小泉八雲』には、セツの「思い出の記」が載せられている。後掲小泉一雄氏

『父小泉八雲』によると、これは、セツ自身の手記でなく、三成重敬が成稿したもののとのことであるが、これには、結婚の年月についても西田の役割についても、はっきりした言及がない。

㈢　桑原羊次郎氏の説

一九五〇年（昭和二五）は、さきにふれたようにヘルン生誕一〇〇年にあたり、ヘルンはジャーナリズムでも大きくとりあげられた。なかでも、この年四月二五日の『朝日新聞』は、小泉一雄氏の談話「父ラフカディオ・ハーンを語る」を載せ、氏のいうところとして、ヘルンはセツの境遇に同情して結婚したが、セツはよき妻ではなかったと報じたが、これが三男清氏の兄に対する抗議を呼び起こし、世を注目させた。『朝日新聞』は、この記事で二人の結婚を明治二三年一二月のこととしている。

松江でも、五月八日の『島根新聞』が、右の『朝日新聞』の記事を紹介しつつ、「ヘルンの結婚秘話」という記事をかかげ、松江にきたヘルンには他に意中の人があったが、ヘルンの意志は成就せず、やむなくセツを選んだという話を、桑原羊次郎氏その他から取材して載せ、かなりのセンセーションをまき起こした。同紙は、リードで、二人の結婚を明治二四年二月とし、この点で『朝日新聞』と対抗している。この新説は桑原氏の主張である。

桑原氏は、これよりさき昭和一五年に、『松江に於ける八雲の私生活』という論文を執筆されていたが、田部氏の第三版伝記と同年同月、山陰新報社から刊行された。氏のこの書物は、ヘルンとセツの結婚について、田部氏の『小泉八雲』以来の定説に挑戦する見解を述べている。氏は、従来のヘルンの伝記の再検討を主張し、次のようにいわれている。

中でもその最も著しい誤伝と見るべき一例は、これまでの諸書がすべて一致して八雲の結婚は明治二十三年十二月富田旅館に於て挙行されたとなしていることである。しかし本年（西暦一九四〇年）六月十七日附八雲の親友西田千太郎氏の令弟元九州帝国大学教授西田精博士の書簡によれば、西田博士が度々令兄の使者として京店裏の八雲借宅（明治二十四年、西暦一八九一年二月富田旅館からこの借宅に移居す）を訪問した時は、まだ節子夫人を見かけず、その後間もなく同宅に於て節子夫人と結婚式を挙げられたため、明治二十三年十二月に結婚したとの記事は何れも誤伝であると断言したことである。（六頁）

桑原氏は、ヘルンが第一の宿富田旅館から第二の宿織原氏の京店裏離座敷に移ったのを二四年二月とされているが、これはまちがいで、事実は二三年一〇月のことで、ヘルン自身チェンバレンに宛てた手紙で書いているところである。ただ、ヘルンは、居を移しても、食事や女中のサーヴィスは富田旅館から受けていた。次にでてくる富田ツネの「二月までは私方においででした」というのは、この意味である。ついでだが、第三の宿、今日の「ヘルン旧居」に移ったのは、後掲「西田千太郎日記」によって、明治二四年六月二二日であることが明らかである、それはともかく、右の桑原氏の文章は、どこまでが西田精の証言かわかりにくいが、「断言した」というところまでであろう。とすると、西田精は明治二三年一二月説を否定しているわけである。

桑原氏は、昭和一五年六月一五日、富田ツネとその子卯吉から次のような聞き書をとって、紹介されている。

［桑原］これまでの書物には、八雲先生と小泉節子さんの結婚はお宅であったと書いてありますが、最近西田精博士の説によれば、京店の織原の借家時代とのことですが、どれがほんとうですか。

［富田］それは京店の借家時代に間違ありません。実は京店の借家に先生一人置くといふ訳には行かず、お信と今の臨水亭の出口の安藤と申す散髪屋の娘のお萬と申すものと二人を女中として附けておき、三度のお食事は総て私方より運びました。ところが先生にどこか士族のお嬢様を奥様にお世話したいというお話しが西田先生よりありまして、色々物色した末に、お信の友達に小泉節子さんという士族のお嬢様があり、このお方がよかろうということになり、私もそれがよかろうと同意を致しまして、私方より先生に紹介しました。ご同棲の翌日、私ははじめて京店のお宅に伺いますと、節子様の手足が華奢でなく、これは士族のお嬢様ではないと先生は大不機嫌で、私に向って節子は百姓の娘だ、手足が太い、おツネさんは自分を欺す、士族でないと、度々の小言でありましたので、これには私も閉口致しまして種々弁明しましても、先生はなか〳〵聴き入れませんでしたが、しかし士族の名家のお嬢さんに間違ありませんので間もなく萬事目出度く納まりました。西田先生が表面の媒酌人となっているかも知れませんが実際を申せばお信の世話でした。節子さんは私方にその以前おいでたこともなく、私は御婚礼の翌朝京店にまいって、初め

て節子さまにお会い致して、その後お信がお世話したに違いはありません。八雲先生は二月までは私方においでででしたから御結婚は明治二十四年の二月末あたりに間違はありません。それから女中さんが一人見えましたので、お信は私方に帰えりお萬さんはことわりました。

桑原氏は、これを確実な証言とみて、ヘルンとセツの結婚を明治二四年の二月とし、同書末尾の略伝にもそのように明記されている。

桑原氏は、表面上にもせよ西田がこの結婚の媒酌をしたということについては、疑っておられないようである。

この富田ツネの話は、桑原氏が聞き書をとられる以前から相当に流布していたようである。小泉一雄氏は、この「証言」に強い反撥を示され、『父小泉八雲』(昭和二五年六月刊であるが、「昭和二五年二月二八日擱筆」とある)で、

宿の主婦と交代勤務の女中さんとにのみ手数をかけたのでは心苦しい、通いでよいから誰が室附の自分専門のハウスキーパーが欲しかったのである。あの女は良い家柄の娘にしては手足が太く而も荒れているが、士族とは本当か?と訊ねたのは或は事実かも知れぬ。併し、小泉姓の娘を士族の娘と偽り、妾に世話するとはひどいと怒った等は、父の性格を種々な点から検討している自分には何うも合点出来ぬ

と述べられている（六六頁以下）。

小泉一雄氏は、結婚の年月については、この書物で依然として、「同年十二月（日次不明）小泉セツと結婚」と明治二三年一二月説をとりつつ、西田の媒酌説については積極的に否定も肯定も主張されていない。

田部隆次氏の前掲『小泉八雲』第三版は、奇しくも桑原本・小泉本と同年同月にでているわけであるが、これには、「明治二三年一二月二三日」と一二月説が強化され、西田の媒酌説もそのままである。田部氏に、桑原氏説を知った上で反論する意図があったかどうかはわからない。

㈣　梶谷泰之氏、池野誠氏の説

梶谷泰之氏は、「西田千太郎日記」抄録を中心に松江時代のヘルンについて詳しい考証をされ、伝記的研究を大きく前進させられたが、その一応の決算ともいえるのが、『へるん先生生活記』（昭和三九年）である。

梶谷氏は、ヘルンとセツの結婚について、桑原氏が証言としてとりあげられていることどもを信用できないとし、結婚の時期について、次のヘルンの西田宛書簡を「特別の内容で注目に値する」手がかりとしてとりあげられている（五六頁）(5)。


今日はよくなって、いつものように授業が出来ました。そして明日はすっかりよくなると思います。腹具合が悪かったのですがもう殆どよくなりました。結局、あることで腹が立ったので病気になったと思います。今日、人を雇って明日まで家の世話を見て貰うことにしました。明日織原方で女中を雇ってくれる筈です。その女中は住込みです。中年の婦人で非常に気立てのよい人だということです。とにかく、その女中はどの宿とも関係がないので、この女中ならうまくやって行けそうです。宿屋とのうるさい関係を断つことが、目下のところ私の心のおちつきを取返すのに何より必要です。（以下略）

梶谷氏は、日付のないこの書簡を当時のヘルンと西田の情況から判断して、明治二四年一月末ごろのものと判定され、この書簡から、

この頃、即ち二十四年一月の末頃はまだセツと同居していなかったことが想像出来、従って、結婚の時期を十二月としている従来の説が疑われる。この時セツ夫人がいたらこんなイザコザは起らなかったと思えるからである。

と判断され、そして、

このように異境で病気をした場合独身がいかに心細いかを痛感している時、西田教頭に後の節子夫人、士族娘のセツを紹介されて結婚する気になったのではなかろうか。

とされている。

つまり、梶谷氏は、この書簡を一月末のものとし、この書簡からある期間ののち、ヘルンとセツの結婚があったと考え、「二月以後と考えるのが妥当のようである」と、結婚時期については桑原氏説に近いことを述べられている。

梶谷氏は、のち昭和四三年、島根県教育委員会編『島根の百傑』の「小泉八雲」の項を執筆され、

ハーンはセツが初婚に失敗した不幸な士族の孝行娘であることを西田千太郎教頭から紹介され、自分の生母ローザのあわれな場合も思い合わせて同情し、実の弟のごとく信頼していた西田教頭の推薦を信じて結婚したというのが実情であると解したい。(中略)二人の結婚の日付けは不明であるが、考証によれば、明治二十四年二月末か三月初の頃と推定される。

と述べ(三七九頁)、氏の研究の結論づけをされている。「考証」とは何をさすか明らかでないが、二人の結婚はさきの西田への書簡のあとしばらくしてにちがいない、ということであろうか。

池野誠氏の『小泉八雲と松江』(昭和四五年)は、ヘルンとセツの結婚のことについてかなりの考察をされているが、結婚に関する説の大体は梶谷氏と同じである。

池野氏も、梶谷氏が一月下旬のものと推定して指摘した書簡を、問題解明の手がかりとして用いておられる(七九―八〇頁)。池野氏は、梶谷氏とちがって、この手紙中「冬も峠を越えた」(the back of winter is broken)という表現があるところから、二月中、下旬のものとその日次を推定さ

れている。訳文のニュアンスの違いが面白いので、同じ部分を比較するが、池野氏の訳は、第一書房版全集の落合貞三郎訳とほとんど異なるところがない。

今日は平常通り授業することができました。それで明日は全快すると思います。ただ胃腸が悪かっただけでしたので、今はほとんど直りました。私はまったく腹を立てたために病気になったと思います。明日まで家の世話をしてくれる人が来ました。明日、織原さんが女中をよこしてくれるはずです。私はその女のひとのために夜具を買いました。彼女はずっと家に泊ってくれるそうです。少し年をとっていますが、大変よい女中さんだそうです。ともかく、旅館の女中でもないので、うまくいくことでしょう。（中略）まったく宿屋の関係から脱することが、私の心の平和のために絶対に必要だということを知りました。（以下略）

そして、池野氏も、梶谷氏同様、この手紙が述べている状態からヘルンが脱したあとに結婚の時期を想定し、

ともかく、ハーンは二月中旬から三月にかけて人生上における大きい転換期を迎えた。つまり、彼は松江の士族娘小泉節子と結婚した。

と結論し（八七頁）、西田の役割についても、従来の通説に少々の疑問を投げかけつつ、

しかし、ハーンと節子との結婚になんらかの形で西田の介在があったことは事実である。

とされている（九七頁）(6)。

池野氏の書物でユニークなところは、一八九一年（明治二四）八月のヘルンのペイジ・M・ベーカー宛書簡(7)に言及している点である。ベーカーは、ヘルンのアメリカ時代の知己でニューオルリンズの『タイムズ・デモクラット』の主筆だったひとであり、ヘルンは、自分のプライヴァシーはあまり語りたがらないが、このベーカー宛の書簡で、松江時代から熊本時代にかけての家庭生活のことを詳しく報じている。

ところで池野氏は、この手紙の「私はただ今のところでは日本流に結婚したばかりです」という部分を引用して、

この文を額面通り受けとるとすると、ハーンは西田らごく周辺の人々の世話で簡略な日本流の結婚をあげたのである。すなわち、二月か三月のある日、京店の借家で島根尋常中学校教頭西田千太郎夫妻の媒酌で、小泉家、稲垣家、親しい数人の参加のみで、結婚式とささやかな披露宴が行なわれたのであろう。（中略）いうまでもなく、この結婚は成功であった。

とされている（九八頁）。

ベーカー宛書簡のその部分から、池野氏がどうして「額面通りに受けとる」としてこのような想像をひきだされてきたのか私には合点がいかない。ベーカー宛にいうヘルンの「日本流」は、まったく別の意味である。この手紙については、私の立場からあとでまたとりあげる。

両氏とも、西田がヘルンとセツの間の媒酌者であったということについては、かたくそれを信じておられる。

二　新資料「西田千太郎日記」、『山陰新聞』記事にみるヘルンとセツ

「西田千太郎日記」は、ヘルンに関心をもつかぎりのひとにはすでによく知られている。さきにふれたように、梶谷氏は、この日記抄録を用いて、ヘルンの松江時代について画期的な業績を挙げられた[8]。ただ、今日のところ研究者が利用できるのは、「西田千太郎日記」の抄録であって、原本は公にされていない[9]。私は幸い、所蔵者のご好意で、ヘルンの松江時代の時期を中心に原本の閲覧を許され、抄録にないいくつかの記事をみつけることができた。あえて新資料というのはその意味である。

西田日記に、ヘルンの在松時代中、セツあるいはセツ関係のことが出てくるのは、次の六か所である。

明治二四年六月一四日　□《節子氏ノ》実母小泉氏ノ依頼ニヨリヘルン氏方ニ至リ（同人救助ノ事ニ就

テ）談ズル所アリ。
明治二四年六月一七日　小泉氏玉城《（玉木）》氏ト同伴陳謝ノ為メ菓子箱持参。
明治二四年七月二八日　ヘルン氏□《妻君》当海水浴場ニ来遊。
明治二四年八月七日　ヘルン氏等ト日御碕神社ニ詣ズ。舟中景色ヨシ。宮司小野氏（せつ氏ノ縁家）方ニ午飯ノ饗応ヲ受ク。
明治二四年一〇月一日　小泉勢つ氏来訪羊羹（三棹入）持参。
明治二四年一〇月四日　小泉ちゑ氏来リヘルン氏救助金ノ事ニツキ依頼サルル所アリ。

右の記事のうち、六月一四日記事と七月二八日記事は、はじめの書きこみ記事（字数不明）があとで丁寧に消されて、それぞれのわきに、「節子氏ノ」、「妻君」というように書き直されている。六月一七日記事の「玉城」は消すことなく、そのわきに「（玉木）」と書き添えられている。八月七日の「せつ氏」ははじめからそのように書かれている。もちろん、訂正は西田自身によるものであろう。

私は、この西田日記の記事訂正は主題の解明に大きな手がかりとなるように思う。つまり、この年七月二八日から八月七日までの間に、西田は抹消されてしまったセツに対する別の呼称を、右のように、「節子氏」あるいは「妻君」と書き直す必要を感じたのである、というように考えられるからである。抹消は丁寧に行なわれているので、もとの字はわからない。が、『山陰新聞』記事によって、どのようなもとの表現であったか想像することができる。

『山陰新聞』は明治一五年五月松江で創刊された新聞である。のち明治二三年二月に、『松江日報』が創刊される。従ってヘルンの松江時代には、二つの有力な新聞があったわけである。

このうち、『松江日報』の明治二三年九月一四日記事「お雇教師ヘルン氏」と、明治二四年五月二六日の二つの記事「メール新聞記者大にヘルンを賞す」、「ヘルン氏大に満足せり」は、前掲田部氏の『小泉八雲』に紹介され（一九三頁以下）、以降前記梶谷氏や池野氏の著書にも再引用されているが、『山陰新聞』記事は、これまでごく一部分をのぞいて、ヘルン資料として用いられていない。私は昨年（一九七三年）七月国立国会図書館で創刊以来の『山陰新聞』を閲覧し、ヘルン関係の多くの資料がもられているのに驚いた。研究者に注意を促がしたい[10]。

ところで、『山陰新聞』記事が、ヘルンの松江時代にセツのことを報じているところは三か所ある。カッコ内は記事の見出しである。

明治二四年六月二八日「人間到処有青山」……又たヘルン氏の妾は南田町稲垣某の養女にて其実家は小泉某なるが小泉方は追々打つぶれて母親は乞食と迄でに至りしがこの妾といふは至って孝心にて養父方へは勿論実母へも己れの欲をそいで与ふる等の心体を賞してヘルン氏より十五円の金を与へ殿町に家を借り受け道具等をも与へ爾来は米をも与ふることとなせりといふ。

明治二四年八月九日「杵築の踊りと海水浴について」……ヘルン氏亦初めは一週間の予定なりしが此の所到底去るに忍びずとて更に二週間の滞在延期を布告し扨は愛妾をも松江より呼び寄せたる位なるが氏は海水浴を評して曰く海底の細砂にして危険なきこと浜辺の広濶にして運動場に差

支無きこと加ふるに風光の佳勝空気の清爽なること杯恐らくは本牧大磯の及ぶ所にあらず実に絶妙なりと……。

明治二四年八月一五日「ヘルン氏の旅行」、当尋常中学校雇教師ヘルン氏は京阪地方漫遊として愛妾同道昨日出発したり。

以上の三つの記事のうち、六月二八日記事は、さきの西田日記六月一四日記事と照合できる。八月九日記事は、この年七月二六日から八月一〇日まで、ヘルンと西田が、中途からはセツを加えて三人で杵築《きづき》に遊んだことに関する記事である。この杵築滞在はのちほど問題にする。八月一五日記事は誤りで、杵築から松江に帰ったのち、八月一二日に出発して京阪地方を旅行したのは西田で、ヘルンとセツは、八月一四日出発で伯耆因幡地方へ旅行している。このように誤りもあるが、全体的にみて、『山陰新聞』のヘルン関係記事は正確である。当時の同紙の主筆は岡本金太郎で、かれと西田は明治九年創立の松江中学に入学して以来の親友である。ヘルン記事のニュースは、多くは西田を通じて岡本が得たものと思われる。

右の『山陰新聞』記事をみると、明治二四年八月一五日までは、セツは決して「ヘルン氏夫人」と松江では認識されていず、記事中の表現通りの認識を受けていたことが明らかである。

私は、ヘルンとセツの結婚の年月と、西田媒酌説のふたつを問題にしてきた。

右の新資料との関係から、まずはじめに西田媒酌説の真偽について考えてみたい。

西田日記は、ヘルンの松江時代に関するかぎり、セツのことについては、さきに紹介した以上のことを記していない。もちろん結婚についても言及していない。梶谷氏は前掲『へるん先生生活記』のなかで、「西田日記には残念乍ら、結婚のことだけは一言も触れてないのは、個人の秘密を守る礼儀上意図的にこうされたものと考えられる」（五七頁）とされている。しかし、結婚の媒酌をつとめたことは、日記にも書けないことであろうか、おかしい解釈である。

ここにまた新資料がある。古い刊行物であるが、研究者の目にとまっていないという意味で新資料であろう。西田千太郎の妹トクを夫人とし、明治二五年から松江中学の教師を勤めた後藤蔵四郎(11)が『島根評論』西田千太郎追悼号（昭和一〇年六月）のなかで、次のように証言している。文中の「氏」は、西田千太郎である。

私が明治二五年松江中学に奉職したのは、かのラフカディオ・ハーンが去った翌年であったが、ハーンは氏を最も親しい友として居たといふ。小泉阿節さんが氏の媒介でハーンに嫁したといふは誤であって、氏は只言語相通ぜぬ此二人に意志相通ずる様によく親切をつくしただけであった。

さきに桑原氏がとりあげた西田千太郎の実弟西田精の証言も、私は書簡そのものをみていないが、引用されている範囲では、西田の媒酌ということにふれていないのみならず、西田のそのような役割について否定的な印象を与えているように思う。

西田は、ヘルンとセツの出合いにも関係なく、ヘルンとセツの結婚に媒酌を勧めたのでもなかった。後藤氏のいうように、すでに関係の生じているヘルンとセツの間を、西田自身が日記に書いているように、また新聞が報じているように、親切にとりもっただけだったのである。そして、明治二四年の八月までは、ヘルンとセツの関係は、セツを、西田自身が「節子氏」あるいは「妻君」以外の名辞で呼んだような、また新聞が端的に呼んでいるような、そういう関係だったのである。

とすると、これまでこの小文で紹介してきたことのうち、西田媒酌説に合わないという理由で、研究者によって否定されていることがらや、この小文では紹介していないが、これまで研究者から誤りないし俗説として退けられていることがらについても、改めて検討してみることが必要ということになる。

三　ヘルンの二つの書簡の再検討と二人の結婚についての私の見解

私は、さきに梶谷氏と池野氏がとりあげられた明治二四年はじめの月日不明のヘルンの西田宛書簡と、池野氏が少しく言及された明治二四年八月のヘルンのペイジ・M・ベーカー宛書簡を、私の立場からもういちど問題にする。

第一の書簡は、その部分訳を両氏がされているのを紹介したので、原文全体を掲げる。(12) 全体の訳は省略する。

Dear Mr. Nishida : —

Many thanks for kind words last night. I was able to teach as usual today ; and will be quite well tomorrow : I was only sick at the stomach and bowels, and am nearly all right.

I think I got sick simply from being anger. Today I got a person to take care of the house until tomorrow, when Mr. Orihara will send a servant. I have got bedding for her : she will slways stay in the house. She is rather an elderly person, but I am told, a very good servant. At all events she does not belong to any hotel, — so I think I will be able to get along with her.

Today I gave the third class their first dictation, I am giving them only poetry. We began with a beautiful little ballad translated from the Norweigian by Longfellow-entitled "The mother' s ghost". They seemed to like it.

I send you a paper. I trust the bad weather has not caused any return of your fever. Certainly "the back of the winter is broken".

— I think I shall be able to get along after a while. Getting rid of all the hotel associations I found to be absolutely necessary to my peace of mind. I do not think I have been able to sleep for nearly a month befor three o'clock in the morning — so much was I annoyed.

No foreign mails yet from the United States. The boys are always very good, — though I have some difficulty in making them all write dictation in the lower classes. But we are becoming better friends every day. If I were not able to teach now, I should be very much depressed ; teaching is becoming to me more of a pleasure and relaxation.

With kindest wishes and thanks.

Faithfully yours. Lafcadio Hearn

この書簡について、私もまず日付を問題にする。梶谷氏が一月下旬と推定され、池野氏が二月中下旬と推定されていることは、すでに述べた。

西田日記そのほかによって、明治二四年はじめの西田とヘルンの動静をみると次のようである。西田は、前年の明治二三年末から病床にあり、この二四年の元旦も病床で迎えている。一月八日の開業式から無理をおして出勤する。前日の七日にはヘルンが見舞に訪れている。この冬は例年に比べて寒さがきびしかった。西田日記の一月一五日の項には「昨夜来寒気烈シク積雪殆ンド尺」とある。一七日の項には「近来稀有ノ積雪ニテ一尺五六寸、中学校生徒法吉《ホッキ》村ニ兎狩ノ遠足ヲナス、兎二頭ヲ獲テ帰ル、予ハ病後ユヘ同行セズ」とある。この寒気が今度はヘルンを病床のひとにした。ヘルンがいつから欠勤したかわからないが、西田は、一七日から二二日まで六日間連続してヘルンを見舞い、二三日ようやく歩けるようになったヘルンと西田は相携えて田野医院を訪れて診察を受けている。ところが、今度はまた西田が倒れる。おそらく二四日は、欠勤したと思われる。翌々二六日の月曜日には出勤するが、これがたたって、二月一二日までずっと病床にある。ヘルンは、一月二三日、二四日と西田宛の書簡を送っているが、二四日付の書簡では二六日からは出勤できるといっている。[13] ヘルンは、西田を一月二七日から二九日まで連続して、一月三一日、二月一日、三日、八日とほとんど連日のように、西田を見舞っている。一二日、久々に西田は出勤する。二月に入ってまもなく、ヘルンは元気を回復した。二月一四日には、『島根県私立教育会雑誌』第七〇号（明治二四年）によると、教育会での第二回目の講演「西印度雑話」を行ない[14]、翌二月一五日には一週間ぶりに西田を訪れ、一八日には二人揃って篭手田知事令嬢の招きを受けている。以降二一日には西田がヘルンを訪れ、二二日にはヘルンが西田を訪れ、二五日には西田がヘルンを訪れ、こうして二月が終わっている。この間、メッセンジャーに托したり、あるいは自身で届けての書簡の往復が、どちらか一方が病床にある間はとくにしげく行なわれている。

さて、さきの書簡を検討しよう。この書簡は、ヘルンが大病から抜け出してかなり明るい気分でいること、学校では楽しく授業ができていること、宿屋との関係を断とうと決心しているが、その関係はまだ続いていること、一方、西田は長期に学校を欠勤しているらしいこと、病状は快方に向かっているが、「天候の悪化」が熱をぶりかえさせないか心配の状態であること、しかし、「冬も峠を越えた」と考えられること等々をものがたっている。このような状況を西田の側から日記のなかで求めてみると、一月下旬から二月上旬がそのような時期であり、とりわけ、一月三〇日の金曜日か二月二日の月曜日かが、そのような状況に近い。すなわちそれぞれの前日西田の病状は軽かったが、一月三〇日は雨とともに、二月二日は雪とともに熱がぶりかえしている。

この書簡について、梶谷氏は、一月下旬説をとられているが、池野氏はぐっと下げて二月中下旬説をとられる。池野氏は「冬も峠を越えた」ということをひとつのよりどころにされている。しかし、これは一月中旬のようなきびしい寒さはもうこないという意味にもとれよう。また池野氏は、一か月間の不眠状態を、二月のこととみておられるが、二月の中旬には、さきにみたように、ヘルンはすっかり元気なのである。私は書簡は、一月下旬か二月上旬のものであると思う。これ以上、日付をしぼることはできない。

私がこの書簡に非常こだわっているのは、日付そのものに問題を感じているのでなく、実は書簡中の「女中」が気にかかるからである。梶谷氏は、書簡を一月下旬のものとし、この女中の一定の存在期間ののち、「二月以降」にセツが登場するものとされ、池野氏は、この女中をどう解釈するかに相当のとまどいをみせたのち、「ともかく」と急に論理を断って、「二月中旬から三月にかけて」をセツの登場の時期としておられる。つまり、両氏とも、共通して、この女中がある期間ヘルンのもとに滞在したあとで、セツが妻として迎えられたと解しておられる。

小泉一雄氏は、この書簡に当然注目されていたらしく、さきの桑原氏の著書に対する反論のなかで、ヘルンは当時、「通いでよいから誰か室附の自分専門のハウスキーパーが欲しかったのである」とされているが、双方を読み比べると、小泉氏は、この書簡の女中こそあるいはセツかも知れないと考えられていたようである。

私は、この書簡に出てくる女中こそセツであると思う。

西田がヘルンへのセツの接近をなかだちしたという説、またヘルンとセツの出合いは、西田が媒酌したうえでの結婚にはじまるとする説にこだわるかぎり、どうにもこの女中の存在には困ることになるが、二人の出合いと同棲に西田の存在を考えなくてもよいとすると、この女中がセツであると考えることは一向に不合理ではない。私は桑原氏が紹介された富田ツネ証言も全面的には退けない。談話の時点から四〇年前のこととはいえ、かの女にとって、ヘルンとの関係は、長い女将生活のなかでも特別に印象的なできごとである。記憶違いはあっても、全体的には相当の信憑性があるとしてよい。

私は、以上のように考えて、ヘルンとセツの同棲は明治二四年一月末か二月はじめに始まったものと考える。書簡は、女中が「明日」くるといっているが、実際に翌日きたかどうかはわからないし、当分通いであったかも知れないのである。ただ、ヘルンとセツの関係が生じたのは、富田ツネのいう「二月末」よりは早かったであろうと思う。

後年、ヘルンあるいはセツが他から結婚の時期はと問われた場合、この同棲のはじまった時期を答えるのは自然であり、媒酌者はと問われた場合、ヘルンあるいはセツが西田千太郎と答えるのも不自然ではない。

しかし、この段階では、媒酌者を立てて、周囲に一定の披露行為を行なう「日本風」の結婚ではまだなかったのである。

私は、ヘルンとセツの同棲のはじまりを、ビスランドのように明治二四年一月といいきることもできないし、田部氏のように、明治二三年一二月といいきることもできない。むしろケンナードの明治二四年はじめといういいかたが私の考えているところに近い。

それにしても、田部氏が『小泉八雲』第三版で一二月二三日と日付を示されたのは、どうしてであろうか。セツのメモにでもそのように書かれたのが発見されたのであろうか。明治二三年一二月二三日が旧暦の日付であったとすると、新暦では明治二四年二月二日となって、私の推定に接近する。(15)

次にヘルンのペイジ・M・ベーカー宛書簡をとり上げたい。ヘルン自身は日付を一八九一年（明治二四）八月とのみ記しているが、はじめのところに、「今日杵築から帰った」とあるので、以下にみる西田日記から、八月一〇日付であることがわかる。

この書簡をとりあげたのは、公刊されているかぎりの書簡のうち、この書簡でヘルン自身がはじめて「私の愛妻」(my little wife) ということばを使い、自分の結婚のことについて報じているからである。全文はかなり長いので、一部を引用し[16]、その部分の金子健二訳をつける。[17]

Of course I will send you a photograph of my little wife. I must tell you I am married only in the Japanese manner as yet, — because of the territorial law. Only by becoming a Japanese citizen, which I think I shall do, will it be possible to settle the matter satisfactorily. By the present law, the moment a foreigner marries a native according to English law, she becomes an English citizen, and her children English subjects, if she have any. Therefore she bacomes subject to territorial laws regarding foreigners. — obliged to live within treaty limits, and virtually separated from her own people. So it would be her ruin to marry her according to English form, until I become a Japanese in law ; — for should I die, she would have serious reason to regret her loss of citizenship.

申す迄も無く荊妻の写真はお送り致します。ここで是非ともお話し申し上げなくてはならぬのは私の結婚のことであります。私はまだ只今のところでは日本風に結婚したばかりでありますが——国法の点からで——。私が日本臣民になりさへすれば——私はさうなると思ってをりますが

――この事件は首尾能く解決されるのであります。併し現在の法の規定では外国人が英吉利の国法に従ってその土地の女と結婚致しますと、その結婚した婦人は英吉利国民となり、その子供は――若し子供があれば――英吉利国の臣民となるのであります。さういふ訳でありますから、私の妻は外国人に対する国法に依りまして居留地内に住居し、事実上その同胞から分離されなくてはならぬこととなります。それでありますから私が法律上日本人とならない先きに英吉利の国法に従って彼女を娶るといふことになれば、結婚その物は彼女にとりて破滅であります――即ち私が若し死んで了ひますれば、彼女は国民としての権利を失ふことになりますから。さうなったら彼女にとってこれほど大きな不幸は無いのであります。

この書簡はベーカーに対する返信の形をとっているが、来日後はじめてのベーカー宛の書簡であることは、引用部分の前に来日後のことを詳しく述べていることでわかる。「申すまでもなく」(of course) といういいかたは、あるいは、ベーカーの来信に、ヘルンが、日本女性と結婚したこと、あるいは日本女性と同棲していることを知っていた記述があったかもしれないと考えさせる。ベーカーは、あるいはビスランドあたりからすでにきいていたかもしれない。しかし、この「申すまでもなく」は、引用部分の前で、ヘルンが妻ということをいっているので、その自分のことばを受けていっているのだとも解される。

明らかであるのは、明治二四年の八月一〇日には、ヘルンはセツを妻と考え、それのみでなく、ベーカーにいうように、妻と考えるだけではなく、法的に、日本風にいえば入籍手続をして、二人の関係を確固としたものにしたいと考えていたということである。ヘルンのいう「日本風」というのは、法的な届出がないままで、互に夫であり妻であることを認識した男女関係のことをいうのである。そして、もうひとつ明らかであるのは、この八月一〇日の時点では、ヘルンはセツを心の底から愛しているということである。

この七月八月のヘルンの動静を西田日記によってみる。七月二六日の西田日記には、「ヘルン氏ト仝行漫遊ノ途ニ就キ先ヅ杵築ニ向フ」とある。この書き方の調子では、二人は杵築からさらにどこかに遊ぶつもりであっただろうか。二人は養神館に投宿する。翌二七日は稲佐浜でともに海水浴をしている。二八日、ヘルンと西田は大社に参詣し、千家宮司邸へ名刺をおいて帰る。この日、さきに『山陰新聞』記事で紹介したように、セツが杵築に来る。翌二九日、ヘルンと西田は、大社に昇殿、そのあと千家邸に招かれ、西田日記によると、「古書画類ヲ観、非常ニ丁重ナル饗応ヲ受ケ夜半ヲ過テ帰ル、ヘルン氏大酔」ということであった。翌三〇日、二人は千家邸へお礼の訪問をする。七月三一日から八月三日までの西田日記には、ヘルンのこともセツのことも出てこない。四日には「千家氏ニ招カレ天神祭ニ参詣シ豊年踊（盆踊）ヲ観ル、帰ルトキ二時」と西田日記にある。五日と六日の二日間、西田日記は、またヘルンのこともセツのことも述べず、六日はまったくの空白で、ただ「快晴」とだけ記されている。

この杵築旅行は、セツには非常によく記憶されている。前掲「思い出の記」で、

二十四年の夏休みに、西田さんと杵築の大社へ参詣致しました。ついた翌日、私にもすぐ来て

くれと手紙をくれましたので、その宿に参りますと、両人共海に行った留守でした。お金は靴足袋に入れてはうり出してありまして、銀貨や紙幣がこぼれ出て居るのです。（中略）大社の宮司は西田さんの知人でありまして、ヘルンの日本好きの事を聞いてゐますから、大層優待して下さいました。盆踊が見たいと話しますと、季節よりも少し早かったのでしたが、態々何百人と云ふ人を集めて踊りを始めて下さいました。その人々も皆大満足で盆踊をしてくれました。尤もこの踊りはあまり陽気で、盆踊ではない、豊年踊だとヘルンが申しました。

と述べている[18]。

小泉一雄氏の次の叙述もこのときのセツの回想によるのであろう[19]。

　父母の結婚後間の無いことであったそうです。父は母を残して（何か家庭の都合上からでせう）故西田千太郎氏（媒酌人）と共に四五日の予定でどこでしたか判然記憶しませんが兎に角松江以外の島根県下の某地へ旅行したさうです。この時父の行動が常になく不活発でどことなくさびしさうなので、残して来た新妻恋しさのためだナと見て取った西田氏はわざと父に内証で「萬障御繰合せ是非すぐお出で下さい」との使者をこっそり松江留守宅の母のもとへ遣はされたさうです。早速に道中を急いで来た母が父の泊ってゐる宿へ着いた時、父は西田氏と外出して不在であったさうです。父が帰って来た時、宿の者がボンヤリで告げなかったのかそれともわざと告げぬやう母が頼んで置いたのか兎に角父は母の来てゐる事は夢にも知らず、自分の居室へと階段を上って行ったさうです。もう二、三段で二階へ上る辺まで来た時、上から突然「アナタ」と微かな声をかけた者があったので、眼の悪い父も驚いて見あげた時、そこに黄八丈の袷に黒繻子の帯を締めた（変な姿だとお思ひの方もおありでせうが、この時代この地方での中流婦人の風だったさうです）思ひもよらぬ妻がたたずんでゐたそうです。「私あの時貴女の魂が参りましたかと思ひました」とは父がその時のことを想ひ浮べてしば〳〵母にいふた言葉でした。「あの時の貴女は女神でした」とも父は申してゐました。又「あの時のあのアナタの声をあのやうに優しい清い微妙な音のアナタを再び同じ貴女の口から聞くは難しいです」とも申して父は笑ってゐました。「ぢゃアママ、いまいって御覧なさい」と私が勧めると母は口をすぼめたり咽喉へ手を当てたりして「アナタ」を幾たびか繰返しましたが、父はノー〳〵違ふ〳〵と申し、後には、母もわざと胴間声をだして「アナタ！」と叫んだりして親子三人で大笑ひをしたこともありました。

ヘルンと西田がはじめに投宿し、ヘルンがセツを迎えたのは稲佐浜の養神館であった。養神館の経営者は、杵築大鳥居の因幡屋であった。ヘルンはセツを迎えた七月二八日夜からは、その因幡屋にセツとともに移っているように思われる。翌二九日のヘルンと西田の大社昇殿、千家邸訪問に、セツがいっしょであったかどうかは不明だが、八月四日の千家氏の招きを受けて踊をみたときは、ヘルンとセツと西田は同席であった。

七月三〇日から八月三日までの五日間、さらに、八月五日六日の二日間、ヘルンとセツは因幡屋に滞在し、西田は引続き稲佐浜の養神館に滞在したと思われる。

そして、八月七日（この日は快晴であった）さきに西田日記で紹介したように、ヘルンとセツと西田は、日御碕神社に詣でた。宮司小野氏の夫人はセツの従姉妹である。西田は、はじめて、日記にはじめから「せつ氏」と記している。この日、ヘルンは、小野氏と小野氏夫人に、セツを「妻」ですと紹介したのであろう。

西田は、七月二九日から八月六日までの一一日間のどこかで、携帯していた日記の記事中、さきに指摘した六月一四日記事と、七月二八日記事の一部を訂正する必要を感じたのである。

つまり、私は、ヘルンがセツを妻とし、セツがヘルンを夫としたのは、この七月二九日から八月六日までの一一日間の間のことであったと考える。私は、ヘルンの二九日夜の「大酔」も、セツが終生強く回想し子の一雄氏にも伝えたさきのエピソードも、ヘルンとセツの関係が、法的にはベーカー宛書簡にあるように完備していなくとも、「日本風」には結婚の段階に、夫であり、妻である段階に高まったことの素朴な純粋な表現であるように考える。

大社に在住されて、ヘルンを研究されている中和夫氏は、因幡屋の孫娘で当時少女であった宇屋タニが、後年「ヘルンさんは因幡屋で見合をなさった」と語った、といっておられるが、「見合」は明らかにまちがいであるとして、西田が席に加わったか否かは別として、因幡屋で、ヘルンとセツがセツの姻戚にあたるひとびとに結婚の披露をしたことがあったかも知れないことは充分に考えられることである。中氏によると、セツの養母稲垣トミは、出雲大社の社家上官高浜家で成人したひとであり、高浜家を通じて杵築にはセツと縁続きになるひとは多く、また、高浜家の縁家に、英語をよくし、医師であり、県会議員、衆議院議員として政界で活躍した西山関一郎というひとがあって、因幡屋を訪れてヘルンやセツに会っているという。[20] 杵築海水浴場を創設したのもこのひとであった。

私は、ヘルンとセツの結婚、夫であり妻である関係の確立が、杵築で突然起こったというものではないと考える。ヘルンは、杵築に赴く前夜、すなわち七月二五日に、チェンバレン宛書簡を発しているが、そのなかで「日本婦人ほど麗しい性格の持主は世界に珍らしいと思ひます」と述べている。[21] チェンバレンあてには、きわめて多くの書簡を発信しているが、いずれもきわめてアカデミックなものであるなかで、この書簡は珍らしい。ヘルンのセツに対する尊敬と愛情を表現していることばと考えてよかろう。また、さきに紹介したベーカー宛書簡に現われているヘルンのセツに対する深い愛情からでた配慮も、即座に考えられることではない。

約六か月以前の明治二四年の一月末か二月はじめごろと考えられる同棲ののち、ヘルンとセツの間に、しだいに相互に尊敬の念と愛情の気持が強まっていったのであろう。

しかし、それは、ヘルンとセツの内面の状況である。外では、二人にもっとも近い西田千太郎を含めて、八月までは、夫であり妻であるということは認識されていなかったのであった。夫であり妻であることを互に確認し、一定の範囲へそのことを披露することが結婚であるとすれば、その結婚は、七月末か八月はじめに行なわれたのであった。

さて、八月七日の日御碕訪問の翌日八日の西田日記は、「明日帰松ヘルン氏ト分レテ京阪地方ニ漫遊ノ事ニ決ス」とあり、九日の項に、「改テ明日ヘルン氏ト同行帰松ノ事ニ決ス、ヘルン氏佐々鶴城氏ヲ招キ午餐ヲ饗シ神道古実《ママ》ニ就キ質問談話ヲナス」とある。ヘルンとセツと西田は、翌一〇日帰松、その後、一二日から西田は京阪旅行へ、ヘルンとセツは一四日から伯耆因幡旅行に出ることは前述したところである。八月一五日の『山陰新聞』が、セツを従来通りのいいかたで表現し、それぞれの旅行先を混同したのは、西田から直接正確な情報を得たのではなかったからであろう。西田から取材したのであれば、旅行の行先ももちろんまちがわず、「愛妾」とかくこともなかったであろう。それはともかく、セツは前掲「思い出の記」で、この旅行を「私共ただ二人で長旅を致したのはこれが始めてでした」と感慨を語っている。

私がこのような見解をもちはじめたのは、昨年七月、「西田千太郎日記」原本と『山陰新聞』記事をみて以来のことであるが、本年六月になって、前八雲会会長の本田秀夫氏は、『The Student』（英文新誌、第二巻第七号、明治三七年一〇月）を私に示された。明治三七年九月二六日のヘルンの死去ののちまもない時期の資料で、ヘルンの訃が報じられ、略伝が載せられている。そのなかに次のようなことが記してあった。

……千八百九十年日本に来り、初め出雲松江の中学に教鞭を執り、其間小泉某氏を娶り、出雲大神宮にて結婚式を挙行し、且つ小泉家を冒して日本に帰化したり……

「出雲大神宮にて結婚式を挙行し」は何にもとづいたものであろうか。そしてセツの口から「出雲大神宮」ということばがでたのであろうか。記者は、未亡人セツにインターヴューしたものであろうか。私はそうであっておかしくないと思う。ヘルンの死去直後の明治三七年一〇月二日の『山陰新聞』は、ヘルンの訃を報じ、四日から三回にわたって「世界の文豪小泉八雲氏」という記事を載せているが、そのなかには次のようなことが書かれている。

……年を経るに従ふて日本殊に出雲を愛好するの余り祖国の事は全く念頭を去り、つひに出雲大社の社家たる小泉氏の女を娶り、日本に帰化して同姓を名乗に至れり。

小泉氏が出雲大社の社家であるというのは明らかにまちがいであるが、どうしてここでも出雲大社ということがでてくるのであろうか。ヘルンとセツにとって、とにかく杵築は深い因縁のところである。

このようなことについて、前記中氏に問合わせたところ、同氏からは、千家家関係記録には、ヘルンが大社で結婚したと思わせる記事はなく、出雲大社関係の記録は戦後焼失して確かめるすべがないとの教示を得た。また、国会図書館の竹中清一郎氏に、『国民新聞』、『読売新聞』、『東京朝日新聞』[22]の訃報を調べてもらったが、いずれにも二人の結婚についてはふれていなく、ただ『国民新聞』明治三七年九月二九日号に「夫人は日本人なり」と記してあるのみということであった。

二人の結婚は、周知のように、のち明治二九年一月一五日願済二月一〇日付で、ヘルンが小泉八雲として小泉家へ入籍することで、法的にも完全なものになった[23]。この手続きについて、西田が、大きな役割を演じているのは、西田日記にも記録されているところである。

むすび

私は、明治二三年末にせよ二四年初にせよ、互にことばの通じないヘルンとセツが挙式の上結婚したという説、また、疑いなく親切ではあったがきわめて慎重な西田千太郎が二人の媒酌をしたという説には、かねがね非常な疑問をもち、不自然さを感じていた。

ヘルンは住み込みのハウスキーパーを求め、当時の松江の雰囲気では多大の決意を要したその地位に、家庭の苦境を救うためにセツがつくことになった。明治二四年はじめのことである。これが二人の出合いであった。西田は、そのことのあと、二人に親切をつくしたのである。しかし、ヘルンとセツはこのようにして同棲をはじめたのち、互いに出合いを感謝するようになった。互いにときとともに尊敬の念と愛情の気持をもつようになったのであった。そして、出合いから約半年ののち、改めて、夫であり妻であることを誓い合った。私はこのように考えた。資料も、もちろん、このようなみかたを支持してくれる。そして、私はこう考えることによって、かえって、ヘルンとセツの人間らしさに親しみを感じ、二人の出合いを祝福したい気になるのである。

私は、ヘルンとセツの結婚を、以上のように理解した上でならば、明治二四年二月ごろのこととしてよいと思う。ただ、従来いわれてきたその時点での西田媒酌説は、はっきりと退けたいと思う。

結婚ののち、ヘルンはずっとよき夫であり続けたか、セツはずっとよき妻であり続けたか、これは、子である一雄氏にも清氏にもわからないことであった。私は、ヘルンとセツが夫であり妻であることになったところまでを述べた。そして、その時点では、まちがいなく二人は互いによい夫でありよい妻であった。

（一九七四年一〇月）

追記

一一月になって、「西田日記」の所蔵者西田敬三先生から、日記中の明治二四年六月一四日記事、同年七月二八日記事の抹消と書き入れについて、実はそれは昭和四〇年ごろ自分がしたことである、との知らせをいただいた。昭和四〇年秋東京での日本経済新聞社主催の「小泉八雲展」に日記の出品を要請された際、いろいろの事情を考慮されて、そうされたとのことである。

私は、昨年この二か所の記事について事情を質問したが、そのときは明確なご回答がいただけず、私は抹消書き入れは西田千太郎自身の手になるものと思い続けてきた。その時点では、日記原本は松江中学校の資料としてのみ用いることとなっており、私に小論主題について発表する意志もなかった。

抹消部分には、当時の『山陰新聞』記事と同じ表現があったということである。本来ならこの小論全体を書き直すことが当然である。しかし、そうすれば編集者にたいへんな迷惑をかけるので、追記のかたちで、事情を明らかにしておきたい。ただ、私が小論で述べている主張はますます強化されるわけである。

私は、多くの各位とともに、ヘルン研究資料としてだけではなく、明治前期の貴重な郷土資料として、「西田日記」が公刊されるよう願ってきた。西田先生は、この夏そのことに原則的に同意された。

九月二六日の某紙がそのことを報じたが、「西田日記」が正しく評価されていず、私がこの小論で主題としていることについて誤りが報道された。私は、西田先生が公刊に同意されたあとであり、この小論を発表してもよく、またすべきであると考えた。一一月一五日、某紙はまたこの小論のゲラ刷によって要約を報じたが、私は小論の力点が正しくとらえられていないように感じた。そのあと、私自身の要約が、某誌編集者の了承を経て、『山陰中央新報』に一一月一八日から三日間掲載された（私自身は「ヘルンの結婚」と題したが紙面では「ヘルン結婚考」とされている）。直後、右の一一月一五日付某紙をご覧になった西田先生から、はじめに述べた事実をお知らせいただいたわけである。

私は、心ならずも、西田先生を、いろいろな方面の感情に深く配慮されている立場と、資料提供者として真実を明らかにしなくてはならないという立場のディレンマに追い込むようなことをしてしまった。そのことについて、心からおわびしたい。そして、先生が歴史研究の立場にたって、あえて真実を明らかにして下さったことについて、心からお礼を申し上げたい。

なお、ここでまた、『山陰中央新報』読者各位にも、事情を申し上げ、ご了解をお願いしたい。

（一九七四年一二月）

注

（1）ビスランドの一九〇六年（明治三九）の『Life and Letters』は、ヘルンの手紙を年月順に収めている。かの女は、さらに四年後の一九一〇年（明治四三）に、新しく得たヘルンの手紙を『Japanese Letters』として刊行しているが、これは、チェンバレン、メースン、ヘルン夫人へのそれぞれ宛ごとに編集したものである。昨年臨川書店によって復刻された一九二二年ハウトン・ミフリン社版全一六巻の復刻本は、その一三巻から一五巻までに、以上の二著を収めている。ヘルンの以上の二著に未収録の重要な手紙は、市河三喜編の『Some New Letters』（研究社、一九二五年・大正一四年）に収録されている。

以上の三著所収の手紙は、小泉八雲全集刊行会編の「小泉八雲全集」全一八巻（第一書房、大正一五年一〇

月から昭和二年一二月）に、アメリカ時代、松江時代、熊本時代、神戸時代、東京時代と区分され、宛先順に収録されている。

（2）この書物には翻訳があるかどうか知らない。引用のページは原典のもので、訳は拙訳である。

（3）田部隆次『小泉八雲』第三版四四〇頁以下。

（4）私はこの第一版は未見である。

（5）前掲『Some New Letters』八－九頁。前掲第一書房版全集第九巻五九四－五九五頁には落合貞三郎訳で収められている。

（6）池野氏は、同書で、山本和夫氏が、その著「新日本少年少女文学全集」（ポプラ社版）第三巻『小泉八雲集』の年譜で、ヘルンの結婚を明治二四年三月と明記していること、山本氏が根拠として小泉一雄氏の教示だと答えたことを記されている。注記しておきたい。

（7）この手紙は、前掲復刻版全集第一四巻一四五頁以下に原文が収められており、第一書房版全集第九巻五四二頁以下に金子健二訳で収められている。

（8）梶谷氏は、「ラフカディオ・ハーンの松江時代に関する資料と考証」その三－六（島根大学論集〔人文科学〕第八－一一号、昭和三三年二月－三七年三月）で、西田日記による考証を行なわれた。その決算書にあたるのが前掲『へるん先生生活記』である。

（9）日記の所蔵者である西田千太郎次男敬三氏（もと広島大学教授）は、日記のほぼ同じ抄録を二部作成され、一部を島根大学に、一部を島根県立図書館へ寄贈されている。ヘルン関係だけでなく、明治前期の郷土資料として非常に価値のあるものであり、郷土資料刊行会では、所蔵者の理解ある承諾を得て、近いうち、原本を刊行する予定である。

（10）昭和四五年一一月三日の『島根新聞』に金山信三郎氏が、明治二三年一二月五日の『山陰新聞』記事「ヘルン氏鳥尾中将に与ふる書」を紹介されている。最近になって、本年九月二五日から三日間の『山陰中央新報』

に、矢部太郎氏が、私の提供した『山陰新聞』記事のコピーによって、「ヘルン再見」という論文を発表されている。『山陰新聞』創刊以来のマイクロフィルムは、国立国会図書館と東大明治新聞雑誌文庫の協力で近いうちに、島根大学図書館と島根県立図書館に備えられる予定である。なお、私が調べたところ、ヘルンの松江時代の『松江日報』は、国会図書館にも東大にも蔵されていなかった。

(11) 後藤については前掲『島根の百傑』所収「後藤蔵四郎」が、その略伝と人物紹介をしている。

(12) 前掲『Some New Letters』八―九頁による。

(13) 同右、四―五頁。

(14) ヘルンは三回教育会で講演を行なっている。第一回は、明治二三年一〇月二六日で、演題は「想像力の価値」、通訳は西田千太郎、これは『島根県私立教育会雑誌』第七〇号および第七一号(明治二四年一月および二月)に中村鉄太郎訳で掲載されている。第二回は、明治二四年二月一四日で、演題は「西印度雑話」、通訳は中山弥一郎、これは同誌第七二号および第七三号(同年三月および四月)に中村鉄太郎訳で掲載されている。第三回は、明治二四年六月一四日で、演題は「道義哲学」、通訳は西田千太郎、これは同年六月一七日の『山陰新聞』に要約がのせられている。田部氏『小泉八雲』では、私のいう第一回と第二回の二回が指摘されており、梶谷氏の『へるん先生生活記』には、講演を二回として、私のいう第一回第三回のものをあげられている(四七頁)。これは西田日記のみによられたところからきたまちがいである。池野氏の『小泉八雲と松江』は正しく三回を指摘している。ただ氏には、第二回講演の日付についてまちがった判断がある。三回の演説の内容は、近いうち、矢部太郎氏が、松江北高等学校の研究紀要に発表されることになっている。

(15) 当時は地方の日常生活では、旧暦がなお多く用いられていた。私は「母から暮の節季に生れたときいているが、それが新暦で何年何月何日になるのか調べてほしい。戸籍上の届出はあてにならないので」と、明治三〇年生れのひとに依頼されたことがある。しかし、田部氏の一二月二三日説の根拠は、結局のところ不明であるというほかない。

(16) 前掲復刻版全集第一四巻一四六—一四七頁による。
(17) 前掲第一書房版全集第九巻五四四—五四五頁。金子健二訳。
(18) 前掲田部氏『小泉八雲』(第一書房版全集第一八巻別冊三一三—三一四頁、第三版では二七〇頁。
(19) 前掲根岸氏『出雲における小泉八雲』所収小泉一雄「亡き母を語る」、同書一四〇—一四一頁。
(20) 中氏には『神道学』第一二号(昭和三二年二月)、第一六号(昭和三三年二月)所収の「ラフカヂオ・ヘルンと出雲大社」があり、池野誠編『ヘルンを訪ねる』(昭和四二年)所収の「ヘルンと出雲大社」がある。中氏は、『神道学』所収論文では、明治二三年一二月結婚説を、『ヘルンを訪ねる』所収論文では明治二四年二月説をとられ、通じて西田媒酌説をとられている。私のこの部分の記述は、後の方の論文と、同氏に面接教示されたことによる。
(21) 前掲復刻版全集第一四巻一三五—一三九頁、前掲第一房版全集第九巻五二六—五三一頁。ついでだが、ヘルンの誤記によるか、ビスランドの誤りによるか、両書とも書簡の記載順序にまちがいがある。たとえば、チェンバレン宛書簡について、ヘルンの最初の杵築訪問は明治二三年の九月だが、明治二四年七月から八月の私が問題としている第二回目の杵築訪問の書簡がその前へ収められている。
(22) 昭和女子大学近代文学研究室『近代文学研究叢書』(昭和三二年)第七巻の小泉八雲資料年表で、これらの新聞に訃報があることを知った。
(23) 入籍の資料である戸籍写は、前掲梶谷氏「ラフカディオ・ハーンの松江時代に関する資料と考証」その六および前掲「ヘルンを訪ねる」に収められている。

小論「ヘルンとセツの結婚」再録に際して

このたび刊行される『講座小泉八雲』に監修者平川祐弘先生のお勧めで、私のずいぶん昔の小論「ヘルンとセツの結婚」が再録されることとなり、平川先生と出版される新曜社に感謝している。

この小論を書いた当時の事情とその後の反響について以下少々のことを記したい。ヘルンについてはハーンと呼んでいきたい。

私は一九七二年（昭和四七）度から八年間島根県立松江北高等学校に歴史教師として勤めた。この学校は一八七六年（明治九）に創立された教員伝習校付属変則中学科を前身とする。変則中学科は翌年松江中学として独立する。その後、校名は数度変わり、ハーンが講師として在任した一八九〇年（明治二三）九月から翌年一〇月にかけては島根県尋常中学校というのが正式の名称であったが、松江中学と呼んでいきたい。

私が松江北高等学校にいた一九七六年（昭和五一）は学校創立百周年に当たるので、記念事業として『松江北高等学校百年史』を刊行しようということとなり、五名の教員で正規校務の合間をぬって調査執筆に当たり、予定の同年一二月に一七〇〇頁余りの大著を刊行することとなった。

私が担当したのは松江中学の明治期と、第二の前身校で一八九七年（明治三〇）創立の松江高等女学校の明治期であった。

二つの学校とも全国的に知られている著名人が卒業生として世に出ており、それらの人びとについても書中にふれたく、自身で書かれた回想録の類や先学の研究について勉強していった。ところが、腑に落ちないところが出てくる。

たとえば、二葉亭四迷（本名長谷川辰之助）である。かれは、愛知県人である父吉数が島根県庁の職員として松江に赴任した関係で、一八七六年松江中学変則中学科に入り、七八年まで在学する。伝記によると、四迷は、少年時代から一貫して和漢の伝統的学問を学び、並行してフランス語・英語・ロシア語を学んでいったが、松江時代は英語を学んだ時期であるという。四迷の在学したときの松江中学は和漢学科だけで、英語科はなかった、それで正則中学でなく変則中学だったのである。四迷自身松江時代は面白くなかったようで、早稲田大学蔵の四迷自身の数通の自筆履歴書を閲覧したが、松江時代のことは記されていない。このことは、「二葉亭四迷の松江時代」（『日本文学』一九七四年一二月）に発表した。

松江中学に一科和漢学科・二科英学科が設置されたのは四迷が松江を去った直後の七八年八月である。二科主任となったのが東京大学卒業生の清水彦五郎で、最初の二科生徒が西田千太郎である。七九年九月に二科に入学したなかに岸清一（弁護士で国際オリンピック委員を勤める）や奥村（のち若槻）礼次郎（二度首相を勤める）らがある。清水と西田はのちハーンと親交を結ぶことになる。

ところで、ハーンの伝記にも大きな疑問があった。詳しくは小論に述べているが、ハーンと夫人小泉セツとの出会いと結婚をめぐることについてである。ハーンの古典的な伝記である田部隆次『小泉八雲』（北星堂書店、一九五〇年第三版）によると、二人は、ハーンが来松した一八九〇年八月からまもない同年の一二月二三日に松江中学の教頭であった西田千太郎の媒酌によって結婚したという。しかし、同時代の『山陰新聞』や西田千太郎の日記を調べていくと、この説と違う事実が浮かび上ってくる。いうまでもないことであるが、このような問題は校史に取り上げることではない。ハーンと夫人の結婚について種々の風説を耳にされている松江市民の皆さんに訴えてみたく書いたのが小論で、ローカルな地方史の雑誌『山陰史談』第八号（山陰歴史研究会、一九七四年一一月）に載せてもらった。

ここで清水彦五郎について少々の紹介をする。清水は、一八八〇年（明治一三）わずか二年の勤務のあと松江を去って東京に帰り、文部省に勤めるが、八六年（明治一九）帝国大学（東京大学）の事務官となり、書記兼舎監を長らく勤め九五年には高等官となる。九八年（明治三一）には東京高等商業学校長となるが、一九〇一年（明治三四）にはふたたび東京大学書記官となる。夏目漱石は、一八九〇年（明治二三）九月、帝国大学文科大学英文科に入学するが、奨学金の貸与を受け寄宿舎生活をする関係で清水の世話になる。ハーンが一八九六年（明治二九）帝国大学に勤めることになったとき、かれを聘した文科大学長外山正一は、書記官清水彦五郎がかつて松江中学で西田千太郎を教えたことがあり、また、松江をよく知っており親切な人であり、安心して大学に来てくれるようにと、ハーンに手紙を送っている。

清水家には、右のような関係で、清水彦五郎あての漱石の手紙三通とハーンの手紙三通が伝えられており、私は、彦五郎の孫に当たられる清水幸太郎氏から閲覧発表を許されて、それぞれ、「漱石の清水彦五郎宛書簡（未発表）について」（『日本文学』一九七五年九月）、「八雲の清水彦五郎宛書簡（未発表）について」（『島根県立松江北高等学校研究紀要』第一二号、一九七五年七月）と題して発表した。

小論のことに戻らねばならない。

私の小論は、右に述べたように初めはローカルな松江での話題になればというほどの気持ちで書いたものであるが、次のようないきさつで広く知られることになった。

一九七五年の春、法政大学の荒正人氏が手紙を下さって、『日本文学』の「二葉亭四迷の松江時代」を読まれたようで、面白かった、実証的でよかったとほめていただいたので、お礼に合わせて、小論を差上げた。このころ明治大学の小島信夫氏が、『潮』に「私の作家評伝＝小泉八雲」を連載されていた。小島氏は荒氏と友人で、荒氏から私の小論のコピーを送られて興味をもったと、同誌の七五年六月号で大きく取り上げていただいた。氏の連載は、八〇年に三冊の単行本として刊行されたが、ハーンが扱われた第一巻『黄金の女達』（潮出版社）を氏から恵与された。

七八年三月、アメリカのニューオーリンズのテュレーン大学のラフカディオ・ハーン・コレクションの集書委員をされていた日本大学の並河亮氏から小論を同大学に送って上げたいがとの連絡をいただき、差し上げたところ、六月テュレーン大学図書館のアン・S・グウィンさんからお礼状をいただいた。

八一年には石一郎氏が『すばる・昴』一〇月号・一一月号に「小説小泉八雲」を連載され、小論を用いて下さり、翌八二年六月には単行本『小説小泉八雲』（集英社）の恵与を受けた。

以上、私の小論が広く受け入れられた次第を述べた。私は、私の小論に影響力があったなどとは思っていない。ハーンと夫人が世に残した大きな価値が多くの人びとに感銘を与え続けており、それが私の小論の反響を生んだというのが率直な思いである。

最後に、小論の主な資料となっている二つの文献のその後について報告しておく。

『山陰新聞』は、島根県立図書館・国会図書館・東京大学明治新聞雑誌文庫に散在していたものを、島根大学付属図書館に橋渡しをお願いして、一九七四年から七六年にかけてマイクロフィルムに収め、かなりつながった形でそれら四か所で閲覧できるようになった。また、西田千太郎の日記は、西田千太郎のご子息敬三氏のご理解ご協力を得て、私の編著で一九七六年に島根郷土資料刊行会から『西田千太郎日記』として出版された。この六月二一日、敬三氏のご子息志朗氏のご厚意によって原本一一冊が島根県立図書館へ寄贈され、収蔵された。奇しくも、今年の八雲会総会の日であった。

二つの文献は、こうして関心を持たれる方に近づきやすい存在となっている。

（二〇〇八年六月記）

ハーンとアーノルド――来日前のハーンによる諸作品を中心にして

前田專學

ラフカディオ・ハーン（Lafcadio Hearn 1850-1904）とエドウィン・アーノルド（Edwin Arnold 1832-1904）は、同時代に生き、ともに日本を愛し、日本女性を妻とし、日本について書いたジャーナリスト・作家で、奇しくも同じ一九〇四年に、半年ほどの違いで、アーノルドの方が早く亡くなっている。ハーンについての研究や出版は、無数ともいえるほどであるが、それに比べるとアーノルドについては、数えるほどしかないといってよい。ハーンについては、詳細な情報が得られるが、アーノルドについて得られる情報は限られている。

幸い、来日前のハーンには、アーノルドの諸作品について新聞に発表した書評や、アーノルドについて書いた作品が残されている。しかもそれらの作品は、インド学・仏教学の視点から見て興味深いものがある。本稿では、それらの作品を資料として、ハーンから見たアーノルド像を検討することにしたい。(1) その前に十八年ほど早く生まれたアーノルドの生涯を下敷きにして、それにハーンの生涯を重ね合わせる形で、二人の生涯を簡潔に辿ることにする。

一　アーノルドとハーンの生涯

アーノルドは、一八三二年六月十日、イギリスのケント州グレイヴセンドでロバート・コールズ・アーノルド（Robert Coles Arnold）とサラ・ピッチー・アーノルド（Sarah Pizzey Arnold）の、四男二女の、六人兄弟の次男として生まれた。アーノルド家は、当時英国社会のバックボーンであった健全な地方の紳士階級《ジェントリー》の典型であった。(2) アーノルド家は、堅実ではあるが、詩とは無縁で、エドウィン・アーノルドは、自分の芸術的感受性の多くはかれの母サラの影響であるとしていたという。(3)

一八四五年、アーノルドはロチェスターのキングズ・スクールに送られ、一八五〇年から一八五一年の冬に十八歳でロンドンのキングズ・カレッジに入学した。ちょうどこのころ、一八五〇年六月二七日　ラフカディオ・ハーンはレフカダ島で生まれた。周知のように、父はアイルランド人（当時はイギリス国籍）で、ギリシャ駐在の軍医補。母はギリシャ人でイオニア諸島の一つキシラ島で生まれた旧家の娘ローザであった。

アーノルドは、さらに一八五二年から一八五六年まで、オックスフォードのユニヴァーシティ・カレッジに学び、早くも在学中の一八五三年には詩集を出版した。一八五五年一月四日、二十二歳の時に、キャサリン・エリザベス・ビッドゥルフ（Katharine Elizabeth Biddulph）と結婚し、一八五七年五月長男エドウィン・レスター・リンデン・アーノルド（Edwin Lester Linden Arnold）が生まれた。一八五七年にアーノルドの人生に一つの転機が訪れた。英国のインド省が、弱冠二十五歳のアーノルドに、インドのプネーにあるデッカン・カレッジの学長職を提供したのである。

プネーでかれは、サンスクリット語と当地の言葉であるマラーティー語を勉強し始め、サンスクリットの古典の美しさとヒンドゥー教の高尚さを知った。インドで次男ハロルド（Harold）が生まれたが、コレラで亡くなった。三男を懐妊したとき、一家は一八六〇年にイギリスに帰国し、同年七月ジュリアン・トレゲンナ・ビッドゥルフ（Julian Tregenna Biddulph Arnold）が生まれた。同年アーノルドは『デイリー・テレグラフ』の編集者となった。一八六二年長女キャサリン・リリアン（Katharine Lilian）が生まれた。

しかし一八六四年には、妻キャサリンが結核で亡くなった。その四年後、アーノルドは子供たちのことを考えて、ファニー・マリア・アデコーデ・チャニング（Fanny Maria Adekaude Channing）と再婚した。ファニーとの間に、一八七〇年には、ウイリアム・チャニング（William Channing）、一八七三年には、エドウィン・ギルバート・エマーソン（Edwin Gilbert Emerson）という二人の男子が生まれた。

他方、ハーンは、父母は離別し、十分な教育を受けることもできず、左目を失明し、文無しで、アイルランドから一八六九年十九歳で単身アメリカに渡る。苦労を重ねた末に、シンシナティでジャーナリストとしてようやく自立し、一八七七年にニューオーリンズに移住した。

アーノルドは、一八七〇年代から八〇年代にかけて詩作や著作を活発に行ない、当時のいわゆるオリエンタリスト（東洋学者）たちの影響のもとに、インドで蓄積した知識と経験を駆使して一八七九年に『アジアの光』を出版して名声を馳せた。他方、ハーンは、インドに行ったり、サンスクリット語などを学ぶ機会にはめぐまれなかったが、当時のヨーロッパの錚々たる東洋学者や仏教研究者たちによる研究や原典からの翻訳を通して、その成果を自家薬籠中のものとしていた。『アジアの光』が出版されるや、当時ニューオーリンズに在住中のハーンは、いち早くこれを読み、同年十月二四日付の『デイリー・シティー・アイテム』紙にその書評を発表した。(4)

一八八八年、アーノルドは『デイリー・テレグラフ』紙の紀行担当顧問になり、この年、ナイト爵を与えられた。『アジアの光』を出版した一八七九年から八九年までの十年間が、かれのいわば全盛期であった。(5) 再婚した妻ファニーは、一八八九年肋膜炎で亡くなり、その年の八月二十二日、アーノルドは、最後のテーマを日本に定め、最初の妻との間に生まれた娘のキャサリン(Katharine)を伴い、アメリカと日本に向けて、英国のリバプールにほど近いマーセイを出航した。

途中、ケベック、モントリオール、ワシントン、フィラデルフィアなどに立ち寄りながら、(6) 一八八九年末横浜に上陸した。しばらく横浜に滞在した後、東京に行き、数日英国公使フレイザー(Frazer)の客となった。しかしかれは日本をよりよく見るために、ヨーロッパ人の居留地を離れて、麻布の純粋に和風造りの家に住むことになった。その家にはハーンの松江の旧居(根岸邸)の中庭を思わせるような小さな中庭があり、そこには石灯籠が置かれ、庭木が植えられていたという。アーノルドは、床で寝たり、室内では靴を脱ぐほどに日本風を取り入れた。しかし娘キャサリンにとっては容易なことではなかったようで、彼女は自分の部屋を洋風にしていた。他方、アーノルドは直ちに日本に魅せられ、英国を離れて籠から放たれた鳥のように感じたという。(7) また日本は、アーノルドにとって仏教国であることがとくに魅力的であった。一八八九年十一月の末ころ仏教僧の代表がアーノルドを訪れ、『アジアの光』の日本訳を持ってきてかれに講演を依頼したという。日光や鎌倉のような名所を訪れたり、総理大臣山県有朋、伊藤博文、などに招かれ、また二回も天皇にも招待されている(8)。

一八九一年一月、アーノルド親子は神戸を出帆し、二月末ころ長崎・香港を経て帰国した。しかし英国に長くとどまることなく、アーノルドは今度は単身で再びアメリカに立寄り、翌一八九二年三月初旬サンフランシスコを出帆して来日し、一八九二年六月五日外務大臣から旭日賞を贈られた。

アーノルドは、一八九一年には沢山の挿絵がある日本探訪紀『ヤポニカ』(*Japonica*)(9)を出版し、帰国直前の一八九二年七月、六十歳の時、日本で仙台出身の女性黒川たまと結婚した。これはかれの三回目の結婚であった。日本滞在中のアーノルドは日本で余生を送ろうと思っていたが、その願いは実現しなかった。その代わりに、日本人の妻をめとって帰国したといわれる(10)。

他方ハーンは、アーノルドよりも半年ほど遅れて、一八九〇年四月四日に横浜港に到着。八月下旬には真鍋晃《あきら》を伴って、赴任先の松江に向かって出発、同月三十日には松江に到着している。一八九一年一月中旬には、看病と身の回りの世話のために小泉セツを雇い、結婚し、一八九二年四月にはセツと博多旅行をし、七月からは二か月ほど、博多、神戸、京都、奈良、などへ約二か月の大旅行を行なっている。二人の間には、一雄、巌、清、寿々子の三男一女が生まれた。

アーノルドが日本に滞在したのは、一八八九年末から九一年一月までの十四か月と、一度イギリスに帰国後、再び単身でアメリカを経由して翌一八九二年三月から夏まで滞在した四か月の計約一年半である。おそらくアーノルドとハーンの両人は、同じ日本の地にいながらも、日本で会うことはなかったかと推測される[11]。

　アーノルドが日本からロンドンへ帰国後、一八九二年十月六日桂冠詩人A・テニスンが亡くなり、アーノルドがその桂冠詩人の後任と考えられたことがあったと言われる[12]。アーノルドは、一八九三年に日本の能の遠藤盛遠の物語に触発された大作の戯曲『アズマ』を発表した。アーノルドによれば、「世界中でもっとも自制心があり、従順で、我慢強い」たま夫人は、ロンドンでは、たちどころに夫の子供たちに愛され尊敬されたという。一八九七年には、黒川たまと英国法のもとで正式に結婚したが、その年の九月頃から、アーノルドは健康を損ね、しかもついには盲目になってしまった。そのような状態にありながら、一九〇一年には最後の詩『イトバルの旅』（*The Voyages of Ithobal*）を著した。そして一週間ほど病床に就き、徐々に衰弱し、一九〇四年三月二十四日朝、自ら「自分は死ぬと思う」（"I think I am dying."）と言って、十時三十分に息を引き取ったといわれる。享年七十一歳であった。遺体は、本人の希望に従って長男のレスターによって荼毘《たび》に付され、その遺灰はオクスフォード大学の教会に納骨された[13]。たま夫人はアーノルドの没後も半世紀以上にわたって敬愛され、一九五六年にロンドンで亡くなった[14]。

　ハーンは、アーノルドの死後およそ半年後の一九〇四年九月二十六日に、絶筆となった『日本――一つの試論』の出版を見届けることなく、夕食後に二度目の心臓発作が起こり、妻セツに「ママさん、先日の病気また参りました」と小声で訴え、少しも苦痛がなかったかのように息を引き取り、口元には笑みをすら浮かべていたという。享年五十四歳であった。九月三十日市ヶ谷富久町の円融寺（瘤寺）で仏式の葬儀が営まれ、遺骨は雑司ヶ谷の共同墓地に納骨された。[15]

二　ハーンの作品から見たアーノルド

(1)『アジアの光』

アーノルドは、一八七五年に、サンスクリット詩であるジャヤデーヴァ作『ギータ・ゴーヴィンダ』[16]の韻文訳を発表して、当時第一級の東洋学者・仏教学者であったリス・デーヴィズ（T.W. Rhys Davids）に高く評価され、[17]さらに一八七九年の夏に、[18]仏教の開祖ゴータマ・ブッダの生涯を『アジアの光』と題して韻文で出版し、世界的に一躍名声を博するに至った。このアーノルドやその同時代者たちの宗教平等主義は、キリスト教のみを唯一の宗教とする伝統的なキリスト教徒の考えとは大きく異なるものであったが、カソリックに背を向け、『アジアの光』に感動したハーンもまたその流れに棹さすものであった。

ハーンは、一八七九年の夏に『アジアの光』が出版されるや、同年十月二四日の『デイリー・シティー・アイテム』紙にその短い書評「アジアの光」[19]を掲載している。まずかれは、この本をそれに相応しいように新聞で紹介するにはスペースが狭すぎるなどの理由で、短い賛辞と簡単な解説にとどめるとして、簡潔にコメントしている。

まず、アーノルドがゴータマ・ブッダの生涯というテーマに対して用いた韻律について例証しながら褒め、詩は見事な描写に満ちているとし、イギリスの桂冠詩人ロバート・サウジー（Robert

Southey 1774-1843）の有名な長編詩『キハーマ王の呪い』（*The course of Kehama*）の壮麗さすら凌駕しており、詩のもつ調子の暖かさと優しさにおいて遙かに偉大であるといって実例を挙げている。また、この崇高な詩の目的は、ゴータマ・ブッダの生涯の物語を提供することであるとし、今日のヨーロッパの思想家たちは、科学的真理に基づいているインドの形而上学説の研究に深く関心を抱きはじめているという事実を指摘している。

（2）「二人のアーノルド」

アーノルドが一八七九年に『アジアの光』を発表して大変な名声を博していた当時、十歳年上で、より有名な教育家であり詩人であったマシュー・アーノルド[20]も活躍していた。かれがアメリカに着いたときに、ニューヨーク『トリビューン』紙の記者と対談した。その対談記事によると、マシュー・アーノルドは、エドウィンが自分の兄弟であると思っている人がいることに驚いて、自分はまったく無関係であること、『アジアの光』はバルテルミ・サン・ティレールの偉大な作品『ブッダ』[21]とは比べものにもならないし、あれはユダヤ人が書いたキリスト像のようなものだ、という批判を述べたという[22]。

ハーンは、「二人のアーノルド[23]」において、このマシュー・アーノルドの発言から、「この発言には、心の狭さが感じられる」などといって、マシューを終始痛烈に批判し、エドウィンに高い評価を与えている。

またハーンは、一八八四年に友人であるＷ・Ｄ・オコーナーに手紙を書いている。

私は貴方がマシュー・アーノルドが嫌いだと聞いて嬉しい。かれは世紀の驚くべきペテン師、五流詩人で言語に絶する、退屈なエッセイスト……。貴方は、エドウィン・アーノルドは遙かに高尚な人間であり作家だと思いませんか。私は、珍しい信仰やエキゾティクな信教の美しさに対するかれの見事な熱情を愛します。[24]

(3)「祖国では認められず」

このハーンの論文[25]は、キャプテン・ジェイムズ・B・イーズ[26]から仄聞した話に基づいて、アメリカでは『アジアの光』の著者アーノルドはよく知られているが、祖国イギリスではほとんど知られていない話を伝えている。

ハーンは、その理由として、一つは、アーノルドの作品が馴染みのない異国の主題を扱っていること、今一つは、前述のように、かれが文壇で認められる以前に同じ苗字の詩人マシュー・アーノルドがすでに有名になっていたことであるとし、最後にエドウィン・アーノルドの功績の大きさを強調してこの論文を結んでいる。

(4)「最近の仏教文献」

ハーンの「最近の仏教文献」は、一八八五年三月一日に、ニューオーリンズの『タイムズ・デモクラット』紙に掲載されたものである。[27]当時ハーンは、かれの仏教研究が本格化したことを示すような「仏教とは何か[28]」という小論を書き、その翌年にここに取り上げた「最近の仏教文献」を発表している。

ハーンが、この論文において取り上げているインド学・仏教学関係の著作または著者は、アーノルドの『アジアの光』ほか八点にのぼるが、この論文の主題となっているのは、『アジアの光』、とくにそれに付された挿絵である。

ハーンは、まずこの論文の冒頭で、当時、目覚ましい活躍をしていた東洋学者F・マックス・ミュラー（1823-1990）の「仏教的慈悲」と題する論文[29]の中の「われわれの地平線がよりひろがりつつあり、また思うに、われわれの心が、より大きく、より真実となりつつあることのしるしである」という言葉を引用している。そして「われわれの知的地平線がこのように拡大していること」を証明するのに少なからざる力をもつ証拠として、『アジアの光』にたいする絶えず高まり続けている人気を挙げている。アーノルドの美しい本は多数のヨーロッパ語に翻訳されたばかりでなく、沢山の東洋の言葉にも翻訳された。そして急速に増えつづける版の数をみて、ロンドンのトリュブナー社は勇気づけられ、内容の豊富な挿絵入りの版を出版した[30]。

ハーンはその挿絵の素晴らしさを紹介し、本書には、人の心に深く触れる力があり、本書はゴータマ・ブッダの生涯のまったき芸術的な記録を集めているとして評価し、仏教が、人類に対して、数え切れないほどの貢献を果たした、といって本論文を終わっている。

（5）「エドウィン・アーノルドの新著」

この「エドウィン・アーノルドの新著[31]」は、アーノルドの詩『死の秘密』（*The Secret of Death*）を取り上げて論評し、ハーンは仏教のみならず、ヒンドゥー教にもかなり深い学殖をもって来日したことを示している。

ハーンは的確に「ウパニシャッド」とそのヨーロッパ語訳を解説し、アーノルドの新作の原本になっている『カタ・ウパニシャッド[32]』が、ヒンドゥー教の聖典である『バガヴァッド・ギーター』と同様に、「生と死の謎に答え、人間と神との関係を解説しようとしている」といって絶賛している。ハーンは、アーノルドが『カタ・ウパニシャッド』の物語を新しい詩のテーマに選んだことは絶妙であるとして賞賛している。そしてアーノルドが、自ら、インドにおいて、ある年老いたヒンドゥー僧を訪ねるイギリス詩人として詩中に現われるというこの奇抜な着想は大変に見事であるとして高く評価している。しかしサンスクリット語が繰り返されているために、ついにはいささかうんざりする読者も多いに違いないともいっている。

しかし古いサンスクリットの物語そのものは、あまりにも完璧で美しくて、いかなる現代の詩人も手を加えることはできない。アーノルドにできたこととといえば、せいぜいインドの知られざる傑作を一般にひろめたことと、その傑作がもっているある珠玉を、非常に難解な背景から比較的分かりやすくした背景に嵌めかえたことぐらいである。

ハーンは、アーノルドの詩よりも、原文の美しい素朴さの方がずっとよい場合があると指摘している。しかし作者が、かれ自身の個性を表わし、形而上学的な謎の比較的分かりにくいところに、かれ自身の魅力的な解釈を与えることができている箇所は美しいともいっている。この詩においても、アーノルドが、すべてのインド人の神学的思弁の根底にある観念だけを扱ったのは賢明であった。すなわちかれは、最高我（The Supreme Self）[33]の一切万有を包摂する無限性だけを扱ったのである。そしてかれはアートマンに関する風変わりな教説や、苦行者の儀礼や、感覚器官を抑制する苦行を扱わなかったのは賢明であったとし、アーノルドはまさしく「ウパニシャッド」の珠玉のような思想を大事にしている、と評価している。

(6) 『天上の歌』

アーノルドは、一八八五年には、『死の秘密』の他に今一冊の詩集『天上の歌[34]』を公刊した。これはしばしばヒンドゥー教徒のバイブルと言われるほどにヒンドゥー教徒にとっては重要な『バガヴァッド・ギーター[35]』の韻文訳である。

この本に対してハーンは、一八八五年七月二六日にじつに手厳しい書評を書いている。『天上の歌』は、翻訳の忠実さも、詩としての良さもなく、全体的に見るととてつもない失敗作であり著者がこれまでに出した書物の中でもっとも弱点の多いものである、と忌憚なく批判している。

(7) 「『アジアの光』の影」

ハーンは、本作品[36]で『アジアの光』の著者アーノルドは仏教徒以上に原文の説話を美化している、と書き始め、同時代の思想に特異な影響を与えた人物の一人であるとしている。

アメリカ東部では、「新仏教」（Neo-Buddhism）の教義について大量のパンフレットや小説、教理問答集などの作品が溢れているが、この妖怪のような新仏教はじつは神智学であり、新しい名のもとに復活したアメリカの降霊説（American Spiritualism）に他ならない。これは『アジアの光』がつくり出した影であり、アーノルドは、この新仏教、少なくともその発展に責任がある、という。間接的にアーノルドを批判しているように思われる。

三　むすび

ハーンが来日前に書いている、アーノルドに関係のある作品七点を通じて、ハーンのアーノルド観を検討してきた。アーノルドの作品中、ハーンにもっとも大きな影響を与え、またハーンが無条件に高く評価しているのは『アジアの光』である。ハーンは一八八三年に『アジアの光』の新版を読んだときの感想を、W・D・オコーナーに次のように感動的に報告している。

貴方はアーノルドの『アジアの光』の素晴らしい新版をご覧になりましたか？　私はすっかり魅了されてしまいました――不思議なほど新しくて美しい信仰の香りで私の心はすっかり満たされてしまいました。結局のところ、やや深遠な形の仏教が未来の宗教になるかも知れません。……(37)

しかしこのようなアーノルドが祖国では認められていないという事実を知って、かれは、芸術家としても教導者としても、もっと高い地位を占めるべき作家であるとし、キリスト教以外の諸宗教のもっている美しさに対するかれの崇高な情熱は、未来の世界宗教によって世界全人類の兄弟愛を築こうと希望をいだいているすべての人々の間で、現代的な強い共感を得ていると言って[38]、アーノルドを強く支持している。

しかしその他の作品に関しては、必ずしも高く評価していない。例えば、『カタ・ウパニシャッド』を翻案した『死の秘密』や、ヒンドゥー教徒のバイブルといわれる『バガヴァッド・ギーター』の韻文訳である『天上の歌』についてである。とくに後者に関しては、叙述の美しさを認めながらも、全体的に見るとてつもない失敗作であるとまで酷評している。現在ヘルン文庫に所蔵されているアーノルド著『睡蓮と宝石』（*Lotus and Jewel*, 1887）の前扉には、「Lafcadio Hearn from the author. Nov. 1887」とあるが[39]、著者アーノルドから本書を贈呈されながらも、ハーンは何処にも書評を書いていないようである。『アジアの光』についてさえも、「『アジアの光』の影」において、神智学という妖怪のような新仏教の流行の土壌を提供したとして暗に批判しているのである[40]。

ハーンとアーノルドの間には、キリスト教に対する考え方にかなりの隔たりがある。ハーンがキリスト教に対して手厳しい批判家であったことは周知の事実である。他方アーノルドは、仏教へ改宗したかと思わせるような、キリスト教徒、とくに宣教師たちの非難の的になった『アジアの光』を書いただけではなく、一八九一年、ブッダをアジアの光であると見なし、キリストを世界の光として『世界の光』（*The Light of the World*）を書いたのである[41]。この作品は不評であったが、ハーン自身ががどのように反応したのかは、遺憾ながら詳細は不明である[42]。しかし恐らく一八九〇年四月四日に横浜に上陸したときには、その十年前に初めて『アジアの光』を読んだときの感激はもはや薄れ、「毛嫌い」とはいわないまでも、かなり批判的になっていたのではないかと推測される。ハーンの横浜時代に会おうと思えば会える可能性があったように思われるが、直接会った形跡はないのも頷けるものがある。[43]

『アジアの光』の影」を書いてからおよそ十三年後の一八九九年七月十日、そのようなハーンに、ロンドンのタイムズ社から、ハーンの近著『異国風物と回想』を絶賛するアーノルドの書評を掲載した出版情報誌『文学』が送られてきたのである。大変に喜んだハーンは同日早速アーノルドに礼状を書き、近刊予定の『霊の日本』を謹呈し、二年以内に『異国風物と回想』と同じような随想を、貴方に謹呈するに値する書物にまとめたい旨を書き送っている。[44]この約束にしたがって、ハーンは、アーノルドに、死の二年前、ハーン五十二歳のとき『骨董』を「エドウィン・アーノルド卿へ　感謝をこめてご親切なことばを思い出しながら」という献辞をつけて出版している。

アーノルドは、健康を損ねながらも、一九〇一年にはかれの最後の詩『イトバルの旅』を著した。その一冊に「from the Author Edwin Arnold. London Dec. 15th 1902」と署名し、[45]ハーンに贈呈している。一九〇三年一月二十五日に、アーノルドからこの本と『骨董』捧呈の礼状とを受け取ったハーンは、翌二十六日に礼状を書き送っている。[46]

ハーンに大きな影響を与え、短いとはいえ日本に住み、若くて献身的な日本人の妻をめとり、日本の文化を深く愛したアーノルドは、いまや日本では知る人もほとんどおらず、母国イギリスにおいても、最近訪英した岡部昌幸によるとオックスフォードのユニヴァーシティ・カレッジの資料室に位牌があるだけであるという。またサウス・ケンジントンの旧居には、歴史的人物が住んでいたことを記念する記念碑ブループラックが張られているだけであるということである。[47]

他方、ハーンに関していえば、二〇〇四年はハーン没後百年にあたり、それを記念して東大での国際シンポジウム「世界のなかのラフカディオ・ハーン」をはじめ、早稲田大学、大手前大学、松江、熊本と巡回連続シンポジウムが開催されたばかりではなく、各地で様々なイベントが開催された。二〇〇四年は、アーノルドにとっても同じく没後百年であった。しかしその記念の行事が行われたということをまったく聞かないし、最早かれの名前すらほとんど知られてもいない状態である。何がこの二人の没後百年の運命をこれほどまでに変えてしまったのであろうか。

注

(1) ハーンとアーノルドについては、長谷川洋二「エドウィン・アーノルド卿とハーン」(一)—(三)『ヘルン』第三三—三五号、一九九六—一九九八年、五四—五六、三三—三五、五〇—五二頁、と「E・アーノルド宛書簡(二通)」『へるん』第三三号、一九九六年、一〇二—一〇五頁、がある。長谷川の論文は、とくに来日後のハーンとアーノルドの関係に詳細な考察が加えられている好論文である。なお、この書簡の存在については、小泉凡・關田かをる両氏にご教示を受けた。ここに記して謝意を表する。

(2) Brooks Wright, *Interpreter of Buddhism to the West: Sir Edwin Arnold* (New York: Bookman Associates, Inc., Publishers, 1957), p. 11. 岡部昌幸によれば、アーノルド家は地主であったという(サー・E・アーノルド『アーノルド ヤポニカ』岡部訳、雄松堂出版、二〇〇四年、二四八頁)。

(3) Wright, *op.cit.*, p. 12. 岡部は、「祖父ジョージ・アーノルドは詩人としても知られた名士であったが、一族でもっとも有名になったのは、伯父のヴィクトリア朝を代表する教育家・詩人マシュー・アーノルドであった」(上掲書、二四八頁)としているが、その根拠を示してない。Wright(*op.cit.*, p. 11)によれば、エドウィンの祖父ジョージ・アーノルドは勇気と常識の持ち主で、詩とは無縁の人であり、また後出の有名な教育家・詩人マシュー・アーノルドは、エドウィン・アーノルドとは全く無縁の人のようである（本稿二（2）「二人のアーノルド」参照）。

（4）本稿二（1）。参照。

（5）Wright, *op.cit.*, p. 129. 長谷川によれば、「文筆での功によって、『インド帝国ナイト爵』に列せられたのである」（上掲論文（二）、三四頁）。

（6）ハーンは一八八九年五月十四日頃から十月上旬まで、フィラデルフィアのジョージ・M・グールドの家に身を寄せたりしていたが、アーノルドと会う機会はなかったようである（坂東浩司『詳述年表　ラフカディオ・ハーン伝』英潮社、一九九八年、二六四―二七〇頁参照）。

（7）Wright, *op.cit.*, pp. 134-135. 岡部訳、上掲書、二二二頁参照。

（8）Wright, *op.cit.*, pp. 140-141.

（9）Sir Edwin Arnold, *Japonica with Illustrations by Robert Blum*, New York: Charles Scribner's Sons, 1891. 岡部、上掲書参照。四年ほど前に発見された『ヤポニカ』の挿絵の原画が松江のルイス・C・ティファニー庭園美術館に収蔵されているという（岡部昌幸「もう一人のハーンに光を」『日本経済新聞』二〇〇四年五月十八日［文化欄］）。

（10）岡部訳、上掲書、二五一頁。

（11）長谷川、上掲論文（三）、五一頁上段参照。

（12）Wright, *op.cit.* p.172-173.

（13）Wright, *op.cit.*, pp. 176-178.

（14）Wright, *op.cit.*, pp. 147-148. 岡部訳、上掲書、二五〇―二五一頁。しかし坂東、上掲書、六三一頁、注二〇によると、黒川たまではなく、黒川マツ。

（15）小泉節子「思い出の記」（田部隆次『小泉八雲』北星堂書店、昭和五五年）一七六―一七七頁。

(16) Jayadevaは、十二世にベンガル地方で活躍した詩人。*Gītagovinda*(『牛飼いクリシュナ神への賛頌』)はサンスクリット恋愛叙情詩。辻直四郎『サンスクリット文学史』岩波全書、一九七三年、一三三頁。橋本泰元・宮本久義・山下博司『ヒンドゥー教の事典』東京堂出版、二〇〇五年、七五頁参照。

(17) Wright, *op.cit.*, pp. 66-67. T.W. Rhys Davids(1843-1922)は、ロンドン大学教授、一九一八年パーリ語聖典協会(P.T.S.)を設立。詳細は、Guy Richard Welbon, *The Buddhist Nirvāṇa and Its Western Interpreters*, Chicago and London: The University of Chicago Press, 1968, pp. 223-234.

(18) Wright, *op.cit.*, p. 71.

(19) "The Light of Asia," *The Daily City Item*, October 24, 1879(*Oriental Artcles by Lafcadio Hearn*, ed. by Ichiro Nishizaki. Tokyo: The Hokuseido Press, 1939, pp. 75-78)。ハーンに大きな影響を与えたことについては、E・スティーヴンスン『評伝ラフカディオ・ハーン』遠田勝訳、恒文社、一九八四、一六三頁。『アジアの光』は、実際は何度も版を重ね、五十万―百万部も、とくにアメリカで売れたと言われている(Wright, *op.cit.*, p. 75)。

(20) Matthew Arnold(1822-1888). 注(3)参照。

(21) Jules Barthélmy Saint-Hilairre(1805-1892). 一八六〇年に出版された『ブッダとその宗教』(*Le Buddha et Sa Religion*)はその代表作。Welbon, *op.cit*, pp. 67-78 参照。

(22) "The Two Arnolds," *Times Democrat*, November 4, 1883(*Essays in European and Oriental Literature by Lafcadio Hearn*, arranged and edited by Albert Mordell, London: William Heinemann Ltd., 1923), p. 200.

(23) Wright, *op.cit.*, pp. 200-203.

(24) New Orleans, March, 1884, E. Bisland(ed.), *Life and Letters in Three Volumes*, vol. I, Boston and New York: Houghton Mifflin Co., 1922, p. 312.

(25) "Not Without Honor, Save in His Own Country(Edwin Arnold)," *Times-Democrat*, May 11,1884(*Essays in European and Oriental Literature*, *op.cit.*, pp. 204-210.

(26) Capt. James B. Eads は、アメリカでのエドウィン・アーノルドの最も熱心な賞賛者。*Essays in European and Oriental Literature, op.cit.,* pp. 204-205 参照。

(27) "Recent Buddhist Literature," *Times-Democrat,* March 1, 1885（*Essays in European and Oriental Literature, op. cit.,* pp. 284-291.）

(28) "What Buddhism Is," *Times-Democrat,* March 1, 1885（*Essays in European and Oriental Literature, op.cit.,* pp. 277-283. 拙稿「ハーンの来日前の仏教観――ハーン著『仏教とは何か』の邦訳・解説・注記」（武蔵野女子大学人間学会『人間研究』第四号、一九九九年、一―二二頁）参照。

(29) F. Max Müller, "Buddhist Charity," *North American Review,* vol. CXL, No. 340, Mar. 1885, pp. 221-236. 興味深いことには、南條文雄（一八四九―一九二七）が、そのミュラーに八年間師事して帰国したのが一八八四（明治十七）年、南條が東京大学ではじめて梵語学を開講し、日本の近代的インド学・仏教学の端緒を開いたのが翌年の一八八五年のことであった。ハーンはこの同じ年にミュラーの論文を読んでいたのである。ハーンは留学こそしなかったが、かれもまたミュラーの著書・論文を通じて、影響を受けていた。

(30) "Recent Buddhist Literature," *op.cit.* p. 284. 十九世紀の後半には、挿絵が欧米の新聞・雑誌の普及を支えていたと言われる（岡部訳、上掲書、二四四―二四六頁）。

(31) "Edwin Arnold's New Book," *Times-Democrat, April 5, 1885*（*Essays in European and Oriental Literature, op.cit.,* pp. 211-220). ハーンとヒンドゥー教については、拙論「ラフカディオ・ハーンとヒンドゥー教」『創立五十周年記念東方学論集』東方学会、一九九七年、一二六五―一二七六頁参照。

(32)「ウパニシャッド」（Upaniṣad）は、インドのバラモン教の聖典である『ヴェーダ』（*Veda*）の終結部分に位置し、秘説を集めた哲学的部分。拙著『インド哲学へのいざない』ＮＨＫ出版、二〇〇〇年、二〇―二六、一六六―一八二頁参照。『カタ・ウパニシャッド』（*Kaṭha-Upaniṣad*）は、「ウパニシャッド」の一つ。バラモン青年ナチケータスが、死神ヤマ（閻魔）の国を訪れて、死神から死にまつわる秘説を聞き出そうとする話になっている。上掲拙著『インド哲学へのいざない』二七五―二九〇頁参照。

(33) インド哲学の中心問題の一つは、宇宙の根本原因は何か、という問題である。ウパニシャッドの時代には、宇宙の根本原因としてブラフマン（Brahman 梵）が、個人存在の本体としてアートマン（ātman 自己、自我）が想定されるに至った。最高我はブラフマンと同義語。詳細は拙著『インド哲学へのいざない』二八〇―二九〇頁、拙著『ヴェーダーンタの哲学』（サーラ叢書）平楽寺書店、一九八〇年、九―三七頁参照。

(34) "The Song Celestial," *Times-Democrat*, July 26, 1885 (*Essays in European and Oriental Literature op.cit.*, 1923, pp. 300-308.

(35)『バガヴァッド・ギーター』（*Bhagavadgītā*）は、インドの国民的叙事詩『マハーバーラタ』全十八巻の中の第六巻、第二十五―四十二章にいたる十八章を占め、一般に流布している形では七百頌からなる。〔邦訳〕辻直四郎訳『バガヴァッド・ギーター』（インド古典叢書）講談社、一九八〇年、上村勝彦訳『バガヴァッド・ギーター』岩波文庫、一九九二年。

(36) "The Shadow of the Light of Asia," *Occidental Gleanings by Lafcadio Hearn: Sketches and Essays, Now First Collected by* Albert Mordell, vol. II, London: William Heinemann, 1925, pp. 107-108.

(37) E. Bisland, *op.cit.*, pp. 285-286.

(38) 注（25）参照。

(39)『富山大学付属図書館所蔵　ヘルン（小泉八雲）文庫目録』改訂版（稿）』一九九九年、p. S-1, 書架番号［4］。『睡蓮と宝石』については、Wright, *op.cit.*, pp. 122-125 参照。

(40) 本稿二（7）参照。

(41)『世界の光』の大部分は一八九〇年の春と夏、日本の麻布で書いた（Wright, *op.cit.*, pp.,152-162）ばかりではなく、その執筆中にアーノルド自身の朗読会が鹿鳴館で開催された（長谷川、上掲論文（三）、五〇頁下段）。

(42) 一八九二年五月「メイスン宛書簡でハーンは、『厄介者の手なずけ餌』なる此の書の故に、すんでに『卿を毛嫌いしていたかも知れない』と述べている」（長谷川、上掲論文（三）、五一頁下段）という。

(43) 長谷川、上掲論文（三）、五一頁上段参照。

(44) 長谷川、上掲論文(二)、五五頁上下段、一〇四頁参照。
(45)『ヘルン(小泉八雲)文庫目録』改訂版(稿)』、上掲書、p. S-1, 書架番号[5]。
(46) 長谷川、上掲論文(二)、一〇二―一〇三頁、一〇五頁、坂東、上掲書、六五八―六五九頁、小泉時・小泉凡共編『文学アルバム　小泉八雲』二〇〇〇年、一一八頁。なお、坂東、上掲書について、小泉凡氏から教示を得た。ここに記して謝意を表する。
(47) 岡部、上掲論文「もう一人のハーンに光を」。

小泉八雲の仏教観

前田專學

最近の小泉八雲研究の盛行は、まことに目覚ましいものがあります。これは、八雲の再評価の動きであり、かれの没後七〇年にあたる昭和四九年前後から活発となりました。その再評価の分野は、八雲の再話文学者としての研究、比較文学的研究、日本研究家としての八雲研究、八雲の民俗学的側面の研究、教師・文芸評論家としての八雲研究、八雲の伝記・伝記的研究、八雲の周囲の人々の研究、八雲の文学の後世に与えた影響と評価、八雲の著作の邦訳、といった広い領域にわたっています。

しかしながら、未だにめぼしい研究のないのが八雲の思想面の研究であります。とくに八雲の人生観の一つの核をなしているといわれているインド学・仏教学の視点からの照明は、まだほとんど当てられていないままであるといってよいと思います。

しかし最近になって、マラルメ研究の専門家である竹内信夫氏が、ほぼ同時に、二点の好論文「ハーン『ニルヴァーナ』について」[1]「異文化への眼差し――ウィリアム・ジョーンズ、ウジェーヌ・ビュルヌフ、ラフカディオ・ハーンをつなぐもの」[2]を発表しました。竹内氏が、これらの論文によって、八雲が具現していた異文化理解の精神が、仏教を介して、ウジェーヌ・ビュルヌフ(Eugène Burnouf, 1801-1852) につながっていることを指摘し、西洋における二百年の伝統をもつアジア研究の再評価の必要性を指摘したことは、まことに適切・妥当であると思います。

河島弘美氏は、「日本でのハーン研究は、〈文豪〉〈へるん先生〉の功績を顕彰することを目的とする弟子や信奉者中心に出発したためばかりとは思えないが、ともすると客観的で公平な視点が欠落しがちである」という反省を提出し、「説得力のある実証のための努力を怠るならば、研究ではなく崇拝であるという批判は免れず、再評価によって発見されたハーンの卓越性、独自性も国外では評価されないままに終わることになろう」と警告を発しています[3]。私がまったくの素人ながら、八雲を調べ始めたのは、インド学・仏教学の研究者も、説得力のある実証的な八雲の研究を促進するのに、何らかの貢献をする余地が残されているのではないかと思ったからです。

一　小泉八雲と仏教

八雲が来日して書いた作品集の数は、巻数にすると、一一あるいは一二巻にのぼります。かれの作品の中で、説話、民謡、伝説、怪談などの形で、日本の仏教に関係する作品はかなりの数に達します。しかし八雲の仏教研究の観点から注目すべき作品は、①「東洋の土を踏んだ日」[4]、②「横浜にて」[5]、③「前世の観念」[6]、④「涅槃」[7]、⑤「仏教の伝来」[8]、⑥「高度の仏教」[9]の六点の著作であります。本稿では、これらの作品の中の「東洋の土を踏んだ日」と「涅槃」と、来日前に書います。

た「仏教とは何か」[10]という三つの作品を中心に小泉八雲の仏教観を探ってみることにしたいと思います。

『知られざる日本の面影』は、八雲の日本関係の著作の中の最初の作品集で、みずみずしい感動にあふれた八雲の最初の日本印象記として大変好評を博し、一躍かれの名声を高めた作品でありま す。そのなかに収められている「東洋の土を踏んだ日」は、一八九〇（明治二三）年四月四日、到着早々の横浜の周辺が舞台となっています。八雲によれば、そのときの第一印象の走り書きをもとに、到着して何週間か後に、その第一印象の数々を再生したもののようであります。

かれは、自分のことを「チャ」と呼ぶ俥屋を雇って、朝から出掛けましたが、ことばが通じず、

私は、いったん洋風の旅館へもどらねばならなくなった——昼食のためではない。食事の時間さえ惜しいのだから。お寺に行きたいという希望をチャに分からせることができなかったからである。やっとチャにその意が通じた。旅館の主が、神秘に充ちた言葉を言ってくれたから——

「テラヘユケ」

八雲は、このようにして、日本に来て、食事の時間さえも惜しんで、真先にかねて行きたいと思っていた寺に人力車で行ったのです。すると寺に住みこんでいた晃と名乗る若者が、閉め切っていた入口の障子戸を静かに開け、かれに歓迎の意をこめて鄭重に礼をし、本堂に招じ入れました。晃は、驚くべきことに、「話すアクセントは奇妙であるが、語彙はよく選び抜かれて品がよい」「見事

な英語」で、八雲に話し掛けたのでした。それに続く二人の会話は、大変に興味深く、また来日前の八雲の仏教と仏教理解を知るのに、きわめて有益な手掛かりを与えるように思われます。


やがて彼は尋ねる――

「あなたはキリスト教徒ですか」

それで私は正直に答える――

「いいえ」

「あなたは仏教徒ですか」

「厳密には、そうとは言えません」

「仏様を信じていないのに、どうしてお供え物をなさるのですか」

「私は、仏陀の教えの美しさを崇め、それを奉じている人たちの信仰を尊いものに思います」

「イギリスやアメリカにも、仏教徒はおりますか」

「すくなくとも仏教哲学に関心を抱いているものは、たくさんいます」

すると彼は、床の間から一冊の小さな本を取って、私にごらんなさいという。それはオルコットの『仏教教義問答』の英語版であった。


それに続く場面での、二人の間の会話は、さらに興味深いものがあります。かれらが話をしている間にやってくる参詣人のなかに、柏手を打つものがあり、それに関連して二人の会話は続きます。

「なぜ、お祈りをする前に、三度手を打つのです」

彼は答える。

「天地人三才のために、三度打つのです」

「それはそうと、神様や仏様を呼ぶのに、日本人は召使を呼ぶ時のように、手を叩いて呼ぶのですか」

「いいえ、決してそうではありません。手を叩くのは、長い夜の夢から醒めたというしるしです」

「どんな夜、どんな夢ですか」

しばらくためらうような気配があって、彼は答えた。

「仏陀は申されました。一切衆生は、この苦しみ多い無常の世で、夢ばかりみていると」

「では、手を打つのは、祈る時には魂がそのような夢から醒めるという意味ですか」

「その通りです」

「私のいう魂の意味はお分かりでしょうね」

「もちろんです。仏教徒は魂が過去にも未来にも――永久に変わらず存在すると信じています」

「涅槃に入ってもですか」

「そうです」

この寺の後、チャに頼んでさらに三寺院――その中の一つは神社であったらしい――を訪問して、八雲は宿に帰った。

この「東洋の土を踏んだ日」の後に、晃が八雲に語った話をまとめた「弘法大師の作品」、別の日に晃の案内で神社仏閣を訪れた経験を綴った「地蔵」、さらには鎌倉・江ノ島などへの紀行文「江ノ島への巡礼」などが続きます。これらの作品は、八雲が、日本に到着する以前から、いかに仏教に関心をもっていたか、また三度の食事以上に寺を訪ねることに熱中していたかをよく物語っています。

しかも、前に引用した八雲と晃の会話の中で、晃から霊魂が存在すると聞いたとき、心外そうな反応をし、さらに「私のいう魂の意味はお分かりでしょうね」と念を押し、再度「涅槃に入ってもですか」とたたみかけて質問したという事実は、注目に値します。何故八雲は霊魂と涅槃にこだわりをみせたのでしょうか？　八雲はその理由について何も書いていませんが、これは、筆者には、来日前の八雲がもっていた仏教理解と多分に関係があるように思われます。

八雲が、アメリカ時代（一八六九―一八八九）から、インド思想、とくに仏教に深い関心をもっていたことはよく知られている事実です。アメリカ時代は、シンシナティ時代（一八六九―一八七七）とニューオーリンズ時代（一八七七―一八八七）とに分けられます。大西忠雄[11]によれば、前者は、「仏教の研究に着手した時代」であり、後者は「かれの仏教研究は本格化し、その構想ないし計画がほゞ出来上がった時期」であり、来日以後から死に到るまでの時代は、その「計画の実現ないし仕上げの時期」であったとされています。また平井呈一[12]によると、八雲が仏教や東洋関係の書物をむさぼり読んだのは、かれのニューオーリンズ時代であったと言われています。すなわち八雲が二七歳から三七歳までの一〇年間であります。

八雲がこの一〇数年間に得た仏教に関する知識・理解はどのようなものであったのでしょうか？これを知る手掛かりとなるのは、一つはヘルン文庫であり、今一つはアメリカ時代に書いた八雲の著作であります。

八雲は、一六歳まではイギリスの大学進学校で行なわれていた古典教育を受けましたが、それ以後は、体系的な教育をうけておらず、「自分の知識が隙間だらけであることに気づきだすと、自分が無教育であることにたまらなくなった」[13]といわれています。そんなことが理由となったのでしょうか、かれはシンシナティからニューオーリンズにやって来て、精神的にも経済的にも余裕が出来ると、猛烈な読書をするかたわら、本あさりを始め、自分のコレクションのすばらしさを誇るほど、大量の書籍を買い込んだといわれています。

八雲が生前に、日本で持っていた蔵書は、ヘルン文庫として、現在、富山大学付属図書館に保存されています。このヘルン文庫は、八雲がニューオーリンズ時代に買い求め所蔵していたと思われる書物の中の若干を含んでいるので、来日前の八雲の仏教理解を知るのに役立ちます。

この蔵書には、インド学・仏教学関係の書物が多いことが注目をひきます。インド思想関係の文献は、純粋にインド文学関係の文献を除いても、一〇数冊あります。その中には、F・マックス・ミュラー（F. Max Müller 1823-1900）の『六派哲学体系』（*The Six Systems of Indian Philosophy*）をはじめ、『リグ・ヴェーダ』や「ウパニシャッド」、それに『マヌ法典』や『マハーバーラタ』、『バガヴァッド・ギーター』などの英訳も含まれています。

また、仏教関係の文献[14]としては、T・W・リス・デイヴィズ（T.W. Rhys Davids 1843-1922）の『仏教、その歴史と文献』（*Buddhism: Its History and Literature*）、同じくリス・デイヴィズの『ジャータカ』の英訳、A・J・エドムンズ（Albert J. Edmunds）の『ダンマパダ』の英訳など、洋書四七点、和漢書一一点にのぼっています。

このようにインド思想と仏教関係の蔵書数は約七〇冊あり、八雲に大きな影響を与えたハーバート・スペンサー（Herbert Spencer 1820-1903）の著作の数を凌駕していることは、見逃し得ない事実です。しかし日本仏教に関する書物は、アメリカ時代に購入したと思われるものの中には見出されません。

前引のような会話を、八雲と晃が交わしているところに、二人の僧を従えて出てきた寺のたいそう高齢の住職に対して、八雲は、『東方聖典叢書』（*The Sacrerd Books of the East*）の中の経典の翻訳や、ビール（Samuel Beal, 1825-1889）、ビュルヌフ（Eugène Burnouf, 1801-1852）、フェエ（Henri Leon Feer）、リス・デイヴィズ（Thomas William Rhys Davids, 1843-1922）、ケルン（Johan Hendrik Kern, 1833-1917）その他の労作について多少の説明を試みたことを記しています。

これは、来日したその日のことですから、かれが日本に来る前に持つことが出来た仏教に関する知識の一部であったことは疑い得ません。しかも先程引用した文のなかでも、晃が、床の間から一冊の小さな本を取って、八雲に示したときに、「それはオルコットの『仏教教義問答』の英語版であった[15]」と、いかにもよく知っているものを見たかの如くに書いています。それは当然で、ヘルン文庫のカタログをみると、八雲は『仏教教義問答』を、ニューオーリンズで、一八八五年六月に入手したようであり、現にヘルン文庫の中に入っております。フェエの著作はへるん文庫の中には見当たりませんが、ビール、ビュルヌフ、リス・デイヴィズの著作は、『仏教教義問答』と同様に、ニューオーリンズ時代に、八雲の蔵書となっております。

二　来日当時の日本のインド学・仏教学

ところで、八雲来日当時の日本におけるインド学・仏教学の状況を回顧してみますと、東京大学で原坦山が「仏書講義」を開講したのが、一八七九（明治一二）年であり、東京大学文学部が、井上哲次郎、岡倉覚三など八名の第一回卒業生を送り出したのが、翌年の一八八〇年でした。南条文雄（一八四九―一九二七）が、当時オックスフォード大学で教鞭をとり、目覚ましい活躍をしていたF・マックス・ミュラーに、八年間師事して帰国したのは一八八四（明治一七）年、その南条文雄が東京大学で梵語学を開講し、近代的インド学・仏教学の端緒を開いたのが翌年の一八八五年のことでした。

この近代的インド学・仏教学の流れは、高楠順次郎（一八八六―一九四五）によってさらに押し進められることになりますが、この高楠順次郎もまた、一八九〇（明治二三）年にイギリスに留学、マックス・ミュラーの許で薫陶を受けて一八九七（明治三〇）年に帰国、一九〇一（明治三四）年に東京大学梵語学教授となりました。奇しくも、ちょうど高楠順次郎がイギリスに向かって神戸から出帆した一八九〇年三月には逆に、八雲は日本に向けてニューヨークを発ったのです。

この同じ一八九〇年には、後に八雲を東京大学から解雇することになる井上哲次郎（一八五五―一九四四）が、六年間の留学を終えてドイツから帰国し、東京大学教授となり、わが国で初めてインド哲学史を講じ、夏目漱石などが聴講しました[16]。

日本の近代的インド学・仏教学の源流は、南条・高楠の共通の師であるマックス・ミュラーです。そのマックス・ミュラーが監修し、今なお権威を失っていない翻訳叢書『東方聖書』全五〇巻のうち、ほぼ半数の二一巻が八雲の蔵書の中に入っています。その二一巻のうち、八雲のニューオーリンズ時代に蔵書となった書物のなかに、この『東方聖典叢書』の第一巻を飾るマックス・ミュラーの「ウパニシャッド」の英訳が入っているということは偶然の一致かもしれませんが注目してよい事実であります。

日本の近代的インド学・仏教学の開幕の時代に、アメリカから同じような近代的インド学・仏教学の教養をかなりの密度で蓄積した八雲が日本に上陸したのであります。おそらく八雲は、サンスクリット語やパーリ語は読めなかったにしても、日本の先端的なインド学・仏教学の研究者がヨーロッパで身につけて帰国したとほぼ同質の知識をもってやってきたと推定されます。換言すれば、八雲の仏教に関する知識は、日本仏教ではなく、ヨーロッパで発達したインド学の一分野としてのインド仏教に関する知識であったと思われます。

三　小泉八雲の仏教観

八雲が、ニューオーリンズ時代に書いたインドと仏教関係の著作の中に、「混乱せる東洋学[17]」があります。その中で八雲は、仏教学者ではなくて、神智協会の創立者の一人である、アメリカ人のオルコット（Henry S. Olcott 1832-1907）大佐の『仏教教理問答[18]』を批判していますが、他方エドウィン・アーノルドのブッダの生涯を韻文で描いた名著『アジアの光[19]』を高く評価しています。かれはまた、この「混乱せる東洋学」の中で、当時のアメリカで、ヒンドゥー教徒のバイブルともいわれる『バガヴァッド・ギーター』が仏教書として紹介されていることをも批判しています。この事実は、批判することができる程に、仏教に関しても、ヒンドゥー教に関しても、八雲がかなり正確な知識をもっていたことを示唆しております。

前述のように、八雲には、また、「混乱せる東洋学」よりも二年も前に書いた「仏教とは何か[20]」という小作品があります。これは、八雲の来日前の仏教観を見るには恰好の作品であります。その作品の中で、かれは何を述べているのかを見ることにしたいと思います。

(1)　来日前の仏教観 ―― "What Buddhism Is"

この作品では、かれはまず当時のアメリカにおける仏教に対する反応について興味深く伝えております。当時、アメリカでは、東洋の諸宗教の歴史やロマンスなどに対する関心が強まるにつれ、神学者の側に、「仏教は合衆国に伝道者たちを得て、その目指すところを得るのではないかという、いらぬ懸念を引き起こした」と書いております。何故かと申しますと、彼らには、アーノルドの名著『アジアの光』が「高度に危険な本」であり、また原始仏典の『法句経』が「軽薄な人々向けの精妙な罠である」と受け取られたらしい、というのです。

このような懸念が起こった理由を八雲は分析しています。それによれば、仏教の本当の理論およびその活動が誤った受け取られ方をしていることによるとしております。その例として、つぎの二点を指摘しています。

1　仏教を唯物論と同定しようとするさまざまな試みがみられること。

2　仏教は、不可知論者がキリスト教の国々に広めようとする精妙な不信仰であるという紹介がいくつもあること。

かれは、このような受け取り方が間違いであることを、①仏教研究の指導的な権威は大抵敬虔なキリスト教徒であること、②またそのうちの幾人かは宣教師であること、③そういう人々が世界の人口の三分の一の人々によって信仰されている宗教についてまったく別の意見をもっていること、という三つの理由を挙げて証明しようとしております。

八雲は、一九世紀の学者たちが、底なしの仏教文献の大海から手に入れた素晴らしいもののうち特別に素晴らしいものとして、エドウィン・アーノルドの名著『アジアの光』で広く知られるようになったゴータマ自身の物語を挙げております。さらに、八雲は、仏教の教義の基盤となっている哲学は、アメリカ文明の精神——そして、確実にアメリカの唯物論——とはまったく縁のないものであることを指摘しております。八雲は、その証拠として、仏教のどの宗派にも受け入れられている四聖諦を挙げています。

八雲は、この四聖諦から判断して、ブッダが説いたのは、おそらく来るべき輪廻は、この世での行為によるが、完全に有徳な人は、ついには涅槃、すなわち死の直後に起こる完全な断滅（total extinction）に入るという教説であると理解しております。それゆえに、仏教の開祖は、不可知論者から甚だ遠く、絶対的に積極的に教義をもつ人（dogmatic）であったことを示している、と主張し、ゴータマ・ブッダが不可知論者であるという批判を退け、仏教を擁護しています。

それと同時に、仏教の中の汎神論的な教義は、ウパニシャッドの哲人たちからの借用であり、輪廻の教えはブッダ以前に説かれたものであることも指摘しております。仏教は、実践的な宗教としては、他の宗教と同じように、不可知論、あるいは自由思想[21]（free thought）とさえも相対立するものであり、敵対する教条に対しては、攻撃的でさえもある、といっております。

(2) 来日後の仏教観——Nirvana

八雲には、『仏国土拾遺[22]』という作品集があり、その中に、「ニルヴァーナ」（Nirvana「涅槃」）と題する作品が収められております。この作品は、起草してから三年もかかったといわれる力のこもったもので、日本に来て、神戸に住んでいたときに纏められたものであります。来日後のかれの仏教観を知るのに最適な作品であろうと思います。

さて、先に引用した「東洋の土を踏んだ日」のなかの晃と八雲の対話は、一見、何でもないもののようにみえますが、もし八雲の仏教観が霊魂の存在を認めないインド仏教であったとすれば、なかなか意味深長で興味深いものとなってまいります。

日本に着いたその日に、日本の仏教徒である晃の口から、仏教は霊魂を認めないと信じていた八雲が、霊魂があるなどと聞くのは、まことに心外なことであったに違いありません。そのためにわざわざ「私のいう魂の意味はお分かりでしょうね」と念を押したのであろうと推測されます。

しかもそれで終わらずに、さらに「涅槃に入ってもですか」と畳み掛けて、質問したのはなぜであったのでしょうか。霊魂の問題のみならず、仏教徒が人生の究極の目的とする「涅槃」について、またヒンドゥー教徒も、ジャイナ教徒も、人生の最高目標にしている「解脱」「さとり」について、仏教徒の晃の理解と八雲自身の理解との間に思いがけない大きなギャップを見出したからではなかったでしょうか。

八雲は、作品「涅槃」を、次のような文章で始めております。

涅槃とは、仏教徒にとっては、絶対的な無(nothingness)と同じもの——つまり、完全な消滅(annihilation)を意味する、という考えが、いまだに欧米には広く行われている。この考えは間違っている。ただしこの考えが間違っているのは、真理を半分含んでいるにすぎない、という理由によるのである。この半分の真理は、他の半分の真理と一緒にならなければ、興味を引かないし、理解すらも出来ない。そのあとの半分の真理については、平均的な西洋人の頭では、気づくことすらもないものである。

なるほど、涅槃は断滅（extinction）を意味する。しかし、この個人存在の断滅ということを、霊魂の死（soul-death）と解釈するならば、われわれの涅槃についての概念は誤りである。あるいはまた、涅槃を、インドの汎神論によって予言されたように、有限のものが無限のもののなかに再び帰入すること（reabsorption）と理解するならば、またもやその観念は、仏教とは縁のないものとなってしまう。

それにもかかわらず、もし涅槃は、個人の感覚、感情、思想の断滅（extinction）を意味する、つまり、意識ある個性の究極の解体（disintegration）を意味する——換言すれば、「私」という言葉に含まれる一切のものの消滅（annihilation）を意味する。……と言うならば、仏教の教えの一面を正しく表現していることになるのである。[23]（傍線は筆者による）

この文言を念頭におきながら、先程の晃と八雲との対話を思い起こすとき、八雲が、晃に「私のいう魂の意味はお分かりでしょうね」と念を押し、それに対して、晃は「もちろんです。仏教徒は魂が過去にも未来にも——永久に変わらず存在すると信じています」と答えました。またそれに対して、八雲は、如何にも怪訝そうに、「涅槃に入ってもですか」と尋ねた理由が、はっきりして来るように思われます。

すなわち八雲は、仏教では霊魂を認めないし、仏教の涅槃というのは、当時の西洋の仏教研究者たちの間で広く行なわれていたと同じように、「完全な消滅である」と理解していたか、あるいはすでにその西洋的理解に何らかの疑問をもっていたかのいずれかであろう、と推定されます。この推定は、八雲の「仏教とは何か」によって確かめられます。

渇愛の抑制は、ブッダによって教えられた善き法（Good Law）に従うことによって達成される。――その善き法を守ることによって、涅槃、すなわち消滅（annihilation）が達成される。われわれは消滅といった。しかしゴータマが、涅槃を、存在のまったき断滅（utter extinction of being）と見なしたのか、それとも一滴の水が、自分の出できた大洋に帰るように、霊魂が神の中へ再び帰入すること（reabsorption）、と見なしたかどうかは、今なお議論の沸騰している問題である。われわれは、涅槃が、つねに自我（Ego）の消滅を意味したかどうか――そうだと今日思われているように――をわれわれは知らないのである。この一点に関してだけでも、一書庫全体を埋め尽くすほどの論が書かれてきた。(24)

これは、八雲が「四つの聖なる真理」（四聖諦）の中の「道諦」を説明する文脈の中で出てくる記述であります。この記述は、前引の「ニルヴァーナ」の文章の中の、筆者が傍線を施したパラグラフとほぼ一致していると言えると思います。

この記述から判断すると、来日する前に、この作品を書いた一八八四年一月一三日の時点では、八雲は、一般に言われているように、涅槃が〈「私」の消滅〉であるのか、あるいは前引の「ニルヴァーナ」にあるように、インドの汎神論によって予言された、有限のものが無限のもののなかに再び帰入すること（reabsorption）と解すべきであるか、決めかねていたと推定されます。その八雲が、晃から従来の自分の仏教理解と矛盾する日本の仏教徒の霊魂観と涅槃観とをきいて、来日早々、予想もしなかった大きな問題にぶつかったのではないでしょうか。

八雲の解決すべき問題の一つは、日本の仏教徒の理解する「涅槃」と西洋的な「涅槃」理解とは矛盾しているが、それは何故か、どちらが正しいのか、ということであったと思われます。今ひとつは、日本の仏教徒の霊魂観は、インド仏教の霊魂観と異なるが、それはなぜか、という問題であったと推定されます。

その中の第一の問題の解答が、作品集『仏国土拾遺』の中の、三年の歳月をかけて書き上げた「ニルヴァーナ」であったと思われます。かれは「ニルヴァーナ」で、長年決めかねていた二通りの涅槃の理解を乗り越えて、かれ独自の涅槃観を提示しようとしたのです。また第二の問題の解決のためには、必然的に仏教と習合していた神道の研究に向かわざるを得なかったのだと推測されます。

八雲は、松江に落ち着いて間もなく、在米の親友エリザベス・ビスランド（Elizabeth Bisland 1861-1929）に宛てた、来日の感動と歓喜にあふれた手紙（一八九〇年）の末尾に、「私は今全身全霊をもって仏教を研究しているのはいうまでもありません[25]」と書き添えています。このような仏教研究の成果が、かれの晩年の一四年間の日本研究の卒業論文ともいわれる『日本――一つの試論』の中の、仏教が本来本質的には相容れない神道と如何に習合していったかを論じている「仏教の伝来」と、「ニルヴァーナ」を前提にしている「高度の仏教」という二つの作品ではなかったかと、推測されます。

八雲は「ニルヴァーナ」のなかで、西洋人が涅槃を正しく理解できない理由は、西洋人の「我」(Self)についての観念にあると、ずばり指摘しております。

西欧人にとって、「私」とは感情・観念・記憶・意志を意味するものである。……ところが仏教徒は、その反対に、われわれが「私」といっているものは、あれはことごとく偽りだと言うのである。仏教徒は、「自我」(Ego)というものを、人間の肉体的・精神的経験によって作られた感覚・衝動・観念の――つまり、いずれは消滅すべき人間の肉体に関係があり、人間の肉体とともに消滅すべき運命をもっている一切のものの、ほんの仮りに結ばれた集合体にすぎないものだと定義している。西欧人の理性から見て、実在のうちで最も信じ、拠りどころとすべきものと思われているものを、仏教徒の理性は、これを幻影の最も大なるもの、一切の悲嘆・罪業の根源であるとさえ言っているのである[26]。

このような理解から、八雲は、「永遠にして神的な絶対の実在(Absolute Reality)、すなわち霊魂ではなく、個性ではなく、我執のないまったき自己(All-Self)、――無我の大我(*Muga no Taiga*)、すなわち業の中に取り込まれた仏性(the Buddha)が、不完全な人間の虚偽の意識の背後に、我々が霊魂と呼んでいる袋(じつは、その袋は、幻影〔illusion〕という厚地の布で織ってある袋なのだが)に入れられて、感覚、知覚、思惟の及ばないところに、知らず知らずのうちに、存在している[27]」と主張しています。したがって涅槃は消滅ではありますが、それは絶対的な無に帰することではなく、自我という霊魂が消滅して、永遠にして犯すべからざる絶対の仏性が現われることであります。あらゆる生類のなかに、この仏性が、すなわち無量の智慧が、眠っているのですが、最後には目覚めるというのです。八雲は、仏教の「経文の真の意義を理解する前に、まずもって、西欧の神と霊魂、物質と精神に関する一般通念は、仏教哲学には存在しないということを理解しておく必要がある」(28)ことを強調しています。

四　小泉八雲と無我説

最後に、八雲は仏教の「無我説」をどのように考えていたのか、についてお話しして、締め括りたいと思います。

八雲は、その「ニルヴァーナ」の中で、仏教の代表的な教えである「無我説」を取り上げて、仏教の無我説が、道徳的に価値高い重要な教義であるにもかかわらず、西洋の思想家たちは、正しい評価を与えていないことを指摘しております。

西洋に根強く見られる、仏教の無我説と相反する諸々の信仰を取り上げて、それらが如何に多くの人類の不幸を引き起こしているかを、次のように批判しております。

(仏教の無我説と)正反対な信仰――つまり、常住なものがあるという迷妄、言い換えれば、性格、身分、階級、信条の差別は、ある不変の法則によって定められているという迷妄、――不変・不死の有情の霊魂は、神の気紛れによって、永遠の幸福か、永遠の煉獄へ行くように運命づけられているという迷妄——これらの迷妄から、如何に多くの人類の不幸が起こっていることであろうか。

疑うまでもなく、神というものは、怨みをもったら最後、どこどこまでも怨みつづけるという観念、——霊魂は、一定不変の状態に宿命づけられている永遠・不変の実体であるという観念、——罪は償うことができず、罰は決して終わらないという観念——こういう観念は、社会がかつての未開な発展段階にあった時代には価値がない訳ではなかった。しかしこれからますます進歩する未来の人類進化の中では、そんな観念は、お払い箱になってしまうにきまっている。(29)

と、断言しております。そして八雲はさらに続けてつぎのように申します。

そんな西洋的な観念を一日も早く衰滅させるような明るい結果を招くために、西洋思想が東洋思想と接触することが望まれる。そんな西洋的な観念を発達させた感情さえも、われわれのなかに尾を引いている間は、本当の意味の寛容の精神など生まれるわけがないし、真の人類同胞の観念も、世界愛の目覚めも起こりっこはないのである。(30)

このように八雲は、永遠不滅の自我というものを認めず、性格・階級・民族の差別というものを認めない仏教のもつ今日的・未来的意義を強調しております。

近年、安易に「自我の確立」などといって、西洋的な自我を、猿真似のように強調する人々がおりますが、西洋的な自我の行き着くところは、今日の世界のあちこちで起きているような様々な紛争であり、究極的には人類の滅亡を招くことになります。八雲が、すでに、九〇年も前に、仏教の無我説の今日的・未来的意義を見出し、西洋思想が東洋思想と接触することを望んでいたことは、驚嘆すべきことであります。世界の状況が、今日のように多くの民族が緊密に接しあい、共生していく必要があるような時代になって参りますと、ますます仏教の無我説の考え方が重要になってくるのではないかと思います。

注

本稿は、平成八年七月四日駒澤大学仏教学会公開講演会における講演原稿で、『駒沢大学仏教学部論集』第二八号、一九九七年、一九一―三二頁に掲載された。二年後同稿は、『国文学年次別論文集・近代Ⅰ』学術文献刊行会、一九九九年、七一三―二〇頁に転載された。今回本講座に収録するに当たり、不必要と思われる八雲の生涯を削除し、多少加筆・訂正し、また本文中に埋め込まれていた注記を、本講座の編集方針に従って後注とすることにした。

（1）竹内信夫「ハーン『ニルヴァーナ』について」『国文学　解釈と鑑賞』第五六巻一一号、一九九一年、一〇一―一〇九頁。

（2）『比較文学研究』第六〇号、一九九一年、二四―五四頁。

（3）「小泉八雲（ラフカディオ・ハーン）研究の軌跡」『国文学　解釈と鑑賞』第五六巻一一号、一九九一年、一四九頁。

（4）"My First Day in the Orient"『知られざる日本の面影』一八九四年、熊本時代（*Glimpses of Unfamiliar Japan*. Rutland, Vermont & Japan: Charles E. Tuttle Co., 1976, pp. 1-28)。
（5）"In Yokohama"『東の国より』一八九五年、熊本時代。
（6）"The Idea of Pre-existence"『心』一八九六年、神戸時代。
（7）"Nirvana"『仏国土拾遺』一八九七年、神戸時代。
（8）"The Introduction of Buddhism"『日本——一つの解明』一九〇四年、東京時代。
（9）"The Higher Buddhism"『日本——一つの解明』一九〇四年、東京時代。本作品は通例「大乗仏教」と訳されている。その誤訳であることはすでに指摘したことがある（拙論「ラフカディオ・ハーンと仏教」『雲藤義道喜寿記念論文集　宗教的真理と現代』教育新潮社、一九九三年、二四頁、註一一）。
（10）"What Buddhism Is", *Essays in European and Oriental Literature by Lafcadio Hearn*, arranged and edited by A. Mordell. London: William Heinemann Ltd., 1923, pp. 277-283; 前田專學「ハーンの来日前の仏教観——ハーン著『仏教とは何か』の邦訳・解説・注記」武蔵野女子大学『人間研究』第四号、一九九九年、一—二二頁参照。
（11）大西忠雄「小泉八雲と仏教」『へるん』第九号、一九八一年、三頁。
（12）平井呈一「八雲と仏教思想」『小泉八雲入門』古川書房、一九七六年、三二頁。
（13）E・スティーヴンスン『評伝ラフカディオ・ハーン』遠田勝訳、恒文社、一九八四年、一六八頁。
（14）上掲拙論「ラフカディオ・ハーンと仏教」参照。
（15）後注（18）参照。
（16）今西順吉「わが国最初の『印度哲学史』講義（二）」『北大文学部紀要』三九—二、平成三年二月、七二—七七頁。
（17）"Confused Orientalism," *Oriental Articles by Lafcadio Hearn*, ed. by Ichiro Nishizaki. Tokyo: The Hokuseido

Press, 1939, pp. 101-103.

（18）Henry S. Olcott, *A Buddhist Catechism, according to the Canon of the Southern Church*, Boston: Estes and Lauriat, 1885. この版は、現在富山大学付属図書館にあるヘルン文庫に所蔵されていて、ハーンがニューオーリンズ時代に購入したものであることがはっきりしている。オルコットについては、西尾秀生「オルコットの仏教復興運動」（近畿大学文芸学部論集『文学・芸術・文化』第四巻第一号、一九九二年、五四―四四頁）、同「南北仏教の統一――オルコットの目指したもの」（『渡邊文麿博士追悼論文集・原始仏教と大乗仏教』三七三―三八三頁）参照。ハーンと『仏教教理問答』については、竹内信夫「ハーン『ニルヴァーナ』について」上掲、一〇四頁、村井文夫「ラフカディオ・ハーンと仏教」（『比較文学研究』第八五号、東大比較文学会、二〇〇五年、三八―四三頁）参照。当時の日本におけるオルコット並びにその『仏教教理問答』に対する評価は高かったのは事実であるが、八雲は、「混乱せる東洋学」で明らかなように、オルコットなどの神智学に対しては来日前から極めて批判的であった（"The Shadow of the Light of Asia," *Occidental Gleanings by Lafcadio Hearn: Sketches and Essays*, Now First Collected by Albert Mordell, vol. II., London: William Heinemann, 1925, pp. 107-108 参照）ことと、来日前に西洋における東洋学の一領域としてのインド学・仏教学に関する八雲のかなり広く深い学殖から判断すると、真鍋が示した『仏教教理問答』などに対する八雲の反応を、村井氏（上掲論文、四一頁上段）のように、八雲が同書に重要な意味を与えているかのように解することには違和感を感ずる。

（19）Edwin Arnold, *The Light of Asia, or The great Renunciation. Being the Life and Teaching of Gautama.*, Boston: J.R. Osgood & Co., 1885. 本書は、何回も版を重ねているが、本注に示した版は、現在富山大学付属図書館にあるヘルン文庫に所蔵されていて、ハーンがニューオーリンズ時代に購入したものであることがはっきりしている。

（20）前注（9）参照。

（21）宗教、とくにキリスト教を批判し、その教義・道徳からの自由を主張。Herbert W. Schneider, *A History of*

American Phhilosophy, Indian Edition, Motilal Banarsidass, 1969, pp. 61-66 参照。

(22) *Gleanings in Buddha-Fields* は、従来平井呈一訳『仏の畑の落穂』で一般に知られている作品である。これについては、竹内信夫氏によって Buddha-Fields が仏教のサンスクリットの術語 *Buddha-kṣetra*（仏国土）の英訳であることが指摘され、適切に訂正された（「ハーン〈ニルヴァーナ〉について」『国文学　解釈と鑑賞』第五六巻一一号、一九九一年、一〇八－一〇九頁）。

(23) "Nirvana," *Gleanings in Buddha-Fields.*, Tokyo: Charles E. Tuttle Co., 1981, pp. 211-212. "Nirvana" については、竹内信夫「ハーン『ニルヴァーナ』について」上掲、一〇一－一〇九頁、村井文夫「ラフカディオ・ハーンと仏教」上掲、三八－四三頁参照。

(24) "What Buddhism Is," *op. cit.*, p. 280.

(25) E. Bisland (ed.), *Life and Letters in Three Volumes*, Vol. II, Boston and New York: Houghton Mifflin Co., 1922, p. 103.

(26) "Nirvana," *op.cit.*, pp. 212-213.

(27) "Nirvana," *op.cit.*, p. 222. 大乗仏教の如来蔵思想においては、バラモン思想の「我」（ātman）との混乱を避けるために、如来蔵思想における「我」を「大我」という（中村元など編『岩波仏教辞典』岩波書店、五三〇頁参照）。「無我之大我」の用例は、『妙法蓮華経玄賛』『金剛般若経疏』などに見られる。

(28) "Nirvana," *op.cit.*, p. 218. ハーンは涅槃を理解するために、『金剛般若波羅蜜経』『仏所行讃経』『大般涅槃経』『華厳経』などの経典の他、S. Kuroda, *Outlines of the Mahayana as Taught by Buddha*, ed. by the Bukkyo Gakkuwai, Tokyo, 1893 を典拠としている。ハーンは、"Nirvana" の後半では、仏教の根本的な理論と西洋の科学の諸概念との対応関係の考察をおこなっているが、その検討は後日の課題にしたい。"Nirvana" の邦訳については、前田專學・佐々木一憲「ラフカディオ・ハーン（小泉八雲）著『涅槃』I～II——邦訳と注記」『東方』第二四号、二〇〇九年、一四五－一六〇頁参照。なお、竹内氏に *Outlines of the Mahāyāna* の所在をご教示頂いた。ここに記して謝意を表したい。

(29) "Nirvana," *op. cit.*, p. 228.

(30) "Nirvana," *op. cit.*, p. 228.

日本の仏教とハーン

村井文夫

一八九〇年四月、来日を果たし横浜にその第一歩を記したラフカディオ・ハーンは、ほどなく職を得て松江に赴く。そこで旧い日本と出会い、神道を「発見」して深い感動を覚え、大きな影響を受けたことは、これまでも何度となく取り上げられてきた。これに対し、何よりも日本の仏教に憧れて横浜に降り立ったハーンが、その後も日本の文化に根をおろした仏教とその文化に親しみ、否応なく迫りくる近代化の大波をかぶりながら、新しい地平を切り開こうとする明治期の日本の仏教にも関心を寄せ、日本滞在後半には仏教の教理や思想に関わるエッセイ「ニルヴァーナ」をものしていることは、それほど知られていない上、十分な考察が加えられてきたとは言い難いように思われる。

神道の場合と比較すると、ハーンの触れた日本の仏教、そしてそれに触発された彼自身の仏教をめぐる思索は、東洋と西洋、西欧と日本との対立と緊張をともなう相互の入り組んだ関係を踏まえて形成されているところに特色がある。本稿においては特にハーンの横浜滞在時の作品とエッセイ「ニルヴァーナ」に注目し、この点に踏み込んで検討を加えることで、日本の仏教を介した東西両世界の接点をハーンがどこに見出していたのかを明らかにしてみたい。

一　ハーンの来日と日本の仏教

一　「東洋第一日」

来日後のハーンの最初の著作『知られぬ日本の面影』の巻頭を飾る「東洋第一日」には、横浜に第一歩を記すや溢れる思いを抑えきれないかのように「テラへゆけ」と車引きに命じるハーンの姿が活写されている。太平洋を渡る長い船旅にあって、いやそれよりずっと以前からその胸中には「仏教の花咲く日本」があった。その日のうちに訪れたとある寺の建物の様子を丹念に書き記し、参詣する信徒の様子や素朴な信仰心を描き、さらに一歩を進めて案内された一室でハーンは寺の住職との会話に臨み、そこでは驚くほど専門的な話題を取り上げている。

学生が僧侶の質問を通訳してくれ、私は『東方聖典』に収められた仏典の翻訳や、さらにまたビール、ビュルヌフ、フェエ、デイヴィッズ、ケルンその他の労作について何がしかを語ろうと試みた。(1)

マックス・ミュラーの編纂にかかる『東洋聖典』の輝かしい成果については多言を要さないだろうし、列挙されている人名はいずれも十九世紀の西欧における優れた仏教研究書を残した学者ばかりであり、ハーンの読書範囲の広さを窺わせてくれるが、しかし当然ながら仏教の学問的造詣も深いと予想される住職らが、ハーンの言葉に何の反応も見せなかったと記されているのは更に興味深いと言えるだろう。とはいえ、伝統的に漢訳仏典に親しみ、修行を重ねてきた日本の僧侶の多くにとって、西欧における学問的な仏教研究になじみがないのは無理からぬところであり、問いかけられても黙っている以外なすすべもなかったというところではないだろうか。それにまた、ふいに訪れた何処の誰ともわからぬ西欧の旅人がそれらしき書名を挙げてみせたとはいえ、仏教の深い伝統と広大無辺の知恵の何がわかるだろうか、そんな疑念が浮かんでいたのかもしれない。重苦しい沈黙が広がっていく。

だがこれと前後して、寺に下宿し通訳にあたってくれた青年アキラは、住職の部屋の書架から一冊の薄い本を抜き出すと、ハーンにこう問いかけている。

「イングランドやアメリカにも仏教徒はいるのでしょうか」

「仏教思想に関心があるというぐらいまで含めればかなりの数になりますね」

書生はふいと後ろを振り向き、床の間から一冊の小型本を手に取って差し出した。見るとそれは『仏教教理問答』の英語版であった。(2)

この箇所が奇妙な印象を与えるのは、住職のもとになぜ英語の本があったのか腑に落ちないからであり、また題名からしても初心者用の仏教入門書と思われるこの小型本は、先に挙げられた高名な研究者や高度な仏教研究の専門書と余りにも不釣合いに思われてしまうからである。

ハーンはアメリカ時代、実は既にこの『仏教教理問答』と出会っている。十九歳の一八六九年、大西洋を渡りオハイオにしばらく腰を落ち着けた後、新たな運を試し人生を切り拓こうと南部ニューオーリンズを目指したのは一八七七年のことであった。そこには豊かな教養を身につけ、ヨーロッパにおける学問世界の動向から最新のフランス小説まで多彩な話題と溢れる教養を備えた、刺激に満ちた会話の相手にことかかず、ハーンの知的世界は大いに広がり、広汎な領域にわたる書物渉猟と蔵書の楽しみを身につけさせてもくれることになった。

ところで一八七〇年代から一九〇〇年代初頭にかけてのこの時期こそ、アメリカにおいて仏教への関心が沸き起こり、忽ちのうちに広汎で多面的な広がりを示した時代に他ならない。これを出版される書籍に注目しておよそ三つに分けてみることにしたい。(一)十九世紀前半のヨーロッパにおけるオリエント研究の一環としての仏教研究の紹介。(二)仏教の啓蒙的な解説書、入門書の刊行、さらに東洋の宗教に触発された宗教的思想や運動の活発化と、それらの経典などの刊行。(三)仏陀の生涯や仏教説話を発想源とし、主題とした文学的作品の出版。

ハーンの蔵書や彼の執筆活動との関係では(一)の面は既に言及した『東方聖典』をはじめとするアカデミックな仏教経典の翻訳や仏教研究書の収集と、新聞紙上におけるそれらの紹介や論説。(三)においてはアーノルドの『アジアの光』にハーンが目を通し、書評にも取り上げているし、また『ストレイ・リーヴズ』に収録されたハーンの仏教にかかわる再話作品を挙げることができる。そして(二)を代表するものとして『仏教教理問答』があり、さらにこの本や、「ネオ・ブディズム」「エゾテリック・ブディズム」「神智学」をめぐるハーンの新聞紙上の記事がある。オールコットの『仏教教理問答』は先に挙げたエドウィン・アーノルドの『アジアの光』、ポール・ケイラスの『ブッダの福音』と並んでこの時代のアメリカにおける仏教関係の三大ベストセラー[3]と呼ばれるほど注目を浴び、多くの読者を集めたが、ハーンは正統的な仏教から逸脱したものと批判しており、それだけに「東洋第一日」に唐突にこの本が登場することに一層のいぶかしさを覚えざるをえない。しかも、これに加えてなぜハーンはあえて「英語版」と念を押したのであろうか。この点に注目することで問題の広がりと重要性とが明らかになる。

アメリカ東部の法曹界で名を上げ、ジャーナリストとしても成功を収めて、ニューヨーク社交界の著名人として何不足ない地位と声望をほしいままにしていたオールコットは、ふとしたことからブラヴァツキー夫人の知己を得、仏教研究を思いたって一八七九年、インドの地を目指すことになった。しかるべき師についてみっちりと仏教を修める心積もりであったのだが、到着してみるとキリスト教布教の嵐によって仏教は見る影もなく衰退をきわめており、寺院は荒れ果て、誰彼に声をかけても教理の初歩さえろくに覚えていない有様に驚きを禁じえなかった。そればかりか伝統的な文化や暮らしまでが無残に破壊され放置されている様子を見て、オールコットは仏教の基礎を人々に説き、そこから失われた自恃と誇りを取り戻させるようにすることこそ自らに課された何よりの使命に他ならないと思い立つ。そこで先ずもって、インド亜大陸における仏教教義の基本的な理解と普及に資するべく（そして遠くは植民地支配からの脱出と独立に些かなりと援助の手を差し伸べるべく）西欧オリエント研究者による仏教研究の成果から多くを得てものしたのがほかならぬ『仏教教理問答』であり、その刊行はインドに渡ってわずか二年後の一八八一年のことであった(4)。

この本はしたがって、インドにおける仏教の再興と布教啓蒙を目的として、一人の西欧人が西欧仏教研究を基礎に編み上げたという、きわめて特異な性格を持つものであったということになる。とはいえ実際インド亜大陸ばかりか、西欧においても折からの仏教に対する広汎な読書層の関心の高まりを追い風に、恰好の入門書、初歩の解説書として版を重ね、競って各国語に翻訳された。日本語訳も出ているが、その刊行と相前後して英語版（実際には英語版の翻刻に日本側で英語による序文を付して出版したもの）も出ており、この序文を認《したた》めたのが明治屈指の高僧、南條文雄《ぶんゆう》であった。南條は英国滞在時代にオールコットの著書を知る機会があったように思われる。

二　南條文雄と『仏教教理問答』

明治維新を迎え「廃仏毀釈」の方針が打ち出されると、日本の仏教界は極めて深刻な打撃を蒙ることになったが、これにさらに追い討ちをかけたのがキリスト教の宣教・布教の大波であった。この危機的事態に直面して、それをいち早く仏教を立て直す自己改革の契機と捉え直し、方向を転換させようと先見の明を示し、行動に移したのが浄土真宗であった。島地黙雷らが各国の社会宗教事情視察のために欧州に旅だち、石川舜台、成島柳北らはインドに仏跡を訪ね、欧州図書館所蔵のサンスクリットによる仏教文献の調査に携わっている。従来の漢訳仏典に代わりサンスクリット、パーリによるインドの仏教原典に直接就くこと、同時に欧州における仏教のアカデミックな研究を今後の教学の柱とすること、さらにその一方で民衆層に向けた仏教の普及、啓蒙活動の促進、活発化のための新たな方途を模索するなどといった方針がそこから生まれてくることになる。南條は言っている。「かつてロンドンのある家庭に寄宿していた時のことだが、同家には七歳を頭に五歳、三歳の三人の子供がいた。当時長女は学校でカテキズム（キリスト教の教理問答集）を習っているところで、問いかけられれば間髪入れずに答えを諳《そら》んじてみせた……そんな光景を目の当たりにするうち、我が国の子供が例えば『仏陀は神であったのか』というような単純な質問にもよう返答しえないでいる様が脳裏をよぎるのを覚え、このような書物があってほしいものだという思いが去来するのを抑え難く覚えた(5)」。南條なりの「仏教のカテキズム」という構想がこの時点で既に芽生えていたことがこの一節によって確認できるし、オールコットの著書も念頭にあったのではないかという推測も成り立たないではないだろう。

ところで、選抜されて仏教研究のため派遣されることになった南條文雄と笠原研壽《けんじゅ》が、船上の人となって一路イギリスを目指したのは一八七六年六月のことであった。マックス・ミュラーのもとでサンスクリット文献による仏教研究に着手したのはその三年後であり、刻苦精励、専心一途の研究生活が始まった。しかし無理がたたった笠原は一八八二年に肺患を得、無念を押し隠して帰国の途につくが、その途上、病をおしてセイロンに滞在しているのが注目される。南條に宛てた書簡によると、この時「此社〔筆者注。「神智学協会」〕……色々ノモノヲ生ニ贈寄セリ、其中ニオルコットノ講義等ノモノ、社ノ規則等アリ(6)」とあり、この「オルコットの講義」がおそらく『仏教教理問答』に他なるまい。南條は言っている。「今は亡き学術の朋輩、笠原研壽は帰国の途上セイロンを訪れた折、本書『仏教教理問答』一冊、その他神智学協会の出版物数点を贈呈されたのだった(7)」。

イギリス滞在中、南條と笠原の二人がオールコットとその著書に関して話合う機会があったかどうかは不明であるが、右に記したように日本における民衆層に向けた仏教の普及、啓蒙においてオールコットの著書が果たしうる役割とその有用性は早い時期から南條の念頭にあったことがわかる。「その翌年(一八八三年)、小生はイングランドからアメリカ経由で帰国を果たした。ただちに挨拶かたがた学殖豊かな朋友、赤松連城宅を訪問に及んだところ、赤松は本書の名を挙げ、ほぼ訳し終えたとまで口にしたのだった。とかくするうち、笠原の遺品の整理にあたることになった小生は、贈呈されて笠原がセイロンから持ち帰った本書をその中に見出し、我国に広く知らしめたい思いの湧きあがるのを覚えた(8)」。

赤松がこの本のことを聞き及んだのは熊本訪問の際のことであった。「余、客年熊本ニ遊ブ。水谷生来テ、米人オルコット氏ノ書簡、及ビ其著者スル所ノ『仏教問答』トイヘル書ヲ余ニ示ス。余、取テ之ヲ読ム(9)」。一読して邦訳の価値ありと判断し、「ほぼ訳し終え」ていたというのは、赤松もまたこの時代の日本に仏教の初歩的な啓蒙書にこれというものがなく、にもかかわらずそうした書物がどれほど必要であるか痛切に感じていたからに他なるまい。とはいえ、二人が会った時点で既に別の人物の手による日本語訳刊行の話は本決まりになっていたらしく、これが南條をして日本語訳ではなく、英語版の翻刻を手掛けさせることになった事情であると思われ、その一方赤松は今立吐《いまだてと》酔《すい》の日本語訳に序文を寄せるにとどまったのだった(この「序文」は先にあげた「仏教ノ西漸」の後半部分に当たっている(10))。

以上のように、オールコットのこの本は当時の日本の仏教界において、思いがけないほど高く評価されていたことがわかる。そこには日本で仏教が苦境に立たされ、あるいは西欧文明の圧倒的な侵入を前にアジア諸国の伝統や文化が劣勢においやられ、衰退、消滅の危機に置かれているとき、西欧の側から仏教に接近し、意義や価値を高く評価して、その保護や普及に尽力している人士がいるというこの事実が何よりも大きかったに違いない。

実はオールコットはハーン到着の前年一八八九年に来日を果たしている。同年二月から四ヶ月にわたる最初の滞在の後、二年後もう一度日本来訪の機会を得、この時にはフェノロサ、ビゲロウとの面談に及んでいる。最初の来日の橋渡し役を担ったのは野口善四郎（復堂）であり、チェンナイ（あるいはマドラス）のアディアーに赴いて来日を招請したのだった。京都、大阪、名古屋、東京、岡山、山口と精力的に各地をまわり、一般向けの講演会を行ない、各宗を代表する僧侶との会見、質疑にも臨んでおり、改めてこの人に対する当時の日本側の関心と期待のほどが分かるし、オールコットの講演は多くが印刷に付され、少なからぬ読者を獲得したと思われる。とすれば『仏教教理問答』にもそれなりに反響があったに違いなく、したがって横浜のさして名があるとは思われぬ寺にも架蔵され、下宿人にすぎない青年までが、その名を聞き知っていたのも決して意外とはいえない話であったのかもしれない。

その後、オールコットはセイロンにおける植民地主義的支配に反対し、自主独立運動に献身し、これによって後世までスリランカにおいて評価されている。ところで「仏教の西漸」において赤松連城は先に引用したようにオールコットの『仏教教理問答』に言及した後、大要次のように言っている。仏教はかつてインドから日本に「東漸」してきたわけだが、今度は日本を起点に西欧世界へと広がっていく仏教「西漸」の時機が到来したのではなかろうか。「独リ怪ム、我教何ヲ以テカ欧州ニ西漸セザル」[11]。すなわち赤松の見るところ、一人の西欧人、オールコットによってインドの仏教の建て直しが図られたことで、改めて仏教の意義と価値が見直され、衰退から立ち直る契機が与えられただけでなく、次には一転して逆に仏教の普遍的意義を西欧に向かって訴える新しい段階が眼前に広がってくることになったのだ。自らの建て直しを図った日本は、こうした西欧に向かって開かれ、自らを普遍化する動向の先頭にたつという新たな使命を担うべきではないのか。こうした展望は赤松一人に限ったものではなく、明治中期の日本の仏教界が目指そうとした方向と重なりあうものであった。

「東洋第一日」にオールコットの著作が登場するのは、その執筆の時点において、意外なほどこの本が日本で広まり評価されていることにハーンが気がついていたからに違いない。それはまた、いかに博学有徳であろうと旧弊な老僧たちの時代が終わり、日本の仏教が新しい一歩を踏み出すべき時期が到来しようとしていることを彼に告げ知らせてくれる契機ともなった。深い伝統に育まれてきた伝統的な仏教とは異なる、西欧の息吹を受けて変貌を遂げようとする明治の日本の仏教は、やがて逆に西欧に向かって東洋の宗教が持ちうる意義を提示しようとするようになるだろう。この時期以降のハーンにとってこの点はきわめて重要な意義をもつことになる。

松江を後に、熊本、東京（横浜）を経て、神戸からチェンバレンに書き送った書簡において、ハーンは次のように言っているのを思い起こしておきたい。「カテキズムといえば、いささか突拍子もない話ではありますが、仏教のカテキズムとでも呼んだらいいのか、以前そんなものを作ってみたいと思ったことがありました」[12]。正面から仏教に取り組み格闘していたこの時期にもなお、『仏教理問答』が彼の脳裏に去来することがあったのだ。

二 「ニルヴァーナ」

一 黒田眞洞の『大乗仏教大意』

ハーンと相前後して日本に滞在し、心の通い合う交際を重ねた忘れ難い人々にフェノロサ、ビゲロウの二人がいる。日本の古美術愛好でも肝胆合照らす仲だったこの二人は、一八八四年赤松連城と交わした対話が機縁となって急速に仏教に傾倒、翌一八八五年には園城寺法明院の桜井敬徳阿闍梨（天台宗寺門派）によって受戒するに至っている（ビゲロウの法号は月心、フェノロサのそれは諦信）[13]。何度となく師のもとを訪れては教えを乞い、修行に励み、ビゲロウは一旦アメリカに戻った後も来日の機を得てさらに深く仏道に打ち込んでいるし、フェノロサの残した手稿には仏教を主題にしたものが少なくない[14]。没後には遺言によりフェノロサの遺骨が園城寺法明院に移葬されたのはよく知られている通りである。

この二人と比べると、ハーンは石仏に心を寄せ、仏像に感銘を受け、仏教寺院に足を運び、民衆の素朴な信仰心や、その生活や風習の隅々に息づく仏教文化や伝統に深い関心や共感を寄せ、鋭い洞察を示してはいるものの、宗教上の師に就いて仏道修行に励んだわけでもなく、仏教界の長老に進んで話を聞く機会を求めたような形跡も特に見当たらないように思われる。

しかしながら、その一方でエッセイ「ニルヴァーナ」や遺著となった『日本――一つの理解』に明らかなように、仏教の教義や歴史に深い関心を寄せているのを見逃すこともできない。もっぱら神道に興味が集中していたという印象の強い松江滞在時代にあっても、書簡に次のような一節があるのは指摘しておく必要があるだろう。「『アイテルのハンドブック』[15]（筆者注。アイテルの『中国仏教ハンドブック』）中の日本編は甚だ不出来であり……南條のような人がこのような書物をものしてはくれないものでしょうか[16]」。

アイテルの本を手に取るばかりでなく、その問題点をもただちに見て取るほどに仏教に関する知識にある程度の自信を備えていること、また南條の名も耳にはいっており、その実力の程も見当がついていたことがこの一節から窺える。実際に、南條文雄が編者となって世に出た『日本仏教十二宗派[17]』を彼は所蔵しており、参照し活用してもいる。この本は日本における仏教の十二の宗派を紹介するものだが、それに先だつ「序説」において先ず仏陀の生涯を紹介し、次にインドにおける、そして中国における仏教の発展を叙述し、日本に至る歴史的説明を加え、その後で明治中期の時点において活動中の日本における十二の宗派に関して、それぞれの宗派に問い合わせて得られた回答を順次列挙し、全体を英訳したものである。したがってこれは英語圏を中心に西欧世界に向けてその時点における日本の仏教を紹介することを意識して出版されたものであるということになる。だがそれだけではなく、「序文」において、この時点においては（かつてのように中国と漢訳仏典ではなく）日本の仏教が自らの出発点をインドに置いていることを明示し、さらに中国を経て日本に至った仏教（すなわち大乗仏教）を特に重視し、そして到達した日本における仏教とその意義を殊更きわだたせよう（少なくともこの時点で他のどの国のそれよりも紹介するに足る内実を備えた仏教が存在し活動しているのは日本であると主張しよう）とする意図があったと考えられるだろう。

こうした明治中期に顕著になる、日本の仏教の意義を強調する視点をハーンに示し、同時に「現今における日本仏教の全体的思想」の見取り図を描く上で大いに参考になった著作として、もう一つ黒田眞洞の『大乗仏教大意』を挙げておかなくてはならないだろう。この本は「ニルヴァーナ」でも『日本――一つの理解』でも引用されており、彼の蔵書に含まれていたことはほぼ確実と思われる。これにもやはり英訳版があり、ハーンが目を通したのはもちろんこちらである（黒田真洞『大乗仏教大意』）[18]。もともとこの本は海外で読まれることを明確に意図して出版されたものであった。

一八九三年、万国宗教大会がシカゴにおいて開催され、カトリック、プロテスタント、ユダヤ教、ヒンドゥー教、イスラム、仏教など世界の宗教の代表者が一堂に集まり、おのおのの信念を吐露し、主張を披瀝するとともに、互いの友誼を深める好機会がもたらされることになった。日本からもキリスト教、神道、そして仏教各宗派の代表（臨済宗の釈宗演、真宗の八淵蟠龍、真言宗の土宜法龍、天台宗の蘆津実全）が海を渡って参加の途につき、最初の三人に加えて在家の平井金三も見事な英語を駆使した演説で注目を一手に集めたのだった（この時釈宗演の講演原稿の翻訳にあたったのが鈴木貞太郎であり、その後やはり大会に参加していたケイラスのもとに身を寄せた彼は師の著した『仏陀の福音』〔一八九四年刊〕の翻訳を世に問うことになる）。

日本の仏教の代表者の意気込みには並々ならぬものがあった。大会終了後も別途講演の機会を模索し、あるいはまた出発に先立って予め数点の小冊子を用意、持参して、時間の制約を補い、可能な限り日本の仏教の紹介と普及啓蒙に役立てようと試みている。黒田の『大乗仏教大意』はそうした一冊にほかならず（他に八淵蟠龍『真宗綱要』、清沢満之『宗教哲学骸骨』などの英訳もあった）、その狙いについて黒田は以下のように言っている。

世界宗教大会の挙あり、我邦大乗仏教を広く欧米各邦の間に伝へんには、眞《まこと》に千載の好機なり。多年仏教の教理学説を弘通するを以て唯一の目的とする我が「仏教学会」は、此機に乗して、大乗仏教の大意を叙述し、彼耶蘇教国に於て真理を求むるものに対し、我か光輝ある仏陀の教義を宣伝して、教家の義務を果し、友愛の情誼を全うせんことを企て、余に其述作を托せり。[19]

ここにいう「仏教学会」はいわゆるアカデミックな学術団体ではなく、仏教各宗各派がその相違、異同を超えて協調しうる教理を見出し、それを通じて広く仏教の普及、啓蒙の促進を目指そうと設けたものであった。『大乗仏教大意』も著述は黒田眞洞であるが、校閲者として各宗派の代表者の名前が列挙されている。[20]

黒田の説明によれば、仏教には大乗、小乗の二つの教法があるが、日本の仏教の特色はその両者が共に備わっているところにある（「大小の教義、奐然として備り、旺然として盛なるもの、独り我邦を以て然りと為す」（五頁））。だが、確かに教法は二つあるものの、大乗のそれは小乗の教法を含んで包みこむ、より大きなものであると言える（「大乗の教義は偏く小乗の教法を包蔵して余す所なし」(三頁)。したがってあえて二つの教法を並べ立てなくとも、大乗をもって日本の仏教の教法を代表させることができる。

更に、双方の「涅槃」の理解に注目すると、「小乗の意は心身を苦悩の根本となし、是を厭捨して六道を出過し、身心永滅の所を解脱涅槃となす」(二七頁)としているが、これは「唯是欣寂の教旨聖法一分の理を顕はすのみ」(二七—二八頁)と言うべきであり、それに対して大乗の教えにおいては「癡心相滅するか故に心性顕現して、無量の徳相を具へ難思の業用を示現す、故に涅槃は決して空滅のところにあらず」(二六—二七頁)としており、すなわち大乗の方が遥かに問題を深くとらえ、すぐれた理解を示しているというのである。

ハーンが黒田の本から受け取った最も重要な点の一つはしかし、様々な宗派の相違を踏まえつつ、しかしそれを超えて、日本の仏教が互いに共有しうる教理や歴史を組み上げようとしているという事実にあり、またそうであるが故に黒田の著作を通して、自分が日本の仏教の概括的な全体像を捉えうるという自信を与えてくれた点にあるのではないだろうか。同時にまた、この日本の仏教が生気に溢れ盛んな勢いを誇り、西欧に向かってその大乗仏教を伝えようとしていることに深い興味を抱いたと思われる。「我邦維新の後、吾仏教徒大乗の妙法を彼に伝へんとするや久し」(六頁)。

こうして西欧オリエンタリストによる学術的な仏教研究の成果を一方に、他方にこの時代の日本の仏教界の動向を置き、そこからどのような果実が引き出しうるかを、仏教の重要な教理の一つを通して検討しようとする、そこにエッセイ「ニルヴァーナ」の基本的な発想を見出すことができるのではないだろうか。

二 「ニルヴァーナ」における引用

ハーンが「ニルヴァーナ」執筆にあたって並々ならぬ準備を重ね、執筆にあたっては文字通り心血を注いだことは「『仏国土拾遺』に収められた「ニルヴァーナ」を書き了えるのに三年以上を要した[21]」という雨森信成の証言に徴しても明らかであろう。この雨森信成について、前節でとりあげた「東洋第一日」の後日談の形をとった作品「横浜にて」に関連してハーンは次のようにいっている。「『横浜にて』は仏教に関する文章で——ある老僧との対話でありますが——雨森氏が——多くの質問に見事に答えて——手伝ってくれたのでした[22]」。

「ニルヴァーナ」にはごく短いものから相当な長さに及ぶものまで、随所に仏典や論書（及びその他の仏教関連文献）からの引用が散りばめられている（それ以外には近年の西欧における科学、思想哲学、心理学書からの引用がある）が、それは欧文による仏典、日本語による仏典・論書、それ以外の仏教関連文献（既に挙げた黒田眞洞の『大乗仏教大意』）に大別できる。

引用された欧文の仏典はことごとくマックス・ミュラーの編纂にかかる『東方聖典』に収められたものである。アメリカ時代に既にハーンが収集を開始していて、その後に至るまで息長く刊行されたこの叢書を、彼は来日後にも引き続き関心を寄せていたことは、マックス・ミュラーが南條文雄の助力を仰いで刊行した第四十九巻（一八九四年刊行）を購入していることからも裏づけられる。「ヘルン文庫」に所蔵されている同叢書は二十一冊に及び、仏教関係はそのうち九点（十冊）を数える（『ミリンダ王の問い』は二冊に分けられている[23]）が、「ニルヴァーナ」にはそのうち第十三巻を除く各巻から引用がなされている。[24] 一方、漢文（及びその書き下し）によると思われる仏典、論書はすべてローマ字表記がなされ、その原典は前記『ヘルン文庫』カタログでは確認できない。[25] 日本語で書かれた仏教書を十分読みこなすほどの日本語力があったとは思えないハーンに、助けの手を差し伸べた、高い水準の教養を具えた優れた協力者の姿がここに浮上してくるが、それは他ならぬ雨森信成であっただろう。

少なくとも数の上では、『東方聖典』からの引用と日本側の仏典、論書のそれとがほぼ同数であることが注目される。黒田の著書と同時に日本側の仏典・論書を意識的に取り上げることで、日本の仏教の重要性をことさら強調しようという配慮が働いているのではないだろうか。西欧が仏教を正しく受け止めるには、西欧に向かって自らの存在を主張しようとしている日本の仏教と向かいあおうとすることに大きな意義がある、ハーンはそう考えたのではないだろうか。別の言葉で言い換えるなら、西欧が学問的な仏教研究をさかんにしても、その仏教理解にはおのずからある限界に突き当たらざるをえないが、その限界を打ち破る契機は、西欧の外にあって西欧に働きかけようとするものによってもたらされるということであり、これこそが「ニルヴァーナ」の一つの主題にほかならないように思われる。

三　「ニルヴァーナ」[26]

『東方聖典』や日本の仏典・論書からの数多い引用を一瞥するだけでも、仏教に真摯に取り組む熱意がおのずと感じられる。「ニルヴァーナ」が仏教をめぐるハーンの思索の、ある意味での到達点を示す作品であるとする評価に異論を唱える者はいないだろう。

しかし、だからといってこの作品に仏教の教理に関する厳密犀利な分析と考察を期待するのは、必ずしも的を得ていないように思われる。「ニルヴァーナ」そのものより、むしろ西欧における「ニルヴァーナ」理解の誤りのよってきたる原因にハーンの関心は向かい、進化論登場の意義の一端と関連させ、さらに東西両世界の相互の出会いの可能性をめぐる一種の文明論的な考察へと至っているからである。これが雑駁な一般論に陥るのを免れているとするなら、それは双方の相違を踏まえ、接近しあるいは交流する困難さにハーンが敏感であり、真摯にこれに立ち向かおうとしたからではないだろうか。

ここでは紙幅の都合もあり、多岐にわたる問題を（一）ニルヴァーナをめぐる理解と誤解、（二）ニルヴァーナにいたる段階説、の二つにしぼって考えてみたい。

（一）　ニルヴァーナをめぐる理解と誤解

「ニルヴァーナとは……絶対の無――完き消滅（アニヒレーション）を意味するという考えが、ヨーロッパやアメリカでは今なお広く行き渡っている」（一六二頁）。そうハーンはこのエッセイの冒頭で言っている。確かに十九世紀のある時期、このようなニルヴァーナ理解と、これを一つの根拠とした「仏教は虚無の宗教」でありそれ以外ではないとする言説が、ある文化的社会的文脈の中で盛んに唱えられ、支持を集めたことはよく知られている。ハーンの関心はしかし、こうした「誤った」ニルヴァーナ理解を批判するというより、こうした誤解を生み出すもととなっている、双方の

「自我」観の相違の指摘に向けられている。

西欧においては「自我」の消滅といえば、それはすなわち（コンシャス・）パーソナリティをなす、確固不動にして恒久的に変化することのない「自我」（セルフ）の崩壊・解体を指すものと受け取られ、それ以外ではありえないとハーンは言う。この「個」をなす「自我」（セルフ）が崩壊し、消滅するところには何も残らない。だから「自我」の消滅後に残るのは空無以外の何ものでもありえず、そこから上記のようなニルヴァーナ理解が生じ、仏教は「虚無の宗教」という決め付けを甘受せざるをえなくなってしまった。だが問題はこの前提にある。仏教における「自我」（ハーンは「エゴ」と呼んでいる）は西欧で言う「パーソナリティ」ではなく、確固不動でも恒久的でもない。「自我とは感覚、衝動、想念（観念）の単なる寄せ集めに過ぎず……それがやがて滅ぶべく定められた身体と結びついていて、身体とともに消え去るべき運命にある」（一六三頁）。

「ニルヴァーナ」で言う「消滅するもの」とは、この常に移ろってやまず、集合離散を繰り返す「自我」（エゴ）を指している（その限りで「自我の消滅」という西欧のニルヴァーナ理解は半面の真実を言い当てていると言える）。だがこうした「カルマ＝エゴ」（〈マインドとボディ〉）（一六九頁）が、仏教でいう「自我」（エゴ）のすべてであるというわけではない。問題はそこにある。「カルマ＝エゴ」を成り立たせている感覚、知覚、思考を超えたその彼方の〈「霊魂」でも「パーソナリティ」でもない〉何ものか（それを「カルマに埋め隠されたブッダ」とハーンは呼び、あるいは「ノン・エゴ」という言い方もしている）を忘れるわけにはいかない。この「カルマ＝エゴでない」「ノン・エゴ」は「カルマ＝エゴ」が消滅するところで消え去ってしまうのではない。

とするなら、西欧はニルヴァーナを誤解したというより、理解を成立させる基盤そのものが西欧には存在しなかったのだと言うべきだろうということになる。だが、「基盤がなかった」ということと「いつまでも基盤はないだろう」ということとは同じではない。すなわち西欧が自らの前提を見直そうとする、あるいは見直さざるをえなくなる、その契機としてこの誤解を捉え直そうとする、それがここでハーンの目指すところであった。

ここで西欧における近年の科学や科学思想に目を向けてみると、そこには従来の伝統的な「自我」（セルフ）理解とは異なる見方が登場してきていることに気がつくとハーンは言う。科学的な心理学や生理学においては、「自我」（セルフ）は「感覚、感情、気持ち、観念、記憶を束ねた」ものであり、一時的な寄せ集めの集合体に他ならないという見方がなされるようになってきた。また「進化論」においては「個は消え去る」（一七六頁）と言われていることも注目に値する。こうして、近代の科学と科学思想の台頭によって、西欧がこれまでのように、一定で確固不動の「自我」（セルフ）という前提から一歩踏み出すことが可能になる状況が現われてきたと考えられる。それは仏教の「自我」（エゴ）に対する従来の無理解から一歩抜け出す可能性がでてきたととらえることができるのではないだろうか。西欧が自らの殻を脱ぎ捨てようとする、そこに仏教の「自我」の扉をあける機会が到来する。

ところで進化論がこうした意義を持ちうるとしても、その一方で「進化論によると、人間の高度な能力は闘争と苦痛を通して発達してきたものであり、今後も長くそうであろうという。しかしこうも言っている。進化の後には必然的にディソリューションがくる。つまり、進歩によって立ち至った最高の地点は、後退の始まる開始点でもあるのだ」（一七六頁）。進歩と後退の繰り返しと「説き明かすことのできない宇宙」とを前にして、進化論は足踏みを余儀なくされてしまう。この足踏みを脱する契機を、ハーンはもう一度ニルヴァーナの教理に戻って見つけ出そうとする。

（二）　ニルヴァーナに至る段階説（プログレス）

さて、ハーンは「ニルヴァーナ」にいたる段階的説明を二箇所においてとりあげている。「ニルヴァーナにいたる解脱の八つの段階」（一六五頁）そして「人間の世界からニルヴァーナにいたるまでの霊的プログレス」（一八五頁）がそれである。特に後者においては、最初に六つの欲界、次に十七の色界、最後に四つの無色界を経て進むと述べ、さらに詳しい説明をつけている。抽象的な解説に終始するのではなく、奇抜な新奇さや驚異に溢れ、具体性があって読者を楽しませてもくれるが、それだけではない。ニルヴァーナに至るには段階を踏みながら進んでいくのだが、それは次第に何かを獲得し、あるいは会得していくというより、「一つの生ばかりでなく、無数の生を――一つの世界だけでなく無数の世界を放棄」（一九五頁）していくことなのである。それは果てしない生と死の繰り返しの果てに、無数の世界の生成消滅を重ねた挙句、結局何もかも失い無に帰することなのだろうか。

そうではない。「ニルヴァーナは行き止まりに至るということではない、解き放たれることなのだ。限定され（条件づけられ）たものから、限定を受けない（条件づけられない）ものへの移行でありそれ以外ではない」（一九五頁）。

ところで、ハーンは「仏教の教えは、近代科学が発見することになるものを……予め先取りしている」(一八三頁)と言っている。進化論においては、人間は「進歩」と「後退」を繰り返すとされるが、仏教はこの終わりなき反復からの脱却と解放、そして新たな次元への飛躍の鍵となりうる。この意味で仏教が西欧(科学思想)に対して齎しうる何ものかの一端を、ここでハーンは示そうと試みているといえるだろう。

結びにかえて

ハーンは日本で仏教建築や仏教美術の見事さに関心を久しくする一方、民衆の素朴にしてあくまで篤い信仰心とその現われに打たれ、この信仰心から流れ出る様々な民話、俚諺(「日本の仏教俚諺」)に深く興味を抱き、熱心に収集した。

だがその一方で、西欧の仏教研究が盛んになり、アメリカにおいても仏教への多様な関心が集まる中、明治維新以降、西欧の近代化の波に曝されながら、自己改革を通じて日本の仏教が西欧との出会いを模索する時、その両者のはざまにあって、ハーンは安易に東西交流や相互影響を声高に叫ぶことを避け、双方の出会いの可能性とそのありうべき姿を真摯に追い求め続けた。その成果の一端が「ニルヴァーナ」に見て取れ(他に特に「前世の観念」を挙げておきたい)、これを通じて今日においても失われていないハーンの活動の意義を我々は感じ取ることができる。

注

（1）Lafcadio Hearn, *My First Day in Orient, in The Writings of Lafcadio Hearn*, vol.5, Boston and New York : Houghton Mifflin Company, 1922, p.22.
（2）Ibid., pp.19-20.
（3）Cf. Thomas A Tweed, *The American Encounter with Buddhism*, Chapel Hill and London : The University of North Carolina Press, 1992.
（4）日本での翻刻の底本は以下である。
Henry S. Olcott, *A Buddhist Catechism, According to the Canon of the Southern Church*, Colombo : The Ilangakoon Catechism Fund, London : Trübner, 1882.
（5）Henry S. Olcott, *A Buddhist Catechism*, Reprint（Tokyo, 1886）, Preface,（by Nanjio Bunyu）I.
（6）『笠原研壽遺文集』博文堂、一八九九年、一四八頁。
（7）Olcott, *Op.cit.*, Preface by Nanjio, I.
（8）*Ibid.*
（9）赤松連城「仏教ノ西漸」（『赤松連城資料』上巻、本願寺出版局、一九八二年、七一頁）。
（10）H・S・ヲルコット『仏教問答』今立吐酔訳、仏書刊行会、一八八六年。
（11）赤松、前掲書、七一頁。
（12）Lafcadio Hearn, *Letter to Chamberlain, Kobe, August 1895*, in *The Writings of Lafcadio Hearn*, vol.14, Boston and New York : Houghton Mifflin Company, 1922, p.384.
（13）山口静一『フェノロサ』（三省堂、一九八二年）を参照。
（14）村形明子「ビゲロー略伝」（『古美術』第三五号、三彩社、一九七一年、五七―六九頁）、同『アーネスト・F・フェノロサ文書集成』（京都大学出版会、第一巻〔二〇〇〇年〕、第二巻〔二〇〇一年〕）を参照。

(15) E.J. Eitel, *Hand-Book of Chinese Buddhism*, 2nd edition, Hongkong : Lane, Crawford & Company, 1888.
(16) 八雲会編『小泉八雲草稿・未公刊書簡拾遺集』第二巻、雄松堂、一九九二年、三五頁。
(17) Nanjio Bunyiu, *A Short History of the Twelve Japanese Buddhist Sects*, Tokyo : Bukkyô-Sho-Ei-Yaku-Shuppan-Sha, Meiji 19th year.
(18) 黒田眞洞『大乗仏教大意』(仏教学会、一八九三年)。その英訳は以下の通り。S. Kuroda, *An Outline of the Mahâyâna., As Taught by Buddha*, Tokyo : Bukkyo Gakkwai, 1893.
(19) 黒田、同上書、六一七頁。
(20) 天台　櫻木谷慈薫、真言　釈雲照、臨済　釈宗演、曹洞　高田道見、真宗　村上専精。
(21) 平川祐弘『破られた友情』新潮社、一九八七年、二〇二頁。
(22) 平川祐弘、同上書、一六九頁。
(23)『東方聖典』第一〇、一一、一三、一七、一九、二〇、二一、三五、三六、四九巻。
(24) 第一一巻からは異なる二つの経典からの引用がある。なお一箇所のみ引用原典および引用箇所が特定できなかったことをお断りしておきたい。
(25)「中陰経」「秘蔵宝鑰」「智勝秘疏」「即身成仏義」「円覚疏」「華厳経」「大品経意」「大日経疏」「大蔵法数」。
(26) Lafcadio Hearn, *Nirvana*, in *The Writings of Lafcadio Hearn*, vol.8, Boston and New York : Houghton Mifflin Company, 1922, pp.162-203.

ハーンとフェノロサ夫妻再考

村形明子

一　伝記的接点と晩年の交遊

ラフカディオ・ハーンとアーネスト・F・フェノロサ（一八五三―一九〇八）の日本におけるキャリアは幾つかの接点と共通点を持つ。明治二三年（一八九〇）四月来日後間もなくハーンはフェノロサと親しくなり、「ほとんど毎日のように」東京大学加賀屋敷官邸を訪問、鎌倉、江ノ島、藤沢への旅について手紙で報告、横浜のヴィクトリア・パブリック・スクール校長公邸に寄宿する旨知らせている。(1)その間フェノロサはハーンに英語教師として日本滞在を勧め、就職の斡旋までした、と後年回顧している。また北斎、広重の浮世絵を見せてハーンの共感と感興をよび覚ましたことに、ボストンで書いた『知られざる日本の面影』（一八九四年）と『東の国から』（一八九五年）の匿名書評でふれている。フェノロサは明治一一年（一八七八）以来十二年にわたるお雇い生活を終え七月上旬帰国の途につくが、第一次来日期最後のほぼ三ヶ月がハーンの来日直後の時期と重なったわけである。

フェノロサ帰米後の両者の接点として、『アトランティック・マンスリー』誌一八九五年六月号所収上記匿名書評がある。同誌「日本関係新刊書」欄のそれがフェノロサ筆と特定できたのは、その一部がハーヴァード大学ホートン・ライブラリー蔵草稿中の下書き断片の該当部分と全く一致することが分かったからである。[2] 面白いことに、その傍証、というより、偶々この「知られざる」書評発見の直接的契機となったのはB・H・チェンバレンのハーン宛書簡(一八九五年七月二日/六日)である。

「貴方ご自身に対するフェノロサの批評は好意的とはいえません。もったいぶっており、不当です。通りすがりに私まで槍玉に挙げているのが分かりますが、一向に構いません、冷評は私の気に障る二、三のことの中には入っていませんから[3]」。また「い、え、それがフェノロサだと確信が持てる訳ではありません。ただ推測してみただけです。しかし〔W・H・〕メーソンと私が別々に同じ推測をした訳で、メーソンはこうした問題で的を外すことはまずありません。ああした書評を依頼されそうな人の数は限られていますし、書評そのものの内容に含まれている証拠――例えば美術に関する言及の多いこと――は明らかです。彼自身の名前の言及も反証にはなりません[4]」。

「通りすがりに私まで槍玉に挙げている」とあるのは、チェンバレンの『日本事物誌』をフェノロサが「シニカルで冷淡、東洋の生活と光明の高次な意味に盲目で、気難しく自意識過剰」な「事実の貯蔵庫」ときめつけ、「ハーンの著書の正反対」と評したくだりに対応する。公刊された書評と照合して、ホートン・ライブラリー草稿断片がこの書評の下書き二頁と構想メモ三頁に分けられることが分かったのも収穫だが、構想メモの冒頭近く「基調におけるチェンバレンとの対照/共感対嘲笑」とあるのは、二人の日本論の対比がフェノロサの批評の出発点となっていることを示唆して興味深い。

一八九五年七月二日付ハーン宛チェンバレン書簡はさらに注目すべき情報を含んでいた。「『アトランティック・マンスリー』誌最新号の「神々の黄昏」にどんなに心底魅了されたか、もう白状せずにいられません。貴方のこれまで書かれた最も絶妙な作品の一つでしょう。ローウェルの著書の書評はそれほど気に入りませんでした――編集者がカットしたか、貴方ご自身が前便でほのめかされたように、前もってカットされたのでしょう」。この言及からすれば、この号に載っているローウェルの著書の書評はハーンが書いたことになる。事実、前述フェノロサの匿名書評に始まる「日本関係新刊書」欄の最後に取り上げられているのはローウェル（Percival Lowell）の『オカルト日本』（*Occult Japan; or, The Way of the Gods* : Boston and New York, Houghton, Mifflin, 1895）である。この書評（同誌八三七―八四一頁）を読むと、後の『日本――一つの試論』（*Japan: An Attempt at Interpretation*, 1902）に通ずるハーンの神道観が明らかである。

この「発見」を通じて分かることは、当時のボストン（概して海外）で日本関係書の書評が書ける評者が限られていたこと、その執筆者を在日外国人たちが相互の間で推察し合っていたことである。内外出版界・著者・読者間で推理を働かせたダイナミックな水面下の交流の実態が窺われる。

帰国後ボストン美術館に新設された日本美術部部長となったフェノロサは、一八九四年夏ニューオーリーンズ講演の序でに同館助手志望のアラバマ州モビール在住メアリー・マクニール・スコット（一八六五―一九四一）に面接し、十月採用が決まる。スコット夫人は同市郊外生まれの才媛で、南部を中心に名を知られた詩人、文筆家だった。二人はやがて恋愛関係に陥り、翌年それぞれの配偶者と離婚の上、十二月ニューヨークで結婚、翌九六年四月欧州廻りで日本へ向かう(5)。

日本再訪期(明治二九―三四年、一八九六―一九〇一)はフェノロサにとって新妻とのハネムーンに始まる第二の人生でもあった。明治二九年夏から秋にかけて京都鴨川べりの仮寓に住んだフェノロサは神戸のハーンを訪ねるが、その頃東京大学雇教師に招請されたハーンは出雲旅行中で会えなかった。十月東京に戻ったフェノロサは、十一月六日一たん帰国の途につく直前まで、再三ハーンと再会を果たそうとした。漸く二年後東京で再会、ハーンはメアリー・M・スコットの名で夫人が書いたものを前に読んだことがある、とフェノロサに打ち明けている。その意味では、ハーンはニューオーリーンズ時代、既にフェノロサより先にメアリー夫人と接点を持っていた。

十九世紀末東京におけるフェノロサ夫妻とハーンの親密な交遊については、メアリー夫人の日記や手記を中心に既に明らかにした(6)。明治三八年(一八九八)四月一日、フェノロサが高等師範で英語・英文学を教える一年雇用の契約書に署名した日の最大の「事件」は、富士見町一丁目一番地の仮寓へのハーンの来訪であった。「彼は二時半頃やって来た。アン〔・ダイヤー。同居人の文筆家〕と私はもちろん遠慮して隠れていた。私たちはアーネストが丁重に彼を迎え、客間へ案内するのを聞いた。一時間ほどするとアーネストが二階へ駆け上がって来、顔を輝かせて叫んだ。「ああ、彼は素晴らしい、岡倉〔覚三〕に劣らず好きになった。彼は君に会おうと、いや会いたいと言っている。こういう人に会えるとは嬉しいことだ」」。

ひそかに敬意を表するつもりで茶羽織を羽織って降りて行ったメアリーはハーンの相貌の綿密な

描写をはじめ、「自身の環境を持ち歩く」ハーンとの会話――ハーバート・スペンサーと仏教の親近性、既刊作品評、未刊作品の講想、東大の同僚の話――を日記に綴る。「ハーンが上機嫌になったので、私たちは思いきってアンも呼び入れた。彼は四時間もいた。素晴らしい午後だった。私たちは床につくまでその話で持ちきりだった。『仏土』を送ってくれると言ったが、忘れないでほしい」。

二日後、メアリーへの献辞を書き込んだ『仏土の畑の落ち穂』(一八九七年)が速達便で届く。翌朝早くメアリーは九段の植木屋へ行き、純白の沈丁花を薄緑の小鉢に入れさせ、礼状を枝に吊るしてハーン家へ届けさせる。使いが持ち帰ったハーンの返事は「あまりすてきなので、未だ信じられないほど」。「貴女がお届け下さったのは、私が今まで受け取った一番素晴らしい手紙――確かに、最も心を動かされた手紙――といっても過言ではありません。このような手紙――一語一語がかのお手紙を結んだ美しい植木のように香しい花である――を発信することのできた魂の持主に、もっとお目にかかりたいものです」(エリザベス・ビスランド編『ハーンの生涯と書簡Ⅱ』〔一九〇六年〕所収のフェノロサ夫人宛書簡は、年紀が一年繰り下がっている)。

こうして相互訪問、本の貸借りが始まる。四月一五日から上野新坂伊香保温泉楼で開かれたフェノロサの浮世絵展をハーンも鑑賞、メアリーの語った「髑髏の山の話」をハーンが『霊の日本』(一八九九年)巻頭の「断片」に採録、フェノロサの転居先、就職先探しへのハーンの協力、本郷追分町への引っ越し後散歩中メアリーがハーンと再三邂逅、日本お伽話集二八『猫を描いた少年』(一八九八年)、「永遠の木霊」のゲラ刷りをハーンから贈られる、『異国風物と回想』『霊の日本』

がハーンから、メアリー・フェノロサの詩集『巣立——詩の飛翔』(一八九九年)が「親愛なる友ラフカディオ・ハーンに、わが処女作の最初の献呈本を贈る。オアガリナサイ!」と献辞を付して贈られる。

明治三三年(一九〇〇)三月八日、フェノロサとハーンは共通の友人・(元)同僚、帝国大学総長外山正一の葬儀に参列(メアリーの日記中最後のハーンへの言及)。ハーンからメアリー・フェノロサ宛の左の書簡(モビール市立博物館蔵)は夫妻が同年八月一七日帰国の途につく直前のものであろう。

昨夕拝受した貴信はまさに青天の霹靂、色々な意味で私を残念がらせました。明日ご出発とあれば、今日お訪ねしようとしても無駄でしょう——荷造りはじめ、無視できない諸々の現実の考慮に追われてお忙しい最中には、握手して踵を返すのが礼儀でしょうから。

一と月ほど前お宅を探してさまよい、道で出会った人々が私を小石川から逃げ帰らせたことを今更聞いていただくつもりもありません。はるかなる南部からお戻りになる時、貴女を笑わせる種くらいにはなるでしょう。今はただ貴女に楽しい船旅——私の祈り如何にかかわらず、きっとよい旅をなさるでしょうが——とご帰郷を待っている吉報を祈ります。

もう一通のご親切なお便りもありがとうございました。直接お会いしてご返事するつもりだったのです。

私は元気ですが、忙しい毎日です。帰って来られる前に新著が出たら、きっとお送りしましょう。しかし出版社は九月二〇日、ないし一〇月半ばまでは上梓しないでしょう。そして八冊目が完成に近づいています。貴女の「小鳥たち」は大好評だそうですね。長い道中、他の小鳥たちも貴女の耳許でさえずることでしょう。そしてきっと他の歌が後で生まれるに違いありません。

「大いなる未知の世界」から私たちのもとへ訪れることどもに、旅は最上の機会なのです。「さようなら《グッドバイ》」ではなく、ほんの「また今度《オールボワール》」ではありませんか。


東京の空の下で、「はるかなる南部」の絆に結ばれた詩人と作家の間に再会は実現したのだろうか。明治三四年（一九〇一）五月一四日ー九月二一日フェノロサ夫妻最後の訪日の記録にハーンの名はない。ここにいうハーンの新著は『影』（一九〇〇年）、そして『日本雑録』（一九〇一年）か。

明治三九年（一九〇四年）九月二六日急逝したハーンの未亡人に宛て、フェノロサはアラバマ州モビール郊外スプリング・ヒル郊外の新居から悔み状を送った。フェノロサ夫妻が東京で合作し、シドニー・マッコールの筆名でベストセラーとなった、南北戦争後の南北和解がテーマの小説『トルース・デクスター』（一九〇一年）の印税で購入し、庭に東洋的な黄花を植えたその邸は、夫妻の小石川の仮寓にちなんで「コビナタ（小日向）」と呼ばれた。フェノロサがハーンの後を追うのは四年後の九月二一日、二〇〇八年はフェノロサ没後百周年になる。

二　ハーンとフェノロサ――著作からの比較

ここでは、ハーンとフェノロサの伝記的接点を一応離れて、両者の著作上の接点に目を向けてみたい。

一　古美術の海外流出――フェノロサ「図画取調掛社寺宝物調査」とハーン「神々の黄昏」

日本美術の優秀性を讃え、その復興を目指して岡倉覚三らと図画教育調査会、図画取調掛の委員となり、東京美術学校（現東京藝術大学の前身）創立に尽力、鑑画会を興して新日本画の創造を図ったフェノロサは、近代美術教育の確立に多大な貢献をした。また一八八〇年代初期からの近畿古社寺宝物の先駆的学術調査を通じて、文化財保護行政の基礎を築いたことでも知られる。その反面、多数の名宝の海外流出の張本人という批判も免れていない。

前節でふれたチェンバレンのハーン宛書簡にあった『アトランティック・マンスリー』（一八九五年六月号）掲載のハーンの短編「神々の黄昏」（平井呈一訳では「神々の終焉」）と、フェノロサの明治一九年（一八八六）図画取調掛社寺宝物調査（1）「奈良からの報告」を読み比べてみよう。むしろ、後者は前者の序文として読むべきかもしれない。

閣下

われわれが奈良入りして何日か経ちましたが、われわれの考えでは現状を貴下に直接ご報告することが正当と心得るに十分な重大事実を発見しました。その事実とは以下の通りです。

一、大阪府庁は古寺にある宝物のきわめて不完全なリストしか持っていません。そして古いリストですら、品目の説明は認定不可能なほど粗略です。たとえば同じ寺に他の重要な仏像が二〇躯あっても、リストには本尊しかあげていない場合が多いのです。このリストは何年も前に旧奈良県が個人的調査員数人の走り書きのメモに基づいて作成したもので、奈良県、堺県、大阪府は完全な調査を試みようともしませんでした。寺僧たちは事情を知るや否や最上の品々を目の届かないところに隠匿したので、彼らが隠すことの出来なかったごく一部の物しか彼らのリストには記録されませんでした。

二、このような公のリストを、寺僧たちは当時から今日に至るまで寺の資財帳とみなし、リストに載っていない品目はたいてい寺僧の私有財産とみなされました。このようにして、最上の宝物の圧倒的多数が私物化されました。この陳述の例外は幾つかの大寺院にある仏像の場合で、公式リストには載っていなくとも、昔からその寺に安置されていることが衆知の事実なので、寺僧もあえて私物化しようとしなかったものです。

三、このように私物化された寺宝を寺僧はすぐに売りに出し、押し迫る貧窮に駆られて売り続け、今では古画という古画はほとんど姿を消し、比較的小さな仏像も多数散逸してしまいました。例外は、寺僧がまだ売却を潔しとしない二、三の寺だけです。最上の名宝の一部は、寺僧が高値を期待して売り惜しんでいるためまだ市場に残っています。それらのうち一部の存在は、奈良博覧会社の役人にも知られていません。

四、売られた品の多くは大阪府と東京の名士の手に渡りました。ここ数年来大和の定期的骨董狩りが進行しており、寺僧が陰に陽に私物化したこれら寺宝の購入をはばかる者もいません。その上、奈良博覧会社の役人ならびに博物局の専門職員はこれら寺宝の常連仲介役となっています。こうして今日まで、あらゆる影響力、その保存に最も心を砕くべき当局そのものの権威さえもがよってたかって大和の古美術名宝の散逸を助長してきたのです。

五、他の誰よりも大和の遺宝について知っている筈の奈良博覧会社当局は、徹底的かつ系統的調査を一切行わなかったように見えます。その上、当地には骨董趣味から区別される美術的優秀性をいささかでも理解する者は一人もいません。ですから彼らは多くの貴重な名宝に無知ないし無関心である一方、少数の比較的無価値な品に多大の関心を浪費するのです。

（中略）

六、現在寺僧は貧窮のあまり、多くの場合秘かに私物化した商品化できる品物を売りつくしたばかりか、公式リストに載っている物すら売り払い、模造品と入れ替えようとしている有様です。

七、われわれは既に古い蔵や屋根裏を調査してそれまで誰も、時には現在の寺僧さえ知らなかった多くの什宝を発見しました。これら新発見の品はリストに載っていないため寺僧の私有財産となり、彼らはその気になればこれを売り払うかもしれません。

現状は以上のような事実で説明されますが、便宜上寺院にまだ残っている美術宝物を次のような項目のもとに分類してもよいでしょう。

a．公式リストに載っており、博覧会社が管理しているので、事実上売ることが出来ない品目。

b．リストには載っているが、奈良の専門家は知らないか管理していないので、秘かに売られる危険性がある品目。

c．リストには載っていないが昔から寺宝として衆知の物なので、寺僧も手が出せずにいる品目。

d．売らせようとするあらゆる誘惑を斥ける善僧の手にある私有財産。

e．公然と売りに出す寺僧の手にある自称私有財産。

f．当局には内緒で機会があり次第、（後で面倒が起こる危険性がなく高額を支払うので、出来れば外国人に）こっそり売ろうとしている寺僧の手にある横領財産。

g．加納鉄斎とわれわれ自身の調査の結果最近発見されたが、奈良当局には知られていず、進んで売ろうとする寺僧に概して私物化される品目。


この報告は伊藤博文総理大臣（宮内大臣兼任）に宛てた書簡と目される。フェノロサはなまなましい宝物散逸の渦中から、調査期間の延長を訴え、設立途上の国立博物館への収集について具体的提言を行なった。


前述七種の品目のうち、a、b、そしてたぶんcは寺宝と認め、寺僧の側の特別の同意なしに宮内省に移管できるように思われます。d種（現存する最上の遺宝の一部）はきっと所蔵者が帝国博物館に寄付するか、さもなければ適当な値段で買い上げることもできるでしょう。e、f、gはすぐにも売り飛ばされないという保証がないので、危険なものです。

これらについて、われわれは直ちに購入すべきか、それとも差し当りその売却を防ぐ措置をとるべきでしょうか。前者とすれば、われわれは個人コレクションとして買うべきか、それとも第三者を通じて買うべきでしょうか。後者とすれば、われわれは奈良市長や博覧会幹事のような第三者を味方につけて、できれば彼らの個人的影響力によって差し当りその種の品目の売却を防ぐよう依頼すべきでしょうか。概して、まさに売り払われようとしている疑問の余地ない一級品は買上げる方策を講じ、大部分の物については政府がそれらの保存に関心を寄せ、その売却を望まないことを寺僧にわれわれ自身が伝達するのが最上と思われます。この措置は売却を禁止はしませんが、来秋まで延期させる効果を持つかもしれません。それはかなり確実にg種の売却を妨げ、f種の多くとe種の一部を救うでしょう。

いずれにせよ、たとえ宝物が博物館に寄贈されても、寺僧に何がしかの礼金を払うことはほとんど不可欠に思われます。さもなければ、飢餓に瀕する寺僧が多いことでしょう。(7)

長い引用になったが、ようやくハーンの「神々の黄昏」である。原題は“In the Twilight of the Gods”、平井呈一訳『小泉八雲作品集』第七集では「神々の終焉」と訳されている。確かに、フェノロサの前掲報告を「序文」とすれば、ハーンの案内された骨董屋の土蔵は社寺から散逸した仏像の終着点、というより海外流出一歩手前の日本国内中継拠点、いわばたまり場といえるかもしれない。

しかし日本の神々は終焉に至っているどころか、少なくとも近畿の主な神社仏閣は参拝客、観光客で賑わい、二〇〇六年十―十二月東京国立博物館の特別展「仏像――木にこめられた祈り」は大入り、二〇〇八年春期「日光・月光菩薩立像」〝二人旅〟のご開帳が評判を呼んだ同館「国宝薬師寺展」入場者は最終日通算七十九万人を越えるほどの盛況であった。

また元栃木県足利市樺崎寺伝来の伝「運慶作大日如来坐像」が二〇〇八年三月ニューヨーク・クリスティーズで競売にかけられ、仏教美術としては史上最高額の十二億五千万円で宗教法人真如苑に落札されたニュースも、フェノロサの報告の余韻を現代に伝えるとともに、海外流出を食い止める国内努力が莫大な金銭的負担ながら健在であることを示す。この仏像は六月十日から東京国立博物館で公開され、文化庁が重文指定に向けて調査を行なうという。(8)

ハーンがトワイライト（黄昏）という表現をタイトルに用いたのは、冒頭で骨董屋が「ジョス」（joss ポルトガル語 deos、ラテン語 deus から派生したピジン英語で、（中国の）偶像を意味する）を見せよう、と案内した店の裏庭の大きな土蔵に本来由来するのだろう。「土蔵というものは、どこのも、みんな中が暗いものだが、ここのもご多分に洩れずで、まっ暗ななかに掛けてある勾配のゆるい梯子段が、どうやらやっと目に見分けられるくらいであった。……上がってみると、そこは、たそがれのようなうす暗がりで、天井がばかに高い。見まわしてみて、はじめて自分がどっち向いても仏像と向かい合っていることがわかった」。

ジョスに注がないのは既に横浜関係の記事等で説明済みだからだろう。土蔵 godown には原注（「極東の開港地の耐火倉庫に与えられた名。マレー語の gadong に由来する」）があるが、訳者平井は「土蔵」で用が足りると判断したらしく無視している。(9)

大きな土蔵のうす暗がりのなかで見ると、目に入るものみな、すごいなんぞは愚かのこと、まるで見た目は化けものの世界だった。羅漢だ、菩薩だ、諸仏だと、いや、それよりもまだもっと古い仏たちが、うす暗いなかにぎっしりと詰まっている。それも、寺院にあるように、本尊、脇立というふうに、位順によって整然と並んでいるのではなくて、まるでおもちゃ箱でもひっくり返したようなぐあいに、仏さま御一同、啞然としてあいた口がふさがらないといったかっこうで、ごたごたに並べてあるのだ。

「わたくし」の驚きに骨董屋の主人は満足げな笑みを洩らしながらいう。「これで貴方、五万ドルはかかりました」。

しかしながら、いかに東洋では美術家の工賃が安いといっても、むかしの信仰がそれに払った代価が、とても五万やそこらの、そんな額でないことは、これらの仏像がみずから語っている。仏像を安置したお堂の階《きざはし》を、それこそ幾百万亡くなった信者たちが、信仰一念の尊い足で、どんなにかすり減らしたことであったろう。また、その祭壇のまえには、どんなに多くの母親たちが、小さな赤ん坊の着物を掛け掛けしたことであったろう。またそういう母親たちから、仏さまに御祈念をあげることばを教わった子どもたちが、どれほど幾代ものあいだにあったことだろう。また、これらの仏像のまえに、どんなに多くの悲しみと希望が打ち明けられたことであったろう。――仏像たちは、それらのことも親しく語っていた。幾世紀にもわたる崇拝のなごりは、これら仏像たちの、三界流浪のあとを追い慕ってか、ほのかにもゆかしい香煙のかおりを、この埃だらけな土蔵の二階に、怪しくもほのぼのと漂わしている。

「これは観音だね。」……「しかも、じつに美しいな。」

「今にそうとうこれで、高い金を出して、買い取りたいというものが出てまいりましょうな。」

主人は狡そうな目つきをしていった。「あたくしも、これはだいぶ金を出しました。もっとも、だいたいあたくしは、ここにある品は、みんな安く買い入れておりますんです。こういう物は、めったに買い手もございませんし、それに、みんなこれ、闇で売りに出る品ですからな。そこがまた、こっちのつけ目なんでしてな。……あすこの隅っこにある、あの仏像、——あのまっ黒けな……あれは何でござんしょうな?」

「延命地蔵だね」とわたくしは答えた。「あれはね、長命をさずける地蔵さまだよ。だいぶ古い物のようだね。」

「へえ。それがね、あなた」と主人は、わたくしの肩にまた手をかけて、「あれを売った男は、あたくしに売ったために、監獄へぶちこまれましてな。」

そういって、主人は、あははと笑いこけた。——自分の取引の抜け目がなかったことを思い出したのか、それとも、国禁を犯して仏像を売ったその男の、運の悪いどじさ加減を笑ったのか、それはわたくしにはわからなかった。(10)

これに似た事例が、フェノロサによって報告されている。

取調一行は、ちょうどよい時に現場に到達した。政府の二年間の活動停止に勇気を得、介入の再開を予期して焦った京都、大阪の骨董商は、前例を見ない活動力で寺院の略奪作戦を開始していた。彼らは寺僧に普通の常識の限界ぎりぎり、またはこれを越える即売を迫った。京都市内で一八八六年フェノロサ、岡倉両氏の知っていた重要な絵画数点が、当局の不注意によって一八八八年には姿を消してしまっていた。略奪が露見しないのに勇気を得た一古刹の僧は、日本における最も貴重な絵画十二点、二年前宮内省に然るべく報告された十世紀美術の最もよく保存された作例を屏風装からはがし、神戸の道具屋に売り払った。この寺の蔵品であったことが知られている文書が市場に出たため疑惑が生じ、捜査が行なわれ、京都府の役人が神戸に派遣され、件《くだん》の道具屋がこれら無比の歴史的遺宝をまさに外国人に売り飛ばそうとしているところを取り押さえた。件の僧は今勾留中の身である。

郡部寺院については、美術商と取調掛の競争であった。山間のこれら地方寺院の中には府県庁の登録係がまだ一度も調査したことのない寺もあり、寺僧にとっても道具屋にとっても正直に儲ける機会はこれが最後だった。争奪戦は道具屋の当局出し抜きに終わる場合も何度かあった。一千年前の貴重な金銅仏が誰か骨董好きの外国人の居間の飾り物になるか、将来の国立博物館のために保存されるかが、一、二日の差で決まってしまったこともある。特に滋賀県ではこの抜け目ない活動が続いていたが、取調掛はあいにく時間不足のためこの地方を訪問できず、差し当り地

方当局の活動に頼らなければならなかった。その他の地域においても、貴重な作例が日々失われていることは疑いない。(11)

生硬な拙訳のせいもあり、平井訳ハーンのしなやかなフィクションの文体に比し、いかにも無味乾燥な報告であるが、それぞれ踵を接する時期の骨董市場の抜き差しならない舞台裏を鋭利に活写していることは確かであろう。

ハーンの骨董屋はかさねていう。

「その後、ずっとあとになってから、あれを買いもどしたいと申しましてな、あたくしが買った値段に、だいぶのりをつけた金を持ってまいったんですが、あたくしは断りました。こっちは、仏像のことはずぶのしろうとでござんすが、この品がどのくらいの値打ちがあるかてえことは、心得ております。まあ、あんなのは、日本中捜したって、ちょいとござんせんよ。大英博物館なら、二つ返事で買いとりましょうな。」

「大英博物館へはいつ納めるんです?」わたくしは聞いてみた。

「さあ。……じつは、そのまえに、いちど展示会を開きたいと思いましてな」と主人は答えた。

「ロンドンで仏像の展示会をやりますと、ぼろい金になりますんでね。なにしろ、あちらの連中は、あなた、生まれてこのかた、こういうものは見たことがござんせんからな。なに、うまくやろうと思えば、教会の連中に話を持ちこめば、後援ぐらいはしてくれます。伝道の広告にもなることですからな。『日本渡来の異教の偶像』とかなんとか、そこは、うまくな。」

大英博物館をボストン美術館、ロンドンをボストン、ニューヨーク、ワシントンと置き換えれば、ハーンの物語は帰国後のフェノロサの実話となる。仏画もふくむが、非宗教画も多い、彼自身が収集した千点余の絵画コレクションを、明治一九年（一八八六）パトロンで大コレクターのビゲロウ博士の友人で、同じく裕福なボストンの医師チャールズ・ウェルド博士に売却、後者がフェノロサ＝ウェルド・コレクションとしてボストン美術館に寄託（のち寄贈）した。

「大英博物館へ納まれば、ここにあるものは、みんな値打が出ましょうな？」骨董屋の期待をこめた最後の問いかけに、「わたくし」（ハーン）は「だろうね。また、そうあるべきだね」と応じる。

そのとき、わたくしは、これらの仏像が、あの大英博物館という、死せる神々の広大《ママ》もない墓ぐらのどこかしらに押しこめられて、灰色の暗い濃霧の下に、エジプトやバビロンの忘られた神々といっしょに住みながら、ロンドンの喧噪を耳に聞いて、心細くも身をふるわしているさまを想像してみた。――そんなことをしてみて、いったい、何のためになるのだろう？　第二のアルマ・タデマ〔イギリスの画家〕に、消え亡びた文明の美を描かせるためなのであろうか。それともまた、英語の仏教辞典の挿画の一助にでもするためなのか。あるいは、未来の桂冠詩人を刺激して、かのテニスンが「油を塗りて巻き毛せし、アッシリア国の猛き牛」の名句にも劣らぬ、鍍金の佳調を物させるためでもあるのか。もちろん、そこに保存されることは、むだにはなるまい。因習を排し、我執を好まぬ当代の思想家たちは、おそらく、それらの仏像のために、新しい讃仰を教えるであろう。人間の信仰がつくりだした影像なら、いかなるものでも、それは永遠に貴い真理の殻として残る。その殻そのものだけでも、おそらく貴い霊的な力をもつことができよう。これらの仏たちの微妙《みみょう》な慈光をたたえた温顔は、おそらく、因習に堕した信仰に倦み飽きている西欧人に、ひょっとすると霊魂の和らぎをあたえることができるかもしれない。——「有智無智、罪を滅し善を生ず。若《もし》くは信、若《もし》くは謗、共に仏道を成ぜん」。——こんにちこそ、西欧では、このような教えを説いてくれる新しい導師の一日も早く来たらんことを、いまや遅しと待望しつつある時なのだから。(12)

ボストン美術館日本部（一八九〇年創設、フェノロサが初代部長。一九〇三年中国日本部、一九一七年インド美術をふくむアジア部、一九九九年アジア・オセアニア・アフリカ部と改称、再編成された）には、日本の寺院建築の様式をとり入れ、その雰囲気を再現した小規模の仏堂のような仏像ギャラリー（「テンプル・ルーム」）がある。照明を落として薄暗い中で、拝観する如くに鑑賞することができる（本来の目的からすれば本末転倒の表現かもしれないが）。これは岡倉天心の同館着任後、一九〇九年美術館が現在地に移転新築されて以来である。(13)

ハーンが恐れたように、「死せる神々の広大《ママ》もない墓ぐらのどこかしらに押しこめられている」状態よりましなことは確かかもしれない。その「テンプル・ルーム」の東にあるギャラリーの金銅製「聖観音坐像」（ビゲロウ・コレクション）は保存状態完璧で、台座の銘により鎌倉時代文永六年

（一二六九）仏師西智作、近江国依智郡松尾寺（現滋賀県愛知《えち》郡愛荘町金剛輪寺）に祀られていたご本尊であったことが分かる。同じく銘文に刻まれた脇侍の毘沙門天・不動明王像は行方不明である。伝行基開創、鎌倉時代再興の国宝檜皮葺本堂、重文二天門・三重塔を擁する湖東三山の古刹を、今日護っておられるご住職は語っている（昭和六三年夏）。

ボストンにお寺の仏さまが流れていることは、教えてもらって初めて知ったようなしだいです。明治のはじめ頃はこの寺も荒れはてていまして、本堂もなかばかたむいていたそうでした……ですからどういう経緯で寺の外へ出たのか、何の記録もなく、まったくわかりません。

私はボストンに仏さまがおいでになるとお聞きしたとき、なんとかもと通りこの寺にお帰り願えないかと考えて、頼みに参りました。地元の信者とともにボストンへお参りに行き、お経を上げさせていただいたこともあります。(14)

寺は地元愛荘町役場と相談の上、聖観音のお帰りをボストン側に働きかけたい、そのためのお堂の新設にふるさと創成資金をあてる計画だった。いますぐは無理なら、せめても里帰りを実現させたい。しかしビゲロウの遺志を体した理事会の決議により、そのコレクションはアメリカ国外に持ち出せない、としてかなわないらしい。それにしては、ボストン美術館ビゲロウ・コレクション浮世絵展は二〇〇六年肉筆浮世絵展「江戸の誘惑」（神戸、名古屋、東京）、二〇〇八年浮世絵名品展

（名古屋、東京、福岡）と近年踵を接して里帰りが続いている。

フェノロサの事績評価についてはまだ定まらないところが多い。「日本美術の恩人」としての伝説的名声の陰に、大量の名宝流出の張本人という批判も免れていない。

フェノロサやそのパトロン、裕福な医師で二万余点の日本美術工芸品を収集したウィリアム・S・ビゲロウ博士の場合、ボストン美術館という公共機関に収めたことで、文化財としての保存、将来の学術的調査研究に資する結果が得られたといえよう。そのコレクションが展示等を通じて海外での日本文化の宣揚、普及に貢献している、という見方もある。

彼らの収集経緯については、フェノロサの遺著に記されているように、骨董市場での購入の他、親しい友人から進んで譲られた（住吉広賢からは、「聖徳太子絵伝」を臨終の枕元で[15]）例も少なくない。外貨獲得を目指す政府が半官半民の起立工商会社による古美術輸出を黙認どころか奨励していた事情もある。

しかしたとえば、大徳寺の南宋画「五百羅漢図」が、明治二七年（一八九四）多額の借財の担保にされて欧米を巡回した際のフェノロサの役割はどうだろう。当時ボストン美術館日本部長のフェノロサは同館で中国古画特別展を開催、同館が百幅中十幅を売値の半額で買い上げた後、仲介の礼金代わりに代理人から一幅を受けとり、後日これをチャールズ・フリーア（現フリーア美術館コレクションの寄贈者）に一六四〇ドルで売却した。「五百羅漢図」の海外流出を知った当時の京都府知事北垣国道は、大徳寺から母の位牌を取戻す、と憤慨した。この海外巡回の企画には政治家大隈重信の私設秘書大石熊吉が関わっていた[16]。

二　裸体画――ハーン「旅日記から」四（［一八九五年］四月一九日―二〇日、京都にて）」とフェノロサ「美術に於ける裸体の濫用」（一八九八年）

明治二七年（一八九五）四月一日―七月三一日京都で開かれた内国勧業博覧会を見物に訪れたハーンの目に、美術部は、「一八九〇年の東京博覧会に比べるとだいぶ劣っているように思われた」。低賃金による価格競争の有利を示唆した友人に、ハーンは答える。

日本という国は、むしろ技術と趣味のすぐれている点、これを足がかりにした方が無難だと思うね。一国の国民の技術的な天稟というものは、安い労力にたよった競争なんか足元にも寄りつけない、特殊な値打をもっているものだからね。西洋諸国のなかでは、フランスがそのいい例さ。……フランスの製品は、世界で一番高価だよ。あの国で売り出しているものは、ぜいたく品と美術品だ。そういう品のなかで、フランスのが一ばん良い品だからこそ、あらゆる文明国に売れ渡っているのだよ。日本が極東のフランスになって、どこに悪いことがあるかね(17)？

明治二一年（一八八八）一月二六日、木挽町貿易協会会堂で開かれた「日本美術工芸の将来」と題する鑑画会例会講演で、フェノロサは日本のデザイン力を最高度に教育する必要を訴えた。

日本の商工業者は、互いの過当競争によって長年祖国の好機を台無しにしてきた、と明言すべきだと思います。このためデザイン、技量の優秀性、さらに用いられる材料の質の面で、年々徐々に退歩が生じました。骨董競争に勝つために、かつてたとえば二〇ドルであった商品価格は、多くの場合五、六ドルの水準に押し下げられました。もちろんこの累進的格下げは、弱気市場の救済策となる代わりに非知性的最下層以外の全需要者にそっぽを向かせてしまう、という点で病弊を悪化させるだけです。

クリスマスの頃ニューヨークの日本店で見かける客の大部分が、何よりも先ず安価な品を購入しようとする、切りつめた予算しか持たない中産階級であるのは、情けないことです。一八八六年に私は、たぶん百ドルの高価な贈物を探していながら、卓越した芸術的真価を用途に結びつけた高級品を発見できなかった多くの富裕な買物客が、何も買わずに通り過ぎるのを目撃しました。そのような人々は高価なフランス商品を売る店へ行き、そこで買物をしました。さて、これらのフランス商品は、これに相当する日本商品が達成し得たと思われるよりはるかに芸術性の劣ったものでした。

この後フェノロサはパリの婦人服デザイナー、「ファッション界の皇帝」ワースの独創的デザインをあげ、対外競争における独自性、注文の確実な履行という条件を日本企業が整え、政府が支援すれば、西洋に潜在する日本の高級美術工芸品への莫大な需要と日本人の天才と技能に内在する十分な供給が結びついて大きな成果を上げることができる、と説いた。「数人のアメリカ建築家は事実、ここ一、二年以内に彼ら自身の用途に関して日本の資源を現地で調査する特別の目的で日本を訪問すると申し入れました。一八九〇年の博覧会が、彼らにわれわれの美術資産の十分な認識を与えるべく大々的に実施されるよう望みましょう[18]」。

一八八一年第二回内国勧業博覧会を見て「ついに少なくとも絵画芸術は日本では既に滅びた[19]」と東京の美術家たちを前に嘆いたフェノロサが、離日前最後に期待した第三回勧業博覧会美術部は、五年後ハーンを失望させた第四回京都博覧会よりましだったことになるのだろうか。いずれにせよ、美術工芸における日本の目標は、ハーンによれば「極東のフランス」、明治一九―二〇年（一八八六―八七）欧米美術の現状を視察したフェノロサにとっては、欧米市場で先進国アメリカ、フランスにデザインの質と供給の安定・確実性で対抗できる新興芸術立国日本であった。

さて、この明治二八年（一八九五）京都勧業博覧会美術部の講評で、ハーンは八〇年代のフェノロサのように油絵を酷評し、特に黒田清輝滞仏十年の成果、一八九三年パリ・サロン展入選の大作「朝妝図《ちょうしょう》」を槍玉にあげた。

おそろしく大きな鏡のまえに立って、丸裸の自分のすがたをのぞいている、ひとりの裸婦を描いた絵が、公衆の顰蹙を買った。全国の新聞紙は、いっせいにその画の撤回を要求し、西洋の芸術概念にたいして好もしくない意見を吐いていた。そのくせ、その絵は、日本の画家の作なのだ。取るに足らぬ駄作であったが、思いきったもので、三千ドルという値段がついていた。

わたくしは、その画が観衆――大多数は農民である――にどんな感じをあたえるか、それを見てやろうと思って、しばらくその画の前に立ってみていた。観衆は、びっくりしたように目を白黒させて、その画を眺めては、大いに文句があるというように、せせら笑ったり、なにか嘲罵のことばを吐いたりしては、そのままさっさと別の掛物――売価は十円からせいぜい三十五円ぐらいだが、もっと見ごたえのある絵の方へ、どんどん行ってしまった。画中の人物が、西洋風の髪かたちに描いてあるものだから、観衆の評言は、おもに西洋人の物の好みについて云々されていた。だれもそれを日本人の描いた画だとは思っていないようすであった。これが日本の女を描いた絵だったら、きっと観衆は、そんな画を会場へかけておくことすらも承知しなかったにちがいないと思う。(20)

日本美術の啓蒙を目指す黒田に共鳴した野村靖駐仏公使が、自らモデルを聘し、制作費を支援して公使居室の化粧室で描かせ、師ラファエル・コランの紹介で国民美術協会会頭P・シャヴァンヌのお墨付きを得てシャン・ド・マルスのサロンを飾った「朝妝図」――この本邦最初の本格的裸体画は黒田帰国後明治二七年（一八九四）東京で秋の明治美術会展に出品されたが、問題視されることはなかった。広く一般に公開展観されたのはこの第四回勧業博覧会が初めてである。その際審査会議が開かれたが採否の議論は容易に決着を見ず、松岡壽主任の斡旋で九鬼隆一審査総長の裁決によってようやく出陳されることになり、妙技二等賞を授けられた。

九鬼が二八年四月二七日宿舎柊屋から警視小倉信に宛てた書簡は左の通りである。

博覧会の裸体人形に関し世間の物議譁々たるに付、縷々細々ご忠告の趣悉く承了候。既でに垂示の通直接小生に領受したる所投書類も二十通余有之、右の外新聞駁論類も大抵通覧致居候上、尚又友人間に於て追々親切に忠告致し呉れ候人も多々有之、深くその懇篤を感銘致居候事にて、小生決して我意を張り私見を固執致候積り毫も無之候得共、何分今日迄承る所にては、公務上充当に彼を排斥すべき理由を見出し得ず候。然るに、退て熟考致候へば、近年外国より輸入の石銅裸体人形の如きは既に多く世間に伝はりて公衆の観覧に入り候もの少からず、現に高貴の集会場或ひは私第等にも其陳列を見るは少からざる事にて、此後の成行を想見するに、追々外国輸入の類品極めて夥多なるに至るべく、殊に万国博覧会をも開催致され候場合に至りても、到底本邦のみ独り裸体人形を防ぐ訳にも難相成、強ち之を排却致す様にては、満足に世界の物品を蒐集して開会する事さへも無覚束候。左すれば、此間亦多少の達観曠懐を要する場合も可有之、其外日本在来の裸体仏像其他北斎・歌麿・春信などの画にありても、往々今回出陳の裸体人形に優る異体の形像にして公行するもの殆ど枚挙に暇あらず、京都にては一寸見慣れざる所より囂々の物議を惹起したるは尤に御座候得共、東京の空気は最早彼等を怪しまざる様に相見え候。尤当初出陳に際し取捨の議論局員中に紛興致候時にも、拙者は榎本子爵に向って彼の裸体画を出陳したれば、必ず世上の物議を引き起す事は必然なれども、現に哲理上幷に公務上充当に之を排斥すべき理由と権衡とを見出す能はずと申候得ば、同子も百方弁論討議を重ねて、終に出陳する事に決したる次第に有之候。（後略）

かくて「朝妝図」問題は一件落着、黒田畢生の裸体画は西園寺公望公の斡旋で住友家が三百円で

購入した。この記念すべき作品が、太平洋戦争中東京大空襲の戦火に失われたのは残念である。(21)

さて、ハーンは京都博覧会の一般公衆――東本願寺御影堂の落慶式参拝に全国から集まった十余万の信者たちの一部を含む――の反応を忠実に伝えたわけであるが、その素朴な観衆を芸術先進国の優越的視点から嘲笑、揶揄の対象にしたビゴーの戯画とは対照的である。ハーンはむしろ、日本の大衆の目線で観察、彼らに感情移入していた。「画そのものに対する公衆の侮蔑は、いかにも至当であった」。

その作品には、なんら理想的なものがなかった。それはただ、ひとりの裸婦が、人の見ているところでは、けっしてしたがるはずのないことをしている、姿態を描いたものにすぎない。そして、ただたんに、裸体の女を描いただけの画なら、たとえどんなにじょうずに描かれていようと、芸術が元来理想精神をあらわすものであるとすれば、これは断じて芸術ではない。この絵の写実的なところ、これがそもそも非難の因《もと》なのである。(22)

明治二九年(一八九六)夏、新夫人メアリーを伴い、ヨーロッパ経由で世界一周新婚旅行の途路再来日したフェノロサは、京都鴨川畔の仮寓で約三ヶ月を過ごす。神戸にハーンを尋ねるが、松江方面へ家族旅行中で会えずじまい、九月初め帝国大学に赴任する彼とすれ違いに終わる。十一月初旬いったん帰国した夫妻は翌春東京に舞い戻るが、その間裸体画論争は尾を引いていた。

教え子嘉納治五郎校長の斡旋で高等師範学校英文学担当非常勤講師を始めた三一年(一八九八)

一月、フェノロサの“The Abuse of the Nude in Art”, *The Far East*, Vol. 3, No. 24（翌月「美術に於ける裸體の濫用」として『国民之友』三六六号に収録）が刊行される。

フェノロサは美術に現われた裸体表現の歴史的考察から筆を起こす。嚆矢となる古代ギリシャの裸体彫刻は気候風俗の産物であり、「健全なる精神の宿る健全なる肉体」を讃える神聖なオリンピック競技勝者の肖像に由来する。全盛期の遺品はパルテノン破風の女神像（「エルギン卿の大理石浮彫彫刻」）にせよ、ルーブル美術館の「勝利の女神」にせよ、衣を纏っている。「ミローのヴヰナスはたつゝましやかに其腰下を被ふ」。

其裸躰の儘に画かるゝも決して卑汚の感を起さしむるなく、裸躰を顕はさんとして裸躰を描く事なく、却て美術家が依って以て高上なる或物を示さんが為めに描く。斯くて画かれたる裸躰の多くは、伎を競ふの勇者、武を守るの軍人に外ならざりき。女性の裸躰なるは殆どなく、之あるは只一恋愛の女神ヴヰナスのみ。

裸体が濫用されたのは紀元前二、三世紀、人心乱れ、道義地に堕ちたギリシャ衰退期。ローマ美術が継承したのはこの退廃期の産物、中世キリスト教時代を通じ、剛健勇武の北方ドイツ人の台頭とともに、裸体美術は地を払った。十五世紀イタリア文芸復興が再発見したのはこの衰退期のギリシャ・ローマ美術に他ならない。

扨て又現世紀の初に当って新勢力は欧羅巴の美術界に顕はれ来りぬ。所謂写実主義と称するものの是也。其の主眼とする処は当代の真実を写さんとするに在り。かくて古文芸に於て裸体を用ひたりし事の、今は却て美術教授が生徒練習の粉本として裸體のモデルを研究せざるべからざるを説くに及んで、殊に其位地を固ふせりき。

フェノロサの批判は二年前パリで目撃した裸体画の氾濫、巷の卑猥な風俗に向けられる。

其例年の展覧会に於て、絵画四分の一は皆女性の裸體を描けるもの、彫刻に至ては殆んど皆是也。是等の絵画や彫刻や、一として真面目の事象を写さんと試みたる者にあらず。却て裸體其物を示さんが為めに特に其題を浴後の嬌冶等に求む。又男性を描けるものはなく大抵は姣娥繊腰のみ。更らに甚しきに至っては這般裸體画の写真の、展覧会の開会前に公売せらるゝを見る。会場に近き店頭には裸躰の写真雑然として列なる。其の多くはあやしき絵画を写したる者、時には生ける儘のモデルに依り、法律に制裁を免るゝために薄き絹素を着せたるを写せるも少なからず。又一として其モデルは醇化せんとせるはあらず。是生ける婦女を裸體にし観ると何ぞ択ばん。しかも仏蘭西は之をあらためんとせず。公々然として之を行ふ。其影響の及ぶ処、識者を待つて後知らざる也。巴里に於ける美術書生の自堕落は明々にこの理を証するもの也。

また、日本における裸体のあり方について、例へば又日本に於て真夏の頃の農夫の諸肌ぬげる、吾人は斯の如き題目を撰ぶ事の甚だ真面目の理由あるを知る。之を描くも何の害かあらむ。描きて真を伝へんか、又絶好美術たるを失はざる也。しかも日本に向って裸體の為めに裸體を描くてふ浅間しき仏蘭〔西〕風を伝へむとするが如きは、真に全く外美を伝ふるの道にあらざるのみならず、美術の仮面せる他国の非徳を導くもの也。(23)

ここでフェノロサの立場は、ハーンの見解と殆ど一致している、といえよう。フェノロサは当時ボストンにいて、京都博覧会を観ることはなかったが、『アトランティック・マンスリー』を購読していたので、裸体画問題を扱ったハーンの「旅日記から」(一八九五年十二月号所収)を読んでいた筈である。

理想的な「神聖なる裸体、絶対美の抽象である裸体」について、ハーンが敷衍して述べるところは、フェノロサが「美術真説」につながる一連の美術講演を通して訴えた妙想《アイデア》の思想に相通じる。プラトン、ショーペンハウエル、スペンサーを援用してハーンは語る。「古今の思想は、哲学にしても、科学にしても、人間美から個人が最初に受ける深い感動が、けっして個人的なものではないことを認めている点で、いずれも一致している」。

いかなる美的感情にも、そこには、人間の脳髄の摩訶不思議な土の中に埋もれた、何千万億の数えきれない妖怪玄妙な記憶のさざなみが動いている。……人間はたれでも、めいめいが自分のうちに、かつて目に美しく映じた物の形、色、趣などの、いまは消えてしまった知覚が、無量無尽に寄りあつまって成り立っている美の理想というものを、それぞれに持っている。古の美的理想というものは、その本質においては潜在的な、ひそかにじっと静止しているものであって、……好き勝手にこれを喚びさますことはできないけれども、漠然とそれに似かよった、生きている外界の感じを知覚すると、たちまち電気のようにぱっと火がつくのである。……

ギリシャ人はいまは消え滅びてしまったあえかなる美の、幾百千万とも数えきれない記憶から成り立っているかれらの理想を、目や、まぶたや、首や、頬や、口や、あごや、胴や、手足のなかに見分けて、そして、それをはっきりと定着づけたのである。

であるから、ギリシャ彫刻は、絶対の個性というものは存在しないということ、言いかえれば、肉体が細胞から成り立っているように、精神もやはり合成されたものであるという証拠を、おのずから提供しているわけである。[24]

ハーンが当時最先端の四次元思想を理解していたらしいことは、既に指摘されているが[25]、現代のDNA－ゲノムの世界まで視透していた感がある。さらに興味深いことには、ギリシャ人の芸術性についてハーンがエマソンを引用していることである。フェノロサはハーヴァード大学生時代からエマソンに傾倒し、再来日時代、高師での英文学講義にエマソン評論集をテキストに用いていた[26]。

フェノロサの弟子岡倉覚三のフェノロサ宛書簡（一八八四年十二月五日）は下記のように結ばれ

ている。

「復興」の種子は鑑画会に蒔かれており、今や上野にその芽が萌え出ようとしています。その目標は慎ましく、その手段は限られていますが、われわれは博物局に戦いを挑むものであります。——なぜならば、真理はそれ自身の力で虚偽を打ち倒すでしょうから。美術は日本で復興するに違いありません。貴方が支援を約束されたからです。私は〔狩野〕芳崖によって手を得、貴方によって魂を得たのであります。[27]

ハーンの『仏の畑の落ち穂』(一八九六年)の副題が「極東における手と魂の研究」であることを思えば、同時代精神ないし共通感覚のような一種の見えざる絆を感じても不思議ではないだろう(二ヶ所傍点は引用者)。

三 「言葉の浮世絵師」ハーン——物語と美術史

来日後間もないハーンにフェノロサが浮世絵を見せたことは、既にふれた。再来日後東京で帝国大学教授ハーンに再会したフェノロサは、W・H・ケチャム主催「浮世絵名画展」(ニューヨーク、一八九六年一月)と、明治三一年(一八九八)四月一五日から一ヶ月上野新坂伊香保温泉楼で開催の「浮世絵版画展」の解説目録を彼に贈った(『富山高等学校ハーン文庫目録』一九二七年、五六頁)。ハーンは浮世絵展に一度足を運んだが、「河童」(歌麿板物)と「鐘馗」(石燕・歌麿・春潮合筆)以外目に止まらなかった。

フェノロサが解説に「伝説を使わない――物語を語らない――のが残念」、と評しているのは、いかにもハーンらしい。「もしそうしたら、アンダーソンはたちまちお株を奪われてしまうでしょう。彼（『日本の木版画』（一八九五）か）が売れるのは、民俗資料的価値のためにすぎません」。書簡編者ビスランド女史はデンマークの童話作家と混同したらしく、「アンデルセン Andersen」としているが、来日した海軍病院雇イギリス人医師で日本美術収集家ウィリアム・アンダーソンのことであろう。(28)

絵画と物語の区別がフェノロサとハーンの決定的違いといえよう。フェノロサは一八八〇年代前半頃の講演で、文学と絵画の本質的違いを無視する、として文人画を批判した。

我々はあらゆる芸術に共通のものを明らかにし、芸術の各部門がその観念性を実現する独自の形式を持っていることを理解しました。そして詩的ないし文学的理想が、絵画のそれとはかなり違うことが分かりました。主題は同じことも違うこともありますが、それぞれの観念性の構想は別物です。ところで，文人画においては、感情は文学的連想の仲介を通じて得られるので、絵画における優秀性とはほとんど無関係であります。(29)

絵画衰頽の第二の誘因である絵画に対する文学の優越は、文人画に見られた誤りで、ヨーロッパでも何度か起こったこと――一国民が絵画的形式の観念よりも主題の観念に興味を持つようになる時、いつも起こることである。（中略）偉大な詩人たちが人口に膾炙する主題を提供、画家はそれが本来真の絵画的形式に適するかどうかも考えず、国民の歓心を買うために当然これを採択し、批評家はお気に入りの詩的主題の反映を見るためにしか、絵を見なくなる。これが、科学の落とし穴を避けた代わりに文学の落とし穴に落ち込んだ近代ドイツ絵画の病弊で、ドイツの詩はロマンティックな詩物語を語るだけである。[30]

浮世絵版画の解説に主題の背景をなす物語を導入したアンダーソンに対し、フェノロサの叙述は純粋に視覚的分析、美術史的解説に徹している。[31]

この点で、第一節でふれた、フェノロサがハーンの日本に関する最初の二著『知られざる日本の面影』上下巻（一八九四年）と『東の国から』（一八九五年）の匿名書評でその方法論の限界を指摘した次の一節は、示唆的である。

ハーン氏の視力に限界があることは、既に述べたことから明らかであろう。彼の切り拓く純粋な金属の鉱脈は新しくこの上なく貴重なのだが、地下資源を掘りつくそうと主張しているわけではない。簡単にいえば、部分の全体に対する関係を見る能力が欠けている。

時代のもつれた縁をより合わせ、珠玉のような部分をバランスのとれた間隔で配置しようと企てることができない。歴史の感覚、量の感覚がないのだ。従って、この著者の目に止まらない多くの現実――高度に詩的な現実もふくめて――があることになる。この欠如は意識的な自制かもしれない。

たぶん彼は自ら、過ぎ去る事実しか心に映さない日本の一庶民たることに満足しているのだろう。この点で彼は、色刷版画をその時代の七色で満たす大衆出身の大衆のための芸術家――浮世絵画家――の真の同類なのだ。ハーンこそ、この過渡期の北斎であり広重である。フェノロサ氏が日本でハーンに見せたその作品が彼の共感と感興をよび覚ましたのだ〔チェンバレンのいう「美術、彼自身の名前の言及」(本書三二七頁)〕。[32]

フェノロサにとって、ハーンは「言葉の浮世絵師」であった。二人の日本文化論の基本的相違を知るために、今少し引用を続けよう。フェノロサはここで、ハーンとの比較における彼自身の立脚点を開陳しているからだ。

しかし日本美術の一流派としての浮世絵の限界こそ、過去、あるいは現代の教養人の国民的理想を理解できないことである。甘美で魅力的ながら、見通しの利かない瞬間的生命なのだ。浮世絵にとって、十一世紀にわたる日本美術の理想と栄光はなきに等しいのである。内裏、戦陣、僧院の内容豊かな世界は一掃されてしまっている。浮世絵は階級制度の壁に囲い込まれ、自らの現象を偉大な思想や体系の一部として評価することができないのだ。従って、ハーン氏の描く日本は半面に過ぎない。(中略)

宗教、伝説、評伝エピソードを扱う上で、彼が語るのは今日日本人がそれについて考えることだけで、その意義の核心ではない。……東洋の宗教、理想、創造的な時代の研究者から見れば、ハーン氏はいつも発見の瀬戸際をさまよっているように見える。彼の描く人々の語る仏教は、深い尽きせぬ泉の縁を隠す孔雀羊歯《しだ》の上に置く露のようなものだ。従って短編「願望成就」のように、彼の「亡霊の国」探訪はウェルギリウス、すなわち明らかに偶然的な信仰の底に潜む心理的法則を解釈できる僧の手引きを欠く。このようにハーンは、迷信の美しくもはかない詩として、最新の最重要な科学的問題への鍵を捨て去る危険性がある。[33]

「東洋の宗教、理想《アイデアル》、創造的時代《エポックス》の研究者」がフェノロサ自身を指していることは、明治一八年（一八八五）、天台宗の高僧桜井敬徳阿闍梨から梵網菩薩戒を受け、法名諦信として仏教に帰依、遺著で四章にわたり中国と日本の理想主義美術を語り、そのタイトルを『中国と日本の創造的時代』と銘打ったことから明らかである。十二年間東京大学で有為の弟子を育て、古社寺の先駆的宝物調査を行ない、美術教育、文化財行政に尽力しながら日本絵画の大コレクションを築いたフェノロサの（ハーンに対する）日本研究の先輩としての自負が窺われる。

ウェルギリウス役も自他ともに認めるところであろうが、ハーンは『仏の畑の落ち穂』（一八九七）で次のように書いている。「ギリシャ美術は多くの近代批評家や先覚者たちが、積年の努力によって、今日では未開な先人の時代よりも、いくらか理解されることが多くなったけれども、日本の美術〔に対する無理解〕は、今日《こんにち》までにまだひとりのヴィンケルマンも、ひとりのレッシングも生まれていないことから起るのである[34]」。フェノロサの大著刊行後であれば、日本美術はフェノロサを得た、と認めて、違う表現を用いたかもしれない。

物語を語るべき、というハーンの提案に対して、フェノロサは『浮世絵史概説』で次のように答えている。

〔江戸時代の階級制度に由来する〕異常な状況から芽生えた終わりなき恋物語は、口伝以前の徳川史の格好のテーマとなろう。上流階級の暮らしはナップ Arthm M. Knapp の『封建制度と近代日本』の始めの章に見事に活写されている。下流社会の熱愛や悲恋の物語を一瞥するにはハーンの絶妙な随筆や物語を読めばよい。

ここでは、「史料」としての浮世絵の重要性を指摘するだけで十分であろう。(35)

フェノロサは吉原の女性を古代アテナイのヘタイラ（高級娼婦）にたとえる。

前世紀の肉筆画の美人を見ても、明治の青年を堕落させるほどの力はほとんど見られない。だが、今や日本人は美麗で啓発的な史料としてこれらの名残に熱狂しており、それはニューヨークやパリの日本熱と肩を並べるまでに肉薄しているのは確かだ。なぜなら、そのような綿密な技巧を凝らした情趣を通じて学識を深めた人たちこそが、今日の国際感覚をもった伝統擁護派になっているからである。(36)

ボストンで『アトランティック・マンスリー』（一八九五年六月号）に載ったフェノロサの匿名書

評は、全体としてハーンに好意的である。「人間の信仰と感情の最大の宝庫は、西洋商業主義の泥流に急速に呑みこまれつつある。軍事的成功に酔いしれた現代の異教徒たちは、再建への努力そのものにおいて偶像を破壊しなければならない。純粋な日本の香をかぐことのできるのは、既に昔話か僻村のひなびた暮らしの中だけになっている。ハーン氏の東洋移住が時宜を得ているのは、時の悲劇的融解点に遭遇したからであり、彼は蓄音機を手に一時代の白鳥の歌の消えゆく調べをとらえたのだ[37]」。

この書評の構想メモで、フェノロサが冒頭、「基調におけるチェンバレンとの対照／共感対嘲笑」を指摘、チェンバレンの『日本事物誌』（初版一八九〇年）を「シニカルで冷淡、東洋の生活と光明の高次な意味すべてに盲目」な「事実の貯蔵庫」ときめつけ、「ハーンの正反対」としたことは前述した。チェンバレンはフェノロサのハーン評を「もったいぶって不当」と批判、「通りすがりに私まで槍玉に挙げている」としながらやり過ごしたが、フェノロサの追及は手厳しい。「チェンバレンの愛弟子は『日本語版が出たら、十二時間と生命を保証できない』といった[38]」。

ハーン来日後のスタイルの変化について、「日本的抑制の強力な影響が彼の素晴らしいスタイルを洗練させ、和らげていっそう完全な調和を達成させたかにみえる。画家応挙のように、新しい世界のより微妙な美を表現するために、彼は一段と柔らかな筆を発明する」。ハーンの日本美術観――西洋画家が対象のリアルな反映を表現するのに対し、日本画家は彼の感ずるもの、季節感、ある時と場所の的確な感覚を表現する、日本人は暗示性の力を特色とする、想像力を刺激し、何より非個性的である――を評価するとともに、古代ギリシャとの共通性の指摘にも注目する。奈良の古仏にギリシャ・ローマの面影を見たフェノロサは、ハーンの「盆踊り」の「ギリシャ美術との緊密な関係」に注目した。「それはこれまでその研究を学問的批判の対象とした一人か二人の注意を引いたにすぎない」という時、フェノロサ自身をもふくめているのだろう。「ハーン氏は形而上学が得手ではない。仏教の考察において、彼は深遠な思想と美しい伝承を必ずしも区別せず、つまずくことがある。しかし日本人の心から、進んで西洋に挑戦する頼もしい擁護者として許容できる」という発言は、哲学者で仏教徒のフェノロサにして可能な優越感と共感の表明であろう。詩集『東と西』（一八九三年）以来、常に日本を東西文化融合の最上の架け橋と考えていたフェノロサは、この匿名書評を次のように結んでいる。

このまだ若く活力ある民族が東西両洋の文明の統一という世界的課題を解決できる、と期待すべき理由は十分ある。(39)

いかにも学者肌の書評であり、ジャーナリスト・作家ハーンとのスタイルの対比が浮かび上がる。フェノロサは日本で新聞雑誌に寄稿し、インタヴューも受けたが、ハーンのように大阪朝日新聞本社を見学訪問したり、同紙の挿絵画家が女性であることに注目して報道挿絵版画まで評論の対象とする庶民性、大衆性を共有することはなかった。

四　詩人としてのフェノロサ

英米文学、比較文学・比較文化の文脈からみると、フェノロサは基本的に詩人・批評家である。『アメリカ伝記辞典』記載のアーネスト・F・フェノロサ（一八五三―一九〇八）の項（ラングドン・ウォーナー執筆）は、冒頭「詩人、美術史家」という定義を与えている。母国で先ず詩人と評価されているのは故無きことではない。

　少年時代から詩作を始めたフェノロサの処女出版は、横浜のジャパン・メール社刊行の小冊子『ゴンス著「日本美術」絵画の章書評』（*Review of the Chapter on Painting in Gonse's* L'Art japonais, 1884）を除けば、『東と西、アメリカ発見、その他の詩』（*East and West, The Discovery of America and Other Poems*, 1893）である。一八七四年ハーヴァード大学卒業式祝賀会で同期総代詩人《クラス・ポエト》として朗読した長詩は、同期生から「その確立した水準を超えるものは後にも先にもない」と賞賛されるできばえだった。この卒業祝賀詩と翌年セーラム高校同窓会で朗読した機智に富む長詩は、フェノロサの学生生活を彷彿させ、伝記的関心を満たしてくれる資料でもある[40]。

「ブラック・マウンテン」など叔母ハンナ・シルスビーに捧げた学生時代の登山・アディロンダック野営の詩稿は、彼が後年、北宋の宮廷画家郭熙の画論「林泉高致集」を愛読、唐宋美術史を「山水画の時代」と称する精神的前提として意味を持つ。ニューイングランドの野生豊かな山林を跋渉逍遥しながら哲学的思索に耽った若き超絶主義者《トランセンデンタリスト》が、日本で禅宗山水書画の世界に没入するのは自然な成行きだったかもしれない。「中国のワーズワースたちは千年以上も前に活躍していた」のである[41]。

　さらに私たちの関心を引くのは、日本に題材を得た詩作であろう。明治一七年（一八八四）四月一〇–一二日、東福寺の画僧兆殿司（吉山明兆）四五〇年薦事に展示された「五百羅漢図」を讃えた英詩とたぶん岡倉覚三による漢訳が最初である。

This eye pierced things and saw their hearts,
Strong as the central granite rib
Of mighty mountain chains and clear
As Biwa's liquid dream of heaven
The Western pilgrim halts amazed,
And drops one stone, where many gems
In dazzling heaps the master honor,
Offered by kings of pen and song.
Tokio, April 29th 1884　Ernest F. Fenollosa
(Kano Yeitan)

眼能洞察物情　手能写其心髄
強猶太山巌脈　清猶琵琶天水
西客驚感意時　西方詩画之王
珠篇玉作為堆　投片石表徴志

題兆殿司

西暦一千八百八十四年
東京　エル子スト、エフ、フェノロサ[42]
（狩野永探）

コロンブスのアメリカ到達四〇〇周年記念の年に刊行された『東と西』は、アレクサンダー大王の東征による東西の出会い（ギリシャ的仏教美術の誕生）から未来の結婚に至る壮大な歴史的展望を謳い上げたシンフォニー形式の長詩で、日本が舞台の第二楽章に当たる部分に「画聖」狩野芳崖、仏教の導師桜井敬徳阿闍梨の「劇的独白」も登場する。

しかし詩人・文学者としての本領が発揮されるのは新妻メアリーを伴った再来日期（一八九六―一九〇二）で、ハーンとの親密な交遊期間でもある。京都再訪の感慨と菩薩道の理想を謳った「輪廻の賦」、高等師範学校における英文学講義に触発されて生まれた「盆祭」、「日光の隠者」、「老楽」など珠玉の抒情詩、日本的モチーフのあふれるメアリー夫人の処女詩集『巣立』、シドニー・マッコールの筆名で出版、ベストセラーになった夫妻合作の小説『トルース・デクスター』（一九〇一年）はこの期の作品である。ハーンがフェノロサ夫人から『霊の日本』巻頭の短編「断片」（「髑髏の山の話」）の原形を得たように、メアリー・フェノロサも、芳崖をモデルにした懸賞小説『龍の画家』（*The Dragon Painter*, 1906）の主人公の妻が姿を隠すプロットのヒントを、ハーンの「きみ子」から得た。

明治三一年（一九九八）フェノロサの高等師範における英文学講義録「文学論序説」は有名な『美術真説』（一八八二年）の文学版といえよう。これを聴いた禿木平田喜一が「支那の文字を細かに解剖してそこから一種の哲理を編み出すという独創的なもの」と評したように、エズラ・パウンド編「詩の媒体としての漢字考」（一九一九年）の原形でもある。高師卒業後同附属中学英語教師として同僚となった平田は、フェノロサの能楽研究になくてはならない協力者となる。フェノロサは平田に「米国の知識社会は今、絵画のように目に訴えるものばかりでなく、心に訴える東洋文学に目覚めるようになってきた、今度はこの方面を開拓するつもりである」と語ったという。梅若実、竹世《たけよ》（六郎）父子、平田らの密接な協力の賜物である謡曲、有賀長雄、平井金三、岡倉覚三らの協力を得た中国詩などの膨大なフェノロサ遺稿は、イェール大学バイネッケ・ライブラリー・パウンド・コレクションに収蔵されている。筆者の作成した仮目録はフェノロサと能関連論文とともに、今後の研究へのよき手引きとなろう。(43)

五　フェノロサ没後百周年──ハーンと比較して

同じ東京大学外国人お雇教師としてそれぞれほぼ八年間教鞭をとり、いずれも日本の土となりながら、ハーンに四年先立たれたフェノロサ──二〇〇四年ゆかりの各地で全国的に盛大な記念行事が行なわれた作家と比べ、二〇〇八年没後百周年の寂しさは、大衆化社会、ポピュラー・カルチャーの時代、彼の高踏性、エリート性が災いしている面もあるのか、などと思いめぐらす昨今である。しかしメアリー夫人の小説 *The Dragon Painter*（1907）が早川雪洲夫妻の制作・主演でハリウッド映画『蛟龍を描く人』（一九一九年）となり、最近フランス語版がアメリカでDVD化されるなど、復権の曙光もみられる。映画との関係で、フェノロサ夫妻は再来日した明治二九年（一八九六）八月一五日、祇園の京都倶楽部で日清戦争の幻灯ショー（映画の前身、「マジック・ランタン」）を見ており、一九〇四年以降アメリカ各地で人気を博していた小規模映画館「ニッケルオデオン」を覗いていた可能性がある。(44)

エズラ・パウンドが公刊したフェノロサ遺稿「詩の媒体としての漢字論」（一九一九年）では、三つの漢字を並べたスライドが「連続的な動く画像」（continuous moving picture）と表現されている。この原本は一九〇一年コロンビア大学における講演草稿だが、(45)一九〇六年頃の起草とされる遺著

（森東吾訳『東洋美術史綱』上巻）には、フェノロサ＝ウェルド・コレクション中、超国宝級の名品「平治物語絵巻」三条殿夜討巻の描写に次の記述がある。

……人物の動態を描く線描が中心となってこの絵物語を進めている。冠や人々の顔、牛車の屋根などが図の下端に描かれていて、俯瞰図の構成は真に迫っている。この種の画法は古代の画家やイタリアの画家にはまだ理解されておらず、ドガの騎手のごとき近代フランス印象派の作品にわずかに窺われるにすぎない。一瞬にして狂乱した群衆は一隅角を曲がって、近代映画の場面によくみられるように、観者の眼前に躍り出てくる。[46]〔傍点引用者〕

これはおそらく絵巻物と映画を結びつけて論じた最初の例ではないだろうか。

アラバマ州モビールのフェノロサ夫妻晩年の住居の近くに、フェノロサ記念館を備えた日本庭園公園を建設する計画が、同市日本庭園協会を中心に上杉武夫カリフォルニア工科大学ポモナ校名誉教授の設計で、ハリケーンの被害を乗り越えて十年来進行中である。

日本では二〇〇八年、フェノロサ『浮世絵史概説』の邦訳と『フェノロサ夫人の日本日記――世界一周・京都へのハネムーン、一八九六年』編訳が出た（注5・31参照）。同年五月三一日―六月一日、東京大学で開かれた美術史学会全国大会で新入会員をふくむ若い女性会員三人が研究発表を行ない、また六月八日、かぎろひ奈良学文化講座第百回に併せて筆者が「フェノロサ没後百周年記念・フェノロサの愛した奈良と日本文化」と題する講演を東京有楽町読売ホールで行なった。

二〇〇八年四月から毎月第三土曜に十二回、『京都新聞』が名品一点の写真にコメントを付す記念特集「フェノロサの愛した日本美術」連載を組んだ。「薬師寺東塔」（神林恒道）、「法隆寺夢殿救世観音像」（村形）、ボストン美術館蔵「平治物語絵巻・三条殿夜討巻」（辻惟雄）、京都国立博物館蔵雪舟筆「四季花鳥図」（久我なつみ）、ボストン美術館蔵「法華堂根本曼陀羅」（百橋明穂）、写楽「三世市川高麗蔵の志賀大七」（山口桂三郎）、フリーア美術館「五百羅漢図軸」（塚本磨充）、狩野芳崖「仁王捉鬼図」（東郷登志子）、東大寺蔵「日光・月光菩薩像」（西山厚）、東寺旧蔵「十二天画像」（村形）、木村立嶽「厳間望月図」（草薙奈津子）、「北野天神縁起絵巻」（承久本）（村形）である。

十月五日、福家俊明長吏を導師として、フェノロサ、ビゲロウの墓のある三井寺法明院本堂で百周年記念法要・式典を挙行、フェノロサの詩の朗詠の他、片山清司氏による仕舞が奉納された。演目はフェノロサの英訳した三十数曲の中から選んでいただいたところ、「錦木」に決まった。片山氏は前夜宮崎県延岡で薪能を演じられた翌朝五時の始発列車に乗り、九時伊丹空港着、大津直行で駆けつけて下さった。エズラ・パウンド編フェノロサ訳のこの曲が、アイルランドの詩人・劇作家イェイツを刺激して「骨の夢」（The *Dreaming of the Bones*）が生まれたことを思えば、フェノロサの東西融合の理想につながる最上の供養となった。

また同年十一月二二日（土）には、東京大学理学部小柴ホールで小柴昌俊特別栄誉教授のご挨拶をいただき、第二九回日本フェノロサ学会百周年記念大会を開催、基調講演、寺崎昌男名誉教授「東京大学の形成と外国人教師フェノロサ――御雇外国人群の中で見る評価・役割・位置」、林曼麗台北国立故宮博物院前院長「東西文化交流の先駆者としてのフェノロサ」が行なわれた。理学部創設の草分け、博物学者エドワード・S・モースが東京大学の依頼でスカウトした、初代政治学・経済学教授フェノロサと初代物理学教授トーマス・メンデンホールの赴任は大学創立翌年のこと。文学部教師フェノロサが教えた政治学、経済学、哲学、社会学、そして授業の合間に収集、研究、調査を行ない、美術事業に雇替後専念した美術史の各分野を代表して、渡辺浩、榊原英資、加藤尚武、栗原彬、辻惟雄の各氏に、各専門的視点からフェノロサを再考していただいた（会誌『LOTUS』第二九号、二〇〇九年）。

夏の避暑にハーンは外国人の行かない焼津を選んだが、フェノロサは外国人お気に入りのリゾート箱根宮の下に逗留、日光の輪王寺塔頭禅智院、南明院の離れを別荘に借りた。日光での隠者との出会いを詠んだフェノロサの詩の拙訳をもって、猛暑の中ようやく書き了えた拙稿を結ぶことにする。人見知りするハーンもこの詩は喜ぶだろうから。

日光の隠者

かの人の住まいは、彼方の暗い
谷間の柴の庵。
彼は畳の家や、子どもたちの弾んだ
笑いを一度も知らなかった。

山の木の実がその上衣を染め、
青苔の露がその喉を潤す。
この世の絆に縛られず、
その暮らしこそ、誓いそのもの。
揺れる百合の花々が空を払うところで
私はかの人に出会った。
臆病な鳥も巣を離れず、
かの人の静かな足音が近づいた。
野生の鷹は彼の指令に応じて飛び、
仔鹿たちも物怖じしなかった。
西のことも東のことも、かれら同様に知らず
かの人はじっと私の眼を見た。
合掌した人を、
友とも師とも、私は呼ばなかったが、
固唾《かたず》を呑む大気に
千々の囁きを漏れ聞いた。
なぜ私の沈黙が彼自らの赤裸な魂《こころ》と
触れ合うことができたのか。

かの人曰く、あなたは、
神が至るところで私に遣わされる使い。
何かの思いを私に感謝するように
かの人の口調は心持ちふるえた。
しかし知られないのが最上の知識を、
彼にもたらす私は、いったい何者なのか——
羊歯は瑞々しく露に満ち、
蜂は玉座についていた。
わが人間的魂を、かの人の感覚は
吹き寄せられた珍花ととったのだ！

（東京、一九〇〇年三月一六日）[47]

注

（1）一八九〇年五月二七日フェノロサ宛書簡、Akiko Murakata, "'Yugiri O Kyaku San' (The Guest who leaves with the Twilight) : The Fenollosas and Lafcadio Hearn,"『英文学評論』（京都大学教養部英語教室）、LXI（平成三年三月）。*Collected Essays on Lafcadio Hearn*（The Hearn Society : Matsue, Shimane, 1997), pp.189-208 に再録。

村形明子「ハーン、ヒントン、フェノロサ、クラーク——横浜と四人の異邦人」『形の文化誌3　生命の形・身体の形』（形の文化会、一九九六年一月）、一八六－一八七頁。

（2）村形明子『アーネスト・F・フェノロサ文書集成――翻訳・翻刻と研究　下』（京都大学学術出版会、二〇〇一年）第9章「フェノロサとハーンの新出匿名書評」。
（3）Kazuo Koizumi comp. *More Letters from B.H.Chamberlain to Lafcadio Hearn* (Hokuseido, 1957), p. 168.
（4）Kazuo Koizumi comp. *Letters from B.H.Chamberlain to Lafcadio Hearn* (Hokuseido, 1936), p. 142.
（5）村形明子編訳『フェノロサ夫人の日本日記――世界一周・京都へのハネムーン、一八九六年』（ミネルヴァ書房、二〇〇八年）。
（6）「フェノロサ夫妻とラフカディオ・ハーン」、村形明子『ハーヴァード大学ホートン・ライブラリー蔵フェノロサ資料Ⅲ』（ミュージアム出版、一九八七年）、二〇二―二〇九頁。以下はこの論文の要約。
（7）村形明子編訳『ハーヴァード大学ホートン・ライブラリー蔵フェノロサ資料Ⅰ』（ミュージアム出版、一九八二年）二九〇―二九四頁。
（8）『京都新聞』二〇〇八年六月九日、一〇日。
（9）"In the Twilight of the Gods," *Out of the East and Kokoro* (Boston: Houghton Mifflin, 1895, rpt. 1922) in *The Writings of Lafcadio Hearn*, Vol. VII (Rinsen, 1972), pp. 23. 平井呈一訳『心』『全訳 小泉八雲作品集』第七巻、恒文社、昭和三九年、五五一頁。
（10）同上『心』五五二―五五六頁。
（11）村形『フェノロサ資料Ⅰ』所収「39　畿内美術取調」三二五―三二六頁。三者の筆に擬してある（「解題」三六五頁）。
（12）前掲『心』五六二―五六三頁。
（13）Okakura Kakuzo, "Memorandum on the work to be done in the Japanese Department . November 2. 1905." ボストン美術館アジア・オセアニア・アフリカ部アーカイブズ。
（14）堀田謹吾『名品流転――ボストン美術館の「日本」』ＮＨＫ出版、二〇〇一年、一七二―一七三頁。

(15) *Epochs of Chinese and Japanese Art: An Outline History of East Asiatic Design*, I (London: Heinemann, 1912), p. 176.

(16) 村形『フェノロサ文書集成 上』「3 フェノロサの宝物調査と帝国博物館の構想」一七七―一七九頁。

(17) 前掲『心』四〇九頁。

(18) 村形『ハーヴァード大学ホートン・ライブラリー蔵フェノロサ資料Ⅱ』（ミュージアム出版、一九八四年）一二三六―一二五一頁。

(19) 前掲『フェノロサ資料Ⅱ』「東京の美術家たちを前にした美術に関する講演Ⅰ 一八八一年四月十日」五頁。

(20) 前掲『心』四一〇頁。

(21) 隈元謙次郎「滞仏中の黒田清輝」・「黒田清輝中期の作品と業績」（『近代日本美術の研究』東京国立文化財研究所、昭和三九年）二九三―二九七、三一二―三一五頁。

(22) 前掲『心』四一〇―四一一頁。

(23) 前掲『国民之友』論文「美術に於ける裸體の濫用」参照。

(24) 前掲『心』四一二―四一五頁。

(25) 宮崎興二「ラフカディオ・ハーンと四次元」、注（1）『形の文化誌3』参照。

(26) 斎藤光「エマソンとフェノロサ」、注（6）『フェノロサ資料Ⅲ』所収「月報」（3）一―二頁。

(27) 村形『フェノロサ資料Ⅰ』九九―一〇三頁。鑑画会は明治一七年一月、フェノロサが始めた絵画研究会で、十一月以降新画展評会に転じた。狩野芳崖（一八二八―八八）はフェノロサに見出されて大成した日本画家。

(28) Elizabeth Bisland, *The Life and Letters of Lafcadio Hearn* (1906), II, pp. 381-384. 村形『フェノロサ資料Ⅲ』、二〇六頁。

(29) 村形『フェノロサ資料Ⅱ』「講演Ⅳ」八一頁。

(30) 同上、八六頁。

(31) アーネスト・F・フェノロサ『浮世絵史概説』高嶋良二訳(新生出版、二〇〇八年)参照。
(32) 村形『フェノロサ文書集成 下』一八六頁。
(33) 同上、一八六―七頁。
(34) 「日本美術における顔について」、平井訳『小泉八雲作品集』第八巻、一〇四頁。
(35) 前掲『浮世絵史概説』二二二頁。
(36) 同上、二二三頁。
(37) 村形『フェノロサ文書集成』下、一八七頁。
(38) 同上、一七六、一八七―一八八頁。
(39) 同上、一八四、一八九、一九一頁。
(40) 村形『フェノロサ資料Ⅲ』序文以下、二〇―九一頁、英文七―八六頁に全詩を邦訳とともに収録。
(41) 「詩人としてのフェノロサ――東洋理解への精神的な前提」『毎日新聞』夕刊(一九八七年七月一日)。
(42) 前掲『フェノロサ資料Ⅲ』英文四五頁。この詩の朗詠を二〇〇八年十月五日(日)、墓のある大津市三井寺法明院のフェノロサ没後百周年記念式典で、詩吟家野田雅詠、グエン・ヘルヴァーソン両氏にお願いした。
(43) 同上、英文二二八―二九八頁。
(44) 村形『フェノロサ夫人の日本日記』ix、一〇七頁。
(45) Akiko Murakata, "The Chinese Written Language as a Medium for Poetry,"『英文学評論』第34集(一九九〇)四二頁。
(46) *Epochs*, I(注15参照), pp. 190-192. 森訳(三一五頁)の一部を改訳。
(47) 村形『フェノロサ資料Ⅲ』英文八五頁。

付記　智証大師帰朝一一五〇年特別展「国宝三井寺展」（大阪市立美術館、二〇〇八年十一月一日―十二月一四日、東京サントリー美術館、二〇〇九年二月七日―三月一五日、福岡市博物館、同四月一日―五月一〇日）が「フェノロサの愛した三井寺」の展示を加え、三都市を巡回したことで、ハーン百周年に準じる供養ができたのではないだろうか。

ラフカディオ・ハーンとフェノロサ夫妻——三通の書簡を中心に

山口静一

フェノロサ（Ernest Francisco Fenollosa, 1853-1908）、とくにフェノロサ夫人メアリー（Mary McNeil Fenollosa, 1865-1954）が、来日後のハーンのごく親しい友人のひとりであったことは、ハーンの書簡集に収録された五通の手紙[1]によって知ることができる。最近この両者に関する新しい資料に接する機会を得た。ひとつは一八九八年五月二十六日付フェノロサ夫人のハーン宛書状で富士見町発信、ハーンの自宅に届けさせたもの（書簡Ⅰ）。ひとつは一九〇〇年八月と推定されるハーンのフェノロサ夫人宛書簡で、フェノロサ夫妻の帰国に際して書かれた別れの手紙（書簡Ⅱ）。そしていまひとつは、一九〇四年九月、ハーンの訃報に接してフェノロサがアメリカ（アラバマ州モービール市郊外の自宅コビナタ）からハーン夫人小泉節子に宛てた弔文（書簡Ⅲ）である。書簡Ⅰは最近東京の古書肆から入手したもの。書簡Ⅱは一九七八年十一月一日~四日、大津市市民会館で開かれた「フェノロサ来日百年記念展」にモービール市立博物館から特別出品されたもの。書簡Ⅲは同じころ東京の古書即売会に出たもので、大津出張中の筆者に代って入手に尽力された友人たちの努力にも拘らず結局筆者の手には入らなかったが、幸いに岡倉天心全集（平凡社）編集に携わっていた中村愿氏の奔走によりそのコピーを入手し得たので、ここにあわせて紹介することにした。本文三八行のタイプライティングで文末にフェノロサの署名があり、角封筒に入っている。

ちなみに大津市では、市制施行八十周年事業の一環として同市園城寺法明院に眠るフェノロサの来日百年を記念する盛大な記念事業が催された(2)。大津市、大津市教育委員会、園城寺の三者共催で十月末日から約一週間開催され、フェノロサと同様仏教に帰依してしばしば大津を訪れたフェノロサ夫人の孫娘にあたるアラバマ州モントローズ在住のウィンスロウ夫人(Betty W. Winslow)や、少なからぬフェノロサ遺品を管理し自らもフェノロサ夫人の研究者であるモービール市立博物館長ディレイニー氏(Caldwell Delaney)らを招待、墓参法要、記念講演会、記念展示会など、日米文化交流の先駆者フェノロサを偲ぶにふさわしい記念事業となった。書簡Ⅱはディレイニー館長が携行した十七点のフェノロサ資料のひとつである。

一　フェノロサ、ハーン、チェンバレン

書簡の紹介にさきだち、フェノロサとハーンの関係について少々触れておきたい。

ハーンがハーパーズ・マガジン社通信員としてはじめて日本の土を踏んだのは一八九〇年四月四日、ちょうど彼の四十歳のときであった。このころ、十二年間滞日して文部省(東京美術学校教授)、宮内省(帝国博物館理事)を兼務し、勅任待遇の政府高官だったフェノロサ(三十七歳)は、前年夏から要請され一旦は謝絶したボストン美術館の新設日本美術部キュレーターの職を引き受け

る約束をしていた。日本の美術思想・仏教理念によってアメリカ社会に精神革命をもたらそうというロマンチックな使命感をもって、[3] 彼は同年七月六日、英国汽船チャイナ号で家族とともに横浜を出航している。従ってこの年ハーンとフェノロサが東京ないし横浜で会う機会があったとしても、それはわずか三ヶ月間に過ぎない。

のちに再来日し東京にいたフェノロサに宛てた手紙（一八九八年十二月）の中でハーンはつぎのように書いている。

……もし今子供を連れてあなたの楽しいお宅をお伺いし、子供の面倒を見て頂きながらあなたと永遠なるものについて語り合って、懐かしい日々の喜び（あのころ私は少なからずあなたに魅了されておりましたことを申し上げねばなりません）に浸ることができましたならば、今後の私にとってどういう変化がもたらされるでありましょうか……。[4]

この中の「懐かしい日々」を一八九〇年のことであると、『フェノロサ――極東とアメリカ文化』の著者ローレンス・チゾム氏は確信しているが、[5] この短かい期間にハーンがフェノロサに接触したことは当時七歳になっていたフェノロサの娘ブレンダ（Brenda, Mrs. Moncure Biddle, 1883-1959）の回想によって立証される。彼女は本郷加賀屋敷の宮舎での生活を回顧する手記（一九五二年十月十二日記）を残しているが、その中のつぎの一節がそれである。

……ある日主に男の人たちだけを招いた内輪の昼食会があって私もテーブルにつくことを許され、パーシヴァル・ロウエルさんとラフカディオ・ハーンさんとの間の席に坐った。スタージス・ビゲロウ先生も同席だった。ロウエルさんはチャーミングな方で、後年よくボストンでお目にかかった、しかしラフカディオ・ハーンさんは見るからに形相のものすごい人で、声はたしかにすばらしかったが、そしてよくお話もなさったが、目が全く見えないのだ。そして変なところに食物をこぼすので、それが私にはとてもおかしかった……[6]。

これは食事の最中玄関ホールの天井から蛇が落ちて来て大騒ぎになった日のことで、幼いブレンダの特に印象に残った記憶に違いない。書簡Ⅲも両者のこの時期における接触を証明している。

書簡Ⅲではフェノロサは、ハーンに教職の斡旋をしたのは自分だと言明している。文相森有礼に紹介したというのはもちろん誤りだが――彼は前年二月に暗殺された――、もしこれが文部省普通学務局長服部一三との記憶違いであるとすれば、フェノロサの文部省における影響力、服部とのそれまでの関係から、この証言はかなり高い信憑性を持つものと言えるだろう。ハーンは帝国大学文科大学教師を勤める同国人チェンバレン（Basil Hall Chamberlain, 1850-1935）だけでなく、同じ南欧の血を引き互いに親近感をもったフェノロサにも、就職の斡旋を依頼したのだった。

ハーンが松江中学校に赴任したとき、フェノロサもまた新しい職場ボストン美術館に着任した。フェノロサが美術館の内外で日本美術日本文化の紹介に尽瘁していたころ、小泉節子と結婚（一八九〇年十二月）したハーンは、松江中学校から熊本の第五高等学校に転任（一八九一年十一月）、そして三年後熊本から神戸に転居して神戸クロニクル社の記者になっていた。

その年ハーンの最初の日本印象記『知られざる日本の面影』(*Glimpses of Unfamiliar Japan*, 2 vols., 1894)が出版された。日本文化の紹介者をもって自ら任じ、ハーンには特別の関心を寄せていたフェノロサがこれを精読したのは当然だった。彼の書き留めた詳細なノートの断片が残っている[(7)]。仏教と美術の専門家としての見地から、気づいた箇所はことごとくページ数を付したコメントを掲げ、フェノロサなりの批判を加えながらもハーンの詩的洞察力の鋭さを高く評価した興味あるノートである。わずか四枚の断片に過ぎないが、『知られざる日本の面影』第一章の二節に述べられたハーンの漢字論を、とくにPoetical quality of the written characterと書き留めてあることは、のちのフェノロサの漢字論"The Chinese Written Character as a Medium for Poetry"との関連においても、見逃すことのできぬモチーフになっている。チェンバレンの『日本事物誌』(*Things Japanese*, 1890)との比較もこのノートの重要なテーマであった。冒頭に共感対嘲笑(Sympathy versus ridicule)という言葉でハーンとチェンバレンの文章を比較し、

……『日本事物誌』は事実の羅列に過ぎぬ点でハーンの著述とはまさに正反対に位置する。もしこれが日本語で印刷されていたら、著者の生命は二十時間と保証はできぬと、ハーンの愛弟子が評する体のもの。東洋の生活とその持つあらゆる高度な意味合いに対して冷笑的、無感覚、盲目的であり、異国の水準に対するイギリス人批評の例に洩れず、底意地が悪く自意識が強い。もし平俗的で分析的な眼に映ずるもののみが真実であるとすれば詩は悉く虚言となるだろう。ハーン

は夢想家であり、取るに足らぬ人生の些事をも愛し、かつ空想を馳せる人である。ハーンの感受性は絶妙なる音楽を楽しむ人のそれであり、その表現も絶妙なる音楽の如く微妙である。彼は霊的な事実を溶解し、沈澱せる実用性のみを見出す頭脳が、すでに生ける頭脳にあらざることに気づいているのだ(8)。

と記したあと、日本の風物に対するハーンの理解と共感を示す実例として『知られざる日本の面影』第四章「江の島巡礼」十九節の文を紹介し、このような日本の真の姿を見る目を持たぬものは憐れむべきであると結んでいる。また『知られざる日本の面影』第二巻を概観して、

……冒頭のエッセイ「日本の庭園にて」は最も精妙かつ特徴的な例である。ここで彼は恰かも日本人の如く自然の核心に迫っている。隠された様々な象徴を彼は読者に紹介する。花や植込み、岩石と樹木、瀧と池、変った形をした色々な虫とその声、鶯や山鳩の悲し気な啼き声、神聖なる蓮の花、すばやい動きの蛙や魚、そしてこうした自然に対する日本人のたぐい稀な親しみが語られる。科学的観察がここでは詩に、それも羊歯を描写するが如き繊細な詩に翻訳されている。後の章で彼は再生の主題を扱うが、その筆致の何と優美な、西洋の人間の知り得なかったものであろうか。「最初の子を亡くした若い母親はともかくも子が黄泉の国から再び彼女のもとに戻ってくるように祈る。……祈りながら母は死んだ我が子の手のひらにいとしいその名前を書く。月日が経ち、彼女は再び母親となる。花のように柔らかい嬰児の手のひらを母親は一心に調べる。見

よ、同じ文字がそこに現われているではないか、柔らかい手のひらに薔薇色のほくろが。」「日本人の微笑」と題する章では極めて精緻な性格分析が行なわれている。「霊魂について」は読者に初めて驚くべき東洋の心理学を教えてくれる。(9)

と述べるあたり、フェノロサはハーンの最もよき理解者であると同時に、彼自身、ハーンに劣らず古き日本に愛着を抱く詩人であったことが看取されるであろう。

これに対してチェンバレンのハーン観には、いかにも高踏的なイギリス貴族の冷やかさが感じられる。『知られざる日本の面影』を評して「彼が見たと思っている想像の日本の姿を描いたもの」に過ぎぬと決めつけ、ハーンを紹介して「現実的感覚を欠いていた……。細部を非常に明確に観察したが、全体的にそれらを理解することができなかった……。これは精神的な面にのみ限らず肉体的にもそうであった。彼は片眼が失明し、もう一方の眼は極度の近眼であった。彼は部屋へ入ると、まわり全部を手探りしてみるのが癖であった(10)」と述べる姿勢には、二人の友情に亀裂を生じたあととは云え、むしろ悪意に満ちたものと言えるだろう。

一八九六年（明治二十九）、再婚したフェノロサ夫妻が七月から四ヶ月間日本を訪問し、八月から十月まで京都に滞在したが、彼らが二條木屋町の借家に落ちついた日の翌日（八月十二日）、フェノロサは預金の引き出しと家具の購入のため神戸に出かけ、神戸クロニクル社にハーンを訪ねた。ハーンはちょうど美保関・松江を旅行中で久しぶりの対面は実現しなかったという。(11)

ハーンは前年『東の国から』(*Out of the East*)を出版し、また日本に帰化して小泉八雲を名乗っていた。帝国大学文科大学講師に聘せられて上京したのは八月二十日、[12] 多忙なフェノロサが東京に引きあげたのが十月二十二日。[13] そして夫婦の一時帰国が十一月六日、[14] とあわただしい日程の中で、フェノロサがこの年東京でハーンに会った記録はない。

二　フェノロサ夫人の日記

さきに触れたように、フェノロサがハーンと旧交を温めたのは、フェノロサとしては事実上三度目の来日となった一八九七年(明治三十年)四月以降、以下に述べる記録によれば一八九八年四月になってからと考えられる。フェノロサはこの年一月から非常勤講師として就職した高等師範学校と正式に専任外国人教師の契約を結んで出講し始めた月である。一方ハーンは『心』(*Kokoro*, 1896)を出版して間もなく帝国大学文科大学の講師となり、フェノロサの住いとなる麹町区富士見町とはさして遠くない市ケ谷富久町に住んでいた。翌九七年には『仏の畑の落穂』(*Gleanings in Buddha Field*)を、九八年には『異国情趣と回顧』(*Exotics and Retrospects*)を出版、その後『霊の日本』(*In Ghostly Japan*, 1899)、『影』(*Shadowings*, 1900)と、毎年たて続けに充実した日本論を発表する。ほとんど友人との交渉を断って著作に専念したハーンに、フェノロサがいつ、どのように接触したかは明らかでないが、一八九八年四月一日、ハーンの方から富士見町のフェノロサ宅を訪問したことを、フェノロサ夫人はその日記に記している。文中、「アーネスト」はもちろんフェノロサのこと、「アン」は夫妻と同行同居していた女流著述家アン・ダイヤー（Anne Heard Dyer, 生没年不詳）のことである。かつてニューオーリアンズで十年間の記者生活を送り『タイムズ・デモクラット』主筆として一八七篇の外国文学を翻訳紹介した[15]ラフカディオ・ハーンの名は、南部出身の詩人であったフェノロサ夫人、夫人の友人だったアン・ダイヤーのよく知るところであったろう。

……彼は二時半ごろ来宅した。アンと私は、もちろん座を外した。アーネストが丁重に彼と挨拶を交わす声が聞こえた。……凡そ一時間後、アーネストは顔を輝やかせ二階に駆けのぼって来て叫んだ。「すばらしい人だ。岡倉に劣らず愛すべき人だ。君にも会ってくれるだろう。是非会いたいと言っている。ああいう人と会うのは嬉しいことだ。」もちろん私は急いで降りて行った。ささやかな敬意のしるしになるかと考え、私は和服の上に茶羽織をはおった。彼とは初めての出合いなので、その印象を書いておこう。背の低い、淋し気な感じの人で、やや引き攣ったような感じを与えるデリケートな表情と体全体が曲って幾分右に傾いているように見えるのは一方の目が不自由でもう一方も視力が弱くなっているせいかと思われる。思ったよりも痩せた小柄の人で、髪はかなり白かった。見えない方の左眼の白い眼球は恐るべき欠陥で、絶えず本人がこれを気にしているのが判る。しかし声の美しいこと。決して甲高くもまた耳障りでもなく、快いバイブレーションを持つその美声は抵抗し難い魅力をもっている。彼を深く知れば知るほど、そして彼の内気な心がその脆い殻の外へ徐々に這い出してくるのが判るようになると、人は物質的なるものへの執着を一切忘れてしまうのだ。アンも言ったように、彼は常に自分の雰囲気を運んで行く。

彼は多くの事柄を語ったがそれは実に美しく興味深いものだった。ハーバート・スペンサーと仏教との共通性も話題のひとつであった。私たちはそれに同意するものではないが反駁を加えることをしなかった。……時間が経つに従って彼はますます打ち解け、魅力と親近感を増して行った。彼は今出版準備を進めている著書のことを語った。『回願』という題の「様々な疑問」を扱った書物でエッセイ十篇から成り、我々の経験する微妙な記憶を科学とカルマによって解明したものだという。……彼は四時間滞在した。すばらしい午後であった。私たちは寝るまで彼のこと以外を話さなかった。彼は『仏の畑の落穂』を一部送ってくれると約束した。是非送ってもらいたいと私は思う[16]。

以来フェノロサ夫妻はハーンの熱烈なファンとなった。

この年四月十五日から一ヶ月間フェノロサは浅草駒形の浮世絵美術商小林文七と協力して上野新坂伊香保温泉楼に面期的な浮世絵版画展を開催、二四一点にのぼる展示品の詳細な解説目録を英文と邦文で刊行した。北斎や広重には浅からぬ関心を持ち[17]、前年夏には雑誌『太陽』に「日本絵画論[18]」を著して日本美術を称揚したハーンは、多忙な一日を割いてこの浮世絵展を見に出かけた。エリザベス・ビスランド編『ハーン書簡集』に収載される最初のフェノロサ宛書簡[19]はその報告と展覧会評である。

書簡Ⅰ

同じ文学に親しむ者同士として、フェノロサよりむしろフェノロサ夫人の方が、ハーンとの交渉は深かったように思われる。書簡Ⅰは彼らの共通の友人の帰国に際し、フェノロサ夫人がハーンをその送別会に誘う内容だが、当時の雰囲気を十分に伝えている。

親愛なるハーン様

あなたもうちでお会いになった若き建築家クラムさんが明日ヴァンクーヴァー行きの汽船で出航します。どうしても日本を離れねばならぬ事情があるということで悄然としています。楽しい思い出としていつまでも覚えていただくよう、上野の不忍池を見下ろすお茶屋の部屋を借りて純日本式に鰻料理の静かな送別会を開くことに致しました。出席者は私ども夫婦とクラムさんとアーサー・クラップさんです。クラップさんのお父様はたぶん来られないでしょう。若い「舞妓」さんも二人呼ぶ計画ですので芸術的感覚のある若い男性には当然魅力のあるはずなのですが、クラムさんは今ひとつの願いが叶えられぬ限りこの会は残念ながら全くつまらない、無意味で無益だとおっしゃるのです。その願いとはあなたに参加していただきたいことです。もしこのことが実現すれば私たちにとってどんなに大きな喜びとなるか、あなたにもお判りいただけると存じます。クラムさんには多分今日はハーンさんは手紙書きでお忙しいことでしょうと言っておきましたが、もし少しでもお時間があり、外出をそれほどご不快にお思いにならなければ、あなたのご参加によって私たちは全員必ず、真のしあわせと単なる楽しみの違いを知ることになると思います。この二つが全く別ものであることはあなたもご存知の通りです。場所は上野に入る左手の大きなお茶屋「まつけん」です。私たちは六時ごろ、丁度夕霧が不忍池を閉ざしその寺院を覆ってしまう前に、そこで落ち合うことになっています。雨が降っても、兎に角行ってみることにしています。では心からお出でをお待ちします。

メアリー・フェノロサ

「まつけん」は、上野黒門町の料理屋「松源」のこと。建築家クラム（Ralph Adams Cram, 1863-1942）はこのとき三十五歳。一九〇五年『日本建築および応用美術の印象』を著わしている。同席のアーサー・クラップ（Arthur Krapp）については不詳。ハーンがこの招待に応じたかどうかは不明だが、少なくともフェノロサ夫人は交際嫌いで有名なハーンにこの種の呼び出し状を送りつけても不自然でないほどの関係にあったことがわかる。前掲の日記でも、そのころ彼らが互いに文学書の貸し借りを行なっていたことを伝えているし、書簡集に収録された三通の夫人宛書簡からも、両者の話題が次第に真剣な文学論に移って行ったことを推定できる。

書簡Ⅱ

さて、フェノロサ夫妻は一八九八年夏麹町から本郷追分に移り、翌年には小石川小日向に美しい庭園つきの家屋を借りたが、一九〇〇年（明治三十三）八月、ついに日本滞在を断念しアメリカに引き揚げることになる。つぎに紹介するハーンの夫人宛書簡はその直前のものと考えられる。

親愛なるフェノロサ夫人

昨晩お手紙を頂き、私はびっくり仰天してしまいました。そして色々な意味で、残念なことと思いました。明日ご出発になる以上、今日お伺い致しましても詮無いことのように思われます――荷造りやら放置するわけには行かぬ様々な現実問題のやりくりでお忙しい最中であっても、せめて握手を交してすぐ引き返すくらいは私の義務であるかもしれませんが。一ヶ月ほど前お宅を探して遂に見つけられなかったこと、途中で知人に出会い小石川からほうほうの態で逃げ出したことなど、わざわざお邪魔をしてお話しするほどのことではありません。遙かなる南部から再びお帰りになったとき、それはあなたを笑わせるくらいの役には立つことでしょう。今は唯、楽しい航海を祈り――私が祈る祈らないに拘らず必ず楽しい旅になると思いますが――ご帰郷なさって明るいニュースが得られますよう希望するばかりです。もう一通のお手紙につきましても御礼申し上げます。お返事は直接お会いした上でと思っておりました。私は元気でおりますが相変らず忙しい毎日です。新著はあなたがお戻りになる前に発行されたら必ずお送りします。でも出版社が九月二十日ないし十月中旬までに刊行するとは思われません。第八冊目は完成に近づいています。あなたの「小鳥」の詩は大変好評だと聞いております。ほかの小鳥たちも長い旅路であなたの耳許に囀ることでしょう。その結果また別の詩があとからきっと生まれてくると思います。旅は「大いなる未知の世界から」我々のもとに現われるものにとって絶好の機会と言えるでしょう。

「さようなら」ではなく、「また会う日まで」ということにしませんか。

ラフカディオ・ハーン

ここで送る約束をした新著はおそらく『影』(*shadowings*, 1900)、「第八冊目」とは『日本雑記』(*A Japanese Miscellany*, 1901)のことであろうか。また「小鳥」とは、前年フェノロサ夫人が初めて出版した詩集『巣立ち』(*Out of the Nest*)にちなんだものと思われる。夫人の詩作を励ます心温かな、またたくみなる文章である。小日向のフェノロサの家は小石川区だが、ここは多くの知名人の住む住宅地であった。交際嫌いだったハーンの気持が読みとれる。

ハーンは夫人の遠からぬ日本再訪を期待したが、これが永遠の別れとなったのであろうか。翌一九〇一年(明治三十四)五月十四日から九月二十一日まで、フェノロサは『浮世絵史概説』出版の打合わせと日本における能楽・漢詩研究をまとめる目的で最後の訪日をし、このときは夫人も同伴しているが、残念ながらハーンとの交渉を伝える資料がない。

一九〇二年二月、フェノロサ夫妻は夫人の実家のあるモービール市の郊外スプリング・ヒルに古い家屋を購入改築してKobinataないしLittle Sunshineと称し、日本から持ち帰った美術工芸品で居間を飾った。庭にはアゼリアを植え一対のブロンズ製灯籠をポーチの前に配置した。コビナタはもちろん、夫妻が愛した東京小石川小日向の居宅を偲んだものであった。

しかし、もっぱら経済的な理由で帰国したフェノロサが、アメリカで優雅な生活を送るわけに行かなかったのは当然だった。文字通り東奔西走、自薦他薦の各地の講演を引き受け、日本美術の紹介、日本文化の称揚、東洋思想の鼓吹に涙ぐましい努力を傾注した。モービールの自宅に戻れるのは、年に何日も数えることができなかった。蒐集品を手放して生活費に当てることも再三に及んだ。その間の消息を伝えるものとして、友人フリーア（Charles Lang Freer, 1856-1919）に宛てた四十通の書簡が現在ワシントンのフリーア美術館に保管されているが、その中にハーンに関する言及はない。一九〇一年に小説 *Truth Dexter* を出版したフェノロサ夫人が、日本にいるハーンに手紙を送り続けたことも十分に考えられるが、書簡その他の資料も見当たらない。

ハーンはその後『日本お伽噺』（*Japanese Fairy Tales*, 4 vols, 1902）、『骨董』（*Kotto*, 1902）を出版したのち帝国大学文科大学講師を辞任、一九〇四年四月から早稲田大学に出講してその年『怪談』（*Kwaidan*）を著わすが、九月二十六日狭心症で急逝した。彼のもっとも重要な著作である冷静かつ論理的な日本論『日本　一つの解明』（*Japan, an Attempt at Interpretation*）が上梓されたのはその直後である。

訃報がコビナタに届いたのは九月二十九日だった。フェノロサはちょうどシカゴ大学での講演（八月初旬）を最後に夏の旅行に一段落をつけ[20]、珍しく十月五日までモービールに戻っていた。

書簡Ⅲ

書簡Ⅲは九月三十日付で節子未亡人に宛てた弔文だが、最初に触れたように文相森有礼に関する重大な錯誤がある。他の資料に関しても言えることだが、フェノロサは記憶力抜群の方では決してなかった。

アラバマ州モービール郡スプリングビル「コビナタ」
一九〇四年九月三十日

小泉八雲夫人様
親愛なる奥様
ラフカディオ・ハーンのペンネームにて世界にその名を知られております我が旧友にして貴女様のりっぱなご主人であられた小泉教授が、遙か遠い国にて急逝されたという悲しい報せが届きましたのは昨日のことでした。
初めて日本に来られましたころ、ご主人は私の友人としてほとんど毎日のように私の家を訪問されたことを覚えております。またご主人が日本に滞在して英語の教師になることを承諾されたのは私の薦めによるものであったこと、当時文部大臣であった森有礼にご主人の任用を申し入れたのが私であったことも、懐かしく思い出されます。小泉さんはすばらしい数々の著述において、その比類なき共感と才能によって始めてなし得たに違いない日本紹介の仕事を実現なさいましたが、それだけでは到底彼を語り尽せるものではありません。
彼は遂に、自らよく語りまたよく書かれた霊の世界に旅立って行かれました。残された私どもにとりましては、夜空に輝く最も明るい星が消えてしまったような思いです。私としては、ありし日にお宅をお伺いし、あなたやお子様方ともご一緒にいっときを過ごしましたことを覚えていてよかったと思います。それであなたにお手紙を差し上げ、あなたにはアメリカに私と私の妻という二人の友人（妻も親しくして頂きました）のいること、二人があなたに弔意を捧げ、何か、より具体的な哀悼のしるしを差し上げたい気持であることを、特にお伝えできましたわけです。

小さなお子様方もあのようなお父上のご慈愛を断ち切られてしまったこと、お可哀そうでなりません。ご長男は特別に活発だったと記憶しておりますが、特に可愛いお子様として私の念頭を離れたことがありませんでした。彼にはどうか、遠いこの地に友人のいることを、彼の将来に最後まで関心を持ち、立派にお父上の跡を継がれる日を見て誇りとする友人のいることをお伝え下さい。

私はこの手紙をH・高嶺氏からあなたにお渡しするよう頼んでおきます。氏もまた小泉教授の友人であり礼賛者でありました。

改めてお悔みを申し述べますと共に、友情の深まらんことを祈念して

アーネスト・F・フェノロサ

文末に、この手紙をH・高嶺（高嶺秀夫）に託している点、やはりフェノロサ夫妻はハーンの日本からの手紙をそれまで受けとったことがなかったことを示すものかもしれない。

高嶺秀夫（一八五四―一九一〇）とハーンとの交遊関係ははっきりしないが、フェノロサとは浅からぬ関係があった。彼が一九七八年（明治十一）四月二十一日ニューヨーク州オスウェゴー師範学校での二年間の留学を終えて帰国したとき、偶然にも一時帰国していた東京大学理学部教授モース（Edward Sylvester Morse, 1838-1925）と同船であったことが機縁となって、[21]モースとは生涯親しい交際を続けたが、フェノロサとの関係もおそらくモースの紹介で始まったものと考えられる。彼

はもっぱら文部省で教育行政に従事して高等師範学校や女子高等師範学校の経営に当たりながら、一八九三年以降帝国博物館天産部長兼歴史部長となり三年後には理事、一八九八年（明治三十一）三月の東京美術学校事件のときは、岡倉天心に代って一時同校校長を兼任している。彼の唯一の趣味は浮世絵の蒐集だった。明治十六、十七年ごろからというが、これはフェノロサの場合と大体一致している。蒐集方法もフェノロサと同じく系統的であり、作品数は肉筆百二十点余、版画三千余枚という。『高嶺秀夫先生伝』はつぎのように言う。

……先生は、美術の愛好其の他の関係よりフェノロサ及び米国人ビゲローとも交際し、絵画研究の熱心は、此等の感化によりて更に加へられたり。而して、フェノロサは亦先生に頼りて得る所あり。殊にフェノロサの発表したる「浮世絵史考」の論述に関しては、其の資料を先生の蔵品中より獲たることも少からざりしと言う。要するに、浮世絵の価値の世に認められ、且其の発達変遷の跡を明らかにするに至りたるは、先生とフェノロサと相待ち相助けて、之に貢献せる功績没すべからず。(22)

書簡Ⅲにはいくつかの問題がある。まず、書簡を託された高嶺秀夫だが、彼は一八九七年（明治三〇年）以来女子高等師範学校（現お茶の水女子大学の前身）の校長として終生女子高等教育に尽瘁、さらに一九〇四年は二月から東京音楽学校（現東京芸術大学音楽学部の前身）校長兼任という多忙のさなかで、その年在米していた記録はない。従ってこの書簡は高嶺宛てに郵送されたもの。本来ならばフェノロサの最も親しい岡倉天心に託すはずであったが、岡倉は同年二月横山大観・菱田春草らを伴って渡米、九月には当時のフェノロサにとっての鬼門ボストン[23]に滞在中であった。次に、この書簡にはペン字の邦訳が添えられており、その筆者がはっきりしない。もし高嶺自身であったら、訳文に我が名を「エッチ、タカミネ君」と仮名書きすることはなかったろう。第三者の訳文ではなかろうか。さらに興味を惹くのはその封筒である。表書きはElizabeth Bisland/Elizabeth Bisland/Madame Elizabeth B.Wetmore,/Oyster Bay, /Long Island/New York, /U.S. of Americaと七行の宛先がペンで書かれ、しかもすべてが横線で抹消されている。左端には縦書きにした「フェノロサ氏ヨリノ書状高嶺様持参ノ分」、その少し右にやはり縦書きで「フェノルサ夫人」と記してある。封筒の裏はKoizumi Setsuとやはりペン字で記されているが、余白にはThis is very striking that we shouldとか、Before I went to Japanとかの文句が封筒の上下を逆にして書き留められているほか、K、S、Eなどの筆記体文字があたかもペン習字のように書き散らされている。

これは仮説だが、フェノロサから寄せられたこの弔文を、ハーン夫人ないし長男一雄が、ハーン書簡集編輯中のエリザベス・ビスランド（Elizabeth Bisland,1861-1929）すなわちウェットモア夫人に送ろうとして封筒に宛名まで書いたが、ハーン書簡ではないことから発送を思い止まり、その封筒の上にとりとめのない文字を書き散らしたもの――とりあえず今はそう解釈しておくことにする。また「フェルノサ夫人」は、故人が生前口にしていた名を遺族が記憶していたものであろう。ハーンとその家族にとって「フェノロサ」と言えば「フェノロサ夫人」を意味するほど、夫人がハーンの崇拝者であったことを、この書込みは示しているように思われる。

＊以上は旧著『フェノロサ――日本文化の宣揚に捧げた一生』（三省堂、一九八二年）下巻所収の第七章の「五、ラフカディオ・ハーンとの交渉」を独立文に整え、加筆改訂したものである。

注

（1）Elizabeth Bisland, *The Life and Letters of Lafcadio Hearn,* 2 vols., 1906 ; Vol. 2, pp. 381-384（May 1898, to Mr. Fenollosa）; pp. 401-403（Nov. 1898, to Mrs. Fenollosa）; pp. 412-414（Dec. 1898, to Mr. Fenollosa）; p. 437（Apr. 1899, to Mrs. Fenollosa）; pp. 440-442（May 1899, to Mrs. Fenollosa）.

（2）『広報おおつ』No. 473（昭和五十三年十一月一日）大津市役所、『フェノロサ来日一〇〇年記念展出品目録』大津市・大津市教育委員会・園城寺。

（3）EFF. MS.（ハーヴァード大学ホートン・ライブラリー、フェノロサ手稿資料）bMS Am 1759. 2（60）, The Houghton Library, Harvard University.

（4）Elizabeth Bisland, op.cit., Vol. 2, p. 413.

（5）Chisolm, p. 140.

（6）Brenda F.Biddle MS., bMS Am 1759. 3（11）, The Houghton Library, Harvard University.

（7）EFF. MS., bMS Am 1759. 2（8）, The Houghton Library, Harvard University.

（8）Ibid.

（9）Ibid.

（10）B. H. Chamberlain, *Things Japanese,* 6th edition, Revised 1939. 高梨健吉訳（『日本事物誌』下巻、平凡社、東洋文庫、一五頁）による。

（11）「メアリー・フェノロサ日記」（以下MMF. MSと略称、モービール市立博物館蔵）Journal, Apr. 13, 1896,

The Museum of the City of Mobile.

（12）根岸磐井『出雲における小泉八雲』（昭和八年改訂版）年譜。

（13）MMF. MS. *Journal*, Oct. 22, 1896, The Museum of the City of Mobile.

（14）*The Japan Weekly Mail*, Nov. 7, 1896.

（15）築島謙三『ラフカディオ・ハーンの日本観』勁草書房、昭和三十九年、四一頁。

（16）MMF. MS. *Journal*, Apr. 1, 1898, cited from Chisolm, pp. 140-141.

（17）Lafcadio Hearn, *Glimpses of Unfamiliar Japan*, 1894, Vol. 1, pp. 94-95.

（18）小泉八雲「日本絵画論」『太陽』第三巻一五号（明治三十年七月）一一―一三頁。「……日本美術は人生を享けたるの単純なる幸福、形態色像変化における自然法の観念、及び社会の秩序と個人の克己とにて調和されし人生の真意義、此の三者を示して余蘊なし。而かも近世西洋の美術は快楽の渇望、権利享有の争闘としての人世の思想、生存競争場裡に勝たむには欠く可らざる不良の性情を現はすのみ」（一一―一二頁）。なおこの美術論の批評は『国民之友』第三六六号（明治三十一年二月）に掲載されている。

（19）Elizabeth Bisland, *The Life and Letters of Lafcadio Hearn*, Vol. 2, pp. 381-384.

（20）EFF's Letter to Charles Lang Freer（Freer Gallery of Art), Sept. 28, 1904.

（21）E・S・モース『日本その日その日』上巻、石川欣一訳、科学知識普及協会、昭和四年十一月、三二一、四五一頁。

（22）『高嶺秀夫先生伝』培風館、大正十年十二月、一四二頁。

（23）フェノロサの離婚再婚（一八九五年）はボストンではスキャンダルとされ、翌年ボストン美術館を辞任して以来、彼は生涯ボストンには近づかなかった。

グリフィスから見るハーン

山下英一

はじめに

小泉八雲といっても西洋人にはなじめないらしい。"Eight-fold Cloud Little Fountain" と言ってみたのはウィリアム・エリオット・グリフィス*である。「ギリシャ人の母とアイルランド人の父から美しいものへの愛と鋭い感受性を受けたハーンは東洋人、特に感情の細やかな日本人を理解した。少年ハーンは聖職者になるためラテン語の練習をさせられたが、それはハーンの知性に緻密さを加えたに違いない。日本人の心と気質を上手につかむにはささやかに見えてその実大きいことを辛抱強く探してよく調べる、これがハーンの文章の成功の秘訣であった」。ハーンのものを読んだグリフィスの書評(1)の一部である。「日本人のこころや驚異が見せるどんなに小さいことも大きいこともハーンは見逃さなかった。その著書は日本史全体の再読であり、社会学の観点からする日本文明の価値の高い評価であり、いかなる種類の狭量な宣伝にも反対すべきとの警告である。この本は生きて、日本人の精神が五〇年で変わったと想像する人の間でこころの穿鑿を起こすように運命づけられている」。そして「結論として言えることは文学の魅力、色合いの鮮明さと深み、秋に見る思想の熟成といったことで、ハーンの「解明」は二〇世紀のベストブックの一冊になるであろう」。これらの文章はハーンが没した後を追うかのように世に出た二冊の著書についてグリフィスが追悼の意味もあって書いたものから引用した。三種類あるのだが割愛するには忍びない名文であることを言い添えておきたい。

一　交流――作品の場合

明治期の日本で教師の生活を送った二人の異人、グリフィスとハーンになにか類似するものがあるのではないかと思っていくつかの場合を見てきてどうやら作品からこのような関係が浮かんできた。①*The Mikado's Empire* がグリフィスの日本についての最初の論文集であるなら、ハーンのそれは *Glimpses of Unfamiliar Japan* でなければならぬ。②次に選ぶとすればグリフィスの *Japanese Fairy World* とハーンの *Kwaidan*、③そしてもう一つ、前者に *The Religions of Japan* は後者に *Japan : an Attempt at Interpretation* がくる。これらの作品は書き手がそれぞれ越前と出雲の国に身を置いてみることから生まれた。それだけでなくどの作品も書き手の代表作と称してよいであろう。二人の作家（ここではグリフィスを作家と呼んでおきたい）に共通の作品はたとへ偶然な類似に思われてもそこになんらかの整合性が見られるかも知れない。うがった見方をすればハーンの書きもののなかにグリフィスの著書からの形跡が認められないか。

初印象

一八七六（明治九）年十月、グリフィスの *The Mikado's Empire* の出版をハーンは米国オハイオ州シンシナティの新聞社の記者として知っていただろう。ときあたかもグリフィスの生地フィラデルフィアで建国百年を記念して万国博が開催され、瓦葺の屋形風日本館が東洋熱を煽っていた。ハーンが記者をしていた『シンシナティ・コマーシャル』[2]にもこの書評が、この著作の世評が高かったので、ご多分に漏れず載った。すくなくともハーンがこの記事を読んでいたとした上でその持ち前の想像力を駆り立てたことが書いてある。鎖国していたが近年になって米国と友好関係が結ばれた日本。かつてコロンブスが航海で行こうとして果たせなかった国に行くことが今度、米国人によって実現されたと書かれていた。そのように書かれてハーンにはただの話くらいですまされないものがあったろう。

これだけではシンシナティ時代に聞いて知っていた、知って読んでいたかは定かでない。しかし日本に来て確かに読んでいたのを証明する同書の第五版（一八八六年）を「ヘルン文庫」で見ることができる。これは米国ハーパー・アンド・ブラザーズ社の探検・旅行・冒険シリーズの一冊として出版された。古代から明治維新にかける歴史を第一部、見聞と体験を第二部に構成してある。初版六七七ページの歴史紀行書である。著者がプロテスタントとして神学上の観点から書かれていることに注目したい。道の辺の草々を集めて日本文化を美に結晶させたようなハーンの *Glimpses of Unfamiliar Japan* が民俗学上の観点から書かれていて、その老練な文章にくらべると、グリフィスのほうはいかにも青臭く、しかしくらべようもなくいかにも新鮮である。

その書評の多くが緒言の一行を取り上げる。「宮殿から乞食小屋までのことで目にしなかった耳にしなかったことはない[3]」。情報を前にして、発達する異文化の国でかつ未知なる日本を懐手して黙って眺めている方はなかった。神学の勉強はやめたわけではないが、一方でグリフィスはキリスト教徒の試練に耐え他方で情報の収集と異文化の研究を怠らない。一八九〇（明治二三）年、松江の島根県尋常中学校および師範学校の英語教師になったハーンが聞いた言葉（西田千太郎とおぼき人）があった。「四、五年住んでいても日本人が分かるものではありません。それに気づいたときから日本人について少しずつ分かり始めるのです」。しかしこれは一つの見方であってグリフィスの考えは別のところにあった。「外国人が日本の歴史を書きにくいのは資料不足によるものだが、それよりも精神上の相違によるもので、八年にわたる日本人との直接の交流からその相違に視差（parallax）をおいてそこから考え方や感じ方を見つけてきた[4]」。文中の八年は来日前のラトガース・カレッジにおける日本人遊学生との交流期間を含む。

妖精

日本の奥地に行く覚悟でいたが滞在してみるとグリフィスがFukuwiと書く福井の印象は好ましいものになり、福井を「幸運の井戸」と呼んだりした。その地に伝わるフェアリーテールズを求める気持ちにもなって、グリフィスの日記や手紙[5]には暇を見つけて毎日の欠かせぬ散歩、馬に乗っての遠出、舟で行った旅先の観察が記録してあって、書く喜びがよく出ている。六月はじめの家族への手紙。青い稲田が広がり「妖精の国」のように美しい、歴史的名声にふさわしい城、伝承や物語に現われるものが生息する山地。この美しい稲田の風景をどうにかして母に見せたいと書いた。グリフィスの越前はかくも美しい国であった。

姉のマーガレット、愛称マギーに宛てミットフォードの新刊『日本昔話』を送ってほしいと手紙にいれる。「児童向き日本の本の体裁がつく」とグリフィスは九月の日記に記す。福井の政府に雇われた教師の仕事に責任と義務を果たすことを肝に銘じる。そのために身分の高い者は立派に振舞う義務があるという意味の警句 noblesse oblige を座右に自ら戒める。着任そうそう始めた化学所(Chemical laboratory)の設置の完成に九ヶ月を要したなどで多忙であった。しかしそのなかにも余裕を見つけ一八八〇(明治一三)年福井民話五篇[6]を含む日本昔話集が誕生した。ハーン没年の一九〇四(明治三七)年に『怪談』が出版されたが、これに刺激されたと思われる二冊目の日本昔話集が出た。これは初版の作品三四篇のうち一〇篇を残し新しい一〇篇とあわせて二〇篇からなる。残した話にも修正が見られる。新しい話のなかに福井民話の一篇が加わるが、これにハーンの影響がみられないだろうか。

Yuki-Onna。雪嵐の夜の妖精と村の若い男との出会い、妖精は色白のいい女に化けてその男の嫁になる。しかし化けの皮がはげそうになり、耳をつんざく言葉を残し男から逃げ去る。グリフィスは大雪の経験をしている。越前の国を離れていく人になって、一月中ごろに積雪数フィートの吹雪の山中を五日間、矢のように顔を刺す雪の中を一日一〇マイル転びながら進み、ようやく抜け出すことができた。こういう雪は白魔と呼んでじつに怖い。それが「雪女」となるとこの世ならぬ純白の美女に変身してため息がでるばかりに美しい。グリフィスがここで学んだのは「純白」のイメージに他ならない。

ある晩、農夫の夢に美しい白鶴が現われる。漆《うるし》の木の精が白鶴の妖精になってきて一本の木から採った白い液から光沢のある黒い漆の作り方を教える。農夫の息子は漆を持って奈良に出て有名な仏具職人になる。故郷に帰り荒れた寺を金箔と漆で装飾すると大勢の信者でにぎわった。「純白」のイメージとの関連もあって紹介したが、鶴は美を象徴するものとして漆器のお盆、文箱、硯箱などに描かれた。グリフィスもそれをよく知って山へ飛ぶこの鳥を仰ぎ見た。そういう絵の漆器をもらった。寺の多い福井の町を散歩に出ては寺の行事を参観して知識を深めた。この「黄金の漆を贈られたはなし」という題の話は「雪女」の透明な文体を思わせて興味深い。

ハーンは西洋の物質主義文明から逃避した人であった。インド伝来と目されて日本に入った非現実的なはなしを持ち前の詩的想像力で妖精のはなしに変えて日本化した。グリフィスの六つの福井民話は古い時代の人々の生活に見られる美しい、滑稽な、もったいぶった心を暗示していてどれも不思議なはなしである。ユーモラスなものや風刺のきいたものもよい。『怪談』のフェアリーはユーモアやイロニーに乏しいだけに、グリフィスの妖精譚がもっと日本で広く紹介されることが望ましい。

宗教

グリフィスはOld JapanとNew Japan、言い換えれば封建日本と新生日本との歴史上の大きい移り変わりに立ち会っていた。そのことではハーンの書く日本に先んじているという意識が強くあるように思われる。一八七六（明治九）年以来、読まれてきたグリフィスの日本について最初の著書は年次ごとに歴史記述を重ねて、一二版の一九一三年まで続いた。その後、日露戦争で示した日本人の能力を高く評価する一方、新しい個性のあり方として個人主義の要求を説いて戦勝を顕彰する新しい著書を草した。これは神学的見方が特色の日本精神発達史といえるものだが、二十世紀の日本の前途についてすでに最大の危険は軍隊がその原因となると言い切っていた。

　歴史をその国の進化のドラマと見るとき道徳的役目を仏教が演じた。この際、神道は宗教とみなさないで伝来仏教のみが宗教であった。この研究はキリスト教の宣教活動にも有益と見てグリフィスは一冊にまとめた。すでにあるこの道の外国人の研究業績を徹底的に参考にし、神道、仏教、儒教それぞれの教義や人物の活動を記述した。それにたいしてハーンの考えは、根本において歴史は変わらない。祖先崇拝を不変のモラルと考えるから中国から仏教が入ってきても祖先崇拝の本質は変わらぬ。古代ギリシャやローマのカルト社会を日本のそれと比べると、民俗学的見方が特色であるこの書は同時代の文明批評家でハーンの唯一尊敬するハーバート・スペンサーの社会学に負うところが大きいという。「スペンサーの著作に通じた上でなしにハーンの期待したように日本論を読んだとはいえない(7)」とは雨森信成**。これは日本研究の結論としてハーン畢生の独創的野心作であったと思われる。その後、日本の進化についての議論にグリフィスは、日本人の精神を表わすに「クリスチャン武士道(8)」という考えをもってきた。

　社会の進化ということでは日本は修正の効かない保守の国と見るハーン、先々修正の効く進歩の国と見るグリフィスとにはっきり分かれるが、一八七一年から一八九一年にかけて社会の再構成と帝国憲法をはさんでこの二人は繋がった。保守の国では「古代の死者を祭る行事が老人の言葉を通して死者に忠誠を誓いながら進化する」[9]。この忠誠心が日本で大和魂という新宗教になる。祖先と妖精の幻影の国にさすらう人こそハーンである。

一八九〇年代の米国出版界ではホートン・ミフリン社の文芸ものに人気があり、グリフィスもハーンもここから数冊の出版物があるところから互いに意識していたと思われる。ハーンが手にしたものに青少年シリーズの一冊でグリフィスのものがあった。これは後に熊本から松江の西田千太郎に贈られた。このことは西田日記の一八九三年八月一一日に載っている。「仏教は師である。日本人はその師のもとに大きくなった[10]」の一文は *The Mikado's Empire* にある「日本の仏教は徹底して研究するに値する[11]」と一脈通じていた。一方、グリフィスは二年後に出版のハーン著 *Glimpses of Unfamiliar Japan* を手にする。日本の宗教について書いたグリフィスの著書[12]のなかの神仏混交の神棚の例はそこからの引用である。ことの序でに一九〇〇年を境にホートン・ミフリン社についていえば、ハーンの出版数がわき目にも優勢になっているのをグリフィスはどう思っていたか。

日本の宗教は「寺」にあるとハーンは続いて言う。寺とは先祖代々続く「家」のことである。先祖の力が家族の「長」を守り、家族のうちからでる社会の掟破りには手厳しい。そのなかで忍耐、正直、親切、従順、盲従について学ぶことが生存の条件という。したがって中国から仏教が入ってもその先祖の持つ本質は変わらなかった。いわんやキリスト教の侵入においてをや。しかし改宗のため先祖の位牌を破壊するなどとして一概にプロテスタンティズムをドグマティズムの宗教だと決め付けるのはどうかと思う。この稿の始めに述べた書評の後に、同じ著書について、ハーンの他の著書と極端に違いこれは巧妙だが、驚くほどさらけ出した作品であって、日本の家族の進化における道徳の正しい実体もつかまず、進歩の邪魔をし、戦争の機構をうわべでしかみていないと厳しく評していた。[13] 保守の見方は進歩に逆流するものであるとグリフィスは思った。

二　交流——人の場合

女性

グリフィスの作品にはイラストが入っているがハーンにはそれがない。グリフィスの *The Mikado's Empire* には、火鉢を囲み祖母が孫娘たちに話を聞かせているイラストがある。[14] 当時の日本の家庭を描いている。幼少のグリフィスに古い話をしてくれた大伯母たちがいて父母、姉弟の家族があった。ハーンは幼年期にギリシャ人の母ローザから物語を聞かせてもらった記憶をもっていた。既出の「ヘルン文庫」にあるグリフィスの日本昔話のなかで桃太郎の話に出てきた鬼の城の宝、魔法の帽子にギリシャ神話の cap of Hades（ハーデースのかくれ帽）を重ねて読んだ形跡を見た。鉛筆による書入れをたどれば一頁もおろそかにしない読み、訂正（六個のミスプリントをふくむ）の真剣な読書態度が想像されよう。

実際、語り部はえてして女性の方であった。「女性には男性に分からない神秘性、意外性があり、女性からそれを取ると機械も同然になる」。これはグリフィスが「女性として妻として母として」

の妻キャサリンに捧げる *The Lily among Thorns*（一八八九年）にあるもので、著者の女性観を知るうえで興味がある。この思いもよらぬことをハーンは怪談を語って聞かせてくれる妻節子に見出した。「解明」で生気に満ちていたのは妻に見る日本の女性を論じたところであった。かかる女性が美しい心と姿で現われるや「天女」と呼ばれ「愛の修道女」に譬えられてきた。しかし「嫁として妻として母として」三役を果たすとき、女性は伝説にでてくるアンティゴネやアルケスティスのようなギリシャ型の高潔な婦人に譬えられよう[15]。

幼くして母に新約聖書の暗唱を励行させられ実行したグリフィスだが、母がマリアという旧式な名前であることから聖母の像を思い浮かべた。処女マリアの変形した名前ヴァージニアが流行する時代になってもマリアは消えない。カトリック教徒であれプロテスタントであれ、聖母マリアが信仰の対象であり続ける。ハーンもまたギリシャ正教の聖母マリアに母ローザへの思い出を託していた。このように西洋の宗教的原風景をもって東洋の日本に来て教えるうちにその国の民族精神を文学的に深く究明しようと試みるようになる。そして多くの英書を残したことでは互いに遜色はない。

教師になるのにハーンは越前の西の方、日本海沿いの出雲の国松江に旅の衣を脱ぐ。いわば心の流浪の果てに辿り着いたと思われる齢四〇の異人であるが、ここに来て始めて呼び覚まされたかのように神霊に包まれて創作力が内部に満ちる。かかる環境の中で身の回りの世話に来た女性との愛情の芽生えが結婚へと発展しついに安住の場を得た。一方、故郷に大事な恋人を残して福井藩の招聘を受ける道を選んだ若干二七歳の教師がいた。青年は終生、恋人の髪と写真を大切に保存していたという。身の回りの世話に藩が雇った娘に誘惑心をかられたが娘を解雇してそれに耐えた。生来の旺盛な好奇心と帰国後の執筆の野心はグリフィスの福井生活を実り豊かにした。

師弟

「英語教師の日記から」を読むと松江の中学校のハーンは学生に英語で自由に作文をやらせている。それを読んだ先生の印象を大雑把に分けると道徳的思考、集団性があるのに比べて独創的想像力、個性がないそうである。ではグリフィスの学生はどうか。家族への手紙に「優秀な学生は進んでよく勉強する。しかし勉強の方法を知らない。綿密な論理的思考にきわめて不慣れである。それに少し考えたり書いたりするとすぐ疲れる(16)」といった様子を伝える。これが士族の子弟を教えて八ヶ月目の教室の印象の一つであったが、すでに廃藩の直後で学生の間に学業を続けるかやめるか進退上の混乱が生じていた。その一人に松原他久馬、一三歳(後の雨森信成)がいた。横浜へ行く前にグリフィスの夕食に招かれた。小さな土産を二つ置いていった。そのとき松原に *Modern History* を記念に贈った。

ハーンにもお気に入りの学生のなかにとくに顔と名前をよく覚えた学生がいた。それぞれに特徴がエピソード入りでたくみに描写してある。そのなかで小豆沢八三郎が病気の学友を見舞ったときの話は感動的である。魂に生きる望みをかけた遺言を残して死んだ志田昌吉、星明りに学校を見たいと願って死んだ横木富三郎がいた。藩校教師グリフィスにこのような師弟関係は求むべくもなかった。わずかに兄弟関係に似た子弟の記録を家族への手紙に拾ってみる。新しく建った外国人住宅に住み込んだ本多、大岩、中野の助手三人が一室に、もう一室に笠原、本山、吐酔がいる。笠原は目の輝いたかわいい少年で頭がとてもよく極めて礼儀正しい。吐酔は驚くほど頭のいいわずか一五歳の、少女のようにおとなしくダイヤのように輝く美しい少年だ。吐酔は仏語、英語、化学を学んでいて最近は仏語の組の少年を教える。僧職にあったが辞めるようにとの懇願に長い間、否定の返事をしていたがついに金刺繍の襟を外しクレープの長い法衣をたたんで僧職を断念した生徒である。

グリフィスの方は、三年契約とはいえ藩が計画した住宅が九月に建って学生を住み込ますが、化学所の完成は一ヶ月先というように授業が軌道に乗らない状態のままで最善を尽くす。興味深いのはグリフィスが学生に援助の手を差し伸べる行為である。それは金銭上のこともあった。学費の世話をうけたなかに雨森信成や今立吐酔がいた。ハーンを離れて三人の里子の世話のうちに横浜で妻の錦と暮らすことになって雨森は、S・R・ブラウンとグリフィスの写真を感謝を込めてそばに置く。吐酔は晩年、明治天皇睦仁の伝記を執筆中のグリフィスにその翻訳をさせてほしいと願う。その収入を科学の道に進みたい郷土の学生の奨学金にしたいという。いずれも外国人教師との間に生れた友情のしからしむ行為であろう。

師弟関係がそのおかれる条件で相違していたにもかかわらず、グリフィスとハーンは「生徒思い」の教師であった。学生の死に直面するつらさのなかでハーンは現世の人間と距離を置いて死の幻想のうちに交わらんことを願った。なじみのない未知なるものに遭遇するとまずそれを心の内部にしまいこみ、そこから遠慮がちに紡ぎだして書いていく。既知なるものと比べることをしないのが作家ハーンの手法であると見える。これとは反対に未知なるものは既知なるものとあわせてみてから文章にする。[17] それがグリフィスであった。*Hima-Wari* に現われる亡霊は人のために生命を捨てた幼き友である。フェアリーテールの底には人間を真の人間らしくする悲しみがあるようだ。ハーンより長く生きて人のために尽くしたグリフィスもまた妖精のこころが分かっていた。あらまほしきものは友情の教訓ではなかろうか。

三　新生日本

グリフィスがフィラデルフィアの家族に送った、福井滞在の一八七一（明治四）年三月から翌年一月までの六〇通ある手紙の中の一つの得がたい感想として、「世の中の楽しみや独居のつらさのもとはといえば同郷人の心の如何にあって言葉や血によるものではない[18]」が上げられる。同僚の教師が契約更新のないままで福井を去る。こころの通じ合っていたことを思い、別れたあとの孤独感を述べたものである。ルセーといって英国人、日本に数年住み、渡世術に長け、*A Conservative* に登場して授業中に生徒と相撲などをとる人気者の教師であった。

一八七〇（明治三）年と一八九〇（明治二三）年、グリフィスとハーンの来日の年であるが、確かに二〇年の開きがある。しかし来日の後先は問題でない。日本の奥地と呼んだ福井、来日して二ヶ月くらい江戸（Tokio がまだ馴染まず）と横浜の生活を経験してから赴任してきた城下町。後年、グリフィスの曰く「今では永久に消え去った封建制度の下で人の世の生死のさまざまな局面をありのままに見てきた[19]」。ところがこれに続いて、ハーンは日本の封建制度をおもに伝聞と書物から作ったとグリフィスがだれはばからず書いたのは、ハーン没後一九〇七年のことだ。

こうなるとむしろ意識の問題になる。それぞれの視角から日本をみるとき、期せずして類似というべきものがあることに気づき、それが単なる偶然それとも必然のどれかに焦点をあててみたくなる。ハーンの命名した「日本の第二次再建または第二革命期」は一八七一年から国会開設の一八九一年までの二〇年間をさすのだが、その最初は国内に大名の廃止、米欧に使節団の派遣で始まり、国家が大変革に遭遇した年であった。この後二、三年までをまとめてこれをグリフィスはいみじくも“epochal years”と称した。そしてその終わりは教育勅語の発布、大日本帝国憲法発布によって中央集権化の確立を見ることになる。やがて第三次再建の政治改革、第四次の国家権力の危険な行使へと発展していく。

グリフィスは“epochal”“revolutionary”のような自分に言い含めることばで日本研究者としてのアイデンティティを確かなものにした。「日本人とその特異な歴史を研究する人がいて、日本人の国民生活を理解するためには国力の強さと国民の胸中に皇位とミカドの場所を認めないといけない[20]」。国民の胸中にあるミカドの場所についてこんな逸話[21]がある。日本の学生で留学経験者、古い信念を放棄して近代のニヒリズム精神を吸収した多くの学生、この学生らは神武天皇を神話上の人物と見る。ところがここに、数年のヨーロッパ生活から戻ってきたばかりの学生がミカドの神性と古事記を真理であると信じているといって仲間にからかわれた。すると学生は挙句の果てに「信ずるのが義務」と答えたという。

福井県尋常中学校においても教育勅語の奉読式[22]があった。勅語が発布になったのは一八九〇（明治二三）年、ハーンはこの年に松江の尋常中学の教師に着任した。校長が真っ白の手袋をはめた両手に「勅語」をうやうやしく目より少し高くもち上げて読む。「朕惟フニ我カ皇祖皇宗　璽臣民父母ニ孝ニ　祖先ノ遺風ヲ顕彰スルニ足ラン」。ハーンはどのような思いで見聞きしたであろうか。この年、福井の中学は米人教師二名を採用した。しかしこれを境にお雇教師の採用は見られなくなっていく。

ハーンには手紙を書きたいと思う家族と故里がなかった。熊本に行ってから頻繁に出す手紙は松江の友人の西田千太郎宛が多い。知識と学習のための交信は、むしろ今では机上の文章に直接ぶつかってきてその文章を生かす大切な拠り所となる手紙になった。ハーンと西田は一三の年齢差から生じた友情を視点とすればグリフィスと吐酔、雨森の友情もその例にもれないことを知る。手紙を書くことにかけてはグリフィスも筆まめな人であったが、その交信の広範囲が特色で、やはり福井から故里の両親のいる家族への便りは愛情がこもっていて同時に記録性に富むものであった。しかしこれが福井からでは片道二ヶ月を要したのでおよそ用向きにはほとんど役目をなさない。家族からの手紙が待たれる、来ない。母国語を目にしない、耳にもしない時間が重なることで苛まれるはじめての孤独。

この異人がともに日本の伝承文化に親しんで幼年のころの炉辺話をなつかしむように見聞したことに独自の表現を与えるに至ったのは何ゆえであったろうか。福井城の櫓から遠望する東方に霊峰白山がある。スイスの旅で印象的なモンブランが重なってくる。実際、グリフィスは夏休みの休暇に役人らと白山登山を試みた。簡単な実験器具を準備し山頂で白山の高度の測定と信仰の山と巡礼のつながりについて科学的調査をして成功した。福井日記には夏の夜、夕涼みの人でにぎわう足羽山の橋から神々しい眺めの白山連峰。ハーンへ時代は下って出雲路。宿場で聞く安来節をメモに記録するハーン。「安来千軒　名の出たところ　十神山から沖みれば　どこの船やら　鉄積んで　ヤサホー　ヤサホー　と　上のぼる」。未知のものへの精神的反応の仕方がグリフィスの場合は百パーセント現実的であって、そのためにあとで味わう幻滅は大きい。もっとも挫折感に打ちひしがれてはしまわない。しかしハーンにおいては現実と幻想が半々にあって幻滅にはいたらない。なぜなら白山の米国青年は進取性があって未来を夢見ることができた。出雲の神々の招きにあったハーンは烈風に舞い降りて尾羽打ち枯らした鷺のごとくに疲れて老いし旅人にすぎない。鷺を英語でheron とつづり［ヘロン］と読みハーンの日本的呼び名［ヘルン］と似ていることから鷺の図案化を家紋にした。

むすび

慈愛（charity）は家庭（home）から始まる。家庭の婦人になったセツは小泉節子という妖精に変わった。日本の古い話を聞かすときの節子は話のなかの妖精を演じる。ハーンには節子が何処にも見えずに話の中にいた。福井の住み込みの学生と日曜の朝を聖書と賛美歌で過ごしたグリフィスは理想のクリスチャン・ホームを試してみた。最後になったが *The Romance of the Milky Way and Other Studies and Stories* の出版社はおなじみのホートン・ミフリンであった。この三年後に出たグリフィスの妖精物語 *The Fire-Fly's Lovers and Other Fairy Tales of Old Japan* をそれと比べたとき題が類似して見えないだろうか。

どちらかというとグリフィスを足場にハーンの居場所を訪ねる小旅行をしてきた気分だ。確かに日本のことで仕事上、両者の作品を通して互いに静かでていねいな心や意識の交流が見られた。それも主に日本の印象、妖精、宗教に分けてそこに共通の関心のものがあることが示めされた。面識のない二人が互いに相手の作品と交流しあう。そういうことについて考えてみたかった。しかし実際に時代、気質、背景などから来る表現の決定的違いに気づくにつれ、文学の孤高に思いをはせる始末と相成った。

うれしいことに日本再訪のグリフィスが一九二七（昭和二）年六月の帰国を前にミセス・ハーンを訪ねる約束のあったことだ[23]。小泉節子は一九三二年に亡くなっている。ハーンにたいするグリフィスの深い思い入れがあったと見てよい。

注

この稿に出てくるグリフィスとハーンの全作品を挙げる。（　　）内は書名の略字。

・**William Elliot Griffis（1843–1928）:**

The Mikado's Empire, Harper & Brothers N.Y. 1876（ME）

Japanese Fairy World, James H. Barhyte Schenectady N. Y. 1880（JF）

The Religions of Japan, Charles Scribner's Sons N.Y.1895（RJ）

The Japanese Nation in Evolution, Thomas Y. Crowell & Co. N.Y. 1907（JE）

The Fire-Fly's Lovers and Other Fairy Tales of Old Japan, Thomas, Y. Crowell & Co. 1908（FL）

Japan:In History, Folklore and Art, Houghton Mifflin & Co. 1892（JA）

・Lafcadio Hearn（1850–1904）：

Glimpses of Unfamiliar Japan, Houghton Mifflin & Co.Boston 1894（GU）

Kokoro:Hints and Echoes of Japanese Inner Life, Houghton Mifflin & Co.1896（KK）

Kwaidan, Houghton Mifflin & Co.1903（KD）

Japan: An Attempt at Interpretation, Grosset & Dunlap N.Y. 1904（JI）

The Romance of the Milky Way and Other Studies and Stories, Houghton Mifflin & Co. 1905（RM）

（1）書評（W.E.Griffis）ラトガース大学付属文書館グリフィス・コレクション The Dial, *New Book about Japan*（JIについて）1904 Dec. I.p.368; The Critic, *Fact and Fiction*（JIについて）1905 Feb. pp.185-6; The Critic, *Hearn's Stories of Old Japan*（RMについて）1906 March p.222.

（2）（ME）書評の切抜きの中にあったが日付不詳（GC）。Robert Clarke（Cincinnati Commercial 社の経営者）の名も見える。

（3）（ME）p.9.

（4）（ME）p.7.

（5）山下英一『グリフィスと福井』福井県郷土誌懇談会、昭和五四年。一八七一（明治四）年三月一日から一八七二（明治五）年一月二二日までの日記（英文、和文）が付く。山下英一『グリフィス福井書簡』能登印刷出版部、二〇〇九年。

（6）① The Fire-Fly's Lovers, ② Lord Long-legs' Procession, ③ The Child of the Thunder, ④ Lord Cuttle-fish's Concert, ⑤ Little Silver's Dream, ⑥ The Gift of Gold Lacquer. 山下英一「グリフィスの日本昔話」（『若越郷土研究』五三—二、福井県郷土誌懇談会、平成二一年。

（7）雨森信成「人間ラフカディオ・ハーン」（仙北谷晃一訳）『小泉八雲　回想と研究』を参照。

（8）クリスチャン武士道で締めくくった（ME）のなかの論文 "Japan a World Power"（1906）は日本の前途を見据えた重要な意見である。
（9）（JI）p.330.
（10）（JA）p.59. ただしこれはチェンバレンの *Things Japanese* からの引用。
（11）（ME）p.174.
（12）（RJ）に（GU）の pp.385, 416 からの引用がある。
（13）（JI）p.272.
（14）（ME）p.461. 絵師大沢南谷による。
（15）（JI）p.398.
（16）英文書簡（Oct. 28th 1871）。
（17）グリフィスは通俗的な人情や滑稽を愛する青年であった。その日本妖精話は福井城内で見た人々の生活から連想されたものばかりである。
（18）英文書簡（July 5th 1871）。
（19）（JE）p.7.
（20）（ME）p.187.
（21）（ME）p.59.
（22）「英語教師の日記から」『明治日本の面影』（講談社学術文庫）の平川祐弘の注（20）（21）を参照。
（23）グリフィスが一九二七年日米親善の講演旅行並びに勲三等旭日章受賞のために來日した折のことで（GC）の資料に見る。「LAST WEEK Engagement Mrs Hearn Tuesday or Wednesday」六月七日か八日のことでグリフィスは六月一一日帰国の途につく。
＊ グリフィス（William Elliot Griffis 1843-1928）フィラデルフィア生まれ。ラトガース大学卒業。一八七〇年、

福井藩の理化学教師に雇われて来日。一八七一年三月から約十一か月、藩校で教えたが、廃藩の憂き目にあって南校、開成学校の教師に転じ、一八七四年に帰国。ユニオン神学校在学中に *The Mikado's Empire*（1876）を出版した。スケネクタディのオランダ改革派教会など三か所の牧師を務めた後、還暦を機に牧師を辞して著述に専念し、日米間の和解のため講演に出向いた。*Japanese Fairy World*（1880）、*The Religrons of Japan*（1895）など日本に関する著書が多い。勲三等旭日章を受ける（一九二六〔昭和一〕年）。

＊＊ 雨森信成（1858-1906）福井藩士松原義成の二男。藩校明新館でグリフィスに習う。横浜の宣教師S・R・ブラウンの塾に入り英学に秀でる。キリスト教の伝道活動に従事したこともあって、養子先の雨森家から離縁になる。突然、海外遍歴に出るが帰国後、愛国主義を奉じて無産士族と開拓事業を始める。ハーンと親交を結びハーンの『心』の"A Conservative"のモデルになった。追悼文"Lafcadio Hearn, the Man"（1905）は名文で知られる。後年、妻錦と横浜グランドホテルでクリーニング業を営む。戦争孤児三名を養育する。終生、グリフィスを敬愛して止まなかった。

参照文献

ラトガース大学文書館所蔵のグリフィス・コレクション、富山大学付属図書館ヘルン文庫および平川祐弘監修『小泉八雲事典』にはとりわけ多くの教示を受けた。
『西田千太郎日記』島根郷土資料刊行会、昭和五一年
『教育者ラフカディオ・ハーンの世界』島根大学付属図書館小泉八雲出版編集委員会、二〇〇六年
西成彦『ラフカディオ・ハーンと女たち　耳の悦楽』紀伊國屋書店　二〇〇四年
平川祐弘『ラフカディオ・ハーン』ミネルヴァ書房、二〇〇四年
平川祐弘編『明治日本の面影』講談社学術文庫、一九九〇年
平川祐弘編『小泉八雲　回想と研究』講談社学術文庫、一九九二年

モラエスにおけるハーン

岡村多希子

ハーンの影響を強くうけたポルトガル人作家モラエスは第二のハーンと呼ばれることが多い。最初にモラエスをこのように位置づけたのは、モラエスをはじめて日本人に紹介した一九二三年頃の『東京日々新聞』の記事「知られざる日本の理解者」で、執筆者と思われる岡本良知は「小泉八雲の没後日本人の奥に潜む情を、社会の流れの裏に行く物のあわれを、民族日本の伝統の魂を、自然の美の広き鑑賞をかくもふかく示す人はポルトガルの文豪モラエス氏である」と述べている。両者は確かに、その数奇とも言える生涯、日本に対する偏見のない姿勢という点でよく似ている。だが、モラエス作品へのハーンの影響についてはこれまで具体的に検証されたことがほとんどなかった。ここでは、モラエスの日本での半生を簡単にたどるとともに、神戸時代と徳島時代の代表作各一編、*Cartas do Japão*（『日本通信』）と *Bon-odori em Tokushima*（*Caderno de Impressões Íntimas*）（『徳島の盆踊り』）をとりあげて、ハーン作品がどのように反映されているか、モラエスがハーンにどのように言及しているかを見ることにする。

神戸時代

モラエスのフルネームはWenceslau José de Sousa Moraes（1854-1929）。幼い頃から感じやすい文学好きの少年であったが、リセに続いて海軍兵学校を卒業し、二十一歳で海軍少尉に任官する。四度にわたる植民地モザンビーク勤務ののちに、一八八八年七月、マカオに転属、マカオでの任期を終えた一八九一年八月にいったん帰国するものの、同年末にはマカオ港港務副司令官として再びマカオに赴任し、以後、母国に帰ることはなかった。

モラエスがはじめて日本と接触したのは、一八八九年の夏、副官として乗組む軍船が一ヶ月かけて長崎、神戸、横浜に立ち寄った折りである。二度目の訪日は一八九三年で、目的は、ティモールに配備するための武器弾薬を大阪砲兵工廠で買いつけることにあり、一万一六四〇円五八銭一厘で山砲一式六門とその付属品を購入する契約を七月十七日に交わした。この訪日に際しては、外交使節の一員として明治天皇・皇后に京都で拝謁している。彼は、その後もほぼ毎年、公務による日本出張をくり返す。そして一八九六年にまたも武器弾薬調達のために来日したのちは、ごく短期間をのぞいて、ずっと日本に滞在し続け、一八九九年、海軍中佐のまま在神戸ポルトガル領事に就任した。これより先の一八九七年、中佐の彼を副司令官に据え置いたまま、少佐を港務司令官に任命するという人事異動がマカオで行なわれた。滞日中にこの屈辱的事実を知ったモラエスは、怒り心頭に発し、ただちにマカオでの地位を棄て日本にとどまり続けようと決意したのである。領事就任後間もなく彼は元芸者であった日本人女性福本ヨネと同棲をはじめる。モラエス四十六歳、ヨネ二十五歳であった。

一八九五年、モラエスはそれまでの日本体験を「日本の追慕」というエッセーにまとめ、それ以前に書いた短編とともに一冊にして *Traços do Extremo Oriente*（『極東遊記』）としてリスボンで出版する。続いて発表した第二作 *Dai-Nippon*（*O Grande Japão*）（『大日本』一八九七年）が、日清戦争に勝利した日本への関心の高まりをうけてポルトガルで大人気を喚び、彼はあっという間に作家としての地位を確立した。神戸時代の代表作は、一九〇二年から一二年までの一〇年にわたってポルトガル第二の都市ポルトの新聞『ポルト商報』に日本通信員として書き送り、のちに数冊にまとめられた『日本通信』である。記事は日葡通商、日露戦争をめぐる日本の状況、国際政治、日本の政治経済などに重点がおかれるが、主題は多岐にわたり、日本の風俗習慣や日本人の内面生活にもおよんでいる。

ハーンは一八九四年十月から二年近く神戸に在住し、モラエスもこの頃、大阪・神戸を訪れる機会があったはずであるが、両人が物理的に接触した形跡はない。また、この時期のモラエス作品にはハーンへの言及はない。

モラエス作品にはじめてハーンの名前が登場するのは、『日本通信』の一九〇四年四月五日の記事の中であるが、これは単に英仏語の日本関係書の著者のひとりとして挙げられたにすぎない。本格的にハーンをとりあげるのはその少しのちの一九〇四年十月二十六日の記事。「英語の異国文学に関心のある者は、ラフカディオ・ハーンあるいは小泉八雲というそのもっとも優れた作家を失った」という書き出しではじまるその記事は、ハーンの生涯を簡単にたどったあとで、「ハーンは帰化した国を愛し、またその著書によって、多くの人が遠くからその国を愛するようにさせることができた。すぐれた知性と芸術家らしい感じやすく繊細きわまる気質の彼は美しい文体で日本について数多くの本を書いた。それらの本は日本の印象記としてこれまでに出版されているすべてのもののうちでもっとも見事な文学上の宝石とされている」として、そのときまでに出版されていた『怪談』にいたる全作品を列挙する。

この追悼記事掲載を境にして、ハーンの説話の取り込みや断片の切り取り・貼り付け、ハーンの生涯や業績についての紹介や論評といった、ハーンとの関係がはっきりとわかるもののほかに、ハーンの影響をうけていると推測されるテーマや、ハーンを引き合いにして自分自身の意見を開陳した文章などが散見されるようになる。ちなみに、ハーンの名前を挙げるとき、モラエスはほぼ必ず、「日本と日本人についてもっとも魅力的な文章を書いた印象主義者」、「日本の事物についての天才的時評家」というような枕詞をつけている。

モラエスがハーンの説話・民話を自分の記事の中に取り込んでいるのは、一九〇五年から八年にかけて。調べ得た限りでは、「葬られた秘密」、「十六桜」、「菊花の約」、「鏡と鐘と」、「日本海の浜辺で」の出雲の持田浦《もちだうら》の捨て子の話、「因果話」、「閻魔の庁で」、「耳なし芳一」、「大鐘の霊」の九編にのぼる。これらはいずれも出典に一切触れることなしに、説話全体がほぼそっくりそのまま記事と記事のあいだに嵌め込まれている。このような執筆態度について、一九〇六年三月一日の記事の中で彼は弁明する。自分が場合によっては、ハーンについて単なる言及以上のこともするのは、

「彼の本の中で日本の伝説にかかわる貴重な発見をしているからだ。そして付け加えなければならないのは、剽窃は許される、勧められるべきでさえあると思われることだ。この国と人びとについての研究から得られるもっとも美しく興味深いことを読者に提示してゆくという自分自身に課した課題があるからであり、また、私たちの国の文学環境にはハーン作品はほとんど知られていないこと、著者がおかれていた特殊きわまる状況のおかげで彼の作品には日本の伝説が格別に豊富なこと、著者には日本語と日本の古典についての目覚ましい知識と、研究者としてのまことにすぐれた天賦の才のあったことをも、考慮するからである」。

もう少し控えめな形としては、文章の一部や断片をハーン作品から切り取るというものがある。たとえば、一九〇六年十月三十日の記事で、モラエスは、蝉の鳴き声は日本人には、陽気な歌声、涙声、心を刺すような嘆きの声を想いおこさせるとした上で、ツクツクホーシという呼称の由来として、「筑紫と呼ばれていた九州のある住人が昔、長旅の果てに自分の家から遠く離れたところで死んだが、彼の霊は、ツクシ　コイシ！　ツクシ　コイシ！　すなわち、何と私は筑紫が恋しいことよ！　何と私は筑紫が恋しいことよ！　と鳴く種類の蝉の肉体に宿ったことが確かめられたようだ」と述べる。そして、「蝉ひとつ松の夕日をかかえけり」と「われとわが殻やとむらふ蝉の声」という俳句、「主にたたかれわしゃ松の蝉／すがりつきつき泣くばかり」という俗謡を紹介しているが、ツクツクホーシの話といい、俳句や俗謡といい、ハーンの「蝉」から採ったことは明らかである。同様の例は少なくない。「むすめ」の名前を論じた一九〇六年十月三日の記事では、自分自身の日本体験とハーンの研究に依拠したと断わった上で、ハーンの「日本女性の名」から採った女性の名前を一頁以上にわたって列挙する。一九〇七年十月七日の香に関する記事がハーンの「香」を下敷きにしたものであることは、香が仏事以外にも香会などの娯楽にも用いられるとする一節に挙げられる香の名称、「花吹雪」、「富士の煙」、「法の花」から一目瞭然である。

ハーンの著書については、一九〇五年七月二十二日の記事の中で『日本——一つの解明』をとりあげて、「彼の最後の作品、この鋭敏な観察者の少なくともほぼ十冊を数える全文学業績のみごとな総仕上げと見ることのできる本が、アメリカの出版社から出た。この本はみごとな総仕上げと見ることができるが、近代科学研究の最良の方法によって評価された日本史へのみごとな序論として見ることも同じくできる。早すぎる死が彼を連れ去らなかったならば、このすぐれた孤独の人の精神を次に占めることになったのはきっとこの重要きわまる研究であったろう」と評する。

滞日生活が長くなり、当初の熱狂がさめると、日本好きを自認するモラエスといえども異国生活に違和感や嫌悪感を覚えることも多くなっていったであろう。そのような折りに出たエリザベス・ビスランド編著『ラフカディオ・ハーンの生涯と手紙』はハーンの内的生活を明らかにしており、モラエスにとっては、自分の異文化体験をあらためて考える格好の材料となったようだ。一九〇九年三月二日の記事の中でモラエスは、来日したばかりのハーンは日本の魅力に夢中になったが、晩年は日本と日本人に不満を抱き、その苦情は時には呪詛と言えるほどになったとした上で、日本に長期滞在する欧米人の日本に対する姿勢のこのような変化について自説を展開する。一九一一年十二月十日にも、同じ問題をとりあげてハーンに言及している。

神戸時代のモラエスは『日本通信』のほかに、『セロンイス』というポルトガルの雑誌に日本人の日々の暮らしの光景をあっさりと描いたエッセーを寄稿していた。これらは、のちに *Os Serões do Japão*（『日本夜話』）として一本にまとめられるが、中に、日本人の心性を代表するものとして畠山勇子《ゆうこ》の自刃をとりあげた「畠山勇子」の一編がある。この中でモラエスは、大津事件と勇子自刃の経過をたどったあとで、勇子の墓所である京都の寺の住職、和田準然宛てのハーンの二通の手紙を住職が見せてくれたことなど、「数日前に末慶寺を訪れた」ときの様子をこまごまと語る。また、ハーンの文学業績の中にこの事件について書いたすぐれた二編の作品のあることにも触れ、ハーンが日露戦争の一一年前にすでに津田三蔵のロシア皇太子襲撃を愛国心のなせる業ととらえていたと述べて、ハーン説に賛意を表している。

モラエスがハーンに触発されて末慶寺をはじめて訪れたのは一九〇七年秋。恐らくこのときに、ハーンの手紙を『ジャパン・クロニクル』紙に掲載して欲しいという住職の希望を知ったのであろう。彼が、手紙を英文に訳し（手紙の原文は日本語）簡単な解説をつけて「ラフカディオ・ハーンの二通の未刊の書簡」というタイトルのもとに同紙に発表したのは、同年十一月十二日であった。そして、翌月には勇子のことが書かれているハーンの『仏の畠の落穂』にポルトガル語で挨拶の言葉を認《したた》めて署名し、これを住職に贈っている。以後、彼は京都市下京区にあるこの寺をたびたび訪問、住職とのあいだに親交を結び、その交際は徳島隠棲の直前まで続いた。一九一一年十一月十二日には同寺宗祖七百回忌法要に招かれ、その折りに境内で写した写真まで残されている。末慶寺には、「畠山勇子」の掲載された『セロンイス』誌三三号とモラエスが準然師に宛てた九通の手紙が今日なお保存されている。

徳島時代

一九一〇年十月、ポルトガルは革命を経て王制から共和制に移行し、モラエスも革命の余波に翻弄される。それに追い打ちをかけるように、一九一二年八月、愛人ヨネが病死する。彼がヨネの郷里である徳島に突如移り住むのはその一年後、一九一三年七月初旬であった。徳島で彼は、町はずれの四軒長屋のひとつに居をさだめ、ここから、のちに『徳島の盆踊り』としてまとめられる徳島印象記を『ポルト商報』に寄稿する。

ところで、『徳島の盆踊り』という題名であるが、これはいかにもハーンの「盆踊り」を連想させる。だが、モラエスの描く踊りの光景は、静寂、優美そして夢幻的なハーンの盆踊り風景とは似ても似つかない。「この日本の社会生活が提示することのできるもっとも風変わりなスペクタクルのひとつ」である徳島の盆踊りは、「伝染性のヒステリックな興奮」で人々を支配し、騒々しく猥雑きわまりない。「祭りがより活気にあふれるのは主として夜です。そのときには、消滅し忘れ去られた未開時代の先祖から受け継いだ、(中略)常軌を逸したカーニバルとの類似をみとめないわけにはゆきません。人びとが主だった通りを埋めます。ときどき、騒々しい一群の人がどこかしらの路地から現われて、大声で怒鳴り押しあいへしあいしながら進んでゆきます」(『徳島の盆踊り』[1]二七二頁)というものである。

『徳島の盆踊り』には、ハーンの文言をそっくりそのまま写し取るという姿勢はほとんど見られないかわりに、ハーンの主題や視点が、深化された形で、モラエスらしい表現で語られる徳島での体験や印象の基底部に通奏低音のように高く低く流れている。

前半部の、徳島の町のたたずまいと人びとの暮らしを紹介する部分には、松江の町の情景を描いた「神々の国の首都」を連想させる主題がいくつも認められるが、特にハーンを強く連想させるのは、「何よりも先ず、神々の町、仏たちの町、死者の町である」徳島の巡礼たちと朝の風景である。

徳島は巡礼たちの集合地点である。私は全国から来る巡礼たち――男、女、こども――の群れに街頭で出会う。中には美しい娘たちもいるが、彼女たちは聖なる香りにつつまれて家に帰ったら、すばらしい夫を容易に見つけることができるであろう。

これらの巡礼の中には、思うに、職業的な――結構な職業だ――乞食もいる。町や村の裕福な人たちもいる。だが、誰もが謙虚に食を乞う。彼らの服装は変わっている。短い着物をまとい、大きな藁帽子をかぶり、脚絆をつけ、旅人のサンダル〔わらじ〕をはいている。雨が降ると、背中を油紙でおおう。自分の名前や他の文言を書いた札を胸から下げている。杖をつく。それぞれ四ヶ月ほどの旅に必要なすべての衣類を入れたリュックサックのようなものを背負っている。白い着物の人もいるが、寺院の僧侶たちは心付けとひきかえにその寺院の印をその着物に押すのだ。信仰の旅が終わると、印でいっぱいになった着物は、きわめて高い価値のある記念品、それを身につけた人だけではなく孫子にとっても名誉ある家宝となる。……

夜が明ける。

じょじょに徳島の住人たちは目覚め、眠たげに目をこすり、いつもの洗顔をするために中庭に向かう。

洗顔のあと、ひとりがかしわ手を打つ。またひとりがかしわ手を打つ。さらにもうひとりがかしわ手を打つ。この合奏、つまり、太陽に捧げ太陽のためになされる祈りに対し太陽の注意を喚起する敬虔な仕種であるかしわ手を打つ手の音がはじまり、しばらく続く。日本では太陽は神、というよりも女神、もっともよく知られた女神のひとり、天照である。

徳島は必ず祈りで一日をはじめるが、このことから、私が以前のおしゃべりの中で言ったことが確証される。確かにこの習慣は日本中ほぼどこでも見られるが、ここでは特別に敬虔に、きちょうめんに、すべての住民がこの習慣を守っている。徳島は祈りで一日をはじめる。そして祈りで一日を終える、ただしそれは、同じく女神のひとりである月が皓々と輝いている場合に限って。(九四―九五頁)

巡礼を終えた女性はよい夫を得やすいという一節には、いかにもモラエスらしい女性観がうかがえる。モラエスの夜明けの光景は、ハーンの靄につつまれた湖岸での祈りに比べると、清澄な雰囲気に欠け、通俗的で卑近な印象を与える。「神々の国の首都」のハーンにとっては日本のすべてが珍しく新鮮であったのに対し、『徳島の盆踊り』のモラエスには、日本はすでに一五年以上も住み慣れた国であり、徳島といえども特別な驚きはなかったということであろう。「この習慣は日本中ほぼどこでも見られる」というコメントに、その日本体験の差が現われている。

「耳」の人であったと言われるハーンとちがって、モラエスは音に対して特に鋭敏であったとは思われないが、日本の風物詩であった夜の物売りの声には早くから気づいていた。横浜の宿で笛の音に惹かれて按摩を頼んだり、神戸で女中たちといっしょに夜泣きうどんを食べたこともある。モラエスの語る物売りの呼び声で興味深いのは、徳島の魚売りについての一節である。神戸とちがって徳島では野菜や果物、魚を街頭で売り歩くのは女性であるとした上で、モラエスは書く。


あわれな魚売りの女たち。夜明けから日暮れまで、夏は燃える太陽に、冬は凍てつく寒風にさらされて絶えず歩きまわっている。たいていは、徳島の隣りの海べの村、津田の人たちである。そこでは、男が魚を獲り、女が売る。宿命、伝統である。誰かの言うところによれば、落ち着いた暮らしをすることのできる余裕のある人たちでさえもそのような苦労に身をゆだねるとのこと。津田の女たちが門ごとに呼びかけてゆく長く引きずるような売り声は徳島特有のものである。

「いわし、いらんで（鰯を欲しくはありませんか?）」

「えび、いらんで（海老は欲しくはありませんか?）」

「ぼら、いらんで（鯔を欲しくはありませんか?）」（九二―九三頁）

このときモラエスの念頭にあったのは、ハーンの松江の物売りの声ではなかろうか。ハーンが聞いた、夜の中から響いてくる盲目の貧しい女性マッサージ師の呼び声は哀切を極めた節廻しながら、あくまでもうるわしい。そして、「神々の国の首都」最終章の「よく徹る長い呼び声」の夜泣き蕎麦屋、「調子のよい呼び声」をあげる水飴売り、「甲高い呼び声」の甘酒売りのいる風景は明るく、楽しげでさえある。だが、ときには子どもを背負い、天秤棒に重い荷を下げて一日中歩きまわる徳島の貧しい女性たちの行商風景は過酷であり、うるわしさも明るさもない。昼食はさつま芋だけという隣の元武士一家のみじめな食生活をはじめ、徳島の庶民の質素な暮らしをリアルに書きとめるモラエスが、同じような主題を扱いながら、どこか重苦しい印象を与える理由のひとつは、前の場合同様、日本ではまだ旅人の段階にあったハーンと、長い滞日生活を通じて日本の庶民の現実をよく知っているモラエスとの違いであろう。

後半部でモラエスが、「まだ生あたたかい遺体にはじまって家族崇拝の対象となる飛翔する霊の神格化まで、死者についての日本人の風習と信仰」について述べることにしたのは、毎日ヨネの墓参に通ううちに、墓地に馴染み、死者を身近に感じるようになったからである。「自分自身の観察、長年にわたる日本人との止むを得ぬ交際の中で見たこと、見ていること、聞いたこと、聞いていることだけにとどめたい」と言ってはいるが、「これらの徳島の墓地を経めぐるうちに、墓石の上にみごとに刻まれたたくさんの碑銘を読み解きたいというおもいに当然ながらかられる」（一九七頁）ではじまる部分がハーンの「死者の文学」の前半を下敷きにしていることは明らかで、紹介する六つの戒名のうち、ヨネの戒名をのぞく五つはハーン作品からの借用である。

ヨネへの追慕の念に悩むモラエスの関心は死者の霊の行く末にあった。ここから彼の考察は死者崇拝へ向かう。彼は言う。日本では死者の霊は転生をくり返したのちに涅槃の至福にいたるとされるが、一般的には死ぬとすぐに永遠の栄光に入り「ほとけ」すなわち聖者、神になると考えられている。死者は自分の生きていた土地や家族を忘れず、生者が自分に寄せてくれるやさしいおもいに感謝し、喜んで彼らを保護する、ここから死者崇拝、祖先崇拝が生まれた、このふたつは同じものである。日本人の考えによれば、死者の霊は全能であり、目に見えない形で天に住まっているが、家族がこれを祀るのは墓地と家庭の祭壇においてである。日本では、愛する死者を訪れ供物を捧げる墓参は日常的な楽しい仕事である。墓地に着くと、墓を清め、水盤の水を新しくし、花をとり替え、線香に火を点じ、両手を合わせて拝む。家庭では仏壇が家庭の祭壇であり聖所である。そこには、死者の霊の物理的表現である一族の位牌が並ぶ。家族は毎朝、それぞれの位牌の前に炊きたてのご飯、その日に沸かした最初の湯でいれたお茶を供え、そのほかに菓子、果物、その他死者が生前に好んでいた物を供え、花を飾り、拝み祈る。家族は毎日、彼ら死者の世話をし話しかける。

「老い衰えた日本人が、自然が人間に課す、一見したところもっとも厳しい掟である死を前にして穏やかな諦念にひたっていられるのは、死者崇拝のおかげである。死んで神格化されること、死んで家庭の中にその場を占め続け、妻あるいは夫の、子どもたちの、孫たちの、ひ孫たちの、玄孫たちの、未来のすべての世代の愛情をうけ続けることは、実を言えば、死ぬことではない。生きること、永遠に生きることなのだ！」（一八四頁）が、「自分もまた、愛する者たちの手で神に祀られるのだと心得ていることは、老境に付きものの淋しい悲哀をずいぶんと和らげてくれるにちがいない。日本では私たちの国のように死者をあっさり忘れてしまうことは決してない。彼らの素朴な信仰では、死んだ者は愛する人々のあいだにとどまり、その霊の鎮まり坐す所は、いつまでも神聖な場所として大切にされる」（「家庭の祭屋」）というハーンを下敷きにしているように、死者をめぐる説明がハーンを参考にしていることはまちがいない。

日本の宗教に関しては、神道、仏教、死者崇拝の三つがあり、死者崇拝は、すべての宗教のうちでもっとも古い宗教、人間の魂にもっとも深く根ざした宗教である、その死者崇拝に鼓吹されて起こったのが神道であり、土着の神道に対して仏教はのちに朝鮮を経て中国から渡来した、と言うだけで、モラエスは神道と仏教の哲学的問題にはほとんど触れない。死者崇拝を神道と結びつけて論じるハーンとちがってモラエスがもっぱら墓地、仏壇に結びつけて仏教の側から扱っているのは、徳島が神道よりも仏教色の濃い町であったことと、仏壇にヨネの位牌を飾りヨネの墓参を日課とする自分自身の体験によるものであろう。哲学的問題にふみこまなかったのは、日本の事物を学術的側面からよりも民俗学的側面から見ようとするモラエスの姿勢によるところが大きい。

おわりに

モラエスはフランス語と英語に堪能であったが、日本語能力に関しては、最晩年でさえ簡単な会話とカタカナの読み書きにとどまっていた。日本の文化について正しい情報を積極的に提供してくれる知的な日本人の友人はいなかった。モラエスの日本に関する情報源は、英仏語で書かれた日本研究書や観光案内書、神戸で発行される英字新聞などのほかに、神戸時代には外交官として手にすることのできた、日本の官公庁が出す統計や報告書、欧米から送られてくる新聞雑誌の日本関係記事、それに自分のささやかな体験以上のものではなかった。日本研究の先達の中にはアストンもチェンバレンもいたが、彼は、ハーンを知るや、たちまちハーンに魅了され、共感し、その言葉をのみこむようにして、自分のものにしていったものと思われる。徳島では、仕事机の近くのいちばん手の届きやすいところにハーンの本を並べ、絶えずそれらを読み返し、その都度、新鮮な喜びを感じていた。

だが、私が受ける印象をもっと厳密に表現しようとするならば、彼の本を読み返しているのではなくて、まるで日本のことを話しに徳島の私の家に来ているかのようにその著者自身が論じるのを聞いているような気がする、という言い方がよいであろう。彼のすばらしい作品を読む都度、私はラフカディオが私の元を訪れているように感じる。したがって、私にとっての彼の真のありようは、私が誇らしく迎え入れ、その説に耳を傾け、語り合い、その言葉に魅了される、そんな心やさしい友である。ラフカディオと一度も知り合ったことがないとか、彼が一五年前に死んでいるといったことは、私にとってはほとんどあるいはまったく問題ではない。今日、明日、いつでも、ラフカディオの著書のどこかしらの頁を読み返すとき、何よりも偉大な友が立ち現れる。(2)

妄想とも思われるこのようなハーンとの一体感には、徳島の孤独が与っていたかもしれないが、ハーンへの傾倒ぶりが神戸時代からのものであったことは、先の作品の検証結果に見えるとおりである。

日本を理解することにおいてハーンはモラエスの友というよりは偉大な師であった。日本を見るモラエスの目の中には、もうひとつハーンの目があったと言ってもよいかもしれない。だが、その日本を生きる生き方という点では、鶴見俊輔の指摘するように、(3)モラエスはハーンよりもはるかに鮮やかで、徹底していたと言える。

モラエスは、弱小国とはいえポルトガルの知識階層、支配層に属する軍人として来日した。神戸時代にもヨネを相手に日本家屋に住まい和風の暮らしをしてはいたが、彼が日本をほんとうに生きたのは、徳島隠棲後である。モラエスには神経症の痼疾があり、若い頃より絶えず病気や死の不安にとらわれていた。彼が海軍大佐への昇進を断わり、唐突に領事辞任と軍籍離脱をポルトガル共和国大統領に願い出て、徳島に向かった背景には、その頃急激に顕在化した心身の不調に死を予感していたことがある。

デラシネのように漂泊を重ねた末に来日したハーンは、家庭を築いたことで日本に根付こうとしたものの、日本に馴染むにしたがって、日本に対する気持ちは振り子のように揺れ、時には日本を憎み、時には西洋を呪詛し、(4)早期の死に見舞われることがなかったなら、西洋に戻っていたかもしれないということであるが、モラエスの場合は、神戸生活一四年後にたどりついた結論は、「私はこの国を棄てることはできないでしょう。この国はほんのひとかけらの喜びも私に与えてくれませんが、長い滞在によって、またこれらの光景、これらの風景、この人びとを記憶にとどめたときに抱いた愛によって、私の魂はこの国に根を張ったのです。ポルトガルでは私は今やエトランゼであり、家族も友達もほとんどなく、何も誰も知りませんし、祖国の習慣にもすでに不慣れになっています」(一九一三年一月十七日付けマリア・ジョアキナ宛て私信)というものであった。

職業も地位もない無名の一外国人として移り住んだ徳島で、モラエスはヨネの姪、斉藤コハルと同棲、文字通り日本の庶民の中にうずもれて暮らした。三年後のコハルの死ののちは、まったくの孤独のうちにすごした。死の数年前からさまざまな老人病に冒されていたらしいが、帰国の意思も神戸移住の意思もなく、ひたすら徳島で朽ち果てることをのぞみ、一九二九年七月一日、自宅で変死体となって発見された。

モラエスは徳島に一六年間住んでいたが、最晩年をのぞいて、彼がポルトガルで名の知られた文筆家であることを徳島の人は誰ひとり知らなかった。徳島市民の目に映るモラエスは、若いコハルと同棲する好色な外国人、ヨネの墓に通う変な外国人であり、綿入れの袖なしちゃんちゃんこを着た毛むくじゃらの大男のモラエスを人びとは「毛唐人」とか「西洋こじき」と呼び、こどもたちは石を投げつけたという。

注

（1）『徳島の盆踊り』岡村多希子訳、講談社学術文庫、一九九八年。以後の引用文はすべて同書に依る。
（2）『おヨネとコハル』岡村多希子訳、彩流社、一九八九年、一六九頁。
（3）『定本モラエス全集』第四巻、花野富蔵訳、集英社、昭和四十四年、五〇九頁。
（4）牧野陽子『ラフカディオ・ハーン』中公新書、一九九二年、一〇一頁。

付記　文中のハーン作品の引用文は『小泉八雲名作選集』（講談社学術文庫）に依った。

マリー・ストープスのハーン観

梅本順子

マリー・カーマイケル・ストープス（Marie Carmichael Stopes 一八八〇―一九五八）は、女性にとって完全な結婚とは何かを紹介した著書『結婚愛』（*Married Love,* 一九二〇年）により、全世界の女性に「性の福音」を与え、米国のサンガーと並び称されるくらい産児制限運動家として有名を馳せた。この方面の輝かしい活躍のため、若いころ日本留学を契機に能を翻訳したことなどは、半ば忘れられている。しかし、能の英訳とその紹介という点では、アーサー・ウェイリー（Arthur Waley 一八八九―一九六六）よりも早い時期に、重要な足跡を残したのであった。英国学士院の奨学金により化石に残る古代植物を研究するために来日したストープスは、忙しい研究の合間に見た能の舞台が契機となって、能の英訳を試みた結果、一年半という短い滞在であったにもかかわらず、数年後には能研究の草分けとなる書物（*Plays of Old Japan: No,* 一九一三年）を出版するに至ったのである。また、ストープスは、日本滞在中に、日本文化受容の先駆者であるラフカディオ・ハーン（Lafcadio Hearn 一八五〇―一九〇四）の遺族を訪問しており、彼女の『日本便り』（*A Journal from Japan,* 一九一〇年）と称する日記形式のエッセイには、ハーンに関する言及も何箇所か見られる。

本稿では、ストープスの日本文化との関わりを、とりわけストープスの抱いたハーン観という視点から考察する。

一　来日の背景

ところで、ストープスの来日の背景には、日本人研究者との恋愛があった。既に東京帝国大学の教壇に立っていた藤井健次郎（一八六六－一九五二。一九〇一年より五年間、東京帝大講師として植物学研究のためドイツに留学）と、ミュンヘン留学時代に恋に落ちたことも要因の一つであった。来日したストープスを迎えた藤井は、結婚には消極的になっていたが、ストープスはそれで仕事をおろそかにするようなことはなかった。それどころか、本業の古代植物の研究に邁進するかたわら取り組んだのが、能作品の英訳であった。能研究でも草分け的存在だが、ストープスは、あらゆる方面でその道の先駆者となっている。たとえば、英国女性初の博士号の取得者であり、英国学士院の奨学金により留学した女性第一号であった。この奨学金で来日したストープスが日本の男性ばかりの研究者に混じって研究にいそしんだのが、一九〇七年からの一年半である。後に伝記作家ルース・ホールは、ストープスを描いた伝記のタイトルを *Passionate Crusader*（『情熱的な改革運動家』）[1]としたが、この言葉は彼女の人生を言い当てている。あり余る「情熱」をもって男優位の社会に「挑戦」することこそ、自分に与えられた使命と彼女は受け止めていたのであった。

ストープスの置かれた環境は、東洋に比べたら格段の差で女性に対しても開かれていたとはいえ、二十世紀初頭という時代を考えると、女性の留学はいうまでもなく、女性が学問を志すことすら稀であった。ストープスはどのような経緯からミュンヘンに来ていたのか。後の彼女の行動を理解する上にも重要になると思われるので、少し触れておきたい。

ストープスの母親は、「自立した女性」として女性解放運動に関わる進歩的な女性であった。夫婦関係においてもそれを実践していたため、娘のストープスもまた、幼いときより性差を意識することがあまりなかった。当時の社会常識から逸脱した妻に翻弄されるものの、父もまた学問への情熱を持ち、我が道を行くタイプであった。このような両親を見て成長したストープスは、進歩的で自立した女性になることを幼いころより宿命付けられていたともいえるだろう。父親は彼女が成人する前に亡くなったが、父親に深く傾倒したストープスは科学への関心を高め、理学を学ぶためにミュンヘンに留学したのである。

日本から来ていた藤井と出会ったのは、そのようなときであった。藤井は既婚者であったが、不幸な結婚のために離婚は秒読み状態になっていた。ミュンヘンで二人は恋に落ちたのである。ストープスはやがて英国に戻り、女性初の理学博士となってマンチェスター大学の教壇に立った。一方、ミュンヘンを発って彼女を追うようにロンドンに来た藤井とはますます親交を深める。やがて英国学士院より海外留学の奨学金を得たストープスは、帰国した藤井を追って来日したのであった。

欧州滞在中、熱烈なラヴレターを交わしていた二人であったが、ストープスが一九〇七年に来日したとき、藤井はすでに離婚していたものの、ストープスとの再婚には二の足を踏む。西洋の地で自由に恋愛を語っていたときとは異なり、帰国してみれば帝国大学の教授としての職務や地位を自覚した藤井は、いわばおとぎの国での恋愛から覚めていた。彼自身、彼女が自分の後を追って来日するなどとは夢にも思っていないから、欧州という異空間での恋愛を十分楽しんだのかもしれない。また、結婚するとなると、日本人とは異なり、配偶者に対する要求がことのほか多い西洋人女性を前に、前妻との間に出来た幼女を連れている藤井は、子育てやら家庭経営の問題を考えずにはいられなかったであろう。当時、藤井がどのような思いでいたかは計りかねるが、後に藤井の妻となった女性の話として次のようなエピソードが残る。藤井の幼女のために、ストープスが土産として持参した西洋人形が、藤井家の居間にはその後もずっと飾られていたという[2]。そのあたりにも、藤井のストープスへの思いが感じられないだろうか。舞台が欧州から日本に移り、時が経過すると、二人の思いはすれ違ってしまったらしい。少なくとも彼の言葉を真に受けて結婚を夢見たストープスだったが、いざ来日すると自分の前に立ちふさがる文化や習慣の障壁を越えることはできなかった。藤井はその後二人の内縁の妻を持ち、二度目の内縁の妻と晩年になって正式な結婚をしたが、その間にも日本初の女性博士となった知的な女性、保井コノとの間で、ストープスとのミュンヘンの恋愛を思わせるようなことがあったらしい。そのあたりの真偽はわからないが、このときも藤井はコノの激しい情熱をもてあましたようだ[3]。

ところで、藤井との恋に破れたストープスは、実らぬ恋の遺産ともいえる二人が交わした膨大な量のラヴレターを、書簡集にして出版するという行動にでた。その書中、相手に「ワタナベ　ケンロウ」という架空の名称を用いたが、関係者ならそれが誰を意味しているか想像がつくものであった。ストープスの「書く」ということにこめた情熱は、現代のフェミニストの「エクリチュール」に匹敵するのであった。「書く」ことにより失恋の痛手から立ち直ったのである。「書く」ということに関してもう一例あげると、後にストープスは、性生活の無知から、不能の夫との結婚生活を余儀なくされた。この経験を、後に戯曲に著している。「書く」という行為は彼女自身の主張を表現するだけでなく、執筆することにより、自分が受けた精神的な痛手を克服していたと考えられるのである。

先にも述べたように、ストープスのストープスたる所以は、いかなる挫折にもめげないことであった。自分の期待に反するようなことが起きたとしても、その痛手から行動を麻痺させてしまうようなことはなかった。理学から古代植物の化石調査へとその研究分野まで変えて来日したストープスは、北海道の炭鉱を転々としながら、日本の化石植物の調査に没頭した。さらに、そのような本業の合間を縫って日本発見に努める。ストープスの留まるところを知らない知的好奇心は、専門分野以外のものにも眼を向けさせたのである。

二　能とラフカディオ・ハーン

ストープスが出会った日本の伝統文化は能であった。最初見たときの印象はそれほど強くなかったようだが、知識欲旺盛なストープスにとっては、日本を内側から眺める機会となった。来日直後の一九〇七年十一月三日の日記(4)には人に連れられて能を鑑賞したことが出てくる。また、翌年の十一月八日付のものでは(5)、東大教授の桜井錠二(一八五八―一九三九。化学専攻。問題の藤井とは同郷の石川県出身の先輩にあたる)の自宅に招待された際、桜井本人とその弟が謡《うたい》を披露したことが出てくる。桜井自身が宝生流の能をたしなんでいたことが、能の英訳を計画していたストープスにとっては幸運であった。桜井の能に関する造詣の深さと五年に及んだロンドン留学で磨いた語学力が、彼女の事業には欠かせなかった。こうしてストープスは、前述の *Plays of Old Japan: No* の出版にこぎつけたのであった。この日本の精神文化への傾倒ぶりが彼女の日記形式のエッセイ、『日本便り』を通して眺められるのである。

そのようななかで、ストープスの日本文化とのかかわりということからもう一点注目されるのは、ラフカディオ・ハーンに対する関心である。日本滞在中のストープスは、日本文化受容の先駆者としてのハーンに言及するようになる。前述の『日本便り』からは、彼女が実際にハーンの遺族を訪ねた様子が明らかとなる。また、ハーンの描いた日本観に関して東京に滞在しているほかの英国人と論争するなど、こちらの方面でも積極的に活動しているようすが垣間見られる。当時ストープスはディベートに関心を持って積極的に東京在住の英国人と議論を重ねており、「ラフカディオ・ハーンの日本観」というトピックは多くの英国人の関心を引く題材となったらしい。英国におけるハーン評価は今日に至るまで概して低いという印象があるが、ストープスが来日したころは、ハーンの死後数年しかたっておらず、前後してハーンの伝記や書簡集が出版されていたということもあって、ハーンの影響力はけっして小さくはなかったといえるだろう。あるいは、来日する人々は日本在住の先駆者としてのハーンの経験を追体験する機会があったので、この点で一般の英国人とは異なっていたのであろう。ストープスがどのようにしてハーンを知り、ハーンに興味を持つようになったかは不明だが、ここで考えられるのは、一九〇一年にドイツに留学した藤井がすでに東京帝大で教えていたことを考慮すると、ハーンはこのとき同じ帝大の文科で講師をしていたので、この藤井を通して名前くらい知る機会があったとしても不思議ではない。

ストープスのハーン一家との交流や、彼女のハーン評価についての記述に触れる前に、ストープスの『日本便り』の最後に書かれた結論を取り上げる。日記形式のものに結論があるというのは奇異な感じがするが、彼女の場合、この『日本便り』は、日本論とは銘をうっていないものの、日本に関するエッセイのつもりで書いていたと思われる。しかもこの結論部分には、東西の交流と相互理解について、ストープス独自の見解が見られる。そのなかには、かなりの部分を割いてハーンに言及した部分がある。なぜハーンを選んだのかについての説明はないが、日本に関わるハーンの書物の影響力の大きさが想像される。日本や日本人について述べるということは、ハーンの轍《わだち》の跡を歩くようなものであることを、ストープスは一年半にわたる日本滞在を通して理解したのではなかろうか。少し長くなるが、その関連部分を引用したい。

もう一言いいたい。時に不用意に、またある時は悲観的に、東洋と西洋が真の理解や深い友情で結ばれることはありえないとしばしばいわれてきた。日本人の心に迫ろうと努力した外国人が、最後に失望させられる場合の一例として、ラフカディオ・ハーンでさえ引用される始末である。ハーンといえば、他のいかなる作家より、日本の内面的な生活をより正確にかつ美しく知らせてくれた人物として、いまや不動の地位にあるものの、そのハーンでさえ、真の深い理解や愛に到達できるのは子供だけだという。子供が大人になったとき、だんだんよそよそしくなってゆき、その間には大きな壁が出来てしまうのである。大抵の場合、愛すべき、愛しい子供でも、成長したあかつきには、友人であり続けるとはいうものの、相手を思いやる気持ちを失ってしまっているという。ハーンの場合は、示唆に富む描写が巧みであった。ならびに自分の周囲のものを詩的に表現する能力にかけては天才であったといえる。しかし、個人的な人間関係を破壊することにおいてもハーンは天才であったことを忘れてはならない。その傷跡は日本のあちこちに残されている。相手が英国人であろうと日本人であろうとおかまいなしだった。ハーンによって破られた友情の傷跡、これはハーンの書簡に詳細に表れている。(6)

さらに自分の場合を想起して、このように続ける。

友情が試されるものの一つに「時間」の問題がある。人生の終わりになって初めて、男女を問わず、真の友人であったかどうかがわかるのである。しかし、周囲の「状況」もまた「時間」と同じくらいの試練を与える。時には速やかに人間関係に終止符を打つことになるかもしれない。多分、いやきっと、友人関係を築くことに関しては例外的にすぐれていて、天才的な力を発揮する日本人がいる。彼らのような日本人は、優しく、洗練されていて、その場の雰囲気を感じ取る敏感さや人間の奥行きや優美さなどの感情において、ほとんどの西洋人が太刀打ちできないよ

うな美徳を持ち合わせているのである。(7)

このあたりはストープス自身の経験した友人論である。西洋人の大半が太刀打ちできないような日本人とは、この後共同で能を翻訳し、終生彼女に好意的だった桜井錠二や、結婚には至らなかったがその後も引き続き交流が続いた藤井健次郎などを意図して書いたものであろうか。彼らは、後に産児制限運動家になったストープスが窮地に立たされたときでも、訪英した際には彼女と変らぬ旧交を暖めたのだった。この『日本便り』を書いたとき、すでにストープスは、交流した人々の厚情を十分理解し、日本人との間に芽生えた友情の絆を大事にしたいと願ったのである。

一方、ハーンは日本理解の深淵に直面した人物であり、激すると友人関係を破壊するという難点はあったものの、日本理解のために努力を惜しまなかった。そのハーンが、帰化までして日本人を理解しようとしたにもかかわらず、失敗した人物として刻印を押されることに、ストープスとしたらやりきれないものを感じていたのかもしれない。一時とはいえ、日本人との結婚を夢見たストープスにとって、日本人と結婚し、帰化までして努力したハーンが日本理解に失敗したとされることには耐えられなかったのであろう。ストープスがハーンの遺族を訪ねた背景には、日本論をハーンが多く書き残しているということだけでなく、ハーンが日本でどのような暮らしをしていたのかを、自分の目で確かめたいという気持ちがあったのかもしれない。

いかにもストープスらしいと思われるのが、次の一九〇八年五月十九日付と六月十五日付の記事である。五月十九日付(8)では、宣教師の女性に「ハーンの本で描かれた日本の光景はまったく誤っているか」という題で提案してもらうことにしたという。ストープスによれば、当時東京に滞在しているなかで一番弁が立つという、宣教師の女性（イニシャルによるとB嬢）に先の題で提案してもらうことにしたのであった。約一ヶ月後の六月十五日付の『日本便り』[9]によると、この題でディベートがおこなわれている。午後や夕刻に交互にいろいろな人々を楽しませるための会合が行なわれているなかで、先のB嬢の提案に基づいてディベートがなされたのであった。ストープスによると、期待したとおり盛り上がったが、B嬢の意見はハーンに不利になるような証拠を挙げていない表面的なものだったので、ハーン支持の側に論破されるのではないかと感じたという。G嬢は、ハーンの日本評に賛成する確固たる理由を挙げていたのをはじめとして、ストープスが「詩人」とニックネームで呼ぶ女性などもハーン肯定論としてはなかなかのものだった。しかし賛否の投票になると、多くが加わらなかったので、賛否が二分された結果、最後に議長のストープスがキャスティング・ボートを握ることになり、ハーンに賛成票を投じたという。

ハーンの日本描写の正確さをディベートのテーマにするほど、ハーンによる日本関係の書物は、来日外国人の間では有名になっていた。ハーン自身が宣教師を嫌っていようといなかろうと、日本に滞在する人々にとって、ハーンはことあるごとに引き合いに出される人物であったことは疑う余地がない。

来日前にストープスもハーンを読んでいたことだろう。先に引用したように、『日本便り』の総括でハーンに言及したことからして、ストープスにとってハーンのインパクトは余りにも大きかった。長期滞在が目的で来日する人は、ハーンの影響力を追体験することにより、ハーンに対して好意的になったり、反発したりする。当然といえば当然だが、日本文化関係の仕事に携わろうとした人々は、時には半面教師にするにしても、ハーンを念頭においたのである。ハーンの描いた日本像の検証から始めたストープスは、ハーンが手をつけなかった日本文化の「能」というジャンルの紹介に手を染めることになった。

ストープスは、ハーン一家と関係のある人を通してハーンの遺族に紹介してもらうことになる。一家を訪問し、実際ハーンが暮らしていた部屋を見せてもらったのであった。念願のハーンの遺族訪問がかなった一九〇八年十二月十三日付⑩の記事によると、長男一雄に迎えられてハーンの遺族の住む家に入る。ストープスはこのような訪問の機会を得たことに対し、"A rare privilege, for the sanctum is unusually well guarded…"(奥まった部屋はなかなかみせてもらえないので、めったにないチャンスだった…)というような表現をして、長男の一雄がN夫人に英語を習っており、その婦人と彼女が親しくしていることが幸いしたと述べている。家の構えも順日本風で、「小泉」の表札があることに始まり、家の内装から掛け物に至るまで詳細に描写している。ハーンは掛け軸が好きで、お金があるときは良いと思うとすぐに購入してきたことなど、ハーン夫人によって語られるハーンの思い出が続く。ストープスの目には、ハーン夫人は他の日本女性同様、物静かで恥ずかしがりやだが、一般の日本女性よりははきはきしているように写る。ハーンの思い出話を聞きだすというより、ハーン夫人が自発的に話しだすのを待ったとストープスは述べているが、ストープスが全身好奇心の塊のようになっていることが読み取れる。好意的に迎えられたストープスはハーンの書斎も見学させてもらえた。ハーンの顕著な特徴として今に伝わる、極度の近視のために特注の机は異常に丈が高くなっていたこと、ならびにパイプ好きなどについても逸早く着目している。午後のお茶程度で帰ってくるはずが、ハーン夫人の誘いを拒みきれず、夕食までご馳走になるのだった。こうして食べ物から生活習慣に至るまで、ストープスは外国人が日本で形作った家庭の姿をつぶさに検証したのであった。

ストープスの眼に映った日本、それは、時として先人ハーンの足跡をたどりながら見た日本であった。一年半というあまり長いとはいえない滞在中、本業の化石に残る植物の研究に没頭しながら、帰国後相次いで本業以外の二冊の書物を出版するに至る彼女の情熱と意欲には圧倒される。能研究に関しては、そのまま続いていたならば、アーサー・ウェイリーと比較しても遜色のない研究成果を後世に残すことができたのではなかろうか。

ストープスがどうして日本文化に魅せられたかという原点にもどって彼女の人生を再考するとき、彼女が過ごした日本での生活が意味を持ってくるのである。一生を通してストープスは行動の人であると同時に、詩を書いたりエッセイを書いたりというように、執筆活動を通して自己主張した人であった。その萌芽がすでに日本時代に眺められるのである。

また、ハーンに関してはいつごろ読んだのか、来日前に読んでいたのかなど、いくつか疑問点も残るが、彼女の『日本便り』を信じるならば、ハーンの遺族訪問を企て、彼らに好意的に迎えられていることからして、異文化に根付こうとしていたハーンに相当な関心をもっていたことが想像される。本文でも述べたが、一度は藤井との結婚を夢見たストープスゆえに、異文化間の結婚については理解があったといえるかもしれない。そのためか、ストープスの見たハーン一家の印象は好ましいものであった。
本稿では、二十代の革新的な英国女性ストープスが経験した日本文化を、日本文化受容の先駆者ハーンを追体験するという側面から検証した。

注

（1）Ruth Hall, *Passionate Crusader: The Life of Marie Stopes*, Virago Press, 1977.
（2）Hall, p.63.
（3）漆田和代「保井コノ」（円地文子監修『苦難と栄光の先駆者——近代日本の女性史』第十一巻、集英社、一九八一年）。藤井健次郎とコノの関係は九七－一一〇頁に見られる。藤井のコノに対する対応は、ストープスに対するものによく似ている。女性研究者に対して大変好意的であり援助の手を惜しまないが、相手の女性がそれを愛として見るようになると逃げ腰になって、同僚、もしくは師弟の関係以上に発展させることに躊躇するというものである。
（4）*Marie C. Stopes, A Journal from Japan: A Daily Record of Life as Seen by a Scientist* (London: Blackie & Son, 1910) の Edition Synapes による復刻版 *Marie Stopes: Birth Control and Other Writings*, Vol.5 (2000) p.64-65.
（5）Stopes, *A Journal from Japan*, p.233.
（6）Stopes, p.273.
（7）Stopes, p.273.
（8）Stopes, p.159.
（9）Stopes, pp.175-176.
（10）Stopes, p.246-250.

エドマンド・ブランデンのハーン観

梅本順子

ラフカディオ・ハーン（Lafcadio Hearn 一八五〇－一九〇四）とエドマンド・ブランデン（Edmund Blunden 一八九六－一九七四）は、東京帝国大学の教壇に立った外国人というだけでなく、日本の文学界のみならず教育界に残した足跡から見ても忘れられない人物である。いくつかの共通点を持つ二人であるが、「英国」をキーワードに眺めるとその相違は顕著になる。ハーンの場合、英国籍を離れて日本に帰化しているだけでなく、父親の故郷であるアイルランドは当時まだ英国領だったということで、英国籍を名乗ったにすぎず、母はギリシア人であった。しかも、十九歳という年齢で英国を離れてアメリカに渡り、その後二十年にわたってアメリカを拠点に活動してきたハーンにとって、英国は祖国と呼ぶにはあまりに遠い存在であった。父母の離婚に伴い、父方の大叔母の手にゆだねられたハーンは、別れた母への強い思慕から、アメリカ時代以降は自分の名前の英語名「パトリック」を捨て、サインは常に「ラフカディオ」を使用してきた。このこと一つをとってみても、ハーンにとって英国とは何であったのかと考えざるをえない。すなわち、ハーンのアイデンティティの問題が浮上するのである。

一方のブランデンはというと、オックスフォード大学出身で、第一次世界大戦中、英国軍に所属した経験をもつ。また、詩人としても早くから注目されており、文学界に名前を残すことになるブランデンは、常に母国英国に誇りを持つ、いわば生粋の英国人あった。ハーンが雑誌記者として来日し、雑誌社とのトラブルから教職を探し、それが縁でやがて日本に永住することになったのとは対照的に、ブランデンの場合、正式な招聘を受けての来日であった。東京帝大の教壇に立ったのは関東大震災の翌年にあたる一九二四年からの三年間である。ブランデンと日本の関係はそれだけで終わることはなく、第二次世界大戦後は英国政府の教育顧問として再来日を果たしており、この滞在も三年に及んだ。これらの長期滞在以外にも短期の日本訪問が数回あったことからして、ブランデンもまた、日本と固く結ばれた一人となったのである。

ちなみに、ブランデンの最初の来日の経緯については、当時東京帝国大学教授の地位にあった斎藤勇がその著の中で述べている[1]。ちょうど当時、英国に滞在していた斎藤は、東大の先輩教授市河三喜より東大を退任する英国人教師ロバート・ニコルズ（Robert Nichols 一八九三―一九四四）の後任探しの依頼を受けていた。さらに東北大の土居光知からも同様な依頼を受けて、英国より二人の教師を招聘する任務を負った斎藤は、はじめ『源氏物語』の英訳で名高いアーサー・ウェイリー（Arthur Waley 一八八九―一九六六）の招聘を考えたとのことである。しかし、それが無理だとわかると、詩人として知られていたブランデンの名が浮上することになった。日本では二人の英国人を必要としていることから、田園詩人のラルフ・ホジソン（Ralph Hodgson 一八七一―一九六二）を東北大に、ブランデンを東大に招聘するということで二人が決まったという。こうして来日したホジソンは、その後十三年余りにわたって東北大の教壇に立つことになった。

ところで、すでによく知られていたブランデンでさえ、東京帝国大学のお雇い外国人教師として赴任するときは、他の教師同様に、遙か昔に東大の教壇に立ったハーンの存在を強く意識せざるをえなかったという。ブランデンが東大に赴任したとき、ハーンが去ってすでに二十年という歳月が流れていたにもかかわらず、大学の内外でのハーンの影響力は決して衰えてはいなかった。ハーンのかつての同僚はほとんど残ってはいないものの、教え子の何人かは大学や高等学校の教壇に立ち、教育界や文学界で活躍していたこと、さらに、一九二〇年代から三〇年代にかけてハーンの遺稿集や書簡、ならびに研究書などが、教え子や知人によって日米両国で相次いで出版されたことも、改めてブランデンにハーンを強く印象づけるきっかけとなった。本稿では、そのブランデンの視点から見たハーン像に言及しながら、ブランデン、ハーン両名の日本との関わり方を検証する。

一　ブランデンによるハーン関係書評

ブランデンの日本滞在中、ハーンに関しての出版ラッシュが続き、日本では未刊行のエッセイも含めて、すでに発行された書簡集にもれた書簡や記事をまとめたものが、市河三喜編集により研究社から *Some New Letters and Writings of Lafcadio Hearn*（一九二五年）として出版された。この出版を皮切りに、ハーンのかつての弟子の田部隆次によりハーンの東大時代の講義録が *Some Strange English Literary Figures of the Eighteenth and Nineteenth Centuries in a Series of*

Lectures by Lafcadio Hearn（一九二七年）と題して世に出た。一方アメリカでも、ハーンの全集（*The Writings of Lafcadio Hearn 16vols*, 一九二二年）やエドワード・ティンカー（Edward L. Tinker）によるハーン伝『アメリカ時代のラフカディオ・ハーン』（*Lafcadio Hearn's American Days*, 一九二四年）をはじめ、ハーン自身の未刊行の作品や講義録の出版が相次ぐことになった。

ハーンの後任として東京帝大の教壇に立っていたブランデンは、これらのハーン関係の書物に書評を寄稿したが、書評を書くという作業を通して、いやがうえにもハーンという人物の生き様を検証することになるのだった。また、それはハーンの日本における人気の秘密を探ることにほかならなかった。ブランデンは西洋一辺倒の西洋人とは異なり、日本社会や日本人に理解を示しながらも、自己のなかにある西洋文化の優越を自覚し、それを自己の精神的支柱としていた生粋の英国人であった。そのブランデンの視点からハーンを眺めることは、日本人とハーンとの関係を再検証することにつながるばかりでなく、先に触れたアイデンティティの問題をも引き出すことになったのである。

ブランデンがハーンに関して述べたものの最初の例として、先にあげた市河三喜編集の *Some New Letters and Writings of Lafcadio Hearn* の書評がある。当時日本で出版されていた英字新聞 *The Japan Advertizer* に"More Hearn Letters: Some of His Epistles to Japanese Correspondents"（一九二六年三月二十九日付）と題して寄稿したものである。その中でブランデンはハーンに対する日本人の関心の高さに触れている。ハーンより著名な文学者であってもその完全な全集をまとめることは難しいし、完全な書誌を作ることもそうめったにあることではないのに、一九二〇年代にハーン関係の書物が日米で相次いで出版されていることに関心を持ったのであった。しかし、それだけではなく、ハーンの死後まもなくして出版されたエリザベス・ビスランド（Elizabeth Bisland）によるハーンの書簡集（*The Life and Letters of Lafcadio Hearn*, 一九〇六年、*The Japanese Letters of Lafcadio Hearn*, 一九一〇年）を補完するものとして、市河による書簡集がさらに出版されたことに驚きを隠さない。ブランデンは、先のビスランドのものと比較して、市河編集の書簡集を"Light letters"と呼んで区別する。市河編集の書簡は、日本人学生や同僚らと交わした日常のありふれた内容のものが大半を占めるが、そのようなハーン書簡までが読者の関心を呼ぶという事実から、日本人にとってのハーンの意味を考えざるをえなかったのである。また、"slight enough"という小見出しからは、編者市河の努力と熱意は評価するものの、ハーンのことなら何でも知りたいとする日本人読者のマニアックな対応に食傷している印象を受ける。最後に、市河のハーン書簡集の出版で帝大にますますハーン語録が増えるだろうと言うあたりは、英国人独特のウイットの表われであろうが、ハーンのすべてを知りたい、ハーンを丸ごと受け入れたいとする日本人と、ブランデンの間には、明らかに評価をめぐっての温度差が感じられるのである。(2)

また、ブランデンはその二年後、ハーンの弟子の一人、田部隆次がまとめた東大時代のハーンの英文学の講義録（*Some Strange English Literary Figures of the Eighteenth and Nineteenth Centuries in a Series of Lectures by Lafadio Hearn*）の書評（無題）を『タイムズ』の付録の文芸欄（*The Times Literary Supplement*, 一九二八年一月五日付）に寄稿した。ブランデンはタイムズの文芸欄に寄稿する常連であったが、この講義録についての書評も同欄に掲載された。そのなかで、ブランデンはハーンの功績を教育関係に限定して手短にまとめた。そこでブランデンは、ハーンの講義のねらいは、学生の情熱を掻き立てて、知的な関心を満足させることにあったと主張する。すなわち英国での教育を中途にしたまま、アメリカに渡らざるをえなかったハーンの経歴を見ると、他のお雇い教師に比べてハンディキャップがあるものの、絵画のような手法で社会的、哲学的、あるいは文学的視点から欧州を解説することにより、主題について学習者の関心を喚起することができたと述べている。また、ハーン個人のそのような努力に加え、ハーンの原稿をまとめて立派な体裁で書物として提供する出版社が日本には存在すること、また、出版されたハーンの作品を読む読者が日本には数多くいて、そのような読者がハーンについてもっと知りたいという欲求をもっていることを挙げている。ハーンの功績は、日本人の間に文学的な情熱を掻き立てたことだとする一方で、大洋の向こうの国（欧米）の読者に、そのような高まりを求めることは難しいとして、ハーン評価の限界についても言及するのであった。

これまでは、日本で出版されたものについて書評を書いてきたブランデンであったが、アメリカでE・L・ティンカー（Edward L. Tinker）によるハーン伝『アメリカ時代のラフカディオ・ハーン』（*Lafcadio Hearn's American Days*）が出版されると、「かすむ輝き」（"A Dimmed Radiance"）のタイトルで『東洋文学タイムズ』（*Oriental Literary Times*）の一九二五年三月十五日付に寄稿している。ティンカーは、それまでのハーンの伝記作家たちとは違ってハーンとは直接の関わりがなく、その点でハーンに対する特別な思い入れや反感とは無縁であるだけに、中立な立場でハーンの欠点を暴露し、その性格に関する問題を取り上げているとブランデンは述べている。ブランデンの言葉を借りると、ティンカーの作品には、ハーンの親族や遺産管理者から絶大な信頼を受けているビスランドならば抗議するような表現も含まれていた。ところが、ブランデンは、むしろティンカーの見方に賛同して、ハーンの翻案作品は評価するものの、不朽の名作とはなりえないとも述べている。

ブランデンは、ハーンの死後二十年を経て米国で伝記の出版がなされたという事実に、むしろ当惑したのかもしれない。「日本の美しいイメージ」というと、多くの人がハーンを思い浮かべ、しかも影響力のある人までがハーンに言及するという状態が出来上がっていること自体、ブランデンにとってはプレッシャーとなったのではなかろうか。一例をあげるならば、ブランデンの来日より二年早い一九二二年に改造社の招きで来日した物理学者のアルベルト・アインシュタインは日本についての感想を聞かれると、ハーンの書物を読んだことに言及した(3)。ブランデンならずとも知日家の間では、ハーンによって創造された日本の幻影の克服が課題となっていたのである。

自分の中にあるハーンへの拘りを解消し、ハーンを納得の行く形で評価するに当たって、ブランデンが提唱したのは、ハーンを評価するときは文学者としてよりは教師としての側面に重点を置くことであった。これまで見てきたように、ハーンの講義録からなる書物に対しても、文学批評の内容よりは、このような本が死後に編集されるという事実に目を向け、ハーンの業績は教育の成果に集約されるとするのがブランデンのハーン観であった。意地悪く解釈すると、ハーンの文学論には見るべきものがないというようにとれるかもしれない。ブランデンの主張は、ハーンの置かれた不利な状態（中途で終わった教育的背景やハーンが滞在した土地が情報を発信している主要地からは程遠かったこと）を考慮するにしても、ハーンの文芸批評を批評として評価することは難しいが、日本人学生の英米の文学に対する知識を増やし関心を高めることに貢献したという点で、ハーンを評価したいとするものであった。ブランデンが書評を発表した場所が『タイムズ』の文芸欄ということもあって、とかく英国では無名に等しいハーンが、日本ではいかに受け入れられているかということを知らしめることになった。ブランデン自身、ハーン人気の秘密はいったい何であるのかを欧米において明らかにすることこそ、自分に課せられた使命のように感じていたのかもしれない。

ハーンの教育の側面をさらに強く意識したものとして、第二次世界大戦後に再来日を果たしたブランデンが、『今日の日本』（*Today's Japan*）という雑誌の一九五九年一月号に寄稿した「教師、ラフカディオ・ハーン（"Lafcadio Hearn, Teacher"）という小論がある。第二次世界大戦をはさんで各々三年に渡る来日を経験し、自分と日本とのかかわりを再考し始めていたブランデンは、この「教師、ラフカディオ・ハーン」の中に、自分のハーン観を凝縮させたと言えるだろう。

二　ブランデンのハーン論

しばらくブランデンの「教師、ラフカディオ・ハーン」に見る主張をたどってみたい。初回の来日でハーンと比較されることに神経を尖らせていたブランデンは、東大での前任者であるニコルズによる助言、「ハーンにとって来日当初の印象があまりにも良すぎたために、そのような雰囲気が当たり前とされてしまった。後になってそれを改めようとしても、ハーン自身でさえそれができなくなってしまっていた。そのため、新たに赴任する人にはやるべきことがたくさんある」を引用している。お雇い外国人のさきがけとして尽力したハーンだけに、ハーンが残した遺稿や東大での講義録を集めると英文学史ができるほどの量になることに触れたうえで、ブランデンはケンブリッジの英文学史の「ハーンの批評作品は無益だ」とする一節を取り上げ、日英でのハーン評価の落差を紹介した。また、教育や青年期の体験のいずれをとってもハーンが文学の評論活動を行なっていく上で、多くのハンディキャップがあったことに触れる。英国人エリートのブランデンとは対照的に、そのように不利な立場に立つハーンが、欧米の文学の動向についてゆくには、人一倍の努力が必要だった。たとえば、ハーンの教育は途中で終わってしまったために図書館に足繁く通うなど、若いころから独学を余儀なくされた。さらに、アメリカ生活は長いものの、ハーンが滞在したのはニューヨークやボストンなどの大西洋岸の地域ではなかったために、当時は文学関係の書籍や雑誌の購入には常に困難がつきまとった。これらの困難を克服できたのは、他ならぬハーンの文学への情熱であったとブランデンは主張した。

その一方で、ハーンが晩年日本を脱出しようと願っていたことを取り上げ、欧米にもどった場合を想定した、M・マルセル・ロベール（M. Marcel Robert）による「ハーン論」（"Lafcadio Hearn," *The Transactions of the Asiatic Society of Japan*, 一九四八年）を元に、どこに行ってもハーンは満足できなかっただろうと結論づけた。ブランデンに言わせると、来日して日が浅いハーンは日本を愛するものとして、その後は悩むものとして日本を描き続けたという。さらにハーンの矛盾については、もともと松江で古い日本を発見して日本のとりこになったハーンが、近代化が最も進んだ東京において奉職し、落ち着かないものを感じながらも妻子の幸福のために教育と執筆に明け暮れていたことから生じたものだと説明した。また、自らが進んで日本に帰化したにもかかわらず、内面ではアイデンティティについて苦悩していたという。さらにハーンの備忘録は人間が一つの文明から別の文明に移るという冒険を物語るものであると同時に、ハーンの病的な側面、すなわち当初は大きな感動をもって眺め、熱烈な信奉者となるものの、その情熱が冷めると自分の見解の誤りに気づき落ち込んでしまうことを語ってくれるという。先のマルセル・ロベールの言葉を借りると、これは「非結晶化」(decristallisation)と呼べるとブランデンは述べている。

ハーンを語りながら自分のことにも触れるブランデンは、ハーンのように日本を「地上の楽園」に見立てるなどという幻想を追うつもりはないし、「恋愛物語」や「明治の日本」といったテーマを扱う気持も毛頭ないという。ここで、ハーンが取り上げたジャンルの「日本論」を自分はテーマとしないことを明言する。そのうえで、先ほどからのハーン評価に関する彼の主張である、「ハーンの日本での業績は、文学作品や評論というよりは教師としての役割に尽きる」を繰り返す。ハーンの教育活動、すなわち知的な学生の欲求に応えたことが彼の偉大さなのであり、自らは文学研究の辺境にいながらも、大きな努力を払いながら関わってきた文学の豊かな産物を、時間をかけて学生に注ぎ込んだことこそが大きな成果をもたらしたとするのである。しかもハーンの教え子たちは、日本社会の中でハーンが期待した以上に奮闘しているという。この弟子たちこそ、ブランデンが日本滞在中に接触した、東京帝大をはじめとした日本各地の教育機関で活躍している人々である。これらの人々との交流を通して、ブランデンは、ハーンがまいていった種が日本の地でしっかり根を下ろしていることを確認したのである。

この「教師、ラフカディオ・ハーン」の前半で、ブランデンは西洋人に幻想を抱かせる原因となったハーンの罪の部分にもふれている。この罪の部分が強調されると西洋に見るようなネガティヴなハーン観が優勢となることを理解したうえで、ブランデンは、功罪両方を考慮しながら論を進めるのである。ブランデンが目指したものは、日本社会にあるハーン一辺倒の賛美者の態度でもなく、そうかといって西洋のハーンをまったく無視した態度でもない、第三の視点からのハーン像の検証であった。

ブランデンはハーンを東京帝大赴任当初から意識し、ハーンの書簡集や講義録についての書評を書いてきたが、多年にわたるハーンに対する思いの総決算としてハーンに関する小論「教師、ラフカディオ・ハーン」を寄稿した。良いにつけ悪いにつけ、日本についての意見というとハーンを引き合いに出す傾向が続いていたとき、自分らしさを掲げて奮闘してきたブランデンだけに、自分の日本滞在中の活動が、ハーンの追体験のみに終わることがないよう努力してきたのであった。そういう意味では、ブランデンによるこのハーン論は、彼のハーンへの拘りからの解放を意味するものであり、まさしくブランデンの日本についての卒業論文とも言えるのである。

先に取り上げた『今日の日本』に比較文学ならびに日本文学の研究者であるアール・マイナー（Earl Miner 一九二七―二〇〇四）の「ブランデンを讃えて」（"Honor for Edmund Blunden"）と題する記事が掲載されたのは、ブランデンの手によるハーン論が掲載された翌年の一九六〇年（三―四月号）のことであった。この小論は、前述のブランデンによるハーン論がハーン特集号に掲載されたように、マイナーのものはブランデン特集号の一記事として書かれたのであった。しかもその内容はブランデンの日本への貢献を讃えるものであると同時に、日本人から圧倒的な支持を得ているハーンの存在にも時折言及するものとなっている。先のブランデンのハーン論は、ブランデン自身が来日当初より意識させられたハーンの業績とはいったい何であったのか再考したものであったが、そのわずか一年後にはそのブランデン自身が、マイナーによって評価される側にまわったのである。しかもその評価は、ハーンと比較して語られることになったことからして、何か因縁めいたものを感じさせられる。マイナーのこの小論からは、どこまでいってもブランデンはハーンの亡霊から解放されそうにないという印象を受ける一方、ハーンの影響に屈することなく、日本の教育界において独自の貢献を果たした人物として、ブランデンの評価が定まった瞬間と見ることもできる。すなわち、マイナーによって、ブランデンは、ハーン以降の外国人教師の代表として、ハーンの栄光に振り回されることなく独自の道を歩んだ教育者として定義されるに至ったのである。

マイナーは、ハーンとブランデンの二人の日本への貢献の相違として、ハーンの持つカリスマ性に対して、ブランデンの場合は実直さを強調した。ハーンが日本において奇跡を起こしたとするならば、ブランデンの場合は、教育をはじめとした活動自体が日本への貢献であったとマイナーは言う。第二次世界大戦後の混乱の中で、英国政府の教育顧問として来日したブランデンが、日本各地で五百回を超える講演をこなしたこと、ならびにそのたびに異なる原稿を用意していたという几帳面さに触れ、東洋への文化大使としてのブランデンの「善意」を高く評価したのであった。ブランデン自身、ハーンのような幻想を抱かせるような日本論を展開する気はないと断わっていることからしても、ブランデンの地道な活動に対するマイナーの賛辞は、ブランデン本人にとっても十分納得のゆくものであったといえるだろう。

三　日本女性とのかかわり

最後にハーンとブランデンの日本女性との関わりについて触れておきたい。ハーンの場合、日本文化の中でも日本女性こそ伝統文化の粋を結集して作り上げられた産物であると認識しており、歳月を経て他のものが色あせてきたにもかかわらず、日本女性の輝きだけは一生損なわれることはなかった。日本女性との結婚は、ハーンにとっては創作と生活の両面で中心的な役割を果たしており、日本女性はハーンの永遠のテーマであり続けたのである。

一方のブランデンはというと、日本女性を愛し英国に連れ帰ったものの、ついに結婚することはなかった。岡田純枝著『ブランデンの愛の手紙』（平凡社、一九九五年）は、津田塾出身の林アキ（一八八九―一九六二）という日本女性とブランデンの恋のエピソードを取り扱っている。たとえば、前述したハーンについての小論を『今日の日本』に寄稿するときも、アキ宛の書簡（岡田、二六七頁）で、そのことに触れている。アキは、一度はブランデンとの結婚を夢見て渡英したようだが、その夢が破れた後も帰国することなく、一生ブランデンのもとで秘書的な仕事をしながら第二次世界大戦を生き抜き、英国でその人生を終えた。第二次世界大戦中の過酷な扱いに耐えぬいたアキはやがて英国に帰化している。

ハーンの結婚については、ハーンの晩年の苦悩を語る書簡をもとに、結婚、帰化という重大な問題をハーンは一度の迷いでしてしまったと主張する者がいる。すなわち、日本への帰化という行動を捉えて「ハーンは土人になった」と言ってその決断を疑問視するものが、西洋人にはとりわけ多い。しかし、帰化して日本人になったからこそ、ハーンは日本人にとって忘れがたい存在になったとも言えるのである。ブランデン自身、先に述べたような日本女性アキとのロマンスが最初の来日の際にあったものの、女性に関してはハーンの轍を踏むことはなかった。ブランデンの恋愛がどのようなものであり、どれほどの約束をして英国に連れ帰ったのかは二人が交わした書簡に頼るほかないが、結局ブランデンは彼女と正式に結婚することはなかった。このように、女性関係一つをとっても、二人の差は歴然としている。日本が欧米の後姿を捉えようと躍起になっていた時代に、日本女性と結婚し、やがて日本に帰化するというハーンの決断に、日本への強い思いを感じ取る日本人読者は決して少なくはない。そのような日本人のハーンに対する思い入れが、ハーンのカリスマ性をいっそう助長しているのかもしれない。本稿では二十年遅れてハーンと同じ東京帝大の教壇に立ったブランデンの、ハーンに対する視点を中心に、日本教育界に貢献したハーンとブランデンの二人の足跡をたどった。

注

（1）斎藤勇「日本における英文学」『斎藤勇著作集』第六巻（研究社、一九七六年）五一七―一九頁。
（2）ブランデンの書評の抜粋。*The Japanese Advertizer*, Tokyo, March 29, 1926.

"More Hearn Letters: Some of His Epistles to Japanese Correspondents"

...Lafcadio Hearn is one of those writers who have been generously treated by fortune in the matter of their editors. Many greater men and even more generally readable authors, once dead and gone, have fallen into partial obscurity amid the endless concourse of new literary talents and masterpieces. ... What in conclusion, of the "Writings" rescued by Professor Ichikawa? They are slight enough. ... His excellent and patient work deserves well of the public, not only on its merits, but also because "the proceeds of the sale will go toward purchasing more Hearniana for the University."

（3）金子務『アインシュタイン・ショック　第一部　大正日本を揺るがせた四十三日間』（河出書房新社、二〇〇五年）二八頁。

ケルト精神の継承を志向し、その典型を古い日本文化に見出したハーンとイェイツ

鈴木　弘

ハーンとイェイツとの類似した生い立ち

ハーンとW・B・イェイツとは、それぞれ異なった別々の人生の軌跡を歩むが、出生や生い立ちをみると、いくつかの共通する類似点が浮かびあがる。ハーンはギリシャ・イオニア諸島の一つキシラ島（旧名セリゴ島）の古い家柄の娘とそこに駐屯していた英国籍のアイルランド人との間に生まれたグリーク・アイリッシュである。イェイツは両親とも英国からアイルランドに移ってきた典型的なアングロ・アイリッシュの子どもである。したがって、ハーンもイェイツも物心がつく幼少期にアイルランドでケルトの文化の感化を受けたが、ケルトの血筋は引かず、宗派も生活習慣も地元の庶民とは異なっていた。

ハーンは、二歳で生地ギリシャのレフカダ島からアイルランドのダブリンに移住。五歳になると後見人の大伯母とともにアイルランド南部のウォーターフォード州の家に住み、そこからトラモア海岸に出て泳いだり、漁夫や農民から地元の昔噺や伝説を聞いたという。八歳のときには、父チャールズの姉である伯母の住む、メーヨー州にひろがるコリブ湖畔のコング（Cong）のストランドヒ

ル・ハウスに招かれた。ここはケルト人渡来以前からの遺跡である古代の環状列石、巨石墳、妖精塚などが点在する秘境で、ハーンは従弟ロバート・エルウッドと連れ立って、妖精たちが月影を踏んで輪舞した跡だと信ぜられる、草原に残る「妖精の輪」(Fariy's ring)を捜しに出かけ、醜と美、好奇と恐怖、永遠と瞬間が共存して意識される原始感覚に浸った。とりわけ、このときのある出来事は生涯、忘れられないものになり、四十年ほど後に、短篇「日まわり」によみがえる。それは、「コングのダン・フィッツパトリック」(Dan Fitzpatrick of Cong)の名で知られるジプシーとの出逢いであった。その男は叔母の家の戸口に立ち、アイリッシュ・ハープを掻き鳴らし、耳障りな濁声で、

「きょう、ほれぼれとして見つめる
　ういういしい、いとしの君の美は……」

と歌いだしたのである。それは「エリンの詩人」(The poet of Erin)と称えられるトマス・ムア(Thomas Moore 一七七九―一八五二)が『アイルランド歌曲』(*Irish Melodies*)に書いたアイルランド情緒をただよわせた詩である。ジョン・スティヴンスン(John Stevenson)が、それに楽曲を付け、アイルランド民謡を美しいメロディに包み、人びとの愛唱歌になり、ハーンの「一番大事で、一番美しい人」叔母カサリン・エルウッド(Catherine Elwood)もよく口ずさんでいた。それを薄汚れた浮浪者風情がダミ声で唄うとは、とハーンは憤慨した。

八行二連からなるこの詩の最後は、日まわりが太陽を崇め、それが沈むときも、昇るときも、その方向に顔を向けると結ぶ。因に、その部分は日本で流布された堀内敬三訳詞では、

我が心は変わる日なく、
おん身をば慕いて
ひまわりの日をば恋うごと
とこしえに思わん

と最後を結ぶ。

一方イェイツは、一歳から十五歳まで、父の住むロンドンと母方の親族が定住するアイルランド北西部の港町スライゴー（Sligo）との間を往き来する。スライゴーにはコングのように小高い丘が連なり、小島を浮かべるギル湖もあり、妖精塚、土塁、古塔、巨石墳、奥深い森が散在し、神話や伝説の宝庫であった。イェイツ少年はスライゴーを愛し、奥地まで歩き回って、地元の人や故老から土俗信仰や不思議な出来事の咄を聞き出した。スライゴーには北と南を結ぶ本街道が走り、また海外との接触の要衝でもあったので、古い歴史の溜り場として、悲話や英雄譚などが無尽蔵に語りつがれていた。また、叔父の家にいた家政婦メアリ・バトル（Mary Battle）は千里眼といわれ、土地の伝説、とりわけ妖精や亡霊に通じており、毎日のようにその話を聞かせてくれた。イェイツの『ケルトの薄明』（*The Celtic Twilight* 一八九〇年）は、それらの話を一冊にまとめたものだという。

ハーンとイェイツとは心の形成期をケルトの素朴な原始的感情にどっぷり浸かって育まれた点で共通している。イェイツは十九世紀末から始まったケルト文明の復興を目指す運動に率先して積極的に参加した。ハーンは新天地を求めて一八六九年、移民船で船出し、ケルトの航海譚「イムラヴ」（Imram）にあるように、西へ西へと運命のままに漂泊の旅をつづけ、挙句の果てに一八九〇年の四月、横浜港に着き、霊峰富士を仰ぎ見て理想郷に辿りついたと思い、感動したという。ケルト民族が憧れた神仙郷ティール・ナ・ノーグ（Tir na n'Og）を想い浮かべたのではなかろうか。その国土に足を踏み入れて、自然や人情や風俗習慣にいたるまで、原始的で素朴な大らかさに包まれているのを見いだした。幼少の無心の心にアイルランドで受けた肝銘が日を追うごとになつかしく蘇り、日本をついの棲家に選ぶ道をとることになる。

ハーンの東大での講義と、イェイツへの抵抗

一八九六年から六年間、東大講師の職を得、象徴詩について講ずるときに切り出したことばにもアイルランドへの思慕や愛着が絡まっている。ハーンは日本に定住してからも、アイルランドの新しい動向に眼を凝らしていたに相違ない。でなければ、名もない新詩人の出現をつぎのようには紹介できなかっただろう。

「なんとも美しい詩を紹介します。みなさんがまだその名を耳にしたこともない詩人の作品です。この詩人は若輩で、名をやっと出したばかりです。ウィリアム・バトラー・イェイツ（William Butler Yeats）といい、小さな詩集を二種類出しただけですが、ほとんどどの詩も超自然の神秘をうたっており、それが類まれにすばらしい。——彼はアイルランド人であり、彼

の大半の詩は古代ケルトの文学に啓発されています。」

ハーンは何篇かの詩を何回かの講義のなかでとり上げては、その幽遠にして絶妙なる美を具体的に実証して、噛んで含めるように解説した。若輩と呼ばれるイェイツは、ハーンの十五歳年下。しかも、イェイツが詩人として文筆で身を立てようとしたのは二十代になってからで、当時はまだ日本どころか、英米でも知られていなかった。文芸雑誌や評論誌に載せてもらった詩など数点や、また一八八九年と一八九九年とに出版した詩集も、見る人はいないも同然であった。それも当然でアイルランドという呼称はもとより、古代ケルトとなると、なおのこと世界中の識者にも知られていなかった時代である。そんな情況のなかで、ハーンは名もなき駆け出しの新人を、海外の事情に疎い明治期の日本の学生に紹介したのである。しかし、この無謀に近い大胆な紹介は、ハーンがどれほどアイルランドや古代ケルトの精神に心酔していたかを裏付ける。

先般、『小泉八雲事典』（恒文社、二〇〇〇年）のなかで、ハーンが激烈な抗議の手紙をイェイツに送ったことを指摘したが、それは東大の学生にその真価を称揚したイェイツの詩「風の妖精群」（"The Host of the Air"）にまつわるものであった。ハーンは講義でも、ケルトの妖精の特質はカトリック信仰に裏打ちされた人間には不可抗力の超自然の揮《ふる》う魔術性にあり、イェイツはアイルランド南部に住む農民たちの間で語り継がれてきた妖精の伝承や伝説を自分で多数掘り起こし蒐集した詩人だとして高く評価した。それゆえに、その信頼と期待が裏切られたとして、ハーンは激怒したのである。この手紙は一九〇一年六月二十二日に送られている。

事の次第は次のようである。この詩は一八九一年に創刊されたイギリスの文芸誌『ザ・ブックマン』（*The Bookman*）の一八九三年の十一月号に「さらわれた花嫁」（"The Stolen Bride"）の題で発表された。翌年六月、ロンドンでイェイツが中心となって結成した詩人クラブの機関誌の第二号に内容には手を加えず、詩題だけゲール語で妖精を意味するとイェイツが云う「風の一族」（"The Folk of the Air"）に替えて転載した。そして一八九九年、イェイツはケルトの詩人としての自身の真価を問う処女詩集『葦間の風』（*The Wind Among the Reeds*）を刊行した。そこにこの詩を再録したとき、題名を「風の妖精群」に改め、句読点などいくつか改め、さらに第十一連四行全体をばっさり削除した。ハーンが講義に用いたのは、題名は詩集の決定版に従い、内容は『ザ・ブックマン』掲載の詩を用いている。ハーンが憤慨したのは決定版における削除であった。

この問題を詮索する前に「さらわれた花嫁」がなるまでの経緯を探ってみると、イェイツは幼少のときスライゴーで聞かされたおぞましい怪奇な言い伝えが忘れられず、それを後にアイルランド文芸復興を表わす代名詞にもなる『ケルトの薄明』（*The Celtic Twilight*）の題名のもとに十数編の散文に仕立て編集して公刊した。題名の薄明（Twilight）は、夜明けから日没までの人間の動く昼の時間と、それ以降の超自然が操る夜の闇の時間とが交差して、現象界と異界とが交流する時間帯をさす。そのときに人間でもなければ神でもない妖怪や亡者や堕天使や妖精などが地上に現われて、朝、陽の上がるまでとどまるとする。イェイツが「ケルトの薄明」と呼んで描くのはその時刻にあらわれる地上界における異変である。

その一編に「人さらい」（"Kidnappers"）がある。そのなかにとりあげられている不思議の一つは、ある若者が妖精たちにたぶらかされ、迎えたばかりの花嫁が妖精郷に連れ去られていく場面にある。若者はそれに気付いて家に駆け戻ってみると、葬儀に加わる「泣き屋」（keeners）の女たちの泣く弔いの声が聞こえ、大事な花嫁がこの世の生命を失い、異界に消えたことを知るという話である。その言い伝えを誰もが吟唱しやすいようにバラッドの形に潤色したのが『ザ・ブックマン』に掲載した『さらわれた花嫁』である。

それが詩集『葦間の風』のなかにくみこまれたとき、妖精群に奪われた花嫁がこの世の生命を絶ったことを知るおぞましいくだりの第十一連が切り捨てられた。ハーンに言わせれば、この陰惨なあくどさがケルトの妖精の特質であり、最も重要な部分であるのに、それを削除するとは何事ぞと憤慨したのである。しかし、イェイツが一九〇一年八月にハーンに送った返書ではそれに対して釈明はせず、機会をみて改めたいとだけ告げ、未発表の新しい劇詩の草稿（署名付き）を送った。ハーンはその三年後に故人となり、二人の文通はそれで跡絶えた。

ハーンがさしはさんだ異議に対し、イェイツはそれを拒否せず、婉曲な形で謝意を表わしながら、即座に受け容れなかったのは、何故であろう。イェイツに言い分があるとしたら、詩にすべてを具体的に明示する必要があるだろうかということになろうか。イェイツも物語詩『アシーンの放浪』（*The Wanderings of Oisin* 一八八九年）を書いた初期には、主人公のアシーンが理想郷で三百年を過ごして現世に戻ったとき、地上に足をつけたことが原因で一気に三百歳の老人になった悲劇を具体的に描いたが、それでは悲惨さを思い知らされるだけで余韻は残らない。象徴や暗示によって連想を喚起して、知性では捕捉し難い情緒をただよわせるべきだと信じるようになっていたイェイツは、「漂う煙のようにうせた」と「遠ざかっていく悲しい笛の音」だけで止めるほうが、詩的効果が高まるとして、第十一連に描いた具体的な結末を切り捨てたということではなかろうか。

しかし、ともに日本をこよなく愛し、日本にあって古代ケルトの精神の雛形を見出して、それを最後まで喜びとして受けとめて生きたハーンと、「世界中で見たいのは日本だけだ」と言いつづけ、その憧れの地への訪問が叶えられる寸前まで二度もいって、ついにそれが実現できなかったイェイツ。この二人を結ぶ絆が一時の感傷によって切れるわけがない。ハーンは、今に残る東大での講義の記録によれば、最終講義に近いころ、バラを象徴にする現代の代表的詩としてロバート・ブラウニングの一篇の詩を示し、その締めくくりに、それよりも単純だが、深みにまさるといって呈示したのが、イェイツの詩「世界のバラ」("The Rose of the World")である。そのなかではトロイのヘレンと、ケルト伝説の美女デアドラ(Deirdre)とが対峙されており、人類の歴史において美の理想がどのような力を発揮してきたかが辿られていて、ギリシャとケルトとを繋ぐ理想美の追求が時代を越えた世界のバラのなかに包みこまれていることを指摘した。これに勝るイェイツの詩への鑽仰はないと思う。

世界を視野に入れて伝えるハーンの熱誠は若い学徒の共鳴を喚起し、とりわけ上田敏や厨川白村などは率先して、刊行したばかりの『帝国文学』などで、アイルランドに動き出した「ケルト文学復興」を採り上げ、その立役者であったイェイツに注目し、彼の詩の邦訳や評釈を積極的に試みるようになった。ハーンはこうして東海に孤立する国日本に、世界に先駆けて西の果ての国の文学精神を種付けし伝播したのである。
一方、イェイツは晩年の一九三一年、霊魂の輪廻転生を主題とする戯曲『復活』(*Resurrection*)を書き上げ、日本刀をイェイツに贈った佐藤醇造にそれを献じ、序文のなかでハーンと日本との密な関係を追想する。

"...All ancient nations believed in the re-birth of the soul and had probably empirical evidence like that Lafcadio Hearn found among the Japanese...."
「古代の民族はみな霊魂の再生を信じ、ラフカディオ・ハーンが日本人の間にみたのと同じように、体験を通じて、その真実を摑んでいたのであろう。……」

ここで「古代の民族」というとき、意識のなかに古代ケルトが入っていたにちがいない。そこでは教育、法律、祭祀など人事の全般を一手に掌るドルイド(Druid)が実権を握っていた。天文にも通じ、その教義は宇宙を背景にしており、霊魂は永遠不滅であり、輪廻転生を繰り返すという信条を根幹にしていた。教化される民衆の心情にはその理念が染み渡り、生活習慣や風俗はもとより、日常の話題や物の見方にも反映していた。いまに伝えられる伝承や伝説や物語に、その跡が読みとれ、たとえば、英雄に対し、だれそれの生まれ変わりであるとか、妖精や妖怪に因縁による過去の霊の甦りをみたり、死後に訪れることのできる楽園を思い描いたりする。
しかし、そうした昔語りや伝説はキリスト教伝来とともに影を潜めていった。イェイツはケルト本来の伝承を追い求めて、辺境で生活を営む民衆の間に出向いて、それを聴き蒐めたが、日本でも過去が重んじられており、父子相伝で代々伝授される芸能や芸術や、古式豊かな宗教儀式や、先祖崇拝の美風にその精神が生き続けていることを知っていた。

ハーンはその国に行き、庶民にまじって生活し、神代の古代からの信仰や仕来りなどに直かに接する貴重な体験をして、イェイツの憧れを充たしてくれたことを高く評価したからこそ、自身の戯曲の序文のなかで彼への思慕と崇敬の念を表したのであろう。その思いを延長し敷衍して、ここでイェイツを代弁して語ることが許されるならば、ハーンの日本帰化は、とりもなおさず、古代ケルトへの同化であり、魂の故郷への里帰りである。それによって、ハーンはケルト民族とヤマト民族とを、さらに盆踊りと妖精の円舞とを一つの大円環で結んだり、いとしい母の霊を日本海に喚びよせたのである。それに対し、イェイツは来日はできなかったけれど、ケルトの習俗や精神を日本の古代文化に合流させ、新時代の濁流のなかに水没しかけているケルトの本然の美を蜃気楼のように幻の海に浮かびあがらせた。日本の名刀、佐藤の刀（イェイツの崇敬者、佐藤醇造から贈られた日本の由緒ある古刀、芸術の粋を凝《こら》し、魂の不易の美を湛える宝剣）をケルトの海神マナナン（Manannan）の快刀に仲間入りさせ、さてはケルトの英雄クフーリン（Cuchulain）を日本の能の世界に参入させたのである。イェイツはハーンとともに極西と極東の古代を蘇らせ交流させた、無類の文化功労者であるといえないだろうか。

ハーンは熊本で何を得たか

中村青史

小泉節子夫人の「思い出の記」の一節が浮かぶ。

向こうからの手紙を読んでから怒って烈しい返事を書きます。すぐに郵便に出せと申します。そんな時の様子がすぐ分りますから「はい」と申して置いてその手紙を出さないで置きます。二、三日いたしますと怒りが静まってその手紙は余り烈しかったと悔むようです。「ママさん、あの手紙出しましたか」と聞きますから、わざと「はい」と申します。本当に悔んでいるようですから、ヒョイと出してやりますと、大層喜んで「だから、ママさんに限る」などと申して、やや穏かな文句に書き改めて出したりしたようでございます。

返事でなく、こちらから発信する場合でも、その時々の激情にかられて不平不満をぶちまけることもあろう。日記や手紙にはそういう面もある。作家を語るとき、日記や手紙は第一級資料として貴重である。だが、その中にはその時その場の感情をそのまま吐露しているだけで、必ずしも普遍的でない場合も含まれていることを認識しておく必要がある。

ハーンが熊本は嫌いだったいう風説は、熊本人にはかなり浸透している。それは主に西田千太郎やチェンバレン宛書簡によることが多い。それらの書簡をもとに熊本をハーンがどう見たかを記した最初の本は、田部隆次の『小泉八雲』(1)であった。熊本でのハーン研究はそれからずっと後のことである。熊本でのハーン研究の草分けは、丸山学(2)、木下順二(3)である。

顕彰は研究から始まる。研究が進めば本当にその作家に惚れ込むことができる。ハーン来熊百年(一九九一年)を契機に、熊本におけるハーン研究は組織的に始まり(4)、ハーンが熊本時代(一八九一—一八九四)そこから何を得たかということも、少しずつ判明してきた。本稿では三点について検証を試みる。第一点は「自然の美」、第二点は「武士道」、第三点は「熊本スピリットの意味するもの」である。

一　自然の美

松江では神々の支配する神秘の世界に深く想いを寄せた。神秘は夜がふさわしい。松江時代のハーンは闇の世界に興味を持ったようである。来熊当初のハーンは、節子夫人を連れて夜の小峯墓地を散歩した(5)。しかし総体的に熊本には闇が少なかった。その分、光が多かった。

ハーンが生まれた地中海に浮かぶギリシアのレフカダ島は光輝く所であった。アメリカではニューオーリンズの亜熱帯気候、来日直前に二年間暮らしたカリブ海上のマルチニーク島は、まさに光に満ち満ちた南の島であった。熊本に来たハーンは、第五高等中学校裏の小高い岡（小峯墓地）に登った。作品「石仏」（THE STONE BUDDHA）の冒頭部分には「丘のてっぺんからの見晴らしは、なかなかいい。ひろびろとした万緑の肥後平野が一望のうちに眺められ、そのむこうに、青い、ゆったりとした山脈が、半円形をなして、遠い地平線の光りのなかに映え、そのまたむこうには、阿蘇火山が永遠の噴煙を吐いている」（引用は平井呈一訳、以下同訳による）とある。万緑のころの光に満ちて輝く広々とした平野、光は広さとともに効果を上げる。ハーンは光の中に立っている。

熊本時代のハーンが、もっとも感激した自然美は、「夏の日の夢」（THE DREAM OF A SUMMAR DAY）に描かれている。そこは三角《みすみ》西港(6)から有明海沿いの宇土半島の風光であった。

二階ざしきの縁がわの、杉丸太の柱のあいだから、海ぞいの、くすんだ色をした美しい町の家並が、ひと目に見わたされる。碇をおろしたまま、うつらうつら眠っているような幾そうかの黄いろの帆かけ舟と、見上げるばかりの深緑の断崖が両がわから迫りよったあいだにひらけている入江の口、そのむこうに、はるかかなたの水平線まで、いちめんにぎらぎら光り輝いている夏の海。その水と空の相つらなるあたりに、さながら古い思い出を見るように模糊として打ち霞んでいる靉靆《あいたい》とした山のすがた。そうしてしかも、くすんだ色のその町並と、黄いろい幾そうかの帆かけ舟と、深緑の断崖とをのぞいたあとは、なにもかも、天地はただひといろの紺碧に塗りこめられているのである。

ここには「深緑」「ぎらぎら光り輝く海」「紺碧に塗りこめられている」天地が、ハーンの心をとらえて離さない。開港して間もない三角の新町並は、瓦葺き二階建に統一された、銀色に輝く屋根の美しい望めであった。(7)

三角港の、その名も「浦島屋」を後にしたハーンの乗った俥《くるま》は、熊本へ向かって走っていた。彼は海ぞいの風景に見とれるのであった。

何マイルも何マイルも、わたくしはその際涯もない輝きを眺めながら、海ぞいの道をガラガラ走って行った。目に入るものすべてが青い色に――大きな貝がらの底にきらきらする、あのまばゆいような青い色にひたっている。ぎらぎら光っている紺碧の海は、電気鎔接のような火花をはなちながら、おなじく紺碧の空と融けあっている。そして、巨大な青い怪物のような肥後の山は、光りかがやく光炎のなかに、まるで紫水晶のかたまりのように、稜々とそそり立っている。なんという澄みとおったこの青さ！　天地のいっさいを呑みつくして余さぬこの紺碧の色を破るものは、わずかに遠い沖あいの怪物めいた島山のうえに巻きおこる雲の峯、ぎらぎら光った白い色だけである。その雲の峯は、ひろびろとした海面に、雪のような白い光りを波にきざんでいる。沖あいの遙か、虫の這うように静かにうごいてゆく幾そうかの船は、どれも船尾《みお》に長い糸を引いているように見える。打ち霞む夏がすみのなかにくっきりとした線の見えるものといったら、この船のみおの糸だけだ。それにしても、なんというあの雲の峯の神神《こうごう》しさだろう！　ひょっとするとあの雲は、涅槃の浄境へゆく途中で、ちょっとひと休み息を入れている白い雲の精ではあるまいか？　それとも、千年もまえに浦島の手篋《てばこ》の中からぬけだした、あの白いけむりか？

海に心引かれていたハーンを、十分に満足させる風景がそこには展開されていた。「紺碧の海」や「稜々とそそり立つ紫水晶の山」には、かつて二年間を過ごしたマルチニーク島のカルベ海岸あたりの風景を想い浮かべていたのかも知れない。宇土半島の海岸から見える肥後の山は、マルチニーク島のプレー山ほど「稜々と」そそり立ってはいないが、ハーンの脳裏にはそのように映ったと思われる。

ハーンの写実的表現はすばらしい。ただ写実だけではなく、その裏に大いなる想像力が働いているのである。それは詩人特有のものであった。ならば、このような場面の日本語訳はむずかしいことに違いない。ハーンの真意を、日本人に正確に伝えるには、どんな方法があったのだろうか。「夏の日の夢」のような抒情性の勝った作品の場合、日本の仏教や伝説・民話を通した古代日本人の感覚と、それの表現方法が必要になってくるようである。平井呈一訳を見ていると、「深緑」「模糊」「浄境」「神神しい」「怪物めいた」「雲の精」「船尾《みお》」といった言語が効果的に使われていることに気付く。また同じ"blue"を「青」と「紺碧」に使い分けているのも見事だが、これらには読者側の教養もまた要求されるだろう。ともかく、熊本の町で海に飢えていたハーンは、この三角から有明海岸をたどる旅程では満足であった。

熊本着任早々もそうであったが、その後も熊本の町や第五高等中学校の官僚的雰囲気には失望のことばを書簡に記していたハーンだが、熊本の広大で、光あふれる青に満ちた自然には満足を得ていた。「石仏」の冒頭部分とも重なるような記述を「九州学生とともに」(WITH KYŪSHŪ STUDENTS) の一節にも見出すことができる。

「『そうだな、君たちに、もっといい題といったら、この大空だな。つまり、きょうみたいな、こんな日に、この大空を眺めているときに起ってくる感じだね。見たまえ、このすばらしい空を!』

空は、雲のきれひとつなく、世界のはてまで、青々と晴れわたっていた。地平線にも霞が立っていない。ふだんの日には見えない。遠山の峯々までが、なにか透きとおるような、輝かしい光りのなかに、むっくりと聳え立っている」と。

二　武士道

ハーンは熊本で武士道の生きた標本と出会った。着任した第五高等中学校に二人の「サムライ」がいた。嘉納治五郎と秋月胤永《かずひさ》である。

明治二十四(一八九一)年八月五日五高第三代校長として着任していた嘉納は、同年十一月十九日に熊本駅に降り立った外国人教師ラフカディオ・ハーンを出迎えた。ハーンは初対面の嘉納のことを、西田千太郎に書き送っている。「あなたもきっと嘉納氏が好きになるだろうと思います。この人は私がこれまで会った日本人の教師とは大分違います。性格は同情心に富み、まったく飾らず正直です。これは人格の出来た人の特徴だといえるでしょう。一度会っただけで年来の知己であるかのような気がします」[8]と。当時のハーンは、嘉納治五郎が講道館柔道の創始者であり、文武両道の教育の推進者であったことを知るよしもなかったと思われるが、彼の直感力は嘉納の「サムライ」を見抜いていたのである。五高で嘉納は瑞邦館に畳を敷いて柔道の指導を始める。ハーンの「柔術」(JIUJUTSU)はその瑞邦館の建物の説明からはいる。この作品で嘉納(柔術の大師範)は一カ所だけ顔を出す。「ある力のつよい生徒がいたが、ところが、その大師範にいわせると、その生徒には、どうもやってみると、ひじょうにわざが教えにくいというのである。なぜでしょうかといって聞いてみたら、こういう答えであった。『あの男は、自分の腕力にたよりおって、それを使いよるのでなあ』と。『柔術』という名称そのものが、すでに、『身を捨てて勝つ』という意味なのである」。

残念なことに、嘉納治五郎本人についての言及はここくらいで他に見当らない。ただ、「柔術」の最終章において秋月胤永のことが出ていて、嘉納の精神や信条が、秋月という身代りによって語られているとも考えられる。

漢文と倫理を教えた秋月胤永は、明治二十三年ハーンより一年早く五高に着任、明治二十八年ハーンより一年後に五高を去った。ハーンの五高在任三年間は、秋月の感化を受け、秋月に日本古来の伝統美を見つけ、秋月によって精神的に支えられた感がある。

秋月は元会津藩士で、戊辰戦争にも従軍し、「白虎隊」の少年たちに、かつて日新館で教育をした人でもあった。五高での教え子の一人大野盛郁の述懐に、「先生は常に人倫五常を説き、我尊き国体を高唱し殊に尚武の気を鼓舞せられ、修学旅行(9)は勿論、兎狩等には必ず七十余歳の老体に草鞋履きの軽装にて生徒に率先して馬上顧眄の概を示されたり」、「曾て会津若松城に籠城せる白虎隊切腹の絵画を展へられ彼は我友某の子なり此は知人某の甥なりと十六七歳の若輩を一々指示且つ各個の性行をも詳述され其勇気を称讃して余す所なく言辞迫り涕涙滂沱たり予も亦頭を俯し流涕膝を湿したるを知らざりき」(昭和十年五高同窓会刊行『秋月先生記念』)とあり、また小橋一太は、「先生の学生教導の目標は、常に『国家有用の大器を作る』といふところにおかれてあったもの、やうである。一度などは、講義中偶々『大工左官の学』といふやうな用語を使用された、めに二部(工科)の憤激を買って困られたやうなこともあったと記憶するが、先生にしてみれば、科学も勿論大切であるが、それよりも先づ人としての大成こそ第一であるといふつもりだったらしく思はれる」、「先生は菊池川の畔で菊池勤王の事蹟を詳かに説き来り、遂には木剣をとって立ち上り、自ら吟じ自ら舞って見せられたことがあった。詩は往年先生が身命を賭して東西に奔馳し、心血を国事に濺《そそ》いで艱難辛苦された折の作『北越潜行之詩』であったが、菊池川畔の草の上で老人剣舞の情景は今なほはっきりと眼底に残って居る」(同前)と述べている。

教え子たちが語っている秋月像からも、その武士道的言動がうかがえるが、ハーンは一体、秋月胤永の中にどのような武士道を見ていたのであろうか。ハーンにおける秋月像は「柔術」と「九州学生とともに」の中に示され、そこに古きよき武士の魂の顕現を見出そうとする。

「『それでは、いまでも昔ながらの習慣にしたがって、昔ながらの礼式を守っている、――そら、以前の君たちの漢文の先生のような、ああいう、古いサムライかたぎを代表している、愉快な老人のことかね?』『そうです。A——さんは、あの方は理想的なサムライです。まあ、ああいう方のことですがね、わたしの申すのは』

『ああいう老人は、わたしは、じつに善良と高貴の権化にように思ったな。まるで、日本の神さまみたいに見えた』」(「柔術」)

「むかしの日本人は、道徳的にひじょうに高かった当時の基準から判断して、ほとんど完璧な人間のように、わたしには見えるね」(同前)

「親切、礼節、俠気、克己、献身的精神、孝行、信義、それから足ることを知るという点などでね」(同前)

「この学校の漢文の老先生で、みんなからひとしく尊敬されている人がある。この人の、若い生徒たちにおよぼしている感化というものは、これはじつに大きなものがある」(「九州学生とともに」)

「それはつまり、この老先生が、ひと時代まえの、武士生活における剛毅、誠実、高潔の精神——いわゆる昔の日本魂の理想を、青年層にたいして、みずから身をもって体現しているからなのである」(同前)

「若いころ、峻厳をもって鳴らした戦場の古強者《ふるつわもの》が、年老いて温和怡然となったものほど、人の心をふかくひきつけるものはなかろう」(同前)

「当時、この国の新しい青年層は、少壮気鋭の教師連から、いちように西洋の科学と語学とを学んだものであったが、そのなかにあって、秋月氏は、あいもかわらず、中国の聖賢たちの万世不滅の明倫を若いものに教えさずけた。大義と名分と——およそ人間をつくる大倫ともいうべきものを教えさずけたのである」（同前）

「道」とは人のふみ行なうべき道、すなわち「道義」のことであり、また「道徳」をも意味し、武士道というとき、武士が持っていたあるいは持つべき最高の美徳と考えてよかろう。ハーンが武士道を意識するとき、親切、礼節、俠気、克己、剛毅、誠実、高潔の精神、献身的精神、孝行、信義、足ることを知ること、を備えた「理想的サムライ」を想定した。そしてその具体的実在の人格者が秋月胤永だと思うのであった。そして、「理想的サムライ」に心を昂らせたハーンは、秋月をこの国（日本）の大昔の神さまみたいだと評した。

「長い、白いひげをたらして、白装束に白の束帯をしめ、ひじょうに柔和な顔をした、しじゅうにこにこわらっている、高齢の老人だ」（「九州学生とともに」）

「秋月老先生は、ふだんしめておられる帯がわずかに黒ちりめんであるだけで、先日わたくしの家へたずねて見えたときなども、まるでその風丰《ふうぼう》は、神道の神のすがたにとんと生きうつしに拝見された」（同前）

つまり、ハーンは、今はほとんど接することのできない「武士道」の具現者を、熊本の第五高等中学校の漢文教師秋月胤永に見出したのであった。

武士道的精神は、日本女性のなかでもサムライの娘に継承されていたことを、それが大津事件の際に現われた実話をもとに、ハーンは「勇子」（YUKO：A Reminiscence）という作品として残している。熊本にとって残念なことには、ハーンが神風連について関心を持っていなかったことである。もし、神風連についての知識が少しでもあったら、阿部イキ子(10)の事例を見逃さなかったであろうと思われる。武士道に殉じた日本女性の典型がそこにあったからである。

三　熊本スピリットの意味するもの

明治二十七（一八九四）年一月二十七日、ハーンは瑞邦館での演説部例会で、「極東の将来」の題で講演をした。その末尾の部分で、九州または熊本スピリットということばを使った。ハーンにとって九州と熊本は同一に近い認識があった。ハーンが接した若者たちはほとんどが第五高等中学校の学生であった。五高学生の大半は九州各地から来ていた。その点からしても熊本は九州であった。

「九州学生とともに」の冒頭部分で、ハーンは松江の中学生（pupils）と熊本の五高生（students）をはっきり区別していた。年齢による違いも大きかったが、地域の特性という点も考慮に入れていたようである。ここで使用されている"spirit"を平井呈一は「かたぎ」と訳してる。ハーンは九州かたぎや熊本かたぎを、むかしのサムライかたぎと重ねるのである。前項「武士道」で見てきたように秋月胤永が備えていた武士道的特性は、そのまま九州あるいは熊本かたぎとして通用している。「九州学生とともに」の中で、ハーンは九州あるいは熊本の若者をどう把えているかを見てみよう。それに先だって熊本地方の特殊性を、

「この地方は、いまだに帝国諸州のうちでも、西洋の風俗習慣をまねることを、最もいさぎよし

としない地方なのだ。いまでも、この地方には、むかしながらの侍かたぎがそのまま生きのこっている。しかも、この侍かたぎ――いわゆる九州魂なるものこそは、ここ数世紀にわたって、この地方の日常生活における、あのきびしい質朴簡素の風を強要してきたものなのである」

とハーンはとらえていた。さて、

「熊本の学生といえば、この『お国かたぎ』のおかげで、全国でも特殊な学生とうたわれているのである」

「この『九州かたぎ』というやつが、むかしの九州武士の言動によく似たものだということだけは明らかである」

「総じて若いものは、平素から、外剛の気風をやしなっているふうが見うけられる」

「まあ、早くいえば、東洋流の意味でいう豪傑肌、そんな気味あいのところが、かれらには多分にある」

「大多数の若いものは、自分たちの高潔なたてまえをすてるくらいなら、むしろ遅疑なく、わがいのちをいさぎよく捨ててしまおうという連中である」

このような学生たちの特性を見るにつけ、「東京や京都あたりからくる学生は、だいぶようすのちがった環境に折りあって行かなければならない」というハーン自身もまた、熊本の学校で接した若者たちとの出会いは目新しいものであったに違いない。そしてハーンは、これら九州あるいは熊本の精神構造をもった人々の生活面での実態を通して、将来の人類、近くは日本および日本人の生き延びる方策を探ろうとした。「極東の将来」(THE FUTURE OF THE FAR EAST) で、ハーンは人類の危機を訴え、昔のサムライかたぎを維持していた熊本人の生活態度を評価し、その習慣が失われた時の危険性を警告したのである。引用の「極東の将来」は中島最吉訳（『ラフカディオ・ハーン再考』）による。

「西欧と東洋の間の将来の競争において確かなことは、もっとも忍耐強く、もっとも経済的で、そして生活習慣のもっとも単純な者が勝ち残るだろうということである。コストの高い民族は結果的に全く姿を消すことになるだろう。自然は偉大な経済家である。自然は過ちを犯さない。生き残る最適者は自然と最高に共存できて、わずかなものに満足できる者である。宇宙の法則とはこのようなものである」

「日本の場合は危険な可能性があるように思う。それは古来の、素朴で健康な、自然な、節制心のある、正直な生き方を放棄する危険性である。私は、日本がその素朴さを保持する限りは、強固であるだろうと思う。日本が舶来の贅沢という思想を取り込んだ時は、弱くなるだろうと思う」

「私は『九州スピリット』と言われているものを思い浮かべた。生活様式の素朴さと生活の誠実さは、古くから熊本の美徳だったと聞いている。もしそうであるなら、日本の偉大な将来は、生活中で単純、善良、素朴なものを愛し、不必要な贅沢と浪費を憎む、あの九州スピリットとか熊本スピリットといったものをこれからも大切に守っていけるかどうかによると考えている」

plain（簡素）、good（善良）、simple（誠実）に要約される熊本スピリットを、古きよき日本の典型としてハーンは受け止めていた。そしてその精神を維持することを、ハーンは期待した。しかし、当時にあってすら、そのような熊本スピリットは、若者の一面には残っているものの、全体的にはすでに失われつつあり、決していいとは言えない西欧化が進み、やがて西欧なみの凋落の道を歩むのではないかとハーンは危惧した。そのハーンの予言が的中している現今の日本であり、熊本である。果して、もう一度ハーンが期待した「サムライかたぎ」が戻ってくるであろうか。すでに失せてしまった、ハーンを感動させた熊本スピリットは、再生できるであろうか。

おわりに

ハーンは日本上陸後、四ヵ月の横浜時代、一年間の松江時代を通して、日本のさまざまな風俗、伝統、習慣を観察してきた。そして神々の国松江でのイメージを、西南の地熊本に期待もしたであろう。松江出発直前のチェンバレンへの手紙で、期待を込めて "the province of the Gods" と記していた。しかし当時の熊本は、軍都化した殺風景な町並みがひろがるばかりであった。神のお告げ「うけひ」に殉じた神風連の「武士」たちは、すでに明治九年に滅ぼされ去り、明治十年の西南戦争で西郷軍に加担した熊本の旧武士集団も、潰滅に近い状態となっていた。学校の赤レンガの建築はじめ、町は西欧化、近代化の波に洗われはじめていた。

一方でハーンは、熊本で名編「夏の日の夢」を生み出した、広大な光かがやく青の世界を満喫できた。さらに、就任先の第五高等中学校では、校長嘉納治五郎の人格に触れ、同僚秋月胤永と親しく交わり、九州学生の五高生と接することにより、熊本に残る昔のサムライかたぎ、すなわち熊本スピリットを感得することができた。「日本──一つの解明」(JAPAN : an attempt at interpretation) の日本認識の一端は、まさに熊本在住三年間のたまものである。

注

(1)『小泉八雲』初版は一九一四年四月早稲田大学出版部、改訂第二版は一九二九年七月第一書房、増補改訂第三版は一九五〇年六月北星堂書店より出版。

(2) 一九二八年、当時熊本中学校一年生の木下順二らに英語の時間、ハーンの話をする(一九九一年九月二十五日『熊本日日新聞』掲載の木下順二「ハーン回想」による)。一九三四年夏休みに木下順二と小峯墓地の石仏など踏査(一九九一年一月一日同紙の木下順二「ラフカディオ・ハーンの石仏」による)、一九三六年十一月二十日『小泉八雲新考』を北星堂より刊行。

(3) 一九三三年熊本中学校校友会誌『江原』に「小泉八雲論」を発表。一九三四年九月『九州新聞』に「八雲先生と五高」を十回連載(『新熊本市史・史料編 第七巻 近代Ⅱ』一九九九年三月刊に収録)。一九三五年四月『五高同窓会会報』第八号に「小泉八雲先生と五高」と改題し増補して転載(『木下順二評論集1』未来社、一九七二年十一月に収録)。

(4) 一九八八年四月八雲研究会発足、一九八九年三月八雲研究会を併合して熊本大学小泉八雲研究会が発足。その研究成果が『ラフカディオ・ハーン再考』(恒文社、一九九三年十月)と『続ラフカディオ・ハーン再考』(恒文社、一九九九年六月)である。

(5)「熊本で始めて、夜、二人で散歩いたしました時のことを今も思い出します。或る晩ヘルンは散歩から帰りまして『大層面白いところを見つけました、明晩散歩いたしましょう』とのことです。月のない夜でした。宅を二人で出まして、淋しい路を歩きまして、山の麓に参りますと、この上だというのです。草の茫々生えた小笹などの足にさわる小径を上りますと、墓場でした。薄暗い星明りに沢山の墓がまばらに立っているのが見えます、淋しいところだと思いました。するとヘルンは『あなた、あの蛙の声聞いて下さい』というのです」（小泉節子「思い出の記」）。

（6）「明治十八年十月港の第一期工事が一の橋から二の橋まで終ると、県は仝年十二月『三角築港地所貸下規則』を制定して、埋め立て地を一般に貸し出し、街づくりを始めたが、これには厳しい条件がついた。願い出た者の内、相当資産ある者を選んで、郡区長の保証を得て貸し出す事にした。又建築は二階建の瓦葺とすることで、平屋建は許可しなかった。僅か一万余坪しかない用地を効率的に使うことと、又新興の港町の美観も考えられたためであろう、幅十米余の、石造りの歩道を持った大通り、排水溝をはさんで並ぶ通り、街を囲む排水溝に沿っての裏通りと、整然と区画された街は、今まで見られなかった街づくりであった。二階建に統一された瓦葺の家が、次から次に建てられていった。郵便局は平屋であったが洋館建、税関も洋風の建築で、ガラス窓は上下に開閉するようになっていて、地元の人達を驚かした」（『三角町史』第四章第六節四三五―四三六頁、一九八七年十一月三角町役場発行）。

（7）原文は the pretty gray town。平井訳では「くすんだ色をした美しい町」となっている。「美しい」に「くすむ」は不似合に感じ、ここはつやのある鼠色の意味にとりたい。近隣の宇土に産する瓦は銀色の明るい色である。最近復元した熊本城本丸御殿の屋根瓦もこの宇土産瓦を使った。なお「柔術」五章の「十九世紀における日本の港の卓越した点」として「ネズミ色の屋根瓦」との平井訳文がある。その原文は、the blue gray である。

（8）一八九一年十二月付西田千太郎宛書簡、遠田勝訳による（「嘉納治五郎」『小泉八雲事典』）。

（9）五高の修学旅行は軍隊式の行軍であった。明治二十四年十一月の修学旅行は十日に出発二十日帰校、行先は長崎佐賀地方であった。午前二時に本館前庭に整列、嘉納学校長が「既ニ正課ヲ欠テ之ヲ行フ。則之ニ適スル。有益ナル知識ヲ得ザルベカラズ云々」と一場の演説をなし、「全員を中隊に編制《ママ》し、分て四小隊とし、又分て十六分隊と為し、秋山助教授（体育）之を率ゆ」とある。また「桜井教授（漱石の時校長）以下役員を合して二百餘名」ともあり教職員生徒ほぼ全員参加を建前としていた（『龍南会雑誌』第三号、明治二十五年一月発行による）。

（10）明治九年十月二十四日夜、神の「宇気比《うけひ》」によって熊本に兵をあげた神風連（太田黒伴雄、加屋霽堅ら百七十余人）は一夜にして鎮圧された。その同志の中に阿部景器がいた。新婚間もない妻は以幾《イキ》子と言った。蜂起が失敗し、戦死を免れた阿部景器と石原運四郎は、阿部の家で自刃する。イキ子も殉死する。イキ子は神風連中の烈婦として語り継がれている。神風連顕彰の中心人物であった荒木精之は、戯曲「風蕭々」（『日本談義』一九三九年三月号）で彼等の最期の場面を次のように描いた。

　運四郎　じゃ二人とも護国の鬼になろう。

「景器　うん。

（二人同時に腹につきたてたその時、イキ子もまた懐剣をぬいて自害しようとする態度。景器、それを見て駭く）

景器　おい、イキ子、何ばすっとか、狂ったつか。

イキ子　いいえ……、あなたのお供しようと思いまして。

景器　ばか、お前が死んだら年とったお母さんはどうする？　お母さん一人残してどうするつもりか。（苦しげに）

イキ子　このことはかねて覚悟しとりましたことです。おッ母さんのことは兄にたのんでおきました。どうぞゆるしてお供さして下さい。

（運四郎、自分ののどを突いて絶息、つづいて景器も呼吸たえる、イキ子自害す）」

神戸クロニクル時代のラフカディオ・ハーン
――その日清戦争時評を読む

劉　岸偉

一　熊本から神戸へ

一八九四年九月二十二日のチェンバレン宛ての書簡に、ハーンは次のように書き送っている。

私は神戸の申し出をはっきりと受け入れました。そしてこれから先の苦痛を予想しています。それでも如何なる変化もある種の慰めになります。予言者ムハンマドは三百九十日間、体の左側で横たわってイスラエル一族の邪悪を耐えた後、結構嬉しそうに三百九十日間、体の右側で横たわり、ユダ一族の苦難を耐えました。(1)

「神戸の申し出」とは、神戸の英字新聞『神戸クロニクル』（*Kobe Chronicle*）の社主ロバート・ヤングがハーンの求職の問い合わせに対して、一月百ドルでもう一度新聞社の仕事に加わってくれるのを歓迎する旨の返答のことであった。

とかく松江と比較される熊本での生活は、ハーンにとって徐々に苦痛となっていた。「熊本は私がこれまで見た中で最もつまらない町です」（一八九一年、西田宛て）。「ここには美しいものなど一つもない」（一八九二年、小豆沢宛て）。むろんここでは、町の風景のみを言っているわけではない。富国強兵を合い言葉に立身出世に狂奔している人々の姿に人間的な温もりが感じられなかった。天保生まれの気品ある老人は過去の遺物としてからかわれていた。軍靴とラッパの音が響き渡るこの熊本で、ハーンには確実に十九世紀の旋律――近代化の足音が聞こえた。

しかし結局のところ、日本は何という恐ろしい早さで近代化してゆくのでしょう。それも、服装や建築や習慣ではなく、心と態度においてです。この民族の感情の性質が変化しているのです。それが、再び美しくなることがあるのでしょうか。（一八九二年八月六日、メーソン宛て）(2)

肉体的にも精神的にも追いつめられたハーンは、「変化」を求めていた。たとえ収入が半減しても、それと引き替えに心の安らぎを得たいと願っていた。契約条件が提示されたその日（九月十一日）の手紙に、ハーンはチェンバレンに熊本脱出の念願を打ちあけた。

私たちはみな熊本にうんざりしています。私は今年か来年にここを脱出しようと考えております。そして私はしばらくの間、アメリカへ行ったほうが確かによかろうと思っています。人間は誰でも何の報いも受けずに自分をアーリア人から孤立させることをしません。その状況――言葉ではとても言い表わせない――に長く耐えていた者でなければ、その意味が判らないでしょう。私がよく働くとあなたはおっしゃいましたが、もしそうしなかったら、私は気が狂ってしまうか、あるいは精神異常の病に罹っていたでしょう。苦痛はおそらくこの意味でよいことでした。つまり、もしそうでなければできなかった文学の修行を私に強いたのです。教える傍ら、五年間に三冊の書物を書いた（私の新著はほぼ完成している）ことはいい分量と言えるでしょう。しかし熊本、この地震、強盗、嵐の熊本のことを地獄の底の牢屋のように感じています。半分の給料でもいいから、その代わりに心の平安が欲しいものです。(3)

ハーンの新聞社勤務は「三百九十日間」続かずに、結局数ヶ月で辞めてしまったが、新聞への寄稿が辞めた後もしばらく続いた。そして『神戸クロニクル』紙に論説を書いた期間は、ちょうど日清戦争の進行と重なっていた。日本が朝鮮支配をめぐって清帝国と構えたこの戦争は、欧米列強の遂行している世界秩序に加わろうとした新興の日本と、古来固有の秩序と権益を護ろうとした保守の清帝国との衝突であった。「文明」対「蒙昧」、「改革」対「守旧」という文明史の構図で捉えられる側面がある一方、「文明・開化」の名のもとで、民族自治の原則を蹂躙する強者の論理を振りまわした戦争であった。実際、この戦争をきっかけに、日本は帝国主義列強の仲間入りを果たし、清は帝国主義の餌食となる半殖民地への転落に拍車をかけられた。

日清戦争を契機に、ハーンは利権をめぐる各国の思惑が交錯するパワー・ポリティックスの実相を見せつけられ、文明の本質について思索を深めた。この体験はその後のハーンの日本認識にも深い影を落した。『神戸クロニクル』に発表されたハーンの一連の日清戦争時評はその思索の一端を記録したものであるが、そこから彼の文明批判の光彩、またその限界が読みとれると思う。

二　ハーンが見た日清戦争

日清戦争は、一八九四年（明治二十七年）八月一日に勃発する。その前日の七月三十一日、外務大臣の陸奥宗光《むつむねみつ》は欧米各国の使節に書簡を送り、清国との開戦を通告した。

帝国政府ハ帝国ト清国トノ間ニ起リタル紛議ヲシテ正当且ツ永遠ニ妥協ナラシメント欲シテ種々ノ公明正大ナル手段ヲ執リ尽シタルニ拘ハラズ此等尽力モ更ニ其効ヲ奏セザル事判然セリ因テ下名ハ其任務ヲ果スタメ茲ニ閣下ニ向テ帝国ト清国トノ間ニ戦争ノ情状ノ現在スル事ヲ御通告スルノ光栄ヲ有シ候下名ハ茲ニ重ネテ閣下ニ向テ敬意ヲ表シ候敬具(4)。

文中の「正当」「公明正大」云々は外交辞令の常套ではあるが、この戦争を企てた日本の指導部が極力外部の視線、とくに欧米の文明国の反応を気にしたのは事実であった。この戦争は日本が「蒙昧」の域を脱して、近代化を成し遂げた一つの到達点を内外に示している。宣戦直前の七月十六日にロンドンで日英通商航海条約が調印されたことは象徴的であろう。治外法権が撤廃され、独立国の地位を認められた日本は、かつて福沢諭吉が主張した「脱亜入欧」の道へ突進した。

我国は隣国の開明を待て共に亜細亜を興すの猶予ある可らず、寧ろ其伍を脱して西洋の文明国と進退を共にし、其支那朝鮮に接するの法も隣国なるが故にとて特別の会釈に及ばず、正に西洋人が之に接するの風に従て処分す可きのみ。悪友を親しむ者は共に悪名を免かる可らず。我れは心に於て亜細亜東方の悪友を謝絶するものなり。(5)

日清戦争は、いわば「西洋の文明国と進退を共に」するための「試金石」であった。主戦派の陸奥宗光は後にその回顧録である『蹇蹇録』において、はっきりとその認識を示している。

今や欧米各国は我が軍隊の戦闘に勝利を得たるを目撃せる間に、日清交戦中において我が軍隊が採用したる欧州流の作戦の計画、運輸の方法、兵站《へいたん》の施設、病院および衛生の準備、特に慈恵の目的を主とする赤十字社員の進退等、百般の制度組織すこぶる整頓し、および各部の機関最も敏速に活動したるを看取し、また外交上および軍事上の行動においてその交戦国に対しならびに中立各国に対し、一も国際公法定規の外に逸出したる事なかりしを認めたるは、実に彼らに向かい非常の感覚を与えたるが如し。(6)

「文明」とは人間の活動の産物である。しかし十九世紀の「文明」とは、まず西洋の社会的構造と倫理的土台の上に築かれた「文明」のことを指している。それは古代ギリシア人の智恵を源流にもち、ルネッサンスの人文主義の洗礼を受けて花を咲かせた、種種の知識の結晶を意味していた。この「文明」は近代の西洋に百般の制度、組織、巨大な産業社会をもたらしたのである。そしてこの「文明」はまた近代の西洋に破壊の力、殺戮の力を賦与した。この「文明」の利器を手にして、十九世紀の西洋は世界に君臨した。明治維新を経験した日本は、この「文明」の力を渇望し、それを手に入れるために血が滲む努力を積み重ねてきた。清国との戦争はその努力を検証する絶好のチャンスであった。ハーンは日清戦争のこういった性格を的確に捉えている。一八九四年十二月十八日（火曜日）の『神戸クロニクル』に掲載された「日本の柔術」において、ハーンは次のように語っている。

日本はその柔術に於いて勝利したのである。日本の自治権は事実上回復され、文明諸国間に於けるその地位は保障された。日本は西洋の監督からは永遠に離脱したのである。その芸術も徳目も、かつて得させてくれなかったものを日本は、新しく得た科学的攻撃力と破壊力を初めて発揮することによって手に入れたのである。(7)

むろん、こうした見方はハーン独自のものではない。当時のジャパン・ウォッチャーの論評の一例を紹介しよう。戦争が勃発した後、日本政府は欧州列強の反応を注意深く見守り、情報収集に余念がなかった。ロシア駐在公使西徳二郎が陸奥外務大臣に送った報告書には、ロシアの各新聞紙の日清戦争をめぐる論評の概略が要約されている。それによれば、『グラジダニン』紙の九月二十七日の論説には、こんな内容の一節がある。

吾輩ノ考察ニ由レハ日本ノ戦端ヲ開キタル最近因ハ清国若クハ露国（西欧諸邦ニ播布スル誣言ノ如ク）カ朝鮮ヲ占領センコトヲ恐レタルニ非ラス全ク日本ハ文明国中ノ一タルニ充分成熟シタルコトヲ宇内ニ表彰シ外邦ノ抑制ヲ排除シ国権ノ伸張ヲ謀リ以テ一国ノ威厳ヲ保全セントスルニ在リ之ヲ換言スレハ日本ハ最近半世紀間ニ文明ノ事業ニ困苦黽勉《びんべん》シ今ヤ合格ノ試験ヲ受クルニ外ナラス日本ハ戦争ヲ措キテ他ニ此目的ヲ達スルノ方法ヲ発見スル能ハサリシカ故今回清国トノ衝突ハ政略的ノ戦争ニ非ラスシテ寧ロ発達的ノ戦争ナリト謂ハサルヲ得サルナリ。(8)

独立を守り、近代化を成し遂げるために日本が払った努力に対して、ハーンも一様に好意的ではあったが、日本を弁護するハーンの論説には、つねに西洋の拡張を批判する視点が含まれている。例えば、戦争終結後の一八九六年四月『アトランティック・マンスリー』に寄せた長篇論文「中国と西洋」（China and the Western World）において、ハーンは戦争の原因をめぐるさまざまな皮相な観察を「うねりの表面の順流と逆流だけをみる」ものとして一蹴し、この戦争を引き起こした真因について、こう指摘した。

事実はといえば、西洋文明の広大な津波が、世界中を巻き込みながら、日本をせり上げて、中国へ向かって日本をほうり投げた。その結果、中国の帝国は今や望みなき難破船となっている。

その戦争を起こした、深くてあらがえない基礎的諸要素は、西洋から来たものであった(9)。

そしてこの西洋の拡張に対して、ハーンは警告する。「すべての国々の中で最も平和的で、最も保守的な清国が、日本と西洋の両方からの圧力のもとで、その自衛のために西洋の戦術を確実に会得するように強制されるということであろう。その後に多分、この国の偉大なる軍事的覚醒が起こり、新しい日本が追い込まれたのと同じ情況の下で、清国がその武力を南方や西方へ向ける可能性が極めて大きいと言えよう。……殖民地化政策を進めてきた西洋諸国は、弱小民族を始末するにあたっては侵略し、強奪し、皆殺しにするという罪を犯してきたが、これらすべての罪に対して復讐する主導権は清国側に留保されているのかも知れない」(前掲「日本の柔術」)。

西洋の圧力に拮抗しながら、その知識をむさぼるように吸収し、一世代の間に自国の独立を勝ちとった日本の姿を、ハーンは弁護し、称賛した。それにその成功を支えたのは、日本人の古来の美質――克己《こっき》、忍従、忠誠心といったものであったとハーンは論じる。これは日清戦争を論じたハーンのその他の文章、例えば「柔術」「願望成就」(『東の国から』所収)、「戦後」「趨勢一瞥」(『心』所収)に貫かれている論点であった。近代化を成し遂げ、西洋の圧迫に楯突き、民族の独立を守るという前提があったからこそ、日本の好戦的姿勢も逆説的ではあるが、ある種の倫理的意味をもつとハーンは説く。一八九四年十二月十日(月曜日)の『神戸クロニクル』に発表された「寛大の必要性」には、次のような一節が書かれている。

清国の主要な罪はあまりにも平和を好むことだというミッチー氏の諷刺には、深遠な真実がある。今や日本が受けている称賛と栄誉がその証拠である。評価のこの見せかけの不道徳さの背後には、すでに指摘したように一面の正当な理由がある。好戦的な力は規律を意味し、ある種の道徳的訓練を意味し、非常に優れた種類の精神的訓練を意味し、多くの重要な科学的知識の修得を意味する。(10)

「軍事力は大いに文明を測る尺度である」とハーンは言う。それはただ単に近代戦を遂行するには高度な科学技術が要求されるということを意味するものではない。それ以上に「知性とともに、基準の高い倫理的な素質を要求している」とハーンは強調する(「ある帝国の軍事的復活」『神戸クロニクル』一八九四年十二月四日に掲載(11))。

「文明」の道徳的進化、「近代化」のこうした倫理的な側面を重んじたからこそ、ハーンは、日本軍の戦時の蛮行を許すわけにはいかなかった。一八九四年七月の「高陞号事件《こうはうごう》」と十一月の「旅順口虐殺」についての論評をみよう。

「高陞号事件」とは宣戦布告の直前の七月二十五日、朝鮮・牙山湾の豊島沖で、日本の巡洋艦「浪速」が清国兵士を乗せた輸送船「高陞号」を撃沈した事件である。「高陞号」はイギリス船籍だったため、欧米列強の支持を取り付けようと国際法の遵守に腐心した日本政府は大いに狼狽し、事件の後処理で躍起になっていた。しかし、この事件の核心は国際法上、合法か否かという交戦国権利の問題ではなく、撃沈した後に日本軍のとった行動であった。輸送船を撃沈した後、「浪速」は救命艇を出して、欧州人の高級船員のみを救助した。翌日、フランス軍艦に救助された約二百名を除き、清国軍将兵約一千名と乗員の大半は波に呑まれたという(『日清戦争』岩波新書)。さらに「高陞号」に乗っていたドイツ人将校フォン・ハンネケンの証言によると、日本兵は沈没船および水中に苦しんでいる者を銃撃していたという(『日本外交文書』第二十七巻第二冊)。ハーンの批判もまさにこの点にあった。

いくら日本の有利なように交戦国権利を認めるとしても、極度の緊急事態であるという以外はどんな西洋諸国も主張しない交戦国権利があるが、この緊急事態は高陞号のケースでは存在していなかった。そして、人権問題に対する十九世紀の人々の気持ちのすべてに衝撃を与えたのは、為すすべもなく溺れ死のうとしている数百の人たちへ最小限の救助の手すら差し伸べることをしなかったという事実であった。[12]

十一月二十八日付の『ニューヨーク・ワールド』からは、もっとショッキングな報道が伝えられた。旅順口を占領した日本軍は三日間、軍民男女老弱を無差別に殺戮したという。この旅順虐殺の発端は、清国軍が日本軍の戦死者の死体に陵辱を加えたということにあったようである。ハーンは日本の名誉のため、日本軍の行為を非難し、次のように忠告した。

英国やフランスの兵士が、ごく最近でも、戦闘のさい、日本軍に向けられたのと同じような挑発を受けて、醜い、それも非常に醜悪な行為を犯したというのは事実である。

しかし、日本軍の報復行為にはなんの言い訳も受け入れられないであろう。日本は相変わらず、東洋の一強国として、疑惑の目で見守られているのである。婦人、子供や非戦闘員に対する不必要な残虐行為については、その行為を犯した者たちの行動に責任を負う将校たちを厳格に罰するべきである。

最も輝かしい栄誉もそのような行為によって曇らされてしまう。そしてこの国の道徳的評価も、この戦争で全く危険となるのである。つまるところ、最高の勇気とどんな形にしろ残虐行為との間には道義的な対立があり、そして、挑発を受けての自己抑制は、戦場での勇気よりもいっそう困難であるがゆえに、いっそう英雄的なのである。(13)

日本への批判、忠告をためらわなかったものの、日清戦争についてのハーンの時評を通観すれば、日本の立場を弁護する論調が主流であった。興味深いことに、それらの公的言論とは裏腹に、この時期に書かれた私的書簡には日本への嫌悪と幻滅の言葉が目立つ。日清戦争をきっかけに、ハーンは文明の本質についての思索を深めた。同時に日本についての認識も深めたのである。「柔術」という文章の末尾において、明らかにこの戦争に触発されて、ハーンは次のように綴っている。

西洋文明は過去を復活させた。――死者のことばに生命を与えた。――『自然』から無数の貴重な秘密をもぎとった。――天体を分析し、時間と空間を征服した。――目に見えないものを、むりにも見えるものにし、『無限』の秘帳をのぞいたほかの、あらゆるヴェールをひんめくった。――何万という学問の体系をたてて、近代人の脳髄を、中世人の頭蓋骨にははいりきれないまでに膨脹させた。――個性というものの最も高尚な形を発達させたが、それと同時に、一方ではまた、最も厭うべき形をも発達させた。――人間の知っているうちで最も繊細な同情と、最も崇高な感情を発達させたが、そのかわりまた、ほかの時代にはなかった利己主義と苦悩をも同時に発達させた(14)。

このように、文明の表裏を見抜いたハーンは、文明の産物である「戦争」をどう見ていたのだろうか。勇敢に戦い、命を祖国に捧げた兵士の「忠義」を、ハーンは確かに讃えたが、神戸市内を行進した凱旋兵士の行列の中、たった一人、にやりと笑った兵士の顔――その人の心を刺すような、嘲りの笑いを書きとめるのを忘れはしなかった。それを見たハーンは、思わず自分が少年時代にクリミア戦争から凱旋した一聯隊を見ていた時、一人のズワーヴ兵の顔に浮かんだ笑いを連想せずにはいられなかった(「戦後に」)。戦勝に酔って、欲望を剝きだし、清国の分割支配を公然と叫んでいる東京の新聞の無智を嘆くハーンの筆触(「極東における三国同盟」)は、あの徹底したリアリストの陸奥宗光の傍観――「一般の気象は壮心快意に狂躍し驕肆《きょうし》高慢に流れ、国民到る処喊声凱歌《かんせいがいか》の場裡に乱酔したる如く、将来の欲望日々に増長し、全国民衆を挙げ、クリミヤ戦争以前に英国人が綽《しゃく》号《ごう》せるジンゴイズムの団体の如く、唯これ進戦せよという声の外は何人の耳にも入らず」(『蹇蹇録』)という批判に、どこか通じているように筆者は感じたのである。

三　後日余聞

日清戦争は清国の敗北に終わった。それより二十年が経った一九一五年、日本は列強の一員として東アジアに君臨し、中国に「二十一ヵ条」を押しつけた。当時アメリカのコーネル大学に留学していた胡適（一八九一―一九六二。五・四新文化運動のリーダー、北京大学教授。後に駐米大使も務めた）は五月四日の日記に、地元新聞『イサカ毎日新聞』（*Ithaca Daily News*）に寄せた自分の英文書簡を録している。その書き出しはこうである。

Editor Ithaca Daily News:

Sir--Dr. W. E. Griffis's statement concerning the Japanese demands on China, published in the Post-Standard yesterday morning and quoted in the evening papers here, calls for a word of comment.

"Let Japan direct the destinies of China," Doctor Griffis is reported to have said. "This is the wisest course to pursue in settling the troubles between the two nations." While we do not doubt the doctor's good will towards the Mikado's empire, nor his knowledge of that country, we cannot help feeling that he has ignored one important factor. He has failed to see that the Orient of today is no longer the same Orient as he saw it decades ago. In these days of national consciousness and racial solidarity no nation can ever hope to "direct the destinies" of another in order to settle the trouble between them. Has Doctor Griffis failed to learn from his Japanese source of information that there have already been very strong anti-Japanese sentiments, nay, anti-Japanese movements everywhere in China? Does he think that the Chinese will long acquiesce to Japan's direction of their destinies, even if she can temporarily succeed to do so?[15]

（『イサカ毎日新聞』編集者殿――

日本の対華要求に関するW・E・グリフィス博士の陳述が昨日の朝の『ポスト・スタンダード』紙に公表され、こちらの新聞の夕刊にも転載されました。これについてちょっと議論せずにはいられません。

報道によれば、「中国の運命を日本の指導に任せるのは、両国の紛争を解決する、最も賢明な遂行すべき方向である」とグリフィス博士は言っています。私たちはミカドの帝国に対する博士の好意を毫も疑わなければ、日本についての彼の知識をちっとも疑うつもりはありませんが、しかし彼がある重要な事実を無視していたと感ぜずにはいられません。今日の東洋はもはや数十年前に彼の見ていた東洋ではないということを彼は見落としています。民族の自覚や国民の団結に目覚めた昨今では、国家間の紛争を解決するには如何なる国も他国の「運命を指導する」ことを望むことができないと思います。グリフィス博士は彼の把握している情報源から中国の至るところで、強烈な反日感情、いやそれどころか、反日運動が存在しているということをくみ取れなかったのではないか。たとい一時的にそれを成功させたとしても、中国人が自分たちの運命が日本の支配に委ねられることを長期にわたって黙認していくとでも博士は考えているのでしょうか。）

この「グリフィス博士」とは、あの著名なウィリアム・エリオット・グリフィスのことであろう。一八七〇年に来日し、大学南校や福井藩などで四年間教鞭をとり、帰国後も日本について幅広く執筆活動を続け、『皇国』（*The Mikado's Empire*）の著書を残している親日家である。『ポスト・スタンダード』紙が博士の真意を伝えていたかどうかはさだかでないが、それより筆者はむしろハーンが生きていたら、どんな見解を述べるのだろうかという空想に想いを馳せた。ハーンの日清戦争の時評には、博士の「陳述」に幾分通じるものが確かにあるが、自国の独立を守る日本の立場を弁護したハーンの姿は印象的である。ただ民族の独立を勝ちとった後、他民族の独立を脅かす存在となりつつあった、日露戦争以後の日本をハーンは知るよしもなかった。

注

（1）*The Japanese Letters of Lafcadio Hearn*, ed. Elizabeth Bisland, Houghton Mifflin & Co.,1910, pp383-384.
（2）*The Writings of Lafcadio Hearn*, vol.XVI, Boston and New York, Houghton Mifflin & Co., 1922, p291.
（3）*The Japanese Letters of Lafcadio Hearn*, p.379.
（4）「清国ト戦争状態ニ入レル旨通告ノ件」『日本外交文書』（外務省編纂、日本国際連合協会発行）第二十七巻第二冊所収、六八七号、三二四頁。
（5）「脱亜論」明治十八年三月十六日『時事新報』社説。『福沢諭吉全集』（岩波書店、昭和三十五年）第十巻、二四〇頁。

（6）陸奥宗光『蹇蹇録』（中塚明校注、岩波文庫、一九八三年）一七五頁。
（7）『神戸クロニクル論説集――バレット文庫版収録四十一編の全訳・注解と英文原文』（新貝義五郎訳、松陰学術研究叢書）五二頁。この論説は翌年の一八九五年三月に出版された『東の国から』の「柔術」の章の末尾に、多くの言い回しの違いがあるものの、追記として再録されている。なお「バレット文庫」版ハーン論説集の刊行の経緯について、訳者の新貝義五郎氏がすでに「前文」と「後書き」に記している。全四十一編はすべてハーンが執筆したという確証は今のところ得られていないが、この小論では、ハーンの著書の内容や従来の見解に鑑みて、ハーンの論説と認められたもののみを引用している。
（8）「露国諸新聞紙ノ日清戦争ニ関スル論評報告ノ件」『日本外交文書』第二十七巻第二冊所収、七八九号、四七二頁。
（9）『ラフカディオ・ハーン著作集』第十四巻（恒文社、一九八三年）一七四頁。
（10）『ラフカディオ・ハーン著作集』第五巻（恒文社、一九八八年）五四三頁。
（11）同注（7）、三四頁。
（12）「シドニー号紛争」、一八九四年十一月十日に掲載。同注（7）、二二頁。
（13）「サタデー・レビュー誌の懸念」、一八九四年十二月七日に掲載。同注（7）、四三頁。
（14）『東の国から・心』（平井呈一訳、恒文社、一九七五年）二四七頁。
（15）『胡適日記』（曹伯言整理、安徽教育出版社、二〇〇一年）第二冊、一二三頁。

ハーンは浮世絵に何を見たか

高成玲子

明治三十年七月発行の『太陽』第三巻第五十五号の冒頭を飾る論説は、文科大学教師小泉八雲による「日本絵画論」である。本文に先立って、これは、帝国文科大学教師ラフカヂオ・ハーン氏の近稿であること。彼には『ゼ、グリンプセス、オフ、アンファミリアル、ジャパン』、『心』を始め日本に関する著書頗る多いこと。日本に帰化して小泉八雲と称すること。現在、文科大学講師として英文学の講壇にあり、傍ら益々日本の文学美術の研究を重ねているという紹介がある。このときハーンは文学はもちろん、美術についても造詣が深いとみなされていたことになる。

原文はなく、邦訳のみが掲載されているのであるが、それを見ると『大西洋評論』一八九六年(明治二九)八月号に発表され、その後『仏の畑の落穂』に収められた「日本美術における顔について」と同じもので、章の切り方が前者は七章立て、後者は六章立てになっているというわずかな違いのみであることが分かる。

『大西洋評論』の「日本美術における顔について」は英米の読者に向けて書かれたものであり、『太陽』の「日本絵画論」は日本国内の読者に向けられたものであることは明らかである。最初の発表から一年後に、何故再び同じことを、今度は日本人向けに発表したのだろうか。この論考では、タイトルを変えて二度発表された「日本美術における顔について」の検証を通じて、ハーンの日本美術論はどのようにして形成されたか、また、日本美術にハーンは何を見たのか、を明らかにしようとするものである。

一　ニューオーリンズ万国産業綿花博覧会

先ず一八八四年十二月から始まったニューオーリンズ万国産業綿花博覧会を取材したときの記事「ニューオーリンズ博覧会――日本の展示物」（『ハーパーズ・ウィークリー』一八八五年一月三一日付）を見てみよう。この取材はハーンの日本への関心を一挙に高めることになったものである。すでにレオン・ド・ロニーの日本関係著作数冊を手に入れていたハーンは、さらにアリ・ルナンの著書によって十分な準備の上、日本美術の何がフランス画壇の心を捉えて離さないのかを明らかにして、ホクサイーフジヤマージャポニズムに興味津々の読者の期待に応えた。

最良の時代の日本美術が無類な点は――すなわち、フランスの卓越した美術鑑定家たちによっても、総ての美術にまさるとされたあの特質は――ムーブマン（運動）、つまり目に映る動きのリズムや詩趣である。古い日本画諸派の大家たちは一種類の鳥、一種類の昆虫や爬虫類の描写のみに生涯を捧げたと聞いている。アリー・ルナンが最近の論文で見事に明らかにしたように、こうした美術の専門化が、いかなるヨーロッパの巨匠も及びのつかない結果を生み出したのである。夏の朝の金色の光の中を弧を描いて飛ぶカモメ。朱に染まった空を背景に長い列をつくって滑空する鶴。丸い太陽を背に凧のような姿をくるりと回転させるツバメ。月の光の下で重く、奇矯に、滑らかに飛ぶコウモリのさま。蛾や素晴らしい蝶の妖精のようなはばたき——こうしたものが、恐らく模倣はできても凌駕することはできない写実性によって、日本画の毛筆が描きえた主題である。(1)

ハーンは日本画の毛筆が描き出す日本美術の特質が、運動、つまり目に映る動きのリズムや詩趣であることを明らかにし、生き生きと読者の感性を刺激して、「夏の朝の金色の光の中を弧を描いて飛ぶカモメ。朱に染まった空を背景に長い列をつくって滑空する鶴。丸い太陽を背に凧のような姿をくるりと回転させるツバメ。月の光の下で重く、奇矯に、滑らかに飛ぶコウモリのさま。蛾や素晴らしい蝶の妖精のようなはばたき」のさまを読者の脳裏に焼き付けた。

記事によれば日本の展示物は、広く日本の古美術を再現している青銅器や陶磁器、精巧で硬い彫金細工、魅力的な仕掛けの香炉、高さが七フィートもあるコウノトリ、本物そっくりに木綿で作った甲虫や爬虫類。レオン・ド・ロニーの『詩歌全容』の記憶を呼び覚ます精巧な陶磁器、日本の生活や風景の写真、それにいたるところに吊るされている華やかな絹布。それらには魅了するような構図や人物、風景が精巧に縫い取られていた。また、陳列ケースのなかでは、陶磁器に描かれた様々な姿勢の数え切れないほどの鶴が優美な首を伸ばしていたという。

図1　ニューオーリンズ万博での日本の展示品

残念ながら浮世草紙の類に描かれた絵は展示物の中になかったようで、「これは後日の楽しみになりそうだ[2]」と書いているが、記事の最後のほうで、北斎が一人で百景も描いたあの富士の山が、扇面や磁器など、いくつもの展示品にどんな風に描かれているか述べることで、満足せざるを得なかったことがうかがわれる。

会場の様子は、同誌に掲載されたジョン・デュルキン描くところの日本展示会場のイラスト（図1参照、『ハーパーズ・ウィークリー』一八八五年一月三一日、六八頁）で、さらに詳しく知ることができる。会場にうずたかく飾られた沢山の陶磁器類の表面を鶴やコウノトリ、カササギなどが滑空したり、重厚な松や扇、爬虫類が覆っているかと思うと、床には青銅の香炉やコウノトリが置かれている。壁面いっぱいに所狭しと吊るされた絵は、本文からどうやら縫い取りを施した絹布であると想像できる。陶磁器類や青銅器の表面を彩る鳥の絵や彫金から「夏の朝の金色の光の中を弧を描いて飛ぶカモメ」や「朱に染まった空を背景に長い列をつくって滑空する鶴」を想像することは、イラストからも十分可能である。縫い取りのある絹布もまた、十分に日本画の何かを伝えるものであることが伝わってくる。ハーンならずとも、会場を訪れた見学者はそれなりに日本への憧れを掻き立てられ、或いは満足させられたことであろう。

どうやらハーンはそれまで知識として知っていた「目に映る動きのリズムや詩趣あふれる」日本美術に実際に間近で触れたのは、これが初めてであったようである。さきにも挙げたように、彼に日本美術の特質を明らかにしてくれたのは、アリ・ルナンの最近の論文だったという。ルナンのどのような論文が彼の心を掻き立てたのであろうか。残念ながら特定には至らなかったが、サミュエル・ビング編『芸術の日本』（一八八八年五月創刊）第八号および第九号に掲載されたアリ・ルナンによる「北斎論」が、ある程度推測を可能にしてくれる。「ああ、『漫画』についていかに紙数を費やしてみても、不毛でしかない。私たちのペンの及ぶところは不十分なものにしかなり得ない」と北斎に対するじれったいほどの憧れに続いて、ルナンは次のように書いている。

……間歇噴泉、つむじ風、炎、稲妻を描くことによって、彼は、迅速さに関して自然と力比べをしている。いかに彼が運動を愛し、またまさに彼こそ、「一点一画といえども」それに生命を与えずにはおくまいと誓った人だったか、ということがわかるだろう！　運動の表現、それこそ、彼の大いなる野心なのである。それは、修正とか、効果、配列、調和とかいったものではない。彼が激しく追い求め、総てをそのために犠牲にした目標が、この運動なのである。（中略）運動！　それは、日本の芸術、建築、彫刻、素描のいたるところにみられる。(3)

ルナンの「総てをそのために犠牲にした目標が、この運動なのである。……運動！」という表現は、ハーンがニューオーリンズ万博を取材して書いた記事の「総てにまさるとされたあの特質は――ムーブマン（運動）」と響きあうものがある。このムーブマンを強調するために、原文では彼はわざわざこの単語をイタリックスにしている。たとえ日本の展示物の中に日本の絵師が毛筆で描いた作品がなくとも、数々の陶磁器の表面を飾る鶴やカモメ、床に所狭しと置かれた青銅製の置物、壁面を飾る沢山の絹布に、ルナンの論文などで知った、そして長い間見たいと思っていた「夏の朝の金色の光の中を弧を描いて飛ぶカモメ。朱に染まった空を背景に長い列をつくって滑空する鶴。丸い太陽を背に凧のような姿をくるりと回転させるツバメ。月の光の下で重く、奇矯に、滑らかに飛ぶコウモリのさま。蛾や素晴らしい蝶の妖精のようなはばたき、さらに北斎が描く、黄金の雨に隠れ、燃えるような日没の光を横切り、無垢の青空を背にした富士の山の姿、素晴らしい夜明けの光の中で金色に輝いている富士の山影」がハーンには確かに見えたのである。「ムーブマン、つまり目に映る動きのリズムや詩趣、おそらく模倣はできても凌駕することはできない日本画の写実性」を、彼はしかと感じ取ったのである。

二　『歴代名画記』と浮世絵

ハーンの美術論は、日本での最初の著作『知られざる日本の面影』に収められた「極東第一日」や「舞妓」から「永遠の女性」、「石仏」、「柔術」（いずれも『東の国から』所収）、「日本文化の真髄」、「旅日記から」（いずれも『心』所収）、いま問題としている「日本美術における顔について」（『仏の畑の落穂』所収）、さらに「キリシタン禍」（『日本　一つの試論』所収）その他まで、数多い作品のあちこちで散見できるが、年代を追うにしたがって、次第に美術と宗教、美術と民族という観点から語られることが多くなる。

そのいずれを読んでいても、ハーンの文面が所々そのまま晩唐の張彦遠《チョウ・ゲンエン》撰『歴代名画記』[4]巻一「画の六法を論ず」の英訳のように見えてくることがある。古来、中国画論・絵画史の古典とされ、現在も第一級の中国美術史研究資料と考えられているこの書の「画の六法を論ず」で取り上げられているのは、南斉の謝赫《シャ・カク》が論じた「画の六法」である。この部分は『歴代名画記』の中でも特に、「古来、中国でも日本でも、もっともよく知られており、東洋画の真髄を論述したものとして、もっとも高く評価されている[5]」ところである。画の六法とは、「第一法気韻生動、第二法骨法用筆、第三法応物象形、第四法髄類賦彩、第五法経営位置、第六法伝模移写」のことである。第一法気韻生動の気韻とは、生命的なものの響き合い。気韻が生動するとは生き生きした生命的なものが響きあうさま。もっとも精神的・内面的で、中国固有の絵画観である。第二法骨法用筆は筆法の原理で、骨法は骨組みと同じだが、線描が骨組みを決定するほど用筆の妙味を発揮することである。第三法応物象形と第四法髄類賦彩は対象の形態と色彩の描写をいう。世界の何処の美術にも通じる写実的表現法のことである。第五法経営位置は画面のコンポジションである。最後の第六法伝模移写は古今の名作の模写を通じてその真髄を学ぶようにせよというものである。

撰者張彦遠は、謝赫のいう気韻と骨法を一つにして骨気、応物象形と髄類賦彩を併せて「形似」（写実）という言葉を遣い、形似を追求しても気韻は湧き上がらず、「形似の外を以って」或いは

「気韻を以って」絵画制作にはげめば、「形似はおのずからその間にある」[6]と説く。ここで先ほど見たハーンの書いたニューオーリンズ万博取材記事「ニューオーリンズ博覧会――日本の展示物」(『ハーパーズ・ウィークリー』)をもう一度見てみよう(五〇八―五〇九頁)。

ここに出てくる「ムーブマン」、つまり目に映るリズムや詩趣とは、謝赫いうところの気韻が生動しているということである。画家たちの骨法の研究、妙趣ある用筆によって、気韻が生動し、それが、凌駕できないほどの写実性を生み出したというのである。「夏の朝の金色の光の中を……、朱に染まった空を……月の光の下を……」という表現が続くことでもわかるように、ハーンはここで、個々の描写対象だけではなく、画面全体を想定して書いていると考えてよいであろう。

次に「舞妓」と「永遠の女性」の日本の絵師と西洋の画家を比較して論述した部分を見てほしい。

〔舞妓〕外国の画家は、かれが見た物象の写実的な映像を見るものに与えてくれる。しかし、それから先のものは何一つ与えてくれない。ところが、日本の絵師は、かれが感じたものを(中略)われわれに与えてくれる。つまり、日本の絵師の作品は、西洋の芸術にめったに見られない暗示力、これが特質になっている。西洋の画家は、きわめて微細な細部をこくめいに描くことによって、自分のうちに湧きおこる想像力を、それだけで能事足れりとしている。ところが、日本の絵師はというと、細部はできるだけ制約して描かずにおくか、さもなければ理想化するか、そのどちらかだ。(中略)日本の絵師は、自分の見たり感じたりしたものを、一個の記憶のうちに、――美しさと珍しさだけがそのとき感じたままに残っている一個の記憶のうちに、まとめ上げる

のである。(7)

〔永遠の女性〕西洋の絵は、せいぜい、色の量感を出そうとして失敗し、ただ骨折った努力のあとだけを示したに過ぎない。ところが、日本の絵はというと、これはモデルの助けなんか借りないで、ただ花の形の完全な記憶を、そのままじかに、紙の上にさっと投げ出した絵で、(中略)気分・強弱・抑揚の三拍子揃った、完全に堂に入った形態表現の通則を表しているのである。(8)

西洋の画家は目に映じた総てを描きこもうと、これでもかとばかりにごてごてと塗りたくる。どこまでも眼前の描写対象を追求しようとする。日本の絵師は、用筆を抑え気味にして、感性を刺激しつつ、豊かなデッサン力をもとに、自分の見たり感じたりしたものを一個の記憶のうちにまとめ上げる。張彦遠の言葉を借りるなら、西洋の画家は形似(写実)を追求する。そのために気韻は湧き上がらない。日本の絵師は、「形似の外を以って」或いは「気韻を以って」絵画制作にはげむので、「形似はおのずからその間にある」。すなわち日本の絵師の絵画制作の根源は、外面的な写実にあるのではなく、描写対象の骨組みを決定するほどの妙味ある筆法によって本質に迫ることにあり、そうなれば、おのずとそこに気韻が生動するということである。ハーンが日本の絵師の作品の特徴を「暗示力」(power of suggestiveness)という言葉で表現したとき、彼の念頭にあったのはまさにこのようなことではなかったかと思われるのである。

三　日本協会でのストレインジ発表論文と「日本美術における顔について」

ハーンが「日本美術における顔について」を書く直接のきっかけとなったエドワード・F・ストレインジの論文(9)は、サウス・ケンジントン博物館（現在のヴィクトリア・アンド・アルバート美術館）所蔵の日本コレクションに関するもので、一八九五年十一月の日本協会例会で発表された。ストレインジの日本美術理解はきわめて正鵠を得ており、イギリスの工芸界は日本美術を研究することで大いに学ぶ所があると強く説いている。問題は、というよりハーンが問題視した出来事は、例会後のディスカッションで起こった。詳細は「日本美術における顔について」に述べられているので、ここでは簡単に触れるにとどめる。出席者の一人が「他の面ではあのように完璧な美術に、顔の表情の表現がまったく欠けているのは実に奇異なことに思われる」と言ったのを受けて議長のディオシーまでが、それに同調するような発言を始めた。すると日本公使が、「本国では二束三文の浮世絵版画などよりも、この数ヶ月の出来事を見てほしい。日本は勇敢な国でもあることを示したのだから。これにより日本は世界の文明国の仲間入りを果たしたと思う。ディオシー議長がおっしゃるように、浮世絵に表されたような女性は存在しなかった」という主旨の発言をして、居合わせた人々の関心を浮世絵よりも日清戦争における日本の勝利へと向かわせようとしたのである。

これを受けてハーンが何よりも先ず書こうとしたのは、日本美術を未だ理解していない人々、或いはさまざまな理由から理解しようとしない人々に対して、浮世絵の意味を、その根本理念を懇切丁寧に解き明かすことだった。「日本美術に顔の表情が欠けているように見える、そのことが意味するもの」を、何が何でも分からせたいという気迫のようなものが、本文全体から感じられる一編である。

ここでハーンが日本美術という言葉で考えているものを明らかにしておく必要があるだろう。「日本美術における顔について」の第二章で「日本の版画のごく普通のものと比較した、西洋のごく普通の挿絵のばあいに限る」と明言している。すなわち浮世絵版画に代表される日本美術と、西洋の雑誌などを飾るイラストの類との対比を主として考えていることになる。しかし、時としてキャンバスに描かれた普通の油絵を想定していることもあり、西洋の絵画としてかなり広い分野を視野に入れていく必要があるようである。

彼は先ず日本画の特性として、個性を類型に、人格を人間性に、細部を情緒に従属させる（law of the subordination of individualism to type, of personality to humanity, of detail to feeling）ことをあげる。もう少し具体的にいえば、

コオロギだの、蝶、蜂などが、どこかに止まっているのを見た瞬間には、何もからだの細かな点まで、一度にぜんぶ見てとるわけではない。ただ、あれは何という動物だと、自分に認めのつく点だけを見てとるに過ぎない。つまり、類型を見るのであって、個々の特性を見るわけではない。（We see the typical, never the individual peculiarities）。……日本の絵師は、類型だけを絵に描くのである。細かな点をこくめいに描くのは、類型というものを個性的特徴の下に置くことになる。

……日本の絵師は、形態の影にかくれている「自然」の意図を……一般性を描いてみせる。[10]

ここでは individualism と type、personality と humanity、detail と feeling、individual peculiarity と type character が対立する概念としてとらえられ、type character すなわち general character の追求が、「普通の西洋の絵画が表現できる以上のものを表す」ことにつながったと考えられている。これはストレインジ論文の中で「日本の絵師は、我が方の画家と全く異なる見方で主題に取り組む。彼の目的は、思想、想像、情緒といったものを描き表すことである。だからその効果的な描出の邪魔になりそうな細部をくどくどと描くことはしない[11]」と書かれているところを、ハーンが自身の言葉でさらに敷衍したものとみなすことができる。

では general character の追求が生み出す「普通の西洋の絵画が表現できる以上のもの」とは何か。ハーンは暗示力の問題から写実性の問題へと進んで行く。「西洋の絵入り新聞や雑誌の挿絵は絵が荒っぽくて、生硬で……あとは見る者の想像にまかせるといった、余韻というものがまるでない。せっかく払った苦労が徒労に終わっている」に引き続いて

日本の絵は、多くのものを想像に任せておいてある。いや、むしろ、想像力というものをいやが上にも刺激して、苦心がけっして無駄に終わっていない。西洋の版画は、何もかも克明に細かく描いてあり、個性化されている。日本の絵は、よろず非個性的であって暗示的だ。[12]

と語る。すなわち西洋の絵では、作家が何処までも自己主張してくるのに対し、日本の絵は見る側が想像力を刺激され、作家が暗示するものを受け止めることによって完成するということなのだ。ここでもまた、彼はストレインジの言葉、「日本の絵師は、細部をこれでもかと描く力量を見せ付けることによって、見る者を辟易させたりしない。（中略）彼が示すのは、目と想像力を同時に満足させる暗示力、ただそれだけなのである」[13]を、彼自身の言葉でより具体的に伝えようとしている。すなわち「日本美術における顔について」はストレインジ論文の浮世絵に関する部分の注釈書あるいは解説書のような役割を果たしているのである。もちろん、ストレインジ論文を読んでいない者にとっても、十分な浮世絵の解説書となっていることに変わりはない。

「普通の西洋の絵画が表現できる以上のもの」を求めて、彼は日本の絵師から浮世絵に話題を絞っていく。

かれら（浮世絵師）は、真実を写しているのだとはっきり言っている。なるほど、彼らは真実の一つの形態を描いている。しかし、その表現法は、西洋でふつう写実主義と考えているものとは、だいぶ違った画法であらわしている。浮世絵師は実際を描いたのであっても、見る者が顔をそむけるような、無意味な実際は描かなかった。かれらは、題材の選り好み、というよりも、そんなものはおれは御免蒙るぜといって、画材を拒否することによって、彼らの立場をはっきり示している。配合と色彩を支配する法則、自然の配合の通性、昔の美と今様の美との秩序、これをかれらは探求したのである。（中略）浮世絵とは、あるがままの浮世百般のことを、広く包含した芸術であった。したがって浮世絵師は、当然、写実家であった。よしんば、彼らのリアリズムは恒久性と一般性と類型の真実の研究の上だけにあらわれているものだとしても。(14)

配合と色彩を支配する法則（dominant laws of contrast and color）、自然の配合の通性（the general character of nature's combinations）、昔の美と今様の美との秩序（the order of the beautiful as it was and is）の追求とは、作家の目の前で移ろいゆく現実ではなく、目には見えずとも確かに感じられる不易の真実の追究である。「彼ら（浮世絵師）のリアリズム」は、ギュスターヴ・クールベ(15)の言った「女神がお望みならば、先ずそれをつれてきて欲しい」という言葉に尽くされる、西洋でふつう写実主義と考えられていたものではなく、張彦遠のいう「形似」に近い。浮世絵師が表現しようとしたものは、目に映る総てを何もかも克明に画き込む――西洋流の写実ではなく、形態のかげにかくれている「自然」の意図なのである。

これに引き続いて風景画（山水画）でも同様のことが言えるとの説明があり、次の記述がある。

日本の画家の朝日夕日の色の研究を見てみるがいい。日本の画家は、自分の目に映る細密な事象をあらわそうとはしないで、ただ、大まかなその光の色調と、色の溶けまじりあうさまを、われわれに示すだけである。しかもそれは、千のくだくだしい、煩瑣な細部が忘れ去られてしまったのちになっても、記憶の中にいつまでもたゆたい、見た物の感じが、ありありとそこに生かされているのである。(16)

この「日本の画家」を「クロード・オスカー・モネ」と読み替えたなら、これはまさしく当時のパリの批評家たちから酷評されて、後に「印象派」という名前を生み出すことになったモネの一連の作品「印象・日の出」（図2参照）そのもののことではないかという気がしてくる。ニューオーリンズ時代から積極的にフランス文学の翻訳を手がけていたハーンのお気に入り作家の中には、その晩年浮世絵版画に心酔したボードレールもいた。パリ文壇の動きに注意を払っていたハーンには、それに関連してフランス美術界に起こったジャポニズム、それに続く印象派の展開についても、当然伝わっていたはずである。だからこそ一八八五年一月に『ハーパーズ・ウィークリー』誌に寄せた記事「ニューオーリンズ博覧会――日本の展示物」であれほど的確に分析できたのであろう。

図２　モネ「印象・日の出」

「日本の画家の朝日夕日の色の研究を見てみるがいい……」この部分を読むたびに私は、画面いっぱいに描かれた真っ赤な日輪を背に、弧を描いて飛んでいく雁の列を描いた掛け物を前にして、ふうっと漏らすハーンの感嘆の溜息が聞こえてくるような気がする。ハーンの日本美術観がもっとも鮮やかに表現された部分であろう。

四　北斎評価をめぐって

ところでストレインジは、論文中で浮世絵師のことを「日本の画家」(Japanese artist) という言葉で表現する。当時、イギリスで日本美術研究の最高権威とみなされていたウィリアム・アンダーソンは、その著『大英博物館所蔵日本中国絵画目録』(一八八六年刊行) の中で「画家」(artist) という言葉と「画工」(artisan) という言葉を併用している。北斎に関する記述で

彼の偉大なる長所は、ほんの数本のラインで描写対象の本質的特徴を捉えるという際立った才能にある。しかもこの力が、形態の美に対する鋭い直観力と確たる筆捌きと相まって、先輩諸流派の絵師たちの見事な出来栄えほどに優雅ではないにせよ、まさるとも劣らぬ力強さを表出したのだ。(中略) ラスキンがかつてイギリスのジョン・リーチについて語った言葉をこの絵師 (Japanese draughtsman) に当てはめれば、彼の絵の素晴らしさは「適切な表現と見事な速さ」にある。しかも、ただ単に対象を正確に捉えていたというだけでなく、「描かないものを捨象することでもすぐれた感覚をもっていた」。しかしながら、彼の地位を過大に評価してはならない。ありとあらゆる偉業において実に多方面にわたって彼はわれわれの称賛を勝ち取っているが、しかし、明兆のような壮大なる想像力も元信や山楽のような完璧なる色の調和も彼に求めることはできない。(17) (拙訳)

とあるように、高く評価しながらも、北斎とイギリスの風刺漫画家、ジョン・リーチ[18]と比べるなど、どこか留保付きの褒め方をした後で、「この画工（artisan）は、最低限の教育しか受けられないような階級の出であり、生きんがために子どものときからずっと働き続けなければならなかった」と、彼の出自に触れるときには artisan という表現が使われる。アンダーソンは北斎のすぐれた点を十分に認めながらも、北斎の芸術性に関しては、その出自の低さからではなく、その本質的な卑俗さゆえに、フランスの批評家たちのように諸手を挙げて認めることはなかった。

また、日本美術に精通し、アメリカにおける日本美術の第一人者のひとりでもあったアーネスト・フェノロサも、北斎の「大変な独創性と驚嘆すべき技法」を認めながらも

しかし彼の描く主題には、精神の最終的完璧さ、内的な抑制、計り知れない深遠さ、文学でいう詩趣を生み出すもの、朝の鳥の調べのように心を打つもの、人間の目が未だかつて見たこともない、子どものように純粋で、ダイヤモンドの手触りの野の花のように、無垢で芳しくしてくれる、そんな何かがないのだ。[19]（拙訳）

として、北斎に代表される浮世絵に対してあまり肯定的受け止め方をしなかった。

稲賀繁美氏はその著『絵画の東方——オリエンタリズムからジャポニズムへ』の中で、日本美術理解あるいは日本美術に対する態度には、熱狂的なフランスの批評家たちとイギリス・アメリカの

批評家たちの間に大きな差異があったことを指摘する。その対立は特に北斎の評価をめぐって顕著であった。

日本美術に精通していたフェノロサやアンダーソンがテオドール・デュレやエドモンド・ゴンクールなどのジャポニザンと決定的に異なっていた点は、ヴィンケルマンやレッシングの古典主義的な美的判断を基準とし、ギリシャ芸術こそ古今の芸術の理想としていたが故に、大芸術は芸術家の天才の発露であり、かかる芸術の、より下等な物理的派生物として応用芸術たる装飾芸術があると考えていたことである。一方、日本美術を知らないと非難されたジャポニザンたちにとって、日本を知っているか否かは問題ではなく、装飾芸術こそが芸術本来の姿であって、言うところの大芸術とは、実はより後発の寄生物に過ぎないのであった。また、「高貴さ」と「卑俗さ」の区別もまた、イタリア・ルネッサンスを規範とするフェノロサやアンダーソンらにとって戯画はけっして精神的な高級芸術のなかまには入れられない存在だったのに対して、テオドール・デュレらフランスの前衛批評家たちにとって、日本にあって芸術の階層秩序の中では劣等とみなされた地位に甘んじながら、「大様式」の美術を凌駕して見せた英雄、それが北斎を代表とする浮世絵師たちであり、しかも北斎の持つ卑俗さこそが、反アカデミー民衆画派の代表格の証ですらあったのである。(20)（要約）

この稲賀氏の分析に従えば、極めてはっきり見えてくるものがある。それは、ハーンが日本へ来る前はもちろんのこと、日本到着以来十四年間、日本美術を語るとき、それはほとんどいつも浮世絵であり、卑近な装飾芸術のことであったというのは、なぜかという問題である。言い換えるなら、フェノロサと親交もあり、神戸や東京でいくらでも日本美術の本流に触れる機会があった、少なくとも日本美術についてもっと広く知っていたと考えても不思議ではないハーンが、まるで他には何もないかのように、一言も触れようとしなかったのは何故だったのか、ということである。

ここでいう日本美術の本流とは、一九〇〇年（明治三三）のパリ万国博覧会を機に、その日本部事務官長林忠正の指揮のもとで、九鬼隆一編として編纂された『稿本帝国日本美術略史』[21]で取り上げられたような、例えば、飛鳥、白鳳、天平の古代仏教彫刻や、ウィリアム・アンダーソンが一八八六年（明治二九）に出した『日本の絵画芸術』[22]で扱ったような雪舟、芳崖、光琳などの作品類、いわゆる大芸術のことである。そのパリ万博に出品するための世界に誇るべき美術品の調査と認定に携わったのがアーネスト・フェノロサと岡倉天心であった。彼らが目指し、『稿本帝国日本美術略史』で意図したものは、

大日本帝国の国家事業として、西欧の基準を満たす〈美術品〉を選定し、〈美術〉の〈歴史〉が日本に確固として存在することを立証し、かつそれを国際的な桧舞台で説得する、という国家目標に沿うべく練り上げられた、すぐれて近代の事業だった。（中略）本書の意図は、西洋におけるギリシャ古典美術に匹敵する意義を、東洋における日本の古代美術に担わせ、日本をしてインド、中国の美術の精華を今に伝える「東洋の宝庫」たらしめるにあった。[23]

さて、ハーンに話を戻したい。今日、富山大学の「ヘルン文庫」には発刊と同時に圧倒的な支持を得たJ・ヴィンケルマン著『古代美術史』のフランス語訳と英語訳の二種類がある。フランス語訳のほうは損耗がひどく、未だ手にとって見る機会を得ていないが、一八五〇年代に出版されたものらしく、ハーンの死後、グールドから返却された書籍のうちの一冊である。英語訳のほうは、ヘンリー・ロッジ訳で、一八八〇年の出版である。またG・F・レッシングの『ラオコーン』(ビアズリー訳　一八八八年刊)も見ることができる。アメリカ時代から「美」あるいは「芸術」について語るとき、ハーンがどれほどギリシャにこだわったか、数え切れないほどであり、彼自身がギリシャ美術を古今の最高芸術と考えていたのは明らかである。「日本美術における顔について」の中で、

ラオコーンを一個のクラシック芸術として尊重する現代は、当然ギリシャ芸術が因襲を脱していなかったことを認めなければならない。(中略)形式尊重主義だという非難は、日本美術を攻撃する戦法としては、当を得た攻撃法ではあるまい。こういうと、ある人は言うかもしれない。ギリシャの因襲は、あれは美の因襲である。日本の絵画は、なんの美も、なんの意味も持っていないではないか、と。しかし、こうした言説は、ただたんに、ギリシャ芸術は多くの近代批評家や先駆者たちの積年の努力によって、今日では未開な先人の時代よりもいくらか理解されることが多くなったけれども、日本の美術は、こんにちまでに、まだひとりのヴィンケルマンも、一人

のレッシングも生まれていないことから起こるのである。(24)

とまで言っているのは、日本美術を語る彼の脳裏に、常に美の基準としてあったのは古代ギリシャ美術であり、彼もまた、アンダーソンやフェノロサ同様、レッシングやヴィンケルマンを信奉する時代の子であったことを表わしている。この点では、「イタリア・ルネッサンスと日本の禅芸術（すなわち日本の一四〇〇年代）とに、しかるべき歴史的並行性を確立し、これを貫徹することによって、日本美術の重要性を世界的な視野で顕揚しようとしていた(25)」フェノロサとまだ大きく隔っていない。

ところで、ヴィンケルマンの「美術史」とは、ヨーロッパにおけるギリシャの伝統を再確認し、ヨーロッパ以外の国民や民族の土着性を認めること。また、かれがいうところの「様式史」とは、個人、集団、地域、国家を超えたものを意味していた。ハーンがヴィンケルマンの『古代美術史』を手に入れた時期を特定することはできないが、一八七九年八月の『デイリー・シティ・アイテム』紙に次のエッセイを載せた頃には、フランス語訳を手に入れていたのではないかと思われる。ここにはすでに、ヨーロッパ以外の国民や民族の芸術の土着性への強いこだわりが認められる。

エジプト、インド、その他の諸国も、独自の芸術を——種類こそ違うが独創性では引けをとらぬ魅力をもつ芸術を生んだ。我が国の文学の偉大さを他国のそれと比較する際、それぞれまったく異なる審美的理念から発し、まったく異なる影響を受けて発達したものなのに、われわれはとかく重大な哲学的誤りに陥りがちだ。異なる民族の思想が生んだ異なる結果は、それ自体として考えられねばならず、互いに比較してはならない(26)。

進化論哲学者ハーバート・スペンサーの熱烈な支持者となった一八八五年夏以降、ハーンの民族芸術へのこだわりは、さらにその民族を構成する代々の声なき声へと広がっていく。

絵画にせよ、大理石の彫刻にせよ、(中略)究極的には、情操は非常に豊かであっても、それを作品化できない人々に代わってそれを表現するものでなければならない。この意味で傑作は代弁者にほかならない。それは作者の感情のみならず、ある民族、ある時代の感情を表現しているからである(27)。

すなわち、一人の作家の「芸術とは、一つの伝承であって、腕達者な前代の名匠たちから、それぞれ独自の妙技を授かったものを、自分の画技の妙所のなかに生かしこむ。こうして最初は意識的苦心だったものが、後世に及ぶにしたがって、それが無意識的なものになり、直感的な技法にまでなる(28)」のである。

「日本美術における顔について」の中で、顔の表情が欠けていると非難された「日本の美術は、その画法からいうと、真正な意味での科学性をもったものである。その反対に、それより高級な美術、理想的な美術は(日本のもの、古代ギリシャのものを問わず)、その手法からいうと、本質的

に宗教的なものであり、この両者は没個性という点で一致している」として、

ギリシャ美術も、日本美術も、ふたつながら、スペンサーが「表情とは形づくられつつある容貌だ」と、かんたんな定理でいっている、人相上の真理を認めていたのである。現実を神性にまで高めたギリシャの最高美術は、完全化された容貌の夢を、われわれに与えてくれる。日本の写実主義は、西洋の写実主義よりもはるかに広大だから、今日でも誤解されているのである。けれども、これこそは、われわれに「形づくられつつある容貌」を——というよりも、「形づくられつつある容貌の一般的法則」を示してくれる唯一のものである。(29)

と結論づけるのである。今や古代ギリシャは「没個性」をキーワードとして日本と極めて近いところにある。ハーン最後の作品『日本——一つの解明』はフュステル・ド・クーランジュの『古代都市』をモデルとして書かれたものだと指摘されたのは平川祐弘氏であった。その『日本——一つの解明』の中で、ハーンは

ギリシャ文化の爛熟期は、社会学の上からいうと、あれは進化の初期を代表しているものだが、しかし、そこに発達した諸芸術はさすがに高く、われわれの近寄りがたい美の理想をあらわしている。それと同じように、古い日本の、さらに古風な文化も、やはりわれわれの驚異と賛嘆に価する、審美上また道徳上の水準にまでたっしているのである。(30)

と述べている。ここにはヴィンケルマン『古代美術史』の明らかな反映がある。ヴィンケルマンは言う。

ヨーロッパだけでなくアジアやアフリカにおいても、その最も教養ある民族ならば、普遍的な形ということでは常に一致するはずである。従って、普遍の形の理念は、たとえ私たちが直ちにそのすべての根拠を挙げ得ないとしても、決して個人の好みで採用されたものとみなすことはできないのである。(31)

それを受けて、諸民族の土着性を認め、「芸術とは、一つの伝承であって、民族を構成する代々の人々の声なき声の反映」であると、進化論者ハーバート・スペンサーの熱烈な支持者ハーンは考えるのである。古代ギリシャ美術があらわしている美の理想は普遍的で個性化したものではなかった。「没個性」を日本美術の個性とするハーンの日本美術観の背後にあるのは、ヴィンケルマンの『古代美術史』である。独立した一冊の著書として美術論を表わすことはなかったハーンであったが、『日本——一つの解明』がフュステル・ド・クーランジュの『古代都市』をモデルとして書かれたように、ハーンの美術論はヴィンケルマンの『古代美術史』を基礎としていたと考えることができる。

五　ハーンと日本美術

ところで私はまだ「ハーンが日本へ来る前はもちろんのこと、日本到着以来十四年間、日本美術を語るとき、それはほとんどいつも浮世絵であり、卑近な装飾芸術のことであったというのは、なぜか」という問題に答えていない。一八八四年（明治十七）ニューオーリンズ時代に『タイムズ・デモクラット』紙に載せた次の二つのエッセイを見てほしい。

〔八月十七日付〕美に対する感受性には、醜いものも感じ取ってしまう才能が必ず伴う。前者の喜びが強烈であればあるほど、後者の苦悩は激しい。こういった精神を持った人にとって、現実の世界には永続的な美しさなどあり得ないのである。彼らは無限なるもの、あり得ないものを求めるのである。(32)

〔二月十七日〕彼は……「風変わりなもの」「美しいもの」であれば自分のものにせずにはいられないのである。とりわけ「風変わりなもの」――この中には信じられないようなもの、超自然的なもの、異国的なものがあり、「美しいもの」と言っても――それは野蛮なものであり、野卑なものの魅力であり、彼はそういうものを追い求めた。(33)

前者は作曲家フランツ・リストのことであり、後者はギュスターヴ・フローベルについて述べているのであるが、期せずして彼は自分自身のことを語っている。喜びと苦悶の間を烈しく行き来するハーンは、心の渇きの癒しを求めるかのように、無限なるもの、あり得ないものを求めずにいられない。鮭が生まれた川を遡るように、南へ南へと移動してきたハーンの前に現われた「風変わりなもの」こそマルティニークであり、西の果てにある東洋、日本であった。シンシナティにあってもニューオーリンズにあっても、彼はいつも「風変わりなもの」「美しいもの」を追い求めた。ハーンの言葉を借りれば、「風変わりなもの」――この中には信じられないようなもの、超自然的なもの、異国的なものがあり、「美しいもの」といっても――それは野蛮なものであり、野卑なものの魅力であった。風変わりでないもの、美しくても、お上品で貴族的なものでは、決して彼の心は満たされないのである。それらは、彼の目の前を、あたかも存在しないかのように素通りしていくだけであった。

日本では、いや、日本に来る前から、ハーンには日本のすべてが風変わりで美しく感じられていた。しかし、フェノロサや岡倉天心の後押しを受けて、日本が世界に向かってその存在を伝えようとしていた芸術は、云わば高貴な、上品な、洗練された、貴族的な芸術であり、それ以後の日本美術の王道を行くものであった。それはある意味で、古い日本を捨てて西欧先進諸国に追いつこうとする大日本帝国の一大キャンペーンの道具であり、武器でもあった。そこには代々の名もなき民衆の記憶もなく、野蛮さも野卑さもない。ハーンにとってそれらは、近代国家の醜い面を併せ持つ、役に立たない武器でしかなかった。そのような大芸術が彼の心を捉えることは決してなかったのである。

最後にもう一つ挙げたい例がある。『東の国より』所収の「石仏」の一節である。

なるほど、この絵は、ぜんたいが、不思議なくらい生き生きとして、あざやかだ。この言うに言われない色合い、これはたしかに『自然』そのものの持っている色合いだ。（中略）それは主として画中に影がないためである。その絵を見て、ああ、この絵には影がないなと、すぐそれを感じさせないのは、色そのものの価値をはっきりと見分けて、そうして、それを縦横に駆使している驚くべき技巧による。ともあれ、画面にあらわれている全体の景色は、光線が一方から射してきているように描いてあるのではなくて、風景全体が光線にひたされているようなぐあいに描かれている(34)。

影、或いは光の処理は、浮世絵がフランス絵画に与えたもう一つの衝撃であった。画面構成の大胆さと光の処理の鮮やかさ、この二つがジャポニスムの起爆剤となったものである。ハーン自身、知ってか知らずか、見事なまでにジャポニスムの本質を理解し、日本美術―浮世絵が、フランス印象派が誕生する以前からすでに印象派であったことを言い当てている。ギリシャ美術を古今の最高の美的規範としつつも、代々の名もなき民衆の心を伝える、身辺の小さな装飾芸術に心惹かれたハーンのねじれ方は、いかにもハーンらしい。そのハーンにとって、清国との戦争の勝利に沸く当時の世相はいかにも気がかりなものに思われたのだろう。「日本美術の顔について」を、改めて日本人

向けの「日本絵画論」として

日本の現代精神は、自分の国の美術を異邦人が褒めることばなどに、今のところ、耳なんか貸していられないのである。（中略）〔日本人は〕国家将来の産業的隆昌は、国民の美的感覚の保存と育成に待つことが多いというようなことは、少しも反省していない。いな、産業の隆昌どころか、日本が最近の大戦勝を勝ち得た戦法すらも、じつは、公使閣下が重要視しなかった美術感覚の交易の結果、購《あがな》われたものなのである。日本は、どこまでも、自国の美術的才能にたよって行かなければ、だめである。(35)

と日本人に訴えずにいられなかったのだろう。

注

＊本文中の『知られざる日本の面影』および『日本――一つの解明』は注では、翻訳者平井呈一氏の命名に従い、『日本瞥見記』および『日本　一つの試論』と表記してあります。

（1）『ラフカディオ・ハーン著作集』第四巻、恒文社、一九八七年、四九四頁。"The New Orleans Exposition: The Japanese Exhibit," *Harpers Weekly*, January 31, 1885.

（2）同右、四九六頁。

（3）アリ・ルナン「北斎『漫画』Ⅱ」サミュエル・ビング編『藝術の日本』美術公論社、一九八一年、一一四頁。S. Bing (ed), *Le Japon artistique*, Paris, Japon Artistique, [1888-91].

(4) 張彦遠撰、長廣敏雄訳注『歴代名画記』東洋文庫、平凡社、一九七七年、六九―七一頁。以下『歴代名画記』については、長廣氏の訳注による。
『歴代名画記』の英訳もしくは仏訳、或いは同書の「画の六法」について英語で書かれたものが、マイケル・サリバン氏の学位論文「中国山水画の誕生」(一九六二年)"The Birth of Landscape Painting in China" 以前にあったか否か、残念ながら筆者は確認できなかった。英訳または仏訳がハーンの時代にあったとしても、彼がそれを見ていたとは考え難い。もし見ていたら、「気韻生動」の「気」の問題について、稿をあらためてどこかで書かずにいられなかったのではないかと考えるからである。
(5) 張彦遠撰、長廣敏雄訳注、前掲書六九頁。
(6) 張彦遠撰、長廣敏雄訳注、前掲書七一頁。
(7) 平井呈一訳『日本瞥見記下』(『小泉八雲作品集』第六巻、恒文社、一九七五年)二四〇―二四一頁。"Of a Dancing Girl," *The Atlantic Monthly*, March, 1893.
(8) 平井呈一訳『東の国から・心』(『小泉八雲作品集』第七巻、恒文社、一九七五年)一三〇頁。"Of the Eternal Feminine," *The Atlantic Monthly*, December, 1893.
(9) Edward F. Strange, "The Japanese Collections in the National Art Library, South Kensington Museum," *Transactions and proceedings of the Japan Society*, vol.Ⅳ, 1895, pp.1-17.
(10) 平井呈一訳『仏の畑の落穂』(『小泉八雲作品集』第八巻)恒文社、一九六四年、一〇五―一〇六頁。"About Faces in Japanese Art," *The Atlantic Monthly*, August, 1896.
(11) Strange, ibid., p.11.
(12) 平井呈一訳、前掲書、一一〇頁。
(13) Strange, ibid., p.11.
(14) 平井呈一訳、前掲書、一一一―一一二頁。

(15) 一八一九—七七年。十九世紀半ばのフランス画壇で、古典絵画の主題を捨て去り、現実世界に描く対象を求めて戦った徹底した写実主義の画家。

(16) 平井呈一訳、前掲書　一〇六頁。

(17) William Anderson, *Descriptive and Historical Catalogue of a Collection of Japanese and Chinese Paintings in the British Museum*, London, Longman & Co., 1886, p.356.

(18) ジョン・リーチ（一八一七—六四）挿絵画家、風刺画家。『パンチ』への常連寄稿者。

(19) Ernest Francisco Fenollosa, *The Masters of Ukiyoye: a Complete Historical description of Japanese Paintings and Color Prints of the Genre School. As Shown in Exhibitionat*, New York, W. H. Ketcham, 1896, p.100.

(20) 稲賀繁美『絵画の東方——オリエンタリズムからジャポニズムへ』名古屋大学出版会、一九九九年、一五二—一五三、一六八頁。

(21) 九鬼隆一編『稿本帝国日本美術略史』（国華社、一九〇一年）は一九〇〇年に巴里万國博覧会臨時博覧会事務局により編集され、先ずフランス語で公刊された。*Historie de l'art du Japon*, Paris, Maurice de Brunoff, [1900].

(22) William Anderson, *The Pictorial Art of Japan*, London, S. Low, Marston, Searle, & Rivington, 1886.

(23) 稲賀繁美、前掲書　一六二頁。

(24) 平井呈一訳、前掲書　一〇四頁。

(25) 稲賀繁美、前掲書　一六二頁。

(26)『ラフカディオ・ハーン著作集』第三巻、恒文社、一九八一年、三三六頁。*The Daily City Item*, August 6, 1879.

(27) 同上、二九六頁。

(28) 平井呈一訳『日本瞥見記上』(『小泉八雲作品集』第五巻、恒文社、一九六四年)二六頁。*The Times Democrat*, February 7-14, 1892.

(29) 平井呈一訳『仏の畑の落穂』一一三頁。"About Faces in Japanese Art," *The Atlantic Monthly*, August, 1896.

(30) 平井呈一訳『日本　一つの試論』(『小泉八雲作品集』第十一巻、恒文社、一九六四年)二〇頁。*Japan An Attempt at Interpretation*, 1904.

(31) ヨハン・ヨアヒム・ヴィンケルマン著、中山典夫訳注『古代美術史』中央公論美術出版、二〇〇一年、一二二頁。Johann Joachim Winckelmann, *Geschichte der Kunst des Alterthums*, 1764.

(32)『ラフカディオ・ハーン著作集』第四巻。恒文社、一九八七年、四三三頁。*The Times Democrat*, August 17, 1884.

(33)『ラフカディオ・ハーン著作集』第五巻。恒文社、一九八八年、六二頁。*The Times Democrat*, February 17, 1884.

(34) 平井呈一訳『東の国から・心』一七四頁。"The Stone Buddha," *Out of the East, 1895*, reprint, Kyoto, Rinsen, 1973, p.123.

(35) 平井呈一訳『仏の畑の落穂』九八–九九頁。"About Faces in Japanese Art," *The Atlantic Monthly*, August, 1896.

贔屓の引き倒しか——野口米次郎のラフカディオ・ハーン評価

堀まどか

野口のハーン論

野口米次郎（一八七五―一九四七）は、一八九六年にアメリカ、一九〇三年にはイギリス詩壇でデビューを果たし、かつては国内外の文壇で名を知られていた国際派詩人である。一九〇四年のハーン没後は、日本人として最も目立って、国外に向けて英語でハーンを紹介した。野口は自分のハーン論が国際的なハーンの人気に貢献し、また日本国内に向けてもハーン理解に一役買ったと自負していた。[1]

ハーン没後に野口が英米の新聞雑誌に寄稿した記事には、"Lafcadio Hearn's 'Kwaidan'"（*The Bookman*, 1904.10）、"Lafcadio Hearn, A Dreamer"（*The National Magazine*, 1905.4 / *The Current Literature*, 1905.6）、"Japanese Appreciation of Lafcadio Hearn"（*The Atlantic Monthly*, 1910.4）、"Lafcadio Hearn at Yaidzu"（*The pacific Monthly*, 1910.4）、"Ugliness, Lafcadio Hearn in Japan"（*The Conservator*, 1911.11）などがある。[2] 一九一〇年にはこれら既出論評を編集した *Lafcadio Hearn in Japan*（エルキン・マシュー社・ロンドン、ケリー&ウェルシュ社・東京）が刊行された。これは一

九一八年に緑葉社から、一九二三年にアルス社から、日本語の註釈付きで再版されている。その後一九二六年には、日本語で書き下ろされた『小泉八雲』（第一書房）が出版された。[3]

野口の英文著作 *Lafcadio Hearn in Japan* は、内外のハーン像を混迷に陥らせたジョージ・グールドに対する批判を主軸に、国外のハーン像や日本文化に対する誤解と偏見を正しそうとしたものである。野口は、グールドのハーンに対する告発は「文学に対する冒瀆」であり、「グールドがいうところの「野蛮なオリエンタリズムの、面白くもない軽蔑すべき子供っぽさ」の日本に対する弾劾」であり、「日本人としては黙っていられない」と憤慨した。[4] 野口はハーンの感じとっていた日本の精神哲学と美学観について論説して、グールドの感受性と執筆資格を徹底的に否定した。[5] また、グールドが侮蔑的に攻撃していたセツ夫人を弁護し、[6] ハーンの帝国大学時代の講義内容を翻訳して彼の鋭敏な文学観を明らかにして、ハーンを「無教養」視するグールドを批判した。野口は、ハーンを伝説化し理想化する行為は、ハーン作品の文学的意義に余計な混乱と批判を産むことになると考えて、E・ビスランドが隠蔽していたハーンの日本人援助者の存在をも明らかにした。要するに野口の英文著作は、文学者、教育者としての正当性を証明するハーン弁護の先鋒であり、同時に、日本人の立場からみるハーン作品の意義と日本文化の価値とを主張したものであった。

この野口の著作が、その後の海外の論者に影響を及ぼし、ハーン理解と日本認識を高めたことは間違いない。野口の記したハーンの伝記的な事実が、以後のハーン評伝類に踏襲されただけでなく、一九一一年にハーン伝を刊行したジョゼフ・ド・スメは、ハーンが日本人の失っていた美意識と想像力を再生させたと論じた野口の見解を直接引用している。[7] また野口の執筆や表現そのものを称賛する声も高かった。雑誌『ブックマン』（ロンドン）の編集者であった詩人ジョン・アドコック[8]は、野口の華麗で簡潔な表現が「日本的な異国情趣を醸し出している」と激賞した[9]。また、『デイリー・ニューズ』（ロンドン）の文芸批評家R・A・スコット＝ジェームズは、野口が「日本の気質にロマンティシズムを重ね合わせることに成功している」と書き、『モーニング・ポスト』では「あらゆるページで、野口の精巧で的確な洞察力と英語運用力に感動する」と論じている[10]。ハーンにあまり同情的でない『タイムズ』（ロンドン）においても、「野口の著作は亡き師ハーンの汚名をうまく取り払っている」と評された[11]。当時の野口は英米詩壇で既に一定の評価を受けていたが、ハーンに対する著述によって、さらに知名度をあげ、読者層を拡げることになった[12]。

他方、一九一〇年当初の日本文壇においては、野口のこの著作に対しては僅かに「新刊紹介」類が散見できるのみで、反響は決して大きくはなかった。野口は、帝国大学のハーン解雇問題とハーンの日本貢献に対する認識不足を批判しており、帝国大学を中心とした日本文学界には、言及が難しい事情があったと推察される[13]（野口自身は、帝国大学がハーンにしかるべき敬意を示したのは、一九二五年の市河三喜のハーン書簡集の刊行以後であると考えていた[14]）。

一九一八年に再版される頃には、この著作に対する国内評価は次第に高まっており、「ハアンの面影を伝ふる書中の権威[15]」と紹介した例もある。早稲田大学のハーン門下にあった小川未明は「野口の筆に言ふに言はれぬ詩的な処があつて、此人でなければ、斯様に面白くハーンのことを書くことが出来なからう」と書き、吉江孤雁は、野口の文体とハーン認識を称賛して「日本文のハーン伝が出るについても恐らくこれ以上に精細明快に表はすことは出来ない」と述べた[16]。また若宮卯之助は、この著が「日本が世界の文学に提供した新しき貢献の一」で、「ハーンに対する西洋人の見解を変化し、若くは確定する」影響力をもったと述べ、「苟もハーンを研究する者は何人にても不問に付してはならぬ」と論じた(17)。ハーン回顧の気運は、野口の著作を介して高まっていたと判断してよいだろう(18)。

一九二三年に再々版される頃には、ハーンと野口の両者への賞賛の風潮はさらに強まっている(19)。土田杏村は、野口の文章を「詩的理解の霊気が漂つてゐる」、「ヘルンの生きた精神は確かにこの一書に収められてゐる」と評した。また土田は、ハーンの「人格とその文献を詳《つまびらか》にし、反省と整理を遂行して」日本人としての存在を確立すべきであるとした野口の論に賛意を示し、日本人を保守主義者とするのではなく、「真実の日本人たる事によつて始めて全世界を感動せしめ得る」ことの理由を、野口が明らかにしようとしている、と論じている(20)。野口の主張する「日本主義」が、「保守」ではなく国際人としてのテーゼ、つまり文化相対主義に立つものであると理解されていることに注目したい。

一九一〇年に野口は、英米文壇においては、「東と西を結ぶ者」としてハーンと並称される存在になっており(21)、野口自身、それを強く意識していたはずである。B・H・チェンバレンは野口の存在をほとんど無視していたが(22)、それは、野口がチェンバレンの日本文化紹介に対して批判的な言説を繰り返していたからに違いない(23)。またアーサー・ウェイリーは、「詩歌や、純正な散文表現形式は、その言語の完璧な精通者にしか許されない」と述べて、野口の英語能力では不十分すぎるとの批判的な評価を下している(24)。確かにネイティヴの知識人からみれば、野口の英語表現には遜色があるだろうが、ウェイリーの挙げている例が必ずしも適正な批判になり得ているわけではなく、特にウェイリーの日本語理解には誤解がある点も指摘しうる。チェンバレンやウェイリーのような日本文学紹介者、日本文学翻訳者にとっては、日本人の駆使する英語の精度に苛立つ気持ちがあり、また日本的立場の真正さを主張する野口の存在に嫉妬を含めた不快感があったのだろう。しかし、この当時の野口の英文執筆に対しては、決してチェンバレンらのように軽視するものばかりではなく、英語圏の読者に思いもよらない新しい意味をあたえることや、モダニズム文学の潮流に示唆を与えることが評価されてもいたのである。(25)

　ところで野口は一九二六年の『小泉八雲』では、グールド批判に過熱した一九一〇年当時の自著を客観的に振り返り、再度ハーン文学が日本社会にもたらした意義について熟考している。野口は様々な点でハーンと自分に共通点を見出し、自らの理想や芸術観をハーンを通して論じ、日本の政治状況に対する痛烈な批判と失望を、ハーンの言葉に代弁させて、「痛烈骨を噛む(26)」とも書いている。そして、「私はヘルンのやうに泥まみれの日本を罵倒するであらう(27)」と結んでいる。大正から昭和に移る近代日本の渾沌とした時代に、どのような立脚地を築くかに苦悩する詩人の叫びが、ここに聞こえる。

　一九三八年には、萩原朔太郎が『日本への回帰』の中で、西欧列強に対抗する意識を語る際にハーンを取り上げた。しかし、それは一九二六年に野口が示した日本社会への警告としてのハーン像とは本質を異にするものだった。ただ、朔太郎は野口を尊敬していた詩人であり、野口のハーン論に感化を受けていたことは明らかである。

「日本主義」と戦後の評価

以上のように、野口は同時代のハーン認識に一定の影響を与えていたが、戦後のハーン研究者は野口を批判的に扱うことが多く、野口のハーン論の同時代的な意義や他のハーン論と比較した相対的な内容検証は、まったく行なわれてこなかった。『小泉八雲事典』の「野口米次郎」の項目[28]では、関田かをる氏が、野口はグールド批判を目的にして執筆し、他者に先んじて「抜け駆け」執筆したことなどを紹介し、速川和男氏が、野口の著作をごく簡単に紹介し、そこからハーン死去の報を受けた時の逸話[29]をひとつ挙げたのみである。野口のハーン著作の内容をより詳しく紹介したものに鏡味国彦・速川和男・齋藤昇編『Yone Noguchi の研究』[30]があるが、野口を「第二のハーン」と述べ、「抜け駆け」執筆に関しては、物書きとしての熱意が「行き過ぎ」たと解釈している。

野口の英文執筆が「抜け駆け」であり、野口が無理矢理にセツ夫人から書簡や日記を借り受けたという見解は、ハーンの息子・小泉一雄が戦後直後に書いた回想録『父小泉八雲』[31]に依拠したものである。しかし、当時十歳の子供だった一雄が、はたして野口米次郎や母セツ周辺の行動や事情を判断しえたかどうかは甚だ疑問であり、加えてこの著作は、息子ならではの複雑な感情と特異な視点から綴られたものである。[32]またこの回想が、野口に対する批判が強烈になっていた敗戦直後の執筆であることも、考慮されねばなるまい。

大正期より文化面での「日本主義」を独自に主唱していた野口は、戦時期の文化政策の中で、その中枢に位置する存在にまつりあげられた。そのため、戦後は「侵略戦争のメガフォン」[33]と糾弾されてその評価が完全に失墜したが、現在からみれば、敗戦直後に野口を糾弾した弾劾者たちも、非難する方向こそ逆であれ、狂奔的メガフォンに化していたと言わざるを得ない。

戦後の日本で、ハーンと野口を結びつけての論究がほとんど行なわれてこなかった理由としては、「抜け駆け」云々といった売名行為疑惑とともに、「日本主義」の検証が敬遠されてきたことがいえる。つまり評価の低い野口を介在させると、ハーンの日本崇拝が政治性にからめとられる、ハーンが「贔屓の引き倒し」にあう、といった危惧が働いていたのではないだろうか。

しかし問題は、野口が二十世紀初頭から長年にわたって多岐多彩な著作の中で、国内外に向けて発信した「日本主義」の内実が、戦後正しく理解されてきたのかということであり、それはハーンの海外における評価とも密接不可分である。「日本主義」として批判されてきたハーンとともに野口米次郎についても、今日、全面的な再評価が待たれている。

注

(1) 野口は、のちに自著 *Lafcadio Hearn in Japan*（一九一〇年）について、ハーンに関する「日本人の唯一無二の英文著作である」と述べ、「当時日本がヘルンに払ふべき敬意の幾部を私は私の微力で独り遣つて来たことを喜ぶ」といった自負を示している（野口米次郎『小泉八雲』第一書房、一九二六年、一八―一九頁）。

(2) この他、日本の英字新聞 *The Japan Times* に "Lafcadio Hearn's despair in Tokyo"（1907.3.2）、"The Memory of Hearn"（1907.3.24）などを寄稿し、*The Sun:New York* と *The Japan Times* に "A Japanese Defence of Lafcadio Hearn" を書いている。国内向け新聞雑誌には「ラフカデオ・ハーンに就て」（『趣味』一九〇七年五月）、「Mrs.Hearn's Reminiscences」（『太陽』一九〇九年二月）、「A Japanese Appreciation of Lafcadio

Hearn」(『太陽』一九〇九年五月)、「故小泉氏の詩」(『慶應義塾学報』一九〇九年七月二十一日)、「ハアンの講演集」(『読売新聞』一九一六年十月二十九日)などを寄稿している。

(3)一九一〇年、一九一八年、一九二三年の*Lafcadio Hearn in Japan*(『日本におけるラフカディオ・ハーン』)には邦訳がない。一九二六年刊行の『小泉八雲』と題された日本語著作とは別のもの。ただ内容に一部重なるところはある。一九二六年の『小泉八雲』は、敗戦後の一九四六年八月に『小泉八雲傳』(富書店)として再版されている。

(4)Noguchi ,Y., *Lafcadio Hearn in Japan*, p.20.

(5)Ibid., p.29.

(6)グールドは「序文」に、セツ夫人やこどもたちが自分から金品や援助を受け取っているかのように書き、「もし自著で余分な金が入ったら、日本領事やその他の手段を通じてハーン夫人に余りを送ってやる」と侮蔑的に書いていたが、野口は遺族がグールドから援助を受けている事実は絶対にあり得ないと憤然とやり返している(Noguchi ,Y., *Lafcadio Hearn in Japan*, p.25)。

(7)スメは、野口の*Lafcadio Hearn in Japan*(p.17)の数行を引用して、ハーンは、自らの名声を勝ち得たと同時に、日本の美徳を甦らせることにも貢献したと述べた(スメ『ラフカディオ・ハーン——その人と作品』西村六郎訳、恒文社、一九九〇年、一八七頁)。

(8)A. St. John Adcock(1864-1930)は、自身も詩や小説を多数書いたが、ロンドンの月刊文芸誌『ブックマン』の編集者として知られている。『ブックマン』の寄稿家には、野口とも親しかったW・B・イェーツやアーサー・ランサムらがいる。アドコックはロンドンのサヴェジ・クラブの会員でもあった。サヴェジ・クラブは、野口米次郎が渡英の際には出入りしていた文芸クラブで、「禅」や「日本」に関心が高いと野口も重要視していた(Yone Noguchi, "A Few English Clubs," *The Japan Times*, 1917 Aug. 19)。

(9)A. St. John Adcock, "Lafcadio Hearn," *The Bookman* (London), 1910, Dec., p.156.

（10）*Lafcadio Hearn in Japan* の一九一八年版の「本書（一九一〇年版）に対する世評」には、*The Bookman*、*The Daily News*、*The Morning Post*、*The Spectator* に掲載された批評記事の抜粋が付録として付けられている（『Lafcadio Hearn in Japan』緑葉社、一九一八年、付録一頁）。

（11）"The Japanese Letters of Lafcadio Hearn," *The Times* (London). 1911, Feb. 10.

（12）たとえば写真家A・L・コバーンは、*Lafcadio Hearn in Japan* によって野口に強く共感し、以後親交をもつようになる（Coburn, A., "Yone Noguchi," *The Bookman* [London], 1914 April, pp.33-36）。

（13）『帝国文学』では、英米でハーン評価が高まる時節柄「斯かる珍書は彼地文壇にも歓迎されるに相違ない」といった一線を引いた紹介文が寄せられた（「最近文藝概観　出版 *Lafcadio Hearn in Japan*」『帝国文学』一九一〇年十月号、一〇二一一〇三頁）。また日本で話題にならなかった一因には、海外向けの豪奢な書籍を日本の読者が入手しにくい事情もあった（「新刊紹介 *Lafcadio Hearn in Japan*」『中外英字新聞』一九一〇年九月十五日、二八五―二八六頁）。

（14）野口は一九二六年、市河三喜の編輯したハーン書簡集 *Some New Letters and Writings of Lafcadio Hearn*（一九二五年）の出版を、「帝大が始めて小泉八雲に払つた尊敬の印」であり、「私が待つて居つた敬意の一表現である」と述べている（野口米次郎『小泉八雲』一八頁）。

（15）「新刊紹介　英文小泉八雲傳」『三田文学』一九一八年八月、一四二頁。

（16）「本書に対する世評」『Lafcadio Hearn in Japan』緑葉社、一九一八年、付録二―三頁。

（17）同上、付録四頁。

（18）小川未明は、野口の著作を読んで「一層ハーン氏が懐かしくなつた」と述べ、吉江孤雁は、野口の本を贈られて「急に小泉先生のお宅が見たくなった」と述べている（「本書に対する世評」『Lafcadio Hearn in Japan』付録二―三頁）。

（19）一九二三年版には、「本書の価値に就いては敢て贅言を要せず、筆者は野口氏の論ずる、題目はヘルンなりと云へば足れり」と大々的に両者が称賛した広告が打たれている。
(20) 土田杏村「世界的文豪ヘルン」『詩と音楽　アルス出版月報』一九二三年二月、三頁。
(21) たとえばホイットマンの弟子ホーレス・トラウベルは、「二つの文明を背負った者」、「東と西を結ぶ者」と評して、ハーンと野口を並称し、英詩革命を牽引した詩雑誌 *The Poetry* (Chicago) ではアリス・ヘンダーソンが野口とハーンを日本文学紹介者として取り上げた。
(22) チェンバレンは第五版以降の *Things Japanese*（一九〇五、一九二七、一九三九年）の「日本関係書」の項目の中で、日本人が英語で執筆した日本関連書籍をいくつか紹介しているが、野口に対しては、「And ― though they have little relation to Japan ― the socalled poems of Y. Noguchi, which have made a sensation (in California).」と蛇足的につけ加えたのみである。つまりチェンバレンは野口の詩歌を「詩」とは認めず、「（文化的後進地域）のカリフォルニアでは評判となった」と皮肉ったことになる。一八九六、七年の段階であれば「カリフォルニアで」と限定できるが、一九〇三年には *From the Eastern Sea* が英国文壇でも大評判となっていた。また一九一〇年代から二〇年代と、俳句などの日本文学紹介、浮世絵などの日本美術紹介の著作を多数刊行して、英語圏のみならず仏、中、印でも日本紹介者として著名であった野口に対して、一九三九年の第六版まで改訂せずに無視したことは、不自然であり意図的である。
(23) 野口は、チェンバレンの日本紹介や作品翻訳によって誤解されている国外の日本認識を改善させたいという意図をしばしば明言している。たとえば、一九一四年の英国講演では、チェンバレンが〈俳句＝epigram〉と認識している点を批判した論説を展開し（拙論「野口米次郎の英国公園における日本詩歌論 ― 芭蕉、俳句、象徴主義」『日本研究』二〇〇六年三月、三九―八一頁）、謡曲の翻訳を行なっていた一九一六年から一七年にかけての時期には、アストンやチェンバレンの翻訳の齟齬に挑戦する意図を述べている（野口米次郎「英文欄の概略」『謡曲界』一九一六年九月、一〇三―一〇四頁）。また、野口作品の中でも特に評価の高い随筆 *Through the Torii* (1914) にも、「I am sure that real Japan would do very well without Chamberlain's single

eyeglass and Turkish cigarette.」と、チェンバレンへの対抗意識をあらわにしている。
(24) ウェイリーは、「Obviously neither poetry nor the purer forms of prose literature can be produced in such circumstances.（...）Mr. Noguchi seems to be handicapped by linguistic difficulties of more kinds than one.」と述べて、野口の執筆する英語が不明瞭であることや短歌の翻訳語の齟齬、日本語詩の中の漢語の問題点などを批判的に指摘している（Arthur Waley, "Japanese Essays and Poems. Through the Torii and Nijyu Kokusekisya no shi by Yone Noguchi," *The Times*, London, 1922 April 6th, p.227. この *The Times* の記事がウェイリーの記事であることは、従来の野口研究では知られていなかった）。
(25) たとえばシェラド・ヴァインズは、野口の英語表現は完全な英語の措辞語法に則ってはいないが、ネイティヴの思いもよらない新しい意味と哲学を示唆していると評している（シェラド・ヴァインズ『詩人野口米次郎』第一書房、一九二五年、一〇頁）。
(26) 野口米次郎『小泉八雲』七四—七五頁。
(27) 同上、九三頁。
(28) 關田かをる・速川和男「野口米次郎」『小泉八雲事典』（恒文社、二〇〇〇年、四七二—四七四頁。ただし、遠田勝の「想い出の記」の項目では、野口の執筆状況に対して中立的である（『小泉八雲事典』一〇六頁）。
(29) それはハーン急死の報を受けた際、野口が「軍艦の一艘や二艘はなくしてもよいからヘルンを生かして置きたかつた」と叫んだ件である（野口米次郎『小泉八雲』一五一—一六頁）。「軍艦よりもハーンを」と野口が叫んだということは、一九〇六年のビスランドの著作 *The Life and Letters of Lafcadio Hearn* に記述され、海外で「変人」とみられがちのハーンが、日本でいかに深く敬愛され重要視されているかを示す一証明となった逸話である。
(30) 鏡味国彦・速川和男・齋藤昇編『Yone Noguchi の研究』文化書房博文社、二〇〇一年、四五—七一頁。
(31) 一雄の回想記によると、落合貞三郎の英訳でビスランドの次の著作に掲載予定であったものを、野口がセッ夫人から「回想記」の草稿を直接借りて翻訳し、「鳶に油揚げ式となり、野口氏の抜駈《ぬけがけ》の功名となった」と批判的である。だが一方で、野口の「英訳は流石に軽妙」と褒めてもいる（小泉一雄『父小泉八雲』小山書店、一九五〇年、一〇六、一〇八、一四〇頁）。

(32) 小泉一雄の『小泉八雲』は、父や母や両親を巡るあらゆる人々に対する不信感と愛着が示された作品で、息子独自の奇抜な視点という観点からは重要であっても、歴史的客観性を追う資料には出来ない。もし仮に一雄の筆に依拠するならば、一雄の描くセツの性格からして、セツが陰で野口に翻訳・執筆を要請していた可能性のほうが高いことになる（小泉一雄『父小泉八雲』二三八―二三九頁参照）。

(33) この言葉を使ったのは、敗戦直後の小田切秀雄である（小田切秀雄「文学における戦争責任の追及」『新日本文学』一九四六年六月）。

市河三喜・晴子夫妻とハーン——東大ハーン文庫の資料より

河島弘美

東京大学文学部所蔵のハーン・コレクションは、主に市河三喜《さんき》教授によって集められたハーン関係の資料から成っている。市河三喜は一八八六年、東京の漢学者の家系に生まれ、東大文学部で英語学を専攻、長年にわたって東大英文科の教授を勤めた人物である。ハーンの著書、およびハーンに関する著書その他の文献の収集に努める一方、松江でハーンが住んだ屋敷の隣に、八雲記念館を建設するための寄付を全国から募るなど、ハーン研究の基礎と顕彰に貢献した、とされる。

ハーンが松江北堀町に借りた根岸邸は、現在では「小泉八雲旧居」として保存・公開されているが、根岸磐井氏とともにその屋敷の縁側に坐る市河三喜夫妻の写真がある。三喜氏がカメラから少し目をそらしているのに対し、晴子夫人は落ち着いた物腰で、まっすぐにカメラのほうに視線を向けている。なかなかはっきりした性格の持ち主ではないかと思わせるのに十分な表情である(1)。

ハーン研究の基礎の一つとなる八雲記念館の設立に、この晴子夫人の存在がいかに重要であったかを物語る資料が、三喜氏自身の手によってハーン文庫の片隅につつましく残されている。三喜氏の名前の陰に隠れて、これまで一般にあまり知られていない晴子夫人の素顔は、実は大変に魅力的で、興味深いものである。日本におけるハーン研究のスタートラインに三喜とともに並んでいた、市河晴子の足跡と功績を追ってみたい。

1　母の日記に見る晴子

市河晴子は、穂積陳重《ほづみのぶしげ》、歌子夫妻の三女として一八九六年、東京に生まれた。父の陳重は法学者で東京大学教授、母の歌子は、財界の大御所として知られる実業家渋沢栄一の長女である。歌子の孫にあたる穂積重行によって刊行された『穂積歌子日記』（みすず書房、一九八九年）は、「明治一法学者の周辺」というサブタイトルに示されている通り、学者である夫陳重を支えた家庭婦人歌子の日記だが、日記をつけていなかった夫のための備忘録としての役割もあったと見られ、陳重の訪問先や来客などについても、かなり詳しく記されている。夫や父の関係による政界、財界の人々との交際、及び親類との交際を滞りなくこなし、七人の子供とその世話をする女中たちを含む約二十人の大家族の家庭を切り盛りし、さらに自分自身も和歌や琴の趣味を持ち、夫婦揃って大の歌舞伎好き、という暮らしぶりで、そのため巻末の人物索引のページの多彩なことには驚愕する。家族、親族、女中、近隣の人や出入りの

市河三喜夫妻と根岸磐井（中央）
（小泉八雲旧居にて。　恒文社刊『小泉八雲事典』より）

商人などの、ごく身近な人たちは除いたうえで、皇室、華族、大学教授、医学者、その他の学者、政治家・議員、官吏、軍人、実業界、著名婦人、文芸、演劇、芸能、邦楽、洋楽、力士、画家、外国人などの項目に分類されたその数は、実に千人を超えている。もちろん直接の交際があった人ばかりではなく、重行氏の注釈に登場する人物も含めてのことだが、それにしても十六年間の日記の索引にこの人数――これだけを見ても、一専業主婦の日記と聞いて我々が想像するものとは、まったく違うのである。

公刊されたこの『穂積歌子日記』におさめられているのが一八九〇年から一九〇六年までの部分なので、晴子については誕生から十歳までの記載しか読むことができないのは残念である。だが、晴子の生まれ育った家庭の雰囲気を知るうえで、この日記は大変役に立つ。それに加えて、このように多忙で、しかも既に男女六人もの子を育て、子供というものをことさら珍しがる心境ではなかったであろう母の歌子が、末子について記した内容であれば、それはよほど印象の強い、あるいは特記すべき事柄であると考えてよいだろう。

晴子は一八九六年十二月二十一日に誕生、冬至の日に生まれたので、「陽にかえる」の意味で命名されたという(2)。早くも二歳にして「夕より晴子とりわけ機嫌よくしゃべりたてたり(3)」など、おしゃべりや歌で周囲を笑わせたとの記載がある一方、「晴子夜蜜柑の事にてやんちゃなりければ押へ付けてこらしめたり(4)」「午前晴子やんちゃなりければ灸一つすへたり(5)」「夜晴子我まま云ひしかば、押へ付てこらしめたり(6)」「夕方晴子強情なりしかば灸一つすえたり(7)」など、母親を困らせてお仕置きをされたという記載も度々見られる。長兄重遠《しげとお》とは十四歳違い、一番年の近い第六子の真六郎より八歳下と、年の離れた末っ子のため、聞き分けのない幼児時代を兄姉たちは既に卒業していたという点を考慮に入れても、晴子についてだけこれほどの記載があるとは、末娘のやんちゃぶりは相当なものと思われ、しつけに手を焼く母親の姿がしのばれる。もっとも晴子は、やたらに母を困らせるばかりではなく、雛人形を飾った日に「晴子にいじってはならぬと申聞《もうしき》けたるに、あまりをとなしく見て居りたれば、一寸気分あしきにやと案じたる程なりけり(8)」の記述にあるように、言いつけに素直に従う面がないわけではなかった。

やがて三歳で幼稚園に入園、歌子の日記の明治三十四年二月二十八日の欄の余白に「ホツミ　ハルコ」という幼い字の鉛筆書きがあり、そこに「二月二十八日晴子自らしるす。此時歳は四年と二ヶ月なり」と記されているとのことである。(9)「ここに来て、ちょっとお名前を書いてごらん」とでも言って、歌子が書かせたものだろうか。後年多くの文を残すことになる晴子の、現存するおそらく最初の署名である。また、明治三十五年三月十六日「晴子は先月頃より熱心に石ばん或は紙鉛筆を弄び、何か画きちらし居りしが、此頃は少しばかり上達して人又は鳥の様なる形できる様なりたり。光子に似ていささかその道の好あるが如し」と記されている。(10)絵の才能への期待は、この年の夏のページにはさまれた二枚の鉛筆画にも現われている。「明治三十五年八月二十六日大津に於て晴子画く」と母歌子の字で記され、「ホヅミハルコ」と子供の字で署名がしてある、可愛い海水浴の絵だという。(11)

同じく明治三十五年五月二十六日の日記には

「夜居間にて娘たちと歌よまんとて、題は金魚かばらの花といひしに各々よみ出でたり。

はらはらとちるやお庭のばらの花　　晴子」

という記述が見られる。父が研究会に出かけて留守の宵、母と娘で歌をよんでみるという環境の中で、姉たちに負けじと、五歳半で作ったのが、この可愛らしい作というわけである。ちなみに母は

「晴子のうばらの花かざし居たれば

言の葉に針をなもちそ少女子よ　うばらの花の色にあゆとも　　歌子」

とよんでいる(12)。

子供たちの英語教育について、他教科以上の関心を示した歌子らしく、明治三十五年十一月十七日の日記には、「朝晴子の知り居る英語数へしに百語あまりありたり」と書かれている(13)。その後しばらく晴子の名前は出ないが、明治三十九年一月二日の日記に「夕四時より律貞真の三人明治座の天一奇術見物に行くに付、晴子をつれ行くべしとの事。晴子しとやかに見物する様、よく申聞《もうしき》け遣す」とあるのを読むと、やはり元気なおてんば娘であったらしく、母の心配もそこにあるようだ(14)。

2　三喜との結婚

晴子は賢く活発に成長し、二十一歳で市河三喜と結婚する。二男一女の母として家庭を守るだけでなく、読書を好み、文筆に長けていた。外国文学も翻訳で手当り次第読むのだが、「二三円の本も一二時間で読んでしまふから勿体ないといふのである。夏などは読み過ぎるので、『宝島』や『モービー・デイック』、『嵐ケ丘』の原書を自らあてがつて時間をつぶすやうにして居た」という、三喜の観察がある(15)。

自分より十歳年下でありながら、四十八歳の若さで亡くなった妻をしのんで、三喜は後に『手向の花束』という一冊を編んだ。その中の文章「晴子の性格」の中の「学者の一生の伴侶として飽きの来ない、長持ちのする素質に恵まれた婦人として迎へられた」という一文には、この時代の人らしい謙遜が見られるが[16]、その一方で、具体的にその人となりを語って、晴子への賛辞も惜しまない。たとえば、晴子は生来、記憶力に優れ、覚えの早い人であったという。

とにかく観察力と記憶力とが旺盛であつたから、旅行の伴侶としては申分なく、お蔭で一人なら気が付かずに済んでしまふ大小の事物を見聞したばかりでなく、それを如何に観賞すべきかについても教へられる所が少くなかつた。何時何処々々でどんな事があつたといふような事はよく覚えて居るから末長く旅の記憶を語り合つて楽しむことが出来ると思つて居た[17]。

また、話し上手、聞き上手でもあった。

与へられた機会を利用することに抜目なく、田舎の爺さんや婆さんをつかまへて巧に話を切り出し色々と地方の風習について話を聞き、しまひには覚えたばかりの方言を使つて彼等を喜ばせる等の藝は手に入つたものであつた。此態度は外国旅行に於ても同じであつて、相手の如何を問はず、ありたけの知識を総動員して話の糸筋を切らないやうに仕向ける為に、英語はブロークンでも話題はブロークンされることなく、その為外人の間には日本婦人として珍しい存在であるとされてゐた。[18]

この二つの才が、夫の大きな助けになる。夫妻はカーン海外旅行財団の出張として、一九三一年三月に日本を出発、中国、ロシア、フランス、イギリス、アイルランド、スペイン、ポルトガル、北欧、スイス、イタリア、オーストリア、さらにバルカン半島からエジプト、と広く世界各地をまわる旅をする。八ヶ月の間に二十九国をまわるという旅程である。その見聞をまとめた『欧米の隅々』は市河三喜・晴子の共著として一九三三年六月に初版が出された。

その「はしがき」に「短日月の間になるたけ広く観察するために、二つの眼よりも四つの眼、一つの心よりも二つの心、どれも出来るだけ大きく開くことを心がけ、妻同伴で旅立つた」とある。旅の間、二人は次のように分業を守って協力していたという。

自分は主としてベーデカー其他の案内書を読んで次の日の行程、プログラムを作り、最も有効に一日を費すことを計画する。妻は宿に帰つてから、一日中に見聞した事件を細大漏さず書記す。かくて満七ヶ月の間日々見物に奮闘的努力を続けた記録がこれである。妻はその日記を整理して適宜取捨案排を試みる時間を持つたが、自分は妻と別れた後の日記をその儘公表するだけの事しか出来ないのを遺憾に思ふ。[19]

確かにその言葉の通り、先に帰国する晴子が、一人スエズから諏訪丸に乗ったのが十月二十日で、それ以後、読者は夫人とともに帰国の旅を続け、残りの日々に関しては三喜の日記でたどるしかないのである。「たどるしかない」などと書くのは、立派な学者である三喜に失礼にあたるかもしれない。三喜一人でのアメリカの旅の記述は、記録として興味深いものではある。しかし、晴子夫人の、率直で個性的な、随筆風の文章で日本出発からの旅程を読んできた読者にとって物足りなさが残ることは否定できないのである。分量を見ても、三喜の記録は主に行動を記したもので、乗り物の時刻、支出の金額、見物した事物の大きさなど、数字が目につくが、感想はごく少ない。たとえば終わり近くの、「帰国」の章「一、乗船まで」には、晴子によるこんな一節がある。


夜があけて見ると、私の乗って帰る諏訪丸は岸壁に着いてゐた。もう非常な年寄りの船で、まだ生きてゐたかと思ふ位だが、従って客種も地味で、シベリヤ廻りの積りで一切をハンブルグから荷送りにしてしまった私には、気楽が何よりだ。（中略）やがて右手の堤の上を、光りの蛇のようにカイロ行きの夜汽車が轟々と通る。一々の窓の人影も黒く明かに、中甲板とすれすれの辺を行く。

それは三喜さんがカイロに帰る汽車なのだ。

私は甲板から跳び移りたくって堪らない。本当に出来たら跳んで居たかも知れぬ。汽車と云ふものの美しさを、始めてしみじみと知った。[20]

夫の乗った夜汽車を光と音とで描写し、できることならそちらに飛び移りたい、と真情を綴る、この晴子の文章に対して、同じ日の三喜の文章は次のようである。

十月二十二日（木）

諏訪丸四時出帆。原田領事に連れられて領事館にて茶を飲む。東京に電報を打ち六時十五分の汽車にてカイロに向ふ。六時半頃カナルを通る汽船二隻前後して進むに追付く。前の方が諏訪丸。[21]

二人の文章の性質の違いは、このようにたまたま同じ日について記された記述を比べただけでも非常によくわかる。文章の違いは、観察の際の着眼点と、表現方法の違いから生まれたものにほかならない。その底にあるのは、生来の感受性の違いである。日本の古典では古事記と万葉集を好み、一番好きな歌は「君が行く道のながてを繰り畳ね焼き亡ぼさむ天つ火もがも」であった[22]という晴子の一面もしのばれる。

『欧米の隅々』の抜粋英訳版が四年後にロンドンで出されたが、そのタイトル *Japanese Lady in Europe* に示されている通り、市河三喜・晴子の共著とされる『欧米の隅々』は、ほぼ晴子の著作といってよい一冊であった[23]。この本が英米の読書界から歓迎された理由として、『手向の花束』に「外人の観た晴子夫人」という一文を寄せた井上思外雄は、温い人情味、知的で絵画的な効果のある文章、それにウィットとヒューマーがあるからだと述べているが、そのとおりであろう[24]。

その市河晴子による「ハーンの跡を訪ふ」と題した文章が『英語青年』に掲載されている。一九三三年の二月から三月にかけて、三回にわたる続き物で、第一回と第二回はそれぞれ原稿用紙にして八枚ほど、第三回は少し長く、約十一枚の長さである。二人が松江を訪ねたのは前年、一九三二年の十月、世界一周の旅から戻って、まだ間もない頃のことであった。

訪問記の第一回目は、二人の松江到着から始まり、八雲旧居へ行って屋敷や庭を見るまでについて記したものである。根岸盤井氏の案内で部屋をめぐり、庭を眺めるが、「すぐ北側の庭へ出るよりも、も一度居間に上つて、ハーンの座からの遠望を楽しむ方がいい。八雲はそこに黄八丈の座布団を敷き、長い煙管に「白梅」をくゆらせつつ三方を眺め楽しんだと云ふ」と書いて、ハーンの文章を引用し、この一節は「此所で読んで、始めて真の味が、すうつと舌の上に広がる様に感じる」と面白くたとえて書く。「私が御馳走するから、蛙を取らないでくれ」と蛇に言い聞かせたという、ハーンらしい逸話の生まれたのはこの一隅か、と、まるで今もそこにハーンがいるかのように、読者の心にその姿を彷彿とさせたかと思うと、そこで一転して「丁度其時女学校の団体が来たので、私達は失礼して御大社詣に出かけた」と、思い切り良く結ばれる。(25)

次号の第二回目は、市庁でハーンの遺品を見た記録が中心である。トランク、煙管、天眼鏡、ペン皿、虫籠などの身の回りの品々――それらの中で最も重要なのは無論原稿で、それに次ぐものが長男一雄に教えるために毛筆で英語を書いた古新聞である、と紹介する。ハーンが描いた大蛇や象の絵を以前写真で見たときには「ハーンに教えられる子はさぞ面白かっただろう」と想像していたのに、実際には叱られて泣いていたという一雄の思い出を読んで意外だったこと、翌日は旅程を一日延ばしても原稿などを写そうという夫の提案に、自分は喜んで古新聞を受け持とうと決めたこと、そしてそれらの焼失の危険を考えて憤慨したことが述べられている。特に、この貴重な品々の保管状態が安全でないことを力説する一節は、いかにも晴子らしい。

その品々をつくづくと見てゐるうちに、私の筆写したいと思ふ動機は、穿鑿的な好奇心から、次第に八雲に対する愛、一つでもコピーを取つて置いて、万一の場合に跡なくなる事を防ぎ度いと云ふ念願に変つて居るのに心付いた。更に、それらの品々が、旧式な白壁の土蔵に仕舞はれるのを見て、その又と得難い物が灰となるプロバビリティーは万一なんて呑気な事は云へぬ、百に一つ、五十に一つの危さだと身震ひさせられた。小さな、古い倉は、絶好の燃え草の、尨大な市役所に押ついて建つて居る。ストーブの残り火、電燈線の古びから来る漏電、一度発火したら一溜りも無いと知つた時、私の心は悲しい憤慨に満ちた。(26)

さらには城内稲荷を訪ね、昭和二年の大火、富田屋を焼いた前年の火事に言及し、ハーンが書いた時代のまま、ここのお札が松江の唯一の防火設備だ、で済ませていていいのかと、晴子は再度腹を立てる。そんな憤慨の調子を埋め合わせるかのように、この回は宍道湖の夕景の描写で美しく終わっている。

最終の第三回、晴子は古新聞の英語を書き写しながら感じたことを記す。短文の繰り返しで幼児に英語の法則を覚えこませようというハーンのやり方を、教授法としては失敗に近いが、親心の表われとして見れば涙ぐましい、と述べ、猫の首に鈴をつけようという鼠の話に、記念館を建てることに賛成しながら音頭取りをするだけの熱意を持つ人のいなかったことを連想する。「然し私は怯まない」と晴子は言う。

ハーン死して三十年に近く、直接教へを受けた人々も、すでに齢還暦に近い。いつまで愚図愚図していられよう。Lazy boy を罵つたと云ふハーンの言葉を、そのまま、松江の人々の上に投げ度い、「何ぼう、時落すの、小供」[27]

これが最終回の結びである。

晴子夫人の想像力の豊かさには、『手向の花束』におさめられた追悼文の中でも言及されているが、「ハーンの跡を訪ふ」に生き生きとした力を与えているのも、その想像力と、それを表現する文章力である。ハーンの心を今も宿しているような旧居とその庭、数々の遺品と、それを保管するのにあまりに粗末な現状を目にした落胆と怒り、貴重な品々に、今にも迫りそうな炎——晴子の文章を読んだ『英語青年』の読者は、すぐに本を置いて立ち上がり、寄付を送らずにはいられない気持ちに駆り立てられたのではないだろうか。このような文章を綴ることばかりは、学識はあっても学者気質の三喜氏にはとうてい真似のできないことであった。しかもこの場合、それが読む者の心を動かす最大の原動力になっているのである。

ハーンゆかりの品々の中でも特に晴子の心を動かしたのは、先ほどもふれた、教材用にハーンが手書きした新聞紙であった。というのも、晴子について三喜が後に、「思へば晴子の一生は常に子供に終始した。否、子供は晴子の生命其物であつた[28]」と書くほど子煩悩な母であり、これはまだ先のことになるが、晴子は長男三栄を失った痛手から立ち直れず、後を追うように逝去したからである。松江で教材の新聞の実物を手に取った晴子には、それを使ってハーンが一雄を教えた状況がまざまざと眼前に浮かんだに違いなく、これが灰に帰するようなことがあっては一大事という気持ちに動かされて、あの文章ができたといってよい。

実は同じ年の『帝国大学新聞』一月二十三日号掲載の、市河三喜「ハーン博物館」という記事を読んでいる人であれば、この記事の文中にも

> ハーンは一雄氏が勉強を怠つて居ると「何ぼ――時落すの子供」といつて叱ったといふが、この貴重な品々をあんな不安な所に置いて荏苒《じんぜん》日を送りつつある松江の人々を見ては、私もハーンのゴーストが乗移つて「何ぼ――時落すの成人《おとな》」と叫ばざるを得ない[29]。

という表現があったのを思い出す。これは偶然なのか、いや、もしかすると同じ人の手による文章ではないのか、というのが、私の第一印象であった。

『帝国大学新聞』の記事を少し詳しく読むことにしよう。この記事の書き出しは「私が松江へ行つたのは去年の十月二十六日であった」という一文で、それに続けて

大学のためにハーン関係の資料を集めている自分として、その旧居の地松江をまだ見て居ないでは相済まないからと、学部長に甘《うま》いことをいつて、広島へ出張の帰途に宍道湖畔で遊んでくる積《つも》りが、図らず同地へ「ハーン博物館」を建てるなどといふ責任を自ら背負ひ込んで帰つて来たといふ始末。(30)

と、軽やかな調子の文が続く。妻の同行にはふれず、大学人としての立場を強調しているが、その一方で、ハーンの遺品の紹介の細やかさ、火事への恐れなど、『英語青年』の記事に共通するところが多々感じられる。

未発表の原稿類は取敢ずコピーを取って置くに如かずと、昼飯抜きで写しにかかる。又ハーンが長男の一雄さんに毎朝一時間づつ英語を教へるために、古いジヤパン・ガゼツトの上に毛筆で肉太に単語や文章を書いた百四十枚が無残や、蜜柑箱にギユーと詰られて居るのも、カステラを頬張りながら筆写する。(31)

この一節にも、『英語青年』の「ハーンの跡を訪ふ」にあった、晴子の次の文章と重なるところがある。

私はふと筆を止めて隣席の三喜さんを見る。お昼飯の時間をも惜しんで写し続けてゐる三喜さ

んは、カステラをモゴモゴ頬張つて、飲み込む時に喉仏が苦しさうに上下するが筆を止めぬ。(32)

つまり、前述の「ハーン博物館」の記事の一節、「カステラを頬張りながら筆写する」は、観察した対象である三喜になり代わって、実は晴子が書いているのではないだろうか。

『欧米の隅々』巻頭の「旅程と感想」が晴子夫人の文章であることは、

漢文調の文章（「欧米の隅々」の巻頭に載せた「旅程と感想」の如き）も書けば或は時々私の代筆をするときは打つて変つた文体を使ふこともある。(33)

と、三喜がはっきり述べている通りである。さらに続けて

随筆を頼まれ気が進まない時、代筆を頼むと、努めて似せては書くが時々慧眼な友人に見破られたこともある。(34)

とも記され、市河家では晴子夫人による代筆が珍しくなかったことをうかがわせる。

三喜による「晴子の性格」には、八雲記念会の件に関して次のような一節がある。

昭和七年秋始めて松江に旅行して小泉八雲の遺跡を訪ね、市庁に行つて文豪の遺品を見せて貰

つたら、それが全部物置のやうな土蔵の中に仕舞込まれて居て火事にでもあつたら一溜りもない有様なのに痛く憤慨して、帰途「何とかしませうよ」と云はれたのに端を発し、文豪の貴重な遺品を永久に保存して一般に展覧せしめ得るやう記念館を建設する為に「小泉八雲記念会」を起して広く有志に呼びかけることになつた。(中略)その建設資金募集の檄文も事務一切の処理も晴子が進んで引き受けたのであつた。[35]

そうであるならば、『帝国大学新聞』の記事も、晴子夫人の代筆に違いない。自分自身の名前で執筆した『英語青年』の文章のほうを少し遅らせて発表したのか、あるいは『帝国大学新聞』のほうが先に刊行されるのを確かめて代筆を引き受けたのか、いずれにしてもそこには、妻としての晴子の心遣いが働いたことと思われる。

『帝国大学新聞』の「ハーン博物館」によると、ハーン愛用の机と椅子、原稿を入れておいては幾度も取り出して推敲したという文箪笥などは当時、庫にしまわれており、

残念に思つてその庫なるものを見ると、これは又ハーンの好きそうな古び切つて古代な、いはゆる家中屋敷時代の遺物の土蔵で、しかも市役所のバラックの棟続で火の用心が甚だ不安な上に、下の方々には鼠の出いりする位の穴が明いて居る。風荒ぶ冬の或日、「松江の大火」などいふ事が起つたら一たまりもあるまい。[36]

と書かれている。この観察の細かさと悲憤慷慨の調子は、どうみても晴子の文章であろう。そして、これらの晴子の文章なくして、八雲記念館設立の寄付がこれほど速やかに集まったかどうかは、大いに疑問である。

女学校だけの出身でありながら、大学出の秀才をも驚かせるほどの豊かな趣味と教養、そして知識欲はどこから来たのか、と三喜は書き、それを晴子の生まれ育った家庭環境に帰した。

> 学問に一生を捧げられた父君穂積陳重博士の精進振りを幼少の頃より目の前に見てその無言の感化を受けた為ではなかつたらうか。しかもガツガツした所、カサカサした所は微塵もなく、いつも伸び伸びと若々しく、あれで年をとつたらどんな風になるかと怪まれる程娘々してゐた。(37)
>
> 何時迄経つても特別の場合の外は奥様らしい所を見せず、「若鮎の如き」新鮮潑剌さを失はなかつた。私と一緒に居ると、知らない人からよく親子と間違へられたものであるが、終に好きな万葉にある「常乙女《とこをとめ》」をそのまま老を知らずに早世した。(38)

三喜はこのような賛辞の花束を添えて、才能を十分に開花させることなく若くして先立った、最愛の伴侶晴子を惜しんだ。

注

(1) 平川祐弘監修『小泉八雲事典』恒文社、二〇〇〇年、四四頁。
(2) 穂積重行編『穂積歌子日記』みすず書房、一九八九年、四〇七頁。
(3) 同右、四九九頁。
(4) 同右、五〇五頁。
(5) 同右、五一二頁。
(6) 同右、五四七頁。
(7) 同右、六二六頁。
(8) 同右、五三五頁。
(9) 同右、五九八頁。
(10) 同右、六七一頁。光子とは、晴子より九歳上の姉である。
(11) 同右、七〇二—三頁。
(12) 同右、六八四—五頁。
(13) 同右、七一八頁。
(14) 同右、九四五頁。ちなみに「律貞真」とは、律之助(二三歳)、貞三(二一歳)、真六郎(一八歳)という、晴子の兄達である。
(15) 市河三喜『手向の花束』研究社、一九四五年、一七八頁。
(16) 同右、一七一頁。
(17) 同右、一七二—三頁。
(18) 同右、一七三頁。
(19) 市河三喜・晴子『欧米の隅々』研究社、一九三三年、二頁。
(20) 同右、六二四—五頁

(21) 同右、六四三頁。
(22) 『手向の花束』一八二頁。
(23) Haruko Ichikawa, *Japanese Lady in Europe*, London: Jonathan Cape, 1937.
(24) 井上思外雄「外人の見た晴子夫人」『手向の花束』八三、八四頁。
(25) 市河晴子「ハーンの跡を訪ふ(一)」『英語青年』六八巻一〇号、一九三三年二月十五日。
(26) 市河晴子「ハーンの跡を訪ふ(二)」『英語青年』六八巻一一号、一九三三年三月一日。
(27) 市河晴子「ハーンの跡を訪ふ(三)」『英語青年』六八巻一二号、一九三三年三月十五日。
(28) 『手向の花束』一九三頁。
(29) 市河三喜「ハーン博物館」『帝国大学新聞』昭和八年一月二十三日号。
(30) 同右。
(31) 同右。
(32) 市河晴子「ハーンの跡を訪ふ(三)」。
(33) 『手向の花束』一七七頁。
(34) 同右。
(35) 『手向の花束』一九一頁。
(36) 「ハーン博物館」
(37) 同右、一七九頁。
(38) 同右、一九三頁。

護符蒐集とその意味

小泉　凡

ハーンの護符蒐集

ハーンは自らが護符の蒐集家であることを「神々の国の首都」（『知られぬ日本の面影』所収）の中で次のように告白している。

ほとんど軒並みに引き戸の表や入り口の真上に漢字を書いた白い細長い紙が張り付けてあるのが目につく。どの家の門口にも神道で使う神聖な飾り物が下がっている。小さな標縄《しめなわ》で、それから食《は》みだした藁《わら》の穂が縁取りとなって長く垂れている。一方、白い紙はたちまち私の興味をそそる。それはお札、つまり聖句や呪文を記した紙で、私はそういう物の収集に夢中になる人間のひとりなのだ。それらの大部分は松江かその近在の神社仏閣のものである。(1)

護符の「熱心な蒐集家」（devout collector）を自称するハーンは、松江時代は休日の自由な時間を寺社巡りと護符の蒐集、戒名や卒塔婆の観察などにあてることが多かった。またその際には、島根県尋常中学校の西田千太郎教頭や生徒の大谷正信、小豆澤《あずきざわ》八三郎など特定の人々が同行したようだ。(2)そのことは、ハーンの生徒であった根岸磐井のほかに、ハーンの北堀の家で女中をしていた髙木ヤオも同様の述懐をしている。(3)なお、護符蒐集は熊本時代にも継続されたが、もっとも熱心に行なったのは松江時代であった。これらの護符類は、友人のバジル・ホール・チェンバレン（Basil Hall Chamberlain 一八五〇―一九三五）を介してイギリス・オックスフォードのピット・リヴァーズ博物館に送られた。本稿では、この資料に光を当て、蒐集の実態と資料の文化資源的意味やハーンの護符蒐集の意義について考察することにしたい。

なお、「護符」は、祈願内容からいえば、災難を除ける保護的・予防的なもの（amulet）と幸いをもたらす招福的なもの（talisman）に分類できるが、(4)本稿では資料の実態を考慮し、両者を包含した内容、つまり神仏の祈禱加持がなされた呪物全般をさす広義の意味で使用することにしたい。

ピット・リヴァーズ博物館とチェンバレン・コレクション

この博物館の収蔵品は、ピット・リヴァーズ(5)が一八八四年にオックスフォード大学に寄贈した人類学的資料一万七千五百点（うち約三百点が日本のもの）が基礎になっているが、後に博物館の館長をつとめ、ハーンが大いに敬意を抱いたエドワード・バーネット・タイラー（Edward Burnett Tylor 一八三二―一九一七）らの精力的な蒐集により、現在の収蔵品は百万点に達している。(6)その中にチェンバレン・コレクション（チェンバレン寄贈による日本の信仰関係資料）一三二四点があり、そのうち三四九点を護符が占めている。(7)もちろん、その護符の中に、ハーンが出雲地方や熊本地方で蒐集したものが含まれているのである。チェンバレンは、少なくとも一八九二年と一九〇八年の二度にわたりこの博物館に資料を寄贈したようだ(8)。

なお、この護符のコレクションは、アンドレ・ルロワ＝グーランとベルナール・フランクのコレクションに先行するヨーロッパで最初の大規模な護符コレクションである。

すでにこのコレクションをみた複数の日本人の証言や印象が残されているので、研究史の意味を含めて紹介しておくことにする。

まず、一九一三年に訪れた英文学者の市河三喜《さんき》は次のように記している。

私は一九一三年にオックスフォードの博物館 Pitt-Rivers Museum において先生〔チェンバレン〕の集められた此種のコレクションでまだ整理されていないのを見まして、それを分類し、整理したことを想ひだすのであります(9)。

したがって、この時点ではまだ博物館側の資料整理がなされていなかったことがわかる。さらに、その十七年後の一九三〇年十月に訪れた秋山光夫は次のように述べている。なお、秋山の父、秋山光條はかつて出雲大社小宮司の職にあった。

私の最も感興を催したのは箪笥の大引出三杯に満たされた神社仏閣の「お札」であった。そしてこの夥しい「お札」は実に、最大の理解をもってわが日本を世界に紹介されたチェンバレン先生が日本滞在中、一八九二年から一九〇八年までの間に蒐集されたものであると聞いて、私は非常に感激した。（中略）それからまた明治十一年の新嘗祭に出雲大社で用いた「火切板」が出来た。そしてこの板には、この板をもんで浄火を切り出す「索鑽《さくさん》」の模造品も添えられていた。(10)

さらに近年では坂出祥伸、松村恒らがこのコレクションを訪れ、その見聞を報告や論考としてのこしている。(11)

ハーン蒐集による出雲の護符

筆者が現地を訪れたのは、二〇〇六年六月のことだった。まず博物館に入館して驚いたのは、ハーンが一八九一年四月にチェンバレンに送付した出雲大社の古伝新嘗祭で使用された火起し用の神器である火鑽臼《ひきりうす》と火鑽杵《ひきりきね》が専用の展示ケースにおさめられ展示されていたことだった。それ以外の資料は展示ケース下部の引出しに収蔵されており、先に引いた秋山光夫の記述にある「大引出三杯に満たされた神社仏閣の『お札』」という表現にまさにぴったりの光景を目の当たりにした。

それらの引出しの中からハーンが蒐集に関与したと考えられる出雲地方の護符を中心に撮影を行なったが、当該資料を探し出すのに予想以上の時間を要し、博物館から許される一日の調査時間も限られているため、結局調査は未完に終わった。それでも四五点の出雲・隠岐地方の護符を確認、撮影し、博物館のデータベースと照合した。チェンバレンの足跡が出雲・隠岐地方に認められないので、これらはハーンが蒐集したものとみてよいだろう。その中には神々の系譜を描いた掛図や前述した火鑽臼・火鑽杵も含まれていた。データベースに記載されていない資料として「春日神社御守」と「松江紙屋町延壽院、隠岐國峯山地蔵院」と記された護符がみつかった。さらに、もう二十点ほどの出雲地方の護符が見受けられたので、全体で約六十数点から七十点の護符をハーンが松江時代に蒐集したものとみられる。熊本時代のものを加えるとその数もさらに増える。

帰国後、あらためて博物館のデータベースと撮影資料、自分のフィールドノートを照合する形で、一覧表（稿末の表「出雲地方の護符類」）を作成した。その蒐集地と資料の点数は以下の通りである。寺社別の内訳は、安楽寺（松江市／1）・出雲大社（出雲市／5）・一畑薬師（出雲市／3）・佐太神社（松江市／5）・城内（城山）稲荷神社（松江市／7）・須衛都久《すえつぐ》神社（松江市／1）・武内神社（松江市／1）・玉若酢《たまわかす》神社（隠岐の島町／2）・日御碕《ひのみさき》神社（出雲市／2）・賣布《めふ》神社（松江市／1）・美保神社（松江市／3）・八重垣神社（松江市／9）・不明（3）（計四三点、以上五十音順）である。

ハーンが松江時代に蒐集した護符や宗教用具の特色は、一言でいってアニミズム的な習俗に根ざした呪物を多く含んでいるということであろう。たとえば、佐太神社（松江市、一覧表10〜14）の護符のうち「佐太神社八百萬大御神神御影」（一覧表10）は、境内の聖木である松の葉が内包されたもので、近世までよくみられた護符の形態を留めるものである。また、八重垣神社に多数奉納された海水を献じるための竹筒や出雲大社の火鑽臼・火鑽杵などの神器も同様の傾向を示すものである。そのような出雲地方で見出した神道に関わる呪物から、ハーンは「霊的なものや幻影のような宗教に過ぎぬものは出雲にはありません。力強く、雄雄しく、広大で威厳のあるものです。そしてそれは完全に私を魅了しています[12]」とチェンバレンにしたためた。この手紙が今も同博物館にのこされている。そしてこのようなハーンの志向性には、当時ピット・リヴァーズ博物館長だったタイラーのアニミズムへの関心との共通性を見出すことができる。

E・B・タイラーとハーン

一連のハーンによる出雲地方の護符の蒐集と寄贈は、チェンバレンとの友情の証を物語るだけでなく、ハーンのタイラーへのあつい敬愛の念に支えられた行動であったことがわかる。とりわけ一八九一年八月付けのチェンバレン宛書簡には「タイラー博士の人類学研究所について。もし同博士がわたくしの力量をもって提供しうる論文でもほしいとお求めでいらっしゃるなら、わたくしは博士にご満足いただくことをもって欣快とし、光栄に思う次第です[13]」と述べられ、タイラーに私淑する心持ちが垣間見える。

では、その理由は何なのか。タイラーとハーンは直接の面識はなかったと思われる。とすれば、チェンバレンからの伝聞やタイラーの著作を通してその考え方に共感を覚えたわけである。言うまでもなく、タイラーは一八七一年に『原始文化』を著し、進化主義人類学の基礎を作った人物である。ハーンは、一八九一年に刊行された再版本の *Primitive Culture*（2vols., London, John Murray, 1891）を所有していた。同書を所蔵する富山大学附属図書館ヘルン文庫で、筆者もかつて書き込みを調べたことがある。ハーンは自分の蔵書にあまり多くの書き込みをする習慣はなかったが、この本には本文に鉛筆によるチェックが少々、裏扉に英語の書き込みが若干あった。つまり、これは精読を裏付けるものとみてよいだろう。

では、どこに共感を覚えたのだろうか。ハーンがハーバート・スペンサー（一八二〇―一九〇三）の考え方を受容していたことはよく知られている。スペンサーは生物進化論を心理・社会・道徳などの諸現象にも応用し、それらを統一的に解明しようとした人物であった。タイラーの『原始文化』には、スペンサーの均一的・漸進的・発達の三原理を支柱とする社会進化の概念が前提とされていた。ハーンはこの点にもっとも強い共感を覚えたのかもしれない。じっさい、ハーンは、民俗資料の形状の考察に関して、ミクロ・スケールでの細部の相違点に着目し、その理由を偶然性に求めようとするなど、きわめて進化論的に思考することも珍しくなかった[14]。さらに、タイラーはキューバ旅行における強烈な異文化体験が人類学を志す重要な動機になったといわれるが[15]、ハーンもまた、カリブ海のマルティニーク島での二十ヵ月の滞在が、人類学的・民俗学的ルポルタージュ執筆への情熱を生み、その成果からは手ごたえと自信を得たという点で、環カリブ海地域での重要な異文化体験をタイラーと共有しているのである。

以上のような理由から、ハーンはタイラーの役に立ちたいと真剣に考えたのではなかったか。また、展示に関し、アニミズム的特徴を重視していたタイラーは、原始的世界のシンボルともいえる護符という呪物を歓迎したのであろう。

護符蒐集の意義と効果

では、ハーンの護符蒐集の意義について最後に考えてみたい。

第一に、出雲地方の文化資源である護符や宗教用具を海外の博物館で限定保存させたという実績である。出雲地方の複数の宮司の談話を総合すると、当時ハーンが蒐集した護符と同様のものは、現在ではほとんどみられなくなっている。たとえ形状が当時と同じでも、手書きや手刷りのものは今日では稀有となった。また、神棚の簡易化や減少、神社から郵送する機会の増加などにより、護符の小型化、薄型化が進んでいる。したがって、神棚に置くタイプから、最近では携帯用のお守りの方が主流となりつつある。また、祈願の内容にも変化がみられる。たとえば、一覧表からわかる通り、当時は「牛馬安全」を記した護符が多くみられる。そこには農耕用の牛馬に対し、労働力としての価値と敬意を認めていた時代の反映がみられる。しかし、現在では牛馬安全の護符を授与する神社は減少し、たとえ美保神社のように現在も授与している神社でさえ、じっさい参拝者がそれを求める機会は激減しているという。さらに、今日では多くの神社が護符の作成を業者に委ねる時代となり、業者が形態や祈願内容を提案するというケースが増えている。

いずれにしても護符は永続性のある呪物ではなく、一年で更新することが多かった。そのため、版木は残っているという神社でも、当時の護符そのものが保存されているケースは皆無である。その意味では、チェンバレンやハーンによる草分け的な護符の蒐集は、基層文化の保存という意味で評価することができる。また、個々の護符の解説を含むハーンの書簡（五通）が博物館で保存されたことは、護符の文化背景としての出雲のフォークロアを知る上で極めて有用であった。このような事実の背後には、チェンバレンやハーンの民俗学者的精神とともに博物学者的精神をも垣間見ることができるのである。

では、ハーンの護符蒐集の成果は、後世にどのように生かされたのであろうか。「お札博士」の称号をもつフランスの仏教学者に、ベルナール・フランク（Bernard Frank 一九二七―一九九六）という人物がいる。フランクは戦後日本を訪れ、護符を通し、日本の民間信仰と仏教教義との融合について研究した。みずから、二千以上の寺社を巡って護符を蒐集し、コレージュ・ド・フランス日本高等学研究所にその資料を寄託している。フランクが護符に関心を抱いた端緒は、ハーンの著書だった。彼は一九四五年頃書店でみつけたフランス語訳のハーン著作集十数冊を三週間でむさぼり読んだ。[16] そして「ラフカディオ・ハーンを通じて私は日本を知った時、神仏分離政策の後であったにもかかわらず、その時代に出雲やその他の地方で、神道と結び着いて実際に信心、実践されていたそのままの、生きた宗教をみることを学んだ[17]」と述べている。以来、フランクは護符に深い関心を抱き、一九五四年五月の来日早々に、上野清水寺ではじめて護符を求めた時のことを次のように述懐している。

……対岸の丘の階段を登った所に上野清水寺があった。この寺は建築的にではないが少なくとも宗教的には京都の清水寺のレプリカである。そしてそこにはお札があって、ハーンの弟子を任ずる私は勇んでそれを求めた。それが私の長いコレクションの歩みの第一号となった。[18]

また、「もちろん私には、ハーンが語っている『閻魔王』のお札がまだ鎌倉の円応寺にあるかどうかを確かめる急務があった[19]」と記しているように、ハーンの「江ノ島行脚」の記述を実証するために鎌倉へも足を運んでいる。
そのベルナール・フランクの著書『日本仏教曼荼羅』に序文を寄せた構造主義人類学者のクロード・レヴィ゠ストロースは若い頃からハーンの文章に親しんでいたことを、次のように述懐する。

青年フランクが初めて日本版画を見たボナパルト通りの古美術店と、私が、たいそう色褪せていたのは確かだが、北斎の画帖を安価に買ったラスパイユ・モンパルナス交差点の古書店は一対になる。そうして私たち二人は熱心にラフカディオ・ハーンを読んでいた。[20]

フランスを代表する人類学者と仏教学者が熱心にハーンの著作を読んでいたというのは、実に興味深い証言である。ハーンの日本の基層文化の本質を探ろうとする真摯な観察に共感することがあったのだろうか。ハーンの日本の護符への関心と蒐集が、後の西洋人に本格的な護符研究の端緒を与えたことは事実であった。
ところで、ピット・リヴァーズ博物館への直接の資料寄贈者であるチェンバレンはみずからの護符観を代表作『日本事物誌』に「頑固な信心と美徳の対象物」と題して次のように記した。

国中いたるところの神社仏閣で、お札とお守り（Charms and Sacred Pictures）が数銭で売られている。この習慣は日本に仏教が入ってくる以前に、アジア大陸で発達していたもので、一般民衆の信仰心と迷信につけこみ、余計な利得をむさぼりとろうとするものであった。ところが神道

の神官たちもこの習慣を採用した――この苦しい世の中で、まともなお金なら一銭でも捨てる気にはなれないのである。(21)

チェンバレンの解釈は、授与者側の私利のための商品という消極的な評価に偏っていることがわかる。じっさい、チェンバレンの寄贈資料には博物館から代価が支払われており、コレクションのうち、ハーンが蒐集したものを除いては、その大半が古物商から購入したものだという指摘もある。(22)チェンバレンの博物学者としての活動と実践には多大な功績があったことはいうまでもないが、日本で民俗資料を採集した際の姿勢には西洋中心主義的価値観が底流していることは否めない。(23)

護符には現代に継承される生活慣行としての一定の意義が認められる。坂出祥伸やジョセフ・キブルツによれば、従来、日本で護符の研究が本格的に進まなかったのは、あまりにも日常生活と密着し、神聖視する側面が強かったため、日本の民俗学者や宗教学者によって客観化しにくかったからではないかという。その結果、かえってチェンバレン、ハーン、スタール、(24)ルロワ＝グーラン、フランクなど西洋の学者たちによって蒐集と研究が行なわれることになった。そのような日本人の最も身近な呪物蒐集の草分けとしてのハーンの活動にも光をあてる必要があるだろう。

注

（1）森亮訳「神々の国の首都」（『神々の国の首都』講談社学術文庫、一九九〇年）一一三頁。
（2）根岸磐井『出雲に於ける小泉八雲』八雲会、一九三〇年、五〇頁。

（3）桑原洋次郎『松江に於ける八雲の私生活』島根新聞社、一九五〇年、四二頁。
（4）嶋津宣史「日本の護符・解説」『神道宗教』第一四号、神道宗教学会、二〇〇四年、四二頁。
（5）Pitt Rivers. 本名は Augustus Henry Lane Fox（一八二七－一九〇〇）で、軍人・考古学者というふたつの顔をもっていた。
（6）Julia Cousins, *Pitt Rivers Museum*, University of Oxford, 2004.
（7）同館学芸員ゼーナ・マクグリーヴィ氏の教示による。
（8）博物館データベースの資料入館番号に「一八九二」「一九〇八」と記されている。楠家重敏『ネズミはまだ生きている』（雄松堂出版、一九八六年）の年譜によれば、チェンバレンが一八九二年に博物館を訪れたことは確実であり、一九〇八年にもヨーロッパを訪問していることがわかる。
（9）坂出祥伸「明治の『おふだ』と、あるイギリス人――オックスフォードのチェンバレン・コレクション（上）」（『大法輪』二〇〇四年九月号）四五－四六頁。原拠は市河三喜「チェンバレン先生の著作」（『バジル・ホール・チェンバレン先生追悼記念録』一九三五年）。
（10）秋山光夫「チェンバレン先生と『お札』」（『国語と国文学』第十二巻四号、一九三五年）六一〇－六一二頁。なお、この文章については、すでに平川祐弘氏が『破られた友情――ハーンとチェンバレンの日本理解』（新潮社、一九八七年、二二二頁）において紹介している。
（11）坂出祥伸「明治の『おふだ』と、あるイギリス人（上）（下）」（『大法輪』二〇〇四年九月号および十月号）、松村恒「英国に保管されていたハーンのお守り――チェンバレンとの保たれていた友情」（『へるん』第四三号、二〇〇六年）所収。
（12）ピット・リヴァーズ博物館所蔵の一八九一年四月五日付けのチェンバレン宛書簡。
（13）『ラフカディオ・ハーン著作集』第十四巻、恒文社、一九八三年、四三九頁。
（14）たとえば、山陰地方の盆踊りや焼津における漁具の考察に関して、巨視的な共通性より微視的な地域性をとりわけ重視する姿勢がみられる。

(15) 楠家重敏『ネズミはまだ生きている』雄松堂出版、一九八六年、三九七頁。

(16) ジョゼフ・A・キブルツ「「お札」で編む夢」(ベルナール・フランク『「お札」にみる日本仏教』仏蘭久淳子訳、藤原書店、二〇〇六年)三三〇頁。

(17) ベルナール・フランク『日本仏教曼荼羅』仏蘭久淳子訳、藤原書店、二〇〇二年、三〇七頁。

(18) 同上書、三一二頁。

(19) 同上書、三一三頁。

(20) 同上書、一一頁。

(21) チェンバレン『日本事物誌1』高梨健吉訳、平凡社東洋文庫、一九六九年、一一一頁。

(22) ジョセフ・キブルツ「ヨーロッパに来ている日本のお札——その三つのコレクション」(『國史学』第一八七号、二〇〇六年)一〇—一一頁。

(23) ジョゼフ・A・キブルツは、チェンバレンにとって護符は単なる蒐集の対象物であったが、ハーンとフランクはお札を買うという行為と志の意味を十分理解していたという。また、博物館の要請に応じての蒐集であるチェンバレンの場合は、ハーンという仲介者から入手していた旨を記している(ベルナール・フランク「「お札」で編む夢」『「お札」にみる日本仏教』三三六頁)。

(24) フレデリック・スタール(Frederick Starr 一八五八—一九三三)一九〇四年の来日以後、十五回の来日を重ね、全国を行脚し、護符の収集と研究を行なった。シカゴ大学の最初の人類学教授。著書に『お札行脚』(国書刊行会、二〇〇七年)などがある。

表　ピット・リヴァーズ博物館チェンバレン・コレクション「出雲地方の護符類」

番号	資料番号	社寺名	材質	サイズ	概要説明・備考
1	1908.82.442	安楽寺	紙	Max L=260㎜	紙製護符。「子安鬼子母神守護之○」その左側「赤復莫悩」右側に「乃至夢中」とあり。下の右側に「西津田村」左側に「安楽寺」とある。安産子授けに霊験あらたかとされた。
2	1908.82.95	出雲大社	木・紙・布	Max L（paper）=204㎜	エビス・ダイコクのミニチュア木像。赤と金の紙。ハーンの書簡に楽山・大庭訪問とともにこれに関する記述あり。
3	1908.82.650	出雲大社	紙	Max L（folded）=327㎜	「出雲大社神徳略」。簡便に神々の歴史と神徳が記されている。
4	1908.82.240	出雲大社	紙	Max L（folded）=263㎜	大国主命・事代主命が描かれている。色つき。
5	1908.82.496	出雲大社	紙	Max L=228㎜	出雲大社の建築物の歴史が絵入りで書かれたもの。護符ではない。
6	1892.21.5.1,2	出雲大社	木	(1) Max L=591㎜ (2) Max L=938㎜	木製の火鑽臼，火鑽杵。火鑽杵については，レプリカか。
7	1908.82.219	一畑薬師	木・紙	Max L=180㎜	木製，紙で包装された玉串（護符）。朱印と「一畑薬師如来守護」とある。
8	1908.82.73	一畑薬師	木・紙	Max L=180㎜	木製，紙で包装された玉串（護符）。朱印と「一畑薬師如来守護」とある。
9	1908.82.74	一畑薬師	木・紙	Max L=101㎜	木製，紙で包装された玉串（護符）。朱印と「一畑薬師如来守護」とある。
10	1908.82.241	佐太神社	植物・紙	Max L=240㎜	境内の聖木の松葉が「佐太神社八百萬大御神御影」と刷られた逆三角形の包装紙におさめられている。現在はない。神在祭の期間中，神々が宿るので松が重くなって垂れ下がるという伝承と関係あるか。（朝山宮司談）

11	1908.82.195	佐太神社	木・紙	Max L=289mm	木製，紙で包装された玉串（護符）。「八百萬大御神家業繁昌御玉串」とある。
12	1908.82.220	佐太神社	木・紙	Max L=166mm	木製，紙で包装された玉串（護符）。「八百萬大御神御玉串」とある。
13	1908.82.102	佐太神社	紙	Max L(folded) =153mm	紙製護符。親子の牛の絵，「佐太神社守護」とある。
14	1908.82.194	佐太神社	木・紙	Max L=166mm	紙に包まれた木製のお札。「八百萬大神御玉串」と刷られている。
15	1908.82.221	城山稲荷神社	木・紙	Max L=273mm	紙に包まれた木製のお札。「城内稲荷神社御祈禱御玉串」とある。
16	1908.82.93.1,2	城山稲荷神社	絹織物、紙	Max L=178 mm	台紙に貼られた絹製の護符と中の封筒。Field Collector : Mason とあるが，ハーンの誤りか。「松江城内稲荷神社神璽」とある。
17	1908.82.363	城山稲荷神社	紙	Max L=218mm	紙製護符。狐の絵，朱印，「松江城内　稲荷神社」とある。
18	1908.82.443	城山稲荷神社	紙	Max L(folded) =148mm	紙製護符。二体の狐の絵，「神宣　天津祝詞乃大祝詞乃事於宣例如此宣羅波　守護」とある。
19	1908.82.365	城山稲荷神社	紙	Max L=143mm	紙製護符。二体の狐の絵，「神宣　天津祝詞乃大祝詞乃事於宣例如此宣羅波　守護」とある。
20	1908.82.366	城山稲荷神社	紙	Max L=143mm	紙製護符。二体の狐の絵，「神宣　天津祝詞乃大祝詞乃事於宣例如此宣羅波　守護」とある。
21	1908.82.264	城山稲荷神社	紙	Max L=486mm	不詳

22	1908.82.247	須衛都久神社	紙	Max L=430㎜	データベースにはSuetsuki-jinnjyaとある。紙製護符。「須衛都久神社御守」「御祈禱御守」の2種，朱印あり。
23	1908.82.168	武内神社	紙	Max L=223㎜	紙製護符。長寿の御守り。
24	1908.82.265	玉若酢神社	紙	Max L(folded) =146㎜	紙製の玉串。「県社玉若酢神社御玉串」，朱印あり。玉串の形態について疑問あり。
25	1908.82.270	玉若酢神社	紙	Max L=290㎜	朱印とともに「玉若酢神社御玉串」と刷られている。
26	1908.82.231	日御碕神社	木・紙	Max L=48㎜	紙に包まれた木製の護符。「日御碕神社」と刷られている。複数あり。
27	1908.82.107	日御碕神社	紙	Max L(folded) =168㎜	紙製護符。「日御碕大神宮　牛馬安全御祈禱守護」とある。
28	1908.82.377.1,2	賣布神社	紙	(1) Max H=109 (2) Max H=154	(1)護符の包装紙で「白潟賣布神社守護」と朱で刷られている。 (2)黒で刷られた神像と朱の押印あり。
29	1908.82.111	美保神社	紙	Max L=145㎜	紙製護符。「美保神社諸願成就御祈禱守護」とある。
30	1908.82.105	美保神社	紙	Max L=148㎜	紙製護符。朱印，牛・馬の絵，「美保神社　牛馬安全守護」とある。現在も手刷りで同様の護符を授与している。
31	1908.82.108	美保神社	紙	Max L=144㎜	紙製護符。「牛馬安全守護」。
32	1892.29.8	八重垣神社	竹・繊維	Max L=145㎜	チェンバレンの説明によれば，八重垣神社の海水を運び，献ずるための竹製の容器。ハーンの作品「八重垣神社」に言及あり。
33	1892.29.9	八重垣神社	竹・繊維	Max L=140㎜	チェンバレンの説明によれば，八重垣神社の海水を運び，献ずるための竹製の容器。ハーンの作品「八重垣神社」に言及あり。

34	1908.82.191	八重垣神社	紙	Max L=125㎜	「御祈禱御守」と紙に刷られている。
35	1908.82.201	八重垣神社	紙	Max L=126㎜	護符の包装紙で「八重垣神社」と朱で刷られている。
36	1908.82.202	八重垣神社	紙	Max L=107㎜	護符の包装紙で「八重垣神社」と朱で刷られている。
37	1908.82.305.1,2	八重垣神社	紙・粘土・木	(1)データベースに記載なし (2) Max L=206 ㎜	(1)土製の頭，木製の胴と腕をもつ神像。(2)「出雲八重垣神社縁結御雛」と刷られた封筒。
38	1892.29.19	八重垣神社	紙・粘土・木	Max L=265㎜	1891 年 4 月 4 日付けハーンのチェンバレン宛書簡に言及あり。
39	1908.82.170	八重垣神社	植物・紙	Max L=190㎜	「連理玉椿愛敬御祈禱御守」と朱印あり。
40	1908.82.203	八重垣神社	紙	Max L=106㎜	護符の包装紙で「八重垣神社」と朱で刷られている。
41	1908.82.679	不明	紙	Max W=280㎜	龍神が描かれている。色つき。帰属寺社名は不明だが，データベースの Place details に Shimane, Izumo とある。
42	1908.82.680	不明	紙	Max W=285㎜	三体の神像が描かれている。色つき。帰属寺社名は不明だが，データベースの Place details に Shimane, Izumo とある。
43	1908.82.343	不明	紙	Max L=265㎜	大型の紙に，神の姿や名前等が刷られている。神名は「高御産巣日神」「天之御中主神」「神産巣日神」「須佐之男」「大国主」など。

＊その他（博物館のデータベースには入力されていないが，コレクション内に存在する出雲地方の護符）：
・松江紙屋町延壽院，隠岐國峯山地蔵院（併記）　紙製護符
・春日神社御守，開運出世守　紙製護符

雷に打たれて——フランスの一日本学者の回想

Coup de foudre

ベルナール・フランク
（紹介と翻訳・平川祐弘）

〈紹介者より〉

ベルナール・フランクとラフカディオ・ハーンを結びつける深い縁《えにし》にふれたい。その縁はまた北米の日本学者が見落としているハーンの魅力を、第三者の立場から、明確に説き明かしてくれもするだろう。

二十世紀の最後の四半世紀、フランスの日本学の総師はコレージュ・ド・フランスの教授に選ばれたベルナール・フランク博士（一九二七―一九九六）であった。博士の没後、フランク教授の『日本仏教曼荼羅』は夫人仏蘭久淳子さんの見事な訳で藤原書店から二〇〇二年に出版された。フランク博士は練達の文献学者だったが、それだけではない。彼はただ書斎に跼蹐《きよくせき》するだけのフィロローグではなかった。レヴィ＝ストロースはその書物に寄せた好意あふれる序文の冒頭で、フランクの思想と著作の独自性を示すものとして、フランクが「日本における具体的な姿の宗教生活をありのままに理解するために、私は出来る限りこの国の中を歩き回ってみようと決心した」と述べた一節を引いた。フランクとハーンのつながりはそのような志向の中にある。ラフカディオ・ハーンは、仏典を読破する語学的な学識には欠けていたから、「庶民信仰と正統的教義の融合」というようなフランク教授が目指した、実生活と書物の両面からアプローチする、バランスのとれた研究はできなかった。しかし文献学者としてのアカデミックなバックグラウンドが不足し、そのために書籍的理解の力に欠けたハーンだったが、「街の音が聞こえてくるような人々の生活に親密に結ばれた」具体的な姿の宗教への関心においては、ハーンとフランクは共通していた。というかその点にかけては、ハーンこそがフランクを「この国の中を歩き回ってみようと決心」させた先達であった。『日本仏教曼荼羅』の「「お札」考」と題された第十一章の「ラフカディオ・ハーンが描き残した村や町に生きていた仏教」という節ではこう述べている。

私が日本文明にひかれた最も強い原因の一つに、疑いもなく、この文明を築いている宗教的諸要素があった。この関心が目ざめる前は、仏教に興味を持っていたとはいえ、私はまだ創始者シャカムニの歴史的——現実または伝承の——観点から、またはその教理の観点からのみで知っていたのであり、仏教が仏教国において、実際にどのように生きて来たかということについては何も知らなかったのである。ラフカディオ・ハーンを通じて私は日本を知った時、神仏分離政策の後であったにもかかわらず、その時代に出雲やその他の地方で、神道と結び着いて実際に信心、実践されていたそのままの、生きた宗教を見ることを学んだのである。

ハーンは観音や地蔵に関する多くの伝説を紹介し、またあちらこちらで、薬師・不動明王・閻魔王・弁天・稲荷・庚申というようなその他多くの礼拝尊について言及している。

このようにフランクの関心が『知られぬ日本の面影』の著者ハーンと重なることを述べている。フランクに未発表の自伝的文章があること、そこにハーンとのかかわりが出ていることはレヴィ＝ストロースが序文でふれた。察するにこの文化人類学の泰斗その人が民俗学者ハーンを愛読していたから、フランクの仏教の神々の神道化などの研究にも共感をもって着目したのであろう。私はフランク博士の弟子筋にあたるジャクリーヌ・ビジョー教授を介してお願いして、淳子夫人からCoup de foudre「雷に打たれて」と題された一九八六年六月五日執筆のタイプ用紙九枚のその文章のコピーをいただいた。一目ぼれしたことを「雷に打たれた」とフランス語でいうが、カルノー高校でヴィアル教授から新知識を授けられ、青天の霹靂《へきれき》のように東洋に一目ぼれした興奮が、この自伝的文章に実に鮮やかに記されている。ハーンとの出会いをこれほど美しく記した文章は世にも稀である。

一読して、西から東へ来たフランクはこのような知的情的青春を過したのか、と感銘深かった。私自身はフランクが春に来日した一九五四年の秋、東から西へ行った者だ。西へ旅立つ前、駒場の学部を出る時、モリス・ド・ゲランの手紙や日記を扱った。それを聞いたフランクが、後年私の家で、ゲランの散文詩 *Le Centaure* を朗々と誦して家人を驚かせたことがある。そのゲランの『ル・サントール』のこともこの回想に出て来る。je decouvris toute vive……l' atmosphère enivrante d'une nature animée par les dieux.「神々によって生気を帯びた自然の陶酔させるような雰囲気」。

いい言葉ではないか。この感覚が好きだ。フランクが発見したこの世界には後に神道の世界に共感する素地が秘められている。

英国日本学会会長だったルイ・アレン博士が没して後、今日の米英の日本学研究者でハーンに注目する人はいない。というか米英では、ハーンは日本研究者の反面教師のように見做され、貶められている。小泉八雲への日本国内の高評価とはいかにも対照的だ。世界の中のハーンの位置はまだ定まっていない。そうした中で、フランスで日本学をリードしたフランク教授のハーンへの思い入れはいかにも興味深い。読者諸賢が本文をハーンについて三点測量するよすがとされることをお薦めする次第だ。以下フランク博士の『雷に打たれて』から抄記する。

*

記憶の最果ての頃から、小さな私には時空《じくう》をこえてよそへ行きたいという夢があった。六十歳に近づいたいま思い返すと、私はどうやら十九世紀の遅れてきた子供であったらしい。若い頃の私に燈台の明かりの役割を果たしてくれた読書が何冊かあった。第一冊はカミーユ・フラマリオンの『通俗天文学』で、第二冊は、時限装置のついたように後になってインパクトがじわじわときいてきた、G・マスペロの『東方諸民族の古代史』であった。これは父が学校で読まされた分厚い書物で、一八八四年の出版、堅牢な群青《ぐんじょう》の布地の背に細い金文字入りで、いまも私の手もとにある。その本の中で私が一番好きだったのはエジプト史だった。それなものだから、お守りのように大切にし、私にとってこの本は「マスペロのエジプト」となったほどである。神話にひたりきった一時もあった。そのせいか私の心中には多神教へのノスタルジーがいまも秘められて眠っている。モリス・ド・ゲランの『ル・サントール』などの詩でもって、神々によって息づいている自然の世界を発見した時は、そのノスタルジーが目覚めて、若い私はその雰囲気に陶然としたものだ。(…)

そうした読書往来の中で極東はあまり問題にはならなかった。(…)それが十八歳の終りごろ、思いもかけぬ細い縁で中国と日本が私の生活の中に突然はいり込んで来た。それはまったく意想外でしかも逆らい難いものだった。(…)

一九四五年の冬、私はパリのカルノー高校にいた。フランス解放後の最初の学年で、皆新しい期待に胸をふくらませ、多かれ少なかれ興奮していた。髪は半白で小柄で優しい哲学のヴィアル先生がかぼそい声で講義をしていた。(…)ふだんの私は、まだ知的にませていなかったせいか、講義に夢中になれなかったが、その日は不思議といおうか、先生の言ったことが私の人生を決めてしまった。

その時間、先生は社会学の話をして、デュルケムやレヴィ＝ブリュールや「参加の原理」について述べた。講義に具体例を添えるために先生はいつもする通り、自分のおびただしい読書体験から思い出を語り、中国思想からその原理の一例をあげ、(…)「その点についてはグラネーの『シナ』やマスペロの『シナ』を読んでごらん」と言った。

その「マスペロの『シナ』」で私は雷に打たれたのだ。(…)私はその運命的な時、めくらめくような気持で自分は中国についてなにも知らない、と自覚した。マルコ・ポーロの異例な話を別とすれば、中国が教科書に出てくるのはアヘン戦争というわれわれの侵略によってその国が解体された時のことだけである。中国は歴史の外に置かれていた。中国が存在するのは骨董品という怪しげな通弁を介してのみだ。空気が突然抜けた時のように、新鮮な酸素を吸いたいという強い衝動が生れた。その時はこのマスペロが私のマスペロではなく、その息子だということをまだ知らなかった。シナ学者アンリ・マスペロのすばらしい業績の存在を知ったのはその次の年のことである。一九四五年当時、アンリ・マスペロは強制収容所に囚われの身で、じきにブッヘンヴァルトで亡くなるのであった。(…)

ヴィアル先生があの日あそこで話を止めていたら、私の運命はどうなっていたことだろう。しかし楽しそうに脱線すると先生は話を続けた。「日本という国もある。これはたいへん独特な文明で……人々はたいへん洗練され、感じやすい……言葉は擬声音を多用する」。ここでも先生は知識の出典を教えてくれた。「それについてはラフカディオ・ハーンを読むがいい。母方はギリシャ、父方はアイルランドの英国人で日本へ渡って暮らし、その地で死んだ。その国について書いたが、読む人の心をとらえずにはおかぬ作品だ。『メルキュール・ド・フランス』誌に見事な翻訳が載っている……」

私の頭の中では連鎖反応が続いた。中国を話題にあげる人が次に日本を話題にあげるのは当然だ。だが中国だけでもすでに遠い。およそ信じがたいほどなにも知られていない。日本はその中国よりさらに向うだ。アンデルセンに出てくる「中国皇帝の鶯」の童話を私は思い出した。そこでは日本の天皇は中国の皇帝に機械仕掛けの鶯を送ることになっている。だがその童話では日本の天皇は目に見えない。たいへん遠くの存在だ……

ヨーロッパで第二次世界大戦がいまだ終結せず、太平洋では日本の神風特攻隊員が天皇の御名を唱えて連日のようにアメリカの航空母艦に襲いかかっていたあのころ、こんな夢に耽っていたのはわれながら不思議な気がする。アンデルセンの天皇と天皇陛下とは違うといえば違う。しかしだからといって天皇でないわけではない。だがこれでは、ジャパネスクとでもいうべきものを通して把握する日本というイメージになってしまうではないか。だが私がその決定的な日に思い浮かべた日本は、軍靴を穿き、アジアを占領した獰猛な日本の姿を押し隠してしまうような、それとは別の日本であった。そのことも告白せねばならない。私の予覚の中の日本は、歴史的に広大で、逆に中国とは切っても切れない縁で結ばれていた。

がやがやと校庭を後にした。(…)その日、ほかの事はさておいて、私はカルチエ・ラタンにグラネーやマスペロの『シナ』という書物を探しに出た。先生がまとめて*Chine*といった書物が、片方は『シナ思想』と『シナ文明』で、もう片方が『古代シナ』という題だということをその時は知らなかった。しかしあの品不足のころにはなにも見当たらなかった。だがそのかわりに、ロワイエ・コラール小路とサン・ミシェル通りの角の古本屋——いまも店構えは多少変ったがそのまま残っている——で、十二冊は優にあるハーンのフランス語訳がずらりと並んでいるのを見つけたのである。

その題名*Pèlerinages japonais, Esquisses japonaises, Voyage au Pays des Dieux, En glanant dans les champs de Bouddha* ……それらがまるで一陣の煙のように私の顔に立ち上ってきた。それらの本はそのショー・ケースの中で私が来るのをずっと待っていたような気がした。『知られぬ日本の面影』の章の題名「神々の国の首都」「死者たちの市場で」「江ノ島への巡礼」それらも私の心のときめきを増した。……いま鍵ともいえる句をまた見出せるのではないかと思って、このハーンの仏訳本をおそるおそる開いてみる。あった。「私も方々へ巡礼の旅をしなければならない。この市をぐるっととりまいて、川のかなた、山のあなたに、いつからともなく古い神聖な場所があるからだ。……古代の神々によって建てられた杵築《きづき》の大社である。……」(1) そして別の箇所にはこんなすばらしい出だしもある。「国造は頑健で、杵築の男の誰にもおとらず海が好きである……」(2)

ハーンは古くからの神道とギリシャ人の宗教との類似性を指摘したが、そうした神道と並んで、仏教のことも忘れてはいない。——あの私にとって大切な仏教である。ハーンがここで話題とするのはクシナガラで沙羅双樹の下で涅槃に入った釈迦牟尼という苦行者の仏教だけではない。ハーンは日本人の一人一人の暮らしと密接に混じりあった具体的な仏教についても語ってくれる。「天神町と平行して寺町の広い通りがあり、その東側はお寺が切れ目なく続いている。瓦を載せた御所風のがっしりした壁が道路に面して立ち並び、堂々たる表門が一定の間隔を置いて次から次へと姿を現わす」(3)。「寺の広い境内は民衆の生活を眺めることの大好きな人には滅多にないほど面白い場所だ。古い古い昔から幾世紀もの間、ずっと子供たちの遊び場だったからである」(4)

景色の魔法も描かれている。「日御碕の海の門となっている大鳥居は白い花崗岩でできている。厳しいまでに美しい」(5)。「旅を続けてゆくにつれて、日々、景色が美しさを加えてゆく——火山国特有のあの変幻自在の風光美である」(6)

だが風景にもまして人間が描かれている。ハーンは後に明治日本のある種の硬直化によってある時は苦い目にもあったが、それでも当初は理想的な人間性を認めた。「人々の表情は辛抱強い明るい期待でなんともいえぬ様子をしている。なにか面白いことが起るのを待ち望んでいる様子だ」。「世の中にこれだけ穏やかで感じのいい顔立ちの人たちはちょっとよそでは考えることはできない」

またたちまち日本語の持つ深い魅力に私もとらえられた。ハーンが言葉に感じやすい人であることは読めばすぐそれと知れた。ハーンが次から次へと日本語会話の一節や和歌や諺や記録の端々を引用するからである。複雑な子音でもって皺くちゃにされてしまった言語でない日本語は、母音が澄んでいて美しい。日本語の一種の若々しさに私は魅了された。

こうして三週間の内に十二冊とも買ってしまった。そして自分は次の新学年度から日本語を習うのだと決心した。(…) 雷に打たれてから九年、一九五四年春に日本へ行くまで、日本語のほかに、文献学や歴史、とくに宗教史、法律、古典中国語、サンスクリットなどを、日本文明に自分が意図する角度から接近する上でのバックグラウンドを形成するためのものとして身につけようとつとめた。(…)

フランス郵船が横浜に近づいた時、この最後の到着の瞬間により大いなる荘厳さを与えようとするかのように靄が船を包んだ。待ちこがれた国の姿が隠れて見えない。人々でごった返している岸壁が数メートル前に突然現われて、私は人々の声を聞くと同時に人々の姿を見た。これほど数多くの日本人を一度に見たのはその時が初めてだった。ああここではすべての人が日本人なのだと思うと、その当り前のことが嬉しくて胸が喜びで一杯になった。日本の土を最初に踏んだ日、横浜から東京に車で向かう途中、雑多な光景が目の前に繰りひろげられたが、時々縦に漢字で書かれた看板がリズムをつけている。ところどころお寺の屋根を見かける。その時ハーンのことをしきりと思い出した。日本での最初の巡礼の一つは雑司ヶ谷墓地へ行ってハーンのお墓に参ったことだった。

「いかがです。今のあなたの御意見は？　ハーンの日本はもうじき百年になりますよ」

誰かがそんな問いを私に向けて発しそうな気がする。

＊

フランク教授の自叙伝的文章は、このような自問自答で終る。ハーンの日本は過去の幻影か。古い日本は消えてなくなるのか。フランクさんに確信はない。だがこのような太古からの文明をもつ国はその深い構造をそうたやすく変えることはないのではあるまいか。フランクさんは日本の驚くべく急速な変化にも眼を輝かす人でもあったが、そんな感想でこの回想を終えている。だが二十世紀の末の二十年、フランスの日本学をリードした碩学《せきがく》が、このような回想を残したということそれ自体が、世界の日本研究におけるハーンの秘められた意味の大きさをおのずと語っているように思われる。(7)

注

（1）ハーン『神々の国の首都』第十五節。

（2）ハーン『杵築へのノート』第二節。

（3）ハーン『神々の国の首都』第十三節。

（4）同。

（5）ハーン『日御碕』第二節。

（6）ハーン『盆踊り』第一節。

（7）紙面に限りがあるので、フランク教授の自伝的文章の約三分の一を占めるハーン関係の部分のみを『國文學』没後百年ハーン特集号（学燈社、二〇〇四年十月号、五六―六一頁）のために訳出させていただいた。

ハーン・マニアの情報将校ボナー・フェラーズ

加藤哲郎

ボナー・フェラーズ（Bonner Fellers, 1896-1973）は、第二次世界大戦期のアメリカ合衆国の軍人で、情報将校である。日本の敗戦直後に連合国軍総司令部（ＧＨＱ）マッカーサー元帥と共に、マッカーサーの副官として来日、天皇制の維持や昭和天皇の戦犯不訴追に重要な役割を果たした。

フェラーズと小泉八雲とは、生きた時代が異なる。フェラーズは、書物を通してラフカディオ・ハーン＝小泉八雲を知った。フェラーズは、アメリカにおける小泉八雲の愛読者であり、「ハーン・マニア」と言われたほどの書物のコレクターであった。

だが、たんなるハーンのファンである米国人ならば、敢えてここで取り上げる必要もない。フェラーズが、ラフカディオ・ハーン＝小泉八雲を知った偶然と、たんなるファンから訪日して小泉家を訪問する「マニア」となり、そのことが、日本の敗戦後に連合国軍総司令官マッカーサー元帥の副官としてフェラーズが占領改革にたずさわる際に、天皇制についての重要な政治選択をもたらした経緯が、ここでの問題である。

フェラーズの青春――小泉八雲との出会い

二〇〇六年から、国立国会図書館憲政資料室で、マッカーサー記念館所蔵「ボナ・フェラーズ文書」のマイクロフィルム全五巻が公開されている。そこでは、フェラーズの経歴は、以下のように説明されている。

Bonner F. Fellers（1896-1973） 1918 陸軍士官学校卒、1935 司令・参謀学校卒、1936.2 フィリピン軍管区司令部附兼フィリピン軍事顧問参謀（マッカーサーとケソンとの間の連絡係）、1938.4 陸軍大学、在アフリカ英国軍軍事監視員、1940.10 エジプト米陸軍武官、1942.7 陸軍省陸軍諜報局、戦略諜報局（OSS）、1943 南西太平洋地域総司令部参謀第5部長、1944.11 南西太平洋地域司令官（マッカーサー）軍事秘書官、1945.6 米太平洋陸軍司令官（マッカーサー）軍事秘書官、1946.1-8 対日理事会事務局長、1946.11 退役、1947-1952 共和党全国委員会会長補佐、1959-1969 市民外国支援委員会委員長。

話は、陸軍士官学校入学前の、フェラーズの学生時代に溯る。

一八九六年にイリノイ州の敬虔なクエーカー教徒の農家に生まれたフェラーズは、第一次世界大戦の始まる一九一四年に、インディアナ州リッチモンドのアーラム大学に入学した。そこで、日本の女子英学塾からの留学生渡辺ゆりと親しくなった。

渡辺ゆり（後の一色ゆり）がクエーカー教系のアーラム大学に留学したのは、当時津田梅子の創設した女子英学塾の教授で、日本ＹＷＣＡの創設者の一人、後に東京・世田谷に恵泉女学院を創立する、河合道《みち》の尽力によるものだった。渡辺ゆりは、河合道と津田梅子の推薦で、男女共学のアーラム大学への女子英学塾からの派遣第一期生として一九一一年に留学、五年間そこで学んだ。最後の二年間が、フェラーズと重なる。そこでフェラーズは、渡辺ゆりを通して東洋の新興国日本に関心を深めた。

第一次世界大戦中の一九一六年に、アーラム大学を中退し陸軍士官学校（ウェストポイント）に進んだフェラーズは、一八年に卒業、二一年からフィリピン駐留になり、二二年に休暇を利用して初来日する。そこで、渡辺ゆりから河合道を紹介され、「戦争を望まないリベラルな日本人リーダー」「世界のすばらしい女性のひとり」と評しうる教育者、河合道と知り合うことになった。もうひとつ、渡辺ゆりの紹介で、小泉八雲＝ラフカディオ・ハーンの名を知ったのも、この旅の収穫だった。フェラーズ文書中の「Japanese Background」という手記に、この出会いが記してある。

休暇は終わりに近づいた。私は横浜からマニラ行きの船に乗ることを決めた。ゆりは横浜までついてきてくれた。そのとき、日本を知るにはどうすればいいかと私は尋ねた。いちばんいい資料はラフカディオ・ハーンだと、彼女は答えた。外国人だけど、日本人の内面をよく理解している。文章も美しい。そして日本に西洋を紹介した。でも、と言ってゆりは付け加えた。「彼はクリスチャンじゃないから、私は好きじゃないわ」

私はハーンの本を二冊抱えて航海に出た。その後、彼のすべての著作を私は集め、読破したと思う。（東野真『昭和天皇　二つの「独白録」』NHK出版、一九九八年、四六頁）

ハーンの『神国日本』をはじめとした書物を読破し、一九三〇年にドロシー夫人を連れて再来日したフェラーズは、東京西大久保の小泉家を訪ね、以後もハーンの遺族と親交を重ねた。「ハーンは、日本人を理解した、初めての、そして唯一の西洋人であったろう」というのが、「ハーン・マニア」になったフェラーズの感想だった（同前、四九頁）。

対日心理戦の情報将校フェラーズ

ただしそれは、米国職業軍人としてのフェラーズが、心理戦・情報戦のエキスパートとなっていく過程でもあった。

一九三五年に陸軍指揮幕僚大学の卒業論文として書かれた「日本兵の心理」（The Psychology of the Japanese Soldier）は、「日本帝国の運命は、軍の指導者が握っている。彼らは、天皇にのみ責任を負っている。天皇は神聖で不可侵なものとされている。音楽にたとえれば、軍は天皇に次いで日本全体の基調音をなしている」と、「西洋的な戦略を軽視」し「自信過剰で、敵を過小評価する」日本兵の心理を分析する（同前、五二―五三頁）。

一九三七年には、フェラーズはフィリピン軍軍事顧問だったダグラス・マッカーサー（後のGH

Q総司令官）及びフィリピン独立準備政府ケソン大統領と共に三度目の来日をし、二・二六事件後の軍部台頭、日中戦争へ向かう日本をまのあたりにする。この時マッカーサーもケソンも、フェラーズの「日本兵の心理」を読んだという。当時の駐日米国大使はジョゼフ・グルーで、マッカーサー一行の歓迎レセプションには、結婚して姓の変わった一色ゆり夫妻も出席していた。この年フィリピンから米国に戻り、陸軍大学に入学したフェラーズは、翌三八年にも四度目の来日をし、「天皇のために死ぬ覚悟を決めているように見える」出征兵士たちを目撃した。

こうした経歴から、日米開戦後にフィリピンからオーストラリアのブリスベンまで退却した南西太平洋軍司令官マッカーサーに請われ、フェラーズは、一九四三年九月にマッカーサー司令部統合計画本部長に就任、マッカーサーの軍事秘書、ＰＷＢ＝心理作戦本部長として活躍する。

一九四四年八月二九日付対日心理戦指令文書に、フェラーズは、「日本人の心理について書かれた最高の文献は、おそらくラフカディオ・ハーンの著書である」と記した（同前、六二頁）。具体的な心理作戦では、天皇の戦争責任と軍部との関係が問題だった。ＰＷＢ発足時の「日本への回答」（Answer to Japan）では、「天皇として、そして国家元首として、裕仁は戦争責任を免れない。彼は太平洋戦争に加担した人物であり、戦争の煽動者のひとりと考えなければならない。彼が指導者として認めた東条が、政府を完全に掌握したのである。天皇の支持を得たことにより、この狂信的な指導者は、あらゆる狂気じみたことを行なうことができたのである」としたうえで、日本敗戦時に「大衆は悪質な軍人たちが聖なる天皇をだましたと悟るだろう」、「天皇を退位させたり、絞首刑にしたりすれば、すべての日本人の激しい暴力的反発を招くだろう」、だから「アメリカは後手に回らず、先手を打たなければならない。しかるべき時に、天皇及び国民と、悪質な軍国主義者どもとの間にくさびを打ち込むべきである」とする（同前、六七－六八頁）。

つまり、一九四五年四月に「対日心理作戦のための基本軍事計画」に明記したように、「天皇に関しては、攻撃を避け無視するべきである。しかし、適切な時期に、我々の目的達成のために天皇を利用する。天皇を非難して国民の反感を買ってはならない」という作戦計画（オペレーション）になる（同前、六七－六九頁）。

マッカーサーへの進言と昭和天皇『独白録』

一九四五年八月三〇日、フェラーズは、戦勝国の総司令官マッカーサーの副官として日本に上陸する。まっさきに始めたのは、人捜しだった。岡本嗣郎『陛下をお救いなさいませ――河井道とボナー・フェラーズ』（ホーム社、二〇〇二年）に詳しく描かれたように、一色ゆりと河合道の消息を求め、九月二三日には二人をアメリカ大使館敷地内の自宅に招待し、旧交をあたためる。戦災を免れた小泉家にも訪れて、食糧から就職の世話まで、さまざまな援助をした。

河井道は、戦争中、クリスチャン故に恵泉女学園で天皇の御真影を掲げることを拒否し、軍部からにらまれ、検挙もされていた。フェラーズは、そんな河合に、天皇の処遇の仕方を尋ねた。河合の答えは、天皇の処罰に反対し「もし陛下の身にそういうことが起これば、私がいの一番に死にます」というものだった。それは、天皇を神＝ゴッドとして崇拝する故ではなかった。「私たち日本人は神を持っていない」が「陛下は国民に親しまれている」というものだった。

フェラーズは、そこから「戦争における日本人の残虐性は、精神的なよりどころとなる神が存在する西洋と異なり、そういった神が存在しない日本の宗教に起因するものである」と了解する。その直後の九月二七日、マッカーサーと天皇の初めての会見に陪席し、個人としての人間天皇にも親しみをおぼえる。

それが、一九四五年一〇月二日、河井道の助力を得て作られたフェラーズの有名な覚書、マッカーサーの天皇観に決定的影響を与えたと言われる「最高司令官あて覚書」に結実する。日本国憲法に書き込まれた「象徴天皇制」の、一つの有力な起源とされるものである。

天皇に対する日本国民の態度は概して理解されていない。キリスト教と異なり、日本国民は、魂を通わせる神を持っていない。彼らの天皇は、祖先の美徳を伝える民族の生ける象徴である。天皇は、過ちも不正も犯すはずのない国家精神の化身である。天皇に対する忠誠は絶対的なものである。(東野前掲書、三四頁以下)

ただし、フェラーズは、国家元首としての天皇が「開戦の詔書」に署名した責任はあるという。問題は、それが「天皇の自発的意思」であったかどうかだった。そのさい、「天皇の措置によって七〇〇〇万の兵士が武器を放棄」し「何万何十万もの米国人の死傷が避けられ、戦争は予定よりもはるかに早く集結した」終戦への貢献は評価され、「もしも天皇が戦争犯罪のかどにより裁判に付されるならば、統治機構は崩壊し、全国的反乱が避けられないだろう」という。アメリカの長期的な国益からして、「象徴的国家元首」としての天皇に政治的利用価値を見出す。

そこから、フェラーズのもう一つの工作、日本側で天皇の窓口になった寺崎英成と図って、極東軍事裁判（東京裁判）に向けて「天皇不訴追」のために天皇自身から聞き取りしたオーラルヒストリー「昭和天皇独白録」が紡ぎ出された。

「昭和天皇独白録」は、『文藝春秋』一九九〇年一二月号に発表され、大きな反響をよんだ。一九四六年三―四月に昭和天皇の側近五人が天皇自身から戦争との関わりを聞き取りした便箋一七〇枚の記録で、出席していた当時の御用掛寺崎英成のアメリカに住む長女の家で発見された。聞き取りは極東軍事裁判の被告選定の時期で、天皇の戦争責任を回避するための弁明文書ではないかと推論された。とすると英語版もあるはずだと探索が始まり、NHK取材班が、別テーマでの特集番組取材の過程で、フェラーズの遺宅に、英文タイプ一二枚の「by Hidenari Terasaki」とフェラーズの筆で注記された「独白録」要約版が発見された。その経緯と内容、日英語版の綿密な比較は、前述東野真『昭和天皇　二つの「独白録」』に詳しい。「独白録」作成そのものに、フェラーズが重要な役割を果たし、「天皇の無罪」を立証して「不訴追」を実現する工作を行なっていた。

そこから、ラフカディオ・ハーン＝小泉八雲の日本についての著作を原点として、小泉の思想が渡辺（一色）ゆり、河合道を介して米国陸軍きっての日本通フェラーズに伝わり、「ハーン・マニア」のフェラーズが敗戦時にマッカーサーに働きかけて「天皇不訴追」と「象徴天皇制」成立の有力なルートとなったとする研究が現われた。すでに平川祐弘『小泉八雲とカミガミの世界』（文藝春秋、一九八八年）が先駆的に示唆していたラインであったが、それが日本語・英語の文献資料の裏付けを得て、ピューリツアー賞を受賞したアメリカのジョン・ダワー『敗北を抱きしめて』（原書一九九九年）やハーバード・ビックス『昭和天皇』（原書二〇〇〇年）にもとりあげられ、広く認められるようになった。

日本の宗教と文化を愛し深く理解した小泉八雲の思想が、フェラーズを通じて甦ったかたちである。

象徴天皇制の起源と小泉八雲＝フェラーズ

以上のストーリーから、二〇世紀日本のヒストリーの重要な一齣が紡ぎ出された。ただし、ここから小泉八雲とフェラーズこそ「象徴天皇制誕生の父」であるとする短絡は、学術的には正確ではない。以下に、その点を略述しておこう。

第一に、敗戦後の昭和天皇の処遇をめぐる問題は、フェラーズからマッカーサーのラインにおいてのみ検討されていたわけではない。連合軍を構成する米国、英国、ソ連、中国などの国家的思惑はもとより、ドイツ・ナチズム、イタリア・ファシズムの戦争指導者の責任追及をはじめ、敗戦で「解放」された旧植民地朝鮮・台湾やアジア民衆の意向を含む国際関係の力学の中で決定された。

第二に、そこでGHQマッカーサー司令部が中心的役割を占めたにしても、米国本国のトルーマン大統領、国務省、国防省、陸海空軍、情報機関など各国家機関の思惑や世論も作用しており、国務省のジョージ・ブレイクスルー、ヒュー・ボートン、ジョゼフ・バランタインらの検討でも、一九四三年には「天皇の利用」政策が明確になっていた（五百旗頭真『米国の日本占領政策』中央公論社、一九八五年)。筆者自身の研究では、米国初の本格的情報機関戦略情報局(OSS)を中心とした米国心理戦共同委員会「日本計画」において、すでに開戦半年後の一九四二年六月には「天皇を平和の象徴として利用する」方策が明確にされ、それは当時オーストラリアのマッカーサーにも伝えられていた(加藤『象徴天皇制の起源』平凡社新書、二〇〇五年)。

第三に、フェラーズの天皇制擁護を、「ハーン・マニア」の線のみから評価するのは正確でない。上述したフェラーズの経歴の空白期、一九三八年の戦前最後の来日から四三年九月のマッカーサー司令部心理作戦部赴任の間の軍歴が重要で、三八年四月に在アフリカ英国軍軍事監視員、四〇年一〇月にはエジプト米陸軍武官としてアフリカ戦線に従軍、四二年七月帰国後四三年九月までは、ワシントンで戦略情報局(OSS)ドノヴァン将軍率いる米国心理作戦の中枢、計画本部のナンバー4になっていた。そこでのフェラーズは、対日工作のみならず対独工作を含む世界的規模での心理作戦立案にたずさわっており、その手腕が評価されてマッカーサーに招かれた。つまり、米国の国益に沿ったグローバルな戦後世界の設計こそフェラーズの情報将校としての主任務であり、日本での天皇利用は、一九四二年六月「日本計画」に沿ったその一環であった。

第四に、小泉八雲をクエーカー教徒フェラーズに紹介した一色ゆり、フェラーズがマッカーサー宛「覚書」作成で頼った河井道は、必ずしも小泉八雲の崇拝者ではなかった。河井道は、もともと新渡戸稲造に学んだ教育者であり、新渡戸の晩年の英語著作『日本 その問題と発展の諸局面』(一九三一年)には「天皇は国民の代表であり、国民統合の象徴である」と、日本国憲法第一条と酷似した表現があった。太平洋戦争開戦時の米国対日作戦従事者は、小泉八雲や新渡戸稲造を含む膨大な英語での日本社会・文化の著作・論文を参照し、「敵国分析」として戦後日本のシミュレーションを体系的に進めていた。有名な人類学者ルース・ベネディクトの『菊と刀』は、そうした「敵国研究」の副産物だった。

したがって、「ハーン・マニア」フェラーズを、たんなる親日家・日本理解者とするのは誤解を生じる。その天皇制保持・不訴追工作も、当時の米国心理作戦の一部と見るべきであり、米国有数の有能な情報戦エキスパートであったフェラーズの全生涯との関連で、歴史的に評価されなければならない。

ナショナリストとしてのラフカディオ・ハーン

ロイ・スターズ
（河島弘美訳）

二〇〇四年はハーンの没後百年にあたり、それを記念して、人間ハーンとその著作を称える多くの会議や催しが世界中で開かれた。特に日本とアイルランドで盛んだったが、アイルランドの全国紙は、ハーンを指して「まるで名前を聞いたことのない、アイルランド一番の有名人」と呼んだ(1)。日本では郵政省までがこの記念祭に参加して、記念切手を発行した。その切手のハーンは、はるか遠くの、異国情緒豊かな地についてのロマンティックな紀行文や、おとぎ話、怪談の著者にふさわしく、思いにふけるような慎ましいポーズをとっている。しかし、ハーンの場合にはいつもそうなのだが、物事は外見どおりとは限らず、切手の写真にも少々誤解を招くところがある。写真を写されるときハーンは常にこのように、顔を左に向けるか、伏し目がちのポーズをとった。遠い夢を見ているからではない。顔にある障害を隠すためである。おそらくは校庭での喧嘩がもとで、ハーンは十六歳のときに左目を失っており、人と直接会って話をするときでさえ、よく左手でその目を隠したほど、これを気にしていたのである。

生前のハーンは、日本では比較的無名であったのに対して、西洋では既に大変有名だった。日本関係書ばかりでなく、仏領西インド諸島やアメリカの都市ニューオーリンズ、シンシナティについての「地方主義」的作品、および十九世紀フランス文学の優れた翻訳などの著者としてである。先ほど引用した、アイルランドの新聞の言葉に示されているように、現在の状況は、だいたい当時と逆である。記念切手でも明らかなように、日本においてハーンの作品は、国民文学の名作として重要な位置を占めるものと認められており、日本におけるハーン研究の第一人者平川祐弘教授を先頭に、ハーン研究の業績もこれまでになく世に出ている。東京大学名誉教授の平川氏は、ハーンの作品には学問的考察の対象とするに値する価値があると立証するにあたって、最大の貢献をした人である。

西洋におけるハーン評価の急激な下降には、もちろん多くの理由がある。だが、もしこれを歴史的な視点から考察するのであれば、以下のように要約することが可能であろう。一九三〇年代、四〇年代に、日本に対する英語圏の姿勢が否定的な方向に転じたとき、ハーンの日本観は、よく言って素朴、ひどい場合には偽りを述べたプロパガンダとみなされた。ハーン評価にさらに打撃を与えたのは、エドワード・サイードの『オリエンタリズム』によって始まる、一九七〇年代後期のポスト・コロニアル文学批評運動である(2)。そのためハーンは、たとえ取り上げられたとしても、ピエール・ロチに似た異国趣味の、極端な東洋通として片付けられることがしばしばとなった。ただしこれは、ロチが日本、特に日本の女性に対して軽蔑的な姿勢を公然と表わし、一方のハーンが日本一般、ことに日本の女性に対して常に紳士的な敬意と配慮を以ってしたことを考慮すると、まことに不当な見方である。

しかしながら、最近の数年で、事態は変わり始めていると言えるかもしれない。読み応えのある魅力的な伝記が数冊、英語で書かれ、学問的評論集、ハーン選集なども出された(3)。そして、言うまでもないことだが、日本を訪ねる旅行者たちがハーンの著作を読んで、喜びと洞察を見出す状況に変わりはない。この小文において私は、ハーンの弁護人になるつもりはない。また、私の述べることはかなり批判的に聞こえるかもしれないが、ハーンの著作を否定しているとも思っていただきたくない。それどころか、日本についてハーンの書いたものを読んで、私は大きな喜びを感じているし、そこから学ぶべきことも多いと、今も確信しているのである。

1　国家主義者、国際主義者としてのハーン

ハーンは生まれと経験において国際主義者だったが、信念においては国家主義者であったと言えるのではないだろうか。別の言い方をするならば、ハーンはその経歴から見て、多国籍、または国境を超えた「地球市民」――二十一世紀にはますます一般的になったタイプ――の、注目すべき初期の一人であったと考えることができる。ハーンの場合は、フランス文化とクレオール文化に通じた、ギリシア系、イングランド系、アイルランド系アメリカ人が、最後には日本の名誉市民になったというわけである。そしてもちろん、日本について著わした、人気のあるたくさんの本を通じて、国際的な異文化理解の推進者としての役目を果たした。それなのに逆説的なことに、著作の中でハーンが支持する世界観は、彼自身が体現した国際主義をまさに否定するように思われるのである。

明らかな例を一つ挙げよう。『日本——一つの解明』（日本を理論的に扱う、ハーンの主著）の巻末に、ハーンの崇拝するハーバート・スペンサーからの手紙が載せられている。その中でスペンサーは日本人に、「アメリカ人及びヨーロッパ人はできるだけ遠ざけておくように」と警告している。[4]さらに「日本人と外国人との結婚を、日本政府は断固、禁止すべきだ」とさえ述べている。[5]そのような結婚で生まれた子供は必ず「よくない雑種」になるとも言う。[6]スペンサーの忠告は、善意からのものに違いないが、その基礎には、西洋が上だとする、典型的なヴィクトリア朝時代的な暗黙の仮定が存在する。彼の社会的ダーウィニズムによれば、日本の文明は西洋文明より進化が遅れているので、突然外気にさらされた温室の花と同じで、西洋の、より強大な生存術にさらされ過ぎると、しおれて枯れるのを避けられない、というのだ。生き残るための唯一の方法は、江戸時代の鎖国状態にできるだけ早く戻ることだという。言うまでもなく日本は、スペンサーの忠告から一世紀余のうちに、西洋との競争を自国が何ら恐れる必要はなく、例のダーウィニズムとナショナリズムの表現を使えば、むしろ生存に最適な適者の一員だということを、再三証明したのだ。

もちろん、スペンサーの人種的見解は、特に驚くにはあたらない。実際、当時としては典型的な考え方だった。だが、自分自身が「雑種」「混血」の西洋人だったハーン（当時の西ヨーロッパ人からは、ギリシア人が東洋人と考えられていたことを想起するべきである）、日本政府に長年雇われ、日本人と結婚し、誇らしい父となったハーンが、将来の日本にとって最善の道だとしてスペンサーの説をそれほど熱心に支持し、スペンサーの忠告が十分に守られていないと嘆きさえしたのは、実に奇妙に思われる（もっとも、外国人と結婚した日本婦人が、それにより外国人となり、その結婚によって出生した子が外国人となるのは、賢明な規定であると、ハーンは賛同をもって書き留めている)(7)。どうしたら一人の人間が、これほどあからさまに自己矛盾を示せるのかと思うほどだが、それと同時に、ある意味では自己矛盾こそがハーンの思想および著述全体の、重大な特徴ではないか、とも思えてくる。

別の例を示そう。もし日本語や日本文化が、ハーンがしばしばほのめかすように非常に特殊なもので、日本人にしか理解できないとしたら、外国人であるハーンはどんな権利があって、日本人の内面生活、「心」まで解釈できたと主張するのだろうか。日本を解釈する外国人の立場としては、日本文化の持つ万国共通の面、ギリシア＝イングランド＝アイルランド系アメリカ人であるハーン自身にも見出せる面を強調するほうがよかったのではないだろうか。これらの疑問に答えを出す前に、ハーンの自己矛盾の源を、もっと考察せねばならない。

ここで私は、三つの重要な問いを提示したい。その一、日本に来る前のハーンの、ナショナリズムおよび関連する争点に関しての姿勢はいかなるものだったのか。その二、ハーンの生きた明治後期の十四年間、日本におけるナショナリズムの、政治的、文化的環境はいかなるものだったのか。その三、日本時代のハーンには、ナショナリズムおよび関連する争点についての姿勢に変化はあったのか。以上の三点は、それぞれについて一冊の本が書けるほどの問題であるが、この小文において私は、可能な答えのいくつかを簡単に述べることしか出来ないであろう。

2　ナショナリズムに関する、来日以前のハーンの姿勢

何を国家と考えるかによってナショナリズムの概念が大きく異なるのは言うまでもない。私の国カナダは最近、インディアン、およびイヌイット族、別名エスキモー族を「ファースト・ネイションズ」と呼び、政治的文化的主権を認めることとした。特徴的な民族文化を持つ、アメリカ、およびカリブのクレオールについて書いたときのハーンは、この旧式な意味での国家について書いていた。これは、「ナショナリズム」という用語の考案者とされる十八世紀ドイツの哲学者ヨハン・ゴットフリート・ヘルダーの好んだ意味である。実際、来日以前のハーンは、現代の国家ナショナリストとは対立するものとして、ヘルダー的ナショナリストと評するのが妥当かもしれない。つまりハーンは、穏やかで、ノスタルジックでロマンティックなナショナリスト、あるいは、今日の我々が地方主義者とか民俗学者とか呼ぶようなものだったからである。ハーンは確かに、現代の意味でのナショナリストではまったくなかった。均質化を推し進める現代国家の優勢な力の前に、十九世紀後期に既に消えかかっていた、周辺地域の少数派の文化の称賛者だったのだ。ヘルダーとその影響について書いたアイザイア・バーリンの指摘によれば、文化に関するヘルダーの哲学は、フランス啓蒙運動の理想である、理性を前提とする普遍的文化に反対して形成されたものだという。ヘルダーにとって、文化的普遍性ではなく多様性が理想であった。文化はそれぞれ、特定の時と場所から生まれる独特の産物であり、普遍的な法則や基準によってはかることのできない、独自の価値を持つものと考えていた。バーリンは次のように面白く述べている。

ヘルダーにとってはすべてが魅力的だった。バビロン、アッシリア、インド、エジプト、どれも喜んで受け入れた。古代ギリシアも中世も十八世紀も、ほとんどすべてをよしとした。唯一の例外が、自分自身の生きている時代と場所、自分に一番近い環境である。ヘルダーの嫌うものがあるとすれば、それは一つの文化による他文化の排除である。ヘルダーがジュリアス・シーザーを好まないのは、シーザーが多くのアジア文明を踏みつけたからで、いまや我々には、カッパドキア人たちが何を求めていたのか、知る術がないのである。また、十字軍を好まないのは、十字軍がビザンティウムやアラブの人たちに害をなしたからで、当然これらの文化も、踏みつけにされることなく十分に自己を表現する権利があるのだ(8)。

意図してかどうかはともかく、ヘルダーの末裔にあたる人物を描写するバーリンのスケッチも、同様に機知に富んだもので、ここに我々は、確かにハーンの特徴を見出すことができる。

土地の人ができるだけそのままでいてほしいと望み、工芸品を好み、標準化を憎む好古趣味者たち、古風で珍しいものを好み、昔の田舎の見事な文物が大都会の恐ろしい均一性に侵されることなく、保たれるように願うすべての人々——(ヘルダーは)そういう人たちすべての元祖である。世界をめぐり歩いて、様々の、忘れられた生活様式を探しだし、特殊なもの、変わったもの、土地のもの、損なわれていないものならすべてを喜ぶような旅行者とアマチュアの始祖なのである(9)。

この一節を読むと、ハーンもまた、バーリンによって定義されたヘルダー派の典型と呼ばれるのにふさわしく、日本文化を感傷的に描く傾向を明白に示しているのに気づく。わかりやすい例を一つ挙げるなら、それは『心』におさめられた「停車場にて」に見ることができる。これはハーンが実際に目撃した出来事を述べたという体裁になっており、自分の殺害した相手の幼い遺児に向き合った犯人の自責の念、というより、感情的崩壊ともいうべきエピソードを、ハーンは「日本人なら誰もの心に潜んでいる、子供を慈しむ気持ち」の証拠として提示している。[10]太田雄三の説得力のある論によると、この感動的な悔悛の行為は完全な作り事で、（ハーンが実は目撃したのではなく新聞記事で読んだ）実際の駅頭では、犯人は形式的な謝罪を間接的に、それも子供ではなく被害者の妻にむかって述べただけだという。実際、元になった記事から判断すると、明らかにこの殺人犯は、子供に弱い感傷家ではなく、どこにでもいる、抜け目ない冷血漢にすぎなかった。[11]出来事を感傷的に描く必要をハーンが感じたという事実には、西洋の読者にむかって日本の社会や文化を描写する際のハーンの全体的な姿勢がよく表われている。

3　ハーンによる日本論の時代背景

ハーンは一八九〇年に来日して、一九〇四年に死去するまで日本に留まった。この時期の日本の、歴史的背景はどんなものだっただろうか。一般的に十九世紀最後の十年間は、日本の政治的文化的ナショナリズムの現代版が生まれた、復古主義的または伝統主義的な時期と考えられている。一八八九年の明治憲法公布と一八九五年の日清戦争がこの時期の典型的な出来事で、どちらも保守主義とナショナリズムの補強に力があったことは言うまでもない。明治憲法と民法典は、個人の権利よりも家の権利の重要性を認める国家体制の確立を目指し、家というものを、天皇のミニチュア版である父や夫が全権を有する、伝統的家父長支配制度の組織として定めた。そして天皇の主権は、全面的に国家に由来し、国家に認められたものと見なされた。この意味で、明治憲法は日本の伝統に根ざすとされる、反近代的国家の創設をめざし、西洋列強諸国より統制力、統合力、愛国心の強い社会の育成に努めたのである。

ハーンが日本に来た一八九〇年には、ナショナリズムへの動きと伝統への復帰は、すでに最高潮に達していた。農民一揆やその他の社会的混乱を引き起こした、明治十年代（一八七七―一八八七）の自由主義的民主運動の後、明治二十年代（一八八七―一八九七）は保守反動の舞台となった。政府と産業の、本質的に保守的な圧力グループの力の合体は、社会文化的な領域での、ナショナリズムと伝統主義の助長を促した。一八六八年以来の急激な近代化のために生まれた社会的、心理的緊張状態は、農民一揆のように社会全体の安定を脅かしたばかりでなく、個人の精神の安定にとっても脅威となった。キリスト教やその他の外国の宗教、あるいはイデオロギーに救いを求めた者もあったが、日本の知識人の多くは、自分たちの存在についての不安を解消するために、文化的宗教的伝統の持つ精神性にすがったのである。禅、神道、古典文学といったような伝統文化への関心が復活した。神聖な父性として天皇を頂点に頂く、再建された新国家日本自体が、多くの人々にとって一種の代用宗教となったと言ってもよいかもしれない。新しい国家神道がこの傾向に拍車をかけたことは言うまでもない。一八九七年には日本主義協会が創設された。「日本主義」自体が、まるで一つの新しい宗教的政治的イデオロギーででもあるかのように。

明治期のナショナリスト思想の背景に、西洋に対する強烈な競争意識が存在するのはもちろんである。例えば当時の著名なナショナリストである徳富蘇峰は、西洋から身を守るために日本人はさらにナショナリストになる必要があると述べた。石川啄木は、「日清戦争の結果によつて国民全体が其国民的自覚の勃興を示し」たと書いた[12]。また、当時の主要なナショナリスト思想家の一人である高山樗牛は、逆説的なことに日清戦争の結果として、帝国主義競争の一大戦場であった大陸の縁にある自国の不安定な位置についての日本人の意識が高まったと主張した。キャロル・グルックによると、高山は同じく「日本主義の有力な支持者」であった井上哲次郎とともに、「戦争によって教育勅語についての人々の見解も変化した。忠義と愛国の精神は、中身のない理論、あいまいな信条から、形のある「国民的意識」へと変化を遂げたのである。中国に対する長年の文化的敬意を犠牲にして、帝国の誇りと自信を高める結果ともなった」と主張した[13]。

実際、当時の日本人は、彼ら独自の強力な帝国主義論を打ち立てた。それは自分たちだけでなく、アジアや西洋の共鳴者、親日家たちをも信服させるほど強力なものである（ここに述べているのは、大日本帝国陸軍がアジア全域で騒動を起こす一九三〇年代よりもずっと昔であることを忘れてはいけない。当時はリベラリストでさえ、帝国主義を「文明化」「自由化」の戦力として支持する時代であった）。いわゆる汎アジア主義者たちの多くは、日本の支配を大陸まで拡大し、パクス・ジャポニカによって、アジアの後進国に平和と自由と近代化をもたらすことこそ日本の使命であると主張した（もちろんこれは、古典的な帝国主義理論であり、現在でも滅びていないことは言うまでもない)[14]。このような文明化という根拠に立って、キリスト教指導者の内村鑑三でさえ、一八九五年の朝鮮侵略をよしとしたことは、当時の時代を表わしている。もっとも内村は、現場の実情をより詳しく知った後には意見を変えているが[15]。

要するに、ハーンが日本に暮らした時期は、近代国家ナショナリズムの最盛期であった。

4　ナショナリズムにおけるハーンの変遷

日本に対して非常に好意的な人間の一人として、ハーンもまた、新型のナショナリズム(とハーン自身がとらえたもの)に染まったことは、それほど驚くにはあたらないかもしれない。

ハーンは友人たちに宛てた書簡の中で、日本の国家に雇われた者としての立場を冗談めかして書いており、自分が明治政府の雇い人であることの責任感からハーンが、まるで政府の宣伝活動の代弁者にでもなったかのように、公式の場においてはその公式方針を推進する姿勢をとるのが義務だと感じていた、と指摘する人もいる[16]。けれども、それだけにとどまらない、と私は考えている。なぜならこれまで述べてきたように、ハーンは来日する前から既に、ある種のナショナリスト——絶滅の危機に瀕した民族や文化の擁護者だったからである。逆説的なことに、ヘルダー派のナショナリストであったからこそ、ハーンは近代的な国家ナショナリズムの日本版に影響されやすかったのである。

ではハーンは、いったいどんなナショナリストになったのだろうか。世紀の変わり目の日本の情況において考えると、ナショナリストの主流派の一員といえる。たとえば、井上哲次郎と並んで、いわゆる「家制国家ナショナリスト思想」の代表的思想家であった穂積八束は、一八九一年に次のように書いている。「我建国ハ血族団結ノ基礎ニ成立シ祖先崇拝ノ信仰ニ由リテ統一ス。祖先教は公法ノ源ナリ」[17]。この言葉は、およそ十年後に書かれた、ハーンの『日本――一つの解明』にこめられたメッセージを簡潔に要約したものと言えよう。言い換えれば、ハーンはその初歩的な日本語能力にもかかわらず、明治後期日本のナショナリスト主流派の思想を身に着けることに成功したのであり、それは公立学校の教壇に立ったことも一因と考えられよう。実際、ハーンの『日本――一つの解明』はその大部分が、当時の代表的な日本人ナショナリストの著作にあってもおかしくない、いやそれどころか、明治政府の検定済み教科書にあってもおかしくない文章で成り立っているのである。主な要素はすべて揃っている――孝心の観念に基づく「忠君愛国」、天皇の縮小版である家長が権限を持つ父権制家族、天皇を通じて一種の国家崇拝につながる祖先崇拝、神聖な皇祖皇宗に由来する独自の徳を持つ国としての日本、新しい国家宗教として国民に示し、信仰を強制した、この神話――つまり、明治後期に具体化し、後に一九三〇年代、四〇年代の軍国主義者たちに重んじられた二冊の書物『国体の本義』および『臣民の道』において神聖化された、ナショナリスト思想の主要な方針が揃っているのだ（もちろん、日本文化の主要な要素についてのハーンの理解が、日本人の目から見て完全であったとか常に正確であったとかいうわけではない。たとえば、神道のゴシック的、「霊的」な面の重視について、これは日本神話・日本民話より、アイルランドのそれと関連があるのだろうとして、日本人学者は疑義を唱えている）[18]。

日本の民話を、現代の好みに合うように書き直した「再話」――この仕事が、著述家としてのハーンが成し遂げた最大の功績かもしれない――においても、当時のナショナリスト精神がものを言っていることを付け加えておきたい。グリム兄弟に代表される、ドイツのロマン主義ナショナリストたちと同じく、島崎藤村のような世紀の変わり目の日本におけるロマン主義的ナショナリストたちは、民話の中に「国民精神」の民衆的な表現を見出し始めていた。ハーン逝去の年である一九〇四年に書かれた、詩歌界の声明文で、藤村は次のように書いた。「うらわかき想像は長き眠りより覚めて、民俗の言葉を飾れり。伝説はふたたびよみがへりぬ[19]」。

しかし、ここで同時に指摘しておかねばならないのは、ハーンの時代の日本において、ナショナリズムだけが広く知られた思潮ではなかったということである。ハーンと区別して「日本土着の」と呼んでもよいのだが、ともかく彼ら日本人のナショナリスト著述家たちは、日本の国を新しいイデオロギーで構築するにあたって、自分たちが正反対の勢力と競合していることを強く意識していた。明治後期の日本でやはり台頭しつつあった、社会主義、キリスト教、ニーチェ流個人主義などである。日本の社会で自分の周辺にあったこれらのイデオロギー闘争に、純朴なハーンは気づかなかったのであろうか。まったく気づかなかったわけではないだろうと、私は思う。ただ、ハーンの著作から判断すると、他のナショナリストたちと同様に彼も、そのような西洋起源の哲学、宗教、イデオロギーの類は本質的に日本の文化と調和せず、存続の危機に直面していると考えていたようだ（たとえばキリスト教について、ハーンは「十二世紀の皇室分裂を除くと、日本の国家の保全にとってこれまでで最大の脅威」といくらか誇張した言葉で述べている[20]。ということは、蒙古襲来より大きな危険だということなのだろうか?!）。そんなわけでハーンは、明治の政治体制における保守主義者たち、あるいはこう呼んでよければ反動主義者たちの味方に立つのを選んだのである。

アイルランド、イングランド、アメリカなどと違って、いったい日本の何がハーンを、古風でロマンティックなヘルダー風のナショナリストから、より攻撃的で好戦的な近代国家ナショナリストへと変えたのだろうか。一つには、日本の文化が絶滅の危機に瀕しているように思われたことが挙げられる。これは西洋の脅威だという点で、ハーンはスペンサーに賛同していた。また一つには、以前にハーンが郷愁をこめて描写したクレオールやアフリカ系カリブ人たちの場合(ハーンはこのためアメリカでは「瀕死の文化を歌う挽歌詩人」とよく呼ばれるのだが)とは異なり、日本人には他の非西洋民族が辿った運命を逃れられるかもしれない力が備わっていたということがある(当時の非西洋諸国の中で独立を保持できそうなのは日本だけと考えられていた、異常な事実を、我々は思い起こす必要がある)。言い換えると、日本は生き延びるチャンスを持った非西洋文明であるとハーンは考え、帝国主義国家として西洋を凌ぐことによってのみ生き延びられるのだと思った。言うまでもなく、これは当時の日本人の多くが抱く見解と同じであった。

近代国家ナショナリストに変わったハーンは、ヘルダーに別れを告げたが、ヘルダーの信奉者すべてと縁を切ったわけではない。ナポレオンの侵略に反応したドイツのロマン派の多くが熱烈な国家ナショナリストになったが、ヘルダー自身は、たとえそれが生国ドイツであっても、新しい国民国家に強く反対した——フランスの文化的帝国主義に抵抗する力をドイツに与えたのは、それだったのだが。プロイセンとベルリンの支配を受けることが避けられない統一ドイツの下で、小さい国々や都市国家が文化的独自性をなくすことを恐れたのだ。もちろん、後にはその通りのことが起きる運命で、ヘルダーの予言どおりの悲惨な結果が待っていたのである。

それにもかかわらず、ヘルダーの信奉者の多くが近代国家ナショナリストになったのは重要な事実で、ハーンがなぜ同じナショナリスト思想に転向したのかを理解する助けになると思う。ケヴィン・ドークが指摘したように、公民権に立脚したフランス・アメリカ型ナショナリズムと、民族的アイデンティティに立脚したドイツ型ナショナリズムの二つのタイプがあるとすれば、「民族精神」「民族文化」などの観念を持つヘルダーの思想は、明らかに後者に属する。その最終的な結果は、ビスマルクのドイツ、そしてヒトラーのドイツ（皮肉なことに、どちらもヘルダーが憎悪したであろうものだが）に至るのである。[21] 一部を選択され、十九世紀のドイツ・ロマン主義文化を通じて普及したヘルダーの思想は、プロイセンの統一者にもナチの人種差別主義者にも非常に役立つことが判明した。ヘルダーは、文化の多様性を高く評価するにもかかわらず、いや、ひょっとすると逆にそのために、今日我々が多文化主義者と呼ぶものではなかった――ここがポイントであると私には思われる。実はヘルダーがよいと信じていたのは、一種の文化的アパルトヘイトであった。文化の独自性、「民族精神」それぞれを純粋に保つために、文化というものは隔離しておくべきで、勝手に混合するべきではない、というのである。もちろん元来ヘルダーは、最初はフランス、次にはプロイセンの支配下におかれる危険にあったドイツの小国の文化的独立を守りたいとする主張の中にこの見解を含めていたのだったが、その後二世紀の間に起こった歴史的変動によって、ヘルダーの思想はずっと悲惨な目的へとゆがめられることになったのである。

もちろん私は、ハーンのナショナリズムとナチのナショナリズムが同じであるなどというつもりはない（それは時代錯誤にもなるであろう）。だが、ハーンが明治後期のビスマルク的な思想に賛同したのは確かであり、ドイツ第二帝国がナチ治下の第三帝国への道を固めたのと同様に、明治日本も一九三〇年代、四〇年代の軍国主義日本への道を固めたと言えるかもしれない。実際ハーンは、明治国家の栄光の時代の開幕段階——すなわち、英国の援助を少々受けてのことだが、巨人ゴリアテのように強大なロシア帝国をまるでダビデのように倒した一九〇五年の勝利の兆しを見て、喜んだ。これは十年前の日清戦争における意外な勝利と並んで、明治政府の保守的、軍国的、ナショナリスト的政策の正当性、そしてそれを支持したハーンの正しさを認めるものでしかないと思われた。もちろんハーンは、明治国家の残した遺産の最終結果である一九三〇年代、四〇年代を見ることなく逝ったのであるが。

もしハーンが健在で、近代的国民国家や国民的文化までもがグローバリゼーションの波に脅かされている現在の情況を見たら、いったいどんな立場をとるであろうか。日本の国家ナショナリズムをハーンが支持したのは主に日本文化の独立を守りたいという希望によるものであり、国民国家がもうその力を失ったように思われる以上、均質性より多様性を尊重する者の例にもれず、ヘルダー的地方主義に戻ったかもしれないと私は思う。大都市圏から地理的、文化的に離れた、津軽、沖縄、そしてひょっとすると愛着のある出雲までも含めて、その文化的自治権を主張したかもしれない。

5　ナショナリストとしてのハーンについての結論

ヘルダーの文化的ナショナリズムは、文化の独自性に最高の価値を置き、それを民族国家に由来するものと考えるゆえに、現代の多文化主義の理想とは矛盾するものであった。逆にその思想では、それぞれの文化は個々の民族的独自性を維持しつつ、それぞれ別の場所で発展することを認められるべきだと主張した。このような、十九世紀的ナショナリスト思想に深く染まったハーンが、スペンサーの「孤立主義」的アドバイスを日本に推奨したのも不思議ではない――もっともこれは、ハーン自身の「二十一世紀」的な、国際的かつ多文化的ライフスタイルとは矛盾する考えではあったが。

しかし認めなくてはならないのは、日本のナショナリズムに対して「肯定的な」態度をとったのが、同時代の西洋人の中でハーン一人ではなかったという事実である。実はこれは、十九世紀後期の西洋人の間では、よくある姿勢であり、「愛国心の強い」「積極的で」「エネルギッシュな」日本のほうが、おそらくはそういう勇ましい美点を欠くために長い昏睡状態から覚めて奮起することのできない、他のアジア諸国より好ましいという意見がよく聞かれた。たとえば、英国がロシアに対抗する同盟国として、喜んで日本を味方にしたのも、一つにはこの理由による。当時の英国の報道を見れば、大英帝国の立派な盟友にして「極東の英国」である日本、不屈で「果敢な」サムライ日本のイメージで溢れている。[22] 言うまでもないことだが、日本の「軍人精神」に対するこの姿勢は、何十年か後にその軍国主義がロシア、韓国、中国だけでなく、英米といった帝国自体まで脅かし始めたときに英語圏の国々に広がることになった姿勢とは大きく違っていた。だが、十九世紀の、より高尚なレベルに戻ると、イアン・ニシュによれば、イギリスのベテラン外交官アーネスト・サトウも「ヴィクトリア時代の、他の人々同様、アジアにおいて愛国心と実力を示した国として日本を称賛した。もしも世界的に有力な哲学がダーウィン説だったとしたら、日本は適者生存の象徴と考えられたのだ。領土拡張主義の敵意に満ちた世界で、生存の可能性を持つと思われた国が日本だったのだ」[23]。とすれば、ダーウィン説と同様、ハーンの日本びいきも、ある程度までは、当時の英語圏の国民の典型だったと言えるだろう。しかし、言うまでもなくハーンの場合は、距離を置いた称賛者であるにとどまらず、「内部の人間」、あるいは、少なくとも日本文化を内部から見る視点を持つ人間になることを欲するところまで進んでいた。

ハーンが一八九五年に日本に帰化した事実は、重要視しすぎるべきではないだろう。というのは、愛国的な動機よりも実際的な動機による行為であるのが明らかだからである。すなわち、自分の死後、日本人の妻と子供たちの手に財産が間違いなく相続されるようにするためである（ハーンがイギリス国籍のままだと、イギリスの親戚やアメリカの前妻から遺産を請求されることになったらしく、これもまた、日本が西洋列強から押し付けられた不平等条約の結果であった）。それにもかかわらず、日本国民になり、日本名を得たという事実は、何年もの間ハーンに心理的な効果を及ぼしたに違いなく、彼は内部の人間であるという自覚をいっそう持つことができた。

さらに、ハーンの著作が英語で書かれていたからと言って、ハーンが明治後期のナショナリストの主流に属することにまったく変わりはない。実際、日本のナショナリストの著作の初期において、日本人の著作家にとっても一つの規範に近いものになったのである。西洋人にとっての日本のイメージを形成するうえで最も影響力のあった著作、あるいは日本人の国民意識を形成するうえで最も影響力のあった著作の多くが、はじめは英語で（従って世界の読者層に向けて）書かれ、後日ようやく日本語に訳されたことは、興味深く、また一見奇妙な事実である。岡倉天心、新渡戸稲造、内村鑑三などは、太田雄三が「英語名人」と呼んだ世代に属する人たちで、彼らは大部分の科目が英語で教えられていた時代の日本の大学に通った結果、英語に熟達したのである。この時期には逆に、西洋人によって書かれた日本びいきの著作も多い。「日本プロパガンダ」の名のもとに編集されて最近刊行された十巻から成る書物では、日本人による文章よりも「アングロサクソン」による文章のほうが数の点で勝っている(24)。少なくともこれらの人たちには、思想の一貫性という美点があった。英米による「文明化の使命」を正しいと信じたからこそ、日本も同じ職務を果たすべきだと信じたのである。

ハーンが日本のナショナリズムに及ぼした影響について要約すると、主に次のような分野を挙げることができよう。

・その一　ハーンは日本の民俗学への学問的関心の回復に力を貸した。日本の民俗学の第一人者である柳田國男に、早い時期に与えた重要な影響については、牧野陽子が述べたとおりである(25)。

・その二　ハーンの再話で書き留められた日本の民話は、再び日本語に戻され、愛読されている。元首相の中曽根康弘も証言しているように、どんな子供でもおなじみのお話である(26)。

・その三　日本人のこころ、および日本文化のさまざまの側面に関するハーンの抒情的なエッセイは、日本人論の書き手にかなりの（とは言うものの、具体的には指摘しにくいが）影響を与えてきた（日本人論とは、国民としての日本人の性格を明らかにしようとする試みで、日本語、英語、およびその他の言語で書かれる著述一般である）。
・その四「国家の宗教」である神道を直観的に理解し、鋭く洞察した点について、ハーンは日本人読者から高く評価されている。当時の多くの西洋人は、ヴィクトリア時代的キリスト教の偏見、または科学的視点から、神道を異教崇拝の原始的な形態とみなしていたのである（もっとも、ハーンの理解の限界を指摘する日本人研究者のいることは、既に述べたとおりである）。
・最後に、概して言うと、ハーンはアーネスト・フェノロサと並んで（フェノロサの読者は主に知識人だったので、ハーンはより一般的なレベルでのことになるが）、当時（「文明と啓蒙」が「西洋」とほぼ同義語とされていた時代である）多くの人から低く評価されていた日本の文化を再評価するよう、日本人に促したと言ってよいだろう。

ナショナリズム自体についてどう感じるにせよ、日本のナショナリストとしてのハーンの業績が重要であること、外国生まれの人間としては驚くべきものであるということは、認めなくてはならない。一世紀にわたって、西洋、そして日本自体にハーンが及ぼした影響をいま振り返ってみると、それがいっそうよくわかる。もちろん周知のように、影響というのは測定の困難なものであるが、さきほど挙げたように、ハーンがこの百年間、日本人のアイデンティティ形成を助けてきた領域をいくつか指摘することはできる。

日本について文章を書く我々外国人のうちで、この世を去った百年後に自分の顔が日本の切手になると期待できる者は少ないだろうと私は思う。ハーンがこの究極の称賛を受けたことは、結局のところ、そう驚くにはあたらないように思われる。さて、次にくるのは？　千円紙幣に肖像がのる、初めての外国人になること？　それとも、それは行きすぎだろうか。

注

（1）John Moran, "The Most Famous Irishman You've Never Heard Of," *The Irish Times*, Dublin, September 20, 2004.

（2）Edward Said, *Orientalism*, New York: Pantheon Books, 1978.

（3）たとえば次を参照。Jonathan Cott, *Wandering Ghost: The Odyssey of Lafcadio Hearn*, New York: Knopf, 1991; Carl Dawson, *Lafcadio Hearn and the Vision of Japan*, Baltimore: Johns Hopkins University Press, 1992; Paul Murray, *A Fantastic Journey: The Life and Literature of Lafcadio Hearn*, Folkestone: Japan Library, 1993; Sukehiro Hirakawa, ed., *Rediscovering Lafcadio Hearn: Japanese Legends, Life and Culture*, Folkestone: Global Oriental, 1997; Sean G. Ronan, ed., *Irish Writing on Lafcadio Hearn and Japan*, Folkestone: Global Oriental, 1997.

（4）Lafcadio Hearn, *Japan: An Attempt at Interpretation*, New York: Macmillan, 1905, p.529.

（5）Ibid., p.531.

（6）Ibid., p.532.

（7）Ibid., p.533.

（8）Isaiah Berlin, *The Roots of Romanticism*, Princeton: Princeton University Press, 1999, p.64.

（9）Ibid., p.65.

（10）Lafcadio Hearn, *Kokoro: Hints and Echoes of Japanese Inner Life*, London: Gay and Bird, 1906, p.6.

（11） Yuzo Ota, *Basil Hall Chamberlain: Portrait of a Japanologist*, Richmond: Curzon Press, 1998, pp. 186-89.

（12） 高坂正顕『明治思想史』（燈影舎　一九九九年）。

（13） Carol Gluck, *Japan's Modern Myths: Ideology in the Late Meiji Period*, Princeton: Princeton University Press, 1985, p.136. グルックは『樗牛全集』第四巻、四三四―三五頁を引用している。明治思想史に関してグルックと並ぶ優れた研究は以下の通り。Kenneth Pyle, *The New Generation in Meiji Japan: Problems of Cultural Identity, 1885-1895*, Stanford: Stanford University Press, 1969.

（14） 汎アジア主義の理想主義的な適用と利己的な活用の両者を考慮に入れた、平衡感覚のある分析については、以下を参照のこと。Prasenjit Duara, "The Discourse of Civilization and Pan-Asianism," in Roy Starrs, ed., *Nations Under Siege: Globalization and Nationalism in Asia*, New York: Palgrave Macmillan, 2002. また次も参照。Jung-Sun Han, "Envisioning a Liberal Empire," in Roy Starrs, ed., *Japanese Cultural Nationalism: At Home and in the Asia Pacific*, Folkstone: Global Oriental, 2004.

（15） 高坂正顕『明治思想史』。

（16） Ota, op. cit., pp.162-163.

（17） 高坂正顕『明治思想史』。

（18） たとえば、遠田勝「ハーンと神道」（シンポジウム「ハーンと神道」大手前大学、二〇〇四年九月二十九日）。

（19） 次より引用。Michael K. Bourdaghs, *The Dawn That Never Comes: Shimazaki Tooson and Japanese Nationalism*, New York: Columbia University Press. 2003, p.4.

（20） Hearn, *Japan: An Attempt at Interpretation*, p.333.

（21） Kevin Doak, "The Uses of France and Democratic Nationalism in Postwar Japan," in Doug Slaymaker, ed., *Confluences: Postwar Japan and France*, University of Michigan Center for Japanese Studies, 2002, pp. 127-147.

（22） たとえば次を参照。Hirokichi Mutsu, ed. *The British Press and the Japan-British Exhibition of 1910*,

Melbourne: Melbourne Institute of Asian Languages and Societies, University of Melbourne, 2001.

（23）Ian Nish, "Nationalism in Japan," in Michael Leifer, ed., *Asian Nationalism*, London: Routledge, 2000, pp. 83-84.

（24）Peter O'Connor (series editor), *Japanese Propaganda: Selected Readings*, Folkstone: Global Oriental, 2004.

（25）牧野陽子、"Lafcadio Hearn and Yanagita Kunio: Who Initiated Folklore Studies in Japan?"（シンポジウム "Lafcadio Hearn in International Perspectives" 東京大学、二〇〇四年九月二十五日）。〔訳者注：以下に再録されている論文を参照のこと。Sukehiro Hirakawa, ed., *Lafcadio Hearn in International Perspectives*, Folkstone : Global Oriental, 2007.〕

（26）中曽根は一九八八年、トニー・オライリーに対して、「（ハーンが）わたしの子供時代を作ってくれた。わたしと同年代の日本の子供は、たいてい同じだった」と語った。次を参照。Tony O'Reilly, "Foreword," in Sean G. Ronan, ed., *Irish Writing on Lafcadio Hearn and Japan*, Folkstone: Global Oriental, 1997, p.xi.

（国際日本文化研究センターでの二〇〇五年度発表論文を短くまとめたものより訳出）

資料編

松江時代の先生

大谷正信

先生がハーパース、ブラザー会社の派遣員と為り、船上遥かに富岳の秀麗なるを賞し、随行の画工と共に横浜埠頭に上り給ひしは、実に明治二十三年五月、鯉幟の市中に飜《ひるがえ》れる頃（先生は金曜日なりしとの給ひき）なりき。着後直ちに深大なる観察を始め給ひ、或は横浜に寺院を観、鎌倉に遊び、江の島に詣で、その霊妙の筆を揮つて着々その任を尽さんと力《つと》め給ひしが、会社と先生との間に先生の意に満たざる事起りしかば、先生は蹶然随行の画工と分袂し、会社との契約書を破棄し、独立して日本の真相を研究せんと定め給ひぬ。偶ま出雲松江なる中学校に英語教師を要するや出雲を神代有名の古国と知り、松江を湖畔の勝区と聴き給ひし先生は、その山陰の辺《へん》陬《すう》に位して交通亦甚だ便ならざるを厭ひ給はず、喜んでその任に当ることとなし給ひぬ。

先生が横浜を発足し給ひしは何日なるやを詳にせずと雖も、鉄路岡山に着し、鳥取街《まち》を取りて下市に盆踊を見給ひし由なれば、八月の中旬なりしやう思はる。而して伯耆米子より小蒸気船に投じ、右に島根半島の東遥かに美保の関の海角に尽くるを望み、左に袖師ヶ浦の勝景を眺め、中海を横断して大橋川の水道に入り、両岸に和洋大小の船舶輻湊せる大橋河岸に上陸し給ひしは、八月末頃なりしやうなり。先生は九月の二日を以て始て中学校に上校し給ひき。

当時余は該中学四年級の一生徒なりき。先生は唯作文会話読方のみを受持たれしは言ふまでも無けれど、三四五の三学級を受持ち給ひしこととて、授業の時間は余りに少きことは無かりしやう記憶す。

先生はそれ迄の洋人教師に類無き懇切勤勉なる教師なりき。未だ邦語に熟し給はざりしこととて、会話の時間といふは概ね作文に費し給ひしが、作文は題を与へて即席之を作らしめ、早く呈上せしものに就き、文法上の誤謬を指摘し、之を衆生に示して訓戒し給ふこと誠に懇切に、読方は訳解に用ひ居りしものに就き、先生一たび之を朗読し給ひ、余等をして一節づゝ大声誦読せしめ *b d g* の後に来るラの濁音 *ℓ* と *r* との発音、一語のアクセント、一文の緩急高低等、緻密に注意深く教授し給ひし有様、今猶ほ彷彿として余の眼前に在り。宿題の作文に対しては、文法上の誤謬を修正し給ふは言ふまでも無けれど、大抵は一々批評を書き添へたまひき。篋底を探したるに当時の作文帳ありたれば、先生の批評の如何なるものなりしやを紹介せん。

嘗て「書籍」といふ題を給ひき。書籍は之を製造するもの無かるべからず、之を名づけて本屋といふ、世界亦その製造者無かるべからず。これ所謂神なり、欧羅人は開化せる国民なるがその信ずるは耶蘇教なり、故に耶蘇教を信ぜざる国民は開化せる国民には非ずと、上述の議論は全く非理なり。これ余が呈上せし文なりき。先生文法の誤謬三四を訂正し、紙端に附記したまひしは、

(1) This argument, (called by Christians Paley's Argument) is absurdly false. Because a book is made by a bookmaker, or a watch by a watchmaker, it does not follow at all that suns and worlds are or made by an intelligent designer. We only know of books and watches as human productions. Even the substance of a book or a watch we do not know the nature of. What we *do* know logically is that Matter is eternal, and also the Power which shapes it and changes it. (2)Another false argument. At one time the Greeks and the Egyptians, both highly civilized people, believed in different gods. Later, the Romans and the Greeks, although highly civilized, accepted a foreign belief. Later still, these civilized peoples were conquered by races of a different faith. The religion of Mahomet was at one time that of the highest civilization. At another time the religion of India was the religion of the highest civilization. It is very doubtful whether the civization of a people *has* any connection whatever with their religion.

——In Christian countries, moreover, the most learned men do not believe in Christianity ; and the Christian religion is divided into countless sects, which detest each other. No European scientist of note, ── no philosopher of high rank, ── no really great man is a Christian in belief.

なり。末節は今にして思へば先生の非耶蘇教心より彼の如く認め給ひしものならんが、兎に角中学の一生徒の作文に対し、一々斯の如く鄭重に教授し給ひしこと、真に感謝に余りあることなりき。しかも前掲の文字の如き、その長きものには非りしなり。文題は、宍道湖、大山、撃剣等三四を除いては何れ我等の感想を探らんと欲して与へ給ひしものなりしやうなり。例へば幽霊、牡丹、狐、時鳥、亀、蛍の如し『日本瞥見記』四百六十頁前後を読まば思半ばに過ぎん。同書四百六十頁及び四百六十一頁のものは余が呈上せし文と、余が先生と対談せしもの、懐ふて当時に及べば感少しと為さず。

先生松江に着き給ひて数日の間は材木町といへる一小街の一旗亭に居給ひしが、十月頃末次本町といへるに瀟洒なる二階建の一屋を借りて住み給ふこととなりき。令閨を迎へ給ひしは此時なりき。茲に少しく松江の地理を述ぶるの要あり。読者試みに出雲の地図を繙け。北部の中央に一大湖水の位するを見ん。これ宍時《しんじ》湖と称する淡水湖にして、東南に一小嶼の見ゆるは嫁が島と呼ばれて弁財天を祀れる小祠あり。国の東方、桂月氏が所謂《〔いわゆ〕》る大天橋によつて纔《〔わづか〕》かに日本海に通じ、中央には牡丹に名高き大根島と江の島とを有する湖水やうのものは、中海《なかうみ》と名づけられたる鹹水《〔かんすい〕》の海なり。この湖水、この海、結ぶに三條の河流を以てす。而して松江や、その中央なる河水が、始て宍道湖の水を受くるの処、両岸に跨《〔またが〕》りて栄ゆる山陰第一の都会たるなり。河の北を末次と呼び、南を白潟と称す。大橋は即ち末次白潟を接続する長さ六十間に余る長橋なり。先生の始て宿泊し給ひし旅亭は、此の大橋を北に渡りて直ちに右に折れたる処にあり、榎木薬師と称する小宇に近し。『瞥見記』百三十九頁の『一小地蔵堂』は此を指し給ひしなり。橋を渡りて暫く北し、西に折れ、小路を南に入りて湖畔に接せる所、これ先生初住の邸宅なりしなり。左れば先生の楼上よりしては、近く左に大橋の人影を数ふべく、右に遠く湖上の布帆を眺むるを得、河岸の船舶、船中の水夫の面貌動作、明かに之を認め得可かりしなり。同書百四十頁以後の叙述は総て此の邸宅より触目し給ひし諸景なりとす。

翌二十四年五月、居を北堀町字塩見縄手に移し給ひぬ。末次区内、西北隅に近き処小丘あり、丘上に城趾あり。城壁は稍や荒廃したれども天守閣は依然喬松の間に聳《そび》え、丘上の観望亦太《はなは》だ佳ならざるに非ず。先生の新居は此の小丘を去る西北二三町の距離に在り、先生が興がり給ひし大橋々上の下駄の音聴く可くもあらず、夕照水に映じて布帆斉《ひと》しく紅なる湖上の景眺むべくもあらねど、邸前城濠の菱の花可憐なるあり、邸後の小丘静かにセミの奏《かな》づるを耳にすべく、庭内の小池蓮の浮葉に雨蛙の危なげなるも眺むべく、殊に先生の意に叶ひたる邸宅なりき。『瞥見記』下巻三百四十三頁以下三百八十四頁に至る一篇は、即ち此の邸に在つて認めたまひしものなり。

授業の時間少きに非りしも、先生は実に眼に珍らしきものゝみを見、耳に奇しき音のみを聞き給ひ、観察に日も足らざる有様なりしかば、余等二三の少しく英語を談じ得るものを拉しては、到る処に足を移し給ひき。同書四百六十九頁所載のものそれなり。未曾識のもの時に西洋人は避けて面会し給はざりしが、集会宴席には好んで出席し給ひき。

二十三年九月の未頃なりしか、余は少しく唐楽を吹奏し得る為め、一会を寺町なる某寺に催うし、未だ旅亭に居給ひし先生を招いて之を聴かしめ奉りしが、二時頃より日暮るゝ迄、先生は布団に端坐し給ひし儘熱心に傾聴し給ひ、会終りて立ち上り給ひし折にも痺を感じ給はざりしには驚きぬ。同書四百七十二頁に皇麞《おうじょう》と抜頭とを奏すとあるは此の日の曲目中のものなりしなり。天長節紀元節の儀式は言ふも更なり、教職員の催うす宴会にも臨み給ひき。同書五百二十五頁の『舞妓』も、後ち得給ひし幾多の材料を点綴《テンテツ》しあれど、初め二三頁の記事は此際先生の実見に拠りたるものなり。同書四百九十一頁以後の『奇異なる二祭礼』は、大部分は後ち余が在熊本の先生へ書き送りしを材とせられしものなるが、二十四年節分の夜には、先生余が茅屋を訪ね給ひ、街路に面せし余の書斎に上室し談笑数時、所謂る厄払なるものを発見し給ひ、後ち余に同行を乞ひて五百三頁所載のヒトガタを市内諸処の神社に求め給ひたりき。帰途切に余に来宅を勧め、深更孤灯の下に相対して坐し、一盞《いっせん》のヰスキーを侑《すす》めて余の労を謝し給ひし光景、余には唯昨の如く思はれて懐しさ限り無し。

既に述し如く、先生は諸処に歩を運び給ひぬ。例に拠つて市内の寺院は悉く歴訪し給ひき。来松後日浅き頃の事なりき、先生独り寺町なる龍昌寺といふに赴き、静かに寺背の墓地を逍遥し給ひしが、不図先生の眼を惹きし物ありき。そはとある墓上に建てたる石造の地蔵なりき。余等の眼を以て之を見るに、刀痕極めて粗雑に、特に注目するに足らざるものなるも、先生一見その妙手の作なるべきを認め、異日人をしてその作者を質さしめ給ひしが、果然該《そ》の作者は、関西彫刻界に名高き荒川重之助なるものゝ作たりしなり。先生日ならず之を訪問し、地蔵その他の彫刻を依頼し屢《しばしば》自宅に招致し饗応し給ひき。同書四百六十五頁記載の人即ち然り。先生の審美眼以て知るべきなり。西大久保の現邸を訪ねし者は必ず応接室に天智帝の彫像の殊に人目を惹くを見ん。それ亦彼の荒川の作に係る。

日曜日その他の休日には先生屢々郊外数里にリーゼンダリー、プレースを見舞ひ給ひぬ。日本海に瀕せる加賀浦に潜戸《くけど》も見給ひぬ。松江を去る南二里の佐草村に素盞男命の妻たりし稲田姫を祀りし八重垣神社も数度見まひ給ひぬ。大国主命を祀れる出雲大社の所在地たる杵築《きづき》は幾度も見まひ給ひぬ。天穂日命の遠裔と尊《たっと》まるゝ千家家とも交り給ひぬ。天照大神及五男神を祀れる日御崎神社にも賽《さい》し給ひぬ。事代主神を祀れる美保之関にも詣で玉ひぬ。二十四年八月十二日には重ねて伯耆に旅して盆踊を見んとし給ひぬ。

先生は斯の如くにして殆んど観察に忙殺せられ給ひき。而して出雲の習俗を特に嬉しきものと思ひ給ひ、永く此地に住まんとまで思ひ給ひき。さりながら日本海を吹き来る冬季の寒風は、久しく熱帯地方に居給ひし先生の堪へ給ふ処に非ず。望まるゝ儘に熊本高等中学校に転任し給ふこととなりたり。

二十四年十月の二十六日は先生が余等に対する最終の授業日なりき。その三十一日告別式を中学校の講堂に行ふ。先生の『瞥見記』六百八十四頁以下、之を記るして余蘊なし。十一月の十四日、午前余は先生をその邸に訪ふや、偶ま先生の待ちに待ち給ひし旅行免状到る。先生乃《すなわ》ち直ちに発足せんとの給ふ。令聞等詞を尽くして一両日の延期を乞ひ給ひしも、先生頑として聴き給はず。幸に中学校長の先生を訪ふあり、余と共に極力その余りに急卒なるを述べ、漸くにして翌十五日を以て発達の日となし給へりき。

　翌日、天殊に清く風殆んど無し。先生中学師範両校の職員生徒に囲繞せられて其邸を出で、午前九時終に万歳声裡に松江を辞し給ひぬ。『瞥見記』六百九十一頁に、one of my favorite pupils 随ふと記るし給ふは余なりき。先生舷頭に在りて望遠鏡を持し船の進むに従つて飽かず四方を眺め居給ひしが、同書『サヨウナラ』の一章、当時の景状を描いて尽せり。

　斯くて宍道湖西南隅の小村宍道村に船を去り、一旗亭に余等と別離の宴を開き人車を傭《やと》ひて広島さして立ち去り給ひしはその日後一時。先生の松江時代はこゝに終りを告げたるなりけり。（十一月一日稿）

（『帝國文學』第十巻十一号、一九〇四年十一月）

解説

大谷正信　俳号・繞石（一八七五年三月二十二日―一九三三年十一月十七日）

　島根県松江殿町の造り酒屋大谷善之助の長男で、一八八七年（明治二〇）九月島根尋常中学校に入学した。九〇年四月に来日したラフカディオ・ハーンが、九月に「お雇い外国人教師」として赴任したので、大谷は三年生、四年生と五年生の初めにかけてハーンから英語を学ぶ。ハーンは日本における第一作『日本瞥見記』（一八九四年）に、そのときの体験を綴った「英語教師の日記」を収録した。そのなかで、ハーンは「わたくしの好きな生徒」として石原、小豆沢、横木、志田とともに大谷の名をあげている。大谷の家は、笙《しょう》・篳篥《ひちりき》などの日本の古楽器を所持し、寺社で大きな儀式があると、父や兄弟とともに楽人となり奏していたので、あるとき彼はハーンを寺に招いて演奏を聴かせた。ハーンはその様子を作品のなかに描いている。大谷は松江の寺社の祭りにはいつもハーンを誘い案内をした。しかし翌九一年十月末、ハーンは島根尋常中学校を辞め、九州熊本の第五高等中学校へ転任することになったので、その送別会で、五年生の大谷が生徒代表として送辞を朗読した。

大谷は島根尋常中学校を卒業後、京都の第三高等学校へ進学、虚子、碧梧桐らと同級で句作を試みる。途中で仙台の第二高等学校へ転校、九六年九月に帝国大学文科大学の英文科へ進学した。奇しくも同じ年月に招聘されたハーンと再会し、三年間ハーンの英文学、英文学史を学んだ。大谷は、父の家業が倒産したため、ハーンに学資の援助を仰いだ。ハーンは同年十二月から大谷を日本研究の助手にして、課題をあたえて報告をうけ、その報酬として月十三円を与え、学資の補助をした。したがって、ハーンの『霊の日本』（一八九九年）、『影』（一九〇〇年）、『日本雑録』（一九〇一年）などの作品には、大谷の調査資料から得たものが多く、彼が果たした役割は大きかった。しかし、ハーンはしばらくすると大谷を疎むようになった。その事情は、小泉一雄『父小泉八雲』（一九五〇年）に詳しい。これは、一雄のややバイアスのかかった大谷像であるが、引用しよう。

父が東京へ来てから、大谷氏の申出に応じて氏をアシスタントとして採用、その学資の一端を補助する約束をした。助手といつても父の傍にあつて文筆の手伝いをするのではなく、氏は下宿先に在り、通学の余暇に、二、三週間或は一両月の凡その期限内に、父が依頼した課題に応じ、図書館等にて、例えば虫類に関する詩歌、仏教より出発せる俗諺、日本女性の名、薫香に就ての文献等の調査英訳をするのであつた。父は自分の依頼した主旨に添う可くベストを尽し、叛く事なく手伝つてくれる者を歓迎した。大谷氏は松江中学校以来の愛弟子でもあり、温厚な松江人タイプでもあつたから、父のアシスタントとしては先ず第一人者であらねばならぬ筈である。斯る点で大谷氏は確に最初の程は度々父に満足を与えて居られる。是は父から大谷氏へ送つた幾通かの信頼と感謝を込めた書簡に拠つても窺い知る事が出来る。

　其後、父は思いがけない人から「先生は目下何々に関して御研究だそうですね」とか、先生の「今御執筆中の何々に就ての論文の発表はいつ頃、何所から出されますか?」等の意外な質問に接する事があつた。大谷氏以外には知つていない筈の事を……でも是が学生や知友の口から発せられる厚意と好奇の響きある声音の間は同じ衝動の裡にもさして強い不快感はなかつたのであるが、遂に父の最も好まなかつた、事毎に厭味を云う油断のならぬ人物――常々心中に警戒している相手等から、而も大学の教員控室で、(この頃は未だ池の辺りに逃避するに至らなかつた)今、自分の執筆中の物に就て揶揄半分や皮肉交りの冷酷な一語を浴せられた時には、デリケートな神経の持主だけに大いに狼狽もしたろうし、不尠不快を感じたらしい。神経の太い人ならずとも、普通の人なら何等気にせぬ事柄をも父は非常に気に病む質だつた。今、自分の書いている事、それは軈《やが》て世に公表する物である。しかし、発表前にそれを人に知らせたくないし、吹聴される事を非常に恐れた。幕の無い芝居や丸見えの楽屋を、心ある俳優は好まぬ。それの如く。――

　他人へは話してくれるなと、あれ程頼んで置いたのに、あんな奴の耳に迄も入れるとは、偖《さて》は彼は私のアシスタントを装つた、敵の廻し者であつたかと迄極端に気を廻すに至つた。噫、気の毒な大谷氏と可哀想な父!　両人は良き師弟であり乍ら何故に斯くもお互に異つた気持の狭さと、相違した風変りなアンビシャスを持つていたのだろう?　(一二二―一二四頁)

　このようにして大谷はハーンと疎遠になる一方、大学在学中に正岡子規と知り合い師事し、俳句の道に精進した。俳号を繞石と称し、やがて「子規門十哲」の一人として数えられるようになり、また、夏目漱石との交流もあった。大学二年生の頃から故郷の俳人たちの指導にもあたり、奈倉梧月を中心にした碧雲会を結成させた。松江の八雲会では俳句を楽しむ人々が多いのもこのような所縁であろう。

ハーン没後間もない一九〇四年十一月に刊行された『帝國文學』の「小泉八雲記念号」には、「松江時代の先生」、「個人としての小泉八雲先生」、「先生の著書解題」の三編を寄せて、恩師ハーンを称えた。『小泉八雲全集』（第一書房、一九二五―一九二七年）の刊行に際し、ハーンの教え子である落合貞三郎や田部隆次らとともに翻訳にあたり、協力を惜しまなかった。さらに大谷は、『小泉八雲・虫の文学』（一九二一年と第二編『海の文学』（一九二二年）を英和対訳の形で出版した。

一八九九年東京帝国大学卒業後、大谷は京北中学、洲本中学、真宗大学（現・大谷大学）、東京帝大の講師を経て、一九〇八年に金沢の第四高等学校教授となった。翌年から二年間イギリスへ留学、その体験を綴った『滞英二年　案山子日記』（一九一二年）を出版した。漱石は明治四十四年（一九一一）五月十二日付の大谷宛の手紙に、ロンドンの社交界を描いた大谷の『舞踏会』（一九一一年）が「面白う御座いました」と書いている。

一九二四年、新設の広島高等学校教授に招聘された。英語の時間にはハーンの文章も教材に用いた。大谷から英語を習った富士川英郎（一九二六年四月広島高校文乙入学）が平川祐弘氏に語ったところによると、大谷はハーンの英文を暗記しており、教科書を見ずに教えたという。広島を終の住処とし、俳句を広め、一九三三年に没した。

著書に句集『落椿』（一九一八年）、随筆『北の国より』（一九二二年）『己がこと人のこと』（一九三三年）などがある。「牧場仕切る掘割並木若葉照り」「灯映ゆる銀扇涼し舞囃子」など、その句風は写生にもとづいており、色彩豊かな叙景美をとらえ、温雅な抒情がある。ハーンの十七回忌の折、小泉セツ未亡人に送った「十七年今年も虫の秋となり」「虫好かれし懐ふ庭なる虫聴けば」「奉る虫の句句案夜半の秋」、および二十五回忌にも「年々や虫に偲びて二十五年」「八雲忌や好かれし虫の鳴きそめて」「芭蕉に揺るゝ校庭を偲びもす」と詠んでいる。

（關田かをる）

熊本時代のヘルン氏

黒板勝美

此ヘルン君の事を誰でも能くハーンと言ふやうですが、我々が熊本に来られた時に聞きました名前は矢張りヘルンと聞いて居つた、熊本の高等学校で出版になりました報告などの中にも矢張りラフカヂオヘルンと書いてあつた、併し綴りから言つたらば矢張ハーンの方が宜いやうに思ふ。

熊本には出雲の方から来られたやうに覚えて居りますが、来られた初には別に有名な文学者とか何とかいふやうな考はなくて、唯有り来りの外国教師、イングリッシュの教師と我々は思ふて居つた。併し段々レクチュアの仕方でありますとか、其外我々に質問される有様から考へて見て、段々今までの経歴を聞いて見ますといふと、既に亜米利加に居らるゝ頃からして多少名が著はれた方であるといふことを知つたので、それから一般の注意に上つて来たやうである。一番初め来られた時の先生に対する考は、非常に変な方で、極く明瞭にレクチュアをされるので、今まで居られた外国教師の非常に難解な聞き悪いレクチュアに比して我々は非常に好意を以て迎へた。けれどもまだ文学の趣味であるとかいふ方の側までには我々の学問が進歩して居なかつた時代ですから、唯それだけの感じを以て先生を迎へて居つた。併し先生が来られましてから段々レトリックであるとか、コンバーセーションであるとかいふやうなものを習つた結果は、非常に我々の間に文学的趣味を注入されたやうに思ふ。一番しまいにはラテン語と英文学の二つを受持つて居られたが、英文学史のレクチュアで一番趣味を感じたのは、シエクスピーアの講義に付て、今まで、シエクスピーアといふことは唯名前は皆言ふのですが、どんな風な傾向を持て、どんな風な詩人で有つたといふことは始めて知つたので、それまではキングリヤなどいふことは口には言ふけれども、実際どういふ意味を以て書いたとか、どういふ風にシエクスピーアの天才を現はして居るとかいふやうなことは分らずに居つて、僅にミーニングでも知つて居れば宜いが、それさへも覚束ない位であつた。其講義は一週間二時間位で、チョーサから始められてジョージエリオットまでゞ済んで仕舞つたと思ふ。其シエクスピーアの講義の終つたのが二学期であつたが、其時終ひの文句に「シエクスピーアの講義が終つて、さうして二学期の終りのベルが鳴つた」といふやうなことを言つた、それは余程面白い洒落た文句であつたと思ふ。其時分は黒板に大体を書きまして、其後で又詳しく自分で話をするといふ訳であつた。ですから筆記する方は楽であつた、それで能く分る言葉ですから殆ど分らないといふことは義理にも言へない訳であつた、それだから皆喜んで居つた。実に易《わかりやす》い言葉で、詰り程度で言つたらば第三リーダーか第四リーダー位の言葉であつた。外の人との折合は極く宜い方であつて、殊に秋月胤久《あきづきかづひさ》といふ漢学の教師があつたが、其人は会津で非常に働いた人であつて、其時は七十歳ばかりで、髯が真白に生へて、如何にも愉快な顔をして子供でも懐《なつ》くといふやうな人であつたが、ヘルン君は自ら其人を神だと言つて居つた。さうして両人逢ひますと、秋月君は平気で「今日は」「お早う」といふやうなことを言ふ、所がヘルン君は其時分日本語をチッとも知らぬから、妙な顔をして礼をする、秋月君が搆はず話して居ると向ふは黙つて聞いて居るといふ風、これはフロムゼイースト〔*From the East*〕の中に書いてあつたやうである。始終往復されて居つたやうである。此秋月君は四五年前故人に為られましたが、序《ついで》に此人の御話をしますと、倫理学を受持つて居られましたが、皆を集めて話をして居ると直ぐ政治上の問題になつて来る、学問をするのは廟堂の上に立つて天下を料理する為めである、大工や左官になるのが学問をする目的でないといふやうなことを言つて法科をやるのは弁護士か裁判官になるとしか思はない、文学が一番受けが宜い、即ち古い考で、昌平黌に這入つて居つて政治をやつたといふやうな考の人であつた。其時藤崎といふ人が熊本に居られた、軍人であつて、其人の妻君といふのがヘルン君の妻君の極く近い親類か何かの関係になつて居る、それで其養子といふ者がヘルン君の家に預けてあつた、さういふ関係で丁度熊本にヘルン君が来られてから能く往復して居つた、其藤崎といふ人と私と懇意であつたからヘルン君の家にも遊びに行くやうになつた。幾度も行つたが、或時行きました時の記憶に依ると、冬であつたと思ひますが、和服を着し、例の如く煙管を五六本傍に持つて来て、詰め換へては飲んで、さうして色々話をする、こちらは別に聞くことはないが、亜米利加あたりの話をし、昔仏蘭西領のルイヂニヤに行かれた時に、熊本も暖い所で蚊が多いがルイヂニヤの蚊は此処のよりも余程大きいなどゝいふ話をして居つた、それから日本の庭は好きだが、西洋のは幾何学的でいかない、どうも風味がないなどゝ言つて居られた。日本語は教場などでも少しも遣《つか》はない。

作文の題は自分の遭遇したこと又は感じたことなどを一週間又は二週間の間に書いて来いとか、又は昔話を書いて来いとかいふやうなことであつた。

其時分余り外に出たやうなことはなかつた、人々との交際も余りなかつたやうです、併し東京に来られた時よりも人に会はれたやうです。

生徒の頭に一番感じたのは、其以前の教師が牧師見たやうな人であつたのに、それと反対に非常に基督教嫌ひであるといふことであつたやうです。今まで外国教師の為めに造つてある校舎にも、這入らず、別に家を一軒借りて居られた、それから其家の附近に教会堂があるからいやだといふので外に引越された。

外にイングリッシュを教へて居つたのは佐久間信恭といふ人でした、それから教頭が今彼処の校長であるが桜井房記といふ人で、此人は仏蘭西語の出身であるから先生とは仏蘭西語で話をして居られた。

我々が一緒に写真を撮るやうな時は来て其中に加はる位で、いつでも半面の写真を撮られた、質問などには能く答へられた、会などには余り見掛けんやうにおぼえます、或は御呼び申さなかつた方が多いかも知れぬ。

其時分の私の同窓で大学に参つた者は、二十九年の卒業生で、法科の安住、古森、是は二人とも地方裁判所に居ります、それから今山口県の書記官になつて居る林一蔵といふ人などです。

ヘルン君は熊本時代に於てはそんなに快活だとい

ふことは言へませぬが、人嫌ひといふやうな傾向は見えなかつたやうに感ずる。私は東京で一度訪問しました、三十年か三十一年でした、其時は洋服でした、御閑ですかと言つたら、ちつとも閑は持たないと言つて居られた、多分何にか書いておられた時の様でした。熊本で教授の時分にも草稿などはなかつたやうに感じます、尤も草稿を作る程むづかしいものではなかつたでせう。教授受持の時間は我々のが一週三時間、其下が二時間位、皆で十時間か十二時間位であつたと思ひます。

　家は普通の日本家で、元あつた大きな家を買ひまして、庭などの大変広い何とかいふ神社の半町か一町ばかり先であつた、初の家は前言ふ通り基督教の鐘の音がいやだといふので引越されたといふことであつた。是は藤崎君の話であつたが、歩く時でも教会堂のある所は避けて行くといふ風であつたさうです、其家から学校までは十町位もあつたでせう。英語か仏語の出来る者とは話が出来た、秋月君などが家に行かれると妻君が通弁をしたのであらうと思ふ。其時分は子供さんがまだ出来ないと思ふ、それ故家族は極く少なかつた。私がヘルンさんを知つて居るのは二十五年から六年の夏までゞす。私が能く訪ねて行つた部屋は十二畳位のもので、床の間の飾などは日本流であつた、床の間の直ぐ側に座つて話をされる、障子を開けると直ぐ庭が見える、さうして始終坐つて居られた、たんぜん見たやうな羽織を着て居つたやうに思ふ。学校にはいつも洋服ばかり着て来られる、其時の風采はこちらに来られても変はらぬやうに思ふ、極く質素の服装で、灰色の洋服で、帽子は茶であつた。学校は休まれたことがなく、非常に勉強な人でした。

　羅甸《ラテン》語は某時分学科の正科であつた。其時代には文科では天文までやつた。本科になつてからケミストリーなどもやり、物理もやつた、其時分は一般の高等学校がさうであつたと思ふ。外のテクストリーヂングは重もにコンバーセーションといふ方でしたからあるまいと思ふ、コンバーセーションは直《すぐ》にていねいに直して下すつた。此コンバーセーションの時に面白いことがある、何でも宜いから思つたことを言へといふやうな主義であつたので、既に故人となつた神川といふ人でしたが、「足懸け三年」といふことを言つた、其「足懸」といふことは向ふの言葉にないので、日本語の直訳流にフートハンギング、スリーイヤースとやつた、それがどうしても先生に分らぬ、そこでフートハンギングの説明をやつたので、是は面白いと言つて自分で書いて行かれたことがある。

先生の来られた初に今までの外国教師と違つて非常に分り宜いやうに話をされた一例として御話しますと、ラーヂといふ字とビッグといふ字の遣ひ分の場合でもちやんと図に書いて、ラーヂといふ方は長方形のやうなものである、大きいといふけれども唯長さが大きくて、そんなに奥行は深くない、それからビッグといふと長くして奥行も深い、其方が力がある字である、脊の大きい者をラーヂといふけれども肥つたといふ方はビッグでなければならぬといふ風に、それを図に書いて教へらるるから我々の頭には其後ビッグとラーヂの遣ひ分に付て迷ふといふやうなことはない。それからもう一つ一番初めに私の感じたのはオッフンといふ言葉をオフツンと発音したこと丶、ハンブルをアンブルと発音されたことなどである。それからラテンの教授法はラテンコースをやつて、自分でエキサーサイズをさして順番に聴く、それで大変面白いことがある、大概首《はじ》めに居る人からズットやるが、それを時々反対にやる、調べて居る人は宜いけれども、調べない人は自分は何番だといふので其処だけ調べて居る、それが反対に来ると折々恐慌を来たした。採点などは極く宜い方で、私などは九十五六点以下を貰つたことはない、外にリッデルといふ教師が居つたが、それは宣教師であつたが、それとは交際がなかつた、僕等は基督教を研究しやうといふのでなく、イングリッシュを一週間に二回稽古に行つたが、其報酬として日曜日にバイブルを聴きに行つた、本田増次郎君が其人の飜訳をして居つたが、時々僕等にやらせられて下手な飜訳をしたことがある。

ヘルン君は斯ういふことを言つて居られた、出雲に行つたのは出雲が日本の一番古国である、神代といふものは出雲に在るといふ話を聞いて招きに応じたのであると言つて居られたが、我々はヘルン君が基督嫌ひで神道が良いと言つて居るのは不思議だといふ感じを持つて居りました。

　会話は先生が問ひを懸け、学生の方も亦問ひを懸けて話をする、話の中に言葉が悪いと、斯ういふ風に言はなければならぬと言つて直して呉れられた。コンポジションの方は学生が家から作つて行くと、それを直して面白いものに付て批評をする、又それに付て自分の話をするといふやうなことであつた。

　英文学史のは重もにチョーサから始めて、其時代は余程詳しかつた、それからシエクスピーアが殆ど一学期であつた、それからテニソンの話もあつたやうに思ふ、ジョージエリオットまで行かない中にテニソンの話があつたやうに思ふ、唯エリオットのことを大層えらい人のやうに先生が言つたからそれで覚えて居る、ミルトンは極めてザットであつた、バンヤンの話も極く簡略であつた、ジョンソンの話とスヰフトは大分詳しかつた、私はジョージエリオット本名がエバンスといふことなども其時始めて知つた、ジョージといふから男だと思つて居ると、女であるといふから、どういふ訳かと質問したことなどを覚えて居る。

　日本の昔話に付ては余程インテレストを感じて居つたやうに思ふ、詰り桃太郎の話などであるが、私などがそれを書くには必ず初めにワンス、アポン、エタイムといふことが附く。レトリックの講義の仕方は重もに字の置工合と、ミーターやクライマックスになつて行く具合なぞで、詰まるところ、先生の分り易い言葉といふものが多少我々の記憶に遺つて居る所以で、若しむづかしくやられると何を言つたのだか分らなかつたと思ふ。

　東京に来られた初に牛込富久町に居られたが、其直ぐ近所に瘤寺といふ寺がある。其境内が非常に好きで毎日散歩に行かれた、丁度其処に大きな杉の木がある、それが大変気に入つて、大概其処を見廻る、自身の家からも其杉の木が見えるやうになつて居つたが、其瘤寺の坊さんが必要があつたか何かで其杉の木を伐つて仕舞つた、それを非常に残念に思はれて頻に坊さんに苦情を言ひに行つたが、自分の片腕を切られたやうに思ふと言つて落胆して、竟《つい》に家まで引越されたといふことである。一体先生は植木が好きで、今の家にも愛された植木が沢山あるといふことを聞いて居ります。

（『帝國文學』第十巻十一号、一九〇四年十一月）

解説

黒板勝美（一八七四年九月三日―一九四六年十二月二十一日）

長崎県東波杵郡下波佐見村の旧大村藩士黒板要平の長男として生まれる。大村中学校を卒業、一八九〇年に第五高等中学校へ進学した。翌九一年十一月二十四日に松江から赴任したラフカディオ・ハーンに、二年次と三年次の二年間英文学や英作文を学ぶ。

ハーンが第五高等中学校の学生から受けた初印象は、松江の中学生とはたいへん違うものであった。作品「九州の学生とともに」の冒頭で、ハーンはこう述べている。松江の中学生より年長であるからだけではなく、学生たちは「九州魂」というか、「侍気質」が残っており、謹厳で寡黙な大人である。質実剛健を旨とする立ち居振舞いなので、外見からは理解しがたく、師弟のあいだに松江のような親密な関係はのぞめないだろう、と。しかし、学生たちが書いた英作文は、彼らが情緒面で個性のひらめきをもち、自分で感じたことを率直に表現する姿をみせた。ハーンは作品のなかに彼らの英作文を十二編もとりあげている。いかに彼らに魅了され、しだいに日本人の心を深く理解していったのかが読み取れよう。

学生の黒板はハーンに親しみをもつようになり、友人の藤崎八三郎（松江時代からのハーンの教え子）に案内されて、手取本町のハーン居宅をたびたび訪問している。

一八九三年七月に第五高等中学校を卒業、九月に帝国大学文科大学の国史学科に入学した。在学中の九六年五月、『史學雜誌』に「大日本人名辞書を評す」、翌六月には「北畠親房事蹟考」（笹川種郎と共著）を発表。同年七月大学を卒業、大学院へ進学した。とともに九月、経済雑誌社に入り、田口卯吉（鼎軒）のもとで『国史大系』の校訂出版に着手する。そして同年十月十六日東京帝国大学史料編纂事項取調補助を嘱託され、一九〇一年四月に史料編纂員となった。一九〇二年には東京帝国大学文科大学講師となり、小泉八雲と名を改めていたハーンの同僚になった。したがって、翌〇三年三月の小泉八雲解雇事件のときには、国史学科の教員として事件の経緯をみていたにちがいない。

一九〇四年九月二十六日に八雲が没し、十一月に刊行された『帝國文學』の「小泉八雲紀念号」に、黒板は「熊本時代のヘルン氏」と題した一文を寄稿した。ハーンの授業の様子ばかりでなく、ハーンが父のように慕った漢学教師の秋月胤永（悌次郎）との親交ぶりも実写フィルムをみるごとく書かれている。

一九〇三年に脱稿した「日本古文書様式論」で、〇五年四月に学位が授与され、文科大学助教授となる。史料編纂官を兼ね、奈良正倉院古文書七三一巻を整理し、三上参次のもとで『大日本古文書』の編纂に協力する。エスペラント語の研究・普及に活躍し、日本エスペラント協会の事務所を自宅に設けた。一九〇八年に私費でヨーロッパにでかけ、ベルリンの国際歴史学会議に参加したほか、ロンドンの国際平和主義者大会やドレスデンで開催された万国エスペラント大会に出席した。主要な著書である『国史の研究』は、不在中の日本エスペラント協会の諸雑費をまかなうために出版した本であった。

その後、史料編纂掛事務主任を経て、一九一九年東京帝国大学国史学科教授となり、官学アカデミズムにおける国史研究の最高権威者の位置をしめる。専門の『国史大系』編纂事業や古文化財の調査保存の仕事ばかりでなく、明治期には平民社に出入りし、昭和期には弟子の羽仁五郎の釈放に尽力するなど、スケールの大きい人物であった。

（關田かをる）

先師ハーン先生を憶ふ

厨川白村

With honour, honour, honour to him
Eternal honour to his name.

Tennyson

ことしの夏われは俄に師友に別れを告げ、都門を去て遠く比地に来る事となつたので、しばし都のおとづれを聞かなかつた。で、はじめて先生の訃音に接した時はそのあまりに意外なのに驚き、事の真をさへも疑つた位である。越えて数日、皆川真析君の書信を得て葬式のことなどを知り、しばし茫然として、たゞ哀悼のおもひ切なるに堪えなかつた。あゝ日本は今年に入つてふたりまで、其大なるスポークスメンを失つたのである。嘗てハーン先生が其著『骨董』（"Kotto"）をデディケートせられ、我国に対する深厚の同情を典麗の詩筆にうつして一代に盛名を博したかのヱドキン・アァノルド氏は、ことしの春に世を去り、いまだ半歳ならざるにまたわがハーン先生の逝去を聞くに至つた。詩文の界に於て、絶東の島帝国の美を世界に紹介せられた二個の偉人が、殆むど時を同ふして逝かれたのは、わが国民にとつて最も悲むべき事である。

さりながら先生の訃音に接して先づわが胸に浮ぶのは、おのれ一個人としてのおもひである。わが大学に在りしころ、殆むど二年の間その講莚に侍した頃の回想である。のみならず、わが今居るこの地は先生が島根の中学を去られて後住まれた所で、またわが現在教職を奉じて居る高等学校は、即ち先生が嘗て子弟を薫陶せられた所である。これを想ひかれを憶ふて、綿々として胸裡に浮び来る感想を、こゝに唯だ秩序もなく書て見やうと思ふのである。

数日前われは熊本の町の或る書肆をあさつて、一冊の古つぽけた洋書を得た。それは珍らしくもないが、かのチャアルズ・キングスレイが其児のために平易な美しい散文を以て書いた "Greek Heroes" で、むかし高等学校の生徒が用ひた古本である。余が此書を手にして想ひ起すことがある。それはさきに大学に居つた頃、ハーン先生が近代の英文学を説

かれ、キングスレイの條に至り、此書に就てわれ等に語られたことばである、

『小説の外にキングスレイに一つの名著がある。それは「グリーク、ヒーローズ」で希臘《ギリシア》神話の入門として無上の書であるばかりでなく、この文体は全く聖書から得たので散文として最も美しいものだ。ピンダアなどの希臘詩人を能く研究した者でなければ、こんな者は書けない、よほど以前のことだが、われは学生に此立派な散文を味はしたい者だと非常に苦心をした事がある。此書を日本に紹介したのは実に余が最初である。しかし之は失敗に終つて学生はたゞ其文章があまり易くてつまらないと苦情を言ふて居た。彼等は遂に其 Emotional beauty を解するを得なかつた』

といはれ、それからサイレンの歌のことを書いた一節を読みあげて、『律脚といふ点を除て、若し之が詩でないならば何をか詩といはう。色彩、音調、文章の音楽的抑揚すべて近英の散文に類ひなきもの』とまで激賞せられた。今わが得た此古本こそは、即ち先生が此高等学校に教鞭を執られた頃、生徒が用ひたものが残つて居たので、此古本のもとの持主も、恐らくは先生の所謂 Emotional beauty の解らなかつた人であらう。

こゝに先生が言はれた emotion の方面の薫陶こそは、英語英文学の教師として、ハーン先生の最も偉大であつた点であらう。所謂「実用英語」――怪しい名目である――以外、学殖もなく、況むや詩文鑑賞の眼なき、無学な輩とは全く撰を異にして、みづから詩人であつた先生は、われ等を教ゆるに当ても、亦た最も此点に重きを置かれたのは、吾人の感謝に堪えない所ろである。英語が分るばかりでは固より英文学の appreciation が出来る筈もなく、古典や文学史の智識以外に、更に文芸の研究に最も必要である詩文をゲニーセンする力をわれ等に与へんとせられたのだ。たとへば先生は吾人に向て、沙翁の戯曲は毎年必ず之が通読を怠るべかずと、誡められた。余は今も此教は服膺して居る。

英国近代の詩人のうちで、先生が最も愛読せられたと思はれるのは即ちテニスンである。われ等に向

て先生は一ヶ年の間、毎週三時間宛は、其『プリンセス』と他の幾多の小篇とを本文に就て綿密に講ぜられた。先生は此『プリンセス』を以て、さきの桂冠詩人の最大傑作となし、"The most Romantic production of the Emperor of the Romantics" と言はれ、art の点に於て殆むど完璧といふべき此詩人の作を講じつゝ、その妙所に至るごとにいつも案を打つて "Wonderfully beautiful !" などいひ、われ等の注意を促された。だからわれ等は先生の典麗な散文を読むごとに、その art の巧なところは、或は之をテニスンに得られたのではあるまいかと思ふのである。しかし余が、先生を此ヴィクトリア朝の大詩人と聯想する点は、なほ之れ以外に一つある。

英国の詩人のうちテニスンほど詩句の推敲につとめた人は殆むど稀なので、かの "The Skipping-Rope" といふやうな拙作からして、のち幾年の苦心を積むで、遂に『アイディルズ・オブ・ジ・キング』のなかの絶唱までに上ぼる其絶大の進境は、一に全く苦心惨憺の力によるのだ。その作一として幾十回の改竄を経ない者はない。聞くところによれば、ハーン先生の推敲も亦た之と同様で、一たび書き上げた文を筐底にをさめ数週の後に取り出して之に修正を加へ、いくたびか改竄を加へて数ヶ月の後に至り、瑕疵なきを見、みづから満足するに至つて、こゝにはじめて世に公にせられたとの事である。先生がわれ等に向て平生、天才は努力に基くといふ事を屢々言はれたので見ても、其文を属するに如何に用意が慎密であつたかゞ分る。だから片言隻句を苟くもせずして、殆むど完美の域に達したかの優麗なる散文を書かれたのだ。テニスンがヴァアジルの技工に就て

All the charm of all the Muses often flowering
in a lonely word.

といつた句がテニスン其人にも適用し得べしとせば、幾分かまたわがハーン先生の文に就ても此やうではあるまいかと思はれる。

覚えず、かくも斯くも長々しく書て居る間に、脳裡に浮ぶのは、嘗て先生の講義を聴て居た頃の有様である。車から下りて直に教室に来《こ》られ、いつも紫の風呂敷に包むだ幾巻の書物を、さも重たげに提げ

ながら講壇にのぼり、例の明晰な発音の低い声で“Good morning, gentlemen”といはれたその声、その風采、今もなほ耳に残り眼前に浮ふ心地がする。国民新聞紙上に井上博士が言はれた如く、先生は甚だ風采の揚らない人であつた。

文学史や其他の詩文批評のレクチュアにも先生は決して講義の稿本も何も持たずにベラ〳〵と話されたので、折々は皆の学生が筆記に困るといふやうな事もあつた。先生の講義は決して世の常の文学史などの類ではなくて、全く先生自からの appreciation をおもしろく吾等に話されたので、詩人の詩の講義は学究のそれとは非常に趣を異にして居るのは勿論である。年代などに往々誤あるなどは却て発生の講義が全く受売的でない originality を示して居るので、われ等のうれしく思ふた所以である。またわれ等の読まざる可からざる作品の各々に就て、其取捨撰択に注意を与へられたのは今も研究の助けとなる事少くない。

一時間の講義が済むで、次の時間の講義にうつる休息の間は、先生は決して教授室へも行かれずに、大学の庭園の池のあたりを独り逍遥して居られた。余等は先生の黙想して居らるゝのをディスタアブするのを恐れて、必要がなければ決してことばを掛けた事はなかつた。余が約二年間師事して居た間に親しくお話した事は僅に六七度に過ぎない。去年の春、ある時講義終つて後、余はロセッティか何かの事に就て疑義をたゞしたひと思つて、先生と十分間ほど廊下でお話をした。先生の隻眼は非常の近視であるため、立ち話をするのに顔を非常に近く対話者に近づけられるのが癖で、またいたくシガアを好まれ、鬚なぞは黄色になつて居つた位、それだから呼吸と共に来るその香は、往々鼻をつく程ひどく感せられるので、余には今もなほそれが忘れられないやうである。そして此折から暫くして後、先生は大学を去られる事になつたのだから、今にしておもへば之は実に余が親しく先生と語つた最後である。

先生は、その Lafcadio Hearn といふ名を見ても分る如く、父君は愛蘭土《アイルランド》の人で、母君は希臘《ギリシャ》人であつたそうだ。仏蘭西で初等教育をうけられ（先生が巧に仏蘭西語を操り、殊に仏文学に精通せられたのも、おもに之に基くのであらう）、その後ながく米国に居られたが、次で我が日本に帰化せられる事となつた。血統に於ても閲歴に於ても毫も国民的なところはないのだから、その結果として思想に於ても全く人種的偏執などといふ者は一点もない人であつた。先生が常に外邦の事物に対して深き同情を寄せられたのも、原因は全くこゝに存するのだ。先生は実に「国の人」ではなくして、偉大なる「世界の人」であつた。あまねくすべての人類に対して同情を寄せられるだけの偉大なる天才であつた。

先生が欧化せられざる日本を愛して居られた事は言ふまでもないが、嘗てこの熊本に居られた時に面白い逸話がある。それは明治二十五年の頃に、この地の師団で宴会か何かのあつた時、高等学校の教授や県下の高等官なども来賓の席に列して居つたが、この人々は皆燕尾服などを着て、日本服の人は少しもなかつた。時に室の一方に当て、黒繻子《くろしゆす》五つ紋付の羽織に、仙台平の袴を折目正しき一人の紳士は、忽然として一坐の注目するところとなつた。これ即ち当時高等学校の教師であつたわがハーン先生であるのだ。日本服は只だ一人で、その一人がまた殊に外人である先生であつたのは、今も奇談として人の記憶して居る所である。先生が日本固有の事物にいふべからざる美をみとめて、これを愛せられたのは、この逸話既に能く之を証して居るではないか。

先生の性格はすべて是れ全く詩人であつた。阿諛曲従の陋態はいふまでもなく、人と交際する事をさへも、あまり好まれなかつたやうである。文芸界に於てすら随分俗物の多きに堪へざる現在の日本にたま〳〵先生の如きを見るのは、余の最も尊崇すべきだと思ふ点である。先生はいつも、自分に余財あらば隠岐の島に隠棲して脱塵の生活を営みたいと言はれたさうだ。先生はこの隠岐の島に就て、その有名なる著書のうちに、

Such official and commercial communications have not been of a nature to make Oki much better known today than in the mediaeval period of Japanese history. There are still current among the common people of the west coast extraordinary stories of Oki much like those about that fabulous Isle of Women, which figures so largely in the imaginative literature of various Oriental races. According to these old legends, the moral notions of the people of Oki were extremely fantastic ; * * * * I had quite sufficient experiences of travel in queer countries to feel certain that all these marvelous stories signified nothing beyond the bare fact that Oki was a *terra incognita*.

と言はれた。先生が詩人として著るしき点は、美を感受する力の極めて鋭敏であつた事である。一例をいへば、かの日本人の内部的生活を写された“Kokoro”といふ書物のなかに、“A Street Singer”の一篇がある。ある日のこと、先生の家の前を過ぎりしかどつけの俗謡は、日本語を少しも解せざる先生をして其美に恍惚たらしめ、ゆくりなくも二十五年以前、英京倫敦《ロンドン》に居られし頃の記憶をよび起した。たそがれ時に公園を散歩して居られた時、一人のおとめ、先生のそばちかくを過ぎんとするや何人に向てか、一語“Good night”の声を残して、そのまゝ遂に影は見えなくなつた。この声は後ち二十五年の今日までも先生の脳裡に鏤刻せられ、こゝにかどつけ歌を聞くと共に、その記憶は再現し来つて、先生をして失神するまでに至らしめたといふことが書てある。

先生の著書は勿論すべて東洋に関するものばかりで、先づ“Stray Leaves from Strange Literature”といふのが処女作で、波斯《ペルシャ》印度の神話伝説をおもしろく書かれたものだ。その後“Some Chinese Ghosts”が出で、次で日本来遊後の最初の作“Glimpses of Unfamiliar Japan” 2 vols. に至て、先生の文名は大西洋の両岸に聳へた。爾後相次で“Out of the East,”“Kokoro,”“Gleanings from Buddha Fields,”“Ghostly Japan,”“Exotics and Retrospectives,”“A Japanese Miscellany,”“Kotto”などを出し、最後の著『怪談』に十数篇の物語を集められた者に至るまで、皆日本の詩的方面を世界に紹介せられた者である。日本の俗説巷談のたぐひも、詩情ゆたかな先生の才筆に載せられては、われ等之を読むに当て、殆むど未聞の物語を読むが如き心地がする。また殊にわれ等邦人の意を留めないやうな微細の点に先生は極めて詩的な、奇警な観察を試みられた。

先生の著書のうち、今わが架上には"Glimpses of Unfamiliar Japan" 二巻あるのみだ。新聞紙上に先生の葬式のさまを読むだ時、余が想ひ起して、最も感に打たれたのは、其第二巻にある『教師日記』の末段三章の文である。そのなかに、

Tee great bell of Tokōji is booming for the memorial service, —for the tsuito-kwai of Yokogi, —slowly and regularly as a minute gun. Peal on peal of its rich bronze thunder shakes over the lake, surges over the roofs of the town, and breaks in deep sobs of sound against the green circle of the hills.

* * *

The great bell ceases to peal ; the Segaki prayer, which is the prayer uttered when offerings of food are made to the spirits of the dead, is recited ; and a sudden sonorous measured tapping, accompanied by a plaintive chant, begins the musical service. The tapping is the tapping of the mokugyo, —a huge wooden fish-head, lacquered and gilded, like the head of a dolphin grotesquely idealized, —marking the time ; and the chant is the chant of the chapter of Kwannon in the Hokkekyō, with its magnificent in vocation :

—

"*O Thou whose eyes are clear, whose eyes are kind, whose eyes are full of pity and of sweetness,* — *O Thou Lovely One, with thy beautiful face, with thy beautiful eyes,* —

"*O Thou pure One, whose luminosity is without spot, whose knowledge is without shadow,* — *O Thou forever shining like that sun whose glory no power may repel,* — *Thou Sun-like in the course of Thy mercy, pourest Light upon the world!*

and while the voices of the leaders chant clear and high in vibrant unison, the multitude of the priestly choir recite in profoundest undertone the mighty verses ; and the sound of their recitation is like the muttering of surf.

*　　*　　*　　*

Then a sound of sobbing is suddenly whelmed by the resonant booming of the great fish's-head, as the highpitched voices of the leaders of the chant begin the grand Nehangyō, the Sutra of Nirvana, the song for passage triumphant over the Sea of Death and Birth ; and deep below those high tones and the hollow echoing of the mokugyo, the surging bass of a century of voices reciting the sonorous words, sounds like the breaking of a sea : ——

"*Shō-gyō mu-jō, je-sho meppsō.* —— *Transient are all. They, being born, must die. And being born, are dead. And being dead, are glad to be at rest.*" ——（*Glimpses of Unfamiliar Japan*, Vol II.）

あゝ先生みづからも亦た、遂に此仏式を以て葬られ給ふに至つたのである。

（いかに匆卒《そうそつ》の際とはいへ、わが alma mater の雑誌に先師のことを記するに当て、かゝる粗《そ》鹵燕雑《ろえんざつ》の文を以てしたのは、余のいたく恥づる所である。明治三十七年十月廿七日、熊本に於て。）

Love took up the harp of Life, and smote on all the chords with might ;
Smote the chord of Self, that trembling, pass'd in music out of sight.

（『帝國文學』第十巻十一号、一九〇四年十一月）

解説

厨川白村（一八八〇年十一月十九日—一九二三年九月二日）

本名は辰夫。別号血城、泊村。京都生まれの白村は、京都府立一中、第三高等学校を経て、一九〇一年九月東京帝国大学文科大学に入学した。したがって、一九〇三年三月に起きた英文科学生たちの「八雲留任事件」のときには、白村は二年生であった。この事件については『帝國文學』第十巻第十一号の「小泉八雲紀念号」に小山内薫が書いた記事で知られているが、白村と同級の金子健二は『人間漱石』のなかに、当時の日記にもとづき、つぎのように述べている[1]。

明治三十六年三月二日（月）晴、暖、正午英文科学生一同二十番教室に集合、小泉八雲先生辞職に関する善後処置と留任運動開始の件、夏目金之助氏新任に関する文科大学長井上哲次郎氏の所見聴取の件、英作文・会話等に教授の重点を措《お》かうとするスウィフト氏の態度に就いて糺明する件等々がその協議事項であつた。そしてこの目的を貫徹する為に井上学長の英文科教育に対する理想と又其の方針とを質問する事が先決問題である事に衆議一決した。但し今夕正五時本郷台《だい》町の基督教青年会館に再び集合して協議する事に申合せた。午後五時、予は青年会館に出掛けた。英文科学生は殆ど全部出席した。議長は三年生の安藤勝一郎君が成つた。出席者の点呼をとつた。小泉先生が大学のスタッフから嫌悪されるのは、交際が拙であるからだと某氏は説明した。集つた者は皆先生の留任運動を決行する事を激越の口調で主張した。一年生の小山内薫君の如きは其の熱心な主張者の一人であつて、若し此の運動が当局者から弾圧されるならば総退学を決行するだけの肚をきめなければならないが、此の点に就いて皆の者が果して覚悟が出来て居るのかどうかと声を大きくして叫んだ。しかし、中には此の極端論に反対した者もあつた。大体に於て三年生と一年生は総退学決行の肚で進む事を認めてゐた。二年生は西川巖、森巻吉君等々の総退学決行論者の多数と、厨川辰夫君の如きこれに反対する論者もあつた。しかし厨川君を除く他の諸君は皆退学主張論に傾いてゐた。運動委員五名を選挙に依つて決定し、その人々から井上学長に此の事を陳情する事に衆議一決した。そして五名の選挙を行った。各クラスから選んだのである。五名の委員は三年生の安藤君をリーダーとして運動の衝に当る事に成つた。皆悲壮の決心を顔にうかべてゐた。厨川君は皆から嫌はれた。午後十時解散。

　三月三日（火）晴、暖、午前七時登校、フランス語の授業に出席す。二年生の西川其他の二三氏は英文科各学年の教室を巡り歩いて、厨川辰夫氏排斥の文字をチョークで黒板に書いた。厨川君は此の事があつてから成るべく英文科の学生と離れることをつとめ、独文科のクラスの集つて居る所へばかり行くやうになつた。（後略）

　学生たちの八雲留任運動によって、文科大学は「教授会の議に附して決議した結果、小泉氏の十二時間を八時間にして四時間か六時間夏目氏に英文学講義を担当して貰ふ」[2]という当局案を八雲に提示して交渉した。しかし、八雲を引き留めることはできなかった。学生たちが「留任運動」を起こす前は、「授業時間を多少減らす」どころか、「解雇」であった。大学当局は突然に一通の解雇通知を八雲に送りつけた。その非礼と思われる通知に、八雲は自尊心を深く傷つけられたのである。

　学生総代の安藤勝一郎らは八雲の自宅を訪れて、「復職」を請願したとき、「黙然我々の話に耳傾けてゐた先生は稍《やや》少時、瞑目沈思されてゐた。軈《やが》て彼の静かな優しい調子で斯う答へられた―「学生たちの志は嬉しい。然し今諸君の希望に副ふ気持になってゐない」と。[3]まったく予期しなかった八雲の返事である。

　四月二十日（月）、夏目金之助講師が初めて英文科の教壇に立った。それと同時に上田敏、アーサー・ロイドの二人の新任講師も来た。金子健二の日記をふたたび引用すると、「私達は此の三人の先生を排斥しようとは考えてゐないが、小泉先生の留任を熱望する余り、この三人の講師を心から歓迎する気にはなれなかつた。（略）小山内薫其他の二三の諸君は今日此の事について安藤委員長に頻《しき》りにねぢこんでゐた。しかし、これは結局うやむやに葬られてゆくものだと私達の仲間は考へてゐた。厨川君は常識的に利口に出来てゐる人だと思つた。」とある。[4]
一九〇三年の八雲解任という事態は、近代化政策のために採用した高給のお雇い外国人教師にかえて欧米留学から帰国した日本人を据えるという、日本の教育行政の政策転換を端的にあらわしていた。一八九五年六月の工科大学J・ミルン（地震学の祖）の辞職からはじまり、一九〇一年六月に医科大学のJ・スクリバ（外科）、翌年七月にはE・v・ベルツ（内科）や文科大学のL・リース（史学）など、帝国大学で長年功績のあった長老クラスの外国人教師がつぎつぎと帰国した。文科大学長の井上哲次郎の立場からすると、この政策転換という事情を八雲に「説明する必要も無く、説明し難いことであった」という。[5] 学生たちが事情を知らなかったのも当然であろう。
事件後、厨川は夏目漱石、上田敏に学び、一九〇四年七月卒業のとき、恩賜の時計を受けた。大学院では「詩文に現れた恋愛の研究」を書き、のちに『近代恋愛観』（一九二二年）を上梓した。白村が八雲を敬慕していたことは、「先師ハーン先生を憶ふ」[6]、『小泉先生そのほか』[7]、「小泉先生の旧居を訪う」[8]に繰り返し語られていることでも明らかである。ことに、『小泉先生そのほか』に収録された「小泉先生（近刊の講義集を読む）」は、東京帝国大学における八雲の講義を聴講した学生たちのノートをもとに、コロンビア大学教授のジョン・アスキンが編集し、『文学の解釈』（*Interpretations of Literature*, 2 vols. 1915）、『詩の鑑賞』（*Appreciation of Poetry*, 1916）、『人生と文学』（*Life and Literature*, 1917）として刊行されたことを祝って筆を執ったもので、「これは、い、い、日本人の為に、日本人の美感に訴えようとして説かれた西欧文学の講説だ」と、白村は自分の体験をもとに、英文学教師であった八雲のありし日の姿を語るとともに、八雲の講義の特色をじつにわかりやすく詳細に述べている。この講義録の編者であるアースキンと白村は知己の間柄でもあったという。
一九〇四年九月熊本の第五高等学校教授、〇七年京都の第三高等学校教授、一三年には京都帝国大学講師を兼任した。一五年、やけどがもとで左脚を切断するが、「隻脚の俗衆と異なるだけでも禁じがたき一種の愉快を覚える」と語った。かれの強い意志をうかがわせるエピソードである。翌年一月アメリカに留学し、六月に京大助教授に昇進するが、第一次世界大戦のために七月帰国した。ついで教授に任じられ、文学博士となった。

白村がおこなった京大での講義「近代英詩詩人論」について、菊池寛は「ヴィクトリヤ朝の詩人論であったが、その序論として英国文壇の鳥瞰図を説いてくれた。劇作家はどんな人がいたか、小説家では大家は誰か、新人は誰か、文芸批評の傾向はどうかといったようなことを、簡単明瞭に説いてくれた」[9]と語っているが、東大における小泉八雲の講義内容とよく似ているように思われる。

欧米近代文学の紹介と文学による文明批評的解説で文名をうたわれた白村の『文芸思潮論』(一九一四年)、『象牙の塔を出て』(一九二〇年)、『近代恋愛観』(一九二二年)、『英詩選釈』(一九二二年)などは洛陽の紙価を高めた。

一九二三年九月一日関東大震災のため、鎌倉の別荘で津波にさらわれ、翌二日午後死去した。

注

(1) 金子健二「ヘルン先生留任運動の餘燼」『人間漱石』共同出版、一九五六年、四九―五〇頁。
金子三郎編『記録 東京帝大一学生の聴講ノート』リーブ企画、二〇〇二年、付記、四七三頁。
(2) 井上哲次郎「小泉八雲氏と舊日本」『懐舊録』春秋社松柏館、一九四三年、二五五頁。
(3) 安藤勝一郎「Lafcadio Hearn 先生の追憶――東大を去られた当時の真相」『東山論叢』第一号、京都女子大学、一九四九年十月、八七―九七頁。
(4) 金子健二『人間漱石』五二一―五三三頁。
(5) 井上哲次郎『懐舊録』二五三頁。
(6) 『帝國文學』第十巻十一号、小泉八雲紀念号、七三―八三頁。
(7) 積善館、一九一九年。
(8) 『厨川白村集』第四巻、厨川白村集刊行会、一九二五年、一四八―一五六頁。
(9) 菊池寛『半自叙伝』講談社学術文庫、一一四頁。

(關田かをる)

小泉先生（近刊の講義集を読む）

厨川白村

一　ラフカディオ・ヘルン

「贈従四位《ぞうじゅしゐ》小泉八雲」とかう書けば、全く知らない人は日本人かと思ふだらうが、小泉先生の血管には日本人の血は一滴も流れてゐなかつた。美しい神秘と空想との世界に生きるケルト民族の愛蘭人《アイルランドじん》を父とし、むかし欧州の花やかな芸術と文明とを生み出した希臘《ギリシヤ》の国人《こくじん》を母としたる純粋の西洋人であつた。愛蘭《アイルランド》に育ち、仏蘭西《フランス》に学び、米国に人となつて、四海《かい》に家なき飄零《ひょうれい》の孤客《こかく》であつた先生は、東海のはてにありと伝ふる蓬《ほう》萊《らい》の国にあこがれて、今から三十年ほど前、はじめて我が日本の国土に来られた。それはハアパアス社の一通信員としてであつた。のち出雲松江中学の教師をして居られた間に、そこの旧藩士の女《むすめ》と結婚し、遂に日本に帰化して小泉姓を名乗られた。八雲の名はこれから出たのだ。近代英文学の史上にスティヴンソンやキプリングと肩を比べる散文の巨擘《きょはく》として、欧米の文壇には先生のラフカディオ・ヘルンといふ本名の方が轟き渡つてゐる。多少読書の趣味を解し、或は苟《いやしく》も日本の存在を知れる英米人にして、先生の名を知らぬ者は殆ど無からう。知らぬのは日本人ばかりだ。教育ありと称する邦人が英米へ行つて、かの国人からヘルン先生、——即ち「小泉八雲」の事を訊《き》かれてまごついた滑稽を、私は幾たびも見もし聞きもした。

ラフカディオの名は、世界最大の女詩人と呼ばれるサフォオが、望みなき恋に身を投げたと伝へられる希臘《ギリシヤ》のリュウカディアの海に因《ちな》める名だと聞く。またジプシイに縁あるヘルンの姓は、英語の鷺《さぎ》（ヘロン）と音相通《おんあひつう》ずるといふので、先生は羽織や、著書の扉《タイトル・ペイヂ》に押す紋どころに、二羽の鷺を図案化して用ゐて居《ゐ》られた。

日本を今日《こんにち》の如く西洋諸国に名高くしたものは、必ずしも数次の戦勝と国運の隆昌とのみではあるまい。これには先生の光絢婉美《こうけんえんび》の麗筆が与《あづか》つて力ある事を思はねばならぬ。見たまへ、ただ観光を目的として来朝する英米人の十中八九までは、先生の著書『こころ』『東方より』『日本、その解釈』『怪談』『日本雑録』『骨董』『日本瞥見録《べつけんろく》』『佛陀園拾遺《ゑんしふゐ》』『影』等の諸作の愛読者である、或は少くともその一二を必ず行李《こうり》の底に収めてゐる人たちではないか。

　朝廷が国家に対する功績を嘉《よみ》し給うて故人に贈位の御沙汰のあつた時、たとひ帰化人でありとはいへ、純然たる白人を之に加へさせられた事は、未《いま》だ曾《かつ》て我が国の史上に類例なき聖代《せいだい》の慶事《けいじ》であつた。先生はたとひ長く東京の大学に英文学を講ぜられたにもせよ、その名声をして真に世界的ならしめたものは、矢張り文筆の人としてである。――かの俗物輩《ぞくぶつはい》が動《やゝ》もすれば三文文士と嘲《あざけ》り、新聞屋と蔑《さげす》み、遊冶郎《ゆうやろう》と同一視せんとする操觚《さうこ》の人としてであつた。この純然たる白人の文士に向つてかかる恩典を加へさせられた事は、日本の智的文明の進度に関して西人に非常な好印象を与へた。米国の新聞雑誌は、其頃この贈位の御沙汰を特筆大書《とくひつたいしよ》して、嘆美の辞を以て之を世に伝へた。但しそれはさきの大隈内閣時代の事である。

二　講義の上梓

　今更また何を思ひ出して、また何の酔興《すいきよう》で、小泉先生の事を書くのかと怪《あや》しむ人もあらう。私が今わざ〳〵禿筆《とくひつ》を呵《か》して先生の事を書くのは、日本の一般社会が余りに先生を知らなさ過ぎるからのみではない。学士とか博士とかいふ一寸《ちよつと》偉さうな人たちが、一かど日本で新しい学問をしたやうな顔をしながら、日本の文豪である先生の名をさへ知らないと云つて、外国人の前で赤恥を掻いてゐる珍談が多いからのみではない。私が十四五年前、先生の講筵《かうえん》に侍《じ》した頃の大学の講義が、一昨年あたりから、順次米国で出版せられ、それが彼国《かのくに》で非常な好評を博してゐる近来の好著である事を、ただ一言《げん》したいからである。殊に日本で贈位の御沙汰のあつたのと偶然にも殆ど時を同じうして、海のかなたで此講義出版の挙《きよ》があつた事は、尠《すく》からず英語国民の注意を惹いた。

　東京の文科大学に於ける先生の英文学講義は、前後約十年間にわたつた。勤勉なる先生は毎年新しい講義題目を選ばれた。今日《こんにち》まで既に上梓《じやうし》せられたのが四冊。最初のは『文学の解説』二巻と『詩歌の鑑賞』一巻。そして今度また新しく出たのが『人生と文学』の一巻である。当時聴講の学生の筆記を集めて、今コラムビア大学の英文学教授ジョン・アアスキン君が校訂して、紐育《ニユウヨーク》の書肆《しよし》から出版してゐるのだ。

　アアスキン君は私も滞米中に屢《しば》〳〵会つたが、詩才学殖ならび勝《すぐ》れた少壮有為の教授である。批評家としても詩人としても米国の文壇には広く知られた人だけに、かの徒《いたづ》らに考証訓詁《こうしようくんこ》に耽《ふけ》つて、芸術として文学に何等の理解なき死灰枯木の如き腐儒《ペダント》とは全く選《せん》を異《こと》にした人だ。私共は小泉先生の講義が世に公《おほやけ》にせらるるに当つて、先づ最も適当なる校訂者を得た事を、衷心《ちうしん》から喜ばねばならぬ。

　先生の講義は毎週九時間であつた。英文学概論が三時間、作品購読が三時間の外に、詩歌小説戯曲などに関する色々の題目に就いて、断片的の講義がまた三時間あつた。先生の豊かな天分と、断じて他の模倣を許さないその独創性《オリヂナリテ》が遺憾なく発揮せられ、またその特有の趣味鑑識に基づける批判が十分に聴講学生の前に披瀝《ひれき》せられたのは、主として此断片的講義の三時間であつた。幸ひなるかな、このたび世に公《おほやけ》にせられたものは即ち講義の此部分のみである。

　校訂者はその緒言《しよげん》の中《うち》に、此講義集を嘆賞して随分思ひ切つた事を言つた。曰く、「英文の文芸批評としては、コオルリッヂ以後の第一人。否《い》な寧ろコオルリッヂと雖《いへど》も或点《あるてん》に於て及び易からざるものあり」と。アアスキン君のこの語は彼国の文壇でもだいぶ問題になつた。しかし此言葉に多少の溢美誇《いつびこ》張《ちやう》の嫌《きら》ひありとはいへ、私は先生の文芸評論が確かに詩人コオルリッヂの『沙翁講演』と同一系統に属するものである事だけは、断言して可《よ》いと思ふ。

　北欧伝説を説き、英国の古謡を論じ、沙翁以後キプリング、メレディスに至る諸星を品隲《ひんしつ》し、さらにまた先生平素の愛読書であつた仏蘭西《フランス》の作物《さくぶつ》からは、近代のモオパッサン、ボオドレエル、ロティ等の諸作を紹介し、これらの書が未《いま》だ今日《こんにち》の如く日本や英米の読書界に行はれなかつた頃に早くも之を絶東《ぜつとう》の青年学生に伝へ、西欧新思潮の帰向《きこう》する所を示されたのであつた。凡《すべ》てを容《い》れんとし、凡てを迎へんとするに急なる若き人々の心に、豊麗なる英仏文学の深き興味をそそられたものは、極めて広汎なる範囲にわたつて題目を選ばれた先生の此講義であつた。

　これらと同じ題目を取扱つた英米の評論は固《もと》より汗牛充棟《かんぎうじうとう》であるが、此書は思想家として、また批評家としての先生独得の鑑賞眼に映《えい》じた純然たる主観的批評であるだけに、英米諸国に於て他《た》に全く類例なき唯一《ユニイク》の評論である。しかし先生はこれを文芸評論として自《みづか》ら筆を下されたのでもなく、況《いはん》やまた之を世に公にする意志は少しも持たれなかつたのである。或人が生前この講義出版の事を慫慂《しようよう》した時、先生は言下に之を斥《〔しりぞ〕》けて、「あれはまだ十回十五回の改竄《かいざん》を要する。よし改竄を加へても、それだけの労《らう》に値するものでは無い」と答へられたさうだ。文章に非常な苦心をして推敲改竄に細心の用意を怠らないのは、東西古今すべて皆芸術的良心ある名匠の常である。かの紅葉山人《こうえふさんじん》の如きは書いては直し、直しては書き、余白が無くなつて遂には紙を貼り附けてまたその上を直すといふ有様。其原稿紙は遂に糊のため板の如くなり、書き入れと線と、墨で消した跡とが交錯複雑《かうさくふくざつ》して、真に活版屋泣かせに成つてゐるのを見て、私はつく〴〵感心した事があるが、小泉先生は自著を世に公にせられる時、いつもその苦心は非常なものであつたと聞いてゐる。一度書き上げた原稿は数日間故意《わざ》とこれを筐底《きやうてい》にをさめ、よほど時を経てのち、更にそれを取出していくたびか添刪《てんさん》補訂《ほてい》し、十分意に満つるまでは決して之を公にせられなかつたと聞く。世界を驚かしたその一代の名文はかくの如くにして成つたのである。従つて教室で為《し》た講義をその儘、稿本や筆記によつて上梓《じやうし》する事は如何なる事情のもとに於ても先生としては真に堪へ難き事であつたらう。だから私は今此書を一個の文芸評論集として見るよりも、単に講義として評する事の正当なるを思ふのである。今もし先生を地下に呼び起して此書を示すならば、文芸批評としては先生自らと雖《いへど》も意に満たぬ節々《ふし〴〵》が頗《すこぶ》る多からうと思ふからだ。

(一) Interpretations of Literature. By Lafcadio Hearn.

(二) Appreciations of Poetry. By the Same.

㈢ Life and Literature. By the Same. (Published by Dodd Mead & Co. New York)

三　その特色

批評論としてでなくただ講義として、私は今その内容に就いて思付いた二三の特徴を挙げよう。多くの点に於て先生の講義は天下一品であつたからだ。

先生はその稀世《きせい》の名文を以て、我が日本の美を西《せい》人《じん》に紹介せられた第一人であつたと共に、またその趣味饒《ゆた》かなる講義を以て、日本の学生に正しく西欧の思想と文学とを伝ふるに最も成功した外国教師であつた。東西両洋の間に立つ紹介者として、先生をしてその天職を全《まつた》うせしめたものは、独りその流麗明快なる筆舌と該博なる学殖とのみではなかつた。徹頭徹尾真の世界人《コスモポリタン》たる先生の特異なる人格が然らしめたのである。小泉先生は英国人でもなくまた米国人でもなく、さればとて純粋の日本人では無論なかつた。国土や国民に執着せんとする何等の偏見なくして、足跡《そくせき》は世界にあまねく、到る所に美を見出して之に同情し同感し、十分に之を享楽《きやうらく》し得る人であつた。西洋人以上に西洋を理解すると共に、日本人以上に日本を理解した人であつた。かくの如き浪漫的《ロマンテイク》な人格を有《も》つた人は、世界に於て先生ただ一人あるのみと言つても過言ではあるまい。この点に於て先生の如きは空前にしてまた恐らく絶後の人であつたらうと思ふ。

日本人が日本で西洋文学を講ずる事が至難の業《わざ》であると同じく、西洋人が日本に来て西洋文学を講ずる事はなほ更に困難な仕事である。外国の大学に於ける研究法――しかも旧式な研究法を其儘に応用するなぞは固《もと》より言語道断であるが、西洋の文学評論の受売《うけうり》をして能事畢《のうじをは》れりと為す如きに至つては、学生こそ真《まこと》によい迷惑である。日本を愛し日本を研究し、日本婦人と結婚せられた先生は、松江中学や熊本五高に教鞭を執られた長い間の経験に徴《ちよう》して、日本人の物の考へかた、物の観かたが西人と全く異なれる点を十分に理解せられた。此経験と此理解とを以て、先生は東京大学の英文学講座を担任せられた。そして日本人の詩観、日本人の思考法に適するやうに英文学を説かれたのであつた。試《こゝろみ》に此講義集中の如何なる一章をでも通読せられよ。これは日本人の為に、日本人の美感に訴へようとして説かれた西欧文学の講説だといふ事が、特に際立つて読者の注意を惹くのである。

たとへば耶蘇教《やそけう》を信じなければ英文学は解らないやうに言ふ人がある。殊にこれは西洋人の口癖《くちぐせ》の言ひ草だが、先生は決してそんな野暮な事は言はれなかつた。先生は聖書《バイブル》が偉大なる宗教文学であること、殊にジェイムズ王欽定訳の英文聖書《イングリシュバイブル》が沙翁劇に次ぐ文学上の大作である事を、諄々《じゆん〳〵》として私どもに説かれた。しかし宗教的に之を見る事は必要でないと断言せられたのみか、そんな考へ方をする事は、文芸作品の優秀を理解するには邪魔になるだらうとまで極言されたのは面白い（講義集『文学の解説』第二巻第三章『英文学に於ける聖書』参照）。先生は学校へ通勤するとき、わざ〳〵迂回《うくわい》してまでも耶蘇教会のそばを通る事を避けられた程に、耶蘇教嫌ひであつた。

十五六年前、大学の講堂で先生の口から聞いて、それ以来不思議に私の頭にこびり附いてゐる批評は、十七世紀の詩人ロバアト・ヘリックが花鳥風月を詠《えい》じ、物のあはれを歌つた詩篇を説いて、これは漢詩や和歌俳句に最も近いものだと言つて比較された事だ（同上、第七章参照）。私は今でも先生の此説には十分の賛意を表《へう》するものであるが、日本で英文学を説く外国教師でこんな講義振《ぶり》をする人は先づ滅多に無からうと思はれる。

作品や詩人の批判に関する微細なる点にわたつて、一々かういふ例を挙げれば際限は無いが、この東洋趣味の鑑賞眼あるがために、古い作品に新しい味はひを求め、西欧の研究者が未だ曾《かつ》て言ひ得なかつた所を道破《だうは》し得た点は甚《はなは》だ多い。此講義集が出版以来英米の読書会に好評を博してゐるのは、全くこの新しい東洋風の見かたがあつたからだ。

人に物を教へるといふのは、要するに理智の作用に訴へる事だ。理智にのみ訴ふるが故に殺風景になる、話が理《り》に落ちて了《しま》ふ。どんな面白い文学作品でも教場といふ所へ持出せば、大抵は乾燥無味蠟《らふ》を噛《か》むが如きものとなつて愛想が尽きる。況《いはん》やそれを読んで点数の種にし、やがてはまた飯のたねにもしようといふ了簡《りようけん》を抱くに至つては、試験前に読みなほすのさへ真《しん》に苦痛の極《きわみ》である。詩や小説は矢張り書斎に独坐《どくざ》して明窓浄几《めいそうじやうぎ》のもとに繙《ひもと》くべきもので、黒板《ボオルド》の前に持出すべき性質のものではないかも知れぬ。下手《へた》な教師になると、西洋の批評家の口真似《くちまね》なんかで、ここが巧いの、あの句が有名だのと独り感《かん》服顔《ぷくがお》をして、その安売《やすうり》の感服を生徒にまで強ひるが、聴く者の方では何が有名なんだか巧いんだか薩張《さつぱ》り合点《がてん》が行かぬ。小泉先生は自身ゆたかな、そして偉大な天分を有《も》たれた人だけに、此点では他の学究輩の断じて企及《ききふ》すべからざる特色ある講義をせられた。

　さらばその特色とは何ぞや。情緒本位《じやうちよほんゐ》の文学教授法であつた。先生の尺讀《せきとく》集中の一篇に下《しも》の語がある。

「情緒の表現として、人生の描写として私は文学を教へた。ある詩人を説くに当つて彼が与へる情緒の力と性質とを説明しようと試みた。換言せば学生の想像力と情緒とに訴へる事を私の教授法の土台とした」。

　一通りパラフレイズで本文の説明を終り、難解の詩句を釈《しやく》して後（出版せられた講義集には説明解釈の部分は大抵省略されてゐる）、先生は自分の美しい言葉で美しい詩の句を批評し、その芸術的意義を説かれた。ごて〳〵と理屈や事実を列《なら》べ立てるのではなく、端的に聴者《ちやうしや》胸奥の琴線に響くやうな解釈を下された。理智を以て解すべからざる詩を情緒に訴へて解せしめんと心掛けられた所に、先生の講義の大《だい》なる特色があつた。かの徒《〔いたず〕》らに西人《せいじん》の筆に成れる註疏《ちうそ》の書を辿《〔たど〕》つて、一語源の説明に二時間三時間を棒に振り、遂には芸術の真意にだも触れ得ざる学究先生の為すところとは真に霄壌《しようじやう》の差であつた。講じて終つて後、先生がいつも独り言のやうによく言はれた Wonderfully beautiful！といふ言葉も、其時は既《も》う能《よ》く私どもの鈍感な胸にさへ響いて、成程と思はせられた。

　既に理智本位の講義でないだけに瑣事《ディテイルズ》にわたつては往々にして誤謬もあつた。年代などの思ひ違ひもあつたらしい。またその講義が組織的系統的でないといふ難《なん》も無いではなかつた。しかしそれは私ども学生が自分で調べれば出来る事であつた。自分で出来ない事を先生は為《し》て下すつた。それが嬉しいのである。私は外遊中屢《しば〳〵》西洋人から小泉先生のことを訊《き》かれた。その時私がいつも答へた What he gave us was not so much knowledge as inspiration の言葉のかげには、先生に対する心からなる感謝の外に、外国大学にうじや〱してゐる腐儒《ペダント》へのあてつけがあつたのだ。講壇に立つて理《り》を説き事実を伝ふるに巧みなる人は多からうが、詩文を説いて貴《たふと》き霊感《インスピレイション》を与へ、之によつて青年学徒を指導し得る教授は、天下果して幾人あるだらう。

　図書館に籠城する者の事を悪く言つて「カン詰《づ》め」といふが、缶詰《くわんづめ》でも壜詰《びんづめ》でも好いから私は、図書館で一寸《ちよつと》調べれば直ぐ解るやうな事を教室でわざ〱筆記させて貰ひたくはないと思ふ。飽くまで自己を発揮して、先人の道を踏まないだけの独創性《オリヂナリテイ》を有して居られた小泉先生は、先生の口からでなければ聞かれない多くの事を語られた。重箱の隅を楊枝《〔ようじ〕》でほじくるアルバイト先生や、屋上屋《をくじやうをく》を架《か》して喜んでゐる独逸《ドイツ》の学者は何と言はうとも、先生の講義には先生の人格の煌《かゞや》きがあつた。その個性が名匠の手に成る浮彫を見るやうに鮮やかに現はれてゐた。西欧文学の大作が先生の極めて清新強烈なる主観を透過して説かれた所に、庸劣《ようれつ》の迂儒《うじゆ》をして愧死《きし》せしむるに足《た》るものがあつた。

　すぐれた独創性《オリヂナリテイ》に富んだ人だけに先生の趣味には偏《へん》したところがあつた。江戸趣味の通人が頻りにおつな食べ物を漁《〔あさ〕》るやうに、先生も亦《また》おつな作物《さくぶつ》に舌《した》鼓《つゞみ》を打たれることが多かつた。それがどうも私たち義仲、信長そち退《の》けの野武士の味覚に合はない事も往々にしてあつた。面白いから是非通読せよと先生が薦められた本を読んで見ても、一向《こう》野武士どもには面白くなかつた事も随分あつた。さういふところが今度出版された講義集にもよく見えてゐる。たとへば、先生は多くの怪談の類《たぐひ》や、或は少年文学として英国に名高い『アリスの冒険』（リユヰス・キヤロル作）などを非常に面白いと言はれたが、私どもには余り有難くない物であつた。殊にリットンの怪談に至つては、先生が最も嗜読《しどく》せられた物らしいが、これも今以て左程《さほど》に思はぬ。先生がまた妖異険奇《えういけんき》なる頽廃《デカダンス》の趣味に深き同情を持たれたことも、矢張りこの一例だ。ポオを愛しボオドレエルを好まれたのがその何よりの証拠である。

従つてまた尋常一様《かいなで》の英国批評家の言説以上に秀でたる卓見は甚だ多かつた。十八世紀のブレイクがまだ今日のやうに持囃《もちはや》されなかつた当時に於て、先生は此詩人を激賞して、「その頃の芸苑《げいあん》の荒れたるなかに、色も見知らず、匂は尚も奇しき不思議のあだ花よ」と言はれたのは、実に快心の事であつた。ワアズワスを喜ばずして、シェリイを褒められたのは殊に痛快を叫ばしめた。此講義集の中《うち》に先生がディッケンズを褒められなかつたと言つて、「ヘルンにはユウモアが解らないんだ」と不平さうに言つてゐた英吉利《イギリス》の或老人に出くはして、私は苦笑した事がある。

さて以上の如く述べると、先生の学風を、かの天才肌の創作家に有り勝ちな、浅薄な読書趣味のやうに思ひ誤る人もあらうが、事実は決して左様《そう》ではなかつた。否な左様はならないやうにと、先生は特に学生を戒めて居られた。現に此講義集のなかにも、正確細心の学風あつて始《はじ》めて詩文の鑑賞を為し得べき事を、切言《せつげん》せられた一節があるのだ。

先生は所謂学究の徒《と》ではなかつた。従つてさまで芸術的価値なきベイオウルフやキャドモンの古詩《こし》の研究に没頭して、動《やゝ》もすれば文芸の真諦《しんてい》を逸し去らんとする英米大学の英文学教授とは、全く趣《おもむき》を異にした人であつた事は言ふまでもない。その代り十六世紀頃以後の所謂《いはゆる》近世英文学の全般にわたつて、先生のやうに博洽《〔はつこう〕》の識《しき》と鋭敏なる理解とを有《も》つてゐる人は、英米第一流の大学に於てすら余り多くは無いと思ふ。これは既刊四冊の講義集の目次を見ただけで肯《うなづ》かれる事で、年々歳々題目を新たにして、沙翁以後幾百幾十の作家と作品に就いて、毫《がう》も受売でない自己の鑑賞《アプリイシエイション》を語り得る者が、多士済々たる英米の学界に於てすら果して何十人あるだらうか。先生の講義の中《うち》には純文学のみでなく、バアクレイやスペンサァ哲学（先生のやうな頭の人が何故あんなにスペンサァの綜合哲学を尊崇せられたのか、今でも私は何だか矛盾のやうに思はれてならない）の講義もあつた。また英文学以外に於ては、さすがに仏蘭西《フランス》で教育を受けた人だけに、近世仏蘭西文学にも十分に精通して居られた。かのゴオティエの短編集や、アナトオル・フランスの『シルヹストル・ボナアルの罪』の英訳本は、先生の筆に成れる巧妙なる翻訳が今日既に標準訳となつてゐるのを見ても、仏文に於けるその素養の程を窺《うかゞ》ふに足るではないか。殊に先生の創作の方面では、先づその繊麗なる筆致からして、既に仏蘭西文学の感化に負ふ所大なるは私どもの毫《がう》も疑はない点である。

言ふまでもなく英米大学では、英文学は即ち国文学の事であるから之にはうんと力を入れてゐる。多い所では此の一講座に十二三人の教師が掛つて仕事をしてゐる。従つて銘々が分担する時代とか題目とかは極めて狭少な範囲であるから、勢ひその学者たちは自分の狭苦しい領分内に籠城して固くなつて了ふ。沙翁時代専門の人にアングロ・サクソンの古文学の話をすると、物理の先生が法律の事でも訊かれた時のやうな間抜面をしてゐるから可笑しい。日本では外国文学に対してこんな設備をする必要もなく、また周囲の事情も無論許さない。勢ひ或程度までは八百屋店を張つて貰ふ必要があるが、八百屋式文学講座の担任者としては、恐らく小泉先生ほどの適任者はまたとあるまいと思ふ。

何等学府《アカデミック》の閲歴《キアリア》を有しない新聞記者であつた先生の著述を読んだばかりで、その学殖と天分の凡《ぼん》ならざるを観破し、直ちに之を東京の大学に招聘《しようへい》したる人は、時の大学総長外山正一《とやままさかず》氏であつた。今から十二年前、即ち小泉先生の没後間もなく出版されたイリザベス・ビズランド編纂『ヘルン伝及び尺牘《せきとく》集《しふ》』のなかには、先生が友人に寄せられた手紙の二つ三つに、当時の東京文科大学の事を書かれたのがある。なかには読んでゐて随分破顔微笑を禁じ得ない節々も多いが、その一節に自分の同僚の外国人には独逸文学で莱府《ライプチヒ》大学のドクトル何とか、哲学では独逸何とか大学の誰々、そして何処の者とも素性の知れない者は吾輩一人である、といふ文句があつたのを私は今でもよく記憶してゐる。如何にもそれには相違なかつた。学歴だの称号だのといふ看板をブラ下げてゐないのは先生一人だけであつた。それは兎に角、この四冊の講義集を今評壇の驚異として歓迎してゐる英米の読書界は、かかる天才を草廬《さうろ》に見出して此講義を為すに至らしめたる故外山正一氏に対して、先づ大に感謝しなければならぬ。

この講義集に用ゐられたる英語は、中学卒業程度の語学力を以て何等の苦痛なしに理解し得る極めて平易明快なるものである。単に詩文のみならず、晦《かい》渋《じゅう》なる哲学思想の解説に於てすらも、先生は殆ど難解の語を用ゐずに説かれてゐた。評隲《ひやうしつ》論議の書にしてかくも平明なる文辞を用ゐたるものは他に多く類例は無いが、これは学殖文才共にすぐれた小泉先生の如き人にして始めて出来る芸当だと思ふ。横文字の物を縦文字に直した奴を、我が物顔に喋舌《しゃべ》つてゐるやうな事では迚《とて》もかうは行かない。教師自分にも解つてゐないやうな外国語の術語なぞを矢鱈《やたら》に振り廻はして、言ふ方にも聴く方にも珍粉漢《ちんぷんかん》な講義を、決して先生は為《せ》られなかつた。私は平易なる英文を読み得る凡ての日本の読者に向つて、この珍らしい講義の書を最良の文学入門書として、或は手引草として推薦するに躊躇しない。

四　おもひで

また新しい年を一つ迎へた。既《も》うかれこれ十五六年の昔にもならうか、教室で師なる此天才の唇を洩れる美しい発音の英語に耳を澄ましながら、ノオトの上にペンを走らして、その片言隻句《へんげんせっく》をも逃さじと書き留めたのは。

私にとつてはさういふ懐かしい思出の付纏《つきまと》ふ講義が、今海のかなたで上梓せられ新しく船載せられた。ペイパア・ナイフで書物の縁《エッヂ》を切る手さへもどかしう、先づ扉から序文目次へと目を通すうち、いつも新着の書を繙《ひもと》く折には嬉しいものの一つである紙の匂が私の胸には何時《いつ》に無い不思議の心持をそそつた。久しう別れてゐた友と昔を語る時のやうな、また故郷で聞き慣れた古い歌の節《ふし》面白きに心を奪はれるやうな、我ながら怪しと思ふさま〴〵の興味に促されて、ただ一息に全巻を通読する。通読し終つて瞑目一番すれば、先師のおもかげは今髣髴として眼底に在る。

先生は如何にも風采の揚《あが》らない人であつた。痩身《さうしん》矮躯《わいく》、実に白人には珍らしいほど小柄な人であつた。いつも前屈《まへかが》みに背を円うして、ひよこひよこと歩いて居られた。私たちがその講筵《かうえん》に侍《じ》してゐた時代には、既に鬢髪霜《びんぱつしも》をおいた半白《はんはく》の老人（？）で、かの洋袴《ズボン》の折目にさへ気を配る英米人と異《ちが》つて、衣帽《いぼう》の末《すゑ》にはまた極端に無頓着な人であつた。殊に糊《スタアチ》でしやつちこばつたシャツだの、燕尾服だの高帽《たかぼう》だのといふ類《たぐひ》の物をひどく毛嫌ひされたらしい。先生の美しい花やかな文章を読んで、一たびはその謦咳《けいがい》にも接したいと騒ぎ廻はり、はては講演のための渡米を求めて止まなかつた金髪碧眼《へきがん》の美人たちにして、若し先生のあの風采を見たならば果して何と言つたらうか、と思へば可笑《をか》しくもある。いつか『朝日』の文展漫画に例の一平さんが、鏑木《かぶらぎ》清方画伯のむくつけき顔かたちと、その優艶なる作画との対照《コントラスト》を描いて居られた時、私はこの小泉先生の文章と風采との更になほ著しき対象《コントラスト》に想ひ及ばざるを得なかつた。

先生の鼻は希臘《ギリシヤ》風の立派な恰好《かつこう》であつたが、南欧の血統の外にまた西印度《ウエストインデイズ》地方に長く居られたためか、顔の色は何だか赭顔《しやがん》とでも言ひたいやうな色であつた。両眼殆ど視力なく、左は盲目、右は眼球が大きく飛び出して、それがまた強度の近視であつた。時々極めて稀に衣嚢《ポケツト》から片眼鏡《モノクル》を出して、一寸《ちよつと》右の目に当てられる。その稀世の名文に写された日本の文物人情社会等の精透《せいとう》なる観察は、すべてこの弱い視力に片眼鏡《モノクル》を当てられる其僅か十秒二十秒間の凝視の結果であつたのだ。大きな眼玉をぎよろ〳〵つかせながら、心眼盲《めし》ひたる凡物《ぼんぶつ》には見えない或ものを、先生はかうして常に鋭くもまた敏《さと》く観破せられたのであつた。

西洋婦人と先生の此片眼鏡《モノクル》のこととを思ふ時、私の脳裏に深くも印象せられた一つの事件がある。

狷介《けんかい》なる先生は客に会う事を非常にいやがられたが、わけて西洋人が嫌ひであつた。先生没後の文稿《リテラリ》管理者《・エグゼキュタア》のやうになつてゐる米国海軍の主計官マクドナルド氏の斡旋によつて、今度この講義集も世に出たのであるが、先生は平素この無二の親友の外、滅多に他の西洋人とは交際せられなかつた。何しろ先生は西洋の物質文明を厭はれて、早くからこの東方の楽土に来られたのだから、かなたの文壇には殆どその実在をさへ疑はれる神秘的人物のやうに見做され、それがまた甚だしく西人の好奇心をそそつて居た。先生の崇拝者《すうはいしや》、その著書の多くの愛読者は、はる〴〵此国に来朝して先生の大久保の邸を訪ねるが、みな素気《すげ》なく門前払《もんぜんばらひ》を喰はされたものだ。殊に西洋の女《をんな》と云へばそれこそ毛虫よりも嫌ひであつたらしい。ところが或日午後の講義の時間に、英国の女子教育家として可なり有名なH《エイチ》――と云ふ女が二人の同行婦人と共に私共の背後に在る闥《たつ》を排《はい》して教室に這入《はひ》つて来た。そしてその儘《まゝ》空《あ》いてゐる机のところに坐つた。忘れもしない、それは先生が私どもに小説家シャロット・ブロンティの事を説いて居られた時間であつた。その英国婦人の一人はまた御苦労にも手帳を引張り出して、私たちと一緒に筆記を始めた。先生が講義のうちに、ブロンティは愛蘭《アイルランド》血統の人だと述べられた時、此一行の英国婦人がにいッと顔見合はせて笑つてゐた其顔付を、私は今でも明らかに記憶してゐる。

殆ど視力の利かなかつた小泉先生でも、この思ひ掛けない闖入者《イントルウダア》のあるのには気附かれたものか、滅多に用ゐられない例のあの片眼鏡《モノクル》を出された。それを右の目に当てがつて女どもの方を凝視すること三四秒。また直ちにそれを衣嚢《ポケツト》に収めて講義を続けられた。其瞬間、思ひなしか、先生の面《おもて》には不快の色が現はれた。

のち先生が東京の文科大学を去られるやうになつたのは、此H《エイチ》――といふ女の参観が、鋭敏なる感性を有《も》たれる先生に色々の疑心暗鬼を起させたのが源《もと》だとも伝へられてゐる。私も学校を卒業してから長い間教師をして飯を喰つてゐるから、屢次《しば〳〵》此種《しゆ》の経験はあるが、一体あの参観人だの視学員だのといふ者が、教室の一隅に恰《あたか》も蠟燭の如くに突立つて、碌に解りもしない授業を見てゐるのは、教師にとつて頗《すこぶ》る快《こゝろよ》からぬものである。殊に其男が鼻眼鏡越しか何かで小生意気な面でもして居ると、何か御用ですか位《くらゐ》は是非とも言つて遣《や》りたくなる。苟《いやしく》もおのれの学殖と経験とに自信ある教師ならば、それを快しとする者は断じて無いのである。或地方の高等学校の外国教師が、日本の学校は何故かう参観者が多いのかと私に訊いた事もあつた。満天下の教師諸君、私の此言には恐らく同感の士も多からうではないか。

H《エイチ》――と云ふ女の来観は、先生の崇拝者としてであつたか何であつたか、そんな事はここに記《しる》すべき限りではない。ただそれが先生には毛虫よりも嫌ひな外国婦人であつた事を思ひたまへ。私は心から先生に同情する。鈍感な、利害打算一天張《てんば》りの俗輩には、到底この心持は解りもしまいが。

五　教室にて

教師は蒲鉾《かまぼこ》であると或人が言つた。黒板《ボオルド》と云ふ板にしがみ附く肉の意だらうが、それならば当り前である。下手なのになると、黒板《ボオルド》も生徒もそちのけにして、自分が一夜漬に拵《こしら》へて来たノオトに恰《あたか》も岩に於ける牡蠣《かき》の如くにかじり附《つ》く。そしてもう断末魔の迫つたやうな声を出して絶叫してゐる。憐れむべきかな、私なぞもこの仲間であらう。

そこへ行くと、さすが天才の小泉先生は偉かつた。引用すべき詩文の書のほか、紙ぎれ一枚と雖《いへど》も教室には持つて来ず、そらで話された。それも十年一日の如く、坊主がお経を読むやうに同じ事を繰返すならば、私等にでも真似《まね》は出来ようが、前にも述べた如く先生は年々歳々新しい題目で新しい講義をせられた。固《もと》より準備にも相当に骨を折られたことであらうが、いま次々に上梓せられてゐる此講義集の美しい、そしてよく整つた明快な文章は、あれが皆即座に即興的に先生の口から出たものである。学生に書取らせるやうに考へながらゆつくりと、しかし少しの淀みもなく語られた。時々は即興の散文詩ともいひたい美しい文句や、奇抜な警句が口を突いて出るのであつた。咳唾珠《がいだたま》を成《な》すといへば古からう。錦《きん》心繍腸《しんしうちやう》、これを織り成せる五彩絢爛《さいけんらん》の糸をほごして操《あやつ》れども操れども縷々《るゝ》として尽きざる趣《おもむき》は鮮やかであつた。銀鈴《ぎんれい》を振る如きその声は、またその文の美しきが如くに美しく、抑揚高低にさへ何の不自然も無かつた。断続しつつ一言《げん》また一句、みな能《よ》く聴者の胸底《きようてい》に詩の霊興《れいきよう》を伝ふるに足るものがあつた。ふと目を挙げて先生を見ると、窓外を眺めながら講壇のあたりを、あちこちと静かに歩いて居られた。

英文学史の講義の時だけは極めて稀に、名刺などの小さい紙ぎれに年代か何かの覚書《おぼえがき》をして持つて居られた。しかしこれは寧ろ例外であつた。

天才と云へば不規則な怠け者のやうに心得てゐる人もあらうが、勤勉努力の人であつた先生は非常に几帳面で、欠勤なぞは滅多にせられなかつた。講義の時間なぞもきつしりと守つて、鐘《ベル》が鳴ると間なく、重さうな風呂敷包に美しい装丁の詩集や文集を幾冊も入れたのを提《さ》げて、あたふたと教室に遣《や》つて来られる。講壇に上つて先づ一揖《ゆふ》し、ごく低い澄みわたつた声で Good mornig, gentlemen と言ひながら、風呂敷包を解かれるのが常であつた。書物のうち本《テク》文《スト》として引用すべき箇所には、各《おの》〳〵しるしの紙が挿《〔はさ〕》んであつた。時間の終に近くなつて其日講義すべき部分が終りかける事はあつても、先生は必ず鐘《ベル》の鳴るまで何か知ら話された。時間ふさぎには随分詰《つま》らない解り切つた事を、お祖父《ぢい》さんが孫にでも言つて聞かすやうに語られたが、それが皆の筆記帳《ノオトブツク》に残つてゐたものと見えて、此講義集の中にもその儘に出てゐる箇所がある。これなぞも先生が今若し見られたならば不快な思《おもひ》を為《せ》られるだらうが、その講義の模様をありの儘に世に伝へると云ふ上から見て、私は校訂者アアスキン君が之を削除しなかつた事を如何ばかりか嬉しく思ふのである。

　先生はいつも俥《くるま》から下りると直ぐその儘《まゝ》教室に来られた。偉い学者たちの同僚に顔を合はせるのが嫌《いや》であつたのだらう、滅多に教官室といふ所には這入られなかつた。講義の間の休憩時間には独りで校庭をぶら〳〵と逍遥して居られた。東京の大学には、あの地所がもと前田侯の旧邸があつた時代からの古い古い大きな池がある。この池の歴史には、先生が如何にも好まれさうな旧幕時代の妖艶《えうえん》な物語があつたか無いかは別問題として、とにかく何か由来の有つて欲しいやうな池である。幾百年の齢《よはひ》を重ねた鬱蒼たる喬木《きようぼく》に取巻かれて、よどめる水は混濁の色をなして、何時《いつ》も黒かつた。池のかなたの小山の上には、俗《ぞく》に「御殿」と称する集会所の古風な建物がある。先生が最も好まれたのは即ち此池畔《ちはん》の逍遥で、例の前屈《まへかゞ》みにそのあたりを歩みながら、なた豆の日本煙管《ぎせる》や葉巻を燻《くゆ》らして居られるのが常であつた。近づいて教を乞ひたい事はあつても、私たちは先生の静思《せいし》を妨《さまた》げることを恐れて、滅多に側へは行かなかつた。落葉を踏みながら低徊《ていかい》して居られるその姿を遠くから望んで、先生の脳裏《なうり》を往来してゐる美しい幻想の何ものであるかを、想像して見ることもあつた。

雨の降る日でも、休憩時間に教官室へは決して行かれなかつた。その儘教室に残つて好きな煙草も喫《の》まず、ただ黙々として窓外の景色を眺めて居られた。さういふ時はお気の毒だと私は思つた。これを見て天才は孤独を喜ぶなぞと言つて澄ましてゐるのは、先生の胸底《きようてい》を察し得ざる迂儒《うじゆ》の妄語《まうご》だらう。

景色を見られても、先生には殆《ほとん》ど視力がなかつたから常に煙靄模糊《えんあいもこ》たる、さながら淡彩一抹の風景画に対するやうに見えたのであらう。目には見ずして心に見られたその印象は、遂に全き芸術的表現を得て、色彩ゆたかなる文字《もんじ》に写されたのだ。鋭敏なるその感性《センシビリテイ》は却《かへ》つて、この極めて烈《はげ》しき近視眼のために幸ひせられ、部分的なる細微《ミニユシイ》の点を払拭《ふつしよく》し去つて、一幅の全景を心裡《しんり》に活躍するの効果を収め得た。先生自らもその新聞記者時代に米国で書かれた論文のうちに、ハマトンの『風景論』に関連して此事を述べて居られる（グウルド著『ヘルン伝』一〇九頁参照）。先生の文名を嫉み、或は日本の美を理解し得ざる西人は、ヘルンの描いたやうな美しい日本は何処にも無いと言ふ。いささか癪に障《さは》る批評ではあるが、一面から言へば如何にもそれには相違なかつた。

六　教師と文筆

教師と文筆とは仲の悪いものである。少くとも日本の学校に於ては確かに左様《さう》だ。これは我が国の教育界が噂に聞く頑冥固陋《がんめいころう》の徒《と》の巣窟であるためか、或は西洋のよりも遥かに進んでゐるためか、その辺は知らない。誰か閑人《ひまじん》が考へて見たら可《よ》からう。

夏目さんが第一高等学校の教師であつた時、その処女作『吾輩は猫である』を公《おほやけ》にされた。文名一時に天下に高きを見て或男が、あんな文は教育家の書くべきものでないと陰口を叩いたさうだ。或人は、飲まず書かず吹かざるを約《やく》して遠く都を落ちのび、田舎《ゐなか》の学校に教師たるを得たといふ奇談もある。こんな珍らしくもない例を、今更挙げるだけが野暮《やぼ》な位《くらゐ》のものだらう。教師をして居ながら詰《つま》らん事を書き立てるなよ、ともう誰か言つて来さうな時分と十年このかた心待ちにしてゐると、笑つてゐた私の或友人もあつた。

小泉先生が異常の天才であり、また世界の文豪であつたといふ事は、教師としての先生に何等の光彩を添へなかつたのみか、色々の意味に於て日本の学校では都合が悪かつたらしい。

文章は人格である。筆の尖《さき》の芸当ではない。苟《いやしく》も一枝《し》の筆を以て天下人心を動かす程の人には、その人格に何処か必ず強烈なる特異の色彩があつて、凡俗とは到底妥協調和の道なきものである事は言ふまでもない。

これを呼んで偏人《へんじん》となし、嘲《あざけ》つて偏屈者と言ひ、半狂人を以て遇し、一本調子として之を蔑視するのほか、真《しん》に天才を尊重して縦横にその驥足《きそく》をのばさしむるの道を解せざるものは、即ち窮屈《きうくつ》な今の日本の社会である。東西古今、単に文筆を以て衣食する事が至難の業《わざ》でありとすれば、小泉先生ほどの人でさへも矢張り教師の職を忠実にやつて居られた。しかしまた先生程に思ひ切つて潔癖な非妥協的態度を以てしては、究極に於て遂に何等かの迫害は免れなかつたらう。

実用的人物と老人との外は一切何者をも容〔い〕るるの余地なき日本の国は、先生がながく足を留めて墳墓の地とせらるべき所では無かつたのである。さりとて米国も駄目だ。三十年前のギクトオリア朝ならば、英国も矢張り駄目であつた。ここに至つて私は先生が米国から再び仏蘭西《フランス》に戻られなかつた事を深く惜《を》しむものである。少くとも数年日本を観察してのち、嘗《かつ》て教育を受けられた巴里《パリイ》の地に帰られ、若《も》しそこで生涯を送られたならば、先生の生活と作品とは更に偉大に、更に光輝あるものであつたらうと思ふ。

先生は東京の文科大学を去られ、また米国コオネル大学応聘《おうへい》の事も果されず、早稲田大学に僅かに数時間の講義を担任せられたのみで、その浪漫的にして数奇〔すうき〕なる生涯の最後の二年を送られた。この二箇年の先生の生活は決して快きものでは無かつたらうと思ふとき、私は先生のために暗然として涙を呑まざるを得ない。

政客、俗吏、成金、坊主の輩〔やから〕は文士といふ言葉に非常な軽蔑の意味を寓してゐるが、教育界となれば尚更《なほさら》に烈しい。文学を以て琴書《きんしよ》に等しき遊戯なりと罵つた者もあれば、不健全不道徳の本家本元だと心得てゐる者も甚《はなは》だ多い。生徒に向つて雑誌や小説類の閲読を禁止し、殊に演劇に対しては殆んど之を蛇《だ》蠍視《かつし》せるが如き学校は、かの開化したる野蛮国《やばんこく》たる独逸《ドイツ》の事情はいざ知らず、日本を措《お》いて他《た》の文明国では絶対に見られないことである。また私は外遊中、屢《しば〱》日本に於ける英語教育の盛んなる事を彼国人《かのこくじん》に話して聞かせたが、断然口を緘《かん》して言ふを恥ぢたる一事がある。それは日本の中学に於ける英語教科書から、ゴオルドスミスの『ギカア・オヴ・ヱイクフイイルド』の全部や、アアギングの『スケッチ・ブック』中の数章が、二十年来全く教室に於ける使用が禁止せられてゐる事である。かくの如き事例を耳にせば、わが国情に通ぜざる外人が直ちに日本の精神文明の進度に疑を挿《さしはさ》むを恐れたからだ。

文学書を読むさへ悪いとすれば、自《みづか》ら筆を執つて之を書くに至つては罪まさに百倍するわけである。試《こゝろみ》に思へ、今或《いまある》中学の教師が自己の周囲を描いて漱石先生の『坊ッちゃん』ほどの作品を書き、之を発表したりと仮定せよ。翌日早速校長室に呼び付けられるは愚《おろ》か、その首は忽《たちま》ち飛んで教育行政官の案《あん》頭《とう》に転《ころ》がるを免れまい。作者の運命は即ち主人公坊ッちゃんの運命である事は、火を賭《み》るよりも明らかだ。

小泉先生にして若《も》し私どもに生きた文学のなにものなりやを教へて下さらず、イディオムか文法語源の講釈ばかりするか、当局者の鼻息《びそく》を窺《うかゞ》ふ片手間《かたてま》に外国文でつぎはぎの日本文学史編纂をでもして居られたならば、天下は頗《すこぶ》る太平であつたらう。そしてあの世界的名声を博した十数巻の著述を為《な》し給はずに。

日本を愛し日本を信じ、その美を世界に紹介せられた先生も、晩年には此国を余り快くは思はれなかつたとか聞く。若し果して然りとせば、ここに至らしめたるもの嗚呼《ああ》これ果して誰の罪ぞや。

七　専門家

日本人はギクトオリア朝の英人の口真似をして、頻《しき》りに「コンモン・センス」とかを貴《たつと》ぶやうだが、また同時に驚くべきほど「専門センス」を有難がる。専門とは外《ほか》の事は何一つ知らず、出来もしないといふ意味であらう。必ずしも一事一芸に秀《ひい》でたといふ意味にはならぬらしい。その証拠には時々法律を知らない法律家があつたり、土木の事を知らない土木技師さへあるさうだ。外の事は何もせず出来もしなければ、それで立派に専門家として天下を横行闊歩《わうかうかつぽ》し得るとは芽出度《めでた》い。

それのみではない、外の事が出来るといふ事その事が、真の専門家としての素養力量の程を疑はれる基にもなるのだ。往年高山樗牛氏が此事を憤慨して、森鷗外氏が小説家であるために軍医としての手腕を疑はれ、外山正一氏が教育家として政界に出入したため、社会学に於ける造詣《ざうけい》を軽んずる者ありといふ例を挙げたやうに記憶するが、教師学者の社会にも無論この類《たぐい》の事がある。暇つぶしの娯楽を部下に奨励する校長はあつても、新刊書を読めと勧める校長は滅多に無からう。基礎医学の学者に脈が取れるのは、余り手柄にもならぬらしい。学者にとつて口と筆とは大切なものだと聞き及んでゐるが、余りに演説をしたり文章を書いたりすると、日本では学者としての信用が墜ちる場合があるさうだ。

専門学科と云ふものは、大きい基礎の上に建てて欲しい。普通人に普通教育が必要ならば、学者にも専門学者としての普通教育があらう。兎の睾丸《こうぐわん》の研究に五年十年の歳月を費しながら、学会に出て演説一つ出来ない人も貴《たふと》いものには相違《さうい》なからうが、演説が上手《じやうず》だからとて学者の値打を疑ふ理由にはなるまい。文章が巧いからと云つて、浅薄な知識を筆の尖で胡魔化してゐると譏《そし》るのは馬鹿げてゐる。話は違ふが、或所《あるところ》に撃剣と俳句と眼科医術とで有名な人があつた。世間では其人を目して、あの男は三つのうち一番下手な医者をして飯を喰つてゐると言つた。これは如何にも日本人が最も喜んで傾聴し信用しさうな評語である。

此点に於て英仏米の学者には趣味能力の甚だ多方面な人の多いのは、学風の然らしむるところとして毫《がう》も怪しむに足らないが、我が国で崇拝せられる独《ド》逸《イツ》の学徒でも、必ずしも所謂専門式の人ばかりでは無いらしい。特に著しい一例を言へば、ヘルムホルツの如きケエニヒスベルヒ、ボン、ハイデルベルヒの諸大学に歴任した生理学の泰斗《たいと》として世界に誰知らぬ者もなかつたが、伯林《ベルリン》大学に就任しては物理学の教授としてその方の無数の論文を公《おほやけ》にした。それのみか一方政治界に現はれては、遉《さすが》の鉄血宰相を手古摺《てこず》らした程の豪《がう》の者であつた。「専門センス」のみの貴《たふと》ばれる日本の学界からは、こんな物騒な人物は当分先づ出さうも無いから安心して好い。但し日本にも、徳川時代には新井白石のやうに文章も達者で、史論にも考証にもすぐれ、また政治上には経世家として立派な論策を立てた人も尠《すくな》くなかつたのである。

談《だん》は岐路《きろ》に入《い》つたが、文学の方面に於てすら、文筆に秀《ひい》づれば学者としての造詣《ざうけい》を疑はれるのだから面白い。漱石先生は小説家として余りに偉かつたために、英文学に於ける素養に就いて兎角の評をする者があることを私は聞いた。そしてまたかと思つた。さういふ人は、試《こゝろみ》に遺著のうち『十八世紀文学評論』の第五編ポオプを論じた一章を通読せられよ。外国文学に対してあれだけ手際好く独創的の論断を下し得た人を、寡聞《〔かぶん〕》なる私は日本に於て未だ一人だも見たことは無いのである。

同じく文豪小泉八雲氏が、学者としてまた教師として如何にすぐれた素養と技倆とを持たれたかは、この数巻の講義集を読む者の普《あまね》く首肯《しゆこう》するところであらう。教室の人としての先生の努力と、文芸批評家としてのその鑑識の凡《ぼん》ならざるとを語るに、無言の雄弁を以てせる此講義集の出版を、私はまたかかる意味に於ても賀《が》すべしと為す者である。

聴講学生の筆記を借り集めて、校訂し上梓した此数巻の書を得て、いま太平洋彼岸の読書界は頻《しき》りに之を嘆賞し讃美してゐる。優婉《ゆうえん》の筆を揮《ふる》うて異邦の風物説話を叙するに秀でた散文家の半面に、今はじめて思ひ掛けなくも、文芸批評家としての勝れた先生の力量を認めたからである。先生が半生の心血を注《そゝ》がれた労作のかげに、かくも貴き遺業の今まで世に知られずして潜《ひそ》めるを発見したる西人の喜びは、思ふに古器《こき》の愛玩者が珍らしい掘出し物をしたよりも以上に、遥かに深く大《だい》なる意義あるものでは無からうか。

憶《おも》ふ、明治三十六年某月某日、先生は遂に東京の文科大学を去《さ》られた。これほど立派な講義を為《せ》られた先生、教師としても精励恪勤《せいれいかくきん》の人であつた先生、学生の尊崇敬慕《そんすうけいぼ》を一身に集めて居られた先生、此人あるがために当時私たちの母校が世界に知られてゐた程の此先生をして、遂に去らざるを得ざるに至らしめた者は、……噫《あゝ》、私は之を言ふに忍びない。

　文豪としての先生は世界が之を知つてゐる。先生の文を論じその人を伝《でん》したものは、英米はもとより独露仏伊の諸邦に甚《はなは》だ多い。英文の評価としてはジヨオヂ・グウルド、エリザベス・ビズランド、エドワアド・トマス等《ら》の数種の書がある。ただ英文学教授としての先生の一面が未《いま》だ多く世に知られざる事を憾《うらみ》とし、講義集の上梓を機として敢へて此拙劣なる一文を草《さう》した。歳末歳始の忙中に閑《かん》を偸《ぬす》み筆を走らして成れる、かかる粗莽蕪雑《そもうぶざつ》の文字は、いま東京雑司ヶ谷の天台宗寺院自證院の墓所《はかしよ》に、安らかに眠らせ給ふ先師に対しても洵《まこと》に申訳なき事だと思ふ。

（大正七年一月）

（『小泉先生そのほか』積善社、一九一九年。原文は総ルビだが、適宜ルビを省いた）

ヘルン先生のこと

田村豊久

田部隆次氏の小泉八雲を読んだ人は、焼津をヘルンに紹介した人として田村豊久氏の名を知つてゐるであらう。田村豊久氏の名は西田千太郎氏程に伝記には現はれてゐない。然し氏は十年間のヘルンの友人であつて、ヘルンから来た手紙も十五六通保存してゐられる（実際はもつと沢山貰はれたのだが、最初の方は散佚したとのことである）。翁からヘルンのことを何か聞きたいと思つて牛込の御宅を訪ねた。翁は今年六十三かの御老体である上に昨秋から中風症で臥床せられてゐる。残念とは思つたが、御迷惑になつてはと思ひ、御気分のよい時御令息にでも話して頂いて書いて頂けないものでせうかと話してゐると、奥に臥《ふし》てゐられる翁は夫人を呼んで是非通せよといはれるので、御言葉にあまへて臥床せられてゐる翁に面談した。病気のため舌もつれもし、発音稍不明な所もあるが、ヘルン先生に対する熱切なる思慕の念から次ぎのやうに語られた。

×

　私は大学を出てすぐ松江の中学に赴任して、八雲先生と一緒になつたので知己となりました。当時（記者註＝明治二十四年秋）コレラが松江地方に流行しましたが、先生もその頃嘔吐を催されたやうなことがあつて、私がいろ〳〵と介抱したのが先生と特別に親しくなつた動機となりました。それから十年来私と親戚のやうに親しくせられ、私を人に紹介せられる時は「マイ・フレンド」であるといはれました。私をフレンドとせられたことは今も嬉しく思つております。

×

　松江では始終一緒にあちこちへ行かうといはれました。寺へ行つた石塔の碑を見ては何といふ意味かと訊ねられたこともありました。卒塔婆《そとば》等の字は読めないので閉口したこともありました。

　夏休みには東京へ帰るのを延ばして十日間位美保関で海水浴をしたことがあります。その時先生は真裸で一緒に酒を飲みましたが、西洋人は行儀がよいと思つたのに真裸〔な〕のには全く驚きました。（記者註＝この点はヘルンもブレイク流の所があつて赤裸々であつた。）

×

先生は仲々頑固で変屈でしたが、然し性質は実によい人で涙もろく、学生が病気だといふとすぐ五円位出して見舞をせられたものでした。

×

先生は孤独でした。然し自分は日本に友がなくとも世界に友人があるといつて、仏教学者のリス・デヴィツの著書やその他の人の学者に先生の引用文があるのを示されたこともあります。

×

先生はどんな身分の低い人間でも心の合ふ人とは親しくせられましたが、元来非社交的でどんな高位の人でも必ず会ふといふことはせられませんでした。大学の教授会等でも二三回位しか出られたことがなかつたやうでした。又人の訪問を喜ばれなかつたのです。そして大抵面会せられなかつたのですが、私丈は特別にして下さつて、机に向つて原稿を書いてゐられる時でも筆を措いて永々と話せられ、朝行けば必ず昼食を食べて帰させ、午後行けば必ず夕食を食べさせられた程であります。私の宅へも一度来られたことがありました。

×

先生は私が喋舌ることが甘《うま》いから中学教師をやめて領事にでもなつたらよからう。試験は簡単で、自分が教へてやるからといはれたことがありました。（記者註＝翁は非常に話し好きで、病人とは思はれぬ程の元気で話された。）

×

先生は西洋人としては背も低く風采も上らぬ方でして、常に自ら“dirty professor”だといつてをられました。

×

先生は“fashionable place”が嫌いだといつてゐられまして、外国人の行かない所へ連れて行けといつておられました。焼津へ案内したのは私ですが、焼津へは先生が外人として来た最初の人であらうと思ひます。私が浜松の中学にゐましたから先生を舞阪へ案内しましたが、先生は余りに海が浅いので、「どこが海か、こんな所は海ではない」といはれました。そこで焼津を案内しました。先生は非常に水泳が達者で西印度におられた時は一度鱶《フカ》に襲れて危く一命を失はれようとせられたことさへあつたさうです。

×

私は十年も交つてゐましたが、二つの事件から一寸仲たがひをしました。一つは時間を守らなかつたことでした。それはその時教へ児の浜松中学の生徒が三人程訪ねて来たので出かけてゐた所へ三十分許りはよからうといふので話してゐたゝめに、約束の時間よりおくれました。先生は御馳走をして待つておられたのですが、怒つて終に会つてくれませんでした。今一つは先生は女の関係のことがやかましくて、男が奥さんに彼此いふことを非常に嫌はれました。美保関で宿屋に一緒にゐた時も、宿の主人は奥さんと一言も口にしませんでした。人はいゝのですが、こんな所に一寸妙なところがありまして（尤も両方とも日本人である場合にはどんな相談をするかもしれぬと日本語の分らぬ先生には多少の杞憂もあつたのでせう）何でもある時奥さんが泊つて行けといはれたので泊つたのです。それが大変悪かつたのです。それが因《もと》で文通も絶つやうになりました。エクセントリックで頑固ではあつたのですが、人は極くよい人でした。

×

先生は私等夫婦喧嘩まで色々と仲裁してもらつて、さういふ手紙も貰つております。これ程に仲よくしてゐたのが、この二つのことで一時文通を絶たれたのでした。やはり変つた人だと思ひます。尤も後には諒解がついて会ひましたが。

×

帝大の講師となられる時も、私は外山正一さんに手紙を出して、あんな人で変つてゐるが、極よい人であるからといつてやつたこともありました。今日となればいろ〳〵聞いておけばよかつたといふこともありますが惜しい事をしました。

×

亡くなられた時は私は新潟にゐたので葬式に列することは出来ませんでした。香奠返しに八雲に因《ちな》んで八雲艦を縫ひ込んだメリンスの巾紗《ふくさ》を贈られました。

翁の熱心な思ひ出はそれからそれへと限りなく続いた。然し時計を見るともう四時近い。翁の病気である事を遠慮しつゝも思はずお話しを夢中になつて聞いた。今翁の手元には先生から贈られた"Kokoro" "Exotics and Retrospective" "Gleanings in Buddha Fields" がある。名残を惜しみつゝ、翁の健康を祈りつゝ家を辞した。（三・四・二二）

（『文藝研究　小泉八雲号』一九二八年九月）

解説

田村豊久（旧姓浅井）（一八六六年九月九日–没年不明）

田村豊久といえば、八雲と焼津とを結びつけた人物として知られている。それ以外については『小泉八雲事典』の池橋達雄の記事が多少詳しい。豊久は、はじめ田村錠太郎といい、つぎに浅井豊久と名乗り、さらに田村豊久と姓をもどしている。一八八六年（明治一九）四月青山英和学校に入学し、九〇年七月卒業後、同年九月から九三年七月まで帝国大学文科大学哲学科撰科で学び、井上哲次郎にも教わった。九五年五月に松江の島根尋常中学校の教諭になった。

ところで、八雲は九六年（明治二九）九月から帝国大学文科大学に招聘されることになり、六月二十六日、家族とともに松江、美保関、出雲を再訪した。この旅行は、同年二月十日に帰化手続きが完了し、小泉家へ入籍して小泉八雲と改名したので、セツとの婚姻が正式に成立したことを松江の知人や関係者に挨拶をするという意味もあった。このとき、西田千太郎が、英語のできる浅井豊久を八雲に紹介した。豊久の回想では、「私は大学を出てすぐ松江の中学に赴任して、八雲先生と一緒になったので知己となりました。当時、コレラが松江地方に流行しましたが、先生もその頃嘔吐を催されたやうなことがあつて、私がいろいろと介抱したのが先生と特別に親しくなつた動機となりました」とある。

二人の交流をしめす八雲書簡は、一八九六年七月三日から一九〇一年六月七日までの六年間に、十八通残っている。(1) 九七年一月の八雲書簡には、前年美保関でコレラに罹った八雲が豊久の世話になったことを感謝する言葉が述べられている。(2) したがって、豊久と八雲との交友は一八九六年六月からであることが明らかである。

翌九七年七月二十日の豊久への手紙には、前年九月から帝国大学文科大学の講師となった八雲が、同僚となった井上哲次郎と会ったとき豊久のことを時々話題にしていることや、産まれたばかりの子を亡くした豊久に慰めのことばなど縷々述べている。(3)

この一八九七年に、豊久は浜松の尋常中学校へ転任した。それで八月の夏休みに、海水浴の好きな八雲を静岡県の海に誘った。八雲は妻セツと子供の一雄と巌およびセツの養父金十郎、女中ヨネを伴って舞阪、浜松を訪ねたが、遠浅の海を嫌い、豊久の案内で八月四日に焼津へ移った。一週間ほど宿泊した秋月という料理屋兼旅館を嫌い、城の腰御休町の魚屋山口乙吉の店の二階に逗留した。八雲は宿の亭主乙吉の実直さと焼津の荒海を好み、以後、毎年のように家族を連れて乙吉の家で避暑を楽しんだ。乙吉の家は豊久が定宿にしている漁師の妻の紹介によるものであった。同年九月十二日の豊久への書簡に、八雲は豊久とともに過ごした夏が楽しかったので、来年もそうしたいと書いている。(4) 焼津では、豊久と藤崎八三郎、写真師の堀一郎の三人が訪問客であった。(5)

豊久は、家庭問題で悩んでいたときに、八雲から親身の忠告あふれた手紙をもらっている。エリザベス・ビスランド編の書簡集では「To…」と宛名が記載されていない二通で、一八九七年の項の最終頁に収録されているが、(6) 浅井豊久宛書簡であることは知られていない。

その二通は、豊久の回想「ヘルン先生のこと」のなかに「私等夫婦喧嘩まで色々と仲裁してもらつて、そういう手紙を貰っております」と書かれている書簡で、八雲が豊久の家庭問題の相談に乗っている異色な内容であり、難しい問題に真摯に応えている誠実な八雲の人柄が赤裸々にあらわれた興味深い貴重な資料である。

ビスランドの編集による書簡集が企画されたとき、浅井豊久は自分宛の八雲書簡の提供を協力したのだ。小泉一雄の『父「八雲」を憶ふ』（警醒社、一九三一年）によれば、豊久は「あの手紙こそ八雲さんの人格の最もよき表現で、他のいずれの手紙よりも有意義な尊い物であるから、他の手紙はさておいても、あれだけは――私が恥を忍びさえすればよいのだから――是非発表して戴きたい」と一雄に語っている。だが、ビスランドは編者としてプライバシーを配慮したのであろう、宛名を明記しないで収録したのである。(6)

離婚後、浅井から田村姓にもどった豊久に八雲が書き送った一九〇一年一月七日付の書簡には、養父稲垣金十郎の四十九日の喪がすぎたこと、家族全員が流行性感冒に罹ったこと、豊久も知っている背の高い新見が海軍に入って「築地丸」に乗船したこと、一雄も成長し、昨夏の焼津では水泳を教えたこと、豊久に本(7)を寄贈したことなどが書かれている。このように八雲と豊久はきわめて親密な交友関係をつづけていたことが明らかである。

豊久は浜松中学校を退職後に上京、牛込区馬場下に地主として定住し、小泉家と旧交を温めた。一九〇四年三月、八雲が子供の一雄と巌が通っている大久保小学校で講演をすることになったときには、豊久がその通訳をつとめている。(8)

注

（1） 英文書簡は、*Writings of Lafcadio Hearn*, v.15., pp.150-157 の宛名不明の Dear Friend 宛二通と "*Some New Letters and Writings of Lafcadio Hearn*," collected and edited by Sanki Ichikawa, Tokyo, Kenkyusha, 1925 には十四通収録されており、アメリカのテューレン大学図書館 に一通（一九〇〇年六月六日付）とヴァージニア大学図書館に一通（一九〇一年六月七日付）収蔵されており、そのうち七通が和訳されて、『小泉八雲全集』（第一書房刊）第十一巻に収録されている。

（2） "*Some New Letters*," pp.277-278.

（3） "*Some New Letters*," pp.282-285 には全文が収

録されているが、『全集』第十一巻、三三一―三三三頁は前部分が省略されている。

（4）“*Some New Letters*,” pp.292-293.

（5）『父「八雲」を憶ふ』警醒社、一九三一年、二六一頁。

（6）前出の *Writings of Lafcadio Hearn*, vol.15 に収録された宛名不明の二通（一八九七年）。『全集』第十一巻三二二―三二七頁に一部分を省略した和訳が収録されている。

（7）*Shadowings*, Boston, Little, Brown and Co., 1900.

（8）『父「八雲」を憶ふ』五一〇頁。内田融「父兄の教育上に於ける注意」（『へるん』第二六号、一九八九年）。

（關田かをる）

大郊秋色　小泉八雲先生追憶譚

上田　敏・談

（談話中誤脱あらば悉く記者の責なり次号に訂正すべし）

——

其一、上田文学士談話

小泉先生の事に就ては「帝國文學」の十一月分をハアン号とするからといふので編輯者から依頼がありましたから其方へ委しく載せるつもりです。で先生に関したお話と言つても「帝國文學」の方と重複しては面白くなし重複しないやうにと思へば、勢あまり値《〔かち〕》のないお話になりますから、いつそ六《〔むず〕》かしい事は悉皆《〔ことごとくみな〕》ぬきにして只私と先生との遭初《〔あいそ〕》めから此頃までの事を申上げる事に致しませう。先生が大学へ来られたのは、そうですね、たしか二十九年の六月末——いや七月初めでしたらう。大学の只今は図書館の事務室になつてゐる処が教員控処でして、丁度外山様が学長時代でした、外山様から使があつて一寸来てほしいといふので、何かと思つて往つてみると教員室に学長と対して西洋人が一人——通常の西洋人よりは少し脊の低い様な風の西洋人が茶色の服を着て——先生よくあんな色の服を着てゐられましたがね——学長と話をしてゐるのです、で側へ往くと学長が私に対《〔むか〕》つてこの方がラフカチオハアン様でこれから英文科の教鞭を執られるのだとの事で、そこで私も紹介して貰つて種々話をしたのです。これが私と先生との初対面でそれからずつと先生の教授を受けたのです。一体先生は忙がしくもあり、又交際嫌ひでしたが、しかし講義は親切で第一何処となく感化力が光のやうに迸《〔ほとばし〕》つてゐたやうです。つまりその為人《ひと、なり》が講義の中に現はれるのですね。一体教師が教場へ出て幾百の生徒に講義をするには字句の講義以外、其人の個性で生徒を感化する処がなければ面白くない。処が先生にはそれがありましたよ。と言ふのは先生の人物や経歴が自然と講義中に躍出しますからね。例へばロセツチの講義中 three of cups といふ条で、この詩は愁に沈んで泣いてゐると眼を抑へた指の間から足下にある香草の三弁に並んでゐるのが見えるといふのですが、ひどく心に打撃を受けた時は一寸した事が精細に又明瞭《はつきり》と心中に印象を与へるもので、之を講義する時に先生は自分の経験を話されましたがね。それは何です、何でも先生が十四の時でしやう。巴里の学校に在学中だつたといふ事ですが確か後見人の失策でその保管してゐた、先生の財産をすつかり無くしたのです。で先生が其報知を受けた時は余りの驚に茫然となつて、失神したやうに壁にもたれてゐたそうですが其時の周囲の様子ですね。日がどんな工合に窓にあたつて居たとか、窓框《まどかまち》がどうなつてゐたとか。そんな些々《ささ》たる事が深く先生の心中に印象を余《のこ》して、其講義の際でも明瞭《はつきり》目に見えるやうだと言はれました。すべてこんな調子に一々自分の身に経試して得た感興を又このまゝに迸らせて生徒に与へるのですから、講義も面白かつた筈ですね。まあ講義の方はそんな風でしたが、私との関係は追々親密を加へて、矢張り其頃ですがコリンスの伝ともう一つ論文を書いて持てゆきましたが可成り長いものであつたに係はらず、丁寧にみて下さつた事もありますし、又一度牛込のお宅へ伺つた事もあります。その時は今の大久保ではなく、あの遺骸の収つた「こぶ寺」の近所でしたがね。御承知の通り交際嫌ひの方でしたから往つても会つて下さるかどうかと思ひながら参りましたが思ひの外快よく面会して下さいました。室へ上つてみると内部の様子がすつかり日本風ですね。火鉢を持つてきたり坐蒲団を出したり、殊に長煙草を一握程持出してどれでもお気に入つたのをお使ひなさいといはれましたが、何しろ周囲の様子は一切日本的でした。それから書斎へ招ぜられていつてみると――書斎は二階でしたがね――随分広くて十畳に次の間が四畳でしたか、そこに妙な卓子《テーブル》がありましてね。高さがあまり高いのですね。普通の人が普通の椅子にかけて対《むか》へば大抵首のところまで届く位です。で話の序《ついで》あれは何ですと尋ねると、いや私は近眼だから筆を執る時はあの卓子で、こうして書くのだと言つて示されましたが、何しろ先生は随分ひどい近眼で、書を読むのでも書物を殆んど眼へつけぬばかりでした。それから其卓子の傍へ坐つていろいろ文学上の話をしましたが、先生はオースチン、ドブソンなどの書物を持出してきて色々有益な批評がありました。其時分私共の「文學界」一派で英文学も在来の物ばかりでは面白くないから何かもつと清新なものを研究しやうぢやないかといふのでロセツチとスヰンバアンを読む事になり丸善へ注文して外国から取寄せてもらつて――其時分は新著の輸入はまだ微々たるものでしたよ、今とは余程違つてましたから――そろ〳〵研究を始めた頃でした。其話をすると、君はロセツチを読んでゐるのかと問はれたから、まだ深い研究はしてゐませんが、少しは読みましたと答へました。すると作中どの詩が一番面白いかと云はれたから、いろ〳〵ありますが The Bride's が一番気にいりましたといふと先生は膝を打つて、それは感心だ、実は私もロセツチが大すきでどの詩もいゝが就中《なかんづく》 The Bride's に至つては断片でこそあれ実に絶妙で若し之が完成してゐればどうしても集中第一の佳作と思ふとの事でした。そんな事から先生もロセツチを学校で講義するやうになつたので、つまり大学にロセツチの盛んになつたのは先生のおかげだらうと思ひます。それに先生仏蘭西文学には余程深くてその方の話も随分しましたがね――之は後の事です――或時私がピエール・ロチの La Lever といふ短篇を訳した事があります、之は私の「みをつくし」の中に「まぼろし」として載つて居りますがその事を先生に話すと、いやロチの文は到底訳せるものではない、英語にも訳せない、まして日本文にはといふ。でも私は訳しましたといふと、そうかそれはえらいと言つて大笑ひをした事もあります。そんな風で随分親しく教を受けたのですが、それこれする内、学校を出ると自然に忙がしくなつて、つい〳〵疎遠になりました、最後に遇《あ》つたのは何でも三才社――神田の仏語書類を売つてゐる書肆――でした。其時私は古本屋で Gautier の Mademoisell de Maupin を捜しあて、珍らしいから大事に抱へながら三才社へ往くと丁度先生も其処にみえてゐて一寸お互に挨拶する。と先生はもう私の持つてゐる本に目をとめて、それは何だといふ。出しみせると、やあ之はいゝものを捜しあてた。此本はスヰンバアンが The Golden Book of Love と言つた名作だと、本屋の店頭で講義が初まつて。実際先生、其時は太分興に乗つてゐられたのです。で店頭で大分《だいぶ》長く話をして別れましたが、それが今思ふと最後の会談ですね。

先生の文章はGautierから出てゐるのでは無いかと思ひます。何処となく寂しいやうなあんな文体は英文学には珍らしい。一昨年独逸の雑誌で先生の事を論した人があり。昨年になつて仏蘭西の『世界評論《ル・モンド》』ではキツプリング、スチーブンソン、ラフカヂオハアンと並べて論じてゐます。固《もとよ》り之は其人の所見で之が目下の三大文人だといふ意でもなく又必ずしも三人が同等の文才を有つてゐるといふわけでも無からう。或は三人の中でもキツプリングが一番い丶かも知れないし、或はスチーブンソンが特に勝れてゐるかも知れぬ。しかし同時に又ハアン先生が一番い丶かも分らない。とに角仏蘭西の大雑誌で責任ある批評家から之程の推賞をえたのは又以て聊《いささ》かハアン先生の為に喜ぶに足りると思ひます。それから先生の出生地ですかね。之は誰も委《くわ》しい事は知らないやうですが私は——勿論推側ですが——或は希臘のLesbos近辺ではないかと思ふ。之は私が言語学上から推したのですが、先生の名はLafcadioでしやう。あのサツポーの投身で名高いLiucadioと同様にこのioと曰《い》ふのは希臘の男性語尾でこんな処から見てもどうもあの近辺の出生ではないかと思はれるのです。先生の佳作？ そうですね、私の見たうちでは振袖火事の話。戒名の記事。犬の遠吠の記事などが殊に佳いと思ひます。振袖火事などは吾々があの話を聞いても悟らない深い意味をうまく描き出してあるし。戒名の事でも犬の遠吠でも先生の見聞に上ると一々意味があるものになるのです、あの戒名の漢字を英語に直してみて何か意味を其間にみつける、譬へば日松院何々とあれば之をSun Pine Templeと言つたやうに一々訳してみる。なんか一寸みるとこじつけのやうでもあるが、先生の考ぢやそうではないのですね。しかし惜しい事には先生の悟られた日本は旧日本で先生の了解された日本人は幕府——武家時代——の日本人です、先生には又その方がお気に入つたのでしやうが、あれで現代の日本と日本人とを解釈せられなかつたのは惜しい事ですね。終りに先生の作物の特色を申しませうか、第一は其の思想の幽玄怪奇な（weired）

事、つまり幽霊だの因縁だのと云ふ事がすきで、其の方に大分趣味を持てゐられたのですね。第二は文体も幽玄派で近世で云へばイエーツだのといふあの派に近い方です。第三は誰でも気のつく通り材を日本と云ふ別種の国に採られた事で之も先生の名を成さしめた一素因でしやう。何を言つても日本の事を筆にした文人であれ位の方は外にはないやうですからね。出来る事なら其功労に酬《むく》ひる為何か頒功《ハンコウ》の方法でも考へたいものです。これは文学を愛好する一人として殊に其教を受けた旧弟子の一人として誰しも懐くべき望であらうと思ひます。

（『英語世界』第十三巻十五号、一九〇四年十一月）

解説

上田　敏（一八七四年十月三十日―一九一六年七月九日）

　外国文学者、評論家、詩人。別号柳村。父・上田絅《ケイ》二（幕末の儒者乙骨耐軒の二男）と母・孝子（桂川圭甫の娘）の長男として、東京築地に生まれる。叔母の上田貞子は、大山捨松、津田梅子とともに米国へ派遣された日本で最初の女子留学生の一人である。一八八〇年（明治十三）四月小学校に入学、翌年父の転任により静岡で小・中学の教育を終え、八七年に父の再転任で帰京し神田の私立英語学校へ入学。翌年に十四歳で第一高等中学校の入学試験に合格するが、父の急逝により入学を断念し、伯父の乙骨太郎乙の邸内に移る。八九年四月東京英語学校全科卒業。同年九月あらためて第一高等中学校に入学、やがて乙骨の弟子である田口卯吉（鼎軒）方に寄寓する。[1]九二年七月予科修了、九四年七月本科卒業。同年九月帝国大学文科大学へ進学した。十一月には『帝國文學』[2]刊行の発起人（十二人のうち、学生七人）のひとりとして参画し、哲学科の高山林次郎（樗牛）とともに編集委員（七人）となった。会員には高等師範学校講師で大学院生の文学士夏目金之助（漱石）の名もある。

　一八九六年（明治二十九）九月、小泉八雲が帝国大学に招聘され文科大学講師となった時、敏は英文科の三年生であり、八雲の講義を受けた。[3]八雲に提出した敏の英語論文は"William Collins"と"My Last Duchess"の二編があり、(4)"William Collins"論には、八雲の懇切丁寧なチェックの筆がたくさん書きこまれており、(5)その末尾に八雲が短評を述べている。敏は八雲から「英語で表現できる一万人中一人の学生」と称賛されたと伝えられているが、その言葉は八雲の短評のなかにある。つぎにこの短評を紹介する（『定本上田敏全集』第八巻、三二六—三三五頁）。

Dear Mr. Ueda —

(1) — You have great knowledge of English — have read *extensively* and *carefully*.

(2) — You can bear severer criticism than a less talented student, for that very reason.

(3) — Your chief defect in composition is of *thought*. You do not often think for yourself, but accept others' judgments and accept also their forms of expression. You like a beautiful sentence, and use similes or comparisons often, but these are not original, or originally formed. In trying to make a sentence beautiful, you forget sometimes its other relations to the text and the polish is given at the expense of meaning and harmony. But all this is natural under the circumstances.

(4) — Your great difficulty will be to forge yourself now a very simple style in order to get *strength*. A simple style would give you individuality as well as strength. Otherwise you will never have either — NEVER ! No man can write well *in a language not his own* except by making a *personal* style — simple and wholly peculiar. I cite you this because I think you are the one Japanese student in ten thousand who *might* learn to be *himself* in English. If I were merely to compare your ability to write school-English with that of other students, I should praise you very much. But I think you can do

better than that. Study to make yourself a totally new style, — a pure cold simple style; and the strength and the colour will come later of their own accord. Never use a word of three syllables if you can find a word of one equally good. Remember that as a general rule the short words mean most. — *Above all THINK your own THOUGHTS.*

If you wish you can some day, I think, become an author *in English*. But it will cost you much in thinking and in hard work.

(Lafcadio Hearn)

八雲は、四つにわけて、感想と助言をつぎのように述べている。

（1）貴君は英語の知識があり、幅広く注意深く読んでいる。

（2）それゆえ、才能に恵まれない学生よりも厳しい批判に耐えうる。

（3）文章執筆上の主な欠点は、思考に関することにある。貴君はしばしば自分の頭で考えることをしないで、ひとの判断や、ひとの表現法までも受け入れる。美文が好きで、直喩や比較をよく使うが、これも貴君の独創になるものではない。美文を目指すあまり、時々テキスト全体への関連を忘れており、意味と調和の犠牲において文章に磨きがかけられている。だが、このすべてはこのような状況のもとでは無理もない。

（4）たいへんむずかしいことかもしれないが、力強さを得るためにシンプルな文体を創り出すべきである。シンプルな文体には、力強さだけでなく貴君に個性も与えるだろう。シンプルな文体で書けなければ、力強さも個性を得ることもおぼつかない――**絶対に無理である！** 母国語でない言語でよい文章が書けるようになるには、自分の文体――シンプルでまったく独自な文体――を創り出すほかはない。わたしがこういうことを云うのも、貴君こそは英語で自己表現しうるようになるかもしれぬ一万人中一人の日本の学生だと思うからだ。

単に学校英語を書く能力の次元で貴君と他の諸君との比較云々の話だったら、貴君はおおいに賞讃に値する。しかし、貴君はそれ以上のことができると思う。まったく新しい文体―純粋で、冷静で、シンプルな文体を創り出すよう努力するがいい。力強さと彩りは後からおのずから備わるだろう。三音節の単語は、もしそれに匹敵する一音節の単語があるならば、使ってはいけない。一般に短い言葉のほうが含蓄に富むということを忘れてはいけない。自分自身の頭で考えること。貴君が望むならば、いつか英文で書く作家になれるであろう。だが、それにはもっと思考し、もっと勉強努力することが必要であろう。

（ラフカディオ・ハーン）

もうひとつは、上田敏談のなかで「かなり長いものであつたに係はらず、丁寧にみて下さつた」と語っている、ロバート・ブラウニングの詩 "My Last Duchess" について（『定本上田敏全集』第八巻、三三四―三三八頁）、（末尾にUeda Bin, 3rd Year English Literature. と記している）の英語論文で、これに関してハーンが書いている一八九七年六月三十日付の手紙（天理図書館所蔵）が残っている。八枚にわたる長い手紙であるが、これまでほとんど知られていないので、つぎに全文を掲載したい。

Dear Mr. Uyeda: —

I must congratulate you, in a general way, about your essay on Browning's monologue. It is not without six or seven faults in English; but considering the difficulty of doing such work in a language not your own, I must say that I was much pleased by it. Furthermore, it afforded me the first proof which I have had of your power in spontaneous work; for the Collins' essay was really an editing rather than a composition.

Now let me observe to you that the only sentences in your essay which I found neither strong nor true, were precisely those in which there was an unconscious echo of other men's ideas. For example, in attempting to *analyse Browning's style*, after the old-fashioned way — (this general way is all wrong, or nearly so, — no matter who does it) — you found, or imagined you found, the evidence of effort. And this is *not* one of Browning's faults — though he has hosts of other faults. He is not a polisher: he does not show effort, and probably he very seldom made effort any more than did Shakespeare. He never attempted to elaborate his work after the fashion of his contempories; but seems to have cast his imagination down upon paper — flung it down — in one strong impulse when the fancy had become fully complete and alive in him. It is in want of finish, — want of studies effort, — that he especially resembles Shakespeare. Effort visible is weakness, of course.

— I was pleased with all the essays; and it is interesting to notice how far each interpretation differed from the rest. All of you were partly right; — none, perhaps, completely right, — and all of you illuminated different points of the situations. Mr. Tsuchii, for example, noticed the characteristic Borgian in sensibility to remorse; — Mr. Nagaya understood the diabolical pride of the man: but the first missed the factor of *æsthetic* sensitiveness, and the second the dominant motive. All of you missed one thing, — the hypocrisy, which is partly disguised by a demoniac frankness of self-revelation. This frankness is not complete by any means. The satanic art of the speaker in making the most horrible truth itself lie, is worth noting. The secret of the murder is jealousy. Now jealousy is weakness — to confess it is to confess weakness, to confess pain. The Duke is strong,

— and yet weak. How much he lies to himself, and how much to the speaker it were [sic] impossible to say; but he lies, — lies to conceal his weakness, — lies by attempting to convey the idea that pride, not jealousy, was the motive. He is not ashamed of cruelty or murder or any *strong* crime; but to acknowledge himself jealous — No! Notice his phrase about the inability to express himself in words, — meaning evidently that he had tried to find a cause, and could not. No doubt he thinks *partly* as he says; but he makes the facts lie for him as far as he can.

But a hundred different writers could find a hundred different aspects of this poem: I make a comment, but [I] am very much pleased with what has been done.

Let me suggest to you that the more you concentrate yourself, the stronger you will become. You are now a little too much inclined to elaboration — perhaps because of reading much criticism. I think you have very great natural ability in certain lines; but it would be a very unfortunate thing for you to believe that your real force is yet even half-cultivated. It is capable of being doubled and tripled. And you may have a mission in regard to the new Japanese literature that is to be. You may become a great influence in future years. But believe me when I assure you that this will require much more than *reading* in foreign languages. It is of the utmost importance that you should train yourself to work *in* them: the resulting strength gained will show itself later, if you only have patience, after a manner you cannot know at present, in the additions you can make to the literature of Japan. With best regards & wishes.

Faithfully yours

Y. Koizumi (Lafcadio Hearn)

P.S. — I have sent your essay to Professor Toyama, — uncorrected, of course, with the exception of one word.

June 30th '97 小泉八雲

拝啓

　貴君のブラウニングの独白形式の詩に関するエッセイは、全体として結構なものと思います。六、七か所英語の誤りはあるが、母語でない言葉でこうしたものを書く仕事の難しさを考慮すると、その出来映えにたいへん感心しました。それに、貴君には内発性のある仕事ができる能力があることを証する最初の論となりました。それというのは、コリンズについてのエッセイは自分の頭で構成して書いたものというより他人の文章を編集した作り物だったからです。

　貴君に次のような感想を述べたい。貴君のエッセイのなかで力強さもなく真実味にも欠けると私が思ったセンテンスは、他人の考えが知らず知らずのうちにこだましているセンテンスです。たとえば、昔風にブラウニングの文体を分析しようと試みて—（この一般的な方法が良かったためしはまずありません——たとえ誰が試みたとしてもです）——貴君はブラウニングの苦闘の痕跡を見つけた、いや見つけたと思い込んだ。ブラウニングには多くの欠点があるが、しかしこれは彼の欠点の一つではありません。ブラウニングは推敲を重ねる作家ではない。努力しないから痕跡もない。多分シェイクスピアが彫琢の労をとらなかった以上にまず滅多に推敲ということはしなかった。彼の同時代人の流儀のように自作を彫琢することは決してしなかった。ブラウニングは自分のイマジネーションを原稿用紙の上に投げ出した、——自分の内にイマジネーションが満ち溢れ生き生きと踊り出した時、一気呵成にそれを衝動的に浴びせかけたのです。最後の仕上げをしない点が——苦心して努力をしない点こそが——彼がシェイクスピアに似ている点です。大体目に見える努力の痕など弱点に決まっています。

　他の学生たちのエッセイもみな感心しました。

一人一人の解釈が他人とどれほど違っているかを見るのが面白い。皆さんはそれぞれ部分的には正しいといえるが、しかし多分誰一人完全に正しい人はいない。全員がそれぞれシチュエーションの異なった点を解明しています。たとえば、土井君〔晩翠〕は悔恨に対する感受性に見られるボルジア家的特質に着目した。永谷君は男〔公爵〕の悪魔的な矜持をよく理解した。しかし、土井君は美的感受性の要素を見落としており、永谷君は〔公爵の〕主要な動機を見落とした。皆さん全員が見落としていたものが一つある。それは偽善です。これは彼が悪魔的なまでに率直に自己を示しているためになかば覆い隠されてしまったのです。このような率直さはどうみても完全だとはいえません。もっともおぞましい真実さえも嘘にしてしまう話し手〔公爵〕の悪魔的な術《すべ》は注目に値します。殺人の秘められた動機は嫉妬です。しかし嫉妬は弱さです。それを告白することはとりもなおさず弱さを告白すること、苦痛を告白することです。公爵は強いが、弱い人でもある。彼が自分自身に対しどれほど嘘をついているか、彼が語り手に対しどれほど嘘をついているか、これは見定めようとしても不可能でしょう。しかし嘘をついている。己の弱みを隠そうとして嘘をついている。嫉妬でなく矜持が〔公爵夫人殺害の〕動機であったと世間に伝えようとして嘘をついている。彼は残酷であろうが、人殺しであろうが、なにか強悪《ごうあく》な犯罪であろうが恬《てん》として恥じない。しかし自分が嫉妬していると認めることは絶対にしない。これはノーです。彼が自分は言葉による表現にかけては無力だというくだりに注意してください。つまり、これは原因を探ろうとしたが、できなかったということを明らかに意味しています。おそらく彼は自分でも言う通りある程度は考えているのです。しかしできるだけ自分に都合のいいように事実を曲げて嘘をつかせているのです。

しかしこの詩を論評する人が百人いれば、百人百様の異なる面を取り上げることもできるでしょう。私はコメントを書きましたが、出来映えにたいへん満足しています。
　貴君はもっと自己に集中すれば、もっと強くなるでしょう。そのことを私は貴君にいいたい。今の貴君は文章を練り上げることに多少凝り過ぎている。多分批評や文芸評論の読み過ぎでしょう。貴君はある面では非常に大きな生来の力を持っている。貴君が自分の実力はまだ半分しか形成されていないと考えているとすれば、不幸なことです。貴君の力は二倍にも三倍にもなり得ます。そして貴君はこれから生まれるであろう新しい日本文学にたいして使命を持つことになるかもしれない。将来多大の影響力を行使する人となるかもしれない。しかしそのためには複数の外国語でものを読むだけでは不十分です。それ以上のことが要求されます。外国語で仕事ができるように自己訓練をほどこすことが肝要です。その結果身についた力は、貴君が辛抱しさえすれば、どんな形を取るか今のところはわからないが、必ずや表に顕われて、日本文学に対する貴君の寄与となるでしょう。　敬具

小泉八雲（ラフカディオ・ハーン）

　追伸——貴君のエッセイを外山教授に送りました——もちろん訂正なしに。ただし一語だけは直しました。

（平川祐弘訳）

　上田敏がブラウニングの独白形式の詩 My Last Duchess について分析を試みたエッセイは、さきのコリンズ論における八雲の助言を生かして書いていたからであろう。ハーンは、英語の誤りも六、七にすぎないし、母語でない言語で文章を書くのはたいへんだったろうとその苦労をねぎらい、ハーンの解釈を開陳し、率直に激励の言葉をつらねている。さらに追伸で、外山正一教授に貴君のエッセイを一語だけなおして送ったと書いていることからも、ハーンが敏をいかに高く評価し、期待していたかが明確にみてとれよう。この手紙をもらった七月に、敏は首席で卒業、大学院へ進学した。
　一九〇三年四月、上田敏はハーン辞任のあとをうけて、夏目漱石、アーサー・ロイドとともに英文科の講師になった。〇六年十月、私費で外遊、アメリ

カを経て、フランスへ渡り、ヨーロッパを歴訪。翌年四月文部省留学生となり、十月に帰国。新設の京都帝国大学の講師に招聘されて、翌年五月に教授となる。「西洋文学第二講座」（英文科）を担当し、「文学概論」や「十七世紀の英文学史」などを講じた。一五年（大正四）四月、愛娘の進学のために家族を東京に移し、単身京都に留まるが、この頃から健康不調で休講が多くなり、翌一六年七月九日、尿毒症のため急逝した[6]。

　晩年の教え子で、同年七月京大を卒業した菊池寛は、「上田博士が、文芸を談ずるときは、文芸を真に味読するものの歓喜があったように思う。結局この人は学者よりも、学者的なデレッタントでなかったかと思う」、「講義は文芸的な茶話になる事が多かった。然し、先生が折にふれて、その青年時代から持ち続けた黒い美しい瞳を輝かしながら、ダンテの神曲を語り、ミルトンの失楽園を説いている時は、先生が真に文学を味わい得た歓喜を持って居られた事を、歴々と窺う事ができた[7]」と語っている。

注

(1) 上田敏の『文学論集』（一九〇一年）が田口鼎軒に献げられているのは、田口家に寄寓したことによる。それゆえ、明治文化の一発祥である西片町文化の地を記念して、「鼎軒柳村居住の地」の碑が建立された（現、文京区西片二－一九－四）。

(2) 『帝國文學』の創刊号（一八九五年一月）には、文科大学長外山正一が草した序詞がある。

「自ら覚るものは先づ他を知るを必し、自ら立つものは先づ覚るを要す。維新後三十年にして国民文学の聲初めて今日に喧き所以のもの、吾人之を認め、又之を欣ぶ。」

　上田は、第一巻第三号に論説「希臘思潮を論ず」、第一巻九号に論説「典雅沈静の美術」、第二巻第十二号では巻頭の論説「清新の思潮聲調」、第二巻第九号は雑録に「批評家の任務」柳村訳、第二巻第十号と第十一号に「ダンテが神曲中の自然（ヱスレエヤン大学、オスカア、キュウン）柳村訳、第三巻第三号に巻頭の論説「現代の英国詩歌」、第三巻第五号に雑録「仏蘭西文學の特性（上）」ブリュネチエル・柳村訳、第三巻第八号に巻頭の論説「仏蘭西文學の研究」などを執筆している。第四巻第一号には巻頭の論説に小泉八雲の英文"Azure Psychology"が掲載された。

（3）講義案は、八雲が一八九六年九月に文科大学学長外山正一教授に提出した文書（天理図書館所蔵）で、つぎのとおりである。

第一学期（九月―十二月）講義案

一、特殊講義

英文学の起源と発展の歴史（英文科一年、二年、三年）

1 北欧文学と英文学の特性との関係

2 英文学の起源

3 初期英文学

ヴィクトリア朝の英文学（英文科二年と三年のクラス）

― 四大詩人、テニスン、ブラウニング、ロセッティ、スウィンバーン（傍線引用者）

英国バラッド（英文科三年のみ）

二、一般講義

テキスト　七十八名のクラス、学生のリクエストによりミルトンの『失楽園』
他のクラス、テニスンの詩
キーツ、グレイの詩（イートン・カレッジのテキスト使用）

作文　選定されたテキストに関するショート・エッセイ

第二学期講義案（一八九六年十二月二十四日外山宛文書）

一、一般講義

1 一年（哲学、日本文学、中国文学、歴史、英独仏文学を含む）ミルトン『失楽園』

2 二年（歴史、英独文学を含む）テニソンの詩（"The Princess" "Idyls of the King"）

3 一年（哲学、日本文学、中国文学、歴史、独仏文学を含む）その他

二、特殊講義

1 英文学　ノルマン・コンクエストからエリザベス朝時代（英文科二年と三年）

2 "Vers de Societe" アメリカ文学：ポー、アーヴィング、ホーソン、ロングフェロー、ホームズ、― 現代詩人・小説家……等

3 ヴィクトリア朝の詩人：モリス、ラング、ドブソン、メレディス、ブラウニング夫人、

インジェロー大小説家：ディキンズ、サッカリー、エリオット、コリンズ、トロロプ、リード等（傍線引用者）

（4）『定本上田敏全集』第八巻、上田敏全集刊行会（責任編集　代表矢野峰人）、教育出版センター発行（昭和五六年四月二十五日）、三五五―三三五頁、三三四―三二八頁。

コリンズ論のオリジナルの影印版が遺族によって出版されており、都立日比谷図書館の桑木文庫（哲学者桑木厳翼の旧蔵書）、富山大学附属図書館、京都外国語大学図書館に所蔵されている。

彼の英文コリンズ論には日付がないが、八雲の講義案から推測すると、英文科三年後期の「一八九七年三月ごろの制作だったと考えられる」（島田謹二（『日本における外国文学』上巻）。

（5）八雲の書き込みに関するエディションについては、改造社版の旧全集と教育出版センターの新版とを比較検討し、差異があることを指摘した論文がある。

松村恒「ハーンと上田敏のコリンズ論」『へるん』第四〇号（二〇〇三年）、四―七頁。

松村恒「上田敏と小泉八雲のウィリアム・コリンズ論」『大妻比較文化』第五号（Spring 2004）、一〇九―一三五頁。

（6）一九一六年七月六日に京都に滞在していた母親を伴って帰京。久しぶりに一家団欒の楽しみを味わうことができたが、八日午前九時、突然に尿毒症を発し、翌九日午後三時に逝去した。戒名は森鷗外が撰した「含章院敏誉柳邨居士」である。

（7）菊池寛『半自叙伝』講談社学術文庫、一一五頁。

追記

ハーンの上田敏宛書簡の和訳は、平川祐弘先生が自ら訳してくださいました。ご厚恩に心から感謝いたします。

この書簡が天理図書館になぜ所蔵されていたかについては、わたくしの推測であるが、ハーンが手紙の追伸で上田敏の英文エッセイを「外山教授に送った」と書いていたので、上田敏はハーンの手紙を学長の外山正一教授に見せるために持っていった。だがその後、外山正一は上田敏に返却しないまま死去した。したがって、上田敏宛ハーン書簡は外山宛ハーン書簡と一括されて天理図書館に譲渡されたと思われる。

（闗田かをる）

小泉八雲氏（ラフカディオ・ハーン）と旧日本

井上哲次郎

一、来　朝

小泉八雲氏の全集十八冊も第一書房によつて発行され、氏の愛読者はなかなか多い。今更氏の事蹟及び文章等に就いて、かれこれ論議することは何等必要の無いことのやうに思はれるであらう。然しながら、自分は自分として特に氏に対してもつてゐる感想談を試みるのであつて、必ずしも無益の業ではなからうと思ふ。それに自分は氏と一種特別の関係を有し、氏の性格に就いても自分としての観察した点もあるからして、茲《ここ》に追懐談を発表することにした次第である。

氏の事蹟はなかなか変化に富み、そして同情すべき悲劇的のこともすくなくなかつたので、さう云ふ環境だの、経歴が自から氏の性格を造り上げたのであらうと思はれる。第一、氏は希臘《ギリシャ》の生れであるけれども、父は英国人で、そして母は希臘人であつた。二歳の時に母と共に父に従つて父の郷里ダブリン市に行つたのであるが、六歳の頃父母は故あつて離婚し、母は希臘に帰り父は再婚したので、その後父の叔母に引き取られて養育され、それからいろいろな逆境を経て生長し、長じて米国に行き、新聞記者ともなり、相当に成功したのであるけれども、何処に行つても十分落ちつかない気分があつたやうに思はれる。最後に日本に来て、島根県松江の中学校に英語教師として教鞭を執るに至つて、始めてかの地方の純朴なる気風に感心し、何だか古代希臘の文化に浴するかの如き感を抱き、非常に気に入つたものと見える。それで、島根県士族の小泉家の女子節子と結婚して小泉家に入籍して、日本に帰化してしまつたのである。それからのち、熊本の第五高等学校の英語教師となり、それから又、神戸クロニクルの記者ともなり、更に明治二十九年に至つて東京帝国大学に招聘され、英文学担任の講師となつたのである。これは主として外山正一博士の推薦によつたのである。氏の授業は約七年間継続したのである。帝大を止めて後、暫く早稲田大学（旧東京専門学校）に教鞭を執つたのであるけれども、わづか数ケ月の後、心臓を病んで西大久保の自邸（瘤寺の隣）で他界した。享年五十五歳であつた。まだまだ学者として、又文士として前途有る年齢であつたのである。葬儀は牛込区市ケ谷富久町の自證院円融寺、俗に所謂瘤寺（天台宗）に於いて仏式を以て営まれ、そして戒名は正覚院浄華八雲居士と称し、雑司ケ谷の墓地に葬つたのである。氏は生れはカトリックであつたけれども、諸種の原因からカトリックに対してなかなか強い反感を抱いて居つた。その結果でもあらうか、一体に基督教に対して調和すべからざる感情をもつに至つた。兎に角、氏は基督教に対してさう云ふ反感をもつて居つたのであるから、何処に行つても何だか精神上不安があつたであらう。それが我が日本に来て、神社仏閣に接し、始めて精神上の慰安が得られたもののやうに思はれる。

二、ハーン氏と浅井豊久氏

自分は小泉氏と会見しない前に屢々《しばしば》小泉氏のことに就いて聞いて居つた。それは嘗《かつ》て自分が帝大に於いて教へた撰科出身の浅井豊久といふ人が自分を訪問する毎に小泉氏のことを報道したのである。浅井豊久といふ人は多分熊本の五高に教鞭を執り、彼所で小泉氏と親しく交つたのであらう。浅井氏が自分のことを小泉氏に話し、そして小泉氏の云つたことを自分の所に来て報道したのでそれで自分は未だ小泉氏と知り合ひにならない前から小泉氏に対しては少からざる興味を抱いて居つた次第である。浅井豊久といふ人はその後どうなつたかさつぱり消息が無いので、或は既に故人になつたのではなからうか。もし再度浅井豊久氏と会見することが出来たならば、小泉氏の五高時代のことが一層よく分るであらうと思ふ。もしも浅井豊久氏が生存して居らるるならばどうかしてその最近の消息を知りたいものである。

三、東京帝大講師として招聘

小泉氏は東京帝大に招聘されたのであるけれども教師となつたのではない。何処迄も講師であつて毎年辞令を遣つた、講師は一年限りのものであるから。フェノロサであるとか、ケーベルであるとか、フロレンツであるとか、ダールマンであるとか、ああいふ人々は皆教師となつた（尤もフロレンツとダールマンは、初めは講師であつたけれども）。日本人であると教授といふところを外国人に対しては教師と云つた。之を外国語に訳すれば教授も教師も均《ひと》しくプロフェッソルである。かう云ふならば誰でも小泉氏のやうな、あれ程の英文の大家なれば無論教師となれたであらうと、かう思ふであらうが、小泉氏はもと外国人ではあつたけれども帰化した人で、国籍上日本人となつて居つた。それで、生れを云へば外国人であるけれども、実際は日本人として取り扱はれたが為めに、教授となるには日本人と同様の資格を備へて居らなければならぬ。

第一、日本人としては、それだけの学歴がなければならぬし、日本の書物が読めなければならぬ、又日本語で講義をするのでなければならぬ、といふやうなことで、教授となるには官制の上から見て資格が無かつたし、又それだからと云つて、全然外国人あしらひにするわけにも行かなかつた。但し俸給だけは他の日本の講師とは違つて居つた。大抵講師は一年に数百円の報酬手当しか与へられなかつたのであるが、小泉氏は毎月の手当が四百円であつた。が後、四百五拾円支給された。なほ正確に之を云へば明治二十九年九月より同三十六年三月迄講師嘱託、手当一ケ月金四百円を給し、明治三十四年四月より金四百五拾円を給したのである。尤も当人はそれでも不足に思うて居つたけれども、他の講師に比べれば報酬額に於いては雲泥の差があつた次第である。それから小泉氏は他の教授の洋行するのを見て、自分も大学から洋行さして貰ひたいなどといふことを真面目に云ひ出したこともある。学生の中の優秀な者は将来教授の候補者として文部省から海外留学を命ぜられることもあり、又教授も代る代る教授派遣として海外殊に欧米に出でて学事視察をすることがあるけれども、小泉氏は丁度それに当て嵌《は》まるやうな人ではなかつた。又外国教師の中ではウワラウブを許されて、自費で郷国に帰省するやうなこともあつた。けれども小泉氏は日本人であるからこのやうなことも出来なかつた。それで小泉氏は何だか満足してゐなかつたやうである。いろいろさういふ事に関する事情を説明しても、どうも能《よ》く理解しなかつたやうに思はれる。氏は講師であるから教授派遣といふことで派遣する訳には往かぬし、又学生でないから、留学生として取り扱ふわけにも行かなかつたのであることは云ふ迄もない。小泉氏の帝大に教鞭を執つて居つた時代は大部分自分が学長であつたので、その辺の内情は自分でなければ分らないことが多いのである。尤も初めの一年三ケ月ばかり外山博士が学長であつた。

四、ハーン氏と学生

小泉氏は学生に対してはなかなか親切であり、また学生を指導することに於いては細心の注意を用ひたやうである。それに就いては、次のやうな事実がある。第一、毎年学生の出来の好い者には大学の承認を得て、自分自ら賞与を与へたのである。それは金銭の場合は少く大抵書物であつたやうである。かういふことは他の教授、講師などのようしないことで、小泉氏独りさういふことを実行した。尤も卒業式の時に、天皇陛下御臨幸あらせられ、成績優秀なる学生には銀時計を賜はつたやうなことはあつたけれども、それとこれとは全く別である。他の教授、講師などが自分で自分の学生に賞与として金品を与へるといふやうなことは無かつたけれども、小泉氏は自分で自分の経費を抛《なげう》つて優秀なる学生に賞与を与へて之を励ましたといふやうなことは余程奇特なる事実と云うて差支なからう。

それからも一つ、かういふことがあつた。それは小泉氏は段々後になる程同僚から離れ、一人ポッチになつてしまつた。人と話することを好まないで、余程非社交的なアイソレートした状態が見えた。それも初めはさうでなかつたけれども、次第々々にさういふ風になつて随分極端と思はれるやうなこともあつた。そして教授会などにあまり顔出ししなくなつた。けれども点数会議の時には必ず出席したのである。点数会議は学生の及落に関係あることで、学生の為めには実に安危の岐《わか》るるところであるから、小泉氏は必ず出席して意見を述べたものである。あのアイソレートして行く非社交的な性質でありながら、苟《いやしく》も学生の及落に関するやうな場合であるならば、必ず教授会に出席するといふやうなことは、どれ程氏が学生の為めに心を配つて居つたかを推知するに足る一事実であらうと思ふ。

五、ハーン氏と同僚

小泉氏も初めのうちは、よく教員控室に来て、講義の始るまで居つたのである。時間と時間との間には十分乃至十五分間ぐらゐの休憩時間即ち所謂アカデミッセルフィエルテルがあるので、其処に教授、教師、及び講師が落ち合ふのである。さういふ際には自分の知つて居るところでは、自分の外にケーベル氏、それからエック氏、それから根本通明氏、中島力造氏、さういふやうな人が一緒になることが多かつたやうに記憶して居る。ケーベル氏は仙人のやうな脱俗の風を有しながら、あれでなかなかの皮肉屋であつた。而《そ》して稀にはギフチゲルシュパス〔毒舌〕も云つた。エック氏は仏蘭西文学の教師で、この人は今も生存して大北多摩郡三鷹村新川の聖ヨゼフ学園に居らるるのである。この人は誠に立派な髭の持主で、そして愉快な社交的の宗教家である。根本博士は小ヂンマリとした古風な経学者で、頭は茶筅《ちゃせん》に結つて居つた。そして何時も鉄扇を持つて控へて居る。小泉氏はあまり人と話をしない凄い目着きをしたチイツポケな体の持主であつた。一体このギヤザリングは実に奇妙な配合とでも云ふべきであつた。が、後には段々形勢が変つて、小泉氏は其処に来なくなつた。授業の始るときには、何時も鐘を鳴らすが、その鐘を鳴らすまで講堂の周囲を歩いたりなどして、鐘が鳴ると其処から直ぐ教室に入り、成るだけ他の同僚と会見しないやうにした。何となく人目を避けて独りポッチを自ら快しとするやうな態度が見えたのである。それでどうもミサントロピスト〔人間嫌いの人〕のやうに思はれた。小泉氏のかやうになつたのには、これが原因であらうかと思ひ当ることが一つある。それは後で別に述べることにしよう。

六、ハーン氏の直覚力

小泉氏は折々新著を自分に寄贈するやうなことがあつた。それで自分も氏の著書を読んで、或程度迄氏の文章の技倆、又その観察の鋭敏なること、さういふことを知つて居る次第であるが、氏は終に自分の宅に訪問に来られたことはなかつた。自分は嘗て大学の公用の為めに、氏を西大久保の日本風の邸宅に訪問したことがある。その時に自分は座敷に案内されて洋服を著し坐つて居るのに、氏は生れを云へば西洋人であるが、和服に羽織を引つ掛けて日本風に丁寧に、お辞儀をされたのであるから、それだけでも奇妙な配合と思はれるところに、氏は赤銅《しゃくどう》の煙管《きせる》で刻煙草《きざみたばこ》を喫《す》つて時々火鉢の縁をカチカチと叩かれるのには驚かざるを得なかつた。そして氏が云はれるのには、「私は貴君の来るのをチャンと前から知つて居つた」とかういふことを云はれた。丁度千里眼か何かが云ふやうに、不思議なる予感を有して居つたのではなからうか。とにかく、さういふことを云はれた。それからいろいろ要件を話した終りに、「貴君は奥様と英語でお話になりますか」と云つたところが、「家内は英語は出来ない。出来ないけれども、自分と家内との間には英語ともつかず日本語ともつかぬ混ぜこぜの言葉が出来て居る。それでもつて夫婦の間はよく事情が通ずるやうになつて居る」と、かういふやうな話であつた。それで茲《ここ》にハッキリ云つて置くが、小泉氏は日本の書物を読むことが出来ないばかりでなく、日本語を話すことも出来なかつた。けれども、なかなか感じの強い人であつたから、それで以て誰よりも敏捷に直覚的に案外よく日本の事情を知つて居つたのである。

小泉といふ人は見たところ小男で、風采大いに揚がらずと云つてもよからうかと思ふ。誰でも知つて居るやうに、欧洲人は日本人に比べれば概して背丈も高いのであるが、小泉氏は日本人としてみても中位の背丈の高さで、寧ろ小男といふのが当つてゐるやうに思ふ。然しながら何となく容貌は物凄いところがあつた。何分左の眼は英国で遊戯中傷つけたといふことであるが、それでその欠陥をガラスの眼玉で補つてあつたさうである。右の眼は見えることは見えたけれども、非常な近眼（二度半）で、書物を見るにしても、ずつと眼球に近く寄せて見なければならなかつた。それにしてはよくあれ程書いたり、読んだりしたものであると思ふ。只茲に注意すべきことは小泉氏はさういふやうなわけで左の眼は潰れてゐるし、右の眼は非常な近眼であつたからして、いろいろな客観世界のものを形容するに想像を以て補充して行つたものであるから、それで又形容が極端となつてハイペルポーリックの言が多いから、読者の興味をそそるやうなことが少くないやうに思はれる。然しそればかりでなく神秘的な幻視も時をり手伝つて居るのではなからうか。そのやうな疑も決して無いのではない。

いつたい、小泉氏は非常に敏感で、直覚的にいろいろなことを知つて居つたやうに思はれる。そして随分神経質であつたやうに察せらる。さういふ性質と関聯して居るか何うか知らないが、或は多少関聯したことでもあらうか、氏は不思議な話が好きであつた。例へば幽霊の話だの、因果話のやうなこと、これに就いては氏の『ゴーストリー・ジャパン』といふ著書を見ればよく分ることである。あの書物の初に「スカル・マウンティン」即ち髑髏山の画が出て居る。その山は云ふ迄も無く過去世の髑髏の無数重つて出来た高山で、絶頂は何処であるか見えない。山の中腹に坊さんが錫杖をついて一人の俗人に対して法話を試みて居るのである。そして書物の中には勿論この髑髏山の記事が面白く書いてある。それで或時自分は小泉氏に、あの髑髏山に関する因果話は何処から得来つたかと問うたところが、氏は直ちに答へて岡倉（覚三）から聞いたのであると、かう云つた。岡倉は世間周知の東洋趣味の天才者であつた。それで小泉氏に対して多大の同情を有して居つたのである。小泉氏の物故した時『ニューヨーク・タイムス』はその紙上に氏を傷つけるやうな記事を載せたのである。その記事によれば、ハーンは日本に渡つて日本婦人を妻とする前、既に西印度諸島〔シンシナティが正しい―闞田〕在住時代に結婚し、その時設けた子供や妻も現存するから、明かに彼は道徳上重大な罪を犯してゐるといふのである。

これに対して岡倉覚三氏は大いに義憤を抱き直ちに一文を草して『ニューヨーク・タイムス』に送つ

たのであるが、それは誠に名文で、小泉氏を弁護してまた余薀《ようん》なしと云つて宜《よろし》からう。その全文は訳して清見陸郎氏著『岡倉天心』に載せてある。『ニユーヨーク・タイムス』に載する所が果して事実なりや否や、固《もと》より自分の知る所ではないけれども、これに由つて小泉氏の作家としての光栄を滅却せんことは思ひも寄らぬ。岡倉氏の弁護は大いに意義あることと思ふのである。

七、ハーン氏の猜疑心

小泉氏は元来猜疑の念が余程強かつたのであるかも分らないが、兎に角晩年に至つてはさういふ傾向が著しく現れて来たことは自分の能く知つて居るところである。或時、英国の女子教育家ヒユース女史が日本に来た時、小泉氏の大学に於ける英文学史の講義を傍聴したのである。ところが小泉氏はそれを非常に気にして、余程嫌な感じを抱いたと見えて、自分にかういふことを云つた。「余の教室に黒い服装をしたスパイ（間諜）が入つて来た」と云つて非常に不愉快な感想を述べたのである。それから自分は氏に対して、それは多分ヒユース女史であつたらう。あれは間諜でもなんでもない、英国の女子教育家であるが、貴君の実際の授業の状況を知り度いといふことから参観したのであらうから、決してスパイと云ふやうな怪しい者ではない。かう説明したけれども、氏はやはりあれは山川総長がスパイとして自分の所に送つたのである。とかういふことを余程確信を以て述べた。それから山川総長は決してさういふことをする人ではない。又、山川総長が英国の婦人を間諜にするわけがない。と説明しても、どうしても氏の猜疑の念は一掃されなかつたやうである。尤もヒユース女史が前以て小泉氏の承諾を得て傍聴すればよかつたけれども、さういふことをしないで、黙つて教室に入つて傍聴したといふことは女史の手落ちと申してよからう。ヒユース女史は自分の書斎にも訪問して来たことがあるが、女史は元来独身生活の人で、余程男性的の性質があつて、どうも徳に於いて多少欠くるところがあつたやうに思ふ。つまり教育制度は多少調べて行つたかも知らないけれども、女子教育家としてあまり尊敬すべき人格者でなかつたかと思ふ。さういふあまり感心しない印象を残してゐるやうな人であるから、恐らくは小泉氏にも嫌な感じを与へたものと見え、小泉氏がヒュース女史の傍聴したのを非常な反感を以て自分に話したことは到底忘るることが出来ないのである。

それから、もう一つ忘るべからざることがある。それは前にも述べたとほりに、小泉氏は初めはよく教員控室に入つて他の同僚とも話をしたものである。ところが、後になつては殆んど教員控室には入らないやうになつた。ベルが鳴ると直ぐ屋外から教室に入つて講義をした。そして同僚と言葉を交へずして帰つて行くやうになつた。ところが唯々《ただただ》さういふ風であるばかりでなくして、かういふことを言つた。「どうも同僚が宗教的同盟を作つて余を排斥して居る」とかういふことを言つたのは余程注意すべきである。小泉氏は前にも云つたやうに、基督教に反感を抱き、そして仏教だの、神道に対して心底から随喜渇仰して居つた。言ひ換へてみれば、仏教だの、神道に対して何とも云へない一種の深い同情を有して居つたのみならず、我が国の民衆と同じやうに尊信することが余程篤《あつ》かつたやうである。ところが、教員控室によく居つたところのケーベルといふ人は哲学の教師であつたが、元来カトリックの信者で、そしてなかなか皮肉屋であつた。自分は初めはケーベルはショーペンハウエルだの、ハルトマンの哲学に傾注して居つたから、仏教にも多大の同情があるものと思うて居つたところが、決してさうではなかつた。ケーベルは仏教なんていふものは全然眼中に置かなかつた。又仏教をよく知つても居なかつた。まるで知らなかつたと云つて宜《よ》からう。それから神道などは固《もと》より知らうともしなかつた。日本の風俗、習慣、歴史、文学等に対して何等の認識も無かつた。殊に宗教としては基督教以外、如何なる宗教も公平に認めるなんといふ雅量を有して居なかつた。それであるから、或場合に、宗教に関してケーベル氏と小泉氏とは意見の衝突を来たしたのではなからうか、どうもさう思はれる。

それから、よく教員控室に出て、外の人と面白く談話を交換したのは仏蘭西文学の教師エック氏であつたが、エック氏は当時暁星学校の職員で、固よりカトリック宗の人である。それから中島力造氏も当時の教授であつたが、これは同志社出身で、元来基督教主義の人であつた。さうして能《よ》く小泉氏をけなして居つた。それであるから、かういふ人々と小泉氏は宗教に関して何か話をすれば、固より一致するわけはない。決して他の同僚が宗教同盟を作つて小泉氏を排斥したといふやうなことは無い、――その無いことは自分が能く知つて居る――けれども小泉氏の孤立した立場から見れば、そのやうに感じたものと見える。そして側から何と弁解しても、小泉氏の猜疑の念は取れなかつたやうである。そのやうに強い極端な解消すべからざる猜疑の念を抱くといふやうなことは、到底普通人には有りさうもないことである。これによつて小泉氏の常軌を逸した精神的傾向の如何は推知し得らるるのではなからうかと思ふ。

八、ハーンと日本

これ迄述べたところによつても分るやうに、小泉氏は基督教に対して反感を抱き、仏教だの、神道に対して最も深い同情心を有して居つた。神道に関しては『ジャパン・アン・インタープレテーション』といふ著書があるによつて、氏の神道観は知り得らるるのである。氏は神道の研究者といふ程ではないけれども、日本民衆の神道観を余程よく感得して述べたやうなものであるが、仏教に対しては一種の見解を抱いて居つた。それは外ではない、氏はスペンサーの進化論と仏教との調和統一を図《はか》らうと努力したのである。この点に就いては、自分に対してその意見を述べ、折々自分に質問するところがあつたから、自分はよく氏の立場を了解して居る積りである。氏は仏典を読む力は無かつたのであるから、本当によく仏教の教理を理解するところ迄は至らなかつた。然しそれでも出来るだけ仏教を理解しようと努力しただけでも感心で、そして全く仏教の帰依者となつてしまつたのである。もとは基督教の家庭に生れたのではあるけれども、最後は全く仏教の信者となり、仏教の儀式によりて葬られたといふことは余程注意を要する点であると思ふ。

小泉氏は旧日本の随喜者で、幻の如く之を慕ひ、新日本に対しては強い反感を抱いて居つた。氏が初め島根県松江に行つた時には、あの地方には鉄道も何も無く、余程未だ旧日本の質朴敦厚《とんこう》の気風が存して居つたものであるから、それが非常に氏の気に入つたわけであるが、後氏が東京帝国大学の英文学の講師として招聘され、日に月に欧化する帝都に住むやうになつて、この帝都のみすみす旧日本を脱却して欧化するといふ中でも、殊に米国化するやうな傾向を嫌に思つた。小泉氏の慕ふところは質朴敦厚の純日本風俗であつた。それで米国化して変《へん》に変《かわ》り行く新日本を快く思はなかつた。日本としては、旧日本の状態に止まることは出来ないで、どうしても欧米の文化を輸入し、一日も早く欧化しなければならない情勢に迫られて居つたのであるが、この日本のさういふ発展を遂げて行くこと、それが日本の世界の強国の間に列する所以であり、而してさらにそれ以上にも進んで行かんとする進運に促されて居るのである。これが日本の今日在るを致した所以である。しかしさういふ方面は小泉氏の理解するところではなかつた。小泉氏の喜ぶところは旧日本の純なる姿であつた。そして小泉氏が初め大変に喜んだ島根県松江地方にもその後鉄道や何やかが出来て、当時とは余程変つて来たやうである。そしてそのやうに変り行くことは防ぐべからざる社会の情勢であるのであるけれども、さういふ方面のことは小泉氏の評価するを欲せざるところであつた。然し小泉氏は小泉氏の非常に勝れた文筆を以て旧日本の麗はしい方面を写し出し、これを広く欧米諸国に紹介したところに、氏の長所があり、氏の見事に果し得た使命があつた次第である。

九、大学退職

以上一通り小泉氏に就いて述べたのであるが、なほ茲に附け加へて置かなければならない大切なことがある。それは小泉氏が大学を辞職するに至つた顚《てん》末《まつ》である。小泉氏は英文学の講義を一週十二時間担任して居つたのである。そして氏の講義に就いては賛否いろいろの批評があつたのである。然し当時の学長であつた自分は決して氏を毛嫌ひするやうなことは少しもなかつた。寧ろ自分は氏に対して多大の同情を抱いて居つたものである。氏も亦自分に対して何らの隔意も無かつたのであるから、その新著を幾度か寄贈し、そして寄贈した新著には必ず署名をして居るのである。又新著を自分に寄贈された場合、自分が氏にお礼を云ふと「ユー・ウイル・スマイル」などと云つて氏一流の挨拶をしたやうなこともある。が、どうしても氏の授業時間を多少減らさなければならない事情が起つて来た。それは氏には分らないことで、又氏に説明する必要も無く、説明し難いことであつた。それはほかではない。英文学の教授はどうしても日本人でなければならぬといふ大学の方針であつた。なほ詳しくこれを云へば、我が帝国大学に明治の初め多数外国人を招聘して教師として居つたのは日本の教授に不足があつたからで、その欠陥を補ふためであつた。しかし本格的にこれを云ふと、日本の大学の教授は皆日本人でなくてはならぬ。それで医科、法科、理科なんといふ所では比較的早く外国教師を解雇し、外国人の教師は一人も無いやうになつた。何処もその方針で進んで来たのである。文科大学に於いても同様で、外国人の教師は次第に減じ、遂には無くなして、日本の教授が専ら各専門の学科を担任しなければならないといふのが本格的の考で、その方針で進んで来たのである。それで英文学にしても、仏蘭西文学にしても、日本人が主任教授となつて学生を指導し、これを助くるに外国人の教師若くは講師を以てすることは差支ないと云ふ考である。日本の大学は日本人の教授すべき大学で、植民地の大学とか何とかいふものとは大いに違ふのである。それで英文学の方でも教授の候補者として英国に留学中であつた夏目金之助（漱石）を迎へようといふ考であつた。ところで、夏目氏に対してはいろいろの風評があつた。どうも英国で精神に異状を来してゐるのであるからして、到底教授になれないであらう、などといふことであつた。然し夏目氏が帰朝された後、自分が招いて自分の書斎に来て貰つて会談してみたところが、決してさういふ精神病者のやうな態度はなかつた。それで夏目氏には何時間であつたか今ではハッキリ覚えてゐないけれども、四時間以上英文学の講義をして貰ふことに約束が出来たのである。それに就いて授業時間に限りがあるからして、どうしても小泉氏の時間を四時間減らすことにしなければならない。それでこれを教授会の議に附して決議した結果、小泉氏の十二時間を八時間にして四時間か六時間夏目氏に英文学講義を担任して貰ふことになつたのである。その上講師といふのは一年限りのものであるからして、新学年から小泉氏には八時間の英文学講義を担任して貰ふやうにして、これを同氏に通知したのである。ところが小泉氏は自分のこれまでの時間を四時間減らされたのが、癪に触つて講師の任を辞すといふことになつた。その辞すといふのも単に辞すといふのでなくして、余程憤激して、さういふ挙に出でたことは間違の無いところである。それでも小泉氏が八時間講義を継続してくれれば結構であるといふので、いろいろ交渉したけれども、到底引き留めることは出来なかつたので、大学の方でも断念したやうな次第である。小泉氏を失つたことは大学に取つて甚だ遺憾であつたけれども、然し夏目氏を迎へたことは甚だ喜ばしいことであつた。然し夏目氏もなかなか難物で、小泉氏に劣らない天才者で、そして常規を以て律すべからざるところのあつたことは周知の事実である。

小泉氏が大学を去るに当つて、大学では自分を虐待したとか何とか云つて、余程大学を怨んだやうな形跡があつた。そして大学を辞めるに就いても前述の如く、余程憤激したといふことである。これは甚だ惜しむべきことである。海外の人はよく事情を知らないで、何か大学の方で本当に小泉氏を虐待したやうに言ひ伝へたさうであるが、それは全く根拠の無いことで、大学では毛頭小泉氏を虐待したとか疎外したとか軽蔑したとかいふことはなかつた。然し小泉氏は早く青年時代から猜疑心に富んで居り、それが晩年益々ひどくなり、何となく同僚から迫害されるやうな強迫狂（verfolgungswahn）のやうな一種の感情を抱いて居つた。大学の方では誰も氏を虐待するやうなことも無かつたのを、氏はただ想像で捏《でっ》ち上げてさう考へたのである。氏の晩年大学に対して怨言《うらみごと》を放つたやうなことを直ちに真《ま》に受けたならそれこそ事の真相を誤り、一犬虚に吠ゆれば万犬実に吠ゆといふやうな結果を来たすに至るであらう。氏が最後にそのやうに精神病患者の如くなつたことは甚だ気の毒に思はれる次第である。

なほ茲に一言して置きたいことがある。それは小泉氏も余程よく日本の人情を理解はして居つたものの、未だ東洋精神に於いて徹底して居なかつたところのあるのを遺憾に思ふのである。東洋精神から云へば、大学の俸給に対して不足などを云ふべきではない。大学に於いて英文学を講じ、学生を指導することは非常な貴い事業で、俸給の如何などといふことは言ふべきではない。いはんや俸給は初めから月額四百円で承知して来てゐる以上は欲張つたことを云ふべきではない。その俸給も自分が学長時代に四百五十円に増額してあるのである。それでも不足を云つてゐた。そのやうな、足ることを知らざる欲望は東洋精神の尊ばざるところである。この点に於てはケーベル氏は非常に淡泊であつた。

それから、大学を辞められても、それは大学の都合である。講師を解職すると解職せざるとはその権大学にあるので、何等不平を言ふべきではない。かかる際に不平不満を云ふのは実に女々しいことで、男子の恥づべきことである。大学を辞められたならば、後は自由の天地で、大に健筆を揮つて世界を相手として著述を為すべき境遇に立つことであるから、人生の一大快事ではないか。大学などに引きずられないで、反《かえ》つて又より以上に楽しい境地が得られたのではないか、怨言を放つて自分のやうな文学者を解任したと云つて、大学を怨むのはどう見ても小人の態度である。大学の方では総て一切教授会によつて決議して断行するのであるからして、それを飜《ひるがえ》すわけには行かない。さういふことは小泉氏の頭によく分らなかつた。本当に東洋の精神を理解して居つたならば「人知ラズシテ慍《うら》マズ。亦君子ナラズヤ」又「天ヲ怨ミズ、人ヲ尤《とが》メズ、下学シテ上達ス、我ヲ知ル者ハ其レ天カ」と云ふ考で泰然自若としてその場合に処し、一世に超越して別に文学の新天地を拓けばそれでよいわけである。惜しいかな小泉氏は日本の研究をし、余程能く日本の人情に通じて居つたけれども、まだまだ本当に東洋精神の偉大なるところを理解するに至つて居らなかつた。この点に於いてはチャンバーレイン氏も同様であつた。小泉氏だの、チャンバーレイン氏の功績は十分認むべきであるけれども、未だこれらの人は東洋精神に於いて最上の地位迄到達してゐなかつたことを甚だ遺憾に思ふ次第である。

（『懐旧録』春秋社松柏館、一九四三年、二三二—二五八頁）

解説

井上哲次郎（一八五五年十二月二十五日—一九四四年十二月七日）

医師であった父船越俊達と母よしの三男として九州大宰府に生まれた。八歳から中村徳山に漢籍を、十三歳のとき博多へ出て村上研次郎について英語を学び、一八七一年十月に長崎の広運館へ入った。七五年一月上京し、翌二月に東京開成学校へ入学、七七年九月東京大学文学部へ進学し、フェノロサらに学ぶ。同年五月、井上鉄英の養子となった。号は巽《そん》軒《けん》という。

一八八〇年七月大学を卒業、十月に文部省御用掛に任命され、編輯局兼官立学務局に勤務する。八二年三月東京大学文学部助教授となり、八四年二月ドイツへ留学し、九〇年十月に帰国、帝国大学文科大学教授に任ぜられ、哲学・哲学史第一講座を担当、翌年八月に文学博士を授与された。九七年十一月、外山正一が東京帝国大学総長へ昇任したので、後継の文科大学長となった。一九〇三年三月、学長として小泉八雲を解雇することになったとき、英文科の学生たちが「八雲留任運動」を起こしたが、それは次のような事情によっている。

第一の解雇要因は、小泉八雲の高額な俸給にあった。日本に帰化していた八雲の俸給は「お雇い外国人教師」なみの金額で年額四千円、東大総長と同額であった。「お雇い外国人教師」の例をあげれば、夏目漱石も学んだケーベル（哲学）やリース（史学）は年額五五五〇円、ドイツ語のフロレンツは四五〇〇円である。五年間勤めた八雲が値上げを要求したので、一カ月四五〇円（一九〇一年四月—〇三年三月）に昇給した。井上によると、「当人はそれでも不足に思うて居つた」という。

第二に考えられる解雇要因は、八雲がアメリカ行きを計画し、「長い休暇」を申し出たことである。一八九九年十月二十四日の田村豊久宛の八雲書簡に、「リース博士がドイツで休暇をすごして、九月十四日に帰国。フロレンツ博士もドイツで長い休暇をとっている。大好きなフォックスウエル教授はイギリスに帰る」という文言がある。(1) 契約更新を重ね、六年間講師を継続していた八雲は、自分も彼らと同様に「長い休暇」をとることができると考えたのであろう。一九〇二年当時の八雲は、アメリカの友人エリザベス・ウエットモア夫人(旧姓ビスランド)に長男一雄を伴ってアメリカへ行く計画をたびたび手紙で書き送り、アメリカの大学で講演する手はずも依頼し、「日本政府が道義的に当然わたくしに支払ってしかるべき休暇手当(約五六〇〇円)を快く支出してくれるならば、息子を連れてゆくことができる」と書いている。(2) 井上は八雲のその申し出を受け、驚いた。「小泉氏は他の教授の洋行するのを見て自分も大学から洋行さして貰いたいなどといふことを真面目に言い出したこともある。(中略) 外国教師の中ではウワラウブを許されて、自費で郷国に帰省するやうなこともあつた。けれども小泉氏は日本人であるからこのやうなことも出来なかつた。それで小泉氏は何だか満足してゐなかつたやうである。いろいろさういう事に関する事情を説明しても、どうも能く理解しなかつたやうである」と言っている。

つまり「ウワラウブ」とは、六年以上勤務した「お雇い外国人教師」が故国へ帰省するための「休暇」を意味した。帰化して日本国籍の八雲はそれに該当しないばかりでなく、一年ごとに契約を更改する「講師」にすぎなかったので、「教授派遣の学事視察をする資格」もなかった。そのため、八雲の申請は許可されなかった。井上学長の不許可理由は明快であったが、八雲は理解することができなかった。

第三の解雇要因は、イギリスへ留学していた夏目漱石が一九〇三年一月二十三日に帰国したので、英文学の講座を担当させることになった。高給の「お雇い外国人教師」から日本人教師にかえるという政府の「文教政策」の転換である。

一八九五年六月、工科大学で長年功績のあったJ・ミルン(日本の地震学の祖)が帰国した。一九〇一年九月にJ・K・スクリバ（外科）、天皇の侍医でもあったE・v・ベルツ（内科）や史学のL・リースなど、長老クラスの「お雇い外国人教師」もつぎつぎと辞職、帰国した。八雲は、文科大学の教授会でリースの「雇継《やといつ》ぎ」（お雇い外国人教師の契約更新のこと）について協議したときのことをアメリカの友人ヘンドリックへの手紙に書いている。井上学長は、「外国人教師が日本の大学でずっと歴史を教えなければならないという理由はない。また、学生が外国語で講義を受けなければならないという理由もない」と主張したが、「自分もその主旨は正しいと思う。これはすべてのお雇い外国人教師の将来の運命を意味しており、いずれ自分も同じ理由で解雇されるだろう」と認識していた。しかし外山正一が招聘した自分には影響はないだろう、と八雲は楽観していたようである。[3]

一九〇三年一月十五日付で文科大学長井上哲次郎は、「明治三十六年三月三十一日限りで終わる約定をつづける事は、目下の事情不可能なる事を遺憾ながらあらかじめ通知し置く事の必要」なる旨を三行半で書いた解雇通知を、八雲の自宅に郵送した。このような突然に解雇通知を送りつけてきた行為に、八雲は激怒した。

二月三日の『萬朝報』によれば、「文科大学講師小泉八雲（本名ヘルン）の任期は近く八週間の後に尽くる事なるが文科大学にては近来外国人教師掃蕩の方針を取りゐる事とて雇継を為さゝるべしとの噂あり、学生間には曩《さき》にリースの解雇せられたる時と同じく不平の声甚だ高き由、学問功労ありて永く此土に留らんと欲する外国人教師に対しては何とか優遇の道ありたきものなり」の記事が出た。この新聞報道で、八雲解雇の「噂」が学生たちに知れわたる。

しかし、大学では掲示板に発表されることもなかった。八雲は平常どおり講義をつづけていた。当時の学年度は九月からなので、三月は学年の中途であった。英文科の学生たちには思いがけない事態である。井上の「巽軒日記」によると、[4]二月六日夜、英文科の学生五名が井上学長の自宅を訪問した。学生たちが事の真偽を確かめ、反対を唱えたと考えてよいであろう。学生たちの反発にあった井上は二月十四日、総長の山川健次郎を訪問したり、三月十一日には大学で八雲と会見、さらに二十三日に八雲を西大久保の家に訪問して話し合いをしている様子が「巽軒日記」からうかがわれる。

結末はこうである。八雲の担当時間を減らすという大学当局の提案は、学生たちの八雲留任運動に押されて、井上学長が「教授会の議に附して決議した結果」である。学生たちがこの運動を起こす以前は八雲の「解雇」であり、八雲の「これまでの時間を四時間減らす」ということではなかった。事前に話し合いもなく、一通の解雇通知を送りつけられたことに、八雲の自尊心は深く傷つき、憤慨したのである。

当時の八雲にとって不運だったのは、帝大招聘の後ろ盾であった外山正一が一九〇〇年三月八日に五十三歳で急逝していたことである。アメリカに留学した外山とドイツ留学経験者の井上とでは、資質の違いばかりでなく、ことばの面でも相違があった。しかも井上は当時すすめられつつあった日本の教育制度について説明をしなければならなかった。井上にとって、英語とフランス語を話してもドイツ語を解さない八雲と意思の疎通をはかるのは難しかったにちがいない。それゆえ、井上が「いろいろさういう事に関する事情を説明しても」、八雲に理解してもらえなかったのであろう。

じつは、八雲が帝国大学文科大学に招聘される以前から、井上は八雲に少なからず興味を抱いていたのである。それは、文科大学哲学科撰科を卒業し、井上の教え子であった田村豊久（旧姓浅井）が、井上を訪問するたびに八雲のことを話していたからである（『懐旧録』二三四―二三五頁）。したがって豊久のことは井上と八雲にとって共通な話題になったが、話の内容が複雑になると、意思の疎通をはかれなかった。しかも井上は、前任の外山正一と比べられ、八雲に悪い印象を与えてしまったと思われる。こじれる要因が重なり、八雲は日本の大学の規則や制度を理解しないまま、学生たちの強い要望にもかかわらず、大きなわだかまりを残し辞意を翻すことがなかったのである。しかし、東大としては八雲一人の給料分で後任に夏目漱石、上田敏、アーサー・ロイドの三人を雇うことができた。
一九〇四年三月、井上は文科大学長を罷《や》めるが、二三年三月に東京帝国大学を辞任するまで、教壇に立った。留学の成果であるドイツ哲学、とくにカントとショーペンハウアーを日本に紹介した。その後、しだいに東洋哲学への傾倒を深め、一元的唯心論に関心を持ち、二〇年に東京帝国大学文学部に神道講座を設置することに尽力した。また、浜尾新総長に進言して、大塚保治をドイツへ留学させ、帰国後に美学および美術史講座を開設し、美術史には岡倉天心や滝精一らの人材を登用した。

文学的な業績としては、外山正一、矢田部良吉との共著『新体詩抄』（一八八二年）を上梓、明治の詩は新時代にふさわしい詩であるべきだと、漢詩や和歌と異なった文語定型長詩を提唱した。その主張は画期的であったので、一九五〇年三月、昭和女子大学は「新体詩祖五十年祭」を主催し、六一年五月には同大のキャンパスに「新体詩祖碑」を建立した。

『巽軒詩鈔』（一八八四年刊）に収録されている漢詩「孝女白菊」は、落合直文や大庭春峰が新体詩に訳して有名になり、東京帝国大学の「お雇い外国人教師」のカール・フロレンツが独訳、ついでアーサー・ロイドが独訳から英語に重訳して、海外に紹介され、ハンガリーやポーランド語にも訳された。

著書も、『勅語衍義』（一八九一年）、『巽軒論文』初集と二集（一八九九、一九〇一年）、『日本陽明学派之哲学』（一九〇〇年）、『日本古学派之哲学』（一九〇二年）、『倫理と宗教との関係』（一九〇二年）、『日本朱子学派之哲学』（一九〇六年）などを著わし、日本近代における東洋哲学史研究の先駆者として学会に大きな足跡を残した。そのほか、元良勇次郎、中島力造との共著『英独仏和哲学字彙』（一九一二年）、『井上哲次郎選集』（一九四二年）があり、晩年に刊行した『懐旧録』（春秋社松柏館、一九四三年）には、本稿でとりあげた「小泉八雲氏と旧日本」が収録されている。

一九二三年（大正十二）三月東京帝国大学を退職し、名誉教授となる。四月に正三位に叙せられ、十月大東文化学院教授および教授会長となり、二五年同学院総長。同年五月に哲学会会長に選出され、三四年（昭和九）まで七たび会長を務める。さらに、同年六月には国際仏教協会会長となるなど、永年にわたり重職を担うが、米寿を過ぎてから健康が衰え、戦時中で養生もままならず、間もなく九十歳を迎える一九四四年十二月七日、膀胱カタルに肺炎と尿毒症を併発し没した。墓地は小泉八雲と同じ雑司ヶ谷墓地で、十九区にある。

　ドイツ留学から帰朝後の一八九二年以来、小石川表町一〇九番地（現・文京区小石川三丁目二〇番一一）に居住した家は、一九四五年五月二十五日の戦災で焼失したものの、焼け残った蔵と門柱は現存し、東京都の文化史跡に指定され、宅地は文京区立井上児童遊園地になっている。

注

（1）*Some New Letters and Writings of Lafcadio Hearn*, Collected and edited by Sanki Ichikawa, Tokyo, Kenkyusha, 1925, pp.301-304.『小泉八雲全集』第十一巻、三三四頁。

（2）一九〇二年十二月三十一日ウエットモア夫人(Mrs. Wetmore）宛書簡。関田かおる編著『知られざるハーン絵入書簡』雄松堂、一九九四年。和訳・一〇五頁、英文・一七八頁、影印・四四六頁。

（3）一九〇二年七月、ヘンドリック（Ellwood Hendrick）宛書簡。New York Public Library 所蔵。

（4）東京大学大学史料室所蔵。なお、八雲の東大辞職にいたる経緯については、拙著『小泉八雲と早稲田大学』（恒文社、一九九九年）に詳しい。

（關田かをる）

岡村多希子（おかむら たきこ）
1939年生まれ。東京外国語大学第5部第2類（ポルトガル語）卒業。東京外国語大学名誉教授。主著：『モラエスの旅── ポルトガル文人外交官の生涯』（彩流社）。

梅本順子（うめもと じゅんこ）
1954年生まれ。日本大学大学院博士課程修了。現在，日本大学国際関係学部教授。主著：『未完のハーン伝』（大空社）。

鈴木　弘（すずき ひろし）
1928年生まれ。早稲田大学文学部大学院退学。早稲田大学名誉教授。著書：『アイルランド文学史』（共著，北星堂）。

中村青史（なかむら せいし）
1934年生まれ。法政大学大学院修士課程修了。現在，草枕交流館館長。主著：『民友社の文学』（三一書房）。

劉岸偉（リュウ ガンイ）
1957年生まれ。東京大学大学院総合文化研究科比較文学比較文化博士課程修了。現在，東京工業大学外国語研究教育センター教授。主著：『小泉八雲と近代中国』（岩波書店）。

高成玲子（たかなり れいこ）
1946年生まれ。コロンビア大学ティーチャーズ・カレッジ修了。富山国際大学国際教養学部教授。2009年逝去。関連論文：「ラフカディオ・ハーンと日本美術」（『ロータス』第21号）。

堀まどか（ほり まどか）
1974年生まれ。総合研究大学院大学国際日本文化専攻博士課程後期満期修了。現在，国際日本文化研究センター共同研究員。主論文：「野口米次郎の英国公演における日本詩歌論」（『日本研究』32号）。

河島弘美（かわしま ひろみ）
1951年生まれ。東京大学大学院比較文学比較文化修士課程修了。現在，東洋学園大学人文学部教授。主著：『ラフカディオ・ハーン── 日本のこころを描く』（岩波書店）。

小泉　凡（こいずみ ぼん）
1961年生まれ。成城大学大学院文学研究科日本常民文化専攻博士課程前期修了。現在，島根県立大学短期大学部教授，小泉八雲記念館顧問。主著：『民俗学者・小泉八雲』（恒文社）。

ベルナール・フランク（Bernard Frank）
1927年生まれ。パリ大学法学部卒業。コレージュ・ド・フランス教授。1996年逝去，主著：『日本仏教曼荼羅』（藤原書店）。

加藤哲郎（かとう てつろう）
1947年生まれ。東京大学法学部卒業。現在，一橋大学大学院社会学研究科教授（政治学）。主著：『ワイマール期ベルリンの日本人』（岩波書店）。

ロイ・スターズ（Roy Starrs）
ブリティッシュ・コロンビア大学博士。ニュージーランド・オタゴ大学教授。編著：*Japanese Cultural Nationalism*（Global Oriental）。

森田直子（もりた なおこ）
1968年生まれ。パリ第七大学博士課程修了。現在，東北大学大学院情報科学研究科准教授。

執筆者紹介（執筆順）

恒川邦夫（つねかわ くにお）

1943年生まれ。東京大学大学院博士課程中退，パリ大学博士。一橋大学名誉教授。著書：『フランケチエンヌ ―― クレオールの挑戦』（現代企画室）。

ルイ＝ソロ・マルティネル（Louis Solo Martinel）

1965年マルティニーク島生まれ。パリ第七大学卒業。現在，東京大学非常勤講師。編訳：Lafcadio Hearn, *Contes Créoles* II（Ibis Rouge Éditions）。

陳艶紅（チン エンコウ）

1951年台湾生まれ。東呉大学日本語文学系博士課程修了。現在，中央警察大学通識教育中心教授。主著：『『民俗台湾』と日本人』（致良出版社）。

田中欣二（たなか　きんじ）

1928年生まれ。京都大学大学院工学研究科博士課程修了。現在，シンシナティ日本研究センター所長。関連論文：「シンシナティの新聞記者としての仕事」（『へるん』2004年特別号）。

關田かをる（せきた かをる）

1933年生まれ。早稲田大学第一商学部卒業。国際比較文学会・日本比較文学会会員。主編著：『知られざるハーン絵入書簡』（雄松堂出版）。

瀧井直子（たきい なおこ）

1971年生まれ。早稲田大学大学院文学研究科芸術学（美術史）専攻博士後期課程単位取得退学。現在，早稲田大学ほかの非常勤講師。主論文：「藤雅三の仕事 ―― アメリカでの活動を中心に」（『近代画説』14号）。

池橋達雄（いけはし たつお）

1931年生まれ。島根大学文理学部文科卒業。島根県内の公立高校教師を務めて退職。八雲会理事。著書：『教育者ラフカディオ・ハーンの世界』（共著，島根大学附属図書館，2006年）。

前田専學（まえだ せんがく）

1931年生まれ。東京大学文学部卒，ペンシルバニア大学大学院修了。財団法人東方研究会理事長・東京大学名誉教授。主著：*A Thousand Teachings*（東京大学出版会/State Univ. of New York Press）。

村井文夫（むらい ふみお）

1951年生まれ。東京大学大学院人文科学研究科比較文学比較文化専攻修了。現在，富山大学人文学部教授。論文：「ラフカディオ・ハーンとクレオール」（『比較文学研究』第72号）。

村形明子（むらかた あきこ）

1941年生まれ。ジョージ・ワシントン大学Ph.D（アメリカ研究）。京都大学名誉教授，日本フェノロサ学会会長。新著：『フェノロサ夫人の日本日記 ―― 世界一周・京都へのハネムーン，一八九六年』（ミネルヴァ書房）。

山口静一（やまぐち せいいち）

1931年生まれ。東京大学文学部英文学科卒業。埼玉大学名誉教授。主編著：『フェノロサ』上・下（三省堂）。

山下英一（やました えいいち）

1934年生まれ。明治学院大学文学部卒。元中部大学教授。主著：『グリフィスと日本』（近代文藝社）。

編者紹介

平川祐弘（ひらかわ すけひろ）

1931年生まれ。東京大学大学院人文科学研究科比較文学比較文化博士課程修了。文学博士。東京大学名誉教授。主な著書：*Japan's Love-Hate Relationship with the West* (Global Oriental),『アーサー・ウェイリー『源氏物語』の翻訳者』（白水社),『天ハ自ラ助クルモノヲ助ク——中村正直と『西国立志編』』（名古屋大学出版会)。

牧野陽子（まきの ようこ）

1953年生まれ。東京大学大学院人文科学研究科比較文学比較文化専攻博士課程修了。現在，成城大学経済学部教授。著書・論文：『ラフカディオ・ハーン——異文化体験の果てに』（中央公論社),橋口稔編『イギリス文化事典』（大修館書店),「柳田國男とハーン」（『國文学』2004年10月号)。

新曜社

講座　小泉八雲 I
ハーンの人と周辺

初版第1刷発行　2009年8月20日©

編　者　平川祐弘・牧野陽子
発行者　塩浦　暲
発行所　株式会社　新曜社

101-0051　東京都千代田区神田神保町2-10
電話（03)3264-4973(代)・FAX(03)3239-2958
E-mail：info@shin-yo-sha.co.jp
URL：http://www.shin-yo-sha.co.jp/

印　刷　長野印刷商工　Printed in Japan
製　本　渋谷文泉閣

ISBN978-4-7885-1165-1　C1090